LE CONCIERGE

Situé en plein centre de New York, le Parker Regency est un hôtel de luxe où descendent, et parfois résident à temps complet, les personnages les plus riches et huppés de la planète. Et la conciergerie, qui regroupe tout le personnel d'accueil, fait tout ce qu'il faut pour satisfaire le client. Roger Paladine, le patron du service, y veille. Cependant, que peut-on raisonnablement refuser à une clientèle qui est prête à payer des sommes folles pour avoir ce qu'elle veut et, ce qui est plus ennuyeux encore, peut très bien décider de descendre ailleurs si elle n'est pas satisfaite ? La distinction entre licite et illicite tend alors à devenir floue.

De fait, tout va pour le mieux jusqu'au jour où le vieux comte Gobbo, parrain de Paladine, ancien membre du personnel de l'ambassade d'Italie et grand amateur de petits garçons, est retrouvé pendu dans la cave de l'hôtel. Se joue alors une partie extrêmement serrée entre Paladine, Joe Bates (le sous-directeur du service qui a trouvé le corps de Gobbo) et l'inspecteur Bucket qui se doute très vite que le comte italien ne s'est peut-être pas suicidé.

La vérité triomphera-t-elle de toutes sortes d'« arrangements » possibles ? Telle est la question posée dans ce livre extrêmement trouble.

Né à New Rochelle, dans l'État de New York, Herbert Lieberman est aujourd'hui directeur de publication au Reader's Digest Book Club. Maître incontesté du grand « thriller » new-yorkais, il est l'auteur de Nécropolis *(Grand Prix de littérature policière, 1978), de* La Traque, *du* Train vert, *du désormais classique* La Nuit du solstice *et de* La Fille aux yeux de Botticelli. *Il s'est vu décerner en 1996, avec Lawrence Block, le « Prix Calibre 38 » et a été sacré « Grand maître du roman noir pour l'ensemble de son œuvre ».*

DU MÊME AUTEUR

La Huitième Case
Denoël, 1975
Seuil, « Points », n°P 535

Nécropolis
Grand Prix de littérature policière 1978
Seuil, 1978, 1991
et « Points », n° P 165

La Traque
Seuil, 1979
et « Points », n° P 107

Trois heures du matin à New York
Seuil, 1983
et « Points », n° P 394

La Maison près du marais
Seuil, 1984
et « Points », n° P 395

La Nuit du solstice
Seuil, 1985
et « Points », n° P 234

Le Train vert
Seuil, 1988
et « Points », n° P 272

Le Tueur et son ombre
Seuil, 1990
et « Points », n° P 233

Le Maître de Frazé
Seuil, 1993
et « Points », n° P 81

La Fille aux yeux de Botticelli
Seuil, 1996
et « Points », n°P 388

Herbert Lieberman

LE CONCIERGE

ROMAN

Traduit de l'américain
par Jean Esch

Éditions du Seuil

TEXTE INTÉGRAL

TITRE ORIGINAL
The Concierge

ISBN 2-02-038085-4
(ISBN 2-02-033907-2, 1re publication)

PREMIÈRE PARTIE

PROLOGUE

– Concierge, j'écoute. Oh, bonjour madame. Berry… Oui, je me suis renseigné. Lever de rideau à 19 heures 30. Pavarotti dans le rôle de Cavaradosi… Sutherland en Tosca. Une place au troisième rang d'orchestre, ça risque d'être difficile en s'y prenant si tard, mais je peux peut-être m'arranger. Je vous rappelle dans vingt minutes.

« … Concierge, j'écoute. Bonjour, señora Fernandez. *Buenos días. Sí. Sus paquetas y estas de la niña están en el corridor por los porteros. Muy bien, Señora. Adios. Hasta luego.*

« … Concierge, j'écoute. *Guten Tag, Herr Ambassador.* Le « Metroliner » part de la gare de Penn Station à 8 heures 40. Vous arrivez à Washington à 12 heures 25. Une limousine viendra vous chercher à la gare de Union Street, juste devant la sortie. Il y aura certainement d'autres limousines. Cherchez celle avec le petit drapeau autrichien sur le pare-chocs. Le chauffeur vous conduira directement à la réception. Je vous souhaite un excellent voyage, monsieur.

« … Concierge, j'écoute… Non, pas ce soir, je le crains, madame Lupinska. Les salons d'exposition restent ouverts jusqu'à 18 heures, mais toutes les *vendeuses*[1] sont déjà parties. Je vous conseille d'attendre demain. Je me ferai un plaisir de vous trouver une voiture. Est-ce que 14 heures vous conviendrait ?

« … Concierge, j'écoute… Oui, monsieur Hyde-Purcell.

1. En français dans le texte.

Excusez-moi de vous avoir fait attendre ; le téléphone n'a pas arrêté de sonner toute la journée… Oui, monsieur, tout est arrangé.

Tout en parlant, le concierge faisait courir la pointe de son stylo-feutre vert du haut en bas de la double liste des arrivées et des départs du jour. Deux jeunes adjoints postés à la réception accueillaient le flot paisible, mais incessant, des clients qui faisaient la queue afin d'obtenir des réservations au restaurant ou au théâtre pour le soir même.

– Ah, le Libanais arrive aujourd'hui.

Le stylo-feutre vert de M. Paladine s'arrêta brusquement au milieu de la liste des arrivées.

– L'homme aux tulipes. Il en exige toujours cinq douzaines dans sa chambre. Couleur thé. Et uniquement celles-là. Dans un seul grand vase. On va s'en occuper. Potts, lança-t-il par-dessus son épaule à l'un de ses adjoints, prévenez immédiatement la fleuriste, voulez-vous ? Adressez-vous à Mme Ramsay. Elle connaît parfaitement les exigences de ce monsieur.

Le concierge traça un astérisque en face du nom, sur sa liste, suivi des trois lettres MTI entre parenthèses, ce qui signifiait : Monsieur Très Important. « Susceptible. Sautes d'humeur. Se plaint à la direction s'il se sent offensé », ajouta-t-il pour lui-même, juste à côté.

Alors qu'il finissait d'annoter la liste, Patsy Ricci, le deuxième adjoint, lui tendit un fax qui venait de tomber. Le message émanait d'un homme d'affaires américain qui se trouvait à Singapour et prévenait M. Paladine de son arrivée, le lendemain.

– Tadmolian… Tadmolian… répéta le concierge en claquant des doigts comme s'il essayait de faire apparaître un visage par magie.

Il se souvenait du nom, mais pas de l'homme. Ses longs doigts fins de patricien voltigèrent au-dessus du clavier du Compupaq 1220 qui se trouvait à sa droite. Presque instantanément, le nom apparut sur le moniteur 19 pouces, donnant l'impression de flotter sur un océan bleu marine.

TADMOLIAN, Aram, San Francisco. Fabricant de logiciels.
Allergique aux oreillers et aux édredons en plumes.
Exige du scotch single malt dans le minibar. *Dalwhinnie, Macallan, Glenkinchie,* etc. Rien de trop lourd.
Ses clubs de golf et une voiture doivent l'attendre chaque matin à 8 heures devant la porte pour le conduire à son club de Westchester.

– Potts, faites en sorte que la Rolls de l'hôtel soit à l'aéroport demain après-midi pour aller chercher M. Tadmolian.

Il griffonna à côté du nom la mention MEI pour signaler un client digne de figurer dans ce panthéon des Messieurs Extrêmement Importants. Et en même temps, il tendit le bras de côté pour décrocher le téléphone qui sonnait.

– Concierge, j'écoute... Oui, monsieur Brenner. J'ai contacté l'agence de location. Le *Spindrift* est disponible jeudi. Si vous pouvez rassembler vos amis devant l'embarcadère de la 12e Rue à 17 heures, le capitaine aimerait lever l'ancre à 18 heures au plus tard. A cause d'une histoire de marées... Oui, monsieur, Pétrossian est une maison de grande classe. Caviar, saumon fumé, *foie gras*[1]. Le nec plus ultra. Quant au prix, on ne peut pas faire mieux... Certainement, je me ferai un plaisir de vous organiser tout ça. Combien d'invités comptez-vous recevoir ?

A 8 heures du matin, le concierge chef n'était à son poste que depuis une heure, mais au cours d'une journée normale, la conciergerie traitait en moyenne 220 appels. Auxquels il fallait ajouter quelque soixante-dix demandes et réclamations effectuées directement au bureau. Déjà, le bloc de feuilles jaunes posé devant Roger Paladine était un palimpseste de ratures et d'ajouts, de points, de tirets, de symboles, de minuscules signes cabalistiques, ensemble de hiéroglyphes personnels, déchiffrables seulement par celui qui les avait tracés de son écriture serrée et appliquée. L'aspect volontairement illisible de cette forme de sténo-

1. En français dans le texte.

graphie servait à protéger l'intimité des clients qui s'en remettaient à sa discrétion légendaire. Quelques-unes de ces indications étaient soulignées en rouge, marque d'un certain niveau de priorité.

En relevant la tête, le concierge découvrit le visage d'ébène brillant du Dr Ngongoro, représentant en chef de la délégation sénégalaise auprès des Nations unies. Sa peau était d'un noir si profond qu'elle paraissait presque bleutée selon l'éclairage. A l'instar d'un certain nombre d'autres résidents permanents de l'hôtel, le Dr Ngongoro appartenait au corps diplomatique. Depuis de nombreuses années, le Parker Regency était en effet un des établissements de prédilection de l'establishment diplomatique, car on y consentait de jolies remises aux gouvernements désireux de louer des suites pour de longues périodes.

La soixantaine, mais ayant l'énergie d'un homme de trente ans, le Dr Ngongoro était ce qu'on pouvait appeler un oiseau de nuit. Il adorait les fêtes, les femmes séduisantes, et semblait ne pas avoir besoin de sommeil. La plupart du temps, il affichait un masque figé, empreint d'une légère grivoiserie de conspirateur, comme s'il venait de vous raconter une histoire d'un goût douteux, ou hésitait à le faire. Il avait le clin d'œil facile. Durant la journée, quand il travaillait, il portait des *dashikis* et autres tenues tribales riches en couleurs. Mais, le soir venu, il préférait un bon vieux trois-pièces de coupe anglaise et les fines rayures du costume diplomatique standard.

Pour l'heure, il arborait une tunique en batik éclatante et une toque ornée de perles et inclinée sur sa tête ; de chaque côté en jaillissaient des touffes de cheveux d'un blanc cotonneux. Le voir traverser le grand hall de l'hôtel grouillant de clients était un vrai moment de bonheur et qui ne manquait jamais de provoquer une certaine agitation, conformément à l'effet recherché.

– Bonjour, *monsieur le capitaine*[1]. Nous sommes parés pour ce soir, on dirait ?

1. En français dans le texte.

Ce *monsieur le capitaine* disait une volonté sarcastique de la part du délégué en chef sénégalais. Il se frotta les mains, tout sourire.

– En effet, Excellence, lui répondit Paladine. Dîner pour dix personnes au Passe-partout. Vous avez exigé de la Veuve Cliquot 1985.

– Oui, *la Grande Dame*[1], déclara le Dr Ngongoro avec ostentation. Nous exigeons *la Grande Dame.*

– Parfaitement, Excellence. *La Grande Dame.*

Le délégué en chef jubilait, tel un enfant au milieu de tous ses nouveaux jouets, le jour de Noël.

– Et le béluga ? Iranien, Roger. Pas du russe. La dernière fois, ils m'ont donné du russe. Les œufs sont percés, et il est trop salé.

– De l'iranien, Excellence. De l'authentique malassol de la mer Caspienne. Deux kilos de la meilleure qualité. Des petites perles gris blanc. Le summum. Vous êtes attendu à 20 heures. Demandez Céline. Elle a promis de cuisiner comme une déesse et rien que pour vous.

Les yeux bilieux du délégué en chef débordaient de gratitude. Il posa son énorme main, avec ses gros ongles très roses, sur celle du concierge, et la garda ainsi un moment pour exprimer l'inexprimable, puis, tout joyeux, il s'éloigna rapidement.

Le concierge regarda la tache floue de la tunique colorée du Dr Ngongoro tournoyer dans la grande porte à tambour et déboucher dans la rue, où elle disparut à l'intérieur d'une longue voiture noire qui attendait devant l'hôtel. Alors seulement, il glissa dans sa poche le gros billet de banque qu'il avait trouvé au creux de sa paume.

– Patsy, dit-il en reportant son attention sur les messages laissés à son attention sur son bloc. Vous devriez appeler Elio. Dites-lui d'envoyer la fille pour ce soir. Le docteur la réclamera sans doute.

– La rousse, monsieur Paladine ?

– Celle-là même.

1. *Idem.*

1

« Adressez-vous au concierge », voilà ce que s'entendaient répondre les clients de l'hôtel quand ils avaient besoin de quelque chose. Qu'il s'agisse d'une demande simple, compliquée, ou « inhabituelle », on leur répondait immanquablement : « Adressez-vous au concierge. »

Au très chic Parker Regency de Central Park West, à Manhattan, le concierge se nommait Roger Paladine. Mais les clients l'appelaient Roger. Les résidents quasi permanents se voyaient accorder le privilège d'utiliser le diminutif de Gerio, moins formel. Mais pour l'ensemble du personnel, c'était M. Paladine.

Il ne s'agissait pas d'une chose qui avait été officiellement proclamée, ni même discrètement suggérée. La pratique s'en était instituée au fil des ans, pour finalement devenir une habitude. Il y avait chez cet homme une certaine réserve, pour ne pas dire une froideur héritée du Vieux Continent, qui incitait ses collègues à limiter leurs marques de familiarité à « M. Paladine ».

Kraus, le cuisinier chef, qui l'avait connu dans les années 50, quand il travaillait l'été comme chasseur au vieil hôtel Kempinski de Berlin, avait paraît-il déclaré un jour, après trois cognacs et une soirée particulièrement éprouvante, qu'il avait vu, au fil des ans, le concierge chef prendre de plus en plus de grands airs. Venant d'un individu dont le père était le fils d'une femme de chambre et d'un chasseur payé aux pourboires, le chef trouvait cela un peu fort de café.

Ce soir-là, Kraus confia même que le vrai nom du concierge n'était pas Paladine, mais Paiuolo. C'était beaucoup moins glorieux et en italien pouvait se traduire librement par « bouilloire » ou « casserole ». Le concierge l'avait changé lorsqu'il avait débarqué aux États-Unis et s'était mis en quête d'un travail. Ce pseudonyme de Paladine possédait à ses yeux, toujours d'après Kraus, plus de *cachet*[1] et ferait meilleur effet auprès des directeurs d'hôtel prétentieux que M. Bouilloire, ou un truc comme ça. Évidemment, il avait raison. Voilà pourquoi, lorsque, jeune homme de vingt-deux ans, il avait débarqué dans le port de New York et s'était présenté aux officiers des douanes, le nom qui figurait sur son passeport n'était pas Paiuolo, mais Paladine. C'est du moins ce que racontait le chef cuisinier.

M. Paladine occupait les fonctions de concierge au Parker Regency depuis bientôt trente ans ; et cela faisait quinze ans qu'il dirigeait la conciergerie. La première rencontre entre lui et Joe Bates avait eu lieu peu de temps après que celui-ci s'était présenté à l'hôtel pour solliciter le poste de « concierge adjoint » proposé dans les petites annonces du *New York Times*.

Le jeune homme avait d'abord été interrogé par M. Pargiter, le directeur de l'hôtel, un homme d'une quarantaine d'années, surmené et pointilleux, avec des cheveux ternes et prématurément blanchis, et une très fine moustache gominée, taillée en pointe et dont l'une des extrémités était toujours plus basse que l'autre, ce qui lui conférait en permanence une apparence légèrement déséquilibrée. Pressé de se débarrasser de cette pénible épreuve de l'entretien, il s'était montré incapable d'y mettre fin dans un temps raisonnable. La discussion avait duré trois quarts d'heure, pendant lesquels le directeur avait reposé les mêmes questions deux ou trois fois, pour finalement conclure la discussion de manière brutale, sans prévenir et en se levant d'un bond.

– Eh bien, je pense qu'il est temps d'aller voir M. Paladine, avait-il dit avant de sortir précipitamment du bureau.

1. En français dans le texte.

Bates lui avait emboîté le pas, réussissant tant bien que mal à le suivre. A un moment donné, Pargiter s'engouffra dans un ascenseur sans s'apercevoir que le jeune postulant ne l'avait pas encore atteint. Les portes se refermèrent derrière lui et le jeune homme se retrouva seul, abandonné dans le hall. Quelques instants plus tard, Bates entendit l'ascenseur s'arrêter, le câble s'inverser et le moteur gémir pour faire redescendre la cabine. Les portes se rouvrirent, le directeur était là, suant à grosses gouttes et foudroyant Bates du regard, comme s'il avait affaire à un dément.

– Eh bien, venez donc ! lui avait-il lancé.

La conciergerie jouxtait le grand hall de l'hôtel, à droite de la réception, en face de l'échoppe du fleuriste et des nombreuses boutiques qui bordaient l'esplanade intérieure en marbre. Elle se composait d'un long comptoir, en marbre lui aussi, sur lequel étaient posés deux élégants porte-plume, des encriers, plusieurs téléphones dont s'occupaient présentement deux adjoints tirés à quatre épingles et qui étaient à peine plus âgés que Bates lui-même. Veste queue-de-pie grise et pantalon noir à fines rayures, ils répondaient aux appels et venaient en aide aux clients de l'hôtel qui formaient une petite file d'attente devant le comptoir. En passant devant eux à vive allure, sur les talons de M. Pargiter, Bates sentit que leurs regards inquiets le suivaient.

Le bureau de M. Paladine était situé dans un cul-de-sac, au fond de la conciergerie. Pour y accéder, il fallait emprunter un étroit passage flanqué, sur un côté, d'une longue paroi vitrée derrière laquelle trois rangées de coffres-forts scintillaient sous un violent éclairage métallique.

Quand ils arrivèrent devant le bureau du concierge, la porte était fermée, et derrière elle régnait un silence inquiétant. Déconcerté et ne sachant visiblement plus que faire, M. Pargiter se figea. Finalement, il se pencha et colla son oreille contre la porte, guettant un signe de vie à l'intérieur du bureau : le crépitement d'une machine à écrire, une voix au téléphone… tout aurait fait l'affaire.

N'entendant rien, le directeur décida de frapper à la porte, non sans réticence, comme s'il réclamait audience à une divinité suprême. Pas de réponse – il poussa le courage jusqu'à récidiver. Cette fois, on entendit le grincement d'une chaise montée sur des roulettes mal huilées, suivi d'un grognement humain qui pouvait passer pour un « Entrez ». Une seconde plus tard, Bates se retrouvait dans l'antre du concierge, juste derrière M. Pargiter, dont les épaules voûtées en signe de déférence lui masquaient les trois quarts de la personne assise à son bureau devant eux.

D'un ton trop jovial et débordant de joie feinte, le directeur bafouilla quelques mots de présentation. Il riait trop fort et parlait trop vite, impatient, une fois de plus, d'en finir pour pouvoir ficher le camp.

Les civilités enfin terminées, M. Pargiter exécuta un étrange mouvement de rotation avec ses épaules.

– Bon, je vous laisse discuter tous les deux, dit-il.

Il les gratifia d'un sourire crispé et recula vers la porte. Sans se retourner, marchant à petits pas, il sortit en s'inclinant avec raideur, tel un mandarin. De fait, il y avait dans son geste quelque chose de médiéval et de légèrement oriental.

Après le départ du directeur, M. Paladine garda la tête baissée un long moment, plongé dans la lecture du curriculum vitæ posé devant lui et qui se résumait à une dizaine de lignes séparées par un double interligne et mal dactylographiées. Bref, un document peu convaincant. Aux yeux de Bates, Paladine ne ressemblait pas du tout à un concierge, même si, à cette époque, il n'avait que de vagues notions concernant l'apparence habituelle d'un concierge. La quarantaine, proche de la cinquantaine, estima-t-il ; maintien raide, presque militaire, même en position assise, séduisant, fringant auraient dit certains, mais avec quelque chose de théâtral.

Hormis ses cheveux argentés et ondulés, le concierge dégageait une incroyable impression de jeunesse. Avec ses traits réguliers dominés par un grand nez aristocratique, ses yeux en amande de type légèrement asiatique, sa peau épargnée par le passage du temps et ses 1,75 mètre environ, il offrait l'image d'un sportif qui surveillait son alimentation et entretenait son corps.

Sa veste queue-de-pie gris perle posée à cheval sur le dossier de sa chaise, il était assis en bras de chemise, le col ouvert, et arborait une paire de bretelles larges et noires. Sous la chemise, le corps paraissait svelte, mais ferme et musclé, comme si Paladine s'entraînait dans une salle de gym ou disputait quatre ou cinq parties de tennis par semaine. L'homme se souciait de son apparence.

Comme Bates le sut bientôt, le concierge en chef parlait parfaitement un anglais teinté d'un léger accent, pas immédiatement reconnaissable, comme quelqu'un qui le pratique depuis des années, mais dont, malgré tout, ce n'est pas la langue maternelle.

Tour à tour agréable, suffisant, brutal et sévère, il y avait dans son regard aiguisé et autoritaire une bonne dose de vanité, mais ce n'était pas la vanité stupide des gens simplement orgueilleux. La sienne possédait une manière de substance ; c'était plus celle de quelqu'un qui connaît son travail, se connaît lui-même et juge les autres selon ces critères. Mais l'impression dominante n'en restait pas moins celle d'un homme rusé, prudent et qui n'abaissait jamais sa garde.

Son bureau était une pièce exiguë et sans fenêtre. On songeait à un bunker en temps de guerre. Exception faite d'une unique lampe posée sur le bureau, l'endroit était plongé dans la pénombre et il y régnait une austérité qui confinait au monastique. Un bureau, une lampe, un téléphone, un classeur et quelques chaises, voilà à quoi se réduisaient le mobilier et l'aménagement. Aucune trace d'ornement. Tous les éléments décoratifs ou un tant soit peu personnels avaient été impitoyablement bannis, comme victimes d'une censure officielle.

Lorsque le concierge s'adressa à Bates pour la première fois, il le fit en français, sous la forme d'une question, à laquelle le jeune homme répondit du tac au tac. Sans afficher la moindre réaction devant la qualité du français de

Bates, Paladine lui posa aussitôt une autre question en allemand, à laquelle il fut répondu aussi habilement.

– Vous parlez d'autres langues étrangères ? demanda le concierge.

– Je connais quelques mots de japonais, en cas de besoin.

Alors, le concierge l'interrogea en japonais. Voyant que Bates lui répondait dans un japonais meilleur que le sien, il grimaça, lui coupa la parole et changea rapidement de sujet.

– Aucun des jeunes gens qui viennent travailler avec moi ne veut réellement devenir concierge, dit-il. Pour eux, il s'agit de gagner un peu d'argent avant d'entrer à la fac de droit ou de décrocher un bon poste dans une grosse société.

Il avait dit cela avec un soupçon d'agacement, comme s'il avait déjà conclu que ces motivations étaient également celles du jeune homme assis devant lui, et l'avait donc disqualifié pour cette raison.

– Personne ne choisit de devenir concierge, ajouta-t-il. En vérité, c'est le métier qui vous choisit. On ne le décide pas. Ça arrive, et voilà. Et d'abord, pourquoi voulez-vous ce poste ?

Il avait raison, évidemment. Bates n'avait certainement pas choisi de devenir concierge. D'ailleurs, il n'avait qu'une très vague idée de ce qu'était un concierge. Pour lui, cela s'apparentait à une sorte de groom avec du galon, et d'après le peu qu'il savait sur les concierges, il n'était pas particulièrement excité à l'idée d'endosser le costume.

Néanmoins, même s'il avait terriblement besoin de ce boulot, il refusait de mentir ou de s'extasier sur les joies que l'on éprouvait à se dévouer au service d'autrui. A ses yeux de jeune homme, il n'y avait même rien de plus détestable que de devoir servir son prochain. A vingt-deux ans seulement, Bates avait déjà une expérience suffisamment grande des hommes pour savoir qu'il fallait se garder de tout sentiment de confiance ou de dépendance à l'égard de cette créature perfide. En outre, M. Paladine semblait un peu trop intelligent et perspicace pour gober ce genre de bobards.

La vérité, c'était que Bates avait besoin de trouver un boulot, rapidement, et travailler dans un hôtel lui paraissait beaucoup moins insupportable que de taper à la machine dans un bureau pour 5,50 dollars de l'heure ou d'aller dans une école pour augmenter son stock déjà abondant d'informations inutiles.

– J'aime beaucoup la bonne cuisine et le bon vin, répondit-il enfin, et c'était en partie vrai. Si je parviens à mettre assez d'argent de côté, un jour, j'aimerais bien ouvrir une auberge dans le Vermont, voire dans les White Mountains du New Hampshire.

Un léger sourire ourla les commissures des lèvres du concierge, mais celui-ci retrouva rapidement le froncement de sourcils figé avec lequel il préférait affronter le monde. S'agissait-il d'un sourire ou d'un rictus ironique, ou d'autre chose, Bates n'aurait su le dire.

Le concierge reporta brièvement son attention sur le curriculum vitæ posé devant lui, puis il le prit entre le pouce et l'index comme s'il s'agissait d'une chose légèrement souillée. Apparemment, se dit-il, le jeune homme sortait tout juste de l'école et ne possédait aucune expérience professionnelle véritable. Un rapide examen visuel du sujet révélait un jeune homme au tempérament taciturne et, à en juger par le ton sec sur lequel il répondait à ses questions, Paladine devinait en lui un individu réfractaire à toute forme d'autorité. Ce qui ne correspondait pas exactement aux qualités qu'un concierge recherchait chez un adjoint potentiel.

D'un autre côté, ce jeune homme faisait montre d'une impressionnante maîtrise des langues étrangères, élément crucial du métier de concierge et qualité de plus en plus rare dans une société qui avait tendance à les mépriser. Aussi, même s'il se méfiait des défauts qu'il décelait en lui, Paladine n'était-il pas insensible aux avantages que représentait la présence à ses côtés d'un nouvel adjoint polyglotte.

– Quelles sont vos exigences salariales ? lui demanda-t-il.

– La vie est chère dans cette ville, lui répondit Bates sans la moindre hésitation. Il me faut de quoi subsister.

– Ce n'est pas très bien payé. 18 000 dollars par an. Soit environ 350 dollars par semaine.

– J'ai entendu dire que les pourboires étaient intéressants.

Le concierge parut agacé par cette remarque, comme si Bates avait fait preuve d'impertinence.

– Comprenez bien une chose, reprit Paladine. Un concierge n'est pas un serveur, ou un groom. La chasse aux pourboires, ce n'est pas notre affaire. Nous ne travaillons pas pour les pourboires. Nous travaillons pour un salaire, comme n'importe quel employé. Ici, vous travaillerez dur, et certaines personnes ne vous donneront même pas un centime. Il faut apprendre à cultiver cette clientèle, au fil du temps. Tout est question d'habitude. Chaque client a ses exigences. Dès lors que vous commencez à les connaître et à pouvoir les satisfaire, ce métier peut effectivement devenir très rémunérateur.

Il répéta ces deux derniers mots très lentement, pour s'assurer que le message avait été bien reçu.

– En outre, ajouta-t-il, vous êtes nourri et logé. Et si vous passez avec succès la période de formation de douze mois, l'hôtel soutiendra votre candidature pour devenir membre de La Clé d'or.

Le concierge avait brandi cette éventualité comme une carotte au bout d'un bâton. Mais en voyant l'absence de réaction sur le visage de Bates, il conclut que celui-ci n'avait pas la moindre idée de ce qui lui était proposé.

– Il s'agit de notre syndicat, lui expliqua-t-il sans masquer son irritation. Nous formons un tout petit groupe, extrêmement sélectif. A travers le monde, nous devons être deux cents à en faire partie, pas plus. Si vous êtes accepté, vous pourrez vite vous faire une place au soleil. Cela, évidemment, au cas où vous souhaiteriez réellement devenir concierge. Alors... ce poste vous intéresse-t-il ?

– Oui, je crois.

– Vous croyez ?

– Oui, ça m'intéresse.

– Quand pouvez-vous commencer ?
– Il faut que j'aille chercher mes affaires.
– Où sont-elles ?
– Au YMCA de Lexington Avenue.
– Eh bien, allez les chercher.

Bates acquiesça, sans trop savoir ce qui venait de se passer. Il pivota sur ses talons pour partir et faillit trébucher. Il atteignait la porte et s'apprêtait à sortir lorsque le concierge le rappela.

– Monsieur Bates ! (C'est ainsi qu'il l'appellerait désormais : « Monsieur Bates. » Jamais Joe, ni Joseph, ni Bates.) J'ignore ce que vous avez entendu dire sur ce métier.
– Je vous demande pardon ?
– Dans l'exercice de vos fonctions, vous aurez affaire à un tas d'individus différents. Vous serez parfois confronté à des situations inhabituelles. Vous risquez d'entendre d'étranges choses.
– Oui, monsieur.
– Notre travail est souvent routinier, toutefois certains aspects pourront vous sembler plus insolites que vous ne l'auriez imaginé. La plupart des gens que vous rencontrerez sont très riches et habitués à obtenir tout ce qu'ils désirent, et quand ils le désirent. Si vous souhaitez faire votre trou ici… (Son regard balaya le jeune homme de haut en bas)… apprenez à voir et à entendre. Et oubliez aussitôt tout ce que vous avez vu et entendu.

Une fois sorti du bureau, Bates s'arrêta dans l'étroit couloir, devant la paroi vitrée derrière laquelle les rangées métalliques de coffres-forts scintillaient dans la lumière argentée. Il n'avait pas encore bien compris qu'il venait de décrocher le poste ; de fait, il ne s'attendait pas à l'obtenir quand il avait postulé. En plus, il n'aurait su dire si le concierge l'avait engagé parce qu'il lui avait fait bonne impression, ou bien à cause de ses qualifications, ou simplement parce que personne d'autre ne s'était présenté pour le poste et qu'ils avaient besoin de quelqu'un rapidement.

Quant à ses remarques sibyllines à la fin de l'entretien, elles étaient plus alléchantes que menaçantes, songea-t-il rétrospectivement, ce n'était que du vent, de l'esbroufe.

Une allusion voilée aux faiblesses et aux penchants de la nature humaine. Rien de nouveau sous le soleil. Le concierge l'avait-il pris pour un idiot ? se demanda-t-il. Maintenant âgé de vingt-deux ans, il avait appris tout ce qu'il avait besoin de savoir sur les faiblesses et les penchants de l'être humain lorsque, à onze ans, il avait vu son père mettre la main aux fesses de sa tante Sally.

2

La matinée de Bates débutait à 7 heures, moment où il s'installait au fond de la conciergerie. Tom Potts et Patsy Ricci, les deux autres assistants, prenaient position derrière le comptoir de marbre. Le concierge était toujours là avant eux, pour répondre au téléphone, consulter les listes des arrivées et des départs du jour, griffonner quelques notes et donner des instructions à ses adjoints dès qu'ils se présentaient. En tant que novice, Bates en recevait peu, étant entendu qu'on ne pouvait guère lui faire confiance pour les choses importantes. Parfois, on l'autorisait à effectuer une petite commission, du moment que cela n'impliquait aucun contact avec la clientèle.

A 23 heures, lorsque les trois adjoints avaient enfin terminé leur journée, M. Paladine, lui, restait encore là. A croire que la conciergerie était son domicile, même si, contrairement à ses adjoints qui logeaient dans des mansardes au dernier étage de l'hôtel, le concierge chef habitait « à l'extérieur ». Nul ne savait où, et il ne l'avait jamais dit à personne. Potts, qui aimait donner l'impression d'avoir accès à des informations hautement confidentielles, interdites aux autres, affirmait que Paladine vivait dans une petite maison située dans le quartier chic des environs de la 60e Rue Est et que chaque matin, pour venir travailler, il traversait Central Park. Toujours d'après l'informateur de Potts, haut placé dans la hiérarchie, précisait-il, leur patron partageait sa vie avec une jolie femme, une créatrice de mode sur le point de connaître une renommée internationale, et qui avait la moitié de son âge. Une autre source, haut placée elle aussi, affirmait au contraire que le concierge vivait seul, et avait toujours vécu seul, que de fait il était aussi solitaire qu'un moine.

Bien que sympathique, Potts pouvait se montrer impertinent, et Bates apprit à ne pas prendre tout ce qu'il disait au pied de la lettre. A l'inverse, Patsy Ricci éprouvait pour le concierge une sorte d'admiration mêlée de respect, ou peut-être était-il simplement trop timide pour colporter des rumeurs ou des remarques désobligeantes sur son compte.

– N'écoute pas ce que raconte Potts, glissa-t-il un jour à Bates d'un ton inquiet. Et fais gaffe à ce que tu dis devant lui. Le Maestro (c'est ainsi qu'il appelait Paladine) sait tout ce qu'on fait.

M. Paladine, comme le découvrit rapidement Bates, incarnait l'image parfaite de sa profession, jusqu'à l'excès auraient dit certains. Il était capable de faire une demi-douzaine de choses à la fois, sans même transpirer. Les rares fois où il s'absentait, sa présence continuait malgré tout de planer au-dessus de la conciergerie, telle une brume légèrement oppressante. Parfois, alors qu'il s'occupait de choses et d'autres à son poste, Bates levait les yeux et découvrait le regard perçant et pénétré du concierge posé sur lui.

En son absence, les choses avaient tendance à aller de travers. Des réservations s'égaraient ou, pire encore, n'étaient pas enregistrées. Des clients qui pensaient avoir une table réservée chez Lespinasse à 20 heures se présentaient à l'heure prévue pour s'entendre dire qu'ils n'étaient attendus que dans une heure. D'autres, persuadés d'avoir une place à bord du Concorde à destination de Paris, au départ de l'aéroport Kennedy, apprenaient en arrivant pour l'embarquement qu'ils avaient effectivement une place réservée, mais sur un autre Concorde au départ de Newark.

Le concierge n'avait aucune indulgence pour ce genre de bévues et, quand cela se produisait, il fallait s'attendre à des moments difficiles. C'est ainsi que Bates vit un jour un Patsy Ricci à l'air penaud suivre M. Paladine dans son bureau au fond de la conciergerie. Il en ressortit vingt minutes plus tard le visage crispé, visiblement secoué par le châtiment qu'on lui avait infligé ; son teint café au lait de Méditerranéen avait viré au blanc terreux.

Mais le reste du temps, quand M. Paladine se trouvait aux commandes, les maîtres mots étaient efficacité et rapidité. Une merveille de mécanique. En le regardant travailler, on pensait immanquablement au capitaine d'un énorme paquebot de croisière : en homme de l'art il dirigeait son navire au milieu de courants difficiles, parfois même dans des mers déchaînées, et sans jamais perdre son sang-froid.

Dans l'univers exigu et raffiné des concierges d'hôtel, la réputation de Roger Paladine traversait toutes les frontières. Au sein de La Clé d'or, le syndicat international de l'élite des concierges (elle ressemblait plus à une confrérie médiévale), il jouissait d'un prestige quasi légendaire. Dans son dos, ses collègues le surnommaient, en plaisantant à moitié, « Le Grand Ordonnateur ». Mais ces plaisanteries inoffensives étaient sous-tendues par un authentique respect. « Pour Paladine, rien n'est impossible », disait-on. Personnage secret, peu loquace et peu sociable, il ne comptait guère d'amis au sein de la confrérie, mais beaucoup d'admirateurs. Ses contacts étaient nombreux et ses tentacules, quand il les sortait, pouvaient atteindre les recoins les plus improbables de cette ville, et parfois même les plus troubles.

Si vous vouliez une table chez Daniel ou Nobu, s'il vous fallait, à la dernière minute, des premières places d'orchestre pour *Nabucco*, ou un tailleur capable de vous faire très rapidement un costume digne de Savile Row, si vous cherchiez, disons une caisse de Palmer 61, une édition originale de Poe, le meilleur rapport qualité-prix pour de la zibeline russe, si originale et insolite que soit votre requête, s'il existait la plus petite chance de l'exaucer, « Le Grand Ordonnateur » ferait appel à toutes ses ressources. Et si lui-même ne savait pas où dénicher tel ou tel objet ou comment obtenir un service particulier, il connaissait la personne qui, elle, avait la réponse.

Le génie de Paladine, tout le monde en convenait, c'était sa formidable intuition. Il savait d'emblée qui vous étiez et ce que vous désiriez. Et si, par hasard, vos désirs étaient quelque peu délicats, il savait vous épargner la gêne d'avoir à demander. Aussi occupé fût-il, il ne l'était jamais trop pour oublier la touche personnelle. Pour les clients permanents de l'hôtel, il y avait toujours des fleurs et du champagne à l'occasion des anniversaires ou autres célébrations. Il n'oubliait jamais, par exemple, de rappeler au vieux M. Tallyrand de faire sonner son réveil à 6 heures pour prendre ses médicaments ; il ne manquait jamais non plus de prendre des nouvelles du Dr Nierenberg chaque fois que celle-ci se sentait déprimée, et c'était presque tout le temps.

En dépit de cette activité frénétique, le concierge gardait l'œil vif. Au sommet de sa puissance, il incarnait le parangon de sa profession. Jamais désobligeant. Jamais enclin à critiquer. D'une honnêteté scrupuleuse, il ne rampait pas devant les riches, pas plus qu'il n'envoyait promener les moins fortunés. Il n'était pas affligé de ces grands airs qu'affichaient certains de ses collègues dans d'autres établissements. Jamais il ne s'abaissait à évaluer d'un coup d'œil la richesse de tel ou tel client de l'hôtel, afin d'estimer la récompense qu'il pouvait espérer en échange de ses services. Il ne prenait pas de poses affectées. Il était d'une courtoisie à toute épreuve et, même dans les situations les plus difficiles, totalement imperturbable.

« Regardez et écoutez », avait-il dit à son nouvel et jeune adjoint dès le début de son apprentissage. « Et ne faites rien sans que je vous le dise. » Il parlait sérieusement. Un jour, un client avait demandé à Bates de l'aider à porter ses bagages. Par automatisme, le jeune homme s'apprêtait à prendre une des valises, mais avant même qu'il ait eu le temps de la soulever, M. Paladine avait jailli de derrière son comptoir en marbre et lui faisait signe de reposer la valise.

Il avait claqué des doigts et, aussitôt, un chasseur était apparu comme par magie pour emporter les bagages. Plus tard, le concierge avait pris Bates à l'écart, et d'une voix calme, mais ferme, il lui avait dit : « Hélas, monsieur Bates, la plupart des gens à qui vous aurez affaire ici ignorent totalement le rôle et les fonctions d'un concierge. Mais une chose est sûre : nous ne sommes pas des chasseurs. »

Il y avait dans sa voix, alors qu'il prononçait ce dernier mot, non pas du mépris, mais plutôt le rappel d'une distinction de classe consacrée par l'usage et qu'il était bien décidé à ne jamais oublier. « A l'avenir, si quelqu'un, en vous voyant avec votre uniforme de concierge, vient vous trouver pour vous demander de porter ses bagages et de lui appeler un taxi, vous devez sourire poliment et l'adresser au responsable des chasseurs ou à la réception. Que je ne vous revoie jamais en train de porter un bagage, ou c'est la porte ! »

3

Je sèche tous les pleurs sur mes seins triomphants,
Et fais rire les vieux du rire des enfants.
Je remplace, pour qui me voit nue et sans voiles,
La lune, le soleil, le ciel et les étoiles.
Je suis, mon cher savant, si docte aux voluptés...

– Corps infâmes. Créatures infâmes. Tous autant que nous sommes. Ce vieux malin de Baudelaire a tout compris, hein, Gerio ?

– Oui, Excellence.

– Ah, quelles vérités amères il nous assène. Vous lisez merveilleusement.

– Merci, Excellence.

Le comte Gobbo soupira et détourna le regard.

– Vous m'avez déjà entendu répéter la même chose des centaines de fois, Gerio. Vous devez en avoir assez, à force.

– Non, pas du tout, Excellence, répondit le concierge.

Le vieil homme lui tapota la main.

– Vous êtes un gentil gars, et quelle patience.

Le vieux Gobbo s'était affalé sur son lit ; le col de sa chemise était ouvert et sa cravate desserrée pendait autour de son cou décharné. Un gant de toilette mouillé reposait sur ses yeux, deux ou trois oreillers étant glissés derrière sa tête. Il avait la voix enrouée, comme s'il avait fumé trop de Partagas malgré les ordres du médecin. Il ôta le gant de toilette et le lança sur le lit ; ses yeux chassieux s'illuminèrent en se posant sur le concierge.

– Moi, je ne me supporte plus. Ça ne vous donne pas

envie de vomir, Gerio ? Je ne lis rien sur votre visage. Vous ne laissez jamais transparaître vos sentiments. D'ailleurs, en avez-vous ? Pardonnez-moi, dit-il en tapotant de nouveau la main du concierge. Je suis injuste. Si je vous dis tout ça, c'est pour des raisons purement égoïstes. Je me doute bien que vous vous en fichez.

– Non, non, Excellence… je ne…

Le concierge commença à protester, mais le vieil homme le fit taire d'un geste.

– Si je vous raconte tout ça, reprit-il, c'est que je me sens mieux ensuite. Je ne peux pas dire purifié, mais mieux. Oui, je me sens mieux.

Il se tapota la poitrine à deux mains, comme s'il cherchait quelque chose, et en effet il sortit de sa poche de chemise un de ses Partagas ; il en trancha l'extrémité d'un coup de dent et cracha le morceau dans un cendrier posé sur la table de chevet.

Le concierge approcha la flamme du briquet à gaz et le vieux comte tira sur son cigare avec force, transformant ses joues terreuses et flasques en soufflets, projetant la flamme bleutée vers le plafond. L'extrémité du cigare rougeoya et cracha une volute de fumée noire. Pour finir, le vieil homme laissa retomber sa tête sur les oreillers, épuisé par l'effort. Il tira une longue bouffée de son cigare, ce qui déclencha aussitôt une violente et douloureuse quinte de toux. Les spasmes continuèrent jusqu'à ce que le concierge l'aide à boire quelques gorgées d'eau minérale San Pellegrino, après quoi la quinte cessa et le vieil homme se détendit et poussa un soupir de soulagement.

– Ça va mieux. C'est comme d'aller voir un prêtre, dit-il d'une voix hachée. Quand vous sortez du confessionnal. On sait que tout cela n'est qu'une supercherie honteuse. Pourtant, quelque part au fond de soi-même, on espère. L'espoir, toujours l'espoir. Au moins puis-je encore espérer. Encore un peu d'espoir, hein, Gerio ? Mais je n'irai pas voir un prêtre pour m'agenouiller à l'intérieur de cette boîte grotesque. Ce sont tous des charlatans. Des parasites. Des pédérastes.

Pris d'une nouvelle quinte de toux, le vieillard tira longuement sur son Partagas.

– Moi y compris, Gerio. Vous m'imaginez en diacre ? Vêtu d'une soutane noire le dimanche ? Aussi pieux qu'un saint ? Fulminant contre la perversion de l'humanité ? Vieux fornicateurs que nous sommes ! Quelle honte ! Quelle ignoble hypocrisie ! Je suis un vieil imbécile fatigué. J'aurais certainement plu à Baudelaire, hein, Gerio ? Combien de temps ai-je vécu ainsi ? Depuis quand me connaissez-vous ? Depuis que vous êtes enfant. Votre très cher père, Leonardo, je l'ai connu quand il était concierge chef à l'ancien Négresco, où j'allais avec ma famille tous les étés. Il m'a sauvé la vie. Vous le saviez, Gerio ? Votre père m'a sauvé la vie. Lui seul était capable de trouver un chirurgien à Nice un dimanche en plein été pour m'opérer de l'appendicite. Et vous lui ressemblez. Vous êtes son portrait tout craché, comme on dit. Quand je vous regarde, je le revois. Ah, ce cher vieux Leonardo ! Quel homme délicieux ! Un prince. Un saint. C'est incroyable la façon dont vous lui ressemblez, troublant même. J'ai l'impression de lui parler en ce moment même ; j'en ai des frissons dans le dos. Vous avez les mêmes manières que lui. Oh, je ne parle pas du côté pieux, de cette écœurante hypocrisie. Non, c'est plutôt une sorte de bonté et de tolérance. Il vous manque, Gerio ? Est-ce que votre père vous manque ?

– Oui, beaucoup, Excellence.

– Vous ne faites pas partie de ces culs-bénis résignés, Gerio. Vous êtes bien trop charnel.

Le vieux Gobbo renversa la tête contre les oreillers et gloussa de plaisir.

– Ne vous inquiétez pas, Gerio. Ce n'est pas un reproche. Vous êtes un grand garçon maintenant, que Dieu vous garde. Vous n'êtes plus le sale gosse que je surprenais dans les cuisines du Négresco en train de regarder sous les jupes des serveuses. Vous ne vous sentez pas offensé, n'est-ce pas ? Je le vois bien.

– Nous sommes tous humains, Excellence, lui répondit Paladine avec un sourire, en songeant aux minutes qui passaient et à la pile de messages qui l'attendait en bas.

– ... pas continuer comme ça, disait le vieux comte Gobbo qui continuait à décharger sa conscience. Ils découvriront la vérité. Forcément. S'ils n'ont rien découvert jusqu'à maintenant, c'est juste une question de chance. Ou peut-être que c'est déjà fait depuis longtemps et je me mens à moi-même.

En entendant la voix hachée du vieil homme, le concierge se dit qu'il était sur le point de pleurer. Seigneur, épargnez-moi ça, pensa-t-il. Faites qu'il ne pleure pas. Ah, voilà qu'il sort son mouchoir maintenant.

D'une chiquenaude, le concierge chassa une cendre de cigare qui était tombée sur la chemise du comte. Celui-ci le regarda en essayant de lire dans ses pensées.

– Les mauvaises habitudes, Gerio. Les mauvaises habitudes et les mauvaises fréquentations, reprit-il. C'est ça le problème. Chaque fois, je me dis que c'est la dernière. Mais évidemment, c'est faux. Je ne peux pas résister. Et plus je vieillis, plus ça empire. Parfois, au consulat, j'ai l'impression qu'ils sont tous au courant. Ce matin, le consul m'a convoqué dans son bureau. Il a fermé la porte. D'habitude, il ne ferme jamais la porte. Il m'a regardé d'un drôle d'air. J'ai cru que j'allais vomir. J'étais persuadé qu'il avait entendu des rumeurs. Que quelqu'un l'avait appelé pour me dénoncer. J'ai cru qu'il allait me virer, me passer un savon et me renvoyer à Modène pour affronter ma famille et l'humiliation d'un procès.

« Mon cœur battait à tout rompre. En fait, ce n'était rien du tout. Une petite affaire sans importance. Mais voilà de quoi est faite ma vie, Gerio. Chaque jour est un enfer. Chaque jour, une nouvelle mort vous attend. Chaque jour, vous les sentez qui vous regardent avec leurs sourires malveillants. Ils vous regardent et ils chuchotent dans votre dos. “Regardez-le, disent-ils. Gobbo le vieux fornicateur. Le débauché. Le pédéraste. *Che disgrazia. Ma che vergogna.*” (Il frappa dans ses mains et leva les yeux au ciel.) En sortant du bureau du consul, je suis allé vomir aux toilettes. Voilà pourquoi je suis rentré si tôt. J'étais malade. Physiquement. Un jour, ils me piégeront, c'est sûr.

Les larmes ruisselaient sur ses joues. Il les essuya avec son mouchoir roulé en boule, comme on chasse des mouches.

Il poursuivit sur sa lancée, pour se punir :

– Angelina est-elle au courant ? Souvent je me le demande. Comment pourrait-elle l'ignorer ? Il faudrait qu'elle soit aveugle pour ne pas voir. Et si elle ne sait pas, quelqu'un devrait le lui dire. Je l'ai déshonorée et j'ai jeté la honte sur ma famille. Quarante ans de mariage, Gerio. Quarante ans de trahisons, de mensonges, de mesquineries.

Il se moucha bruyamment dans le gant de toilette.

– Pardonnez mon attitude. Donnez-moi votre mouchoir, Gerio. Le mien est dans un sale état.

Il jeta le gant de toilette et, avec son autre main qui tremblait, il déplia le mouchoir tout propre et repassé que lui avait tendu le concierge.

– Est-ce vraiment moi ? Est-il possible que ce soit moi ? (Il se tamponna les yeux en gémissant.) Un vieillard sénile qui mouille son lit la nuit. Je suis incontinent, Gerio. Parfaitement, incontinent ! J'essaye de le cacher aux femmes de chambre, mais je vois bien à la façon dont elles me regardent qu'elles le savent. Elles me méprisent. Elles se moquent de moi. Et je… Avez-vous honte de votre parrain, Gerio ? Est-ce que vous vous moquez de lui, vous aussi ?

– Excellence…

– Non, laissez-moi continuer. Laissez-moi vider mon sac. Maintenant que j'ai commencé, je veux aller jusqu'au bout. Ça me fait du bien. Je regrette simplement que ça tombe sur vous. Si vous saviez à quel point je me hais. Un homme qui approche des soixante-dix ans. Père de quatre enfants. Six fois grand-père. Fonctionnaire de la république italienne. Si jamais la vérité venait à se savoir, je me tuerais. Je vous jure que je me tuerais. Oh, ne vous inquiétez pas, Gerio. Je ne commettrai pas un acte inconsidéré. Je n'ai pas assez de cran pour ça. Oui, je sais ce que vous allez dire. Économisez votre salive. J'ai déjà entendu ça, et chaque fois je jure que ça ne se reproduira plus. Mais, bien entendu, je recommence.

La diatribe était terminée. Brutalement, comme s'il en avait fini pour de bon avec la partie cathartique de la séance. Mais une autre partie allait débuter, le concierge le savait. La vraie partie, la raison pour laquelle le vieux Gobbo l'avait fait venir.

– Je suis fatigué, Gerio. Je voudrais dormir. (Son expression sinistre se transforma soudain en un sourire espiègle.) M'avez-vous apporté mes petites friandises ?

– Deux seulement, Excellence. Souvenez-vous.

Le vieux comte s'empara brusquement des deux petites gélules bleues qui se trouvaient dans la paume tendue de Paladine.

– Formidable. Vous êtes brave. Le digne fils de votre père. Le portrait de ce cher et regretté Leonardo. Quand je vous regarde, je le revois, comme si c'était hier, derrière le guichet de la réception du Négresco. Dans son *accoutrement*[1] étincelant. Il avait une allure de prince, votre père. Tenez, passez-moi ce verre d'eau.

– Deux, pas plus, Excellence, répéta le concierge. Elles sont dosées à 60 milligrammes.

– Oui, oui, je sais. 60 milligrammes. Deux seulement, Gerio. Exact. Comme papa. Exactement comme votre père. Laissez-moi maintenant, j'ai besoin de me reposer. J'ai une sale journée qui m'attend demain, avec le consul. Il va encore me réprimander à cause de mes frais.

Au moment où le concierge atteignait la porte, le vieil homme le rappela.

– Gerio.

– Oui, Excellence ?

– Vous devez me promettre une chose.

Paladine se retourna à demi et attendit, la main sur la poignée de la porte.

– Si jamais, pour une raison quelconque, quelque chose devait…

– Oui, Excellence ?

– Je parle d'une chose très désagréable, déplaisante…

– Oui, Excellence.

1. En français dans le texte.

Le concierge attendait la suite.

– Promettez-moi de rester à mes côtés.

– A vos côtés ?

– Vous savez bien ce que je veux dire. En cas de tapage ou de scandale. Enfin, vous voyez bien. Ce genre de choses. Il faudrait éviter les fuites.

– Cela risque d'être difficile. Très difficile.

Le vieil homme repoussa cette objection d'un geste.

– Allons, Gerio. Je vous connais bien, vous autres les concierges. Les professionnels. Ceux qui sont capables d'écraser un scandale dans l'œuf. Vous avez un petit carnet, en bas dans votre coffre, rempli de toutes sortes de numéros de téléphone. Vous pouvez faire des miracles quand vous le voulez. Si on devait en arriver là… mais je ne dis pas que cela se produira forcément. Je sais seulement que je peux compter sur vous pour faire ce qu'il faut.

Les pilules avaient commencé à faire leur effet. L'élocution du vieil homme devenait plus indistincte. Ses paupières lourdes commençaient à se fermer. Soudain, il tendit la main pour saisir le bras du concierge.

– Priez pour moi, Gerio. Et si jamais, que Dieu me garde, je devais avoir besoin de vous, ne m'abandonnez pas. Restez à mes côtés. Faites-le pour votre père. Il l'aurait voulu.

Délicatement, Paladine ôta les doigts du vieux Gobbo qui s'agrippaient à sa manche.

– Nous trouverons une solution, Excellence. Ne vous inquiétez pas. Reposez-vous maintenant.

Et il s'en alla.

4

En l'espace de quelques semaines, Bates avait déjà eu le temps de se faire une opinion sur le Parker Regency. Celle-ci allait au-delà de simples impressions sur ses collègues ou le travail en lui-même. Inévitablement, elle provoquait des réflexions concernant sa propre personne et la place qu'il occupait dans l'organisation générale des choses. Sorti depuis six mois d'une petite université du Midwest sans grande renommée, muni d'un diplôme à l'avenant, il s'était fait engager dans cet hôtel avec des sentiments ambigus, pour ne pas dire plus. A vrai dire, il trouvait le métier de concierge indigne de lui.

Étudiant moyen, son point fort avait toujours été les langues. Il possédait un don pour les langues étrangères. S'il avait du mal à faire une addition, il était capable, en revanche, de mémoriser la grammaire, la syntaxe et quasiment tout le lexique d'une langue étrangère en moins d'un mois, et, après quelques semaines de plus, de s'exprimer dans cette langue avec une assurance parfaitement convaincante.

De fait, Bates parlait un français et un allemand impeccables, son italien et son espagnol étant plus que corrects. Il possédait, en outre, des notions dans plusieurs autres langues, ce qui lui permettait de se faire comprendre en cas de nécessité. C'était selon lui la seule raison pour laquelle le Parker Regency, en la personne de M. Paladine, l'avait engagé.

Car, par ailleurs, il en était certain, le concierge éprouvait autant de réticences à son égard que lui-même en éprouvait face à ce travail. Mais ils avaient besoin l'un de l'autre. Bates avait passé un hiver épouvantable, et dilapidé presque toutes ses économies à chercher un emploi, sans succès, et sans espoir d'en trouver un dans un avenir plus ou moins proche. Pour lui, se faire embaucher au Parker Regency était donc un acte désespéré. Quant à l'hôtel lui-même, compte tenu de l'aspect légèrement suranné de ce vieil établissement et du médiocre salaire offert à un apprenti concierge, les candidats pour le poste ne se bousculaient pas au portillon.

Mais ne vous y trompez pas, le vieux PR, ainsi qu'on l'appelait affectueusement dans le métier, était toujours considéré comme un établissement de grande classe. Néanmoins, comme tout le reste dans un monde en perpétuelle mutation, il avait subi des changements. A son apogée, c'était le repaire des princes et des pachas, des hommes d'État et des magnats. Plusieurs présidents américains y avaient installé leurs quartiers. A une époque, les Winston Churchill, les Somerset Maugham et les Fred Astaire déambulaient dans ses couloirs. Bogart et Bacall aimaient s'attarder dans son célèbre bar, avec son comptoir en zinc, ses murs en lambris et ses peintures originales de Prendergast, buvant des *dry martinis* en compagnie de Howard Hawks jusqu'au petit matin. Aujourd'hui encore, un parfum tenace de cuir et de havanes, datant d'une époque depuis longtemps révolue, s'accrochait aux tentures et aux tapisseries.

Le nouveau guide Michelin, impitoyable et pragmatique, mais professionnel comme toujours, lui avait récemment supprimé une de ses trois étoiles, et les deux dernières paraissaient menacées elles aussi. La triste vérité, c'était que le vieux palace n'avait pas su emboîter le pas aux petits nouveaux plus entreprenants. Le Carlysle, le Saint Regis, le Four Seasons, le Mark, alimentés par les inépuisables devises arabes et japonaises, avaient détrôné le Parker Regency et volé une partie de sa clientèle. Les rupins de Hollywood et de Wall Street avaient tous émigré de l'autre côté de Central Park, plus chic.

Avec sa grandeur passée, ses hauts plafonds ornés de moulures, ses énormes lustres en cristal, ses tapisseries des Gobelins, le Parker Regency évoquait une femme à la beauté légendaire, mais qui après le bal, quand elle a ôté son maquillage et sa robe du soir, se retrouve devant vous au naturel, légèrement étiolée, laissant voir les marques cruelles du temps : les rides, les poches, les varices, un dentier qui semble trop grand dans une bouche trop petite.

Malgré tout, la vieille dame du PR demeurait une légende et une beauté ; son héritage patricien était encore visible dans la magnificence de ses courbes de la Belle Époque. Il était quasiment impossible d'y louer une chambre pendant les périodes de fêtes : Thanksgiving, Noël ou Pâques. Mais l'ambiance de l'établissement avait changé, indubitablement. La clientèle n'était plus la même. Les nouveaux clients étaient plus du style Radio City Music Hall que Metropolitan Opera, plus Madison Square Garden que Forest Hills.

Et surtout, il y avait les conventions. Quand un vénérable hôtel tel que le Parker Regency acceptait d'accueillir les conventions, c'était le signe du déclin. Il continuait, cependant, à recevoir beaucoup de monde. Mais ceux qui connaissaient les palaces parlaient maintenant du PR au passé, avec une pointe de nostalgie, comme on parle du *Queen Mary* ou de la Jaguar XJG. Paradigmes absolus de la perfection et de la classe en leur temps – un temps aujourd'hui révolu.

Bates apprit tout cela très rapidement, en posant des questions ici et là, en captant des bribes de conversations ou en observant, tout simplement. A mesure qu'il prenait de l'assurance, Paladine étendait le champ de ses fonctions. Certes, il n'était toujours pas autorisé à avoir des contacts avec la clientèle, mais il pouvait évoluer plus librement dans l'hôtel et sur un territoire moins restreint.

Vers sa cinquième semaine d'apprentissage, Paladine commença à l'expédier dans différents services : intendance, entretien, réception, cuisines..., soi-disant pour effectuer quelques petites tâches, mais surtout pour habituer les autres membres du personnel à sa présence, et lui apprendre, à lui, à se repérer dans l'hôtel.

Un samedi après-midi particulièrement animé, le téléphone du concierge n'avait pas cessé de sonner. Patsy et Tom Potts étaient eux aussi occupés à répondre aux appels. Le concierge gardait les yeux fixés sur les lumières vertes de son standard qui clignotait comme un sapin de Noël. Le système était conçu pour enregistrer les messages, mais également le numéro de la chambre d'où provenait l'appel. Les lumières clignotantes trépignaient d'impatience ; elles témoignaient des demandes et des attentes déraisonnables de tous ces gens habitués à être obéis sans délai.

Une demi-douzaine de lumières, au moins, clignotaient sur le tableau. La moitié signalait des appels de restaurants, d'agences de spectacles, d'antiquaires, de cavistes, de pharmacies… en réponse à des demandes formulées précédemment par Paladine, de la part de différents clients de l'hôtel. Auxquels s'ajoutaient une demi-douzaines de messages émanant de ses adjoints. Le concierge chef raccrocha.

– Potts ! lança-t-il. N'oubliez pas d'appeler la pâtisserie pour le gâteau d'anniversaire de Mme Gladstone. Si tout n'est pas absolument parfait, elle va sombrer dans la dépression. Vous la connaissez.

Sur ce, sans même prendre le temps de respirer, il reprit le téléphone.

– Oui, madame Hustings, le musée Frick se situe au coin de la 64e Rue et de la 5e Avenue. C'est ouvert de 10 à 17 heures en semaine et de 11 à 18 heures le week-end. Fermé le mardi. Vous pouvez vous y rendre à pied de l'hôtel. Il suffit de traverser Central Park. Si vous en ressortez vers les 18 heures et si vous cherchez un endroit pour dîner, *Jean Claude* est juste en face.

« … Bonjour, madame l'ambassadeur. J'ai essayé, mais je crains qu'il soit impossible de trouver un ophtalmologue aujourd'hui. S'il s'agit simplement d'un remplacement de lentilles, je crois que je peux demander à un ami optométriste de vous faire une ordonnance… Je m'en occupe… Immédiatement. Je vous en prie… Merci, madame. »

Au moment même où il raccrochait, le téléphone sonna de nouveau.

– Quoi encore, marmonna le concierge, et il décrocha. Il écouta sans rien dire, puis raccrocha.

– Monsieur Potts, soyez gentil de me remplacer quelques instants. Je reviens tout de suite.

Ses adjoints le virent alors se précipiter vers un endroit mystérieux.

– On peut dire qu'il se démène, pas vrai ? commenta Bates, admiratif malgré lui.

– Il est comme ça, le vieux Rog, répondit Potts avec un sourire sardonique. Plus rapide que l'éclair. Sur le pont 24 heures sur 24. Il connaît deux ou trois choses sur un tas de choses. Mais les quelques choses qu'il connaît sont généralement les plus importantes. Vois-tu, Bates, les concierges sont des individus à part. Des hommes à tout faire, pourrait-on dire. Dans ce métier, c'est obligatoire. Un copain à moi qui bosse au Carlysle m'a dit un jour qu'il se considérait comme le génie de la lampe d'Aladin. Si une personne frotte la lampe comme il faut et si cette personne est…

– Riche, dit Bates, non sans ironie.

– L'argent facilite les choses, c'est vrai, reconnut Potts avec un sourire. Donc, disais-je, si le client sait frotter la lampe comme il convient, le génie apparaît et lui demande : « Que puis-je pour vous, Maître ? » Fais attention au vieux Rog (il prononçait Raj), c'est un maestro. Il est si rapide, parfois, qu'on ne le voit même pas.

Quelques instants plus tard, comme il l'avait promis, le concierge chef était de retour, après s'être changé. Il était midi, et l'affluence au bureau s'était réduite. Tom Potts l'attendait en tenant à la main un court message griffonné, l'air soucieux.

– Eh bien, Potts ? demanda Paladine.

– C'est M. Fritz Junior, monsieur. Il demande que vous les rejoigniez là-haut immédiatement. Cela concerne M. Daschiel Senior, semble-t-il. Il n'a pas voulu en dire plus.

Le concierge fit la grimace, soupira. Il se retourna vers Bates.

– Venez donc avec moi. Il est temps que vous fassiez connaissance avec vos maîtres.

5

La première chose que vit Bates fut les bouteilles vertes d'oxygène, une demi-douzaine peut-être, alignées comme des quilles de bowling. Elles étaient dans le vestibule où les portes de l'ascenseur s'ouvraient, directement dans l'appartement en terrasse.

Et après, évidemment, il sentit l'odeur. Bien particulière : mélange de médicaments, de désinfectant et de désodorisant en aérosol pour masquer les deux premières.

Bates ne voyait absolument pas pour quelle raison le concierge avait décidé de l'amener ici. Le moment était venu de lui faire rencontrer ses maîtres, avait-il dit. Paladine considérait peut-être ses employeurs comme des maîtres ; Bates, lui, n'était certainement pas disposé à se comporter en esclave. Mais il avait eu le temps de découvrir que le concierge était un homme riche en remarques insolites et en motivations sibyllines.

Lorsque les portes de l'ascenseur s'ouvrirent, un homme grand à l'air dynamique les attendait. En manches de chemise, il arborait un nœud papillon et une paire de ces bretelles criardes qui, pour les gens d'une certaine génération, sont censées symboliser le pouvoir.

– Entrez, Gerio, dit-il, tout en regardant Bates et se demandant sans doute qui il était et ce qu'il faisait ici.

– Monsieur Fritz, dit le concierge, avec un sourire quelque peu crispé. Permettez-moi de vous présenter Joseph Bates. Mon nouvel adjoint.

– Bonjour, Joe. (Daschiel Junior lui serra la main avec force, plus qu'il n'était nécessaire de l'avis de Bates.)

Gerio m'a dit un tas de choses flatteuses à votre sujet. Bienvenue au PR. Ravi de vous avoir dans l'équipe.

C'était un de ces discours préfabriqués que l'on enseigne maintenant dans les écoles de commerce, dans un cours portant comme intitulé « Règles sociales de l'entreprise ». Un truc très sympathique en théorie, mais tellement superficiel que ça sonnait complètement faux. Bates ne croyait pas un seul instant que le concierge avait parlé de lui au vice-président de la société.

D'ailleurs, sans lui laisser le temps de répondre, Daschiel Junior s'était tourné vers Paladine.

– Il vous a réclamé toute la matinée.

– Que veut-il ?

– Je n'en ai aucune idée. Il m'a l'air très agité. Nous avons appelé le docteur. Allez-y. Il vous attend.

Le concierge emprunta un long couloir conduisant à une porte en chêne cintrée. Daschiel Junior s'apprêtait à lui emboîter le pas lorsqu'il se souvint que Bates était toujours là.

– Allez donc vous installer dans le salon, Joe. Mettez-vous à l'aise. Demandez aux cuisines de vous apporter un Coca ou un café, ce que vous voulez. Ce ne sera pas long.

Sur ce, les deux hommes disparurent derrière l'épaisse porte en chêne qui se referma avec un petit clic inquiétant.

Bates prit la direction du salon, comme on le lui avait suggéré, passant devant plusieurs bureaux séparés par des parois vitrées et qui s'ouvraient sur le couloir principal. Des gens étaient au travail. Dans le premier bureau, une grosse femme frappait énergiquement sur les touches d'une calculatrice ; dans celui d'à côté, un petit homme avec une tête de furet, les yeux cachés par des lunettes épaisses comme des culs de bouteille, tournait les pages d'un énorme registre. Dans un autre encore, une femme aux cheveux blancs et arborant un sourire radieux était penchée au-dessus d'un meuble de classement.

Bates déboucha enfin dans ce qu'il supposa être le salon. C'était une grande pièce claire, avec des meubles sans doute créés par des designers italiens et, sans doute encore, très chers : du cuir, des tubulures en acier et un tas d'angles pointus dont on hésitait à s'approcher. L'ensemble était froid, inconfortable, aussi aseptisé qu'un cabinet de dentiste. Ce n'était pas l'idée qu'il se faisait d'un intérieur douillet.

Une immense baie vitrée occupait toute la longueur d'un mur, offrant une vue imprenable sur Central Park. Au-dessus de la cime des arbres, vers l'est, Bates aperçut la silhouette en dents de scie des gratte-ciel qui délimitaient la 5e Avenue et le quartier de l'East Side.

Avec une sensation de vertige, il avança timidement sur le balcon. Celui-ci tournait au coin du bâtiment, face au sud et à l'est. Des chaises longues, des méridiennes et des tables étaient disposées à l'endroit où, à en juger par les papiers gras abandonnés, le personnel administratif qui travaillait à cet étage s'installait pour déjeuner. Un grand store bleu, fixé dans le mur de briques, couvrait tout le balcon.

Les incroyables plantations qui ornaient cette terrasse en plein New York ressemblait à une version miniature de ces jardins que l'on voit uniquement dans les beaux livres consacrés aux endroits comme Giverny et aux manoirs anglais. De toute évidence, on n'avait pas lésiné sur les frais. Des massifs d'azalées, de rhododendrons et autres buissons fleuris, disposés de manière géométrique, formaient un ensemble éblouissant de plantes annuelles et vivaces qui se dressaient vers le ciel. D'étroites allées dallées, bordées de différents spécimens d'arbustes, conféraient à l'ensemble un aspect vaguement oriental.

Bates s'assit à une des petites tables rondes, sous l'auvent, et se tourna les pouces. Comme plusieurs autres, cette table était jonchée de tasses de café sales, de bouteilles d'eau minérale encore à moitié pleines, de restes de salades et de serviettes en papier froissées, dont l'une portait une trace éclatante de rouge à lèvres couleur corail. Une douce brise fit trembler la serviette au moment où une jeune et jolie femme faisait coulisser la porte-fenêtre et passait la tête au-dehors. Son rouge à lèvres avait la couleur de la tache sur la serviette en papier.

– C'est vous, Joe Bates ? demanda-t-elle.

– Oui, madame.

– Venez. Ils vont vous recevoir.

– Ce qu'il faut bien comprendre, monsieur… Monsieur Daschiel ? Vous m'entendez ?

– Allez-y, continuez, Fenton, dit le jeune Daschiel.

– Je lui ai déjà expliqué trois fois, Fritz. Ça ne sert à rien.

– Tant pis. Expliquez-lui encore.

Une certaine irritation était perceptible dans la voix de Daschiel Junior. Quant à Fenton Chalmsley, l'avocat du groupe, il paraissait désemparé.

Le concierge était assis au bord d'une chaise peu confortable, les yeux fixés sur le vieillard aux cheveux blancs, en peignoir et pantoufles, effondré au fond d'un fauteuil roulant. Une des grosses bouteilles métalliques vertes entreposées dans le vestibule se dressait à côté de lui. Un petit tuyau en plastique transparent et relié à un objet enfoncé dans les narines du vieillard dispensait un mince filet d'oxygène dans ses poumons consumés. De sa place, au fond de la pièce, Bates en entendit le léger sifflement, semblable à la respiration paisible d'une personne profondément endormie.

Juste derrière le vieillard se tenait un costaud vêtu d'un T-shirt moulant, arborant une boucle d'oreille et une queue-de-cheval. Régulièrement, il redressait le vieux Daschiel au fond de son siège quand celui-ci glissait trop vers l'avant. Les personnes présentes l'appelaient Max. Max était le physiothérapeute privé de Daschiel Senior.

– La triste vérité, monsieur, c'est qu'il vous faudrait environ 180 millions de dollars pour racheter ces 3 600 000 titres de la société Parker Regency.

Bien qu'il ne fît pas particulièrement chaud ce jour-là, une grande tache de transpiration, en forme de losange, s'étendait dans le dos de la veste en tissu gaufré gris et blanc de Fenton Chalmsley.

– Vous avez jusqu'au vendredi 31 juillet, 16 heures, heure de New York, pour exercer cette option, faute de quoi vous risquez de perdre le contrôle du Parker Regency et de ses filiales.

La voix de Chalmsley se perdit dans un soupir de lassitude. Le vieillard bascula vers l'avant dans son fauteuil ; dans son regard fixe et vide ne se lisait que l'incompréhension.

Daschiel Junior s'engouffra dans la brèche.

– Papa, dit-il, ce que t'explique Fenton, c'est que si tu ne nous donnes pas ton accord pour vendre une partie de nos biens pour obtenir des liquidités et pouvoir racheter ces titres, nous allons devoir céder la société à Battersea et à l'oncle Billy Fiske. Nous avons déjà un acheteur qui nous a proposé 110 millions pour le vieux Grand Royal à Palm Beach. On pense pouvoir monter jusqu'à 130.

Cette fois, une étincelle de compréhension s'alluma dans les yeux de Daschiel Senior, mais elle s'éteignit presque aussitôt. Puis les paupières lourdes se fermèrent et le vieillard donna l'impression de s'assoupir.

– Papa, Fenton a rédigé un document…

Daschiel Junior arracha ce dernier des mains de l'avocat et l'agita sous le nez de son père.

– Ce papier m'autorise à… Papa ? Tu m'entends, Papa ?… il m'autorise… à agir en ton nom. Essaye simplement de hocher la tête pendant que je te lis les…

Le vieillard émit quelques petits gémissements qui n'étaient pas sans évoquer ceux d'un enfant qui tombe de fatigue et réclame son lit. Juste au moment où il allait piquer du nez, Max le physiothérapeute le saisit par l'épaule et le redressa au fond de son fauteuil roulant. Avec le mouchoir en papier roulé en boule qu'il tenait dans la main, il essuya les bulles de morve qui pendaient au bout du nez du vieux Daschiel.

– Messieurs, dit-il, je crois qu'il est fatigué. Laissons-le se reposer un peu. C'est l'heure de sa sieste. Nous verrons ça plus tard.

– On ne peut pas attendre.

La voix de Daschiel Junior, tremblante, était un mélange de compassion et de colère noire.

– Nous devons régler ça immédiatement. Gerio ! Parlez-lui, vous. Vous pourrez peut-être…

– Fritz ! s'exclama Chalmsley. Je ne comprends pas. Que vient donc faire Paladine dans cette histoire ?

– C'est Papa qui l'a réclamé, lui renvoya Daschiel Junior dans un murmure furieux. Voilà pourquoi il est ici.

Le concierge décroisa lentement les jambes et se leva de sa chaise, le tout dans le même mouvement. Il était resté assis en silence, immobile, pendant vingt minutes, observant la scène. Saisissant sa chaise d'une main, il la tira derrière lui sur la moquette, vers le vieillard affalé et assoupi dans son fauteuil roulant, et qui donnait l'impression de mastiquer en permanence.

Arrivé près de lui, le concierge contempla le sommet de son crâne, dont on apercevait le cuir chevelu rose à travers les cheveux ternes et ébouriffés. Les mains tavelées de Daschiel Senior étaient agitées d'un léger tremblement, et ses doigts semblaient pianoter sur son genou.

Penché en avant, Paladine referma délicatement sa main sur les doigts agités, pour les calmer.

– Bonjour, monsieur Daschiel, dit-il en s'accroupissant devant le vieillard avec un sourire. C'est moi, monsieur. Gerio. Roger. Vous vous souvenez du jour où vous m'avez engagé, il y a presque trente ans de ça ? Après m'avoir interrogé, vous m'avez dit que je n'étais pas fait pour ce métier. Et puis, quinze après, vous m'avez nommé concierge chef. Vous vous souvenez ?

Paladine émit un petit rire, amusé par ce souvenir. Sa main restait posée sur celle du vieil homme, qui s'agitait parfois de manière sporadique sur son genou, tel un oiseau prisonnier de cette paume. Avec un étrange sourire sur le visage, le concierge semblait retenir le regard du vieillard, grâce à sa seule volonté, tout en lui parlant dans un murmure. C'était comme s'il avait tiré un rideau entre eux et les six ou sept autres personnes éparpillées à travers la pièce et qui attendaient, immobiles ou faisant les cent pas.

Dès que le concierge s'était mis à parler, tout le monde s'était tu. On n'entendait plus que les échos fervents de son murmure et le sifflement de la bouteille d'oxygène. Les autres, penchés en avant, essayaient de capter des bribes de conversation. A cet instant, une expression de désespoir abject se lut sur le visage de Daschiel Junior.

Le concierge s'était redressé, mais il resta plié en deux,

sa bouche collée près de l'oreille de M. Daschiel. Affalé dans son fauteuil roulant, le vieillard ressemblait aux vestiges d'une statue antique, au milieu des gravats de sa propre érosion quotidienne. Des plis de chair flasque pendaient sur les os que l'on distinguait nettement sous sa peau cireuse et violacée. Pendant que le concierge parlait, le vieil homme regardait droit devant lui, les yeux fixés sur un point indéterminé.

Le monologue se poursuivit ainsi pendant plusieurs minutes. De temps à autre, le menton du vieillard tombait sur sa poitrine. Max, le physiothérapeute, le redressait dans son fauteuil et le concierge reprenait son discours en murmurant.

Enfin il se retourna et regarda autour de lui. Ses yeux s'arrêtèrent sur Daschiel Junior qui se tenait à moins de deux mètres, crispé, comme prêt à bondir.

– Donnez-moi donc ce document, monsieur Fritz, dit Paladine d'un air autoritaire, mais néanmoins plein de respect à l'égard de ces gens qu'il n'admirait pas particulièrement.

Le jeune Daschiel s'empressa de le lui tendre.

En quelques minutes, le concierge le lut à voix haute, pour le vieil homme. Long d'une page, pas plus, il était tapé en double interligne et avait été préparé par le conseiller juridique du groupe. Paladine en relut plusieurs fois les passages compliqués et s'arrêta sur ceux qui, à son avis, avaient besoin d'être reformulés. Il semblait se donner beaucoup de mal afin de rendre les choses aussi claires que possible pour le vieil homme qui hochait la tête dans son fauteuil roulant. Toutefois, d'où il se trouvait, Bates ne pouvait dire si ses hochements de tête étaient des signes d'acquiescement ou d'assoupissement.

Quand il eut fini de lire, Paladine se pencha en avant pour glisser quelques mots à l'oreille de Daschiel Senior. Celui-ci releva brusquement la tête, comme quelqu'un qui s'oblige à lutter contre le sommeil. Alors, le concierge se redressa et se retourna de nouveau.

– Auriez-vous un stylo, je vous prie ? demanda-t-il.

Chalmsley et Daschiel Junior se précipitèrent en même

temps et brandirent l'un et l'autre leur stylo à plume. Le concierge en choisit un et fit signe aux deux hommes de reculer. A partir de cet instant, le temps parut s'arrêter. On aurait cru assister à une cérémonie ancienne, accompagnée de mystérieux rites religieux. Plus personne n'osait respirer dans la pièce, tous les yeux étaient braqués sur le fauteuil roulant dans lequel était affalé l'hôtelier autrefois si fier et si puissant, soutenu par le concierge chef. La main tremblante du vieil homme glissa sur la feuille et parvint à apposer une signature au bas du document qui autorisait désormais son fils à agir comme son seul mandataire, dans tous les domaines, et à occuper le poste de président-directeur général du Parker Regency, ainsi que de toutes les entreprises annexes.

L'affaire étant conclue, Chalmsley récupéra le document d'un air triomphant. Daschiel déposa un baiser sur le crâne de son père avec un grand sourire. La jeune et jolie femme qui était venue chercher Bates sur la terrasse étreignit le vieil homme. Le sentiment de soulagement était palpable dans toute la pièce.

– Monsieur Bates, dit le concierge en regardant autour de lui pour repérer le jeune homme, monsieur Bates…

– Oui, monsieur ?

– Approchez, je vous prie.

Tendu, Bates se faufila au milieu de toutes les personnes présentes. C'est alors que Chalmsley l'aperçut. Et il prit conscience que le jeune homme avait assisté à toute la scène. Il n'en revenait pas et son visage s'empourpra.

– Qui est cet homme ? rugit-il.

– Mon adjoint, répondit Paladine.

– Votre adjoint ? (L'avocat était sur le point d'exploser.) Qu'est-ce qu'il fout ici, à un moment pareil ?

– Je lui ai demandé de venir, répondit le concierge sans plus d'explications.

L'avocat fulmina.

– Sachez, Paladine, que ce n'est pas un endroit public ici.

– Monsieur Bates n'appartient pas au public, répondit le concierge avec un sourire bienveillant. C'est un nouvel employé de l'hôtel et M. Daschiel a toujours mis un point d'honneur à recevoir personnellement ses nouveaux employés.

Cette explication parut plonger l'avocat dans la stupéfaction et l'embarras, comme un étranger qui aurait violé bien involontairement un code de l'établissement consacré par le temps. Mais il se ressaisit rapidement et lui demanda d'un ton sec :

– Sait-il tenir sa langue, au moins ?

– Faites-moi confiance, monsieur Chalmsley. Voulez-vous approcher un instant, monsieur Bates.

Paladine lui fit signe d'avancer.

Bates obéit. Les gens s'écartèrent devant lui, comme devant un personnage important. Quand il atteignit le fauteuil roulant, dans lequel le vieil homme était toujours assis, tremblant et donnant l'impression de ruminer, le concierge le prit par le bras.

– Monsieur Daschiel, dit-il, je vous présente M. Bates, notre nouvel apprenti concierge. Je voulais qu'il rencontre le fondateur de l'établissement qui l'emploie.

La noble tête, qui reposait sur le torse du vieillard, se leva lentement. En même temps, les yeux endormis s'entrouvrirent, comme ceux d'un lézard qui se réveille, et regardèrent fixement Bates.

Soudain, le bras du vieil homme tenta de se lever. Ce fut une lente et difficile ascension. Les personnes présentes, hypnotisées, se demandèrent si Dashiel Senior arriverait jusqu'au bout de son geste.

La manche de son peignoir se releva, laissant apparaître un bras décharné et couvert d'un réseau de veines bleues. Lorsque la main qui se trouvait au bout de ce bras jaillit, quelqu'un dans la pièce laissa échapper un petit cri. Bien que pétrifié de peur, Bates eut la présence d'esprit de serrer la main du vieillard dans la sienne. Ce contact provoqua en lui un mouvement de recul instinctif ; il avait l'impression de serrer des griffes, glacées mais étrangement lisses.

– Monsieur Bates a comme projet d'ouvrir un jour une auberge quelque part dans les montagnes, expliqua le concierge. Nous pourrions lui enseigner quelques petites choses sur le monde de l'hôtellerie, n'est-ce pas, monsieur Daschiel ? A supposer qu'il ait la patience d'apprendre, et assez de bon sens.

Sous leurs sourcils broussailleux, les yeux chassieux lancèrent un regard noir à Bates, et la main glacée continua de serrer la sienne, comme si le vieil homme était incapable, ou n'avait pas envie, de la lâcher. Malgré sa grande faiblesse, il avait encore de la poigne et Bates sentit un violent courant d'énergie passer entre la main de Daschiel Senior et la sienne. Ses lèvres remuèrent, mais aucun son n'en sortit. Bates devina qu'il voulait dire quelque chose, mais pour finir, à bout de souffle, le vieil homme renonça. Sa main retomba dans un petit geste vague, comme pour le congédier et le saluer.

Le physiothérapeute prit la main de Dashiel Senior et la reposa délicatement sur les genoux du vieillard.

– Il est fatigué, messieurs, déclara-t-il avec une autorité souveraine. Il faut absolument qu'il se repose. Ordre du médecin.

Quelques instants plus tard, alors qu'ils redescendaient dans le hall, le concierge fit gentiment la leçon à son jeune adjoint.

– Vous n'étiez pas censé entendre tout ce que vous avez entendu là-haut. Je suis entièrement responsable. Je vous ai envoyé chercher, mais je crains que Mme Daschiel vous ait fait entrer un peu trop prématurément. Cela constituera votre premier test. Qualité numéro un d'un bon concierge : l'amnésie professionnelle. Je suis sûr que vous me comprenez, monsieur Bates.

6

– Qui a commandé un Monte Cristo ?
– Un Monte Cristo par ici !
– Ça marche !
– Où est mon omelette aux fines herbes ? Ça fait une demi-heure que je la réclame. Je dois retourner au boulot dans dix minutes !
– Du calme, ça arrive.

C'était l'heure du déjeuner dans le réfectoire du personnel. Ne disposant que d'une heure pour manger, Patsy Ricci et Bates avaient laissé Potts au bureau pour répondre au téléphone. Ils se dirigèrent avec leurs plateaux vers la grande table située au fond de la cuisine et trouvèrent deux places inoccupées.

Autour de la table, le brouhaha était impressionnant. C'était comme de manger au milieu d'un atelier de carrosserie en pleine activité. Les gens ne parlaient pas, ils hurlaient pour se faire entendre par-dessus le vacarme incessant des casseroles et des poêles.

Devant les énormes fours grondants, une escouade de sous-chefs cuisiniers chargés de préparer à manger pour le personnel chaque jour battait des œufs, fouettait des sauces, travaillait la pâte et faisait frire du bacon.

Autour de la longue table de réfectoire, des serveurs, des porteurs, des chasseurs, des femmes de chambre et deux portiers à la forte carrure et en manches de chemise avalaient leur déjeuner, passaient des plats et des assaisonnements à leurs collègues. Tout ce petit monde parlait sans discontinuer, la bouche pleine. Les rires bruyants, les discussions animées, souvent grivoises, fusaient de tous côtés.

– « Tenez, voilà pour vous, ma jolie » qu'il me dit, racontait une femme de chambre en imitant un des clients. Et ce vieux radin me colle un billet de cinq dollars dans la main. Vous vous rendez compte ? Pendant trois semaines, j'ai changé ses draps pleins de pisse, et il a le culot de me filer cinq dollars. A sa place, j'aurais honte.

– Hé, visez un peu ce que mange Violetta ! s'exclama un des portiers pour se moquer de la caissière. Un toast, un demi-pamplemousse et du café noir. Même pas de quoi nourrir un moineau !

– Elle a recommencé un régime, commenta Illiescu, le responsable des chasseurs. (Il souleva la serviette étalée sur les genoux de la caissière pour lorgner ses hanches larges.) Je parie que tu as un nouvel homme dans ta vie, Violetta.

La caissière répondit en lui donnant une tape sur la main, ce qui déclencha de grands éclats de rire.

– C'est pour qui la fines herbes ? demanda un des cuistots en approchant avec une grande assiette où s'étalait une énorme omelette fumante.

– Par ici ! brailla un des aides-serveurs. C'est pas trop tôt !

– Tu as déjà de la chance d'avoir quelque chose à manger, lui rétorqua le cuistot en déposant brutalement l'assiette devant lui. Sauvage, grommela-t-il en retournant vers le vacarme qui entourait les fourneaux où se préparait également le déjeuner pour le restaurant de l'hôtel.

– Hé, regardez qui vient là !

Illiescu se leva d'un bond et s'empressa d'écarter des assiettes et des couverts pour faire de la place.

– Je constate que les deux tiers de mon personnel sont ici, fit remarquer Paladine en balayant la table du regard tandis qu'il s'asseyait.

Son sourire sardonique s'arrêta sur Patsy et Bates.

– Vous ne dites pas bonjour, monsieur le concierge chef ? demanda Vuk Strybch, le directeur et maître d'hôtel du Passe-partout, le restaurant trois étoiles du Parker Regency. Il est rare que les gens simples comme nous aient l'honneur de déjeuner en votre compagnie.

Toute sa personne empestait le sarcasme.

– Auriez-vous honte de me saluer à cause de ce groupe épouvantable que vous m'avez envoyé hier soir ?

– Plaît-il ?

– Le Sénégalais.

– Oh, vous voulez parler du Dr Ngongoro ?

– Lui-même. A votre demande expresse, nous l'avons servi comme un prince. Une caisse de Grande Dame. Deux kilos de béluga. Un repas magnifique. Ils sont restés jusqu'à 3 heures du matin et pas un sou de pourboire pour le personnel ! Par-dessus le marché, ils m'ont cassé une demi-douzaine de mes plus beaux verres en cristal, et quand ils sont enfin sortis de table, on aurait dit qu'un troupeau était passé par là. Ces gens-là n'ont pas leur place dans une salle de restaurant civilisée.

Il n'était pas difficile de deviner à qui Strybch faisait allusion en parlant de « ces gens-là ». Et peu lui importait que deux jeunes employés noirs de la réception soient assis à cette même table.

Bien qu'il occupât une position élevée dans la hiérarchie de l'hôtel, Vuk Strybch était haï de tous. Parmi les quarante-huit employés des cuisines et la soixantaine d'employés du restaurant, en comptant les serveurs, les serveuses et les aides-serveurs, personne ne pouvait trouver la moindre parole aimable pour parler de lui.

Il se comportait de manière inamicale et autoritaire. D'un tempérament soupçonneux et vindicatif, il était sujet à des accès de colère, parfois même en public, en plein milieu du restaurant, sous les regards stupéfaits des clients. Il se permettait des gestes et des propos déplacés avec le personnel féminin et n'hésitait pas à faire usage de ses poings avec les subalternes. En revanche, avec les clients importants, les gens puissants et influents, il se montrait obséquieux et zélé. Planté derrière son pupitre à l'entrée du Passe-partout, un grand sourire plaqué sur le visage, la main tendue, M. Strybch était toujours prêt à accepter les pourboires.

Cela faisait presque dix ans que la direction de l'hôtel était obligée de supporter les sautes d'humeur du maître d'hôtel. Trop intimidés par le « Monténégrin fou », comme on le surnommait, et les menaces non voilées de la cellule 403 du syndicat du personnel hôtelier pour oser le renvoyer, les Daschiel avaient décidé de supporter en silence les accès de colère et les excès, faisant contre mauvaise fortune bon cœur. Il est vrai que Strybch savait diriger avec efficacité et rentabilité son restaurant, dont il tirait de substantiels profits sous forme de pourcentages qui le rendaient quasiment imperméable aux critiques.

Strybch avait une soixantaine d'années – dix de plus que Roger Paladine. C'était donc essentiellement par vanité qu'il souffrait de voir un homme beaucoup plus jeune que lui investi d'un tel pouvoir. En vérité, l'un et l'autre jouissaient d'une grande influence au sein de la hiérarchie de l'hôtel. Chacun d'eux régnait sur une certaine zone, et bénéficiait du soutien de la direction. Chacun observait d'un œil méfiant les manœuvres professionnelles de l'autre, jour après jour. Strybch considérait le concierge chef comme son principal rival sur l'échelle du pouvoir. Paladine, quant à lui, considérait le maître d'hôtel comme une réalité déplaisante qu'il devait malheureusement supporter quotidiennement dans l'exercice de ses fonctions.

– Pas un sou de pourboire ? répéta Paladine. Voilà qui m'étonne. Ce n'est pas le genre de ce cher vieux Dr Ngongoro. Il s'est toujours montré extrêmement généreux avec nous.

– Je n'en doute pas, mais à l'avenir je préférerais que ses amis et lui évitent de mettre les pieds dans mon restaurant. Mais passons à des choses plus importantes.

Homme séduisant, doté d'un visage aux traits accusés et cruels, Strybch y alla de son sourire éclair.

– Alors, demanda-t-il, quand pourrai-je enfin vous attirer sur le court de squash, Gerio ?

– Jamais, lui répondit Paladine en riant. Tant que je pourrai l'éviter.

– Vous ne le pourrez peut-être pas toujours.

Un silence inhabituel s'abattit sur la grande table, toutes les personnes présentes observant avec curiosité ce nouvel épisode de la lutte que se livraient les deux hommes.

– Mon petit doigt me dit, monsieur le concierge, que vous voulez éviter de m'affronter.

– Votre petit doigt a raison, Vuk. Je ne suis pas idiot.

Tout le monde éclata de rire, y compris le maître d'hôtel qui semblait savourer ce flot ininterrompu de sous-entendus que charriait leur badinage apparemment amical.

– N'oubliez pas, Gerio. Vous et moi, nous avons rendez-vous. Notez-le dans votre carnet. Je vous entraînerai sur le court et je vous écraserai.

Sur ce, Strybch engloutit sa dernière bouchée de Monte Cristo, essuya ses lèvres luisantes avec sa serviette roulée en boule et se leva.

– Bon, dit-il avec un clin d'œil et un hochement de tête qui s'adressaient à tous. Au boulot !

Après l'heure du déjeuner, les clients de l'hôtel quittèrent par petits groupes la grande salle de restaurant, le café Passe-partout et le sushi-bar japonais au décor raffiné, où de jeunes cadres m'as-tu-vu se retrouvaient pour manger du poisson cru et boire de l'eau minérale vendue à prix d'or.

Peu à peu, le hall se vidant, le calme reviendrait. Comme l'océan, la fréquentation du hall avait ses marées hautes et basses. Le personnel de l'hôtel avait baptisé « calme plat » ce moment de creux qui survenait grosso modo entre 14 heures 30 et 16 heures 45. A l'exception de quelques égarés ou de personnes déjeunant tard, le hall se dépeuplait et le silence était tel que l'on pouvait entendre les discussions des employés de la réception à l'autre bout, le cliquetis des claviers d'ordinateurs sur lesquels on calculait la recette du jour, le bruit des couverts et des assiettes du déjeuner que des aides-serveurs latinos remportaient aux cuisines en bavardant et en riant.

A cet instant, c'était aussi « calme plat » pour Bates. Potts avait fini son service. Patsy n'allait pas tarder à arriver, mais il n'était pas encore là. Quant au concierge chef, il demeurait invisible et Bates se retrouvait seul au bureau. Il était alors proprement paniqué, terrifié à l'idée que quelqu'un vienne le trouver d'un pas décidé pour lui demander quelque chose.

Ce qui finit par arriver.

– C'est vous le responsable ici ?

Levant les yeux, Bates découvrit le visage d'une jeune femme à l'air réprobateur. Elle s'était plantée devant le comptoir avec une sorte de détermination farouche, comme si elle avait l'intention de prendre possession des lieux, pour quelque temps du moins. Bates la connaissait, car il la voyait tous les jours depuis six semaines. Elle tenait la boutique de fleurs située dans le hall de l'hôtel, juste en face de la conciergerie. Tous les matins, à 9 heures précises, elle apparaissait dans la vitrine avec son tablier matelassé, ses arrosoirs et ses brumisateurs qui s'entrechoquaient, et évoluait avec précaution au milieu des lis, des tulipes et des roses aux couleurs vives. Elle se penchait, se contorsionnait, s'agenouillait devant les gros pots pour entretenir les plantes et les immenses ficus aux troncs entrelacés, sa routine quotidienne évoquant le rituel religieux.

– Non, je ne suis pas le responsable, lui répondit Bates sur un ton d'excuse et se demandant bien pourquoi il s'excusait car il n'avait aucune raison de le faire.

Cette marque de contrition sembla attiser le désir qu'avait la jeune femme d'exprimer son mécontentement.

– Qui est le responsable, alors ?

– M. Paladine.

– Je sais bien que c'est lui, mais qui est responsable en son absence ? Comme maintenant.

– Je vous le répète, ce n'est pas moi. Mais si vous m'expliquez ce que vous désirez, je peux…

Elle ne le laissa pas terminer.

– J'ai reçu ordre de remplir la suite de Mme Kamenskaya de roses-thé. A la réception, ils m'ont dit que vous aviez une clé de la chambre.

– Oui, j'ai une clé, mais il vous faut une autorisation écrite…

Elle prit alors un air affligé et douloureux, comme si un triste sort l'avait condamnée à discuter avec des imbéciles jusqu'à la fin des temps.

– Écoutez, reprit-elle, sa secrétaire a téléphoné de Londres jeudi dernier pour expliquer que sa patronne souhaitait trouver ces fleurs dans sa suite en arrivant.

– Je peux vous indiquer quand elle doit arriver, lui renvoya Bates en s'emparant de la liste.

– Je sais très bien quand elle doit arriver ! lui rétorqua la jeune femme en levant les yeux au ciel comme si elle en appelait à une plus haute autorité. Ce que j'essaye de vous faire comprendre, bien difficilement, d'ailleurs, c'est que j'ai besoin de cette clé pour entrer dans la chambre. Maintenant. Tout de suite. Immédiatement.

– Je comprends, mais d'après le règlement, il nous faut une autorisation écrite pour laisser entrer qui que ce soit dans une chambre.

– Un coup de téléphone de sa secrétaire, ça ne vous suffit pas, nom d'un chien ? Que voulez-vous de plus ? Allez, soyez brave, allez dire à M. Paladine que Mme Kamenskaya débarque demain et exige que sa suite déborde de roses-thé quand elle arrivera. Dites-lui que Lane Barachevsky, la fleuriste, est passée vous prévenir. Il comprendra. Et si vous essayiez de le joindre au téléphone pour lui expliquer notre petit problème ?

– Je le ferais volontiers si je savais où le joindre.

Elle reprit son air de martyr.

– C'est quoi votre nom, jeune homme ?

Bates estima que la personne qui s'adressait ainsi à lui, en l'appelant « jeune homme », devait avoir une vingtaine d'années, soit deux ou trois ans de moins que lui, au minimum. En outre, il n'avait aucune raison de lui donner son nom ; elle pouvait le lire aisément sur le badge fixé au revers de sa veste. En vérité, il savourait déjà son plaisir à l'idée de l'exaspérer encore un peu plus.

– Bates, répondit-il avec un sourire angélique.

– Écoutez-moi bien, Bates. Si ces roses ne sont pas dans la chambre de Mme Kamenskaya quand elle arrivera demain, mon problème deviendra le vôtre.

Sur ce, elle tourna les talons et s'éloigna à grands pas.

Au même moment, Patsy arriva d'un air désinvolte, prit sa place derrière le comptoir et suivit du regard la jeune femme qui s'éloignait telle une Furie à l'esprit vengeur.

– Ah, je vois que tu as fait la connaissance de la Barachevsky, notre charmant petit dragon.

Un sourire espiègle déforma ses traits fins.

– Je viens effectivement d'avoir ce plaisir.

– C'est ce qu'on appelle un beau petit lot, non ?

En disant cela, il fit tournoyer lentement son poignet comme savent si bien le faire les Italiens.

– Qui est-ce ?

– Ah, je sens qu'elle t'a déjà impressionné, reprit Patsy avec un ricanement. Cette fille ne laisse pas indifférent, pas vrai ? Elle va droit au *culiones*. Boum, boum, boum ! dit-il en imitant des explosions de grenades. C'est elle qui tient la boutique de fleurs dans le hall pour le compte de deux vieilles milliardaires. Les sœurs Barachevsky, ses grand-tantes, des vieilles filles. Elles se servent de cette boutique pour cacher du fric aux impôts. Mais cette fille, ajouta-t-il en hochant la tête en direction de la fleuriste, elle s'y connaît en affaires.

– Où vivent les deux vieilles ?

– Quelque part du côté de Palm Beach. Elles ont donné carte blanche à leur jeune gérante ; elle peut diriger la boutique comme elle veut et, crois-moi, elle ne s'en prive pas. Ah, voici le Maestro.

Resplendissant dans sa veste queue-de-pie et son pantalon à rayures, un œillet rose à la boutonnière, le concierge traversa le hall pour gagner le bureau. Il s'arrêta en chemin afin d'échanger quelques mots avec un petit groupe qui, ce matin-là, était arrivé pour une convention de trois jours des éditeurs de bibles. Il serra des mains avec un grand sourire. Bates entendit des rires flotter jusqu'à lui.

Quelques secondes plus tard, le concierge passait derrière le comptoir.

– *Buongiorno, Maestro.*

– Bonjour, messieurs.

Paladine se fendit de son salut habituel, un cercle tracé en l'air du bout du doigt, puis se dirigea tout de suite vers son bureau sans lever la tête.

– Quoi de neuf ? demanda-t-il.

– Vous avez neuf messages, Maestro ! s'écria Patsy.

– A part ça ? Nous pourrions peut-être nous dispenser de tous ces « Maestro », n'est-ce pas, monsieur Ricci ?

Avant que Patsy ait eu le temps de répondre, une grande femme extrêmement chic se dirigea vers la conciergerie à grands pas et apostropha le concierge. Chambre 1206, nota mentalement M. Paladine. Il se rappela aussi qu'elle avait téléphoné trois fois au bureau pour des questions « d'une urgence absolue », selon elle. Le concierge connaissait le penchant de « la 1206 » pour les urgences absolues.

La chambre 1206 était au nom de Mlle Sydney Sherman. Cette dernière était arrivée la veille, en fin de journée, munie de la carte de crédit d'un grand magasin de Chicago pour lequel elle était chargée d'acheter les collections de mode masculine haut de gamme. Paladine la connaissait bien, car elle venait à New York pour affaires tous les trois mois et descendait toujours au Parker Regency où ses employeurs louaient une suite à l'année.

Mlle Sherman était une femme « d'un certain âge », comme on dit pudiquement. Sybil de son vrai prénom, elle l'avait changé en Sydney après avoir obtenu son diplôme et décidé de faire carrière dans le marketing. Le prénom de Sybil lui paraissait un peu trop banal ; il sonnait mal. La plupart des responsables commerciaux, pensait-elle, prendraient plus au sérieux une Sydney qu'une Sybil. C'était à l'université qu'elle avait vu un film anglais dans lequel une actrice qu'elle admirait portait ce prénom. A son idée, c'était original et l'on ne pouvait pas ne pas le remarquer parmi des dizaines d'autres. En outre, ça sonnait mieux et c'était suffisamment proche de Sybil pour que le changement ne soit pas trop brutal. Et ça collait bien avec Sherman. Cela donnait plus de mordant à son nom de famille, et elle aimait bien l'effet produit quand elle apposait sa signature sur des chèques ou des documents officiels.

Sydney Sherman était une femme séduisante, pour qui aimait le genre nerveux et émacié. Ses traits avaient l'aspect trop sculpté qui est souvent la marque d'un chirurgien esthétique peu habile. D'un naturel agité, elle donnait toujours l'impression de courir à un rendez-vous. Avec le personnel de l'hôtel, elle se montrait souvent agressive, jusqu'à en devenir grossière.

Le concierge soupira en son for intérieur, sans pour autant se départir de son sourire compatissant, tandis que Mlle Sherman se lançait dans une tirade sur le chauffeur de taxi qui était venu la chercher à l'aéroport de La Guardia la veille au soir et avait eu le culot d'arriver avec un quart d'heure de retard. En outre, ajouta-t-elle, l'homme était « un impertinent ».

– Je connais cet individu, mademoiselle Sherman. D'autres clients se sont plaints de son comportement. (Ce n'était pas tout à fait exact, mais il disait cela pour la calmer.) Je suis désolé d'apprendre que vous avez subi des désagréments. J'irai parler à cet homme. Soyez certaine que cela ne se reproduira plus.

– Merci, Roger. Je me sens déjà beaucoup mieux en sachant que vous prenez les choses en main.

Aussitôt, elle repartit avec sur le visage le sourire triomphant de celle qui sait comment fonctionne le monde et comment l'utiliser à ses fins.

En regardant les portes de l'ascenseur se refermer sur sa silhouette svelte et chic, le concierge secoua la tête en se demandant quand surviendrait la prochaine « urgence absolue ».

7

En ce vendredi soir, il régnait une forte activité dans l'hôtel. Avec la convention des éditeurs de bibles qui battait son plein et la venue d'un important groupe de touristes japonais, sans oublier un grand nombre d'autres arrivées ou départs individuels, l'agitation était à son comble.

C'est dans cette ambiance survoltée que le responsable des chasseurs, Illiescu, débarqua à la conciergerie, visiblement débordé.

– Quelqu'un pourrait-il conduire le petit-fils du comte Gobbo à sa suite ? Tous mes gars sont occupés.

Derrière Illiescu on apercevait un enfant accompagné d'une femme à la mine sinistre et d'un aspect quelque peu négligé.

Pendant ce temps, les clients faisaient la queue devant le comptoir en marbre. Paladine s'étant absenté, Patsy Ricci assurait le remplacement. Il devait répondre aux requêtes et aux questions de plusieurs clients en même temps, tandis que Tom Potts était accaparé par le téléphone. Patsy avisa Bates qui se tournait les pouces derrière la paroi vitrée, au fond de la conciergerie.

– Giuseppe ! Voudrais-tu avoir l'amabilité de conduire ce jeune monsieur à la suite du comte Gobbo. Chambre 1804.

Bates s'empressa de sortir de derrière le comptoir, ravi de pouvoir enfin briser l'ennui de toutes ces heures d'inactivité passées à observer le fonctionnement de la conciergerie.

S'approchant de l'enfant, Bates lui tendit la main, mais l'enfant refusa de la prendre. Il se contenta de regarder droit devant lui, dans le vide, comme s'il n'avait rien vu ni entendu.

Bates avait déjà aperçu l'enfant plusieurs fois. Il venait de temps en temps le vendredi soir pour passer le week-end avec son grand-père. Il avait dans les sept ou huit ans. Habillé de manière très chic, avec une certaine ostentation, il était toujours accompagné par la même femme à l'air morne et pataud, qui se présentait à la réception de manière hésitante et demandait à être annoncée. Le comte ne descendait jamais pour accueillir l'enfant, il chargeait un des chasseurs de le faire monter.

Le dimanche soir, la femme revenait chercher l'enfant. Alors, un autre chasseur montait le chercher dans la suite du comte, et l'enfant repartait avec la femme, les bras chargés de jouets tout neufs et de sacs de confiseries, qui, curieusement, ne semblaient pas le mettre en joie.

En montant dans l'ascenseur, Bates essaya d'engager la conversation avec l'enfant.

– Dis donc, tu as un chouette collier, dit-il en désignant les perles indiennes multicolores qui pendaient autour du cou du garçonnet. Je parie que tu l'as fabriqué toi-même, hein ?

L'enfant continua de l'ignorer en regardant droit devant lui. Ils descendirent de l'ascenseur et, lorsque Bates frappa à la porte de la chambre 1804, il vit l'enfant reculer d'un pas et lever tout à coup les yeux vers lui avec, sur le visage, une expression qu'il ne put déchiffrer. Au même moment, la porte s'ouvrit. C'était la première fois que Bates voyait de si près le comte Gobbo. L'homme était de petite taille et légèrement voûté. En maillot de corps, caleçon et chaussettes, il finissait d'ôter la mousse à raser sur son visage de lutin grimaçant.

– Entre, Sando, dit-il avec un large sourire, et il tendit les bras à l'enfant. Ah, voilà mon grand garçon !

Puis il s'agenouilla pour étreindre l'enfant, qui sembla se raidir, Bates ne put s'empêcher de le remarquer.

La porte de la chambre 1804 refermée sur eux, Bates resta figé sur place un instant. Il n'aurait su dire pourquoi cette scène banale lui procurait un tel sentiment de malaise.

Il n'était pas encore 23 heures, mais déjà les clients qui revenaient du restaurant ou du théâtre envahissaient le hall. Un flot de personnes ayant passé la soirée en ville franchissait les portes vitrées à tambour et se dirigeait vers le bureau de la réception pour savoir s'il y avait des messages. On servait du café, du thé et de petites collations dans plusieurs salons qui jouxtaient le hall. Le bar du café Limelight, plus intime, se remplissait rapidement de personnes en quête d'un dernier verre. Régulièrement, une annonce crépitait dans les haut-parleurs du hall pour informer un client qu'on le demandait au téléphone et, bien que l'on fût en milieu de semaine, il régnait dans l'hôtel une agréable ambiance de détente et d'excitation.

Le sextuor de musiciens qui jouait régulièrement dans le hall à l'heure du thé et le soir après le théâtre s'escrimait depuis une heure. La formation se composait de deux violonistes, d'un violoncelliste, d'un contrebassiste, d'un timbalier et d'une jeune harpiste au nez crochu. L'ensemble était dirigé par un individu corpulent, en queue-de-pie, chauve, avec néanmoins quelques touffes de cheveux rêches qui jaillissaient au-dessus de ses oreilles. Il faisait penser aux premiers portraits de Schubert. Monté sur une petite estrade, il agitait sa baguette au-dessus de la tête des musiciens qui exécutaient une musique typiquement Palm Court : Victor Herbert, Sigmund Romberg, Rudolph Frimmel et ainsi de suite. Pourtant, à en juger par l'intensité et le sérieux avec lesquels ils jouaient, on aurait pu croire qu'ils interprétaient le *Quatuor Razoumovski* alors que, de fait, les œuvres d'Offenbach constituaient l'élément le plus audacieux de leur répertoire.

A cause de la grande convention des éditeurs de bibles, le quota habituel d'individus traînant dans le hall avait été dépassé. Généralement, ils apparaissaient tout à la fin de la soirée, quand les clients de l'hôtel rentraient du restaurant, du spectacle ou d'ailleurs. Il s'agissait en majorité de vendeurs inoffensifs qui cherchaient à fourguer des souvenirs, ou bien alors de simples curieux. Certains, des gens seuls, ne sachant pas où aller, étaient attirés par la lumière comme des papillons de nuit. Mais d'autres, plus rares fort heureusement, étaient des professionnels : pick-pockets, prostituées et voleurs, assez audacieux et rusés pour pénétrer dans un hall d'hôtel et capables de repérer en un instant le pigeon idéal. Face à ces individus, la direction se montrait intraitable. A peine avaient-ils franchi la porte qu'ils étaient jetés dehors.

Dixie Dunn faisait partie de la catégorie des gêneurs inoffensifs. Vendeuse de fleurs et figure bien connue dans les rues de l'Upper West Side, elle faisait son apparition juste au moment où s'achevait le dernier spectacle au cabaret de l'hôtel, lorsque les clients qui n'avaient pas envie de se coucher étaient en quête d'un petit en-cas, d'un dernier verre, ou même d'une courte conversation.

Dixie était une vieille gamine des rues âgée d'au moins quatre-vingts ans, et sa taille était celle d'une fille de quatorze ans. Les joues ornées de deux cercles d'un beau rouge écarlate, les yeux brillants et soulignés de vert, les cheveux teints au henné, elle ressemblait davantage à une artiste de cirque qu'à une clocharde. Elle portait une rose dans les cheveux, semblable à celles qu'elle vendait à un prix extravagant aux clients de l'hôtel, disposées dans un carton recouvert de velours qu'elle tenait devant elle avec élégance et solennité, comme s'il s'agissait d'un plateau en argent.

Le personnel avait reçu l'ordre formel d'expulser tous les vendeurs qui traînaient dans le hall. Mais dans le cas de Dixie, et pour des raisons connues du concierge seulement, les employés faisaient tous mine de ne pas remarquer sa présence. Le concierge chef s'arrangeait toujours pour s'absenter quelques instants quand elle entrait et, à condition qu'elle n'escroque pas exagérément les clients, il attendait qu'elle ait vendu presque toute sa marchandise. Alors il reparaissait et, avec éclat, l'escortait jusqu'à la sortie en lui interdisant de remettre les pieds dans l'établissement. Dixie revenait le lendemain, immanquablement. Quand les nuits de New York devenaient glaciales, il y avait toujours du café chaud et des croissants qui l'attendaient derrière les cuisines.

C'était la première soirée du colloque de la United Bible Society. Un tas de gens, dont beaucoup portaient des tenues cléricales, grouillaient dans le hall. Ils venaient de sortir de la salle de restaurant, où un important éditeur d'ouvrages religieux avait donné une conférence de presse pour présenter une nouvelle traduction de la Bible du roi James. Juste après, un dîner avait eu lieu en l'honneur des personnalités de l'establishment religieux et des médias. En l'absence de nouvelles importantes, les journalistes de la presse écrite et des chaînes de télévision ratissaient les parages à la recherche de personnages éminents ou originaux, afin de décrocher une interview improvisée. Les caméras vidéo balayaient les lieux pour dénicher des images susceptibles d'alimenter les journaux télévisés de la nuit. Dixie, comme d'habitude, essayait de vendre ses fleurs.

Ce soir-là, Bates et Tom Potts assuraient l'accueil. Ils assistaient à ce spectacle avec un mélange de fascination et de jubilation méprisante, échangeant des commentaires, désobligeants pour la plupart. Mais leur attention revenait toujours se poser sur le même homme. Habillé en homme d'église, mesurant au moins 1,90 mètre, il dominait sans peine tous ceux qui l'entouraient. De l'endroit où ils se trouvaient, à une cinquantaine de mètres, Bates et Potts entendaient le timbre puissant de sa voix de baryton. Cet homme ne parlait pas, il psalmodiait ; à croire qu'Isaïe lui-même était monté en chaire et délivrait l'homélie du dimanche. Ses yeux pétillaient, et il laissait souvent échapper un grand éclat de rire chantant.

Potts et Bates le regardèrent se faufiler telle une anguille au milieu de la foule, glissant d'un groupe de congressistes à un autre, serrant des mains énergiquement, distribuant les bénédictions et les tapes dans le dos. Apparemment, il connaissait tous ces gens par leur nom. « Dieu vous aime, frère », telle était la phrase qu'il leur distribuait à tous de sa voix profonde, par-dessus le brouhaha qui régnait dans le hall. Le révérend possédait un pouvoir magnétique. Et un sourire à 100 000 volts qui ne s'éteignait jamais. Les gens étaient littéralement attirés vers lui, et il s'adressait à chacun comme s'il était son meilleur ami ; il posait souvent sur eux ses mains manucurées et toujours en mouvement. Prenant soin de consacrer le même temps à chacun, il y allait d'un « Dieu vous aime, mon frère (ou ma sœur) », et glissait ensuite vers la personne suivante, comme mû par une sorte de mécanique interne autant qu'inflexible.

– Tu sais qui c'est ? demanda Potts.

– Non. Je devrais ? répondit Bates.

– C'est le révérend Jack Bob Colter. Le prédicateur des bayous en personne ! Une énorme vedette dans le Sud profond et une grande partie du Midwest. C'est un de ces nouveaux évangélistes de l'ère électronique.

– Je n'ai jamais entendu parler de lui.

– Ça ne m'étonne pas, Bates. Tu n'es qu'un païen de Yankee. Regarde… Regarde-le faire. Ce type est un magicien. Tu as vu comment il a tapé du fric à ce type en costard à l'air distingué ? Le gars lui a refilé une enveloppe en douce. Tu n'as pas vu ?

Bates dut avouer que non.

– Je parie qu'il y a au moins dix mille dollars dans cette enveloppe. Voilà un boulot qui rapporte, Bates. Pas besoin de bosser dix heures par jour, six jours par semaine et pour des clopinettes. Lui, il travaille uniquement le dimanche matin, et pendant à peine une demi-heure ; il fait son numéro, il ajoute : « Le Seigneur vous aime, mes frères », il se rassoit et il regarde pleuvoir les billets de banque. Des centaines de milliers de dollars, exonérés d'impôts, offerts gracieusement par les fidèles. Parce qu'on peut toujours compter sur les fidèles, pas vrai ? Ces gens-là, c'est le sel de la terre, Bates.

Potts était un petit provincial qui avait rapidement adopté les habitudes et la mentalité de la grande ville. Ayant quitté les bayous de Louisiane quelques années plus tôt, il avait fait un séjour à la fac, et la grande ville s'était chargée de lui enseigner les dures réalités de la nature humaine. Bates se délectait de ce cynisme, peu éloigné de son propre état d'esprit.

– Comment tu sais tout ça, Potts ?

– Par ma tante Hermione. Elle vit à Baton Rouge. Et elle travaille pour le quartier général du vieux Jack Bob. C'est même sa trésorière, et elle gère ses affaires. Elle tient les comptes. Apparemment, le grand messie du bayou a un petit faible pour les belles propriétés et les Mercedes. Normal, les deux sont indispensables pour répandre la bonne parole.

Les deux adjoints ricanèrent en se régalant du spectacle de ce défilé d'apparat.

– D'après tante Hermione, reprit Potts, le révérend est un sacré numéro. Il aime beaucoup les femmes, paraît-il. Et il fréquente la pègre de la Nouvelle-Orléans, figure-toi. Discrètement, bien entendu. Jack Bob n'a aucun ennemi. Ils ont tous été liquidés. Si tu critiques le révérend Jack Bob, tu as toutes les chances de te retrouver dans le lac Ponchartrain, le ventre en l'air.

– Qu'est-ce que vous racontez tous les deux ?

Ils se retournèrent comme un seul homme pour découvrir le visage renfrogné de Paladine penché au-dessus d'eux. Ce dernier venait de sortir de son bureau, au fond de la conciergerie, et semblait énervé ou fatigué, voire les deux.

– Bates et moi profitions du spectacle, monsieur, lui expliqua Potts.

Le concierge fronça les sourcils, comme s'il se sentait personnellement offusqué.

– Il ne s'agit pas d'un spectacle, monsieur Potts, mais d'une manifestation organisée par nos clients. Et nous sommes là pour faire en sorte que tout se passe bien. Pas pour nous moquer. C'est compris ?

– Oui, monsieur.

– Tant mieux. Je vois qu'une demi-douzaine d'appels, au bas mot, vous attendent sur votre standard. Veuillez vous en occuper.

– Bien, monsieur.

Potts se mit au garde-à-vous et se précipita vers les petites lumières vertes qui clignotaient sur la console.

DEUXIÈME PARTIE

8

– Monsieur Paladine, c'est vous ?

– Avez-vous composé mon numéro de téléphone, monsieur Bates ?

– Oui, monsieur.

– Dans ce cas, c'est certainement moi. Savez-vous quelle heure il est ?

– 2 heures 20 du matin, monsieur. Désolé de vous réveiller à cette heure. C'est M. Pargiter qui m'a chargé de vous appeler.

– J'espère qu'il y a une raison valable.

– Il est arrivé quelque chose.

– Pourriez-vous être plus précis ?

– Un truc bizarre. Pourriez-vous nous rejoindre ?

– Vous rejoindre ? Mais où êtes-vous, bon sang ?

– Au sous-sol.

– Au sous-sol ?

– Oui, monsieur. A la cave, juste à côté du cellier. M. Gobbo…

– Gobbo ? Dans la cave ? Il est mort ?

– Je crois.

– Vous croyez ?

– Il est mort, monsieur.

– Bon Dieu… Mais comment ?

– Je ne peux pas vous en parler maintenant. C'est la folie ici.

– Qui est avec vous ?

– Il y a M. Illiescu. Plusieurs chasseurs. Un portier. Et deux veilleurs de nuit. Il vaudrait mieux que vous arriviez avant la police.

– La police ? Vous avez appelé la police ?

– Oui, monsieur. C'est M. Pargiter qui nous l'a demandé.

– Attendez-moi. J'arrive tout de suite.

Le concierge chef raccrocha brutalement le téléphone. Les chiffres rouges et lumineux du réveil à affichage digital posé sur la table de chevet indiquaient 2 heures 25. Paladine regarda autour de lui d'un air hébété, comme s'il ne reconnaissait pas son environnement. Rapidement, tout se remit en place. Il se souvint qu'il ne s'était pas senti très bien la veille au soir. Sans doute un début de grippe, et il avait décidé de quitter son travail « tôt » (il était quand même 23 heures) pour rentrer chez lui, dans un appartement situé au dernier étage d'une maison en pierre de la 63e Rue Est.

Il se leva sans bruit, enfila rapidement son pantalon et sa chemise, fit son nœud de cravate et passa plusieurs fois le peigne dans ses cheveux. Puis il s'aspergea le visage d'eau fraîche, s'essuya et passa une veste de sport.

Il se dirigeait déjà vers la porte lorsqu'une voix étouffée et endormie s'éleva sous le monticule que formait l'édredon en soie.

– Où tu vas à cette heure-ci ?

Il revint vers le lit et tapota l'édredon à l'endroit où devait se trouver la tête de la personne couchée en dessous.

– Il faut que je sorte. Rendors-toi.

Et il s'en fut.

2 heures 56.

La chose pendait à une poutre au-dessus de l'escalier étroit qui s'enfonçait dans le dédale de galeries sous la 68e Rue et Central Park West – et n'était pas immédiatement reconnaissable. Une lumière pâle était dispensée par des ampoules de faible puissance, très espacées, fixées dans les murs en ciment brut, vestiges du système d'éclairage d'origine installé au début des années 20 et jamais modernisé. Résultat, on avait davantage l'impression d'évoluer dans les antiques catacombes qui serpentent sous la campagne romaine que dans les caves d'un palace de New York en plein XXe siècle.

En découvrant la chose, Paladine crut tout d'abord qu'il s'agissait d'un vieux vêtement que quelqu'un, un ouvrier sans doute, avait accroché là, à cheval sur la poutre, et oublié ensuite. C'est alors qu'il aperçut la corde à sauter avec ses poignées rouge vif ornées de motifs navajos. Elle avait été lancée par-dessus la poutre et nouée autour du cou du vieux Gobbo. Visiblement, le comte avait placé une vieille caisse de château-margaux vide juste sous la poutre, et l'avait repoussée d'un coup de pied quand était venu le moment d'en finir.

Paladine descendit l'escalier prudemment en baissant la tête pour éviter les solives basses. Il s'arrêtait brièvement à chaque marche, comme quelqu'un qui fait tout son possible pour retarder le moment où il arrivera à destination. Une importante activité régnait déjà dans les lieux, accompagnée d'un bourdonnement léger autant que régulier. Les policiers, en uniforme ou en civil, se déplaçaient nonchalamment autour de la chose suspendue, comme si elle n'existait pas. Ils accomplissaient leur travail, un point c'est tout. Les discussions, les plaisanteries grossières et les rires gênés, les raclements parfois, lorsqu'on déplaçait ou traînait des choses sur le sol en ciment, tout cela résonnait à travers les galeries humides et profondes et remontait dans l'escalier.

Lorsque le concierge apparut, les discussions cessèrent et tous les regards se braquèrent sur lui, comme si on s'attendait à ce qu'il prononce quelques paroles pleines de sagesse. Mais leur attente fut déçue. Paladine se contenta d'avancer vers la poutre et de lever la tête.

C'était bien le vieux Gobbo. D'ailleurs, il n'en avait jamais douté. Dès que Bates l'avait appelé pour lui annoncer qu'il était arrivé « quelque chose », il avait compris que Gobbo était mort.

Et le spectacle de ce vieil homme pendu dans cette cave, en pyjama, était ridicule. Le pantalon sur les chevilles, il se balançait lentement au bout de la corde. Pour une raison mystérieuse, ses yeux étaient entourés de traits de khôl qui avaient bavé.

Mais la profanation ne s'arrêtait pas là. Du sang coulait en minces filets entre les cuisses du vieillard. C'est seulement en s'approchant que Paladine découvrit le membre quasiment tranché, retenu par un simple morceau de peau, juste sous le pubis gris et gonflé. Le sang avait continué de couler, bien que le cœur ait cessé de battre : la pesanteur. Le pantalon de pyjama roulé en boule autour des chevilles en était imbibé, le trop-plein brillant sur le sol comme une couche de peinture fraîche.

La touche finale était apportée par la petite couronne d'herbes (Paladine crut reconnaître l'odeur du fenouil) qui entourait l'organe ratatiné et à demi sectionné du vieillard. De tout cela émanait une atmosphère à la fois triste et grotesque, à la Paillasse, comme si le comte avait voulu ainsi adresser un dernier pied de nez à ce qu'avait été son existence.

Par terre, à une vingtaine de centimètres seulement de la cheville droite de Gobbo qui se balançait dans le vide, gisait un coupe-chou dont la lame et le manche en nacre étaient éclaboussés de sang.

– *Merde*[1], marmonna Paladine.

Puis il se retourna et se retrouva face au visage défait et bouffi du directeur de l'hôtel.

– Oh, mon Dieu… mon Dieu, psalmodiait Pargiter, les mains jointes comme pour la prière et la bouche puant la mauvaise haleine.

En peignoir et pantoufles (il était arrivé sur place le premier, le veilleur de nuit l'ayant réveillé peu de temps après avoir découvert le corps alors qu'il effectuait sa ronde habituelle de 2 heures du matin), le directeur ne cessait de se pétrir les mains, le visage livide, les yeux levés, incapable de détacher son regard de cette chose suspendue à la poutre au-dessus de lui.

Plusieurs portiers de nuit l'entouraient. De jeunes Péruviens frêles aux yeux de biche et aux cheveux brillants,

1. En français dans le texte.

noirs comme de l'encre, héritage de leurs ancêtres incas. Impressionnés, respectueux et curieusement honorés de se trouver là, en compagnie des « patrons », ils écoutaient, comme tout le monde, le veilleur de nuit raconter encore une fois, à qui voulait bien l'entendre, comment il avait découvert cette horrible chose.

Peu après, d'autres forces de police arrivèrent, provoquant une nouvelle vague d'agitation. L'équipe du médecin légiste et les spécialistes du laboratoire se mirent au travail. Plusieurs agents de patrouille qui avaient capté sur leur radio l'appel d'urgence lancé par le dispatcher avaient convergé vers les lieux du drame. Ils descendaient bruyamment l'escalier en chahutant et soudain, en découvrant la chose qui pendait à la poutre, ils se taisaient et prenaient un air pénétré comme devant un spectacle d'une profonde religiosité. Bouche bée, ils contemplaient le cadavre du vieux Gobbo, exposé de manière impudique à tous les regards, le cul à l'air.

– Il aurait bien besoin de se raser, lança un des policiers d'une manière totalement incongrue, mais il ne s'agissait pas d'une remarque sarcastique, plutôt du besoin impérieux et maladroit qu'il avait de dire quelque chose.

Un de ses collègues fit reculer le personnel de l'hôtel afin que les hommes du labo puissent travailler plus librement.

La cave s'était transformée en une véritable fourmilière ; des gens allaient et venaient avec des mètres ruban et des craies, des hommes à quatre pattes ramassaient et déposaient dans des sacs de minuscules particules retrouvées autour du corps. D'autres étiquetaient les prélèvements. On ramassa le coupe-chou à l'aide d'une sorte de grande pince afin de le déposer lui aussi dans un sachet. Le crépitement incessant des flashes des appareils photo des policiers inondait cette sinistre caverne d'une blancheur macabre.

Un individu obèse, fatigué et ébouriffé, mâchonnant le mégot humide d'un cigare éteint, apparut en haut de l'escalier. Il paraissait de méchante humeur, comme si on l'avait tiré d'un profond sommeil à l'arrière de sa voiture. De son imperméable émanait une vague odeur fécale, concrétion des innombrables cigares de mauvaise qualité qu'il fumait depuis des années. White Owls ou Dutch Masters, songea le concierge. Une manière de sifflement sortait de son gros nez bulbeux tandis qu'il déplaçait son épaisse carcasse dans l'escalier pour pénétrer dans l'espace déjà surpeuplé. Il descendait avec lenteur, en posant délicatement un pied devant l'autre ; à croire que ses chaussures lui faisaient mal.

– Joli, dit-il en jetant un coup d'œil à la raison de sa présence en ces lieux, comme s'il avait déjà vu ce genre de choses des centaines de fois et s'en fichait éperdument.

« … Terry Bucket, reprit-il à haute voix en brandissant un insigne d'inspecteur. 23e Secteur, Manhattan North. Quelqu'un connaît-il ce vieux bonhomme ?

Il sortit de sa poche intérieure un petit carnet tout corné, ainsi qu'un morceau de crayon mâchonné et se tint prêt à écrire.

Par un consensus tacite, M. Pargiter devint *de facto* le porte-parole du groupe.

– Il s'appelle Gobbo. Le comte Gobbo.

– Sans blague ? Un comte, vous dites ? Un vrai comte ?

– Exactement. Le comte Attillo Gobbo. Issu d'une vieille famille italienne. (Visiblement, Pargiter adorait évoquer la noblesse.) Il est consul adjoint au consulat d'Italie à New York. Il habite ici, à l'hôtel.

– Un comte ! répéta l'inspecteur Bucket avec ravissement, tout en mâchonnant le mégot de son cigare pendant qu'il griffonnait dans son carnet. C'est la première fois que j'en vois un ! Le consulat d'Italie loue une chambre ici ?

– Exact Le comte réside chez nous, je dirais… neuf mois par an, environ. Vous êtes d'accord, M. Paladine ?

Le concierge s'avança dans la lumière.

– Tout à fait. Généralement, il retourne en Italie au mois de juillet pour passer l'été en famille.

Le regard de l'inspecteur Bucket allait et venait entre le concierge et le directeur, puis il se fixa sur ce dernier. Il semblait frappé par le spectacle insolite de cet homme en peignoir et pyjama de soie, arborant des moustaches gominées.

– Il va falloir prévenir le consulat, expliqua le concierge. Et aussi la famille, bien évidemment. Nous allons devoir prendre des dispositions pour ramener le corps en Italie le plus vite possible.

– Aucun problème. Le légiste devrait avoir fini dans quelques jours.

– Lorsque le corps sera rendu à la famille, est-ce que… Je veux dire… Sera-t-il… ?

Paladine cherchait les mots qui convenaient.

– Présentable… c'est ça ? J'en ai connu qui n'étaient pas beaux à voir quand on les rendait.

– C'est une affaire personnelle, voyez-vous, reprit le concierge. Je connais la famille du comte. Sa femme et ses enfants. Nos familles sont amies depuis très longtemps.

– Je ne peux rien vous garantir. Ça dépend du boulot qu'ils devront faire dessus. Mais comme je vous le disais, ajouta-t-il avec un petit hochement de tête compatissant, ça m'a l'air assez clair. Ce sera vite fait. Le premier embaumeur venu vous arrangera ça sans problème. Quoi qu'il en soit, nous aurons sûrement l'occasion de nous reparler.

– Nous n'irons nulle part, déclara Pargiter, impatient comme toujours de mettre fin au plus vite à une situation déplaisante.

Il remonta l'escalier en plaquant son mouchoir sur son nez.

– Nous vous serions très reconnaissants, reprit le concierge, si vos collègues pouvaient…

Il s'écarta pour laisser passer un photographe qui brandissait une série de clichés à développement instantané.

– Pas de problème, répondit l'inspecteur. On devrait avoir terminé d'ici une heure. Je demanderai aux types de la morgue d'emballer le corps ici. Personne là-haut ne verra rien. (Il consulta sa montre.) Il n'est que 3 heures 30. Vos clients ne vont pas se réveiller avant trois heures au moins. Il y a une autre sortie quelque part par ici ?

– Je demanderai à mes gars de vous montrer le chemin, déclara Illiescu, le responsable des chasseurs. Carlos ! Miguel ! lança-t-il aux Péruviens avant de débiter quelques mots en espagnol.

– Si ça ne vous ennuie pas, reprit Paladine en tendant la main à l'inspecteur, qui la lui serra, nous allons vous laisser. Si jamais vous avez des questions, je suis ici toute la journée. Jusqu'à minuit généralement.

– Minuit ? répéta Bucket en riant. On dirait des horaires de flic !

Juste au moment où Paladine et Joe Bates remontaient, trois employés de la morgue vêtus de combinaisons grises arrivèrent avec une civière et un sac mortuaire. Le concierge se retourna. Le vieux Gobbo était toujours suspendu à la poutre. Quel triste et ridicule spectacle, pensa-t-il.

9

3 heures 42.

– Où va-t-on ?

– Dans sa chambre.

– Sa chambre ?

– Il faut commencer à emballer ses affaires. S'assurer que plus rien ne traîne là-haut.

Paladine s'efforçait de donner à tout cela une apparence raisonnable, comme une chose que n'importe qui ferait, quelles que fussent les circonstances. En réalité, il ne cessait de repenser aux dernières paroles qu'il avait échangées avec le vieux comte Gobbo quelques jours plus tôt. Sur le moment, celles-ci lui avaient semblé parfaitement inoffensives, et certainement pas inhabituelles chez un homme qui avait toujours eu un léger penchant pour la comédie et la dramatisation. Mais à la lumière de ce qui venait de se passer, elles prenaient un aspect effrayant et prophétique.

– Il faut prévenir la famille, ajouta-t-il. Ils enverront quelqu'un pour ramener le comte chez lui. Ou bien nous devrons nous charger d'expédier le corps. Il nous faudra le certificat de décès délivré par le médecin légiste pour que les services des douanes laissent partir la dépouille. Je me suis déjà occupé de ce genre de formalités. Le bureau du légiste peut parfois vous faire attendre plusieurs jours avant de rédiger le rapport d'autopsie. Heureusement, son statut diplomatique fera peut-être accélérer les choses. A la première heure ce matin, il faudra alerter le consulat.

Bates avait du mal à suivre le pas vif du concierge.

– Doit-on également prévenir M. Daschiel ?

Paladine réfléchit un instant.

– Non, répondit-il en secouant la tête. Il a déjà suffisamment de problèmes comme ça. Il l'apprendra bien assez tôt.

La porte de la chambre 1804 était fermée à clé, mais le concierge possédait, bien évidemment, un passe-partout qui lui permettait d'ouvrir toutes les chambres de l'hôtel. Il le gardait toujours sur lui, ainsi qu'une douzaine d'autres clés enfilées sur un anneau passé autour de la ceinture de son pantalon, caché sous sa veste.

La lumière était allumée dans la suite et la radio posée près du lit fonctionnait en sourdine, branchée sur une de ces stations qui diffusent toute la nuit de la musique douce, des machins insipides avec des tas de violons qui pleurent et des cuivres qui se lamentent : Montovani, Percy Faith, Jackie Gleason. Présentement, il s'agissait de *Oh Sweet Mystery of Life*, ou un truc dans le genre.

La suite se composait de trois pièces. Pour entrer dans la chambre, il fallait traverser le salon. L'énorme lit à baldaquin, en chêne très foncé, avec ses sculptures torturées – gnomes, gargouilles et bêtes mythologiques diverses – était en désordre. Les draps, les couvertures et les oreillers étaient sens dessus dessous. Mais surtout, il y avait le sang. Le sang répandu partout dans la pièce, mais principalement sur le lit. Toutefois, ce n'était pas ce que regardait Paladine. Il regardait autre chose, dans un coin sombre de la chambre occupé presque entièrement par une grosse et vieille armoire.

– *Merde*[1], murmura-t-il dans un souffle.

En suivant le regard du concierge, Bates découvrit ce qu'il contemplait ainsi fixement. Tout d'abord, il crut voir un simple tas de vêtements qu'on avait ôtés et jetés négligemment dans un coin au moment de se mettre au lit. Le lendemain matin, les femmes de chambre les ramasseraient et les enverraient à la blanchisserie.

1. En français dans le texte.

Paladine s'en approcha avec prudence, en donnant l'impression de marcher sur la pointe des pieds, comme s'il avançait vers une bombe à retardement susceptible d'exploser à tout moment. Bates lui emboîta le pas. Quand il rejoignit Paladine, celui-ci contemplait une pauvre créature brisée et ensanglantée qui, quarante-huit heures plus tôt, était encore un enfant vivant. Il portait les mêmes vêtements que le vendredi soir lorsqu'il était arrivé, accompagné de cette femme à l'air fruste que Bates avait supposé être sa mère ou sa nourrice. Son costume était tellement insolite pour un jeune garçon de son âge, tellement démodé, qu'on avait l'impression de se trouver face à un individu d'une autre époque. Depuis plusieurs mois que Bates travaillait au PR, il avait pris l'habitude d'entendre Patsy et Tommy Potts parler du « look petit Lord Fauntleroy » en évoquant la garde-robe du garçonnet. De fait, celui-ci était toujours tiré à quatre épingles, comme s'il partait assister à une fête très chic où les enfants de riches, costumés, jouaient des rôles dans des petites pièces sous le regard admiratif de leurs parents. C'était un déguisement de dandy. Mais dans le contexte où Bates le découvrait maintenant, c'était macabre.

La petite chose qui gisait dans le coin de la chambre était dans un sale état. Une petite chose triste et brisée. Bâillonnée. Ligotée avec des cordes. Le pantalon baissé sous les genoux. Un filet de sang séché avait coulé de quelque part sous le garçon, jusque sur le tapis. Autour de lui étaient éparpillés des boîtes et des emballages de jouets tout neufs, certains ouverts, d'autres intacts. Le collier de perles indiennes aux couleurs vives que Bates avait remarqué autour du cou de l'enfant lorsqu'ils avaient pris l'ascenseur était maintenant serré autour de sa gorge, ayant visiblement servi à l'étrangler. L'odeur qui flottait autour du corps était épouvantable. En regardant de plus près, Bates constata que le petit caleçon blanc était souillé.

– Seigneur, murmura-t-il, son petit-fils !

Paladine contemplait lui aussi cette chose à ses pieds, incapable de détourner le regard ; il secoua lentement la tête.

– Il s'agit bien de son petit-fils, non ? insista Bates.
– Non. Ce n'est pas son petit-fils.
– Ah bon ?
– Non. (Paladine tourna les talons et se dirigea vers le lit.) Je vous expliquerai plus tard. En attendant, il faut nettoyer tout ça avant l'arrivée des femmes de chambre.

Joignant le geste à la parole, il commença à ôter les draps ensanglantés.

Bates avait gardé les yeux fixés sur la chose inerte ; il releva brusquement la tête.

– Mais vous ne pouvez pas...
– Je ne peux pas quoi ?

Paladine entreprit de fourrer les draps dans les taies d'oreiller.

– Il y a eu un crime ici ! s'exclama Bates en ayant l'impression que sa voix venait de très loin. Il ne faut toucher à rien. La police doit d'abord...
– Croyez-moi, monsieur Bates, je sais parfaitement ce qui s'est passé et ce que doit faire la police. Qu'ils fassent leur métier. Moi, je fais le mien.
– Mais ce... ce que...

La réponse du concierge, son ton autoritaire et déterminé ne souffraient aucune discussion.

– Ce que vous faites est illégal !

Devant le spectacle qui s'offrait à lui, Bates fut soudain frappé par l'inanité de ses paroles.

– Écoutez-moi, reprit le concierge en s'interrompant dans sa tâche. Le comte avait quelques petits vices assez vilains. Mais c'était quand même un homme bien. Inutile que sa famille et lui soient déshonorés par sa conduite jusque dans la mort. Ça ne servirait à rien.

En disant cela, il commença à rouler l'édredon taché de sang.

– J'ai besoin d'un coup de main, monsieur Bates. Voulez-vous bien m'aider ?
– Vous aider ? s'exclama Bates en s'étranglant. Non, je ne peux pas vous aider. Je ne peux pas ! Si je vous aide, je deviens... complice.

– Non, pas nécessairement. Seulement si quelqu'un parle de ce qui s'est passé.

D'un mouvement de tête, le concierge désigna le petit tas de vêtements ensanglantés dans le coin.

– Personnellement, ajouta-t-il, je ne dirai rien à personne. Et vous ?

– Non, non ! s'écria Bates en hurlant presque avant de baisser la voix. Mais je sais. Et, tôt ou tard, la police saura elle aussi.

– Écoutez, dit Paladine en se retournant brutalement vers le jeune homme avec une sorte de spontanéité inhabituelle dans la manière dont il tendit la main vers lui. Je suis aussi écœuré que vous par ce qui s'est passé… Son épouse, Concetta… est ma marraine. C'est une vieille femme, très fragile. Si jamais ce… (Il tendit le bras derrière lui, vers l'endroit où gisait l'enfant.) Elle en mourra.

Il marqua une pause pour observer Bates et voir si ces paroles produisaient leur effet.

– Quand vous êtes arrivé ici, reprit-il, je vous ai prévenu. Dans ce métier, vous verrez et entendrez certaines choses qu'il faut apprendre à oublier, vous ai-je dit. Vous êtes un instrument, pas une conscience. Parfois, mais pas toujours, on vous demande de rendre un service et, en fonction de la personne qui vous le demande, même si cela ne vous plaît pas, vous le faites quand même. Cela fait partie du métier. Vous faites ce qu'on vous demande et ensuite vous oubliez.

Le concierge avait les yeux rougis et larmoyants, comme quelqu'un qui a regardé trop longtemps une lumière aveuglante.

– Mais la police…

– Ne vous inquiétez pas pour la police, je vous le répète. Si vous m'aidez immédiatement, il n'y aura aucun problème avec elle. Je peux vous l'assurer. Tout ira bien. Si on ne parle pas, personne ne saura jamais rien. Mais si, par extraordinaire, la police apprenait que nous avons nettoyé la chambre, j'en assumerai l'entière responsabilité. Ils ne sauront pas que vous m'avez aidé. Je vous le jure. Quand ce sera terminé, nous ne parlerons plus jamais de ça. Mais j'ai besoin de votre aide pour sortir ce truc d'ici avant que quelqu'un d'autre arrive et le découvre. Je vous promets que si vous m'aidez, vous n'aurez pas à le regretter.

Son regard pénétrant se fixa sur Bates avec la violence d'un coup de poing.

– Faites-moi confiance.

– Monsieur Paladine… Je crois sincèrement que…

– FAITES-MOI CONFIANCE !

Ces mots retentirent comme des coups de tonnerre dans les oreilles de Bates. Le concierge les avait prononcés deux fois, sans que Bates puisse dire s'il s'agissait d'un ordre ou d'une supplication. La deuxième fois, les paroles étaient plus fortes, plus pressantes. Comme s'il mettait Bates au défi de refuser. Celui-ci aurait voulu dire non. Chaque parcelle d'instinct lui ordonnait de dire non. Pourtant, il n'en fit rien.

Il ne dit pas oui non plus. Seul le silence suivit cette imprécation. Un long silence. Et cette incapacité à prendre une décision ne pouvait être interprétée que comme un acquiescement.

Brusquement, sans trop savoir comment, Bates se retrouva en train de courir dans le couloir désert avec les clés du concierge, jusqu'à la réserve de linge du 18e étage où les femmes de chambre entreposaient les serviettes, les draps et les couvertures propres, ainsi que les énormes sacs en plastique dont elles se servaient pour transporter les draps sales jusqu'à la laverie de l'hôtel au sous-sol.

Quand il revint dans la chambre, Paladine avait défait entièrement le lit et jeté le linge ensanglanté en un tas écœurant. L'enfant gisait toujours dans le coin de la chambre, vêtu de son ridicule petit costume en velours avec des boutons nacrés maculé de sang.

Soudain, quelqu'un toussa dans le couloir et des bruits de pas résonnèrent derrière la porte. Paladine et Bates se figèrent, jusqu'à ce qu'ils entendent une porte s'ouvrir et se refermer un peu plus loin ; ils se remirent aussitôt au travail.

Côte à côte, penchés en avant, ils fourrèrent tous ces immondices dans les grands sacs en plastique. Quand ils eurent terminé, leurs mains étaient tachées de sang presque coagulé, jusqu'au poignet. Sec par endroits, ce sang s'effritait et laissait une sorte de poudre rougeâtre sur leurs vêtements ; à d'autres endroits, il restait collant et visqueux comme de la colle.

La police (l'équipe du laboratoire en tout cas) était encore dans l'établissement et finissait d'inspecter la cave. Les flics étaient susceptibles de débarquer à tout moment afin de fouiller la suite du comte Gobbo.

Paladine et Bates poursuivaient leur tâche sans répit, et sans parler. Avec une sorte de précipitation suicidaire. Ils couraient dans tous les sens, sans la moindre organisation, cherchant à faire disparaître le moindre indice pouvant témoigner des événements effroyables qui s'étaient produits durant la nuit.

A l'endroit où gisait le jeune garçon, une tache de sang maculait le tapis.

– Une éponge ! Dans la baignoire, murmura Paladine. Trempez-la dans de l'eau froide et mettez du savon dessus.

Dès que Bates lui rapporta l'éponge qu'il réclamait, le concierge se mit à quatre pattes et entreprit de frotter la tache jusqu'à ce que le rouge écarlate du sang vire lentement à l'orange, pour finalement se fondre dans les motifs du tapis.

– Et maintenant... reprit Paladine d'une voix pantelante en allant chercher un des grands sacs de la lingerie et en revenant vers le cadavre de l'enfant.

L'ignoble rictus de la rigidité cadavérique avait commencé à déformer sa bouche enfantine qui possédait encore la couleur rosée de la jeunesse.

– Prenez les pieds, ordonna le concierge tandis qu'il soulevait la tête de l'enfant.

Bien qu'il ait les mains déjà couvertes de sang après avoir manipulé les draps, Bates répugnait à l'idée de toucher le corps. A vrai dire, c'était la première fois qu'il voyait un cadavre.

– Allez, allez, dépêchons-nous, murmura le concierge d'un ton brusque.

Bates se pencha pour saisir les chevilles de l'enfant et, à

cet instant, il sentit ses jambes se dérober et la tête lui tourner. Entre l'odeur et le contact de cette chair morte, il crut qu'il allait tourner de l'œil. La peau du garçon était froide, légèrement moite sous ses doigts.

– Alors ? Qu'est-ce qui se passe ? Soulevez, nom d'un chien !

Les yeux fermés, Bates se pencha et souleva l'enfant. Le corps était léger comme une plume, semblable à celui d'un petit oiseau mort qu'on ramasse au bord d'un chemin pour aller le déposer dans les buissons.

Il était incapable de regarder ce qu'il était en train de faire, et ce fut Paladine qui dut faire entrer le corps dans le sac, tâche d'autant plus difficile que les membres avaient commencé à se raidir. Dès qu'il en eut terminé, il ferma le sac avec une ficelle rouge. Désormais, le paquet avait l'air totalement banal, comme les sacs de linge sale que les femmes de chambre entassaient dans les couloirs le matin pour le personnel de la lingerie.

– Et maintenant, qu'est-ce qu'on fait ? demanda Bates.

Le concierge l'observa de la tête aux pieds d'un œil aiguisé, comme s'il inspectait la tenue et l'apparence de son jeune adjoint le matin avant qu'il prenne son service. Son regard s'arrêta sur les mains de Bates, maculées de sang.

– Allez donc vous laver dans la salle de bains. J'irai ensuite.

Ensuite, ils refirent le lit avec des draps et des couvertures propres, en prenant soin toutefois de le laisser en désordre pour laisser croire que Gobbo y avait passé au moins une partie de la nuit avant d'entreprendre sa descente fatidique à la cave.

– Et maintenant ? répéta Bates quelques instants plus tard.

– Le garage, répondit Paladine d'une voix haletante avant de consulter sa montre.

Bientôt 4 heures 45. Dehors, il faisait encore nuit. Par la fenêtre, on distinguait les allées éclairées de Central Park qui, tout en bas, serpentaient d'est en ouest et du nord au sud.

C'était une heure dangereuse, car bientôt un certain nombre d'employés de l'hôtel allaient se réveiller, se laver, se raser et se préparer pour prendre leur service à 6 heures 30.

– On ne peut pas emprunter l'ascenseur ni l'escalier, expliqua Paladine. C'est trop risqué.

– Et le monte-charge ?

– Mon Dieu, non. Le personnel de nuit l'utilise sans cesse pour se déplacer.

Son regard balaya la chambre, comme s'il cherchait autour de lui une solution à ce problème.

– Allons-y, dit-il en désignant d'un signe de tête le grand sac en plastique fermé par la jolie ficelle rouge et qui reposait sur le sol à ses pieds.

Il remarqua l'hésitation de Bates.

– Allez, comme tout à l'heure, dit-il. Vous prenez les pieds, je prends la tête.

Ce fut plus facile cette fois. Le fait que Bates ne puisse pas voir l'enfant enveloppé dans le sac constituait une énorme différence. Quand ils atteignirent la porte, Paladine agrippa le sac d'une main et, de l'autre, il ouvrit la porte avec prudence. Jetant un coup d'œil à droite et à gauche dans le couloir, il se retourna vers Bates et lui adressa un signe de tête. Ils sortirent et refermèrent discrètement la porte de la chambre 1804.

Le sac était d'une étonnante légèreté, et d'une certaine façon cette absence de poids rendait la mort de l'enfant encore plus triste, comme si sa vie brève et insignifiante ne ressemblait, au bout du compte, qu'à un petit tas de linge sale dont on se débarrasse.

Bates ignorait où ils allaient ainsi. Hébété, paralysé, il n'était plus capable d'émettre la moindre objection, il ne pouvait qu'obéir. Il suivit le concierge dans le couloir, en tenant une extrémité du sac en plastique et songeant que tout cela était totalement irréel. Grâce au ciel, un mécanisme intérieur d'autodéfense l'avait arraché à la réalité de ce qu'il était en train de faire. Il accomplissait tous les gestes qu'on attendait de lui, mais son être conscient était ailleurs.

Tournant à gauche après les ascenseurs, ils continuèrent à avancer dans les couloirs avec leur sinistre fardeau. Ils se trouvaient maintenant dans l'aile ouest du bâtiment.

Ils passèrent devant des portes ornées de moulures italiennes, derrière lesquelles des gens dormaient, profondément pour certains, tandis que d'autres s'agitaient dans leur lit, déjà aux prises avec les conflits et les crises, les rencontres et les situations déplaisantes qui composaient leurs journées.

Si quelqu'un, en ouvrant une de ces portes, avait surpris les deux hommes en train de transporter un gros sac en plastique, sans doute aurait-il trouvé cela anodin. Rien d'anormal dans le cadre du fonctionnement quotidien d'un hôtel de cette importance.

Paladine s'arrêta devant la suite 1896, occupée, comme il le savait, par le Dr Sophie Nierenberg. Il s'attarda un long moment en jetant des regards furtifs par-dessus son épaule, d'un bout à l'autre du couloir, comme s'il réfléchissait à la suite des opérations. Pendant un moment Bates crut avec horreur que le concierge avait l'intention de déposer le paquet dans cette chambre. Mais finalement, tenant le sac d'une main, il souleva, avec son autre main, une petite plaque métallique, à peine visible, fixée dans le mur le long de la porte. La plaque, munie d'une charnière, masquait un petit bouton blanc, sur lequel Paladine appuya. Aussitôt un panneau incrusté dans le mur s'ouvrit lentement.

– C'est un monte-plats, expliqua-t-il en voyant l'air surpris de Bates. La 1896 se fait monter tous ses repas.

Bates était passé des dizaines de fois devant ce panneau sans jamais remarquer son existence.

Paladine appuya sur un autre bouton fixé à l'intérieur de la gaine en béton. Presque aussitôt, un large plateau en bois monta des étages inférieurs dans un grondement de poulies et s'arrêta à leur hauteur en tremblotant.

– Allez, soulevez, dit le concierge en reprenant le sac.

A eux deux, ils déposèrent le sac sur le plateau en bois à l'intérieur du monte-plats. Il rentrait parfaitement.

– Restez ici, ordonna Paladine. Je retourne chercher les

sacs de linge sale. Ce plateau ne doit en aucun cas redescendre avant mon retour.

Bates voulut protester. Soudain, des dizaines de questions se bousculaient dans sa tête, concernant la conduite à adopter en cas d'imprévu. Surtout, il n'avait aucune envie de rester seul avec le sac. Mais, avant qu'il puisse ouvrir la bouche, le concierge avait filé.

Seul, il tourna le dos à l'ignoble paquet posé sur le plateau du monte-plats. Plusieurs fois il crut entendre le plastique bruire. Se retournant brusquement, il aurait juré avoir vu les parois du sac gonfler légèrement, puis se rétracter. Il crut percevoir un gémissement étouffé.

Sa plus grande peur était de voir une des nombreuses portes de l'étage s'ouvrir et quelqu'un sortir dans le couloir. Si on le surprenait dans cette posture, il n'osait pas imaginer les implications en cas de procès. Que se passerait-il alors ? Pourrait-il compter sur le soutien du concierge ?

L'absence de ce dernier lui sembla durer une éternité. Pendant qu'il attendait, Bates ne cessa de se demander quel coup de folie passager l'avait placé dans cette position. Au cours de son adolescence, un de ses fantasmes les plus fréquents et les plus agréables consistait à se projeter dans des situations extrêmes mettant en jeu des concepts aussi simplistes que le courage et la noblesse d'âme. Le scénario de ces fantasmes juvéniles était toujours le même. Invariablement, il sortait victorieux. Héroïquement même, pourrait-on dire.

L'espace d'un instant, Bates fut traversé par l'image fugitive de l'enfant vivant, tel qu'il lui était apparu deux jours plus tôt. Il était debout devant le bureau, tenant la main de la femme à l'air fruste et vêtue de manière triste et miteuse, qui l'accompagnait ici chaque semaine.

En reconstituant mentalement la scène, il saisit des choses qui lui avaient alors échappé. Sur le moment, il n'avait vu qu'un sale enfant gâté, un gosse de riche déguisé en dandy. L'enfant qu'il revoyait maintenant paraissait effrayé et terriblement seul. Il y avait de la méfiance dans son regard. Quand était venu le moment de monter à la suite du vieux Gobbo, il avait agrippé la main de la « femme en gris », comme s'il ne voulait pas y aller. Ce que Bates avait pris pour une attitude méprisante et renfrognée lui apparaissait maintenant comme l'expression d'une profonde terreur. Il se souvint alors que le jeune garçon s'était raidi et avait donné l'impression de reculer quand Bates avait frappé à la porte du comte, et il revit l'expression ambiguë de son visage quand il avait levé les yeux vers Bates, au moment où la porte s'ouvrait.

Paladine revint en traînant derrière lui les deux grands sacs en plastique contenant les draps, les couvertures et les oreillers ensanglantés.

– Bon, dit-il en tendant un des sacs à Bates. Balancez-le là-dedans.

Bates s'exécuta. Le concierge l'imita aussitôt après, avec le second sac.

– Je descends au sous-sol, déclara-t-il, légèrement essoufflé. Quand vous entendrez la sonnerie tout en bas, appuyez là. (Il montra le bouton à l'intérieur du monte-plats.) C'est compris ?

Bates acquiesça.

– Bien. Restez là. Et surtout, ne faites rien avant d'entendre la sonnerie. Ensuite, on se retrouve dans mon bureau.

Bates acquiesça de nouveau, abasourdi. Paralysé.

10

Tout se déroula exactement comme prévu. Pas une anicroche. Aucun imprévu malencontreux. Les colis placés à l'intérieur du monte-plats descendirent jusqu'au sous-sol. Bates referma ensuite le panneau coulissant et le petit boîtier de contrôle incrusté dans le mur, comme il l'avait vu faire au concierge. Après quoi il gagna le bureau de Paladine, comme convenu. Le concierge était déjà assis à sa place quand il arriva. Ses lunettes perchées au bout du nez, il parcourait les listes des départs et des arrivées du jour.

Aussi incroyable que cela puisse paraître, en dépit du travail macabre et éprouvant qu'ils venaient d'effectuer, le concierge était impeccable. Il avait même trouvé le temps de se changer. Tiré à quatre épingles, détendu, froid et distant, il ne ressemblait pas du tout à un homme qui vient de passer plusieurs heures à défaire un lit couvert de sang et à se débarrasser d'un cadavre dans un monte-plats afin de dissimuler des preuves capitales à la police.

– Bonjour, monsieur Bates, dit-il en levant à peine la tête.

Occupé à parcourir ses listes en prenant des notes, il n'avait eu, semblait-il, aucun mal à reprendre son rôle de concierge chef.

– Juste quelques petits détails à régler et je suis à vous, dit-il.

Faisant pivoter son fauteuil, il s'agenouilla devant le coffre-fort encastré dans le mur derrière son bureau et actionna les roues crantées pour inscrire les chiffres de la combinaison. Une fois la porte du coffre ouverte, il en sortit un carnet.

– Ce petit livre que vous voyez, monsieur Bates, reprit-il, s'appelle le « Carnet mauve ».

Il le brandit devant lui et en fit tourner lentement les pages pour le montrer au jeune homme. En vérité, ce n'était pas du tout un carnet, mais un vulgaire cahier avec une couverture cartonnée marbrée, du genre de ceux qu'utilisaient les écoliers autrefois pour faire leurs devoirs ou apprendre à écrire à la plume.

Le prédécesseur de Paladine, expliqua celui-ci, un Français très raffiné, dandy sur les bords (il ne portait pas de cravates, mais des foulards) l'appelait toujours le « Carnet mauve » pour plaisanter, et le nom était resté. Dans l'esprit gaélique de ce monsieur, le terme *mauve* possédait une connotation bien particulière, cet adjectif disant plus que la simple couleur de l'objet.

– Comme vous pouvez le constater, reprit-il, je le conserve dans mon coffre personnel, derrière mon bureau. Il renferme les numéros de téléphone de toutes les personnes qui proposent des services qu'on ne trouve généralement pas dans les circuits habituels. C'est une mine d'informations, si vous voyez ce que je veux dire.

– Je crois.

– Vous croyez ?

– Je vois.

– Tant mieux. Car à partir d'aujourd'hui, vous pourrez l'utiliser. Je suis sûr que vous saurez en faire usage avec discrétion. (Il se remit à le feuilleter.) Vous constaterez qu'il ne contient ni noms ni adresses. Uniquement des numéros de téléphone et la nature des services proposés. C'est préférable. Tout doit rester propre et net. Simple. Je vous donnerai également la combinaison du coffre. Pour l'instant, je suis la seule personne à la connaître. Je me permets de vous signaler, ajouta-t-il ostensiblement, que Patsy ne la connaît pas, et j'ose croire que vous aurez l'honnêteté et le bon sens de ne pas lui dire que je vous l'ai donnée.

Il s'arrêta brusquement sur une page, fit glisser son doigt de haut en bas et s'arrêta sur le numéro qu'il cherchait. Et, pour bien faire comprendre à Bates que celui-ci venait d'accéder à un niveau de responsabilités nettement supérieur, il l'autorisa à écouter l'appel qu'il allait effectuer. De fait, Bates eut le sentiment d'assister à un tournant de son apprentissage.

D'après ce qu'il put déduire des bribes de la conversation à sens unique qui se déroula ensuite, Paladine téléphonait à une confiserie du centre-ville, au sud de Mulberry Street. Une fillette, expliqua le concierge, avait décroché et il avait demandé à parler à son père.

S'ensuivit une discussion totalement sibylline, dans une sorte de langage codé. Aucun nom ne fut mentionné. Aucune somme d'argent ne fut évoquée. Ni même la nature du travail à effectuer. Paladine annonça simplement qu'il voulait faire enlever et livrer un colis. Pas une fois il n'indiqua le contenu du colis à l'homme de Mulberry Street, pas plus que l'endroit où il fallait venir le chercher et celui où il faudrait le déposer ensuite.

L'appel dura moins de deux minutes. Après quoi le concierge et Bates se rendirent dans les cuisines pour boire un café. Vingt minutes plus tard, ils recevaient un appel provenant d'une voiture garée devant l'hôtel dans la 69e Rue et leur annonçant qu'un livreur était prêt à prendre le colis.

Paladine demanda à son correspondant de contourner l'hôtel pour pénétrer dans le parking souterrain sur le côté. Il le rejoindrait dans cinq minutes. De la cuisine, ils empruntèrent le monte-charge pour descendre directement au parking où les clients garaient leurs voitures et où l'hôtel entretenait sa petite flotte de limousines et de camionnettes de livraison.

Il faisait froid dans le garage, presque aussi froid qu'à l'extérieur où régnaient des températures prématurément automnales. Dans l'atmosphère flottait une brume de gaz d'échappement. De la buée s'échappait de la bouche des deux hommes, et les talons de leurs chaussures résonnaient sur le sol en béton au rythme pressé de leurs pas.

Depuis un moment, Bates sentait croître son appréhension. Son instinct lui conseillait de ficher le camp de là le plus vite possible. Il avait tenu son rôle et commençait déjà à le regretter amèrement. Mais curieusement, pour une raison qu'il ne s'expliquait pas, quelque chose le retenait ; il avait envie de voir de quelle façon cette histoire épouvantable allait se régler.

Il suivit le concierge jusqu'à un container à ordures au fond du garage, d'où Paladine sortit les trois gros sacs qu'il y avait lui-même déposés un peu plus tôt. Il insista pour porter le sac contenant le cadavre de l'enfant, laissant à Bates le soin de transporter les deux autres renfermant les draps maculés de sang. Ils traînèrent leurs macabres colis à travers le garage ; le plastique crissait en glissant sur le béton.

Le jour s'était levé. A l'entrée du garage, les premières traînées gris-bleu de l'aurore venaient d'apparaître dans le ciel à l'est. Un homme que Bates ne connaissait pas les attendait, parfaitement immobile, à côté d'une camionnette blanche. Sur le flanc du véhicule figuraient un nom italien et une inscription où il était question de « viandes et volailles de qualité ».

C'est seulement lorsqu'ils arrivèrent à sa hauteur que l'homme s'anima et, à partir de ce moment-là, tout alla très vite. Tel un lapin effrayé qui jaillit d'un fourré, il se précipita à l'arrière de la camionnette. Sans un geste ou un signe, il ouvrit en grand la double porte, puis revint immédiatement sur ses pas pour soulager le concierge de son fardeau. Bates eut la nette impression que les deux hommes se connaissaient, mais ils n'échangèrent pas un seul mot. L'inconnu semblait savoir ce que contenait le sac, car il le manipulait avec une étrange délicatesse, comme s'il transportait de la porcelaine de grande valeur.

Après avoir chargé le corps à l'arrière du véhicule, il revint chercher les deux paquets de Bates, les traîna sans ménagement sur le sol en ciment et les balança négligemment à bord de la camionnette.

C'était un individu dégingandé au teint basané, sans doute un Grec ou un Italien. Il portait un jean et un blouson en daim un peu tape-à-l'œil, mais Bates fut surtout frappé par son visage : traits burinés, peau semblable à du cuir verni, absence totale d'expression. Semblable à un masque de bois sculpté, il avait l'aspect figé et sévère qu'on peut voir sur les totems des Indiens d'Amérique du Nord.

Ayant chargé la marchandise à bord du véhicule, le chauffeur referma les doubles portes arrière, remonta dans sa cabine et s'en alla. Et voilà.

Plus tard, une fois que tout fut terminé et qu'il se retrouva seul, Bates se demanda pourquoi il avait fait ça. Pourquoi, sachant combien son geste était condamnable, s'était-il laissé entraîner dans cette sale histoire ? Était-ce la crainte de représailles au cas où il aurait refusé d'aider Paladine, ou bien avait-il été dominé par une force de caractère bien supérieure à la sienne ? Après tout, se disait-il, qu'aurait pu faire le concierge s'il avait refusé de l'aider ? Le mettre à la porte ? Ce n'était quand même pas la fin du monde, même si maintenant, il devait le reconnaître, il tenait à conserver son poste. Il s'était donné suffisamment de mal pour ça. Une partie de ce travail l'intéressait et, d'une manière générale, il aimait les gens qu'il côtoyait. Mais surtout il gagnait et économisait de l'argent à la vitesse grand V. Pour la première fois de sa vie, il possédait un compte en banque et il lui semblait que ses perspectives d'avenir s'élargissaient.

Mais il restait une dernière question et elle l'intriguait. Il y avait la promesse d'une récompense. Ce qui revenait à de la corruption à peine voilée. « Vous n'aurez pas à le regretter. » Ces paroles continuaient de résonner dans ses oreilles et il ne pouvait s'empêcher de se demander, même maintenant, quelle était cette récompense.

Dès 8 heures du matin l'hôtel se mit à ressembler à une fourmilière. Des voitures de patrouille étaient garées devant l'entrée et des dizaines de policiers en uniforme traversaient le hall en tous sens, sans parler des inspecteurs en civil et des techniciens du laboratoire. Pargiter était une boule de nerfs. Comme toujours, une des pointes de sa moustache gominée était plus basse que l'autre : on aurait dit une moustache postiche qu'il s'était collée sous le nez à la hâte. Son teint habituellement cireux ayant viré au cramoisi, il se tordait nerveusement les mains en marmonnant des paroles où il était question de convocation au tribunal.

La nouvelle du décès du comte Gobbo s'était répandue à toute allure. Déjà le hall grouillait de journalistes. Nul doute que l'un d'eux avait tiré les vers du nez à un des chasseurs ou des portiers de nuit présents dans la cave et qui n'avait pas su résister à la tentation de raconter ce qu'il avait vu. Apparemment, tous les membres du personnel savaient maintenant, comme la plupart des clients, d'ailleurs, qu'il s'était passé quelque chose de grave durant la nuit. On sentait flotter dans l'air le petit bourdonnement diffus et inquiet des gens qui ressentent le frisson délicieux de la connivence, simplement parce qu'ils ont participé, sans le vouloir, au même événement terrifiant.

Mais personne ne parlait de l'enfant. Les membres du personnel qui l'avaient vu arriver vendredi soir avaient tous oublié ce détail ou négligé son importance – à l'exception de Bates, évidemment. Et pour l'instant, aucun client ne semblait avoir entendu parler de cet enfant et de ses liens avec le vieil homme. On parlait de suicide, et de rien d'autre. Malgré tout, chaque fois qu'un policier en uniforme passait devant le comptoir en marbre de la conciergerie, Bates sentait un spasme lui nouer l'estomac.

– Eh bien, que s'est-il passé, monsieur le concierge ? demanda le Dr Ngongoro, qui s'était arrêté au bureau avant de partir au travail.

Il portait une de ses fameuses tuniques en batik, et sa toque ornée de perles était posée de travers sur son crâne.

– De telles choses sont-elles possibles ? Le vieux comte Gobbo ? Ne me dites pas ça !

– J'ai bien peur que ce soit la triste vérité, hélas, Excellence, répondit Paladine.

Ils discutèrent à voix basse, comme deux personnes conviées à l'improviste à une veillée mortuaire.

– Il paraît que c'est louche.

– Louche, Excellence ? Qui vous a dit ça ?

– Une des femmes de chambre. Ce matin... Oh, peu importe. Vous me comprenez. Le pauvre vieillard avait-il des ennuis ?

– C'est une bien triste histoire, Excellence. Mais je ne peux en dire plus. D'ailleurs, je suis sûr que vous lirez tout ça dans la presse. Plusieurs journalistes sont déjà là.

– Ah, les vautours se regroupent, soupira le Dr Ngongoro. (C'était un long soupir théâtral, rempli de la douloureuse lucidité du sage vivant sur terre.) Le consulat a été prévenu ?

– Oui, ils arrivent. Ils veulent récupérer des documents qui pourraient se trouver ici ; ils ont demandé à voir ses effets personnels.

– Oui, évidemment. Et la famille ?

– J'ai eu le fils aîné ce matin au téléphone, à Modène. Il prend l'avion dès ce soir pour rapatrier le corps. La signora Gobbo n'a pas encore été avertie. Elle est de santé fragile.

– Ah. (Encore un long soupir semblable à un sifflement aigu.) Pauvre Gobbo. Pauvre vieux bonhomme. C'était un excellent partenaire au bridge, non, vraiment. Ça me fait de la peine.

– Nous avons tous de la peine, Excellence. Comme vous le savez, le comte était un très vieil ami de cet hôtel.

– Oui, en effet. En effet.

La grosse main noire du Dr Ngongoro, avec ses larges ongles roses, tapota délicatement celle du concierge dans un geste de réconfort.

– Pour l'enterrement...

– Il n'y aura pas de service religieux. La famille a prévu une petite cérémonie dans la propriété du comte. Uniquement la famille et les amis proches.

– Évidemment. Bien sûr. Mais si jamais je peux faire quelque chose, tenez-moi au courant.

Le docteur cessa de tapoter la main de Paladine, tourna les talons et s'éloigna d'un pas chancelant, visiblement secoué, moins par la mort du vieux Gobbo que par le pressentiment brutal et indésirable de la sienne.

En regardant le Dr Ngongoro franchir la gigantesque porte à tambour pour monter dans la limousine qui l'attendait devant la porte de l'hôtel, Paladine se demanda ce qu'avait bien pu lui dire la femme de chambre. Dans sa précipitation à tout nettoyer et remettre en ordre dans la suite 1804, aurait-il oublié un détail ?

11

L'inspecteur Terrence Bucket fit son entrée sur le coup de midi, l'air désinvolte. Son physique était aussi dickensien que son nom et, en le voyant, on imaginait immédiatement feu W. C. Fields dans le rôle de M. Micawber. L'inspecteur possédait en effet plusieurs mentons et une sorte de gros bulbe enflammé en guise de nez, constellé de minuscules protubérances violacées, semblables à des grains de raisin et qui vous démangeaient rien qu'à les regarder. En outre, Bucket savait se montrer cinglant avec quiconque contemplait son appendice d'une manière trop insistante.

Au commissariat du 23e secteur, dans Columbus Avenue, les plaisanteries sur son nez étaient devenues légendaires, à l'instar des innombrables déformations de son nom : Lieutenant Muck-it, Chuck-it, Shuck-it[1], ou pire encore. Mais malheur à celui qui osait se moquer de lui ouvertement. En dépit de cette apparence physique, ses collègues n'ignoraient pas que son aspect quelque peu négligé cachait en réalité un esprit capable de la plus extrême concentration. Lorsqu'il partait en guerre, disait-on, il devenait un adversaire redoutable et avait la ténacité du bouledogue. De fait, malgré toutes les plaisanteries et les railleries qui circulaient dans son dos, Terrence Bucket jouissait du plus haut degré d'affection et de respect de la part des hommes du 23e secteur.

Ce matin-là, dans le bureau du concierge, Bucket portait la même tenue dépareillée et froissée que la nuit pré-

1 Littéralement : Tripote-le, balance-le, épluche-le.

cédente et semblait mâchonner le même mégot de cigare éteint. On aurait dit qu'il avait dormi sous un pont, ou pas du tout.

– Je viens d'avoir une charmante discussion avec votre directeur, dit-il à Paladine. Un chic type. C'est quoi son nom, déjà ?

– Pargiter.

– Ah oui, Pargiter. Un peu nerveux quand même, non ? ajouta-t-il à voix basse avec un petit clin d'œil.

Le lieutenant avait quelques « petites » questions à poser au concierge. C'était la raison de sa visite. Quelques menus détails à élucider, précisa-t-il, et il demanda à être conduit dans la chambre du comte Gobbo, juste pour jeter un œil. Simple routine, ajouta-t-il pour rassurer le concierge.

Ces expressions anodines du genre « un petit coup d'œil », « menus détails », « simple routine »... allaient devenir beaucoup trop fréquentes au cours des semaines suivantes.

Malgré les possibles incidences et conséquences éventuelles d'une fouille approfondie de la chambre de Gobbo, le concierge demeura d'une placidité remarquable.

– Mais certainement, lieutenant, dit-il en se retournant pour décrocher une clé fixée à un grand tableau derrière lui. Monsieur Bates, veuillez avoir l'obligeance de conduire le lieutenant Bucket jusqu'à la suite du comte.

– Personne n'a touché à rien, j'espère. Les gars du labo vont vouloir jeter un coup d'œil.

Paladine feignit l'étonnement.

– Oh, mince. Il aurait fallu nous le dire avant. Je crois que les femmes de chambre ont déjà fait le ménage. Le consulat nous a demandé de rassembler toutes les affaires du comte. Ses effets personnels et ainsi de suite. Son fils doit arriver demain pour ramener le corps dans son pays. Si j'avais su...

Le bout de cigare froid courut entre les lèvres de Bucket, tandis que ses yeux jaugeaient le concierge. Il semblait sur le point de lancer une remarque acerbe, mais se ravisa. Finalement, les bajoues de l'inspecteur s'écartèrent pour laisser apparaître un grand sourire tout en dents.

– C'est entièrement ma faute, dit-il. J'aurais dû vous avertir que les gars du labo voulaient inspecter la chambre. Bah, peu importe. Rien de grave. C'était juste pour la forme, histoire de rédiger les rapports obligatoires. Dans tous les cas de mort inexpliquée, il faut pratiquer une autopsie et examiner les effets personnels du défunt. C'est la loi.

– Oui, bien sûr, dit Paladine. C'est bien normal.

– Mais comme je vous l'ai déjà dit, monsieur Paladine, ça m'a tout l'air d'une affaire réglée. C'est un suicide, pas de doute. Aucun mystère.

La langue rouge de l'inspecteur apparut furtivement derrière le mégot de cigare. Il semblait choisir ses mots avant de continuer.

– … Cela étant, il y a quand même deux ou trois choses qui me paraissent un peu curieuses, comme je crois vous l'avoir déjà dit. J'ai vu des centaines de suicides par pendaison dans ma vie. Mais franchement, ces traits noirs autour des yeux, c'est plutôt inhabituel, tout comme cette petite couronne d'herbes autour de la quéquette du vieux, si vous me pardonnez cette expression. Sans parler de l'horrible mutilation elle-même. Un peu étrange, tout ça, non ?

– Si vous aviez connu le comte, lieutenant, cela ne vous paraîtrait pas étrange. C'était un original, à sa manière. Il adorait s'amuser et faire des farces.

Le lieutenant paraissait dubitatif.

– Autant que je sache, dit-il, les suicides ne sont pas vraiment des farces. Était-il dépressif ? Avait-il des ennuis ?

– Sa santé laissait à désirer. Il avait des problèmes cardiaques. Il avalait énormément de médicaments et je crois qu'il avait des problèmes avec ses supérieurs au consulat.

– Des problèmes suffisamment graves pour le pousser à commettre l'irréparable ?

Sentant le scepticisme dans la voix de l'inspecteur, Paladine se leva derrière son bureau.

– Ce n'est pas impossible. Mais pardonnez-moi, mon travail m'appelle.

En effet, une petite file de personnes réclamant ses services s'était formée devant le comptoir.

– Je suis sincèrement confus pour la chambre, ajouta-t-il.

– Ne vous inquiétez pas pour ça, monsieur Paladine. On s'arrangera avec ce qu'on a. Je vous l'ai dit, il n'y a rien de mystérieux dans cette histoire. C'est du gâteau, cette enquête, exception faite de ces machins un peu bizarres. J'aurais dû vous prévenir. A croire que je deviens trop vieux pour ce métier, dit-il avec un petit rire ironique. Venez, monsieur Bates. Allons inspecter les dégâts.

Paladine s'était rassis derrière son bureau et les regarda s'éloigner. Ses pensées furent interrompues par une lumière verte qui se mit à clignoter sur le standard. Le système perfectionné permettait de savoir quelle chambre appelait. Cette lumière indiquait que l'appel ne provenait pas de l'hôtel, mais de l'extérieur.

– Bonjour. Parker Regency, conciergerie, j'écoute.

Il n'y eut pas de réponse, juste une respiration. Rapide et aiguë. La respiration d'une personne excitée ou qui vient d'accomplir un gros effort.

– Vous vous croyez tout permis. Vous croyez que le monde vous appartient. Vous m'écœurez, tous autant que vous êtes.

Stupéfait, Paladine regarda fixement l'amplificateur d'où sortait cette voix.

– Bonjour. Ici la conciergerie.

– Dites-leur que…

La voix résonna de nouveau, presque comme un cri.

– Je vous demande pardon, monsieur ?

– Fermez-la. Ne m'interrompez pas. J'ai pas fini.

– Désolé. Je crains de ne…

– Ne m'interrompez pas, j'ai dit ! J'ai encore des choses à dire.

Ce fut moins les paroles prononcées, aussi désagréables soient-elles, que le ton agressif, presque hystérique de cette voix stridente, qui fit frissonner Paladine. La voix semblait étouffée, comme si l'homme parlait à travers un mouchoir.

– Vous n'avez encore rien vu. Je n'en ai pas fini avec vous autres. Vous ne méritez aucune pitié. Vous abîmez ce qui m'appartient, il faudra payer.

Les pensées se bousculaient dans l'esprit de Paladine ; il ne savait s'il avait affaire à un fou dangereux ou à un simple plaisantin qui n'avait rien de mieux à faire.

– Mais de quoi parlez-vous ? demanda-t-il pour conserver son correspondant en ligne tandis qu'il essayait de capter le regard d'un des agents de la sécurité à l'entrée du hall.

Mais, comme s'il avait deviné ses intentions, l'homme raccrocha brutalement, ne laissant derrière lui qu'un bourdonnement aigu dans l'appareil.

De temps à autre, la réception recevait d'étranges coups de téléphone, émanant de personnes furieuses et mécontentes qui affirmaient avoir été volées par l'hôtel, ou prétendaient que l'incinérateur de l'hôtel représentait un danger pour l'environnement et devrait être fermé. Un tas d'individus porteurs de griefs, réels ou imaginaires, lançaient des menaces allant du procès aux sévices corporels. Incapable de relier cet appel à une raison précise, Paladine le relégua dans la catégorie des coups de téléphone de « cinglés » et le chassa de son esprit.

12

C'était exactement comme il l'avait dit, « la routine », « un petit coup d'œil rapide ». Malgré tout, chaque fois que l'inspecteur marquait un temps d'arrêt pour examiner quelque chose d'un peu plus près, Bates sentait un poing se refermer sur son cœur. Tout en inspectant la chambre, ouvrant les tiroirs, scrutant l'intérieur des armoires, se penchant dans les coins, Bucket ne cessait de prendre des notes dans son carnet. Bates se demandait bien pourquoi l'inspecteur tenait à ce qu'il soit présent. Une équipe du laboratoire viendrait en fin de journée pour procéder à un examen plus minutieux, lui avait expliqué ce dernier.

Paladine avait raison. Les femmes de ménage étaient déjà passées faire leur travail. C'était lui-même qui les avait envoyées, évidemment, en expliquant que le comte était décédé dans la nuit et qu'il fallait préparer la suite pour le prochain client. L'explication était plausible, mais en vérité le concierge avait surtout voulu s'assurer que tout indice qu'ils auraient pu oublier quelques heures plus tôt, quand ils avaient nettoyé la chambre, serait effacé par les femmes de chambre venues faire le grand ménage.

Le lit avait été changé, le tapis aspiré. Tout était propre et impeccable. Plus aucune trace des événements effroyables qui s'étaient produits durant la nuit. La chambre était prête à accueillir un nouveau client.

Soudain, Bucket se pencha en avant, s'agenouilla et frotta du doigt l'endroit où Paladine avait nettoyé le sang sur le tapis. Bates n'osait même plus respirer, pendant que l'inspecteur répétait plusieurs fois son geste, frottant les poils du tapis dans un sens et dans l'autre, puis les écrasant pour voir à quelle vitesse ils se redressaient. Il porta ensuite son doigt à son nez et renifla. Enfin, il releva péniblement sa lourde carcasse et reprit son examen des lieux d'un pas nonchalant, en soufflotant du nez.

Sur ordre du concierge, toutes les affaires du comte avaient été rangées dans des cartons couverts d'une profusion d'étiquettes autocollantes et empilés le long du mur, à l'entrée de la pièce, prêts à être expédiés.

– C'est quoi, tout ça ? demanda Bucket en désignant les cartons.

– Des livres, des papiers, des affaires personnelles. Ce genre de choses.

– Où vont-elles ? Elles retournent en Italie ?

– C'est ce que j'ai cru comprendre. La famille les a réclamées. Les chasseurs ne devraient pas tarder à venir les chercher pour les descendre. On les emportera à la poste dans la matinée.

L'inspecteur ouvrit quelques-uns des cartons qui n'étaient pas encore scellés et les fouilla d'un air presque indifférent.

– Je crains, dit-il, que vous ne deviez encore attendre un jour ou deux avant de les expédier. Il faudrait qu'on puisse y jeter un petit coup d'œil. Simple routine.

Finalement, ils passèrent presque une demi-heure dans la chambre.

– Vous connaissiez le vieux bonhomme ? demanda l'inspecteur à Bates alors qu'ils redescendaient avec l'ascenseur.

– Non, pas vraiment. Juste assez pour le saluer quand je le croisais.

– Chic type ?

– Très gentil.

– Il n'était pas curieux ? demanda Bucket.

– Curieux ?

Bucket se tapota la tempe avec l'index.

– Enfin... vous voyez ce que je veux dire. Un peu bizarre.

– Je n'ai jamais remarqué.

– Non, bien sûr. Comment auriez-vous pu le remarquer. Dites-moi, recevait-il des visiteurs ? Des gens qui venaient le voir régulièrement, ou alors quelqu'un qui serait venu ici hier soir ?

– Non. (Bates répondit aux trois questions en secouant la tête.) Pas à ma connaissance, du moins.

Il avait répondu du tac au tac, un peu surpris de la facilité avec laquelle ces mots étaient sortis de sa bouche, et effrayé de penser que, moins de dix heures après les faits, il venait de faire son premier mensonge à la police.

– Les gars du labo ne vont pas tarder à débarquer, reprit Bucket au moment où l'ascenseur s'arrêtait au rez-de-chaussée. Merci de m'avoir accordé un peu de votre temps.

Avec un petit rire, il décocha un coup de poing amical dans l'épaule de Bates.

Quelques secondes plus tard il était reparti, mais Bates demeura immobile et sentit son cœur cogner dans sa poitrine.

13

– Eh bien ?
– Eh bien, quoi ?
– Comment ça s'est passé ? demanda Paladine à Bates qui venait de regagner le bureau.
– Rien à dire.
– Vous paraissez inquiet.
– Inquiet ? Pourquoi le serais-je ?
– C'est à vous de me le dire. Tout dépend de ce que le lieutenant vous a dit, ou de ce que vous, vous lui avez dit.
– Il m'a dit qu'ils voulaient inspecter les cartons avant de restituer les affaires du comte à sa famille.
Le concierge fit la grimace, comme s'il venait de mordre dans un fruit acide. Puis il haussa les épaules.
– Qu'ils fouillent. Il n'y a rien d'important dans ces cartons. Simple routine, dit-il en imitant l'inspecteur.
– Exact, répondit Bates. Simple routine.
Les deux hommes éclatèrent de rire, ravis de leur plaisanterie, mais brusquement ils redevinrent sérieux.
– Rien d'autre ? demanda Paladine.
Il posa sur le jeune homme un de ces regards pénétrants qui vous mettaient à nu.
– Qui était ce gamin, au fait ? demanda Bates. Je croyais que c'était son petit-fils. Vous avez promis de me le dire.
Une lumière verte se mit à clignoter sur le standard. Le concierge s'empressa de prendre l'appel. C'était un client qui avait oublié ses médicaments à Los Angeles et voulait savoir s'il était possible de faire renouveler son ordonnance.

Paladine lui proposa d'appeler son médecin traitant à Los Angeles pour que celui-ci téléphone à la pharmacie de l'hôtel afin de dicter l'ordonnance.

– J'ignore qui était cet enfant, répondit Paladine après avoir raccroché. Mais vous avez raison, ce n'était pas son petit-fils.

– Évidemment, dit Bates en hochant la tête. Pourquoi Gobbo aurait-il tué son petit-fils, hein ?

Il contempla le hall où régnait l'agitation habituelle à l'heure du déjeuner.

– Ce gamin sortait du petit livre que vous m'avez montré ce matin ?

Paladine s'agita sur son siège, se leva, fit demi-tour et s'enfonça dans les profondeurs de la conciergerie en faisant signe à Bates de le suivre.

– C'est exact, dit-il quand ils se retrouvèrent dans le couloir étroit qui longeait la paroi vitrée de la salle des coffres. C'était un numéro de téléphone dans le livre. Comme je crois vous l'avoir dit, le comte avait de vilaines habitudes.

– Les cigares cubains et les petits garçons, dit Bates. Et vous lui fournissiez les deux.

– Pour les havanes, le comte avait sa propre source, répondit Paladine, ignorant la critique contenue dans les paroles de son adjoint. Laissez-moi vous expliquer encore une fois, monsieur Bates, afin que tout soit parfaitement clair. Notre métier consiste à offrir des services. C'est extrêmement simple. La plupart de nos clients sont des gens très riches. Ils se sentent investis de pouvoirs et de privilèges que les autres ne possèdent pas. Très souvent, ils nous réclament des choses. Leurs requêtes peuvent être insolites ; parfois, ils arrivent même à me surprendre et je suis pourtant persuadé d'avoir tout entendu. Un très cher et vieux collègue à moi, devenu membre éminent de La Clé d'or, travaillait jadis dans un des plus prestigieux palaces de cette ville. Un jour, un des meilleurs clients de cet établissement est venu le trouver pour lui demander d'organiser l'élimination d'un de ses amis avec lequel sa femme le trompait. Mon collègue a longuement réfléchi, en essayant de peser le bien et le mal.

– Et qu'a-t-il décidé ? demanda Bates.

– Il a condamné l'adultère et opté pour un très gros pourboire.

Il y eut un moment de silence.

– Et comment a-t-il dormi cette nuit-là ?

– Je lui ai posé la même question, dit Paladine. « Comme un bébé », m'a-t-il répondu.

Bates demeura muet, impassible, mais le concierge voyait tourner les rouages de son cerveau.

– Pardonnez-moi, dit enfin Bates, mais j'ai un peu de mal à croire à cette histoire.

– Je ne vous demande pas de croire quoi que ce soit. Peut-être n'y a-t-il rien de vrai là-dedans. Je vous livre l'histoire telle qu'on me l'a racontée. Vous comprenez, monsieur Bates ? Mon rôle n'est pas de juger du bien-fondé de tel ou tel acte. Je ne rendrais certainement pas ce type de service à tout le monde. Mais si l'occasion se présentait, alors oui, je serais prêt à me démener pour certains clients, une minorité de favorisés.

– Ceux qui sont capables de vous offrir de gros pourboires ?

– Non, pas nécessairement. Il m'est arrivé, figurez-vous, de refuser un certain nombre de « gros pourboires », comme vous dites, parce que je n'aimais pas ce qu'on me demandait de faire, ou la personne qui me le demandait. Toutefois, si je rends un service à un client, et si ce client m'offre un pourboire, je ne le refuse pas.

Pas la moindre trace de honte ou de contrition, il s'était exprimé en toute franchise, n'hésitant pas à jouer cartes sur table maintenant que le destin les avait rendus complices.

– Et vous approuvez le service que vous avez rendu à monsieur Gobbo hier soir, répliqua Bates d'un ton sec.

Le concierge sembla se raidir.

– M. Gobbo était un cas particulier, répondit-il en s'efforçant de masquer son irritation, conscient de la faiblesse de son excuse. J'essaye de ne pas me torturer la conscience en songeant à ce que je fais chaque jour pour gagner ma vie, ajouta-t-il. La vie est dure, c'est une chose que vous ignorez peut-être, vu votre jeune âge. Chacun se débrouille pour survivre. J'ai un métier, et un bon métier qui plus est. Les concierges d'hôtel font ce genre de choses depuis des siècles, depuis l'époque des premières auberges en Italie. On appelle ça l'hospitalité. Je ne ressens pas le besoin de m'excuser.

Il observa le jeune homme du coin de l'œil.

– D'autres questions, monsieur Bates ?

Celui-ci le dévisagea à son tour, visiblement dérouté. Il resta muet.

– Êtes-vous sûr de m'avoir tout dit, monsieur Bates ?

– Je vous le répète, c'était une inspection de simple routine. A peine une demi-heure. Il n'a presque rien regardé, sauf…

– Sauf quoi ?

– La tache sur le tapis.

– J'ai pourtant nettoyé tout le sang ! J'en suis sûr !

– Oui, moi aussi. Mais le tapis était encore humide à cet endroit, apparemment. Et il l'a remarqué.

– Qu'a-t-il dit ?

– Rien. Il s'est mis à genoux et il a frotté avec son doigt.

– Et… ?

– Il l'a reniflé.

– Et ensuite ?

– Rien. Il a noté quelque chose dans son petit carnet, et c'est tout.

Le standard se remit à clignoter. Paladine revint pour décrocher le téléphone.

– Conciergerie, bonjour. Roger à l'appareil… Oui, madame. Le lundi à 14 heures, le mercredi à 15 et 17 heures… Non, pas de séance le vendredi durant l'été… Très bien, madame… Merci.

Il raccrocha et rejoignit Bates.

– Je crois qu'il n'y a aucune raison de s'inquiéter.

– J'essaye de ne pas m'en faire.

– Essayez encore, vous y arriverez.

– Ce n'est pas si simple.

– Ah bon ? Pourquoi ?

– Les experts de la police vont débarquer d'un instant à

l'autre, paraît-il, pour passer la chambre au crible. Qui sait ce qu'ils vont découvrir ?

Bates eut le plaisir de voir se lézarder la fameuse façade imperturbable du concierge. Mais avant que celui-ci puisse réagir à la remarque de Bates, un des chasseurs se pencha par-dessus le comptoir en marbre pour regarder dans le couloir.

– Quelqu'un vous demande, monsieur Paladine ! lança-t-il. Derrière les cuisines.

Le concierge semblait s'attendre à cette visite. Sans un mot, il tourna les talons et disparut dans son bureau. Il en ressortit quelques instants plus tard avec un objet enveloppé comme un cadeau dans un papier de soie éclatant, fermé par un ruban couleur lavande qui formait un gros nœud sur le dessus.

– Veuillez me remplacer un petit moment, monsieur Bates. Je reviens tout de suite.

Elle attendait à l'entrée des livraisons, à l'arrière des cuisines : une fillette vêtue d'une belle robe rose. Une des pâtissières de l'hôtel lui avait donné un petit gâteau qu'elle tenait dans le creux de sa main. Le concierge s'agenouilla devant elle. Il lui tapota la tête et lui murmura quelque chose à l'oreille. La fillette gloussa, il déposa dans ses petites mains tendues le paquet enveloppé comme un cadeau d'anniversaire.

Elle esquissa une révérence et repartit précipitamment, en mordant dans son gâteau. Une longue Lincoln noire était garée en double file à l'entrée de la ruelle. Juste avant que la fillette l'atteigne, la portière arrière s'ouvrit et l'enfant disparut à l'intérieur, comme un spectre avalé par l'obscurité.

Paladine adressa un signe de la main au chauffeur au moment où il redémarrait, invisible derrière le pare-brise fumé. Il attendit que la voiture fasse demi-tour et s'éloigne. Après quoi il tourna les talons et rentra dans l'hôtel.

Depuis le temps que Bates travaillait au Parker Regency, soit un peu plus de sept mois, jamais le concierge et lui ne s'étaient parlé aussi franchement. Il ne s'agissait pas de simples bavardages ; ils avaient abordé des problèmes importants, graves. Le concierge ne s'était pas montré avare de franchise. En dépit de sa réputation d'homme secret, il avait parlé de certaines choses, des aspects les plus cachés et les moins glorieux de son travail en particulier, et tout cela, il l'avait sans doute rarement partagé avec d'autres collègues, Bates en était convaincu.

Bates, de son côté, s'était montré moins franc. Concernant sa discussion avec le lieutenant Bucket, il avait tout raconté à Paladine, à l'exception d'une chose. Lorsque l'inspecteur de police lui avait demandé si le comte Gobbo recevait des visiteurs réguliers, il avait menti ouvertement en répondant non. Il n'avait pas dit qu'il avait vu l'enfant, ni qu'il l'avait conduit dans la chambre de Gobbo deux soirs plus tôt. Il n'avait même pas pris la peine de se couvrir en enveloppant sa réponse d'ambiguïté. Pourtant, il lui aurait été facile de répondre : « Pas à ma connaissance, pas que je sache », mais non. Appelez ça la panique, appelez ça comme vous voulez. Une chose était sûre : juste après avoir prononcé ces paroles, il comprit qu'il avait commis une terrible bourde.

Plus tard, en y réfléchissant, il se dit que son erreur n'avait pas été de mentir à l'inspecteur, mais de ne pas réussir à l'avouer à Paladine. Ce simple détail indiquait bien à quel point sa façon de considérer le concierge, et ses relations avec lui, s'étaient modifiées.

14

Au cours des jours suivants, Bates ne cessa de ressasser cet incident, comme on gratte une croûte qui démange. Il ne pouvait oublier le regard de cet enfant qu'il avait conduit dans la suite de Gobbo, le regard de ce même enfant qu'il avait transporté dans un sac de linge sale pour le balancer ensuite dans le monte-plats. A chaque instant, il s'attendait à ce que le concierge le convoque dans son bureau pour évoquer cette histoire, essayer de trouver le moyen de corriger ce qui s'était passé. Parfois, il envisageait même de se rendre à la police pour soulager sa conscience. Mais durant les jours qui suivirent le drame, il n'y eut aucune allusion de la part du concierge, plutôt un effort conscient pour l'enterrer, et Paladine semblait l'éviter délibérément.

Si Bates s'attendait à avoir une longue explication avec le concierge, c'est une chose bien différente qui se produisit, différente et totalement inattendue. Un événement qui devait marquer la fin de la courte période de formation de Bates au Parker Regency pour le propulser vers son nouveau statut d'adjoint officiel du concierge.

Cela se passa deux jours après la sinistre affaire Gobbo. Patsy, Bates et Tom Potts étaient tous les trois à leurs postes respectifs derrière le comptoir en marbre lorsque le concierge apparut tout à coup. Il les avait pris par surprise, volontairement, comme s'il espérait les surprendre en plein délit de paresse et de relâchement en son absence.

Sans même leur adresser son habituel « Bonjour, messieurs », il passa derrière le comptoir d'un pas décidé, le regard fixé devant lui, le visage crispé, et se dirigea tout droit vers son bureau.

A première vue, il paraissait furieux. Bates songea aussitôt à l'affaire Barachevsky. L'incident avait eu lieu presque une semaine plus tôt, mais n'était pas encore arrivé sur le tapis. Cette fois, Bates était certain que sa tête allait tomber.

Le concierge passa devant lui sans lui adresser un regard.

– Monsieur Potts ! lança-t-il par-dessus son épaule, alors qu'il disparaissait derrière la paroi vitrée de la salle des coffres. J'aimerais vous voir dans mon bureau un instant, je vous prie.

Un instant, en effet.

Potts ressortit presque immédiatement, livide et tremblant.

– Je suis viré, dit-il simplement, et il quitta le bureau tel un somnambule.

Quelques minutes plus tard, Paladine reparut pour confirmer la nouvelle. Toutefois, il ne fournit aucune explication et ses deux adjoints rescapés n'osèrent pas en demander. Soudain, une lumière verte se mit à clignoter sur le standard et le téléphone émit son petit gazouillement. Personne ne décrocha. L'appareil continua de clignoter et de sonner. Bates vit que le regard pénétrant du concierge était fixé sur lui. Un petit sourire ironique déformant sa bouche, il esquissa une sorte de geste de bénédiction en direction du téléphone, accompagné d'un hochement de tête.

– Monsieur Bates, dit-il en retrouvant rapidement son comportement plus austère, à partir d'aujourd'hui, vous assurerez les fonctions de M. Potts. Vous pouvez commencer dès maintenant en décrochant ce téléphone.

Des lumières vertes clignotaient de tous les côtés, exigeant une réponse immédiate. Le téléphone sonna encore trois fois avant que le jeune homme parvienne à se ressaisir suffisamment pour ne pas bégayer. Sentant le regard sévère du concierge posé sur lui, il décrocha.

– Bonjour, dit-il d'une voix encore plus enrouée qu'à l'accoutumée. Conciergerie. Joseph à l'appareil, j'écoute.

Dans l'après-midi, ils reçurent la visite de Pargiter. Celui-ci était venu sous prétexte de préparer l'équipe de la conciergerie à recevoir une très importante convention de représentants de commerce attendue pour le lendemain.

– Soyez sur vos gardes, les gars, leur dit-il. Ces lascars sont capables de vous demander n'importe quoi.

Il frémit à cette seule pensée.

Et aussitôt après, il leur livra la véritable raison de sa visite. Il s'agissait de Potts, évidemment, et de la faute qui avait motivé son renvoi. Nul doute qu'ils s'interrogeaient, dit-il.

Potts avait quitté l'hôtel moins d'une heure après avoir été renvoyé. Sans même prendre la peine de faire ses adieux à ses collègues. La chose était plutôt surprenante de la part d'un homme qui s'était toujours montré amical et serviable, autant que Bates pouvait en juger du moins. Et Paladine n'avait pas jugé bon de leur fournir une explication.

Le directeur, lui, se montra plus loquace. Apparemment, Potts avait perçu des pots-de-vin de la part de certaines compagnies aériennes qu'il favorisait lorsqu'il devait réserver des billets d'avion pour les clients de l'hôtel. Le concierge avait eu vent de sa combine.

– Ne me demandez pas comment, reprit Pargiter. M. Paladine a ses petits secrets.

En disant cela, il haussa vers le ciel ses épais sourcils, comme pour leur faire comprendre qu'il y avait une leçon à tirer du triste exemple de ce « pauvre Potts ».

Cette soudaine promotion n'apporta pas un profond bouleversement dans l'existence de Bates. Sauf de la manière la plus visible qui soit. Au niveau de sa tenue tout d'abord. Il troqua son costume sombre trop strict contre l'uniforme traditionnel du concierge : la veste queue-de-pie grise et le pantalon à fines rayures. Chaque matin, quand il prenait son poste, Paladine passait la revue de détail : chemise, chaussures, pli du pantalon, jusqu'à la propreté des ongles. Le concierge était comme un sergent instructeur des marines qui estime qu'il est de son devoir, professionnel et moral, de semer la panique chez ses recrues toutes les cinq minutes.

Peu à peu, le nouvel assistant acquit une marge de responsabilités de plus en plus grande. Bientôt, il s'occupa des réservations pour le restaurant et le théâtre, des billets d'avion, des excursions et des visites guidées. En vérité, tout cela était extrêmement routinier. Un enfant aurait pu s'en charger après quelques heures de formation. Le reste, les demandes plus « spéciales », Patsy Ricci s'en occupait. Quant aux requêtes des MTI et MEI, les « Messieurs très importants et extrêmement importants », celles qui étaient marquées d'une croix dans le petit carnet jaune de Paladine parce que particulièrement compliquées ou « délicates », le concierge s'en chargeait personnellement.

A bien des égards, Bates se sentait encore sous-employé. Mais au moins, il ne s'ennuyait plus. Et pour le moment, il était ravi d'avoir quitté le statut d'observateur invisible et anonyme, confiné dans les recoins obscurs de la conciergerie, pour prendre sa place en première ligne derrière le comptoir en marbre, là où se déroulait toute l'action. Quant à la désagréable affaire de la suite 1804, à en juger par le ralentissement évident de l'activité policière, les choses semblaient se tasser.

– Conciergerie, bonjour. Joseph, j'écoute… Oui, monsieur Haddonberry. Je connais un excellent magasin discount d'appareils photo… Dans Lexington, au coin de la 45e Rue. Demandez Irwin. Dites-lui que vous logez au Parker Regency et que c'est M. Paladine qui vous envoie.

« … Conciergerie, bonjour. Joseph, j'écoute… Oh, oui, docteur Eisley. La New York Historical Society est ouverte de…

TROISIÈME PARTIE

15

– Je crains, monsieur Bates, que vous n'ayez choisi la mauvaise personne dans cet hôtel pour votre premier différend.

– Il ne s'agit pas exactement d'un différend. Je lui ai simplement dit…

– Que vous n'aviez pas autorité pour faire ouvrir la suite de Mme Kamenskaya… oui, oui, c'est ce que je vois. C'est écrit dans sa lettre.

Une paire de lunettes à double foyer perchée sur le bout du nez, le concierge lisait une note relativement longue, rédigée sur des feuilles à l'en-tête de l'hôtel. Par Lane Barachevsky. Il s'exprimait d'un ton sec et cérémonieux, comme s'il lisait à voix haute une proclamation :

– « M. Bates s'est montré grossier et peu coopératif… »

– Grossier ? protesta Bates. Mais c'est elle qui…

– Soyez gentil, laissez-moi finir. (Paladine lui jeta un regard réprobateur par-dessus ses lunettes.) « En conséquence de quoi, lut-il, j'ai perdu un temps précieux, mais j'ai quand même réussi, malgré la mauvaise volonté de votre adjoint, Bates, à exaucer les désirs de Mme Kamenskaya avant son arrivée mercredi dernier. »

Le concierge ôta ses lunettes, poussa un soupir et se frotta les yeux avec le dos de la main.

– Inutile de vous dire, monsieur Bates, que je n'apprécie pas ce genre de choses. Pourquoi ne m'avez-vous pas appelé ?

– J'ignorais où vous étiez.

– Je ne quitte jamais le bureau sans dire où je vais. Il fallait demander à Ricci ou à Potts.

– Ils étaient absents l'un et l'autre à ce moment-là et cette fille, cette... Barachevsky, n'était pas décidée à attendre le retour d'une personne habilitée à prendre une décision.

Paladine observa le jeune homme qui lui faisait face et qui commençait à bouillonner. Il prit un Kleenex dans une boîte posée derrière lui, souffla sur ses verres de lunettes et entreprit de les nettoyer en exécutant de petits mouvements circulaires.

– Premièrement, monsieur Bates, sachez que vous aviez raison. Seul le concierge chef peut autoriser l'ouverture de la chambre d'un résident permanent en l'absence de celui-ci. Deuxièmement, je ne crois pas que vous ayez été grossier. Mlle Barachevsky possède un caractère particulier. Toutes les personnes qui travaillent ici depuis un certain temps le savent. Je n'ai pas besoin de vous donner des détails. Vous en avez fait l'expérience et vous comprenez de quoi je parle. Troisièmement, nous sommes confrontés à un problème délicat. S'il s'agissait de toute autre employée, je pourrais sans doute arranger les choses en quelques minutes. Mais voyez-vous, il se trouve que Mlle Barachevsky est la petite-nièce et l'unique héritière de deux vieilles sœurs honteusement riches qui possèdent la boutique de fleurs en face de la conciergerie.

– Oui, il paraît. Mais pourquoi est-ce si important ? Que peut-on redouter de ces deux vieilles commères.

– Je vais vous l'expliquer, monsieur Bates. Si vous aviez l'obligeance de ne plus m'interrompre... Ces deux vieilles commères, comme vous dites si joliment, possèdent une importante quantité d'actions du groupe Parker Regency. Or, comme vous l'avez peut-être compris l'autre jour, là-haut dans les appartements des Daschiel, certaines personnes seraient actuellement prêtes à se couper un bras ou une jambe pour s'emparer d'une partie de ces actions. Par conséquent, les deux vieilles sœurs ont énormément d'influence dans cet hôtel, surtout lors des réunions trimestrielles des actionnaires. Ce ne serait pas la première fois qu'elles feraient des histoires. Hélas, leur petite-nièce semble avoir hérité de leur mauvais caractère. Pour des raisons que vous comprendrez parfaitement, j'imagine, les Daschiel seraient fort mécontents de perdre le soutien des deux vieilles femmes en ce moment. C'est pourquoi, que cela vous plaise ou non, monsieur Bates, Mlle Barachevsky peut vous martyriser à sa guise. Voilà ce qu'on peut redouter de ces deux vieilles commères.

Au début, Bates crut que le concierge plaisantait. Puis il s'aperçut que celui-ci était parfaitement sérieux, et il sentit sa gorge se nouer.

– Vous avez une certaine fierté, monsieur Bates, reprit le concierge, mais aussi, si je peux me permettre, un tempérament fougueux que vous avez du mal à contrôler. Je l'ai souvent remarqué depuis que vous êtes ici. La fierté est une qualité appréciable dans ce travail. Je n'ai rien contre la fierté. Mais pour quelqu'un dont la tâche consiste à servir le public, peut-être en possédez-vous un peu trop. Quant à votre mauvais caractère, c'est totalement inacceptable dans ce métier. Si Mlle Barachevsky décide de vous faire des histoires, j'ai peur qu'elle en soit capable.

Bates voyait danser des petits points noirs devant ses yeux. Il ne savait pas où voulait en venir le concierge, mais il avait saisi l'essentiel du message et ne cherchait pas à masquer son agacement.

– Que me conseillez-vous ? demanda-t-il.

Cette question fit naître un étrange sourire sur le visage du concierge.

– Contrairement à vous, monsieur Bates, je ne rêve pas d'ouvrir un jour une auberge, dit-il avec un soupçon de moquerie dans sa voix. D'ailleurs, je n'ai aucun rêve.

Cette remarque, émanant d'un individu qui s'était toujours montré si secret et réservé, fit à Bates l'effet d'un coup de poing à l'estomac et lui coupa le souffle.

– J'ai l'impression, dit-il, une fois remis de son étonnement, que si vous étiez à ma place vous ne vous mettriez pas à genoux pour vous excuser.

– Ce n'est pas du tout ce que je suis en train de vous dire, monsieur Bates. Je veux seulement vous faire comprendre que votre seule préoccupation doit être votre attachement à ce travail, et de quelle manière cela peut, éventuellement, servir votre objectif final.

– Mon objectif final ?

Cette idée le laissait perplexe. Il ignorait qu'il avait un projet.

– Bon, d'accord, dit-il, mais vous ne m'avez toujours pas expliqué ce que je devrais faire.

– Rien pour l'instant. (Paladine avait retrouvé son ton sec, professionnel.) Laissez-moi essayer de régler cette affaire à ma façon. Mais je vous préviens, monsieur Bates, si jamais un autre incident de ce genre devait se reproduire avec Mlle Barachevsky, vous ne pourriez compter que sur vous-même. C'est compris ?

– Compris.

Bates tourna les talons. Quand il sortit, la porte du bureau claqua derrière lui.

Au cours de cette conversation, comme par un accord tacite, toute allusion à l'affaire Gobbo, déjà vieille de plusieurs jours, avait été soigneusement évitée.

Aussitôt après cette entrevue avec le concierge, au lieu de retourner au bureau, Bates monta dans sa chambre pour faire sa valise. Il s'apprêtait à se rendre à la caisse pour réclamer ses indemnités de licenciement.

Mais au même moment, il reçut un appel de Patsy Ricci lui demandant de descendre immédiatement. Un car entier de Japonais venait de débarquer et ils avaient pris d'assaut la conciergerie pour obtenir des réservations au restaurant, des billets de théâtre, les horaires des visites guidées de Greenwich Village et de Wall Street.

En arrivant au guichet, Bates découvrit le concierge et Patsy en pleine tempête. Les téléphones sonnaient sans discontinuer. Une foule de Japonais surexcités faisait la queue devant le comptoir, exigeant que l'on s'occupe d'eux sur-le-champ. Patsy semblait paniqué. Une fine pellicule de sueur brillait sur son front. Tout en essayant de s'adresser simultanément à trois nouveaux arrivants, il jeta à Bates un regard suppliant.

– Où étiez-vous passé, nom d'un chien, grogna le concierge en feuilletant fébrilement les pages de l'annuaire. Vous parlez japonais, n'est-ce pas ? Venez donc donner un coup de main à Patsy, sans vous fourrer dans ses pattes.

Sans même attendre la réponse de Bates, le concierge repartit vers le fond de la conciergerie ; ses chaussures anglaises étincelantes résonnaient furieusement sur le sol en marbre.

16

– Vous êtes en retard, monsieur le concierge chef.
– Les impondérables, docteur.
– La matinée a été chargée ?
– Un enfer ! Vingt-deux départs. Plus une convention de représentants de commerce. Et un groupe de Japonais qui décident tout à coup qu'ils veulent tous aller à Vancouver et insistent pour être dans le même avion. Pas très raisonnable, n'est-ce pas ?
– Que peut-on espérer d'un peuple dont l'empereur descend du soleil ?
Le concierge passa devant cette figure matriarcale, dont la posture raide comme un piquet et le port majestueux conféraient au fauteuil roulant dans lequel elle était assise l'apparence d'un trône.
Paladine pénétra dans la cuisine du duplex de huit pièces du Dr Sophie Nierenberg, situé au dix-huitième étage du Parker Regency. Il ouvrit le réfrigérateur pour remplir un verre de jus d'oranges fraîchement pressé, avec lequel il revint dans le salon.
– Je déteste le jus d'oranges, déclara le docteur acariâtre.
Paladine lui prit la main et déposa quatre gélules dans sa paume.
– Fermez les yeux et faites comme si c'étaient des truffes.
De grands yeux pénétrants et d'une perspicacité déconcertante se levèrent vers lui.
– Pourquoi est-ce que je supporte votre tyrannie, Gerio, pouvez-vous me le dire ?

– Un besoin inconscient de discipline, je suppose. Le désir de retrouver un père perdu qui a essayé de dompter une fille obstinée, sans y parvenir.

– Non mais, écoutez-le ! s'esclaffa le Dr Nierenberg. Qui est le psychiatre ici ? Vous ou moi ?

– Vous en avez le titre, docteur. Moi, j'en ai les connaissances.

– Vous en avez certaines, Gerio, je le reconnais. Mais pas autant que vous le croyez. Si vous voulez mon avis, vous avez surtout la grosse tête.

La vieille femme se pinça le nez entre le pouce et l'index et avala les gélules d'un coup.

Le Dr Sophie Nierenberg quittait rarement sa suite, un vaste appartement doté d'un balcon qui faisait le tour de l'immeuble et donnait sur Central Park. Une infirmière/dame de compagnie et le room-service fonctionnant 24 heures sur 24 rendaient tout déplacement inutile. Tous ses besoins étaient amplement satisfaits. Cela faisait une douzaine d'années qu'elle résidait au Parker Regency, depuis la mort de son mari, Léon, un magnat de l'immobilier qui possédait un très gros parc d'immeubles de haut standing dans New York. Outre une confortable fortune, il avait laissé à son épouse cette suite somptueuse, louée à perpétuité.

Sophie Nierenberg était une femme à l'apparence frêle, mais dont la fragilité masquait une farouche indépendance. Durant la majeure partie de sa vie, elle avait pratiqué la psychiatrie, écrit une dizaine d'ouvrages sur le sujet et enseigné la psychiatrie clinique au New York University Medical College durant les vingt dernières années de sa vie professionnelle. Frappée de sclérose en plaques à l'âge de trente-quatre ans, elle s'était retrouvée clouée dans un fauteuil roulant, sans que le poids de la maladie nuise à ses activités professionnelles, bien au contraire.

Elle n'avait pas de famille à proprement parler. Celle-ci se limitait à une fille mariée qui vivait à Seattle et à une sœur qui habitait dans le Queens et dont elle préférait ignorer les pleurnicheries chroniques. De temps à autre, à l'occasion des grandes fêtes juives, lorsqu'elle se trouvait à court d'excuses originales pour décliner une invitation, une limousine de location venait la chercher pour la conduire de l'autre côté du Queensborough Bridge, dans une vaste maison de style Tudor, sinistre et oppressante, non loin des courts de tennis de Forest Hills.

Comme sa vue se détériorait, et qu'il lui devenait de plus en plus difficile de lire, la vieille femme n'avait plus qu'une seule passion : le crime. Son appétit de crimes, et plus particulièrement d'homicides, était insatiable. Chaque soir, elle restait collée devant les informations télévisées pour savourer les reportages consacrés aux derniers carnages, et plus les meurtres étaient sanglants, mieux c'était.

Un des rares employés de l'hôtel auquel elle condescendait à adresser la parole, et quotidiennement, était Roger Paladine. Il est vrai qu'ils possédaient une passion commune : le crime, un sujet auquel le concierge s'intéressait de près lui aussi. Ses connaissances dans ce domaine, à l'instar de la vieille femme, étaient encyclopédiques. Ils aimaient évoquer ensemble les crimes mémorables du passé et bâtir des théories concernant les crimes récents, pas encore résolus.

L'un et l'autre parias, d'une certaine façon, ils en étaient venus tout naturellement à partager une amitié non formulée. Conclusion, Paladine ne s'était pas seulement mué en aide de camp du docteur pour tout ce qui concernait son confort quotidien, mais aussi en ami proche. Deux fois par jour, il lui apportait ses médicaments, à 11 heures du matin et 11 heures du soir. Toutes ses ordonnances étaient stockées sur l'ordinateur du concierge, ce dernier veillant personnellement à ce qu'elles soient renouvelées régulièrement et administrées en temps voulu.

Il en allait ainsi depuis le jour où le concierge avait découvert que le docteur Nierenberg, victime de fréquentes crises de dépression, avait abusé, intentionnellement ou à cause d'une mauvaise interprétation de l'ordonnance, de barbituriques destinés à lui procurer le sommeil. Il avait aussitôt paré à ce danger. Désormais, une autre de ses tâches officielles consistait à endormir la vieille femme avec du chocolat chaud et des conversations paisibles. Quand il la sentait d'humeur sombre, mal dans sa peau, il restait avec elle, parfois fort tard dans la nuit, et ils évoquaient les crimes les plus affreux jusqu'à ce qu'elle finisse par plonger dans le sommeil.

– Dites, Gerio, reprit-elle, avez-vous suivi ce drame survenu à Brooklyn ?

– L'histoire du corps découpé en morceaux ? Oh oui. Exquis, n'est-ce pas ? Je suis ça jour après jour.

– C'est le frère qui a fait le coup, croyez-moi, Gerio. Il fricotait avec la belle-sœur. Les Latins ne plaisantent pas avec ce genre de choses. Du nouveau dans l'affaire Gobbo ?

– Non, rien de particulier, si ce n'est que l'enquête de la police semble s'essouffler.

– Ils continuent de croire au suicide ?

– C'en est un, non ?

– Pourquoi en êtes-vous si sûr ?

Paladine parut surpris par cette question.

– Cela me paraît évident, voilà pourquoi.

– Évident ? répéta le docteur avec un sourire énigmatique, puis elle haussa les épaules. Si vous le dites... Avons-nous le temps de poursuivre notre petite biographie ?

Le concierge consulta sa montre et secoua la tête.

– Désolé, mes adjoints et moi sommes débordés ce soir.

Il vit la déception dans le regard de la vieille femme.

– Bon, un petit quart d'heure, alors, dit-il. Mais pas plus.

Le visage du Dr Nierenberg s'illumina comme celui d'un enfant qui ouvre un cadeau.

– Donnez-moi mon carnet et mon crayon qui sont là-bas, comme le gentil garçon que vous êtes.

– Où en étions-nous restés ? demanda Paladine en tirant une chaise à côté d'elle.

La vieille femme consulta ses notes, par-dessus ses lunettes.

– Nous parlions de vos ancêtres, Gerio. Vos glorieux aïeux. Quand nous nous sommes arrêtés jeudi, vous étiez sur le point de me raconter comment les Paladine étaient entrés dans l'hôtellerie.

– Exact, dit le concierge en s'installant au fond de son siège. Comme je crois vous l'avoir dit, mon père, Leonardo, n'était pas le premier de la famille à avoir choisi de travailler dans l'hôtellerie. En vérité, il était le descendant d'une longue lignée, pas seulement de concierges, mais aussi de portiers, de serveurs, de chasseurs, de chefs et de sous-chefs cuisiniers, tout cela remontant au XVIe siècle en Italie. On peut dire que les Paladine constituent, virtuellement, une dynastie d'employés d'hôtel. Tous mes oncles et mes cousins, mes grands-parents et mes arrière-grands-parents, à de rares exceptions près, comme mon oncle Fabio, professeur de physique à Turin et dont toute la famille avait pitié, soit dit en passant, car on le considérait comme bizarre, tous les hommes du clan Paladine donc, ont travaillé dans les grands hôtels d'Europe, d'Asie et plus tard d'Amérique, lorsque cela devint à la mode.

« Mais les membres les plus éminents de la famille, ceux qui ont "réussi", n'ont jamais aspiré qu'à l'uniforme de concierge, métier qu'ils considéraient comme le plus prestigieux auquel pouvait accéder un employé d'hôtel. Y compris la direction, ou même le statut de propriétaire. De vous à moi, docteur, si les Paladine ont toujours été respectueux vis-à-vis de leurs directeurs et propriétaires, ils les ont toujours considérés, en privé, avec un certain mépris. Des individus uniquement capables de manipuler de l'argent, à condition d'être surveillés de très près.

– Espèce de sale cynique ! s'exclama le docteur avec ravissement, et elle s'empressa de noter les paroles du concierge dans son carnet. Continuez, continuez.

– A ma connaissance, le véritable patriarche du clan Paladine fut mon arrière-arrière-grand-père, Alphonse Paladino ; en ce temps-là, notre nom s'écrivait encore à l'italienne. Il était devenu concierge chef du Hassler. Lorsque sonna l'heure de la retraite, il refusa de partir. Il est mort à quatre-vingt-deux ans, à son bureau, alors qu'il téléphonait à un restaurant trois étoiles, avec devant lui une pile de demandes émanant de clients. Vous permettez que je m'humecte le gosier ?

– Faites comme chez vous, mon cher.

Paladine se servit un verre avec la carafe d'eau posée sur la table voisine et but avant de poursuivre :

– Mon grand-père fut concierge au Connaught pendant presque quarante ans. Parmi les habitués de l'hôtel qui l'appelaient par son prénom et s'adressaient à lui immédiatement, dès qu'ils arrivaient, figuraient des gens comme le prince Philippe, Clement Atlee, le roi Carol de Roumanie, Noel Coward, Magda Lupescu, et le duc et la duchesse de Windsor. A sa mort, il fut incinéré et, à sa demande, ses cendres furent répandues dans les jardins de l'hôtel, autour de Carlos Place. Aujourd'hui encore, sa photo est accrochée dans le hall.

« Mon père, lui, aimait raconter que sa carrière avait débuté au Baur au Lac, à Zurich, et qu'il n'avait pas touché le moindre sou de salaire pendant trois ans parce que, à l'époque, un jeune homme relativement intelligent ne pouvait rêver d'une meilleure place pour acquérir tout le savoir-faire de la conciergerie.

« A quarante-huit ans, il devint concierge chef du Négresco, place qu'il occupa pendant trente ans, traversant les pénibles années de l'occupation pendant lesquelles le Négresco servait de quartier général à l'état-major de l'armée allemande.

« C'est là que j'ai grandi, fils unique. Je me souviens encore des *Sturmabteilung* arpentant bruyamment les couloirs de l'hôtel avec leurs bottes.

Le concierge narrait ces détails de son passé d'une voix dénuée d'émotion, comme s'il les avait déjà récités de nombreuses fois, sinon devant un auditoire, dans sa tête du moins.

– Depuis cette époque, reprit-il, les hôtels ont toujours été mes résidences principales et mes écoles. Je n'ai jamais connu ma mère, morte, paraît-il, en me mettant au monde. Elle fut remplacée par une succession de mères de substitution recrutées parmi le personnel féminin de l'hôtel.

« A trois ans, je traînais dans les jambes des femmes de chambre quand elles faisaient le ménage. Elles me laissaient prendre les serviettes sales dans les salles de bains et les remplacer par des propres. Ma plus grande joie, c'était d'être autorisé à déposer des chocolats enveloppés de papier argenté sur chaque oreiller dans les chambres.

« Les chefs et les pâtissiers m'ont initié aux mystères de la grande cuisine. Avant même de porter des pantalons, je connaissais les subtilités des soufflés et des meringues, de la préparation du gibier. Les cuillères de caviar, les morceaux de foie gras et les truffes que les chefs me donnaient en douce sous la table étaient pour moi une chose aussi banale que des biscuits ou des bretzels pour les autres enfants.

« Parmi mes meilleurs souvenirs d'enfance figurent les heures passées à me promener avec les sommeliers dans les immenses caves du Négresco, où je goûtais, dans la lumière tremblante des bougies, de prestigieux vins de Bordeaux et de Bourgogne, ou une gorgée de vin de Moselle sucré comme du miel.

« Résultat, je connaissais des mondes que des garçons deux ou trois fois plus âgés que moi ne pouvaient imaginer. Grâce au mélange international de la clientèle et des employés du Négresco, pour qui j'avais toujours été une sorte de chouchou, à l'âge de sept ans je parlais suffisamment bien trois ou quatre langues étrangères pour me faire comprendre partout où j'allais dans l'hôtel. A dix ans, j'avais accru mon vocabulaire et parlais chacune de ces langues plus ou moins couramment. Mais personne parmi les employés, y compris mon père, ne trouvait cela extraordinaire. En fait, la plupart des enfants du personnel étaient formés au même creuset. Quoi qu'il en soit, ce fut une éducation privilégiée.

« Mais je ne dois pas oublier Mme Geoffroy.

– Geoffroy, murmura le Dr Nierenberg en griffonnant dans son carnet.

– Une femme formidable. Veuve. C'est elle qui dirigeait, avec une poigne de fer et une langue acérée, l'immense garde-manger du Négresco. Si jamais une boîte de petits pois disparaissait dans un des placards, Mme Geoffroy le savait et partait aussitôt sur le sentier de la guerre. Elle n'avait de cesse d'avoir découvert le voleur et récupéré l'objet dérobé. Je pense qu'elle aimait secrètement mon père, et lorsque celui-ci lui demanda si elle voulait bien m'apprendre à lire et à écrire, elle accepta.

« Quand je partis au collège en Suisse, à l'âge de douze ans, Mme Geoffroy pleura comme une enfant. A la gare, elle agrippa ma petite main moite jusqu'au moment où le train s'ébranla.

Paladine jeta un coup d'œil à sa montre.

– Désolé, dit-il, mais il faut que je m'en aille.

– S'il le faut, soupira la vieille femme en ôtant ses lunettes. Quel dommage ! Ça commençait à devenir intéressant. Une dernière question, Gerio, avant que vous partiez.

Le concierge se leva et attendit, en arrangeant sa veste et ses poignets de chemise.

– Dites-moi... Pourquoi avez-vous décidé de devenir concierge ? Certainement pas parce que toute votre famille avait travaillé dans l'hôtellerie avant vous ?

– Pourquoi ne pas devenir concierge ?

– Premièrement, ce métier ne vous ressemble pas. Et deuxièmement, si je peux me permettre, vous pouviez espérer mieux.

– Tout dépend de ce qu'on entend par là.

– Allons, vous savez très bien ce que je veux dire.

Paladine réfléchit un instant.

– Vous avez peut-être raison, docteur, mais j'aime mon métier.

– Vous aimez satisfaire les caprices des gens riches, des vieux parasites comme moi ?

– Oui, j'aime faire plaisir aux vieux parasites comme vous. A la fin de la journée, cela me procure le sentiment du travail accompli.

– Ne dites pas de conneries ! s'exclama la vieille femme, dont les joues s'enflammèrent. Pourquoi n'êtes-vous donc jamais sérieux ? Voyez les choses en face, nom de Dieu ! Je vais vous dire ce qui vous plaît dans le métier de concierge. Il vous conforte dans votre sentiment de supériorité. C'est d'ailleurs de là que vient votre fascination pour le crime. De votre rage, votre obsession pour la cruauté et le macabre.

Si cela ne tenait qu'à vous, Gerio, bien que vous soyez un homme civilisé, vous aimeriez supprimer tout le monde, n'est-ce pas ? A commencer par vous-même.

Paladine demeura muet et imperturbable pendant quelques instants, le temps de juger le bien-fondé de ces accusations. Un petit sourire narquois déforma le bas de son visage. La partie supérieure, elle, ne souriait pas du tout.

– Je dois être très transparent, docteur. Vous voyez en moi.

– Ah, typique ! répondit-elle en le congédiant d'un geste. Comme j'aimerais effacer ce sourire idiot de votre joli visage, Gerio. Quand reviendrez-vous ?

Il feignit l'étonnement.

– Vous voulez que je revienne ?

– Je suis incapable de dire si je vous apprécie ou pas, Gerio.

– Il ne faut jamais chercher à en savoir trop sur les gens, docteur.

– On n'en sait jamais suffisamment, lui rétorqua-t-elle, comme quelqu'un dont toute la vie professionnelle s'était fondée sur un principe simple, qui consistait à savoir absolument tout sur la personne qui venait la trouver. Quoi qu'il en soit, ajouta-t-elle, je serais bien triste si, pour une raison ou une autre, on me privait de votre présence et de nos petites discussions criminelles. Et si nous ne pouvions poursuivre notre biographie. La prochaine fois, préparez-vous à parler de votre mère.

– Ce sera plus difficile. Comme je vous l'ai dit, je ne l'ai pas connue.

– Raison de plus pour savoir comment vous la voyez.

Quelque chose comme une ombre traversa le visage de Paladine, et elle comprit qu'elle avait transpercé, l'espace d'un instant, l'armure discrète qu'il revêtait chaque jour pour affronter le monde.

Elle referma son carnet et le congédia.

– Allez-vous-en, tout de suite.

17

– Peu m'importe la façon dont vous vous arrangez, Roger. Je m'en remets à votre talent. C'est gênant pour moi de me retrouver pris de court comme ça...

– Combien vous faut-il, monsieur Arcenaux ?

– Si vous pouviez me procurer 10 000 dollars jusqu'à l'ouverture des banques lundi...

– Vous n'avez donc pas de cartes de crédit... American Express, Visa ?

– Ils ne m'avanceront pas une somme pareille. Et j'ai besoin de ce liquide immédiatement.

– Je comprends, monsieur. On va voir ce qu'on peut faire. Mais cela risque de vous coûter un peu cher. Ces gens sont parfois très exigeants, surtout quand les banques sont fermées.

– Je suis disposé à payer une commission, du moment que ce n'est pas du vol qualifié.

– Je vais passer quelques coups de téléphone. Mais je ne vous promets rien.

– Allez-y, Roger. Si jamais vous m'arrangez ça, vous aurez droit à un joli pourboire. Net d'impôts. Mais discrétion absolue, d'accord ?

En raccrochant le téléphone, le concierge leva la tête et découvrit le jeune Joe Bates debout à ses côtés.

– Depuis combien de temps étiez-vous là ? lui demanda-t-il tout en parcourant les messages sur son bloc-notes.

– Je viens d'arriver.

– Où étiez-vous ? Vous êtes tout essoufflé.

– Ce groupe de représentants de commerce m'épuise.

Instinctivement, le concierge chef tourna la tête vers le

hall, où évoluaient des petits groupes de congressistes qui s'étaient réunis avant de se rendre dans la salle de restaurant pour un grand déjeuner destiné à présenter de nouveaux produits.

– Les affaires ne s'arrêtent jamais, monsieur Bates. Commerce *über alles,* comme ils disent.

Son expression était impénétrable, impossible de savoir s'il était sérieux ou ironique.

– Ah, regardez qui arrive !

Bates leva la tête, juste à temps pour voir une tache de couleur passer à toute vitesse devant le comptoir et disparaître à l'intérieur de la boutique de fleurs juste en face.

– Est-ce toujours la guerre entre Mlle Barachevsky et vous ? lui demanda Paladine en reportant son attention sur sa liste de messages.

– Nous ne nous sommes pas réconciliés, si c'est ce que vous voulez savoir.

– Avez-vous essayé, au moins ?

– Non.

– Ah, quel dommage ! Pourtant, ce n'est pas une mauvaise fille quand on apprend à la connaître.

– Je n'en ai pas l'intention.

– Oui, je l'ai senti. D'ailleurs, elle ne vous a même pas dit bonjour en passant, fit remarquer Paladine d'un air profondément affligé, comme si c'était lui qu'on avait froissé.

– Je ne m'en porte pas plus mal, répliqua Bates.

Le concierge pianota sur le clavier de son ordinateur pour consulter les informations personnelles concernant un client qui devait arriver dans la soirée.

– Elle vous intéresse, n'est-ce pas ?

– Que voulez-vous dire ?

– Pardon ?

– Pourquoi dites-vous cela ?

– Au sujet de votre intérêt pour Mlle Barachevsky ? C'est une évidence, non ? Elle vous plaît. Bien entendu. Avouez-le. D'ailleurs, quel mal y a-t-il ?

Les doigts de Paladine couraient sur le clavier, son regard restait fixé sur les myriades de petits caractères blancs qui défilaient sur l'écran bleu.

– Si j'avais des tendances masochistes, ce serait peut-être envisageable, répondit Bates d'un ton amer.

– Elle n'est pas vilaine, ajouta le concierge. On peut trouver bien pire.

– Physiquement, elle n'est pas mal du tout. Sur le plan humain, elle est d'une laideur repoussante.

– Ah, voilà que vous recommencez avec vos grands principes, monsieur Bates.

– Pardonnez-moi. Il m'en reste encore quelques-uns, et ceux-là, j'ai bien l'intention de les garder. Mais ici, ils risquent de ne pas durer longtemps.

Le concierge décida d'ignorer cette dernière remarque. Penché au-dessus de son clavier, il restait concentré sur les lettres blanches comme des fantômes qui traversaient le bleu de l'écran tels des météores projetés dans le vide sidéral.

Comprenant que la conversation était terminée, Bates s'apprêta à regagner sa place derrière le comptoir.

– Elle pourrait transformer votre rêve d'une petite auberge dans le New Hampshire en réalité, ajouta tout à coup Paladine.

Bates se retourna.

– Tout ce que veut la petite fleuriste, ajouta le concierge, les sœurs Barachevsky le lui accordent.

– Aurais-je loupé un épisode ? dit Bates. Qu'essayez-vous de me dire au juste, monsieur Paladine ?

– Rien, mais je n'aimerais pas vous voir passer à côté d'une occasion.

– Une occasion, dites-vous ? Laquelle ?

– Pour un jeune homme si intelligent, je vous trouve un peu obtus, monsieur Bates.

En disant cela, le concierge l'observa de la tête aux pieds, comme s'il jugeait un spécimen.

Le badinage avait fait place à un échange soudain plus tendu. Toutefois, quiconque aurait observé le concierge et son jeune adjoint, de l'autre bout du hall, aurait pensé qu'ils bavardaient aimablement.

– Regardez comme vous devenez nerveux quand on parle d'elle, reprit Paladine. Je suggère simplement que vous pourriez avoir des intérêts communs, et aussitôt vous montez sur vos grands chevaux. Ça veut dire quelque chose, non ?

– Oui, ça veut dire que je n'ai plus envie d'aborder ce sujet, point final.

Le concierge leva les yeux au plafond, en se caressant le menton d'un air songeur.

– D'après mon expérience, il n'y a jamais rien de définitif dans la vie, sauf la mort, évidemment. Ne soyez pas aussi impulsif, monsieur Bates. Au cours de votre carrière, peut-être jugerez-vous utile de vous allier avec une personne de la trempe de Mlle Barachevsky.

Deux grosses taches écarlates enflammèrent les joues du jeune homme. Il s'apprêtait à lancer une réplique cinglante, mais se ravisa et tourna les talons.

– Monsieur Bates !

Bates se retourna.

– Tout à l'heure, vous avez évoqué la perte de vos principes. Que vouliez-vous dire, au juste ?

Bates semblait avoir vieilli de plusieurs années en l'espace de quelques minutes ; il affichait un air sévère, méfiant et cynique.

– Je crois, répondit-il, que vous savez parfaitement ce que je veux dire.

– En effet. (Le concierge se renversa contre le dossier de son siège, ses doigts formant une pyramide sur sa poitrine.) Les principes sont un élément très important dans notre profession, monsieur Bates. Indispensable, dirais-je. Ne perdez pas les vôtres.

18

– Quand est-ce arrivé ?
– Hier, en fin de journée.
– C'est la première fois que vous en entendez parler ?
– Non. Je suis au courant depuis au moins un mois. Enfin, je ne savais pas vraiment. Disons que j'ai récolté des bribes d'informations ici et là. Et j'ai tout assemblé.

Depuis un mois, Daschiel Junior était maintenant président-directeur général du Parker Regency. Il avait d'ailleurs fait imprimer un nouveau papier à lettres qui en apportait la preuve, avec son nom et son titre en relief et en anglaises. Juste au-dessus, il avait fait mettre des sortes d'armoiries, très imposantes, qu'il avait lui-même dessinées pour l'occasion, au cas où quelqu'un n'aurait pas bien compris.

De son vrai nom Robert Daschiel, il signait Fritz, qui était son second prénom et le prénom de son père. Le courrier qui lui était adressé portait ce titre patrimonial.

Agé de trente ans seulement, il ne se sentait pas à l'aise dans ses nouvelles fonctions et souffrait d'une malencontreuse habitude qui consistait à confondre autorité et fanfaronnade. Et maintenant qu'il était devenu PDG de la société, la fanfaronnade s'était accrue de manière exponentielle. A la tête d'une entreprise qui possédait des hôtels et des restaurants de luxe dans toutes les grandes villes des États-Unis, Daschiel Junior s'efforçait vainement d'adopter le comportement d'un dirigeant d'envergure mondiale, un individu digne de posséder un papier à lettres frappé d'un blason héraldique. Hélas, ses performances n'étaient pas à la hauteur.

Au cours du mois qui avait suivi la mise en incapacité légale de son père et son retrait virtuel de la gestion des affaires quotidiennes, la majeure partie de l'autorité réelle de Fritz Junior avait été peu à peu rognée, ou sérieusement accaparée, par la vieille garde du Parker Regency, composée des anciens associés de Daschiel Senior, retranchés dans un building de verre de Dallas, et qui ne craignaient plus la colère du vieil homme, ni son célèbre talent pour exercer de terribles représailles sur ses ennemis.

Si le jeune Fritz avait conscience de cette trahison, il faisait de son mieux pour l'ignorer, ou pour se comporter comme si elle n'existait pas. Il passait le plus clair de son temps derrière l'immense bureau en chêne, dans l'antre richement aménagé de son père, à apposer son nom sur des piles de documents sans importance. Pour un bureau qui se voulait impressionnant, il demeurait étonnamment vide, encombré simplement par quelques documents d'aspect plus ou moins officiel, qu'il déplaçait chaque jour, de manière stratégique, afin de suggérer une intense activité. Généralement, les documents en question ne concernaient aucune affaire pressante : une demande pour acheter du nouveau linge de table destiné au restaurant, l'autorisation d'une augmentation de salaire de 6 % pour les bouchers de l'hôtel, et une demande émanant d'un saucier des cuisines qui réclamait un congé sans solde pour aller s'occuper d'un parent mourant.

La porte du nouveau PDG restait fermée presque toute la journée, tandis que son occupant tremblait derrière son immense bureau, terrifié à l'idée que quelqu'un puisse frapper à la porte pour lui demander de prendre une décision concernant les affaires. Mais cela apparaissait de moins en moins probable à mesure que ses pouvoirs de décision étaient grignotés par les anciens associés rapaces du vieux Daschiel.

Et tandis que se poursuivait ce processus de démembrement, Daschiel Junior se repliait de plus en plus sur lui-même. Faisant de moins en moins confiance à ses associés, il avait même du mal à se montrer courtois envers sa jolie femme, Annabelle, ou son fils de cinq ans, Frankie, un garçon frappé de morosité précoce. Tous les trois cohabitaient tant bien que mal dans un appartement en terrasse voisin de celui de M. Fritz Senior, du côté East Side de l'hôtel, avec vue sur Central Park.

Tandis que les rumeurs menaçantes en provenance du Texas enflaient quotidiennement, les signes de nervosité de Daschiel Junior se multipliaient. De plus en plus isolé par la vieille garde du Parker Regency et par ses propres explosions volcaniques journalières, sa dépendance vis-à-vis de ses alliés dans le personnel (déloyaux pour la plupart) augmentait elle aussi. Ce n'était pas Fritz Junior qui avait choisi Paladine pour lui servir d'allié et de conseiller, mais son père qui avait fait ce choix à sa place à une époque où la maladie n'avait pas encore privé le vieil homme de sa lucidité et de sa voix puissante. « Tu peux t'adresser à Chalmsley pour les questions juridiques », lui avait dit un jour le vieil homme après une visite en urgence de son médecin personnel. « Mais si tu veux des informations solides, dignes de foi, fais confiance à Gerio. Il en sait davantage sur le fonctionnement de cet hôtel que n'importe qui d'autre dans ton entourage. Les autres sont des idiots, ou des escrocs. »

Quand le « vieux Fritz » parlait, le « jeune Fritz » écoutait. Toujours. Depuis la mise à l'écart du vieillard, le jeune Fritz s'en remettait de plus en plus souvent au concierge chef pour que celui-ci l'aide à y voir plus clair dans la complexité des rares décisions qu'il devait prendre.

– Qui vous a raconté tout ça ? demanda Paladine, les mains jointes sous le menton, comme pour la prière.

– Vous voulez parler de la réunion du conseil d'administration ? J'ai téléphoné à Dallas l'autre jour pour une tout autre affaire, et c'est purement par hasard que la secrétaire d'oncle Billy a laissé échapper l'information.

– Ils ne peuvent pas convoquer une réunion d'urgence du conseil d'administration, et procéder ensuite à un vote, sans que vous soyez présent. C'est vous le PDG du groupe, désormais. Vous faites partie du conseil d'administration.

– Non, apparemment pas. Demandez à Chalmsley.

– Mais cette lettre d'accord que Chalmsley a rédigée il

y a trois mois ? J'étais présent quand votre père l'a signée.

– Ce document n'est pas valable, juridiquement. Oncle Billy Fiske et ses avocats véreux l'ont contesté. Ils veulent rédiger leur propre ordonnance de succession.

– Et qui sera nommé au poste de PDG et président ? Fiske, c'est ça ? (Paladine s'efforçait de repousser sa colère grandissante.) Aucun vote du conseil d'administration ne peut être validé sans la présence du PDG ou de son mandataire légal. Or, votre père vous a désigné comme son représentant.

– Pas légalement, Gerio. Les gens de Battersea affirment que la lettre rédigée par Chalmsley et qui me désigne comme PDG était une manœuvre de dernière minute. Un accord officieux entre papa et ses associés. Fiske et le conseil d'administration le contestent, en prétendant que le vieil homme n'était pas *compos mentis* au moment où il l'a signé.

– Comment le savent-ils ? Ils n'étaient pas présents.

– Visiblement, quelqu'un qui était là a appelé oncle Billy le jour même pour lui raconter sa version des faits.

– Qui ça ?

– Je ne sais pas. Et vous ?

Paladine réfléchit ; il revoyait la scène, et les personnes présentes.

– Non, répondit-il finalement, même si, en vérité, il croyait savoir de qui il s'agissait.

– Un vote majoritaire du conseil d'administration peut annuler les pouvoirs de Papa s'ils le souhaitent, reprit Daschiel Junior, et c'est leur souhait, vous pouvez me croire. Vérifiez dans les statuts de la société si vous avez des doutes.

Un homme de trente ans, bientôt trente et un, qui appelait encore son père « Papa », voilà qui choquait Paladine. Malgré tout, il s'efforça de masquer son embarras.

– Que pense Chalmsley de tout ça ?

– Il dit qu'ils ont peut-être raison.

A cet instant, Fritz Junior, assis derrière le bureau massif de son père paraissait ridiculement petit, tel un enfant tiré à quatre épingles et qui parade dans des vêtements trop grands pour lui.

– Et le rachat ? demanda Paladine. De quand date cette décision ?
– Du mois dernier, sans doute.
– Combien d'actions comptent-ils racheter ?
– Deux millions environ, s'ils les trouvent. Ce matin, le titre Parker Regency cotait à 51.
– Ce qui fait 102 millions. Ils auront besoin de liquidités.
– D'après moi, ils seront obligés de vendre une des propriétés du groupe. Sans doute le vieil hôtel Grand Royal à Palm Springs. C'est un des rares établissements qui rapporte encore suffisamment pour intéresser des investisseurs. Chalmsley affirme qu'ils en demandent 110, mais ils sont prêts à négocier pour trouver un acheteur.
– Et les 110 millions couvriront le coût des deux millions d'actions.
– Plus un petit bonus.
– A condition qu'ils obtiennent le prix réclamé. Mais même dans ce cas-là, ajouta Paladine, ça ne leur donne pas pour autant le contrôle du groupe. Pas tant que votre père contrôlera 52 % des actions.
Daschiel Junior s'agita nerveusement dans son fauteuil.
– Hélas, dit-il, ce n'est plus le cas.
– Comment ça ?
Il y eut un long silence gêné. Le jeune homme assis derrière le grand bureau en chêne avait la tête tournée vers la fenêtre, le regard vide.
– Pourtant, dit Paladine, il avait…
– Oui, oui, il avait. On sait tous ce qu'il avait. La vérité, c'est qu'il ne les a plus.
Ce fut au tour du concierge de s'agiter sur son siège.
– Où sont passées les actions de contrôle, si je peux me permettre ?
Il y avait dans la voix de Paladine une sorte de calme particulièrement inquiétant.
Fritz Junior ne répondit pas, mais son silence suffit à renseigner Paladine.
– Comment ? demanda le concierge, la gorge sèche, avant de répondre lui-même à sa propre question. Vous avez la procuration de votre père, si je ne m'abuse ?

– Oui, je l'ai depuis le mois de juin. Je suis également l'administrateur et l'exécuteur de ses biens.
– Combien de ses actions avez-vous vendues ?
– A peine 3 %.
– Soit environ 300 000.
– Oui, à peu près.
L'apathie du jeune homme exaspérait Paladine.
– Un peu plus de 15 millions, si je compte bien.
Daschiel Junior acquiesça.
– Qu'avez-vous l'intention de faire ? Avez-vous la possibilité de racheter ces 300 000 actions ?
– J'ai essayé. Mais oncle Billy a déjà acheté tout ce qui était disponible. D'ailleurs, même si je pouvais trouver les 300 000 actions quelque part, je ne vois pas comment je pourrais obtenir les 15 millions pour les acheter. Nous sommes actuellement dans une situation financière délicate.
La consternation avait envahi la pièce. Les deux hommes restèrent plongés un long moment dans le silence, chacun évitant de croiser le regard de l'autre.
– Que sont devenus les 15 millions que vous ont rapportés les actions ? demanda finalement le concierge.
– C'est une longue histoire.
– Racontez-la quand même. J'ai le temps.
– J'avais besoin de cet argent. Je voulais faire quelque chose par moi-même, pour une fois.
Alors que Daschiel Junior prononçait ces dernières paroles, son regard dériva de nouveau vers la fenêtre.
– J'ai investi dans un casino à Tahoe. Je crois que je suis tombé sur une bande d'escrocs. Ils m'ont fait miroiter monts et merveilles. J'ai perdu gros.
Il se mit à rire, sortit de sa poche un mouchoir très chiffonné et se moucha bruyamment.
– Pardonnez-moi, Gerio. Je suis un con.
Malgré la rage qui bouillonnait en lui, Paladine apprécia comme il convenait cette autocritique inhabituelle.
– Qu'est-ce que vous comptez faire ? demanda-t-il.
– Je n'en sais rien. A vous de me le dire.
– Pour commencer, nous devons contacter des avocats.
– C'est déjà fait.

– Non, je ne parle pas de Scudder, McCrae, Dalrymple et Chalmsley. A votre place, je ne leur ferais pas confiance. Chalmsley vous trahira à la minute même où il s'apercevra que Fiske a le vent en poupe. Je vous parie dix contre un qu'il s'empresse de téléphoner à Fiske au Texas pour lui rapporter toutes vos discussions. Nous devons trouver de nouveaux appuis. Il faut faire table rase.

– Je ne connais personne, Gerio. Je ne sais pas par où commencer.

– Laissez-moi faire. J'ai quelques bons contacts dans deux ou trois cabinets importants. D'anciens clients de l'hôtel. (L'esprit du concierge s'emballait.) Certes, je ne suis pas juriste, mais je pense que le document que votre père et vous avez signé serait recevable devant un tribunal, quoi qu'en dise Chalmsley, et c'est lui-même qui l'a rédigé ! Si votre père était extrêmement faible, je vous l'accorde, il était encore parfaitement conscient. J'étais présent. Vous aussi. Votre épouse était présente. Il y avait même cet imbécile de masseur, Max. Nous pouvons tous jurer sur l'honneur que votre père savait parfaitement ce qu'il signait. Je lui ai parlé pendant au moins un quart d'heure ce matin-là. S'il n'était pas physiquement alerte, du moins était-il lucide. Je suis certain que ce document sera accepté. Si quelqu'un a le pouvoir de vendre le Grand Royal, c'est vous. Votre père vous l'a donné. Vendez-le. Vite. Et utilisez l'argent pour racheter ces 300 000 actions. Ensuite, Battersea et Billy Fiske pourront aller se rhabiller. Personne ne pourra vous prendre le Parker Regency.

Quelque chose s'alluma dans les yeux de Daschiel Junior. Le concierge avait réussi, pour le moment du moins, à chasser l'apathie et la peur du jeune homme et à lui redonner du nerf.

– Et ensuite, reprit Paladine, galvanisé par ce défi, vous irez à Dallas pour participer à cette réunion du conseil d'administration. Même si vous devez défoncer la porte à coups de pied pour entrer. Il ne faut pas laisser Fiske et ses sbires vendre le Grand Royal pour acheter un gros paquet d'actions du Parker Regency. Et si vous débarquez là-bas avec une nouvelle équipe d'avocats, capables de prouver que cette lettre signée par votre père est légalement valable, ou de simplement semer le doute dans l'esprit des membres du conseil, alors, en tant que président et PDG du groupe, vous pourrez vous opposer à la vente et vendre vous-même le Grand Royal.

Assis derrière le grand bureau de son père, Fritz Junior avait le teint cireux, comme si la perspective de cette confrontation le rendait physiquement malade. Il suffit d'un coup d'œil au concierge pour s'en rendre compte.

– Il faut y aller, monsieur Fritz, dit-il en feignant le respect pour une personne en qui il avait peu confiance. Si vous n'y allez pas, et si ces gens parviennent à prendre le contrôle, vous vous retrouverez à la porte. Vous et votre père, avec votre femme et votre fils. Tout le monde dehors ! Sans parler d'un certain nombre d'entre nous qui sont ici depuis longtemps, et qui ont misé toute leur fortune sur la famille Daschiel. Nous serons tous éjectés.

– Vous m'accompagnerez là-bas, Gerio ?

Il y avait dans son regard une expression de supplication pathétique.

– Non, ce ne serait pas une bonne idée, répondit Paladine comme s'il réfléchissait à voix haute. Imaginez le profit que pourraient tirer Fiske et son armée d'avocats à quatre cents dollars de l'heure si le nouveau PDG débarquait à Dallas avec son concierge en guise de conseiller. Ça ne ferait pas très bon effet, n'est-ce pas ?

Paladine jeta un coup d'œil à sa montre.

– Il faut que je m'en aille. Je suis en retard. (Il frappa sur ses genoux et se leva.) Je vais commencer par contacter mes connaissances dans ces cabinets juridiques. Ne vous inquiétez pas, monsieur Fritz. Nous avons quelques atouts dans nos manches, nous aussi.

Le concierge conclut sa phrase par un clin d'œil et les couleurs revinrent sur le visage blême de Fritz Junior. Les deux hommes se regardèrent sans rien dire, partageant pour une fois un moment rare de commisération et de compréhension mutuelles.

Le Parker Regency était le véritable foyer de Paladine depuis bientôt trois décennies. A l'exception des collègues qu'il avait connus au fil des ans, il avait peu de vrais amis et quasiment pas de famille. Chaque année, il partait en vacances, mais, au bout de quelques jours, il commençait à se languir de son environnement quotidien ; il rêvait de retrouver sa place derrière son comptoir en marbre, où il régnait avec une calme, mais suprême, autorité. Pour le concierge, le Parker Regency était sa maison. La seule qu'il connaissait.

Et tout à coup, voilà que surgissait cette histoire avec Battersea, l'oncle Billy Fiske et ses sbires obséquieux ; on parlait de fusion et de rachat en prenant des airs désinvoltes et rassurants pour affirmer que ce genre d'actions donnait un coup de fouet à l'entreprise, créait de nouveaux emplois et redynamisait un secteur en stagnation. Toutes ces promesses qu'on brandissait, Paladine le savait bien, n'étaient que le baratin habituel qui précédait généralement tout rachat, rempli d'altruisme et de projets d'avenir, mais rapidement oublié dès que le marché était conclu.

Vraisemblablement, dès que Battersea aurait pris le contrôle du Parker Regency et de ses filiales, les mises à pied débuteraient. On parlerait alors d'actions « ponctuelles », malheureusement « nécessaires », ce qui n'empêcherait pas qu'elles se poursuivent, à un rythme lent, mais implacable.

Et puis, après une courte attente, juste assez pour échapper aux accusations de recherche frénétique et inconsidérée du profit, le démembrement du groupe commencerait. Autrement dit, tout ce qui avait fait le bonheur de Paladine en tant qu'employé du Parker Regency risquait de disparaître bientôt. Il avait le désagréable sentiment que le sol tremblait sous ses pieds et que les événements échappaient à son contrôle.

19

Bientôt 23 heures. Dehors, il pleuvait, une de ces averses de fin d'été accompagnées d'éclairs et de coups de tonnerre qui roulaient vers l'ouest, au-dessus de Central Park. Exception faite des quelques insomniaques habituels, le hall de l'hôtel était désert. Patsy Ricci, en service jusqu'à minuit normalement, était introuvable. Sans doute s'était-il éclipsé aux cuisines pour grignoter. Le concierge chef rongeait son frein, comme toujours dans les moments de « calme plat », quand le téléphone ne sonnait pas et que le bureau n'était pas pris d'assaut par des clients exigeants. La pluie avait certainement envoyé tout le monde au lit de bonne heure, songea-t-il en passant une dernière fois en revue ses messages.

Ils étaient peu nombreux, et rien qui ne puisse attendre le lendemain matin, se dit-il. Paladine se sentait épuisé, écrasé par cette fatigue nerveuse qui, paradoxalement, l'empêchait de dormir. Sur la console du standard, une seule lumière verte clignotait dans l'obscurité, tristement. Sans doute un client inquiet qui voulait s'assurer qu'un taxi avait bien été commandé pour le conduire à l'aéroport le lendemain matin. Mais en jetant un coup d'œil au standard, Paladine s'aperçut que l'appel provenait de la chambre 1206. Pendant un instant, il envisagea de l'ignorer. Les appels nocturnes de la chambre 1206, il le savait par expérience, étaient souvent synonymes de problèmes.

L'unique lumière verte continuait de clignoter avec une insistance désespérée, telle la fusée de détresse d'un bateau égaré au milieu de l'océan.

– *Merde*[1], marmonna-t-il en décrochant le téléphone.
– Conciergerie, j'écoute. Bonsoir, mademoiselle Sherman.
– Ah, Roger ! Où étiez-vous passé ? Voilà une heure que j'essaye de vous joindre !
– Je suis désolé. J'étais occupé ailleurs. Malgré tout, il aurait dû y avoir quelqu'un pour vous répondre. Êtes-vous sûre que ça fait une heure ?
– Évidemment que j'en suis sûre ! Mais n'en parlons plus. Écoutez, j'ai eu une journée épouvantable, et une autre journée tout aussi effroyable m'attend demain. Je n'arrive pas à m'endormir, et pourtant il faut que je me repose. Je sais que vous avez toujours quelque chose en cas d'urgence.
– Certainement. Je vous envoie ça.
– Ce sera long ?
– Environ un quart d'heure.
– Tant que ça ? Je suis à bout de nerfs. Je ne peux pas rester assise à attendre que…
– Je ferai de mon mieux, mademoiselle Sherman, mais à cette heure, il est parfois difficile de trouver un groom.
– Ne pouvez-vous pas monter vous-même ?
Paladine serra les dents.
– J'ai besoin de quelque chose très vite, Roger, insista-t-elle. Sinon, je ne vous embêterais pas.
– Je comprends, madame. Je viens tout de suite.
– Je laisserai la porte ouverte. Entrez directement.
Paladine regagna son bureau d'un pas furieux, en maugréant et se promettant de passer un savon à Patsy Ricci pour avoir quitté son poste sans raison.

Accroupi devant le grand coffre-fort derrière son fauteuil, il en actionna avec dextérité les molettes pour afficher la combinaison secrète. Il se produisit un petit clic. Paladine tira sur la poignée de la lourde porte, tout en exerçant un mouvement de rotation. Un des gonds grinça, et une odeur de graisse s'échappa de l'intérieur obscur.

A première vue, une personne non avertie aurait pu croire que le concierge venait d'ouvrir une armoire à phar-

1. En français dans le texte.

macie. Car outre les documents, des chéquiers et des dossiers entourés de gros élastiques et soigneusement empilés, le coffre contenait quatre étagères couvertes de médicaments en tous genres : flacons de comprimés ou bouteilles de sirop, petits sachets renfermant de la poudre. Plus un certain nombre de seringues hypodermiques scellées dans des emballages plastique.

L'étagère du haut était réservée aux amphétamines courantes : dextroamphétamine, aminophylline, théophylline, méthylphénidate. Sur la seconde étagère se trouvaient les anxiolytiques : méprobomate, phénobarbital, diazépam, et les somnifères : priazolam, hydrate de chloral et secobarbital.

Les deux étagères du dessous étaient destinées à des substances plus ou moins licites.

Du bout du doigt, Paladine passa en revue les étiquettes des flacons de la seconde étagère et s'arrêta brusquement sur celui portant la mention Démérol. Il existait deux dosages différents, 50 mg et 150 mg. Il fit glisser deux comprimés de 50 mg dans sa paume, reboucha le flacon, le remit à sa place, referma la lourde porte du coffre et tourna la poignée d'un geste brusque.

A 23 heures 10, il frappait à la porte de la chambre 1206. N'obtenant pas de réponse, il frappa de nouveau. Toujours rien. Il frappa une dernière fois en espérant que Mlle Sherman s'était endormie. Mais non, il entendit un léger bruissement dans la chambre.

– Entrez ! lança une voix tendue.

Paladine se souvint alors qu'elle avait promis de laisser la porte ouverte.

Il tourna la grosse poignée de cristal et entra. Une seule lampe, posée sur la table du téléphone, éclairait faiblement le petit vestibule à l'entrée du salon. L'ouverture de l'abat-jour projetait un large cercle pâle au plafond, semblable à une planète dans l'obscurité de l'espace. A l'autre bout du salon, à une dizaine de mètres, la porte de la chambre était ouverte. Un rectangle de lumière blanche s'échappant par l'encadrement s'étendait jusqu'au milieu du salon.

– Mademoiselle Sherman ? lança le concierge en restant dans le vestibule. Je vous apporte vos cachets.

– Entrez.

Sa voix trahissait une certaine nervosité ; un peu trop aiguë, trop sèche.

– Allons, venez, Roger ! Pour l'amour du ciel ! J'ai besoin de ces cachets.

Quand il entra dans la chambre, Sydney Sherman était allongée sur son lit défait. Elle le regardait avec un sourire espiègle, comme si elle posait pour une photo de classe, sauf qu'elle était totalement nue. Sa hanche droite, légèrement surélevée, se tendait vers lui. Appuyée contre une montagne d'oreillers, telle la *Maja desnuda*, elle se balançait lentement de droite à gauche, en pivotant sur la hanche. Mlle Sherman était une femme plutôt séduisante et pourtant, le fait de la voir ainsi offerte, langoureuse et impatiente, n'avait curieusement rien d'excitant.

– J'ai vos cachets, dit-il. Voulez-vous un verre d'eau ?

– Au diable le verre d'eau. Approchez. Vous n'avez pas envie de m'embrasser ?

Paladine approcha d'un pas lent, nonchalant même. Il déposa les comprimés sur la table de chevet.

– Tenez, ce sont des 50 mg. Prenez le deuxième seulement si le premier ne fait pas effet.

– Oui, Gerio chéri. Promis. Je ferai tout ce que vous voulez. J'adore quand vous me donnez des ordres.

Elle se redressa avec un sourire provocant et noua ses bras autour de son cou. La force d'attraction subtile du poids de son corps obligea Paladine à s'asseoir au bord du lit, droit comme un i.

– Je suis encore en service, dit-il.

– Vous êtes toujours en service. Même quand vous n'êtes pas en service. Jusqu'à quelle heure ? demanda-t-elle.

– Minuit.

Elle se tourna vers le réveil posé sur la table de chevet.

– Ça nous laisse presque une heure.

Leurs nez se cognèrent, les lèvres de Sydney Sherman écrasèrent celles du concierge, les deux bouches s'ouvrirent en même temps. S'ensuivit une série de petits baisers avides, semblables à des ondes de choc atteignant le visage, le cou et les oreilles de Paladine, dont les mains se promenaient délicatement sur le corps de la femme.

– C'est adorable de venir me voir, mon chéri, dit-elle d'une voix haletante. Très gentil. Vous voyez ? Vous pouvez être aimable. (Des doigts nerveux et glacés volèrent vers sa cravate.) J'ai terriblement besoin de sentir des mains sur moi ce soir. Mettez-vous donc à l'aise.

Elle entreprit de lui défaire sa cravate.

– Je vais le faire, dit Paladine en échappant à ses mains entreprenantes.

Après avoir ôté sa cravate, il déboutonna sa chemise. Il enleva ses chaussures et ses chaussettes ; il laissa tomber son pantalon, puis il quitta son maillot de corps et son caleçon avant de se glisser dans le lit à côté de Sydney Sherman.

– Je vous ai attendu la nuit dernière, reprit-elle en enfouissant son nez dans le creux de son cou. Où étiez-vous ?

– C'est une longue histoire.

Au ton de sa voix, elle comprit qu'il ne fallait pas insister.

Ils firent l'amour avec fougue, de manière trépidante. Ensuite, vidés et somnolents, ils restèrent allongés dans l'odeur des draps fraîchement amidonnés. Sydney s'était nichée dans les bras de Paladine, en lui tournant le dos, et se pressait contre lui en épousant la forme de son corps.

Quelque part, au loin, une sirène d'ambulance gémissait ; on fonçait vers un quartier dangereux, plus haut vers le nord. Tandis que la main de Paladine lui caressait mollement la hanche, Sydney Sherman le sentit qui sombrait peu à peu dans le sommeil. C'était toujours ainsi, il s'endormait le premier pendant qu'elle restait éveillée, dévorée par les derniers frissons du plaisir. Elle sentait bien qu'il réagissait de façon purement mécanique quand il était au lit avec elle. De manière autoritaire et habile, comme tout ce qu'il faisait, mais elle y trouvait son compte, largement. Et même s'il manquait la dimension sentimentale, elle était toute disposée à accepter cette imperfection pour jouir pleinement de tout le reste.

Regardant les ombres danser sur les murs de la chambre, elle essaya d'imaginer la réaction de ses collègues, là-bas à Chicago, en apprenant que Sydney Sherman, cette femme glaciale, professionnelle, ambitieuse – impitoyable, diraient certains – entretenait depuis quatre ans une liaison clandestine avec le concierge d'un hôtel de New York. Nul doute qu'ils trouveraient cela risible, voire totalement incompréhensible. Elle tremblait par avance en songeant aux ragots et aux plaisanteries cruelles qui circuleraient entre ses amis et collègues si, par malheur, la vérité éclatait. Dans le domaine des ragots et des plaisanteries méchantes, elle-même n'était jamais en reste, surtout quand cela concernait des collègues qu'elle considérait comme des rivaux. Elle connaissait suffisamment bien ses ennemis pour savoir qu'ils feraient leurs choux gras de cette histoire, pendant des mois.

Les femmes surtout, par jalousie. Paladine était beaucoup plus séduisant que la majorité des hommes qu'elles côtoyaient quotidiennement dans leur travail. Elle avait remarqué la manière dont les clientes de l'hôtel le regardaient dans le hall, la manière dont elles se retournaient pour le regarder passer. Bien qu'elle ait fréquenté les meilleures écoles, beaucoup voyagé et acquis un grand nombre de connaissances dans des domaines très variés, elle savait que Paladine était bien plus cultivé qu'elle. Il avait vécu un peu partout. Il parlait plusieurs langues. Sa conversation ne se limitait pas aux résultats de football ou aux cours de la bourse, les deux sujets de prédilection des collègues masculins de Sydney. Il était le seul homme de sa connaissance devant lequel elle éprouvait un sentiment d'infériorité. En sa présence, elle se sentait maladroite, un peu effrayée aussi ; et cette sensation, comme elle avait pu le constater, n'était pas totalement désagréable.

Elle fut réveillée par le vacarme des poubelles et le vrombissement des broyeurs d'ordures des camions-bennes, tout en bas dans la rue. Les paupières mi-closes, à travers les barreaux de ses cils, elle devina sa présence, debout devant elle, en train de s'essuyer après sa douche, dans la grisaille des premières lueurs du jour.

– Hein ? Quoi ? s'écria-t-elle dans l'obscurité, comme si elle répondait à des appels.

– Du calme. Ce n'est rien, dit-il en lui tapotant l'épaule, comme on le fait pour rassurer un enfant apeuré. Vous avez fait un cauchemar.

Elle se redressa dans le lit en secouant la tête.

– C'était quoi ? demanda-t-il.

– Quoi ?

– Le cauchemar.

– Oh, répondit-elle en bâillant. Je ne m'en souviens plus. En tout cas, c'était affreux. Mais j'ai déjà oublié. Quelle heure est-il ?

– Bientôt 6 heures. Je ne voulais pas rester aussi longtemps. Je me suis endormi.

– Tant mieux. (Elle fit une drôle de grimace et laissa sa tête retomber sur les oreillers.) J'ai un sale goût dans la bouche. Pourquoi êtes-vous si pressé de partir à cette heure ?

– J'ai du travail.

Il enfila son pantalon et boucla sa ceinture.

– Si vous vous cachez dans la salle de bains quelques minutes, je vais demander qu'on nous monte du café et du jus d'oranges.

– Je ne peux pas, répondit-il en finissant d'enfiler sa veste d'un mouvement d'épaules. Je suis débordé.

– A cause de quoi ?

– Je vous expliquerai un jour.

– Quel jour ?

Pour toute réponse, il passa son peigne plusieurs fois dans ses cheveux.

Elle l'observa, ainsi vêtu de sa veste queue-de-pie, de son pantalon à rayures et de son gilet gris perle.

– Vous ressemblez à un personnage au sommet d'un gâteau de mariage, dit-elle d'un air espiègle. Pourquoi faites-vous cette tête ?

– Quelle tête ?

– Regardez-vous dans la glace, bon sang ! Pourquoi cet air sombre, amant adoré ? Ne pouvez-vous donc pas être heureux, juste une fois ?

– Je suis heureux.

– Vous êtes heureux ? A cet instant ?

– Oui, avoua-t-il, impatient de s'en aller.

Au moment où il se dirigeait vers la porte, elle le retint par la manche pour le ramener vers le bord du lit. Elle scruta son visage creusé de rides, méfiant.

– Qui est donc cet homme si sombre à côté duquel je me réveille une douzaine de fois par an ? Pouvez-vous me le dire ?

Il réfléchit à cette question comme s'il cherchait véritablement une réponse. Ne trouvant rien de satisfaisant, il haussa les épaules et renonça.

– Je ne sais pas, dit-il. Je ne sais pas qui c'est.

Et il s'en alla.

20

Trois semaines après la découverte du corps du vieux Gobbo pendu à une poutre dans les caves du Parker Regency, l'enquête policière sur les conditions de sa mort semblait marquer le pas. A vrai dire, elle était devenue presque invisible.

A la fin du mois de septembre, Patsy Ricci se maria. Il épousait son amour de lycée, une fille de Bari, et le concierge et Bates furent invités à la noce.

Ces deux derniers se mirent en frais pour l'occasion. Paladine avait loué une limousine, rien que pour eux. Il acheta un costume en lin blanc, puis entraîna Bates dans une boutique chic de la 5e Avenue pour y acheter un service à thé italien en argent, honteusement cher, en guise de cadeau aux jeunes mariés.

La cérémonie eut lieu dans une église du Queens, plus précisément dans le quartier sinistre et enfumé d'Astoria, habité par des Grecs et des Italiens. Le métro aérien passait toutes les cinq minutes dans un vacarme épouvantable. C'était pittoresque. Très amusant.

Plusieurs centaines de personnes avaient envahi l'église, soit bien plus que le nombre autorisé par les consignes de sécurité apposées près de l'entrée voûtée. Tous les amis et parents de Patsy et Camilla étaient venus, beaucoup ayant même effectué le voyage depuis l'Italie. Pour leur premier séjour en Amérique, ils avaient mis leurs plus beaux habits. Aucun d'eux ne parlait anglais.

Pour la réception, Paladine et Bates se retrouvèrent dans une salle étroite et sombre, située à l'arrière de la trattoria du coin qui sentait le désinfectant et le fromage fort. C'était à la fin de l'été et la chaleur restait suffocante. Une journée new-yorkaise typique : canicule et humidité. Il n'y avait pas l'air conditionné.

Le concierge, avec son costume de lin blanc, sa chemise en chambray bleue et son élégante cravate en soie, se démarquait des autres hommes qui suaient dans leurs costumes sombres et leurs chemises blanches amidonnées. Toutefois, loin de détonner dans cet environnement, il semblait au contraire évoluer dans son élément. Il s'adressait à toutes les personnes autour de lui, dans le dialecte fruste du Sud de l'Italie qui était sa langue maternelle. On aurait dit de vieux amis qui ne s'étaient pas vus depuis des années ; ils échangeaient des histoires et évoquaient des familles du pays. Jamais encore Bates n'avait vu son supérieur aussi détendu et ouvert. Il serrait dans ses bras des gens qu'il ne connaissait pas, leur racontant qu'il n'était pas retourné au pays depuis des années et se languissait. Il trouva même quelqu'un originaire de Modène, sa ville natale.

Paladine et Bates eurent d'ailleurs l'insigne honneur de trôner sur l'estrade en compagnie de la proche famille des mariés, pour le repas de noces. Les autres personnes du Parker Regency qui avaient été invitées étaient installées à une autre table. De sa place, Bates apercevait nettement Daschiel Junior et son épouse, Annabelle, tirés à quatre épingles, très « country club » au milieu de cette ambiance et de ce décor passablement folkloriques. A leurs côtés était assis Pargiter, suant à grosses gouttes dans sa chemise blanche trop empesée, en compagnie de son épouse mal habillée ; l'un et l'autre paraissaient aussi mal à l'aise que déplacés.

Bates reconnut également plusieurs employés de la réception, ainsi que Strybch, le maître d'hôtel, le vieux Kraus, le chef cuisinier, et Illiescu, le responsable des chasseurs, en compagnie de sa ravissante épouse roumaine. Et surtout, à la grande stupéfaction de Bates qui n'en croyait pas ses yeux, Lane Barachevsky figurait parmi les invités. Pourtant, à sa connaissance, Patsy et elle n'entretenaient guère de relations amicales ; ils se saluaient d'un simple hochement de tête quand ils se voyaient. Et les quelques mots que les deux hommes avaient échangés au sujet de cette fille indiquaient clairement que Patsy n'en demandait pas plus. La présence de Lane Barachevsky à son mariage n'en était que plus mystérieuse. Bates ne pouvait que spéculer sur les raisons pour lesquelles elle se trouvait là. Et il ne s'en privait pas.

De fait, le repas de noces ne ressemblait pas au simple buffet, avec pâtes et mauvais chianti, que Patsy avait décrit à Bates quelques semaines plus tôt, quand ils avaient évoqué la cérémonie. Des serveuses italiennes aux joues rouges et à la langue bien pendue ne cessaient de franchir les portes battantes de la cuisine en portant sur leurs épaules robustes des plats remplis d'*antipasti* chauds et froids. Du jambon et du melon, des aubergines et des poivrons grillés, des saucisses et du salami dur appelé *sposato,* d'épaisses tranches de gorgonzola et d'asiago, des pizzas miniatures débordantes d'anchois et de tomates séchées, le tout servi avec un vin rouge pétillant et glacé du Frioul, entamèrent sérieusement les appétits des convives avant même qu'on apporte les plats de résistance.

Le déjeuner se poursuivit avec huit ou neuf plats, chacun accompagné d'un vin différent. Entre chaque plat, des invités faisaient de longs discours ennuyeux pour porter un toast, obligés de hurler pour se faire entendre par-dessus la musique, tandis que la plupart des autres invités dansaient sans leur prêter la moindre attention. Le banquet s'acheva par une pièce montée de quatre étages, composée de *ricota* et d'*amaretto.* Il y eut ensuite des fruits rafraîchis, des paniers de cerises, des *cannoli,* des macarons et des pâtisseries à la crème servis avec un expresso aussi noir qu'amer et coupé avec de l'anisette. Il y eut d'autres toasts au moment de l'*asti spumante* et du *strega.* Les hommes, ayant ôté leur cravate, ouvert leur col de chemise et quitté leur veste, transpirant à travers leur chemise, allumèrent les petits cigares noueux et très sombres qu'affectionnent les paysans italiens ; appelés Di Naboli, ils dégagent une fumée noire étouffante qui pique les yeux et sent la bouse de vache.

En tout cas, Patsy avait bien berné Bates au sujet de cette noce, dont il lui avait parlé comme d'une « simple fête de paysans ». Il avait dit vrai sur un seul point, malheureusement : la musique assourdissante semblait destinée à crever les tympans des invités. Mais, apparemment, tout le monde s'en moquait. Les gens chantaient et dansaient ; ils s'interpellaient par-dessus le vacarme ; et personne ne semblait se soucier de savoir si l'orchestre jouait une rumba, un fox-trot ou une valse. Les convives s'agitaient, indifférents à la musique, en suivant un rythme intérieur qui les propulsait d'un bout à l'autre de la pièce.

A plusieurs reprises, Bates se surprit à observer du coin de l'œil Patsy et sa jeune épouse. Ils se tenaient enlacés sur la piste de danse, quasiment immobiles. Mais une ou deux fois, à table, il capta le regard inquiet de Patsy fixé sur le concierge, assis à deux ou trois places de lui.

Très élégant dans son costume de lin blanc, Paladine était imprégné d'une sorte de grâce éblouissante. On aurait dit qu'il régnait en maître sur l'espace environnant. Le fait d'avoir ôté son uniforme et de parler sa langue natale avec ses compatriotes avait paré ses joues de couleurs inhabituelles. Il ressemblait à un souverain ou à un homme d'État en vacances. Personnage auguste, il dégageait une impression de bienveillance, de bien-être et de décontraction. Les gens ne cessaient de l'approcher pour lui glisser quelques mots, ou simplement le toucher, comme si cela pouvait leur porter bonheur. Pourtant, la plupart d'entre eux ne le connaissaient pas et ne l'avaient même jamais vu. Pour eux, comme pour Patsy, il était devenu le « Maestro », le « Grand Ordonnateur ». C'était suffisant.

Mais ce qui faillit anéantir le pauvre Patsy, à tel point que Bates craignit de le voir s'effondrer sous la table, fut le moment où, abandonnant pour un instant le regard subjugué de son épouse, il vit le concierge en chef danser une tarentelle avec sa toute récente belle-mère, une femme d'une « certaine » corpulence, comme on dit, qui explosait littéralement dans sa robe.

Mais Patsy supporta l'épreuve. Tout le monde dansa. Bates lui-même, avec son air dégingandé et un rien emprunté, s'obligea à danser avec la mariée, dont le dialecte du Sud, teinté d'un fort accent, dépassait de loin ses connaissances livresques de l'italien. Mais s'il ne la comprenait pas, elle, en revanche, semblait le comprendre. Et ils passèrent un bon moment.

Il dansa également avec plusieurs des jeunes cousines de Patsy, dont une jolie Toscane d'Arezzo, et une jeune fille de quatorze ans, originaire de Bari, qui ne cessait de lui donner des coups de pied dans les tibias.

Mais, pour Bates, le spectacle le plus étrange fut assurément celui de Lane Barachevsky tournoyant dans les bras du concierge. Tandis qu'elle passait près de lui, elle croisa son regard. Elle souriait, mais ses yeux ne souriaient pas. Ils étaient froids et franchement hostiles, comme s'ils disaient : « Je n'ai pas oublié notre petite prise de bec. Nous avons un compte à régler, mon vieux, et je n'oublierai pas, tu peux me croire. »

21

– Ce n'était pas un suicide, dites-vous ?

– Ça y ressemble de moins en moins.

– Mais vous disiez…

– Oui, je sais ce que j'ai dit, monsieur Paladine. « Affaire de routine. » « Suicide évident. » Ce sont mes propres paroles. Souvent, au lieu de parler, je ferais mieux de la boucler. Mais j'ai dit aussi qu'il y avait deux ou trois détails bizarres qui ne faisaient pas penser à un suicide.

– Alors, ça fait penser à quoi ? demanda le concierge, dont l'esprit envisageait déjà un certain nombre d'autres possibilités, désagréables pour la plupart.

Son regard était comme hypnotisé par le cigare éteint qui roulait entre les lèvres de l'inspecteur.

Les yeux tombants de Bucket se posèrent sur son carnet.

– D'après le légiste, le vieux comte ne s'est pas pendu ; il a été tué ailleurs, puis transporté dans la cave, ou bien on l'a tué dans la cave et pendu ensuite pour faire croire à un suicide.

– Ailleurs ? Où ça ?

– Pas facile d'entrer dans un grand hôtel comme celui-ci avec un cadavre, même en pleine nuit, sans se faire repérer. La logique voudrait qu'on l'ait tué ici.

– Dans sa chambre, donc ? osa Paladine.

– Oui, je penche pour cette hypothèse. Mais si le vieux a été assassiné là-haut, il y aurait certainement eu des bruits de lutte. Des cris. Les clients des chambres voisines auraient entendu du raffut. Et même si personne ne s'était précipité à son secours, les gens auraient au moins appelé la réception.

– Et personne ne l'a fait ?

– Nous avons vérifié. Personne n'a appelé la réception ce soir-là pour signaler une dispute ou une bagarre. Nous avons contacté tous les clients de l'hôtel qui occupaient une chambre au dix-huitième étage à ce moment-là. Aucun d'eux ne se rappelle avoir entendu des bruits suspects.

– Mais si on l'a tué dans sa chambre (Paladine fut surpris de s'entendre réfléchir à voix haute), n'aurait-on pas retrouvé des traces d'affrontement ? Pensez à tout ce sang dans la cave. Il y en aurait forcément eu dans la chambre si c'est là qu'on l'avait assassiné.

D'un geste de ses mains courtes et épaisses, l'inspecteur repoussa cette idée.

– J'ai interrogé toutes les femmes de chambre qui étaient de service le lendemain matin. Elles n'ont vu aucune trace de sang ni de lutte.

– Étrange, murmura Paladine d'un ton empreint de tout le scepticisme nécessaire.

– Étrange, en effet. Voilà pourquoi c'est vraiment dommage que les femmes de chambre aient tout nettoyé avant que les gars du labo puissent faire leur boulot.

– Je suis sincèrement désolé. Nous ne pouvions pas savoir.

– C'est entièrement ma faute. J'aurais dû vous le dire. Mais dans cette ville, on suppose que les gens sont suffisamment habitués pour savoir qu'il ne faut rien toucher sur les lieux d'un crime.

– Êtes-vous en train de me dire que quelqu'un aurait pu s'introduire dans la chambre avant les femmes de ménage…

– Pour effacer tous les indices ? Ça me paraît peu probable, mais tout est possible.

Son visage s'éclairant légèrement, l'inspecteur ajouta :

– Toutefois, je peux vous dire qu'on a quand même découvert quelque chose dans la chambre.

Paladine prit une profonde inspiration et se pencha en avant. L'inspecteur poursuivit :

– Quand je suis monté avec votre adjoint…

– M. Bates ?

– Lui-même. J'ai repéré une tache humide dans un coin du tapis et j'ai demandé aux gars du labo de vérifier. Bien que quelqu'un ait cherché, visiblement, à tout nettoyer, ils ont relevé des traces de sang et ont pu en déterminer le groupe.

– C'était le sang du comte ?

– Justement, monsieur Paladine. Le comte appartenait au groupe AB+. Or, le sang que l'on a retrouvé sur le tapis, et encore frais, m'a-t-on dit, était du groupe OH+.

– Dans ce cas, à qui est-ce ? demanda Paladine en feignant la stupéfaction.

En vérité, il savait très bien à qui il appartenait.

– Selon moi, il appartient à la même personne qui a lavé la tache et buté le vieux Gobbo.

Les deux hommes s'observèrent pendant qu'ils réfléchissaient à cette supposition.

– De plus, ajouta Bucket, qui semblait s'emballer à mesure qu'il dévoilait sa théorie, le sang que nous avons prélevé dans la cave, sur le pantalon de pyjama du vieillard, contenait peu ou pas d'hémoglobine.

– Et alors ?

– L'hémoglobine transporte l'oxygène dans le sang ; autrement dit, ce n'est pas une artère vivante qui a propulsé dans les parties génitales de la victime le sang retrouvé sur le pyjama.

Voyant l'air perplexe de Paladine, l'inspecteur Bucket s'empressa de clarifier le sens de sa remarque.

– Ça veut dire que Gobbo n'a pas tenté de se castrer avant de se pendre. On peut penser, au contraire, qu'il était déjà mort quand on l'a pendu à la poutre et mutilé. Selon moi, quelqu'un, appartenant sans doute au personnel de l'hôtel, est monté dans la suite de Gobbo cette nuit-là, quelqu'un que Gobbo connaissait suffisamment bien pour lui ouvrir sa porte. Une dispute a éclaté. Le vieil homme a été blessé et son agresseur aussi, c'est à peu près certain. Ce qui expliquerait la présence du deuxième type de sang retrouvé sur le tapis. On peut penser que la dispute n'a pas été bruyante, sinon les autres personnes logeant à l'étage auraient entendu des bruits et, à ce moment-là, là-haut dans sa chambre, sans doute que le vieil homme ne craignait-il pas encore pour sa vie. Ensuite, son agresseur l'a persuadé, ou contraint, de descendre avec lui dans la cave. Une fois en bas, il l'a pendu à une poutre avec une corde à sauter, en l'obligeant à se tenir en équilibre sur une caisse vide renversée. Le moment venu, il a donné un coup de pied dans la caisse. Ensuite, après un temps suffisant pour que le sang perde tout son oxygène, le meurtrier a maquillé les yeux et attaché cette jolie petite couronne autour du pénis à demi tranché du vieux. Et moi, je me pose donc la question suivante : qui est entré dans la chambre du comte aux alentours de minuit, il y a presque trois semaines ?

Le cerveau de Paladine fonctionnait à toute vitesse. A part l'enfant, il ignorait qui avait pu monter dans la chambre ce soir-là.

– Aucune idée, répondit-il. Le comte Gobbo n'était pas du genre à recevoir beaucoup de visites.

L'inspecteur poursuivit sur sa lancée, comme s'il craignait de briser l'élan de son imagination.

– En tout cas, son meurtrier a le sens de l'humour. Je pense à toutes ces petites touches « artistiques » : les yeux maquillés, la petite couronne. Pour réaliser cette mise en scène, il avait besoin de temps et d'une tranquillité absolue. Mais le truc qui m'échappe, c'est la corde à sauter. Pourquoi une corde à sauter ? Généralement, ce n'est pas le genre d'objet qu'utilise un meurtrier doté d'une certaine expérience et qui projette de pendre sa victime.

En disant cela, Bucket observa la transformation des traits du visage de Paladine, comme pour essayer de deviner ses pensées.

– A moins, reprit-il, que la corde à sauter se soit déjà trouvée dans la chambre, à portée de main. Le vieux recevait-il des enfants parfois ? Des neveux ? Des nièces ?

– Oui… il me semble. Un jeune garçon, de temps en temps. Son petit-fils, je crois. Il venait parfois passer le week-end à l'hôtel.

– Son petit-fils… un jeune garçon, répéta l'inspecteur en réfléchissant à voix haute. Oui, voilà qui pourrait expliquer la corde à sauter. Il l'aura certainement oubliée au cours d'une de ses visites... Je croyais pourtant que c'étaient les filles qui jouaient à la corde à sauter, mais j'imagine que de nos jours, ce n'est plus pareil, pas vrai, monsieur Paladine ?

Bucket accompagna d'un sourire sardonique sa fine remarque sociologique, preuve absolue, à ses yeux, du déclin de la civilisation.

– Vous ne connaîtriez pas le nom de cet enfant, ou de ses parents, par hasard ?

– Hélas, non.

– Cet enfant venait souvent ?

Paladine se renversa dans sa chaise, pour gagner du temps. Sa marge de manœuvre était étroite, car il voulait donner une impression de franchise tout en demeurant volontairement vague.

– J'ai peur de dire des bêtises. Peut-être une ou deux fois par mois. Je ne sais pas. C'était variable.

Il crut percevoir un léger tremblement dans sa voix et se demanda si l'inspecteur l'avait entendu.

– Mais comme je vous le disais, ajouta-t-il, le signore Gobbo n'était pas du genre à recevoir du monde dans sa suite. A ma connaissance, du moins. De temps à autre, ses collègues du consulat d'Italie venaient dîner avec lui.

– On les interrogera eux aussi.

Les yeux cernés de l'inspecteur balayèrent rapidement la pièce.

– J'ai toujours cru que dans un endroit huppé comme celui-ci, les visiteurs devaient s'annoncer avant de monter dans les chambres.

– En effet, toute personne venant voir un client de l'hôtel doit d'abord se faire annoncer à la réception.

– Eh bien, je puis vous assurer que la personne qui est venue voir le comte ce soir-là n'a pas accompli cette formalité. Personne à la réception ne se souvient que M. Gobbo ait reçu une visite le soir de sa mort, ce qui m'amène à penser que la personne qui est montée dans sa chambre n'avait pas besoin de se faire annoncer.

– Il s'agirait donc d'une personne connue des employés

de la réception ? Autrement dit, quelqu'un du personnel ?

– Gagné !

Un immense sourire éclaira le visage flasque de l'inspecteur.

– Oui, ça me paraît plausible, concéda Paladine. Mais ce que je ne comprends pas, c'est pourquoi le vieux Gobbo, qui n'était pas un imbécile, aurait accepté de descendre à la cave à minuit en compagnie d'un homme avec qui il venait de se battre.

– Encore gagné, monsieur le concierge. Vous devriez vous engager dans la police. Vous nous seriez très utile. Mais… pour répondre à votre question : le comte n'est pas descendu à la cave de son plein gré ; on l'a obligé, certainement sous la menace d'un couteau. Le même, sans doute, qui a servi à l'émasculer. Le pauvre vieux était certainement mort de peur, alors il est descendu.

– Mais personne ne les a vus dans le hall. Du moins, c'est ce que vous m'avez dit.

– Personne parmi les personnes que j'ai interrogées. Mais n'oubliez pas une chose : il était une heure du matin. Il n'y a pas beaucoup de monde qui traîne à cette heure-là.

– Quand même ! Comment ont-ils fait pour descendre du dix-huitième étage à la cave ? Le meurtrier, qu'il s'agisse ou pas d'un membre du personnel, comme vous le pensez, ne pouvait pas courir le risque de prendre l'ascenseur en menaçant avec son couteau un vieil homme terrorisé. Il pouvait tomber sur un client qui rentrait tard de je ne sais où.

Bucket acquiesça. Son cigare avait émigré dans sa main et il y restait coincé, en équilibre entre deux doigts tendus, avec une élégance improbable.

– Il y a aussi le monte-charge, reprit-il.

Paladine secoua la tête.

– Impossible. Le personnel de nuit s'en sert à toute heure. Un employé de l'hôtel ne peut l'ignorer, et il n'aurait jamais pris un tel risque. Évidemment, il reste les escaliers.

– Dix-huit étages à pied, ça fait beaucoup pour un vieillard de soixante-dix ans, réticent et sans doute de plus en plus terrorisé. Mais je suis d'accord, l'escalier constitue le moyen le plus sûr pour descendre. A cette heure, les risques de rencontrer quelqu'un sont quasiment nuls.

Paladine l'écoutait sans respirer, pesant chaque détail et attendant que l'inspecteur déroule sa théorie jusqu'à sa conclusion logique.

– J'ai cru comprendre que la cave était fermée la nuit, ajouta Bucket.

– Elle est fermée en permanence, sauf aux heures des repas, bien entendu, lorsqu'il y a énormément de va-et-vient.

– Tous les employés peuvent y descendre librement ?

– Plus ou moins, oui.

– Mais le soir, après le dîner, il faut une clé pour y accéder ?

– Exact.

– Qu'en déduisez-vous, monsieur Paladine ?

– Rien, à part que cela confirme votre théorie selon laquelle le vieux Gobbo est descendu à la cave avec un employé de l'hôtel. Mais un certain nombre de personnes ont accès à ces clés, s'empressa d'ajouter le concierge.

– A combien estimez-vous ce nombre, monsieur Paladine ?

– Oh, une douzaine, peut-être quinze. Vingt au grand maximum.

L'inspecteur se renversa dans son siège.

– Qui donc, par exemple ?

– Eh bien... D'abord, le maître d'hôtel du restaurant, M. Cordier. M. Strybch, ensuite, le maître d'hôtel du Passe-partout.

– Le passe-quoi ?

– Partout ! P. A. R. T. O. U. T., épela Paladine. C'est le nom du restaurant principal de l'hôtel. Il y a aussi le *sommelier* [1] chef.

– C'est le gars qui se balade d'une table à l'autre avec la carte des vins et une petite timbale en étain autour du cou ?

1. En français dans le texte.

Le concierge fronça les sourcils.

– Oui, c'est lui. Il faut aussi ajouter à la liste certains membres du service d'entretien, dans les cas d'urgence. Sans oublier la direction, bien évidemment, qui conserve des doubles de toutes les clés.

– Où ça ?

– Au dernier étage. Dans le grand bureau.

– Qui commande là-haut ?

– M. Daschiel Junior.

– Combien de personnes travaillent dans ce bureau ?

– Une demi-douzaine, je dirais. Du personnel administratif.

– L'une de ces personnes aurait-elle accès aux clés de la cave ?

– Non, ça m'étonnerait. Elles n'ont aucune raison de les avoir.

– Ce qui ne les en empêche pas.

Paladine réfléchit.

– Dans un hôtel, les clés circulent. Les gens ont toujours besoin d'entrer et de sortir, et je suppose que n'importe qui, en effet, peut mettre la main sur un jeu de clés.

– Le comte aurait-il pu posséder les clés de la cave lui aussi ?

– Je ne vois pas pourquoi.

– Certes, mais ce n'est pas une chose impossible, compte tenu de ce que vous venez de me dire sur la circulation des clés.

– Non, ce n'est pas impossible. Nous sommes dans un hôtel, lieutenant. Pas dans une prison.

Ignorant cette pique, Bucket continua sur sa lancée.

– Et vous, monsieur Paladine ? Avez-vous une clé ?

– Le concierge chef possède un double de toutes les clés de l'hôtel.

– Y compris celle de la cave, je suppose ?

– Évidemment.

Paladine affronta le sourire narquois de l'inspecteur.

– Cet hôtel est une grosse entreprise, lieutenant. Il emploie énormément de personnel. Cela veut dire beaucoup de va-et-vient, et en permanence. Vous ne pouvez pas espérer dresser la liste de tous ceux qui ont accès aux clés, sans parler de tous ceux qui, sans y avoir accès, parviennent à se les procurer.

– Dans quel but? demanda Bucket, bien qu'il pensât connaître la réponse.

– Pour faire des doubles.

– Dans l'intention...

– De voler, dit le concierge. Il y a une grande quantité de bouteilles de vin très précieuses dans cette cave. Une personne de l'extérieur animée de mauvaises intentions peut fort bien soudoyer un employé afin de se procurer un jeu de clés.

– Vous suggérez donc que le meurtrier du comte Gobbo pourrait tout aussi bien être quelqu'un de l'extérieur?

– Je ne suggère rien, mais c'est une possibilité.

Les yeux aux paupières lourdes de l'inspecteur Bucket se plissèrent dans la semi-pénombre du bureau.

– Autrement dit, quand on parle de suspects dans cette affaire, on parle de la terre entière.

– Oui, d'une certaine façon, répondit Paladine avec un haussement d'épaules, satisfait de voir que la notion d'innombrables suspects était entrée dans l'esprit de l'inspecteur.

– Dites-moi, monsieur Paladine, quel genre d'homme était le comte Gobbo?

– Un homme très agréable. Très gentil.

– Avait-il des ennemis?

– Pas à ma connaissance.

– Un penchant?

– Pardon?

– Allons, pas de pudibonderie, monsieur Paladine. Vous avez bien compris. Dans votre métier, vous devez avoir affaire à de drôles d'oiseaux.

Les bras croisés, le concierge regardait droit devant lui, sans rien dire.

– Je vais être plus précis, reprit Bucket d'un ton quelque peu méprisant, comme s'il s'adressait à un simple d'esprit. Ce cher vieux comte avait-il des goûts hors du commun, avec les femmes par exemple, quelque chose d'un peu musclé à l'occasion?

Le regard de Paladine alla se fixer sur un point du mur opposé. Quand il répondit enfin à la question, ce fut après un long soupir.

– Franchement, je n'en sais rien, lieutenant. Nous n'avons jamais parlé de ces choses-là.

– Vous êtes bien concierge chef, non ?

– Oui.

– Vous travaillez ici depuis une trentaine d'années, dit Bucket en consultant ses notes. Vingt-neuf ans pour être précis. Vous avez eu le temps d'en voir, des choses, je parie. Et vous connaissiez ce vieux bonhomme depuis presque aussi longtemps.

– Plus longtemps, même. C'était mon parrain.

– Ah oui ? (Bucket pencha la tête sur le côté, comme s'il essayait de regarder le concierge sous un autre angle.) Autrement dit, le comte Gobbo n'était pas véritablement un étranger pour vous ?

Paladine voyait se dessiner la tactique de l'inspecteur.

– Je ne faisais pas non plus partie de la famille, précisa-t-il. Un filleul n'est pas un véritable parent. Je savais peu de chose sur la vie privée du comte et il ne s'est jamais montré désireux de me la faire partager.

Les yeux de Bucket étincelaient comme des éclats de micaschiste.

– Permettez-moi d'être plus direct. Qu'est-ce qu'un vieillard de soixante-dix ans peut bien foutre dans une cave à 2 heures du matin ? Les gens normaux, ceux qui n'ont pas de manies perverses, ne se comportent pas ainsi.

Paladine était tout aussi intrigué par cette question que l'inspecteur. Car si le comte n'avait pas eu l'intention de se suicider, se disait-il, il n'avait aucune raison de descendre dans la cave.

Voyant que sa question demeurait sans réponse, Bucket enchaîna :

– Corrigez-moi si je me trompe, monsieur Paladine. J'ai entendu dire qu'un concierge tel que vous, c'est-à-dire un concierge de première classe, dans un établissement de première classe comme celui-ci, avait des yeux dans le dos.

– Un concierge de première classe ne se mêle pas de la vie privée de ses clients, si c'est ce que vous voulez dire.

– Ne rien entendre, ne rien voir. C'est votre règle, hein ?

– Oui, d'une certaine façon.

– Ce qui ne vous empêche pas de voir un tas de choses.

– J'en oublie autant, lui répliqua Paladine du tac au tac, inébranlable. Les gens viennent et repartent, vous savez. C'est le métier qui veut ça.

– Certes, mais vous voyez avec qui ils viennent et avec qui ils repartent.

– Parfois, reconnut le concierge. Mais nous ne sommes pas des espions. Nous ne sommes pas payés pour surveiller les mouvements de nos clients. Nous avons des principes.

– Des principes ?

– Une sorte de code d'honneur, si vous préférez. Comme un médecin et son patient, ou un avocat avec son client.

– Le secret professionnel, hein ?

– Ça y ressemble.

Cette simple profession de foi faisait partie des deux ou trois grandes convictions que le concierge possédait dans sa vie, mais après l'avoir formulée ainsi, à voix haute, il se demanda si l'inspecteur avait trouvé cela aussi ridicule que lui.

Apparemment oui. Un éclat joyeux brillait dans le regard de Bucket. Il lui adressa un clin d'œil, d'un air de conspirateur, avant de refermer son carnet.

– Merci de m'avoir accordé un peu de votre temps, monsieur Paladine. Où est donc ce jeune Bates ? J'aimerais bien lui poser quelques questions à lui aussi.

A aucun moment depuis cette nuit effroyable, trois semaines plus tôt, Paladine n'avait imaginé que la mort de Gobbo puisse être autre chose qu'un suicide. Sérieusement, du moins. Le désespoir du vieil homme juste avant sa mort, son état de santé précaire, sa grande fatigue, le mépris que lui inspiraient les aspects inavouables de sa vie intime, sa terreur à l'idée que sa famille et ses amis puissent découvrir un jour l'atroce vérité, tout cela aurait largement suffi à pousser le vieil homme à commettre l'irréparable. Assurément, la dernière conversation qu'ils avaient eue peu de temps avant sa mort, cet appel au secours désespéré, au cas où il lui arriverait « quelque chose », laissait deviner qu'il nourrissait déjà de sombres pensées.

Pour Paladine, le déroulement de cet épisode effroyable, tel qu'il se l'était représenté un grand nombre de fois, était clair. Après une poussée de violence sexuelle, au cours de laquelle le comte avait, par inadvertance, étranglé l'enfant avec un collier de perles, le vieil homme, paniqué, avait quitté sa chambre et, pour une raison inexplicable, était descendu à la cave où, emporté par un délire de culpabilité et de dégoût de soi, il avait mutilé cette partie de son individu qu'il jugeait responsable d'une vie entière d'ignominies. Avant de se pendre. Les yeux maquillés et la petite couronne autour de son membre tranché correspondaient assez bien au goût du vieux Gobbo pour le macabre et le bizarre.

Dans l'esprit de Paladine, tout cela s'enchaînait parfaitement. Mais, bien évidemment, il ne pouvait faire part de sa théorie à l'inspecteur Bucket, et surtout pas lui parler de l'enfant, sans exposer la famille Gobbo à une ignoble publicité et à la honte publique ; sans parler du rôle que lui-même avait joué pour dissimuler la vérité sur ce qui s'était réellement passé dans la chambre du vieil homme ce soir-là.

Oui, se disait-il, le suicide était une explication parfaitement plausible… jusqu'au moment où l'inspecteur, assis en face de lui dans son bureau, lui avait révélé quelques morceaux choisis tirés des découvertes effectuées par l'équipe du laboratoire et du rapport d'autopsie du médecin légiste. La nouvelle de l'assassinat du comte Gobbo avait été un véritable choc pour Paladine.

D'après les conclusions du légiste, Gobbo était déjà mort et pendu à une poutre dans la cave lorsqu'on l'avait en partie castré. Si cela était vrai, l'hypothèse du suicide tombait à l'eau. Second élément, presque aussi révélateur, les techniciens du labo avaient réussi à identifier un deuxième groupe sanguin sur le tapis dans la suite du comte, sans doute celui de l'enfant. Ou était-ce celui du meurtrier si, comme semblait le croire désormais l'inspecteur, le vieil homme avait été assassiné ? Celui de l'enfant plus certainement, se dit Paladine, étant donné qu'ils avaient découvert la tache juste sous le corps du jeune garçon.

Jusqu'à présent, le lieutenant Bucket ignorait visiblement tout de la présence d'un enfant dans la chambre du comte ce soir-là, et du rôle joué par le vieux Gobbo dans la mort du garçonnet. Mais le comte était-il réellement coupable ? Puisqu'il était question de meurtre maintenant, peut-être l'assassin de Gobbo avait-il également tué l'enfant, se disait Paladine. L'allusion au jeune garçon était apparue pour la première fois cet après-midi, au cours de leur conversation. C'était le concierge lui-même qui en avait parlé, en réponse à une question de l'inspecteur qui lui paraissait dangereuse à esquiver ; mieux valait y répondre, même partiellement. De fait, Paladine avait formulé sa réponse en termes vagues, et Bucket n'avait guère semblé excité par cette nouvelle information.

Mais cette constatation n'était qu'un maigre réconfort pour Paladine, car bien d'autres personnes dans l'hôtel, à commencer par Bates, ou Patsy Ricci, sans parler de tous les chasseurs et des femmes de chambre qui côtoyaient quotidiennement le comte, savaient que Gobbo recevait parfois son « petit-fils » pour le week-end. Et tous l'avaient sans doute vu faire la fête à l'enfant, le couvrir de cadeaux, sans rien trouver à redire.

Mais maintenant que l'inspecteur se promenait à droite et à gauche armé du rapport du médecin légiste, et qu'il posait des questions, il était fort probable que tôt ou tard, quelqu'un lui reparle de l'enfant, de manière moins vague et innocente.

Le fait que la version du crime selon Bucket soit truffée d'erreurs ne le rassurait guère. Ce qui l'inquiétait, c'étaient les parts de vérité. Car si l'inspecteur savait déjà tant de choses, combien de temps lui faudrait-il avant de combler les vides et rectifier les erreurs ? L'espace d'un court instant, Paladine dut lutter contre l'envie d'appeler l'inspecteur pour tout lui avouer : la mort de l'enfant, son intervention nocturne pour nettoyer les lieux du crime et détruire les indices, le rôle qu'il avait joué dans la subtilisation du corps de l'enfant, avant que l'inspecteur ne découvre tout cela lui-même. Mais il lui suffit de songer aux conséquences d'un tel aveu pour chasser immédiatement cette impulsion.

En outre, si, comme on pouvait le penser désormais, Gobbo avait été assassiné par un employé de l'hôtel, qui était cette personne ? Un individu doté d'une drôle d'imagination, assurément, à en juger par les étranges et terrifiantes humiliations infligées au corps du vieillard. Paladine se creusait la cervelle pour essayer de déterminer qui, parmi le personnel, aurait pu se comporter d'une manière aussi bizarre. Plusieurs noms lui vinrent à l'esprit : des personnages étranges, médiocres employés, des êtres renfermés dont le concierge n'aurait pas voulu sonder trop profondément la vie intime. Résultat de ces ruminations dérangeantes, Paladine constatait que toutes ses belles théories, trop précipitées, sur le suicide du comte ne tenaient plus debout, et il était plus perplexe que jamais sur ce qui s'était réellement passé dans la chambre de Gobbo cette nuit-là.

De toute évidence, pensait-il, l'inspecteur Bucket savait des choses qu'il ne lui disait pas ; tout comme le concierge savait des choses qu'il ne pouvait révéler à l'inspecteur. En échangeant leurs informations, sans doute obtiendraient-ils rapidement une vision quasi exacte des sinistres événements tels qu'ils s'étaient déroulés. Mais la vérité était la dernière chose que Paladine voulait voir surgir.

En ce moment même, Joe Bates était enfermé avec l'inspecteur. Dans l'esprit de Paladine se bousculaient une douzaine de versions hypothétiques quant aux conséquences de cette entrevue. Que pouvait donc révéler Bates ? Ou dévoiler par inadvertance ? Le concierge se maudissait de ne pas avoir eu la présence d'esprit de mettre au point avec son jeune complice un récit cohérent de leurs activités durant ces quelques heures fatales. Le choix qu'il avait fait ce soir-là et les actes qui avaient suivi constituaient-ils une erreur ? De fait, il n'avait jamais cherché qu'à protéger la mémoire du vieil homme et à épargner à sa famille la disgrâce d'un scandale. En outre, il ne pouvait espérer le moindre bénéfice financier de son geste, uniquement le risque d'être impliqué dans un crime où il n'avait joué qu'un rôle passif.

Malgré tout, Paladine demeurait certain d'avoir fait le bon choix. S'il avait commis une erreur, c'était sans doute celle d'avoir fait appel à Bates pour l'aider. En se fiant à ses premières impressions, il avait pris son adjoint pour un jeune homme poli, bien élevé et, surtout, malléable. C'était seulement par la suite, après qu'ils avaient établi cette collaboration à haut risque, qu'il avait détecté chez Bates un défaut qui lui avait échappé jusqu'alors. Ce défaut, c'était son côté imprévisible. Malheureusement, ce trait de caractère n'était pas apparu assez souvent et de manière assez visible pour mettre en garde le concierge. Mais désormais, compte tenu de la tonalité de leur conversation, animée et trop franche, qui avait eu lieu le jour même, peu de temps avant la visite de l'inspecteur, Paladine avait le pénible sentiment de s'être sans doute trompé d'associé pour cette affaire.

Néanmoins, et malgré toutes ces interrogations, le concierge ne voyait pas comment il aurait pu accomplir toutes les étapes de cette mission sans un complice. Son problème consistait donc à maîtriser le caractère indépendant de son adjoint, demeuré caché jusque-là, sans pour autant le pousser dans les bras de l'inspecteur Bucket.

Rétrospectivement, les événements de cette sinistre soirée lui paraissaient irréels, comme lorsqu'on fait un cauchemar en sachant que c'est un cauchemar. Tout cela lui semblait soudain terriblement risible : précipitation, transport du cadavre et des draps ensanglantés dans des sacs plastique, la folle frénésie de toute la scène, comme un sketch hilarant dans un cimetière de cinéma avec les Trois Stooges. Ce n'était qu'un mauvais rêve, se disait-il, une chose dont on plaisante le lendemain quand on la raconte à des amis devant une tasse de café. Hélas, ce n'était pas une plaisanterie, et Paladine ne riait pas.

Plus inquiétant encore, se disait-il, au lieu de s'essouffler, l'enquête sur la mort de Gobbo, ravivée par de nouvelles découvertes, commençait à s'étendre et à emprunter des voies qu'il ne pouvait ni prédire ni esquiver.

22

– Bureau du concierge. Patsy à l'appareil... Oh, bonjour, madame Mannering... Oui, madame. La voiture est arrivée. J'envoie immédiatement le chasseur prendre vos bagages.

« ... Bureau du concierge. Patsy à l'appareil... Oui, monsieur Chayette. Une table pour six personnes au Chantecelle, à 20 heures. Oui, c'est confirmé. J'ai le papier sous les yeux, monsieur.

De retour de sa lune de miel aux Caraïbes, bronzé, visiblement détendu et ravi, Patsy Ricci ripostait avec décontraction au feu nourri des appels du matin.

Alors qu'une nouvelle lumière verte clignotait sur la console du standard, Paladine sortit précipitamment de son bureau pour se rendre en un lieu mystérieux où on avait besoin de ses services. C'était au tour de Bates de prendre l'appel, et Paladine s'arrêta pour écouter. A en juger par les « oui, madame » crispés et les hochements de tête impatients, il devina que Bates avait de sérieux problèmes avec l'épouse de l'ambassadeur de Hollande.

– Oui, madame... Oui, madame... Oui, je comprends, mais...

– Que se passe-t-il ? murmura Paladine en prenant soin qu'on ne l'entende pas.

– ... Oui, madame. Un instant, je vous prie.

Bates couvrit le combiné avec sa main.

– C'est Mme Van der Huyck. Ils ont des invités demain. Et elle réclame à cor et à cri des places pour la représentation du soir de *Titanic*.

– Vous avez demandé à Steinmetz ?

– Oui, il jure qu'il n'a rien.
– Essayez Wachtel.
– C'est déjà fait. Impossible de trouver des places d'orchestre. C'est hors de question.
Paladine lui prit le téléphone des mains. Avant même qu'il se mette à parler, le sourire du professionnel était apparu sur son visage, comme si on avait appuyé sur un bouton.
– Bonjour, madame Van Der Huyck. Roger à l'appareil... Oui, madame. Ne vous en faites pas. Les billets vous attendront sur place.
Bates ouvrit de grands yeux hébétés.
– Quatre places, nota Paladine sur son bloc. Pour demain soir. Au cinquième rang d'orchestre. Ce sera peut-être le quatrième ou le sixième, sachez-le, mais vous serez bien placés... Absolument pas, madame.... Oui, je vous le promets. Les billets vous attendront au guichet. Je vous en prie, madame. Bonne journée.
Le combiné n'était pas encore raccroché que déjà Paladine lançait des instructions à son assistant.
– Appelez immédiatement le Pierre. Dites à Florence qu'il nous faut quatre places pour *Titanic* demain soir. Cinquième rang d'orchestre, au centre, ou dans les parages. Dites-lui qu'elle pourra avoir trois tables pour le cabaret, aux premières loges. N'importe quel soir entre Thanksgiving et le jour de l'an.
– Mais toutes les places sont vendues depuis des mois pour cette période, Maestro ! déclara Patsy.
– Ne vous en faites pas pour ça. Allez-y, appelez-la.
La lumière verte clignotait de nouveau sur le standard. Paladine décrocha.
– ... Ah, bonjour, Excellence...
C'était un matin comme les autres. Les appels se succéderaient ainsi pendant plusieurs heures. Mais le concierge chef et ses deux adjoints étaient opérationnels et la grande majorité des demandes des clients seraient satisfaites.

– Bonjour, Roger.

De retour dans son bureau, le concierge leva la tête pour découvrir une Lane Barachevsky tendue et fatiguée.

– J'ai un problème, lui dit-elle.

– De quoi s'agit-il ? Je peux peut-être vous aider.

– J'ai dans ma boutique, au moment où je vous parle, un client qui veut me passer une très grosse commande de fleurs pour le mariage de sa fille, qui doit avoir lieu samedi soir dans la Grande Salle de bal.

– Je ne vois pas où est le problème, répondit Paladine en riant.

– Le problème, c'est que ce monsieur ne parle que l'allemand et que, dans cette langue, mes connaissances sont très limitées. Pour ne pas dire inexistantes. Conclusion, on n'arrive pas à se comprendre. Pourriez-vous venir quelques minutes à la boutique, le temps que je comprenne ce qu'il veut exactement ?

Le visage du concierge se para d'un masque tragique.

– Malheureusement, je ne peux pas, mademoiselle Barachevsky. Je suis attendu dans le bureau de M. Daschiel à l'instant même. A vrai dire, je suis déjà en retard. Mais ne vous inquiétez pas, j'ai quelqu'un qui fera parfaitement l'affaire.

La fleuriste haussa les sourcils et son nez se retroussa, comme si elle reniflait une mauvaise odeur.

– Qui ?

– M. Bates.

– Bates ? Non, pas lui, par pitié !

– Il est excellent. Et de toute façon, je n'ai personne d'autre sous la main, ajouta-t-il.

La jeune femme plissa les paupières.

– Il parle bien allemand ?

– Comme si c'était sa langue maternelle.

Sans lui laisser le temps de protester, il pivota à demi dans son fauteuil pour appeler son adjoint, qui venait juste de raccrocher le téléphone.

– Monsieur Bates !

– Oui, monsieur.

– Mlle Barachevsky a un petit problème et je suis sûr

que vous pouvez l'aider. Auriez-vous l'obligeance de l'accompagner jusqu'à sa boutique ? Elle vous expliquera en chemin de quoi il s'agit. Pendant ce temps-là, Patsy se chargera des appels.

Bates fit la grimace, puis approcha. Au moment où il passait devant Paladine, le concierge fut certain de l'entendre grincer des dents.

Il les regarda s'éloigner tous les deux ; la jeune femme marchait un ou deux pas devant, Bates la suivant à contrecœur, comme un chien battu. On aurait dit deux farouches adversaires de longue date réunis par le hasard et qui refusent d'échanger la moindre politesse. Jusqu'à la boutique de fleurs, ils ne dirent pas un mot.

A en juger par la démarche raide de Bates, son dos droit et ses épaules dressées de manière peu naturelle, le concierge devina que son jeune adjoint était furieux et désireux d'en découdre.

Alors que Paladine les regardait disparaître à l'intérieur de la boutique, un petit sourire amusé, légèrement pervers, apparut sur son visage.

23

– Et qu'a-t-elle dit ensuite ?

– Quand je lui ai expliqué la situation, elle s'est inquiétée.

– Elle n'était pas au courant ?

– Comment aurait-elle pu l'être ? Personne ne sait quoi que ce soit, sauf ici.

En disant ces mots, Paladine montra du doigt l'imposant bureau de Daschiel Junior pour désigner le siège de la direction.

– Et les deux vieilles ?

– Les tantes ? Elles n'en savent pas davantage, à moins d'avoir été averties par quelqu'un de l'extérieur.

– C'est peu probable. Elles n'entretiennent aucun contact avec Billy Fiske ou avec les gens de Battersea. Et le jeune gars ?

– Quel jeune gars ?

– Celui que vous aviez amené ici avec vous, le jour où Papa m'a transmis ses pouvoirs. Il a tout entendu. Il aurait pu en parler à Mlle Barachevsky.

– Bates, vous voulez dire ? (Le concierge laissa échapper un petit rire.) Aucun risque. Ils ne s'adressent même pas la parole. A vrai dire, ils se détestent.

Daschiel haussa les sourcils.

– Pour quelle raison ?

– C'est une longue histoire. Mais ça n'a aucune importance pour le moment. Ce qui importe, en revanche, c'est que Mlle Barachevsky s'est sentie suffisamment concernée par le problème pour appeler ses tantes comme je le lui demandais, afin de leur exposer la situation.

– Et… ?

– Elle leur a répété exactement ce que je lui ai demandé de dire. Concernant l'affaire Battersea et les conséquences pour elles d'un éventuel rachat.

Le jeune Daschiel était assis derrière son bureau, un grand et solide bloc de châtaignier massif, davantage conçu pour signer des traités de paix ou des déclarations de guerre que pour régler les affaires ordinaires du bas commerce. C'était un bureau qui exigeait de larges effets de manche de la part de son propriétaire. Assis derrière les sculptures et les incrustations massives, Daschiel Junior, en bras de chemise, la cravate dénouée et les trois premiers boutons de sa chemise Turnbull and Asser défaits, paraissait usé et épuisé, comme s'il ne s'était pas couché depuis plusieurs jours.

– Et alors ? s'enquit-il, légèrement mal à l'aise.

– Les deux vieilles étaient bouleversées, évidemment.

– Évidemment ! Elles possèdent une importante part de cet établissement. Continuez, Gerio, dit Daschiel avec un geste d'impatience. Si je dois affronter ces salopards jeudi, il faut que je sache tout.

– Ils ne sont pas au courant de votre venue, n'est-ce pas ? lui demanda Paladine.

– J'espère que non.

– Pour que le plan réussisse, l'élément de surprise est capital.

– Oh, ce sera une vraie surprise, croyez-moi. J'ai même réservé personnellement mes billets d'avion. Et je vais débarquer en plein milieu du conseil. Ils n'auront pas le temps d'inventer de fausses raisons pour interdire ma présence.

Le concierge pétrissait lentement ses mains jointes.

– Êtes-vous prêt pour la réunion ? demanda Paladine.

– Aussi prêt que je peux l'être, lui répondit le jeune homme sans grand enthousiasme.

– Vous devez connaître le sujet sur le bout des doigts.

– Ne me dites pas ce que je dois savoir, nom de Dieu ! s'exclama Daschiel. Je sais ce que j'ai besoin de savoir. Pour le reste, ce nouvel avocat que vous m'avez recommandé…

– Wentworth.
– Oui, Wentworth. Je lui fais confiance pour tout savoir. Il est en train d'éplucher tous les documents.
– Il vous plaît ?
– Il m'a l'air bien. Consciencieux. Attentif. Il m'a posé un tas de questions. Il paraît même trop honnête pour un avocat.
– Faites-moi confiance, c'est un as. Les rachats de société, c'est sa spécialité.
Les mains de Daschiel Junior ne cessaient de courir à la surface du bureau, déplaçant des papiers ici et là.
– Je suis content de savoir qu'il sera à mes côtés. Mais continuez, Gerio. Parlez-moi de la fille Barachevsky et de sa discussion avec ses grand-tantes.
Paladine se renversa dans son fauteuil et étendit ses longues jambes devant lui.
– En fait, dit-il après un moment de silence, il y a une bonne nouvelle et il y en a une mauvaise. Laquelle préférez-vous entendre en premier ?
– Commencez par la bonne. J'ai besoin d'entendre des paroles réconfortantes.
– Comme je vous l'ai expliqué, dit Paladine, Mlle Barachevsky a informé ses tantes de la situation et de la prochaine réunion du conseil d'administration. Vous n'ignorez pas que les deux vieilles dames sont très conservatrices. Elles n'apprécient guère les coups fourrés, pas plus que les tentatives de rachat forcé. Particulièrement quand cela concerne leurs propres intérêts financiers. Vivant à Palm Beach, elles connaissent bien les Fiske et ne les portent pas dans leur cœur. En outre, elles n'ont aucune envie de voir leur cher vieux Parker Regency mis à sac par « des gangsters en costume rayé », ainsi qu'elles ont surnommé la bande de Battersea.
– « Les gangsters en costume rayé », répéta Daschiel avec un rire sans joie. Excellent. Il faudra que je m'en souvienne.
– Quand Mlle Barachevsky les a mises en garde contre un appel éventuel de Fiske leur proposant une grosse somme d'argent en échange d'une grande quantité

d'actions du groupe Parker Regency, les deux vieilles tantes ont déclaré qu'elles ne vendraient pas.

– Qu'elles ne vendraient pas, répéta le jeune homme, comme pour se raccrocher désespérément à ces paroles.

– En aucun cas. Elles ont été formelles.

– Dieu soit loué ! s'exclama joyeusement Daschiel en joignant les mains comme s'il voulait prier.

– La mauvaise nouvelle, enchaîna Paladine, c'est qu'elles refusent également de vous les vendre.

Le concierge vit le sourire radieux se transformer en rictus de colère.

– Mais pourquoi ? Pour quelle raison, nom de Dieu ? s'écria Daschiel d'un ton rempli d'indignation et de douleur. Elles me doivent bien ça, non ? Enfin quoi, n'est-ce pas mon père qui leur a permis, il y a quarante ans, d'acheter plus de deux cent mille actions à un prix ridiculement bas ? Si elles sont milliardaires aujourd'hui, c'est grâce à lui. Et elles ont le culot de dire qu'elles ne veulent pas me les vendre ?

Daschiel se laissait emporter par sa fureur. Plusieurs fois, le concierge posa son index sur ses lèvres pour lui rappeler qu'il y avait des gens derrière la porte du bureau.

– Je trouve ça dégueulasse, voilà ! déclara-t-il, sans baisser le ton. Ont-elles donné une explication, au moins ?

Paladine s'agita nerveusement dans son fauteuil, cherchant un moyen agréable de formuler cette réponse désagréable.

– J'ai cru comprendre, par l'intermédiaire de Mlle Barachevsky, qu'elles estimaient que vous n'étiez peut-être pas la personne la plus adéquate pour diriger une entreprise de cette taille et de cette complexité. Comme vous le savez, elles admiraient votre père.

– Mais elles ne vouent pas la même admiration à son fils, murmura Daschiel, dont la colère cédait maintenant place à la tristesse et à l'auto-apitoiement.

Incarnation parfaite de la défaite, il contemplait fixement la surface de son bureau. Aux yeux de Paladine, il paraissait vaincu avant même le début de la bataille. Fiske et les gens de Battersea n'en feraient qu'une bouchée. Les vieilles sœurs Barachevsky, perspicaces, avaient rendu leur jugement et, pour le concierge, elles n'étaient pas loin de la vérité.

– Partagez-vous leur avis ? lui demanda le jeune homme d'une voix enrouée et sinistre.

– Pas totalement.

– Pas totalement ? Qu'est-ce que ça signifie, bordel ?

– Je vais être franc, monsieur Fritz.

– Je sais ce que vous allez dire, Gerio. Ce n'était pas très intelligent de ma part de dilapider toutes ces actions du groupe, au point de perdre le contrôle de la société. J'ai été idiot. Stupide. Je le reconnais. Je me suis laissé manipuler et aveugler par cette bande de… quelle était l'expression des deux vieilles, déjà ?

– Des gangsters en costume rayé.

– Voilà. Des gangsters en costume rayé. C'est exactement ça. Taillés dans la même étoffe que la bande de l'oncle Billy. Des cracks de l'immobilier. Ils m'ont offert des dîners arrosés. Ils m'ont présenté de jolies jeunes femmes. Bref, ils m'ont berné en me faisant de belles promesses.

Le concierge le regardait se débattre et se flageller ; il entendait toute la haine de soi contenue dans la voix du jeune Daschiel. Quand Paladine reprit la parole, il y avait dans son ton une sévérité qu'il avait pris soin de dissimuler jusqu'à présent.

– Vous m'avez demandé ce que je voulais dire en avouant ne pas être entièrement d'accord avec le jugement des sœurs Barachevsky.

Daschiel leva la tête pour affronter le regard pénétrant du concierge.

– Je suis d'accord avec les deux vieilles dames pour penser que vous avez parfois tendance à agir sans réfléchir.

– De manière inconsidérée ?

– Si vous voulez. Inutile de donner des exemples. D'un autre côté, je ne crois pas, contrairement aux deux sœurs, que vous n'êtes pas capable de redresser la situation. Certes, vous débutez dans le métier, mais je pense qu'avec le temps vous serez capable de faire face. Comme un chef.

– Comme un chef.

Une étincelle de gratitude s'alluma dans les yeux du jeune homme.

– Mais si vous voulez avoir une chance de réussir, reprit le concierge, vous ne devez pas débarquer à Dallas jeudi sans avoir de nouveaux atouts dans votre manche.

Daschiel l'écoutait d'un air hébété.

– Quels nouveaux atouts ?

– Premièrement, l'assurance de racheter les parts des sœurs Barachevsky. Ne serait-ce qu'une partie, à défaut de la totalité. Assez en tout cas pour récupérer les 2 % d'actions nécessaires pour reprendre le contrôle de la compagnie. J'ai calculé que cela représentait 210 000 actions, soit un peu plus de 10 millions de dollars. Où en êtes-vous de la vente du Royal Palm ?

– Les acheteurs semblent impatients. Nous sommes tombés d'accord sur un prix de 108 millions. C'est plus qu'il n'en faut pour racheter les 2 % d'actions, et il restera un joli petit bonus. Mais à quoi bon, si les deux vieilles refusent de me vendre leurs parts ?

– C'est juste, admit Paladine. Mais c'est ne pas compter sur leur petite-nièce et l'influence considérable qu'elle exerce sur elles.

La respiration de Daschiel s'accéléra, tandis que son cerveau s'efforçait de suivre les circonvolutions de la pensée du concierge.

– Comme vous le savez certainement, reprit ce dernier, Mlle Barachevsky est l'unique héritière de la fortune de ses grand-tantes. C'est leur seule parente. Et elles l'adorent. Elles font tout pour la gâter. Tout ce qu'elle leur demande, elles le lui donnent.

– Et alors ?

– Alors, si elle les persuadait de…

– Comment ? Et pourquoi ? Certainement pas par affection pour moi.

– Écoutez-moi donc, dit Paladine en lui faisant signe de se taire. Elle possède quelque chose que vous désirez. Mais peut-être avez-vous, vous aussi, quelque chose qu'elle désire ?

Les coudes de Daschiel Junior glissèrent en avant sur le bureau.

– Quoi, par exemple ?

– Eh bien, pour commencer, quelques franchises de fleuristes dans deux ou trois établissements prestigieux du groupe à travers le pays. Pebble Beach. Vale. Chicago. Ou d'autres. Elle est très ambitieuse.

Daschiel plissa les yeux d'un air méfiant.

– Comment savez-vous tout cela, Gerio ? C'est elle qui vous l'a dit ?

– Cette jeune femme et moi avons eu de longues conversations au cours de ces derniers mois. Et j'ai le sentiment qu'une offre de ce genre pourrait la séduire.

– Et vous pensez qu'elle pourrait alors convaincre les deux vieilles de nous vendre un gros paquet d'actions ?

– Si elle abordait la question en laissant entendre que son rêve le plus cher serait de diriger une chaîne de boutiques de fleurs dans différents hôtels Parker Regency et qu'elle préférerait travailler sous la tutelle de la famille Daschiel plutôt que sous celle du groupe Battersea parce que, dans ce cas, son avenir serait plus incertain, je pense, en effet, que les deux vieilles dames pourraient se laisser convaincre.

Daschiel Junior se passa la main dans les cheveux.

– Mais comment ? Je ne comprends pas. Pourquoi cette fille ferait-elle ça pour nous ? En échange d'une simple promesse de quelques franchises. Je ne vois pas...

Paladine ferma les yeux un moment, comme pour les reposer. Quand il les rouvrit, il souriait.

– Vous n'êtes pas obligé de comprendre, monsieur Fritz. Pour le moment, disons simplement que j'ai reçu de puissants signaux de ce côté-là. En attendant, préparez-vous pour le Texas. Apprenez le maximum de choses. Vous pouvez être d'ores et déjà certain que les deux vieilles ne vendront pas leurs actions à la clique de Fiske. Et même si elles refusent de vous les vendre à vous aussi, vous savez au moins que vous partez à égalité. Et que, comme vous, l'oncle Billy va battre la campagne pour essayer de récupérer environ 300 000 actions que les investisseurs n'ont pas envie de lâcher.

– Êtes-vous bien sûr de tout ça, Gerio ?
– Rien n'est jamais sûr sur cette terre, monsieur Fritz.
– Pas même leur refus de vendre leurs actions à Battersea ?
– Ça, j'en suis sûr.
– Pourquoi ? Expliquez-moi encore. Pourquoi, nom d'un chien ?
– Parce que les types de Battersea ont déjà contacté les sœurs Barachevsky pour leur faire une offre très intéressante et qu'ils se sont fait envoyer sur les roses.
– Ils les ont contactées, dites-vous ? Déjà ? (La stupéfaction écarquillait les yeux de Daschiel Junior.) Bon sang, ils sont rapides. Qui ? Qui les a contactées ?
– Je vous laisse deviner.
– Chalmsley.
– Notre cher ami et fidèle avocat.
– Le salaud !
Un petit sourire entendu et las ornait le visage du concierge.
– Chalmsley... Chalmsley...
Le jeune homme répéta ce nom plusieurs fois, en frappant dans sa paume avec son poing. Lorsque toutes les implications de cette réalité eurent enfin pénétré son esprit, Daschiel secoua la tête de droite à gauche, l'air hébété.
– Mais, comment avez-vous appris tout cela, Gerio ? Par la fille, hein ?
Le concierge acquiesça.
– De source sûre.
– La Barachevsky. Notre atout.
– Elle-même.
En dépit du choc, un petit sourire narquois apparut sur le visage de Daschiel.
– Et ça date de quand ? demanda-t-il.
– Quoi ?
– Barachevsky et vous. Quand êtes-vous devenus aussi intimes ?
Paladine sourit.
– Ça date d'il y a quelques mois, le jour où vous m'avez

annoncé que vous aviez perdu le contrôle de la société. Depuis, nous sommes d'excellents amis, Mlle Barachevsky et moi.

– Suffisamment bons amis pour qu'elle persuade ses tantes de me vendre une part de leurs actions ?

– En tout cas, elle en a le pouvoir. Mais comme je vous l'ai dit, les sœurs refusent de vendre leurs actions, même une partie. Toutefois, quand Mlle Barachevsky décide qu'elle veut absolument quelque chose, généralement, elle l'obtient.

Daschiel Junior jaillit de son fauteuil.

– Victoire !

– Ne nous réjouissons pas trop vite, dit le concierge, prudent. Rien n'est encore fait. Et la jeune personne en question n'est pas une idiote.

Sur ce, Paladine se leva à son tour, avec raideur.

– En attendant, ajouta-t-il, préparez-vous pour le Texas.

– Je serai prêt, mon ami. Je vous le promets.

Le jeune Daschiel semblait littéralement galvanisé par cette discussion.

– Si votre coup réussit, Gerio, je saurai vous prouver mon *énorme* gratitude. Dans le style de la famille Daschiel. Comme l'aurait fait mon père.

– Ne parlons pas de ça maintenant, monsieur Fritz, lui répondit Paladine en écartant d'un geste cette promesse peu subtile d'une éventuelle récompense. Au fait, comment va-t-il, votre père ?

– Il décline rapidement, j'en ai peur.

– J'en suis navré. Il a toujours été un ami merveilleux pour moi. Je l'admire sincèrement.

– C'est réciproque. « Écoute ce que dit Gerio », me répétait-il sans cesse. Tenez, pas plus tard que l'autre jour, il était assis devant la fenêtre, dans son fauteuil roulant. Ses paupières se sont fermées et j'ai cru qu'il voulait dormir. Mais au moment où j'allais quitter la pièce, il m'a fait signe avec son doigt, pour que je m'approche. Il avait beaucoup de mal à parler. Je me suis accroupi près de lui et il m'a murmuré des paroles à l'oreille. (Daschiel ricana à l'évocation de ce souvenir.) « S'il y a un problème, m'a-t-il dit, adresse-toi à Gerio. Il saura quoi faire. Gerio, il n'y en a pas deux comme lui. » Et vous voulez que je vous dise, Gerio ? Eh bien, Papa avait raison, comme toujours. Vous êtes unique.

Les deux hommes rirent en chœur de cette remarque sournoise de Daschiel Senior. Fidèle à lui-même jusqu'au bout, le vieil homme avait prononcé des paroles lapidaires et clairvoyantes. Quant à savoir si elles étaient véritablement flatteuses, le concierge s'interrogeait.

– Du nouveau dans l'affaire Gobbo ? demanda Daschiel alors que le concierge s'apprêtait à quitter le bureau.

Paladine s'immobilisa dans l'encadrement de la porte.

– J'ai peur que les choses ne se tassent pas aussi vite que nous l'espérions. Mais je ne veux pas vous ennuyer avec ces détails pour l'instant, ajouta-t-il, préférant ne pas évoquer les dernières et troublantes révélations de l'inspecteur Bucket. Nous en reparlerons à votre retour.

Dans le vestibule, au moment où il repartait, Paladine salua la jeune et jolie épouse de M. Fritz qui sortait de l'ascenseur.

– Bonjour, madame Daschiel, dit-il en reprenant sans peine sa personnalité de concierge affable.

– Bonjour, Roger.

La tête baissée, elle passa rapidement devant lui en détournant le visage, mais il eut le temps d'entr'apercevoir les hématomes jaune-violet juste sous la monture des lunettes de soleil.

24

– Permettez-moi de ne pas être d'accord. C'est l'individu le plus exaspérant que j'aie jamais rencontré. Insupportable ! Stupide, et malveillant par-dessus le marché.

– Pourtant, j'ai cru comprendre que vous aviez obtenu la commande. Votre client allemand était satisfait.

– Exact. Mais votre imbécile d'adjoint a failli tout faire rater. Finalement, c'est moi qui ai sauvé les meubles au dernier moment.

Paladine prit un air compatissant.

– Je croyais pourtant que son allemand était excellent, non ?

– Oh, bien plus que ça même ! En fait, Herr Stossel et cet abruti se sont très bien entendus.

– Dans ce cas, je ne…

– Jusqu'à ce qu'ils se lancent dans une discussion politique concernant l'Allemagne nazie et l'holocauste. Ne me demandez pas comment le débat a commencé. Je ne comprends toujours pas comment ils sont passés des fleurs à l'holocauste. Enfin quoi, j'essaye de vendre pour six mille dollars de roses et de lis, et voilà que votre Bates balance des mots comme Buchenwald ou Zyklon B à un industriel allemand qui fabriquait certainement du fil de fer barbelé à cette époque. Ils en sont presque venus aux mains.

La jeune femme s'interrompit pour reprendre son souffle.

– Pourtant, je suis juive, mais j'ai bien failli l'étrangler, votre adjoint.

En imaginant la scène, Paladine dut réprimer une envie de rire.

– Je suis sûre qu'il l'a fait exprès. (Plus rien ne pouvait arrêter la fureur de la jeune femme.) Par pure malveillance. Il voulait me faire perdre cette commande. Par méchanceté, je vous dis. C'est aussi simple que ça.

– Écoutez, mademoiselle Barachevsky... Elaine, si vous le permettez.

– Lane, le corrigea-t-elle. Oui, je vous permets.

– Lane. Ce comportement ne lui ressemble pas. Bates n'est pas du tout comme ça. Depuis environ six mois qu'il est avec nous, j'ai pu constater que c'était un jeune homme sensé, raisonnable et responsable. Un peu impulsif parfois, je vous l'accorde. Mais pourquoi diable chercherait-il à...

– Exactement ! Pourquoi ? C'est la question que je me pose, et je vais vous donner la réponse. Parce qu'il me hait, voilà !

– Oh, allons ! fit Paladine en repoussant cette idée d'un petit geste de la main. Vous avez eu quelques démêlés tous les deux, mais ce n'est pas suffisant pour...

– C'est à cause de nos champs magnétiques, expliqua-t-elle avec le plus grand sérieux. Ils sont antagonistes. Chaque fois que je pénètre dans le sien, il devient dingue. Ne me regardez pas comme ça, Roger. Je ne suis pas folle. Je sais de quoi je parle. Croyez-moi, ce type me déteste. Je le vois dans ses yeux. Il est vindicatif. Et il n'a jamais oublié ce malheureux jour où j'ai commis l'erreur de lui demander de m'ouvrir la suite de Mme Kamenskaya.

Elle pivota sur elle-même et fonça sur le concierge tel un frelon furieux.

– J'exige le renvoi de Bates. Je sais que vous êtes intervenu en sa faveur lors de notre dernier différend. Parfait. Je suppose que vous aviez vos raisons. Je me suis retenue d'aller trouver M. Daschiel, uniquement par sympathie et respect pour vous. Je vous considère comme un ami. Mais cette fois-ci, ce crétin égoïste a franchi les bornes. Si vous refusez de le mettre à la porte, je n'aurai d'autre choix que de...

– Attendez. Pas si vite, dit Paladine en saisissant les poignets de la jeune femme comme s'il attrapait des mouches au vol. Vous êtes énervée. Et vous avez toutes les raisons de l'être.

– Roger, je refuse d'écouter vos…

Sentant venir une nouvelle tirade, le concierge posa son doigt sur les lèvres de la jeune femme pour la couper dans son élan.

– Avant d'aller voir qui que ce soit, laissez-moi parler à Bates. Si ce que vous dites est vrai…

– Vrai ? s'exclama Lane Barachevsky. Vous mettez en doute ma parole ?

– Certainement pas, mais il est de mon devoir, de ma responsabilité d'interroger le jeune garçon pour connaître sa version des faits avant de prendre une décision. Question d'équité.

– Sa version ? Des mensonges, oui ! Il se fera passer pour un lauréat du prix Pulitzer, un combattant de première ligne pour la défense des droits de l'homme. Et moi, je serai la sale capitaliste avide d'argent et complice des nazis.

Le concierge n'avait jamais vu Lane Barachevsy, une personne généralement réservée, voire glaciale, dans un tel état de nerfs. Malgré cela, l'absurdité de cette histoire lui donnait envie de rire. Bates agressant un vieux nazi pendant que la jeune femme essayait de lui vendre ses bouquets de roses et ses compositions florales !

– Écoutez-moi, Lane. (Il continuait à lui tenir les mains, qui menaçaient à tout instant de lui échapper.) Laissez-moi lui parler. Je vous promets que si les choses se sont passées comme vous le dites, je réclamerai personnellement son renvoi.

Il lui souleva le menton.

– Allez, dit-il, retournez travailler.

Momentanément amadouée, la jeune femme semblait disposée à obéir. Mais Paladine savait que la moindre parole malencontreuse pouvait à tout instant rallumer la flamme.

– Vous vous rendez compte ? dit-elle dans l'encadrement de la porte entrouverte. Il parle d'holocauste et de camps de concentration pendant que j'essaye de vendre pour six mille dollars de fleurs à ce nazi !

– Oui, monsieur Pickering. Votre voiture vous attend. Elle est arrivée il y a vingt minutes… Oui, monsieur, la Volvo 97, comme vous le souhaitiez. J'ai demandé qu'on vous l'apporte devant l'hôtel après le déjeuner. Quand vous serez prêt, adressez-vous à Angelo, le portier de service…

« … Ah, bonjour madame Morganruth… »

A 8 heures du matin, le concierge était à son poste depuis une heure et déjà les feuilles jaunes du bloc posé devant lui sur le bureau étaient couvertes de notes rédigées de son écriture fine et appliquée.

En parcourant la liste, Paladine nota sur un autre carnet, blanc celui-ci, que la chambre 1304 avait demandé une voiture avec chauffeur pour se rendre aux Cloisters, à Fort Washington. Un groupe de quatre Coréens désirait un guide pour visiter le quartier des affaires. Rien de bien compliqué. Paladine cocha chaque demande d'une croix rouge et fit glisser le bloc vers Bates qui assurait l'accueil au comptoir, juste à côté. Le jeune homme prit connaissance des demandes en opinant du chef, sans interrompre sa conversation téléphonique avec un client.

Au même moment Patsy Ricci, qui se dirigeait vers la salle des coffres au fond de la conciergerie, déposa sur le bureau du concierge une enveloppe adressée personnellement à celui-ci. Paladine fit glisser ses lunettes de son front au bout de son nez pour lire le message qu'elle contenait. Daschiel Junior l'informait qu'il s'était envolé ce matin même pour Dallas avec Wentworth, le nouvel avocat, dans le plus grand secret. Le mot « secret » était souligné. Daschiel n'avait même pas indiqué sa destination à son épouse, ni la raison de son voyage, expliquant seulement qu'il serait de retour pour le week-end.

Quand il eut fini de lire le message, Paladine le déchira en deux, puis en quatre, et ainsi de suite, jusqu'à en faire des confettis, qu'il jeta dans une corbeille à ses pieds.

Il s'apprêtait à appeler la réception pour obtenir des renseignements concernant une arrivée prévue pour le jour même lorsque Pargiter, l'air affolé, se précipita vers le comptoir en marbre.

– Quand serons-nous enfin débarrassés de ces policiers ? Je croyais que nous en avions terminé avec cette fichue histoire. J'en ai trois dans les cuisines qui s'empiffrent de croissants et de café. Ça ne peut pas durer ainsi !

Il s'essuya la nuque avec son mouchoir et reprit :

– Nous n'avons vraiment pas besoin de ça en ce moment. Oh, au fait, vous n'auriez pas vu Daschiel Junior, par hasard ?

– Il n'est pas là-haut ? demanda le concierge en feignant l'étonnement.

– Apparemment non. Et personne ne sait où il est. Il a fichu le camp ce matin sans rien dire. Vous vous rendez compte ? s'exclama Pargiter, furieux. Un homme avec ses responsabilités. On pourrait penser que...

– Pas d'autres nouvelles du consulat ? le coupa Paladine.

– Je sais seulement qu'ils ont l'intention de venir fouiller dans les affaires personnelles du vieux Gobbo. Il semblerait que des documents aient disparu et ils pensent qu'ils sont peut-être ici. Mais je n'ai pas le temps de m'occuper de ça ; j'ai déjà suffisamment de problèmes ce matin avec la police et notre escroc d'hier soir.

Paladine fronça les sourcils.

– Un escroc ?

– La chambre 1232. Arcenaux. Le genre tapageur, vous voyez qui je veux dire. Il m'avait paru un peu *louche*[1]. Eh bien, il a filé à l'anglaise hier soir. Il nous a escroqué de trois mille dollars et des broutilles.

Sur ce, Pargiter repartit aussi rapidement qu'il était venu, avant que le concierge puisse lui dire qu'il connaissait effectivement, et malheureusement, l'individu en question. Mais pas assez bien, de toute évidence.

Il décrocha immédiatement le téléphone pour appeler Mme Ramsay, la responsable du service de nettoyage. Le

1. En français dans le texte.

client de la 1232 avait-il laissé quelque chose dans sa chambre, lui demanda-t-il, une enveloppe, par exemple, ou même un petit paquet ?

Obligée de se renseigner auprès des employées qui s'étaient occupées de la chambre 1232, Mme Ramsay le rappela dix minutes plus tard pour lui annoncer que, non seulement M. Arcenaux n'avait rien laissé pour le concierge chef, mais qu'il avait également négligé de laisser quelque chose pour les femmes de chambre.

Paladine fonça à la réception, où, à sa demande, Gaynes, le réceptionniste, consulta la boîte aux lettres de la chambre 1232 pour voir s'il n'y avait pas un message adressé au concierge. Le casier était vide, excepté quelques brochures publicitaires pour le coiffeur, le barbier et le salon de massage de l'hôtel, ainsi qu'un centre de remise en forme et d'activités sportives.

Dans l'exercice quotidien de son métier, le concierge chef d'un établissement de grand standing peut se trouver amener à prêter de l'argent à certains clients qui, pour une raison ou pour une autre, se trouvent momentanément dans l'embarras. L'importance de cette avance est laissée à la discrétion du concierge dans la plupart des cas, en fonction de la fiabilité estimée du client. Toutefois, à partir d'une certaine somme, le concierge doit d'abord demander le feu vert de sa direction.

Tout cela demeure très discret, mais il est entendu que le client remboursera à l'hôtel la totalité de la somme. Sans verser d'intérêts. Ce n'est qu'un service de plus, une « gracieuseté » offerte aux clients « particuliers » et « favorisés ».

Évidemment, certains clients avaient parfois profité de ce privilège pour éponger des dettes avant de filer à l'anglaise en pleine nuit, comme cette fois. Fort heureusement, ces cas étaient rares. Quand cela se produisait, la perte sèche était absorbée par l'hôtel, toujours désireux de protéger son crédit auprès de certaines sources « discrètes ». Dans le cas de la chambre 1232 cependant, Paladine avait commis l'imprudence de prêter de l'argent à ce client (une somme d'une importance inhabituelle, en l'occurrence) sans en référer à sa direction au préalable.

Aisé sans être riche, Paladine trouverait la plaisanterie amère si la direction de l'hôtel refusait de rembourser le prêteur. Dans ce cas, il serait obligé de supporter seul cette perte. Curieusement, c'était moins la disparition de l'argent qui le tracassait, que l'humiliation. Bouillonnant d'une rage intérieure, furieux contre lui-même, le concierge avait du mal à reconnaître qu'il s'était laissé duper par un vulgaire arnaqueur tel que M. Arcenaux. Lui qui s'était toujours vanté de flairer ce genre d'escroc à des kilomètres ! Souvent admirée, la fierté qu'il éprouvait de savoir juger les gens venait d'en prendre un coup.

Durant la demi-heure qui suivit, le concierge demeura pendu au téléphone pour contacter des amis et des collègues qui travaillaient dans une demi-douzaine d'hôtels de luxe situés dans des grandes villes des États-Unis, mais aussi d'Europe et d'Asie, des établissements où, si Paladine en croyait son intuition, les goûts de luxe de M. Arcenaux le conduiraient certainement.

25

A 10 heures du matin, le concierge avait fini de régler une flopée d'affaires courantes. Dieu soit loué, la matinée était calme ; Patsy et Bates s'occupaient de l'accueil des clients derrière le grand comptoir de marbre. Paladine bénéficiait donc de quelques instants précieux pour réfléchir, et la première chose qui lui vint à l'esprit fut la mort de Gobbo.

Récemment encore, l'affaire semblait s'enfoncer tranquillement dans le passé et l'oubli. Les policiers ne grouillaient plus dans tous les coins, les journalistes ne montaient plus la garde dans l'espoir de dénicher une information juteuse, et le souvenir du rôle que lui-même avait tenu afin de couvrir les traces nauséabondes du vieux Gobbo avait cessé de le hanter à chaque instant. Hélas, maintenant que la mort du comte ressemblait davantage à un meurtre qu'à un suicide, la police était reparue sur le devant de la scène, et cette sale affaire avait fait un retour en force.

Durant les premiers jours qui avaient suivi ce macabre épisode, Paladine avait souvent repensé à l'enfant, petite créature brisée et pathétique, si fragile. Plusieurs fois il s'était réveillé en pleine nuit, assailli par des cauchemars dont, au matin, il avait oublié les détails.

Pendant des jours, il avait songé au destin effroyable qui s'était abattu sur cet être si jeune. Il ne fallait pas être triste, se disait-il. La vie était cruelle, mais elle continuait, malgré tout. En outre, il avait fait cela pour Gobbo et sa famille qui s'étaient montrés bons avec lui par le passé ; il était bien décidé à ce que la mémoire du vieil homme ne soit pas souillée par cette chose ignoble qui, cette nuit-là, quelque trois semaines plus tôt, s'était passée au Parker Regency. Mais vu sous l'éclairage du meurtre, le tableau prenait désormais un aspect bien plus inquiétant.

Quelques jours seulement après le drame, le fils aîné de Gobbo, Carlo, était venu chercher le corps de son père pour le ramener dans le petit cimetière situé sur le domaine du palazzo familial accroché à flanc de colline à Portomaggiore, au-dessus de la mer Adriatique, non loin de Modène. Carlo Gobbo, universitaire à lunettes et au teint cireux, rattaché au département philosophie de l'université de Bologne, logeait chez des amis vivant à New York. Il avait l'intention d'y rester jusqu'à ce que le médecin légiste lui restitue le corps, accompagné d'un rapport d'autopsie.

En tant qu'ami proche de la famille, Paladine avait longuement discuté avec le jeune homme, qu'il avait rencontré plusieurs fois à l'occasion de réunions familiales à Modène. Comme on peut s'en douter, Carlo désirait ardemment savoir quel était l'état d'esprit de son père durant les derniers jours de sa vie. Et sa santé ? avait-il demandé. Qu'est-ce qui avait bien pu le pousser à commettre cet acte désespéré ?

Au moment où avait eu lieu leur discussion, Paladine était encore convaincu que la mort du comte était un suicide. Voulant faire preuve de tact, sans toutefois mentir trop ouvertement, il avait expliqué à Carlo que son père était de santé précaire depuis quelques mois. Son cœur donnait des signes évidents de faiblesse et les médicaments prescrits par ses médecins semblaient avoir perdu de leur efficacité. La nuit, ses poignets et ses chevilles enflaient. En outre, il fumait trop et avait du mal à respirer. « Toutefois, avait ajouté Paladine avec une certaine hypocrisie, le vieux comte conservait le moral. » Il parlait sans cesse, et avec affection, de sa famille. Il allait travailler quotidiennement et avait encore une vie sociale très remplie, même si, dernièrement, sa santé l'avait obligé à réduire son emploi du temps. « Votre père était très optimiste, Carlo. Il faut me croire. Il avait hâte de pouvoir retourner au pays pendant les vacances de Noël.

C'était un homme merveilleux, Carlo. Ici, parmi le personnel, tout le monde l'adorait, et, comme vous le savez, c'était un peu mon père à moi aussi. »

Des malheureux penchants du comte, le concierge n'avait pas soufflé mot. Mais quelque chose dans l'attitude du jeune homme, assis au bord de son fauteuil avec raideur, suggérait que celui-ci avait eu vent de l'enquête policière sur les circonstances de la mort du comte. Sans doute, d'ailleurs, connaissait-il depuis des années les mauvaises habitudes de son père et il était reconnaissant au concierge de ne pas avoir abordé le sujet.

Aux alentours de midi, énervé et perturbé par les événements récents, Paladine éprouva le besoin de quitter son bureau et de sortir de l'hôtel. Il fallait qu'il bouge, qu'il s'éloigne de cet endroit, et de lui-même.

Ayant communiqué à ses deux assistants un numéro de téléphone où on pouvait le joindre, il se rendit à son club de sport situé dans le haut de Broadway. A l'entrée des vestiaires, il fut accueilli par les deux gérants qui lui donnèrent des serviettes en déplorant de ne pas l'avoir vu depuis plusieurs semaines. Avait-il été malade ? Non, seulement très occupé, leur répondit Paladine. Sur quoi, ils échangèrent quelques plaisanteries, les gérants lui souhaitant enfin une bonne séance.

Après avoir enfilé un short et un T-shirt, Paladine envisagea d'aller frapper quelques balles de squash. Expédier de toutes ses forces une petite balle de caoutchouc contre des murs en bois était pour lui un bon moyen d'évacuer le stress. Il n'avait pas joué depuis des semaines et se disait qu'en montant à l'étage il trouverait certainement un court libre pour brûler toute sa mauvaise énergie.

Manque de chance, Vuk Strybch avait eu la même idée que lui au même moment et, en voyant arriver Paladine, il lui proposa aussitôt un match. Le concierge essaya de se défiler, mais le fougueux maître d'hôtel du Passe-partout demeura intraitable. Homme obstiné, il persévéra, malgré plusieurs refus polis et, finalement, le visage empourpré et déformé par un sourire mauvais, il lança :

– Allons, ne soyez pas timide, Gerio. Je promets de ne pas trop vous humilier. Ça restera entre vous et moi. Personne à l'hôtel ne saura que vous êtes un pauvre sénile.

C'est à ce moment-là que le concierge changea d'avis et décida de relever le défi.

Les trois premiers sets revinrent à Strybch. Privé d'exercice physique pendant plusieurs semaines, Paladine était raide et maladroit. Ses déplacements sur le court étaient gauches, et il ne parvenait pas à renvoyer les services assassins du maître d'hôtel.

Strybch ahanait en frappant la balle et poussait des cris de joie chaque fois qu'il marquait un point.

Toutefois, au cours du quatrième ou cinquième set, alors que Paladine s'apprêtait à subir une lourde défaite, le courant s'inversa. Les muscles endoloris du concierge s'étaient détendus et répondaient maintenant de manière plus agressive aux sollicitations du maître d'hôtel. Il est vrai que Strybch accusait au moins vingt kilos et une dizaine d'années de plus que son adversaire. Lentement, mais inexorablement, son énergie s'était consumée. Ses grognements avaient perdu de leur puissance. Ses cris de triomphe ressemblaient à des râles essoufflés. A un moment, il perdit l'équilibre et sa lourde carcasse s'effondra sur le plancher.

Alertés par le vacarme, les joueurs qui évoluaient sur les courts voisins se retournèrent et virent Paladine se précipiter vers Strybch pour l'aider à se relever, mais le « Monténégrin fou », le visage cramoisi, le repoussa d'un geste brusque et se releva péniblement.

– Vous voulez continuer la partie, Vuk ? lui demanda Paladine, non sans une certaine moquerie.

– Jouez ! grogna le maître d'hôtel. On continue, mon salaud.

Mais la partie était terminée. Strybch n'avait plus assez d'énergie pour résister. A l'inverse, les coups du concierge semblaient plus violents et meurtriers à chaque remise en jeu.

Sur les douze manches qu'ils disputèrent, les cinq premières furent remportées par Strybch, mais les sept dernières revinrent à Paladine. Alors qu'ils regagnaient les vestiaires, le concierge essaya de plaisanter pour détendre l'atmosphère.

– Allons, ne vous en faites pas, Vuk. Je n'en parlerai à personne à l'hôtel.

Le Monténégrin se retourna brusquement. L'espace d'un instant, Paladine crut qu'il allait le frapper. Ses yeux étaient rougis et des gouttes de sueur jaillissaient de son front luisant.

– Écoutez-moi bien, le Rital. Je peux vous écraser quand je veux. J'ai joué pendant une heure avant que vous arriviez ; j'étais fatigué, voilà tout. C'est pour ça que j'étais moins bon que d'habitude. On remettra ça quand on sera frais tous les deux, et on verra bien qui écrase l'autre la prochaine fois.

Simples fanfaronnades d'après match entre deux vieux amis, adversaires sur le terrain de squash. La fureur et l'humiliation avaient entraîné Strybch au-delà de la raison.

Quand on l'atteignait à un point sensible, le maître d'hôtel réagissait avec l'instinct d'un renard enragé. Une chose aussi bénigne qu'une partie de squash pouvait, à cause d'une seule parole malencontreuse, dégénérer en situation dangereuse. A la suite de cette brève altercation, le concierge décida qu'il n'y aurait pas de prochain match.

Avant qu'ils se séparent dans les vestiaires pour aller vaquer à leurs occupations respectives, Strybch fit pivoter sa lourde carcasse et foudroya Paladine du regard.

– Alors, dit-il, c'est vrai ce que j'entends au sujet du vieux Gobbo ?

– Je ne sais pas, lui répondit Paladine, surpris par cette question inattendue. Ça dépend de ce que vous avez entendu dire.

– Une histoire de petits garçons. Je l'ai appris par une des femmes de chambre. Il faisait régulièrement venir des gamins dans sa suite. Est-ce qu'il y en avait un avec lui le soir où on l'a retrouvé en train de se balancer à une poutre dans la cave ? Quel vieux porc !

Ce fut moins ce que disait Strybch qui provoqua une

décharge électrique dans le dos du concierge que le rictus narquois et plein de sous-entendus avec lequel il avait prononcé ces paroles, de l'air de dire : « Je sais tout de vous, monsieur le concierge. Je sais tout depuis longtemps. Ne l'oubliez pas. »

Longtemps après, les propos de Strybch continuèrent de résonner dans les oreilles de Paladine, comme une menace.

En franchissant la grosse porte à tambour du hall de l'hôtel, Paladine tomba sur Annabelle Daschiel et le petit Frank Junior qui s'apprêtaient à sortir. Elle portait encore ses lunettes noires, il le remarqua, mais l'hématome violacé qu'il avait entrevu la veille sous son œil avait disparu, ou peut-être, se dit-il, l'avait-elle simplement dissimulé sous du fond de teint. Contrairement à leur rencontre précédente où elle s'était montrée fuyante, répondant à peine à son bonjour, Annabelle paraissait d'humeur plus causante.

– Frankie et moi allons au zoo, déclara-t-elle. N'est-ce pas, Frankie ?

Elle tira l'enfant par la main pour lui soutirer une réponse ; elle aurait voulu qu'il dise quelque chose de drôle, comme un enfant de sept ans, mais le gamin se contenta de répondre par un grognement maussade. Fille d'un magistrat du Sud qui jouissait de solides relations politiques, Annabelle avait grandi dans une grande famille pleine d'entrain, parmi des frères et des sœurs affectueux, et n'était guère habituée à la froideur un peu mélancolique des Daschiel. Surtout, elle souffrait de voir la morosité et l'apathie de son fils.

Paladine et elle échangèrent quelques plaisanteries, puis, au moment où ils allaient se séparer, Annabelle redevint sérieuse. Venant se placer entre le concierge et le jeune garçon, elle murmura quelques mots, mais si faiblement que le concierge ne put tous les saisir. Grosso modo, il s'agissait d'une question dans le genre : « Dites-moi, Gerio. sauriez-vous par hasard où est allé Bobbie ? »

– Non, répondit-il. Il s'est absenté ?

– Ce matin. De très bonne heure.

Elle avait dit cela à mi-voix pour que son fils n'entende pas. Son haleine sentait légèrement le vin.

– Quand je me suis réveillée, reprit-elle, son lit était vide. Il était déjà parti. Je pensais que vous étiez peut-être au courant.

– Non. Il ne m'a rien dit.

Paladine avait retrouvé l'air réservé, mais rassurant, avec lequel ses collègues et lui affrontaient quotidiennement les demandes inquiètes et les récriminations des clients.

– Un événement imprévu l'aura peut-être obligé à s'absenter, dit-il. Il n'aura pas voulu vous réveiller.

Elle l'observa d'un air qu'il devina méfiant derrière l'écran de ses lunettes noires.

– Oui, sans doute.

– Je suis sûr que vous aurez bientôt de ses nouvelles.

– Certainement, répondit-elle, nullement convaincue. Merci, Gerio. Allez, viens, Frankie.

La mère et le fils franchirent la lourde porte à tambour.

Il régnait dans le hall de l'hôtel une activité inhabituelle à cette heure de la journée. Les valeureux participants de la convention des représentants de commerce qui venaient d'achever leur copieux déjeuner sortaient de la salle de restaurant dans une ambiance de franche et bruyante camaraderie. Ils allaient bientôt regagner la grande salle de banquet pour y subir des heures et des heures d'exposés ennuyeux.

Paladine fut tout à coup frappé par la vulgarité et le laisser-aller qui régnaient dans le hall. Avec un pincement d'amertume, ses souvenirs le ramenèrent vers une époque plus glorieuse. Dès son entrée dans le métier, simple concierge apprenti, on lui avait toujours enseigné que le hall d'un hôtel constituait le cœur même de l'établissement. Le vieux Daschiel avait l'habitude d'affirmer que le bon état de santé d'un hôtel se jugeait à son hall. Un hall sain, à l'instar d'un cœur sain, possédait un rythme et une énergie propres qui le faisaient battre. En entrant, on percevait immédiatement une sorte de bourdonnement régulier. Si ce bourdonnement était trop fort, ou trop faible, c'était le signe indéniable d'une santé défaillante. Un hall miteux, poussiéreux, trop calme, où les plantes piquaient du nez parce qu'elles manquaient d'eau, où le personnel se montrait nonchalant, désabusé, ou pire encore, invisible, où des personnes traînaient sans qu'on leur demande quoi que ce soit alors que, de toute évidence, elles n'avaient rien à faire là, tout cela disait à coup sûr un établissement mal en point.

Or, certains de ces indices inquiétants commençaient à se remarquer dans le hall du Parker Regency. Comme aux premiers stades d'une maladie insidieuse, la plupart de ces symptômes passaient inaperçus. Mais pour des vétérans à l'œil aiguisé et à la mémoire vive, comme un Paladine qui pouvait se remémorer une époque bénie, le spectacle du hall du Parker Regency était un vrai crève-cœur.

Dans l'esprit du concierge, le hall d'un hôtel de luxe dans une des plus grandes villes du monde constituait un monde en soi. On devait y trouver du mystère et du cachet, des individus en caftan et djellaba, coiffés de turbans et de fez. Des princes, des pachas, des stars de cinéma et des géants de l'industrie, et le sentiment que des événements susceptibles de bouleverser le monde étaient sur le point de se produire. Internationalisme était synonyme de cartels, de consortiums, de grandes limousines noires portant des plaques officielles et garées en double file devant l'hôtel. Quand le pouvoir s'exerçait au bon endroit, et dans des circonstances appropriées, on pouvait presque le toucher du doigt. Il exhalait un parfum fort et musqué, irrésistible.

Mais à cet instant, aux yeux de Paladine du moins, le hall du Parker Regency n'évoquait ni magie ni mystère. Et tandis que le concierge se frayait un chemin au milieu des congressistes, les seules odeurs musquées qu'il percevait étaient celles de la sueur et de l'eau de toilette bon marché. Il prit alors conscience, et cruellement, du temps qui s'enfuit, et son sentiment fut celui d'une perte incommensurable.

26

– Tu devrais envisager sérieusement de te marier, Giuseppe, conseilla Patsy Ricci à son collègue Joe Bates durant un moment d'accalmie derrière le comptoir. Tu ne rajeunis pas, tu sais. Quel âge as-tu ? Vingt-deux ? Vingt-trois ? *Tempus fugit,* mon ami. Le temps et la marée n'attendent pas. Autant que je sache, tu n'as même pas de petite amie.

Depuis quinze jours qu'il était marié, Patsy Ricci avait adopté le ton et les manières d'un homme du monde. Débordant d'autosatisfaction et de suffisance, il abreuvait de conseils son jeune collègue, qui avait tout au plus deux ans de moins que lui.

– Dis-moi un peu, reprit-il avec gravité et compassion, comment fais-tu quand tu as envie d'une femme ?

– J'ai des exutoires, lui renvoya Bates avec une ambiguïté perverse.

– Des exutoires ? répéta Patsy en fronçant les sourcils et imaginant déjà quels pouvaient être ces… exutoires. Entre Camilla et moi, ajouta-t-il, ça se passe de manière naturelle et simple.

– On en reparlera dans quelques mois, dit Bates, les yeux fixés sur le clavier de l'ordinateur, car il essayait de trouver le numéro de téléphone d'un vétérinaire pour la cliente de la chambre 1209 qui voulait faire laver son chien cet après-midi même.

– Des messages ? lança Paladine en tournant le coin du comptoir de marbre gris pour se diriger vers son bureau au fond.

– Mlle Sherman, encore une fois, Maestro. Elle veut que vous la rappeliez. Elle avait l'air contrariée.

Le concierge continua à marcher vers son bureau.

– Rien d'autre ?

– Non, je ne crois pas... Ah, si. Cet inspecteur de police... Comment s'appelle-t-il, déjà ?

Le concierge se retourna.

– Bucket ?

– Voilà, c'est ça, l'inspecteur Bucket. Il vous cherchait.

Paladine revint lentement sur ses pas.

– Quand m'a-t-il demandé ?

Patsy consulta sa montre.

– Vers midi, dirais-je. Il y a plus de deux heures.

– Et que voulait-il ? Il vous l'a dit ?

– Non, Maestro. Il voulait vous parler.

– A-t-il laissé un numéro de téléphone ?

– Non. Il a dit qu'il repasserait vers 3 heures.

Ce fut au tour de Paladine de consulter sa montre.

– *Merde*[1], marmonna-t-il. C'est bientôt. Monsieur Bates, lança-t-il par-dessus son épaule, j'aimerais vous dire un mot. Venez dans mon bureau.

– Je savais que vous étiez capable de vous comporter comme un imbécile, mais j'avoue avoir sous-estimé vos talents dans ce domaine.

Le jeune homme paraissait indifférent à l'agressivité inhabituelle contenue dans la voix du concierge.

– Question stupidité, monsieur Bates, vous battez tous les records.

Bates se tenait devant le bureau du concierge, les mains dans le dos.

– Je vois qu'elle vous a tout raconté, dit-il.

– Ça vous étonne ?

– Pas le moins du monde. Je me demande seulement pourquoi elle a attendu si longtemps.

Les pupilles du concierge étaient énormes derrière les verres teintés de ses lunettes.

1. En français dans le texte.

– Qu'est-ce qui vous a pris, nom d'un chien ?
– Pardon ?
– N'abusez pas de ma patience, Bates. Je suis pressé.
Qu'il l'ait appelé par son nom de famille et ne lui ait même pas dit « monsieur » constituait déjà un mauvais signe en soi.
– Vous savez parfaitement à quoi je fais allusion, ajouta-t-il.
– Ce n'était pas délibéré. Ce type m'a énervé, c'est tout.
– Ah bon ? Mlle Barachevsky m'a pourtant dit que vous sembliez très bien vous entendre, lui et vous.
– Parce qu'elle ne parle pas allemand et ne comprenait pas ce qu'il disait.
– Ce qu'il disait ?
– Sur elle.
– Et que disait-il ?
– C'est sans importance, répondit Bates, visiblement agacé. Ce vieux Boche était insultant et je le lui ai dit.
– Voyons voir si j'ai bien compris. Vous avez dit à un client de cet établissement qu'il était insultant ?
– Pas immédiatement. J'ai d'abord laissé passer beaucoup de choses. Je voulais juste faire mon travail pour aider cette fille et en finir au plus vite. Mais il a continué et, au bout d'un moment, je me suis dit qu'il avait franchi les bornes et j'ai craqué.
– Et vous avez failli faire perdre à cette jeune femme une commande de six mille dollars.
– Il n'y a que ça qui compte pour elle ? L'argent ?
– Elle affirme que vous avez délibérément cherché à saboter son travail. Parce que vous la haïssez.
– Elle se trompe sur toute la ligne. Premièrement, je me contrefous de son commerce. Et deuxièmement, il faut respecter quelqu'un qui vous exaspère au point de provoquer votre haine. Mlle Barachevsky m'est indifférente.
Paladine se renversa dans son fauteuil ; il essayait de déterminer si ce qu'il venait d'entendre était aussi lourd de sens que les paroles non dites.
– Peut-on savoir ce que ce « vieux Boche », comme

vous l'appelez, a dit sur elle pour provoquer votre indignation ?

– Je vous le répète, peu importe ce qu'il a dit. Le problème n'est pas là.

– Vraiment ? insista Paladine en haussant les sourcils. Où est-il, alors ?

– La question est de savoir si vous allez me renvoyez, comme elle vous l'a certainement demandé.

– Non, elle ne me l'a pas demandé, le corrigea Paladine. Elle me l'a plus ou moins ordonné. En outre, elle m'a fait comprendre que si je ne me chargeais pas personnellement de votre renvoi, elle préviendrait ses grand-tantes.

Les doigts de Paladine tambourinaient sur son bureau.

– Parlons franchement, monsieur Bates. Tenez-vous si peu à votre travail ici que vous soyez incapable de faire taire vos grands principes, juste une fois, pour conserver votre poste ?

– Si vous voulez me demander de m'excuser…

– Je vous demande si vous tenez à votre travail.

Tel un homme qui risque un gros coup au poker, Bates jaugea les cartes qu'il avait en main.

– Oui, j'y tiens, admit-il à contrecœur.

– Alors, réfléchissez. Vous possédez maintenant une certaine expérience. Vous pourriez trouver une place ailleurs. Une meilleure place, dans un établissement plus prestigieux sans doute, comme le Carlysle, le Saint Regis, le Pierre…

– Oui, peut-être.

– Peut-être ? La question est : en avez-vous envie ?

– Pas particulièrement.

– Et pourquoi ? Vous êtes intelligent. Plutôt sympathique. Un peu indiscipliné parfois, mais dans l'ensemble vous présentez bien. Les gens d'ici semblent vous apprécier. Avec votre maîtrise des langues étrangères, chose rare chez les jeunes d'aujourd'hui, je suis certain que vous pourriez faire votre chemin. Seriez-vous déjà englué dans la routine ? Ou est-ce un manque d'ambition ?

– Je n'ai pas d'ambitions particulières.

– Lors de notre premier entretien, vous m'avez parlé de

votre désir d'ouvrir un jour votre propre établissement. Là-haut dans les montagnes, avez-vous dit, il me semble.

– J'ai dit ça pour vous impressionner et parce que je ne trouvais rien de plus intelligent.

Paladine se renversa de nouveau dans son fauteuil. Pour la première fois depuis leur rencontre, il s'apercevait qu'il savait finalement peu de chose sur ce jeune homme et il ne le comprenait pas. Il avait tiré certaines conclusions sur lui et maintenant, il se disait qu'il s'était peut-être fourvoyé.

Il lui aurait été facile de renvoyer son nouvel assistant et de s'éviter ainsi une bonne dose de tensions futures. D'un autre côté, cela risquait de ne plus être aussi simple. Les événements survenus dans un passé récent les avaient obligés, Bates et lui, de leur plein gré ou à contrecœur, à former une alliance délicate et qu'il serait extrêmement risqué de briser. Paladine en était bien conscient et savait que Bates ne l'ignorait pas. Ce qui expliquait sans doute ce nouveau ton impertinent avec lequel le jeune homme se permettait désormais de répondre aux questions de son supérieur.

– Dites-moi une chose, monsieur Bates. Vous prétendez que vous aimeriez rester ici avec nous. Vous possédez certaines qualités, mais malheureusement, comme je vous l'ai déjà fait remarquer, vous êtes parfois imprévisible, ce qui, en plusieurs occasions, nous a plongés dans des situations délicates. Donnez-moi une bonne raison de me décarcasser une fois de plus pour sauver votre tête.

Bates plissa le front, comme s'il réfléchissait sérieusement à sa réponse. Quand finalement il s'exprima, il y avait sur son visage un étrange petit sourire que le concierge n'aima guère. Ce n'était pas une marque de suffisance, mais plutôt d'impertinence.

– Il me semble, monsieur Paladine, que nous sommes tous les deux réunis, pour le meilleur et pour le pire, à bord de la même embarcation qui prend l'eau, sur une mer déchaînée. Et deux hommes à la barre ont plus de chances de survivre qu'un seul, si vous voyez ce que je veux dire.

Ce n'était pas la réponse qu'attendait Paladine, et son côté effronté, provocateur, le mit hors de lui.

– Si vous me répétiez ce qu'a dit Herr Stossel, demanda-t-il pour changer de sujet. Vous a-t-il insulté ?
– Non, il ne m'a pas insulté.
– Alors, qu'a-t-il dit au juste ? Mlle Barachevsky prétend qu'il était question de l'holocauste.
– Vous voulez vraiment le savoir ?
– Il est capital, pour vous et pour moi, que je le sache.
Bates semblait embarrassé ; il jeta plusieurs regards à droite et à gauche, comme s'il cherchait un moyen de s'enfuir.
– Il l'a insultée, lâcha-t-il finalement.
– Qui a-t-il insulté ? Mlle Barachevsky ?
– Sans qu'elle le sache. Il l'a fait en allemand, pendant que nous parlions tous les deux. Il m'a demandé où j'avais appris à parler si bien sa langue. A l'école, lui ai-je répondu. Je lui ai également expliqué que ma mère était allemande et que nous utilisions très souvent cette langue à la maison. C'est à partir de ce moment-là que les choses ont dégénéré.
– Qu'a-t-il dit exactement ?
– Il parlait d'elle en disant « la youpine ». *Die Judin.* Chaque fois. Et puis, c'est devenu « cette idiote de youpine ». *Dumme Judin.*
Le concierge plissa les paupières d'un air sceptique.
Maintenant qu'il avait commencé, Bates poursuivit sur sa lancée :
– Il m'a dit des choses du genre : « Je suis content que vous soyez là, mon vieux. Je ne voulais pas avoir affaire à cette youpine demeurée. » Sale youpine par-ci, sale youpine par-là. C'était dégueulasse, mais j'ai laissé passer plusieurs fois. Puis ça n'a fait qu'empirer et j'ai craqué. Tout d'un coup, j'ai vu rouge et je n'ai pas pu me retenir. Apparemment, il croyait que j'appréciais son discours. Il se disait sans doute qu'étant à moitié allemand, j'étais comme eux. C'est à ce moment-là que j'ai estimé qu'il m'avait insulté et que la dispute a éclaté. Mlle Barachevsky a tenté d'intervenir, mais c'était trop tard, je l'avais déjà traité de tous les noms.
La stupéfaction de Paladine augmenta si fort qu'il renonça à froncer les sourcils.

– A-t-il dit autre chose ?

– Il est resté dans le même registre. Inutile de répéter ses paroles. Il s'adressait à moi comme s'il plaisantait avec son meilleur ami aux dépens de cette « youpine demeurée ». Si ce sale boche avait eu trente ans de moins, je l'aurais réduit en bouillie.

Les coudes posés sur son bureau, le concierge se pencha en avant.

– Pourtant, vous n'êtes pas juif, que je sache ?

– Je ne suis rien de tout, mais quel est le rapport ?

– Pourquoi avez-vous réagi de manière si viscérale ?

Cette fois, c'était le jeune homme qui paraissait stupéfait.

– N'auriez-vous pas réagi de la même façon ? demanda-t-il comme si, véritablement, il ne pouvait imaginer une autre attitude que la sienne.

– Tout d'abord, je ne suis pas juif, répondit Paladine. Ensuite, aussi grossier et stupide que soit cet homme, c'est un client de l'hôtel.

– Vous l'auriez laissé continuer à dire des horreurs pareilles ? demanda Bates, abasourdi.

– Mon métier ne consiste pas à corriger les mauvaises manières des clients, que j'approuve ou pas leur conduite. Je ne suis qu'un employé ici, comme vous, je me permets de vous le rappeler.

– Je me contrefous qu'il s'agisse d'un client de l'hôtel. Pour moi, c'est un boche grossier et obscène.

– Vous l'appelez le boche. Ce terme est aussi injurieux que le mot youpine, non ?

– Non, répliqua Bates. Ce sale type est un boche. Pas un Allemand. Croyez-moi. La famille de ma mère était allemande ; ils ne parlaient pas de cette façon.

Paladine accepta la distinction.

– Avez-vous expliqué à Mlle Barachevsky la raison de votre dispute avec Herr Stossel ?

– Non. Pour quoi faire ?

Paladine poussa un soupir et secoua la tête d'un air las.

– Je ne vous comprends pas, monsieur Bates. Je ne sais pas quoi faire de vous, je l'avoue. Si vous lui aviez répété les paroles de cet Allemand, nous n'aurions pas cette discussion actuellement. Et votre situation serait assurément très différente.

– Je me fiche pas mal de ma situation. Je refuse de tolérer ce genre de discours, de qui que ce soit. Qu'il s'agisse des Juifs, des musulmans, des Hottentots, ou de n'importe qui d'autre. Ça me donne envie de vomir.

– C'est injurieux, je le reconnais, dit Paladine d'un ton apaisant. Mais je ne comprends pas pourquoi vous n'avez pas répété à Mlle Barachevsky les paroles de ce vieil imbécile.

– J'aurais donné l'impression de chercher à lui soutirer une faveur et je ne le veux surtout pas.

– Pourtant, elle changerait d'attitude envers vous.

– Je me fous pas mal de son attitude envers moi, répliqua sèchement Bates. J'aimerais que vous le compreniez.

Paladine s'apprêtait à répondre lorsqu'on frappa à la porte du bureau et Patsy Ricci glissa la tête par l'entrebâillement.

– L'inspecteur est arrivé, Maestro. Il veut vous voir.

– Où est-il ?

– A l'accueil.

– Dites-lui de venir, je vais le recevoir immédiatement.

Paladine reporta son attention sur le jeune homme qui se tenait devant son bureau.

– Au sujet de notre affaire, tout est réglé ? demanda-t-il en baissant la voix.

Bates prit l'air étonné.

– Quelle affaire ?

D'un mouvement de tête, le concierge désigna la porte, derrière laquelle on entendait approcher le pas lourd de l'inspecteur.

– Ah ! dit Bates qui venait de comprendre. Je crois que ça ne sera jamais réglé, comme vous dites. Pour moi, en tout cas.

Sur ce, il tourna les talons et s'en alla. Au moment même où il ouvrait la porte du bureau, la silhouette miteuse et ébouriffée de l'inspecteur Bucket se dressa dans l'encadrement, imposante, massive. Les deux hommes se saluèrent d'un hochement de tête tandis que l'inspecteur exécutait un pas de danse comique, mais étonnamment gracieux, pour laisser passer Bates.

Pendant ce temps, le concierge griffonnait une note personnelle, accompagnée d'un astérisque rouge, pour ne pas oublier d'appeler les sœurs Barachevsky à Palm Beach dès le soir même.

27

– « Vous ne méritez aucune pitié. » Qu'est-ce que vous en pensez, inspecteur ?

– Je n'en sais rien. Ça pourrait être n'importe quoi, n'importe qui. Un cinglé qui prend son pied en proférant des menaces par téléphone. Ou quelqu'un qui vous connaît. Un employé furieux. L'hôtel a renvoyé quelqu'un dernièrement ?

– Non, pas que je sache. Du moins, pas dans mon secteur. Mais il y a énormément de mouvement ici. Les gens vont et viennent.

– Je parle de personnes quittant l'hôtel dans des circonstances particulièrement pénibles.

– Ce sont des choses qui arrivent, évidemment, reconnut le concierge. Mais je ne me souviens pas d'un tel incident dernièrement. En outre, s'il s'était agi d'un employé, j'aurais reconnu sa voix. Mais maintenant que vous en parlez, c'est curieux, je me dis que sa voix avait quelque chose de particulier.

Paladine capta un effluve âcre provenant du cigare éteint qui roulait sans cesse entre les lèvres humides de l'inspecteur.

– De particulier, dites-vous ? Un signe distinctif ? Un accent ? Une inflexion ? Une voix d'Hispanique ? De Noir ?

Paladine réfléchit.

– Oui, il y avait une sorte d'accent. Mais impossible de déterminer lequel. Ce n'était pas un accent étranger, ni inhabituel. Régional peut-être. La voix était aiguë, avec un zézaiement. Au début, j'ai cru que c'était une femme.

Bucket haussa les sourcils.

– Et maintenant, vous pensez plutôt que c'était un homme ?

– Oui. Sans aucun doute.

L'inspecteur griffonna quelque chose dans son carnet.

– Et cette histoire de chose qui lui appartenait. Il n'a pas été plus précis ?

– Non. Il a juste dit que personne ne pouvait abîmer ce qui était à lui.

– Ce genre d'incident s'est-il déjà produit ?

– Vous parlez du coup de téléphone ? Non. Ou alors, je ne m'en souviens pas.

Bucket demeura songeur un instant. Le cigare éteint qui roulait entre ses lèvres s'immobilisa tout à coup ; ses yeux se levèrent vers le plafond.

– Le comte Gobbo vous parlait-il de son travail ?

– Très vaguement. Pourquoi ?

– Simple curiosité. Je pensais à ses relations avec les gens, ses collègues du consulat, par exemple.

Paladine secoua lentement la tête.

– Il ne me parlait pas de son travail. Nous évoquions l'Italie. Notre pays natal. Nos amis communs. Mais pourquoi cette question ?

– Cet homme était le numéro deux du consulat. C'est une position élevée. Sans doute était-il au courant de secrets d'État, d'affaires touchant à la sécurité de son pays et qui, en cas de fuite, risquaient d'embarrasser des gens haut placés.

– Oh, je vois ce que vous voulez dire. En tout cas, s'il connaissait de tels secrets, il ne me les a jamais fait partager.

– Pourquoi vous ne m'avez pas parlé de ce coup de téléphone plus tôt ?

– Eh bien… Franchement, je n'y ai pas attaché beaucoup d'importance sur le moment… Et ensuite, ça m'est sorti de la tête.

– Et ça vous est revenu, dit Bucket en refermant son carnet. A votre place, je n'y penserais plus. On a sans doute affaire à un cinglé.

– Oui, sans doute, lui concéda le concierge sans enthousiasme.

L'inspecteur soupira et croisa les bras, absorbé par ses pensées. Finalement, il reprit la parole, comme s'il avait longuement discuté avec lui-même pour décider s'il devait aborder le sujet suivant.

– Pour être tout à fait honnête, monsieur Paladine, j'ai un petit problème. J'ai le sentiment que les gens d'ici ne sont pas tout à fait… francs avec moi, et je me sens frustré. Or, quand je suis frustré, je deviens irritable et désagréable avec ma femme, mes gosses et mes collègues et personne n'apprécie, ni eux ni moi.

Bucket réprima un renvoi et se massa le centre de la poitrine pour soulager la douleur qui lui rongeait l'œsophage.

– De plus, ajouta-t-il, le bureau du maire exerce une forte pression sur la police pour qu'elle résolve au plus vite cette affaire. Le gouvernement italien a même proposé de nous envoyer quelques-uns de leurs hommes si nous n'étions pas capables de faire le travail nous-mêmes. Vous vous rendez compte ? La *polizia ?* Pourquoi pas les Marx Brothers ! Vous comprenez bien la situation, monsieur Paladine. Ce n'est pas tous les jours qu'un diplomate de haut rang se fait buter dans cette ville. C'est mauvais pour le tourisme. C'est mauvais pour la police. Et par conséquent, c'est très mauvais pour moi.

Les narines de Paladine tressaillirent sous l'odeur âcre de tabac froid.

– Je me fais trop vieux pour ce métier, reprit Bucket. Les journées sont trop longues et mes pieds me font souffrir.

Sur ce, il se lança dans une triste complainte motivée par le manque de coopération du personnel de l'hôtel.

– J'ai interrogé une dizaine, voire une douzaine de vos collègues. Angelo, le portier ; le responsable des chasseurs, le dénommé Illiescu, les employés de la réception, et aussi le directeur, M. Machinchose…

Bucket feuilleta son carnet pour retrouver le nom.

– Pargiter, dit le concierge.

– Oui, M. Pargiter. J'ai également parlé avec le maître d'hôtel du restaurant. Stryb…

Bucket buta sur la prononciation.

– Strybch, dit Paladine pour venir en aide au policier.

Ce dernier émit un petit sifflement.

– Strybch. Vous parlez d'un nom ! Comment voulez-vous prononcer un truc pareil ?

Paladine sentait qu'il y avait quelque chose de faux dans cette prétendue confusion bon enfant de l'inspecteur ; cela ressemblait à un numéro longuement répété et souvent interprété depuis des années, avec succès. Formant une pyramide avec ses doigts, le concierge se renversa au fond de son fauteuil pour assister à la suite de la comédie.

– Cela dit, ce sont tous des gens charmants, reprit Bucket. Ne vous méprenez pas, surtout. Eh bien, tous ces braves gens m'ont confirmé, comme vous me l'aviez dit vous-même, qu'un jeune garçon rendait souvent visite au comte. Hélas, on dirait que personne ne sait qui est cet enfant. Quelqu'un me dit que c'est son petit-fils ; quelqu'un d'autre me dit que c'est son neveu. Les uns décrivent l'enfant comme petit et frêle, dans les sept ou huit ans. Entre dix et douze, affirment les autres. En tout cas, je trouve que c'est un peu jeune pour le neveu d'un vieux bonhomme de soixante-dix ans. Certains employés avouent ignorer qui est cet enfant, mais étant donné qu'il venait régulièrement voir le comte, ils en ont conclu que c'était un parent. Parfait. Je suis prêt à accepter toutes ces versions. Pour l'instant, je veux juste retrouver ce gamin.

Le concierge resta muet ; il attendait.

– Vous dites que le comte Gobbo était votre parrain ?

– Exact.

– Et pourtant, vous-même vous ne savez pas qui est cet enfant ?

– Je vous ai dit que je pensais qu'il s'agissait de son petit-fils.

Bucket feuilleta à l'envers plusieurs pages de son carnet pour relire, à travers ses épaisses lunettes, quelque chose qu'il avait noté plusieurs jours plus tôt.

– Parfaitement exact. C'est ce que vous m'avez dit. Vous pensiez que c'était son petit-fils, et c'est ça qui me tracasse.

– Si je ne m'abuse, dit Paladine, le comte Gobbo l'a

présenté à plusieurs personnes d'ici comme son petit-fils.

– Exact. Plusieurs de vos collègues me l'ont confirmé. Et à vous ? Le comte vous disait-il que cet enfant était son petit-fils ?

– Non.

– Ah, vous voyez ! Cette histoire de petit-fils n'était peut-être qu'une couverture.

– Une couverture ? répéta le concierge, l'air stupéfait. Une couverture pour quoi ?

Un petit rictus sceptique retroussa les lèvres de l'inspecteur.

– Puisque ce vieil homme était votre parrain, monsieur Paladine, on ne peut pas dire que vous étiez de simples connaissances.

– Je ne faisais pas pour autant partie de la famille, lui renvoya le concierge avec un sourire. Comprenez bien une chose : les Gobbo et les Paladine étaient séparés par des années-lumière sur l'échelle sociale. Et même si l'Italie est une république démocratique depuis presque deux siècles, la noblesse n'a pas pour habitude de fraterniser avec la classe ouvrière. Si le *signore* Gobbo est devenu mon parrain, c'est uniquement en raison de l'affection qu'il vouait à mon père, lui-même concierge d'hôtel et qui, un jour, lui avait sauvé la vie. Sans doute estimait-il être redevable à mon père. Mais si vous pensez que M. Gobbo parlait avec moi des affaires de famille intimes simplement parce que j'étais son filleul, détrompez-vous. On parlait beaucoup, en effet. Mais toujours de manière très superficielle.

La chaise craqua sous le poids de l'inspecteur lorsque celui-ci se pencha en avant. Son imperméable froissé renforçait l'impression d'un homme obèse qui avait grand besoin d'un bain chaud et d'un bon lit.

– Un petit-fils n'est pas à proprement parler une affaire de famille intime, n'est-ce pas, monsieur Paladine ? (Bucket rit de bon cœur.) Je sais par expérience que les grands-parents ne cessent de parler de leurs petits-enfants. Surtout quand il s'agit d'un petit-fils. Mon grand-père, par exemple, se promène avec un portefeuille rempli de photos de ses petits-fils. Quand les gens le voient arriver, ils s'enfuient en courant.

Sa bonne humeur ayant brusquement disparu, l'inspecteur fixa son regard sévère sur Paladine.

– Pardonnez-moi, monsieur le concierge, mais j'ai un peu de mal à croire que le vieil homme ne vous ait jamais parlé de cet enfant.

– Oh, peut-être l'a-t-il évoqué de temps à autre. Je ne le nie pas, mais de toute évidence ce n'était pas un grand sujet de conversation entre nous, étant donné que je ne me souviens pas de ce qu'il a pu m'en dire.

– Il ne vous a jamais dit, même en passant, au gré d'une conversation, s'il s'agissait de son petit-fils ou de son neveu, ou autre ?

– Pour la plupart d'entre nous, c'était son petit-fils. Du moins, c'était l'impression qu'il donnait. Je vous le répète, c'est ce que le comte avait dit à plusieurs personnes.

– Mais jamais à vous, son filleul ?

– Peut-être me l'a-t-il dit, répondit Paladine en levant les mains au ciel. Je ne sais plus !

– S'il s'agissait effectivement de son petit-fils, comme vous le dites, et si cet enfant venait le voir régulièrement, on peut logiquement penser qu'il avait de la famille à New York. Le comte ne vous a jamais parlé d'un fils ou d'une fille habitant ici ?

Paladine se sentait acculé. Il cherchait désespérément une réponse habile.

– Tous les membres de la famille Gobbo que je connais vivent en Italie. S'il avait un fils ou une fille en Amérique, je ne me souviens pas qu'il m'en ait parlé. Pourquoi ne pas vous renseigner auprès du consulat ? Ils le sauront certainement.

– Nous l'avons fait. A leur connaissance, le vieil homme n'avait aucune famille dans les environs.

Arrivés à une impasse, les deux hommes demeurèrent assis l'un en face de l'autre dans la pénombre grandissante du bureau. Paladine sentit un froid soudain dans la pièce, sans savoir si celui-ci était dû à une baisse réelle de la température ou à la rapide disparition de l'ambiance cordiale.

– D'après ce que vous me dites, le consulat et vous, reprit l'inspecteur Bucket, j'en suis amené à conclure que cet enfant qui venait ici de temps à autre n'avait aucun lien de famille avec le vieil homme.

Comme le concierge ne s'opposait pas à son raisonnement, Bucket enchaîna.

– Dès lors, une question se pose, monsieur Paladine : qui était ce mystérieux enfant, et s'il ne s'agissait pas d'un petit-fils ou d'un parent quelconque, pourquoi venait-il voir le comte, et qu'est-il devenu ?

Le concierge haussa les épaules.

– Je n'ai pas de réponse à ces questions.

– Apparemment, un enfant est venu rendre visite au comte le week-end où il est mort. Qui que ce soit, un tas de gens l'ont vu.

Cette fois, le concierge demeura muet et figé. Bucket poursuivit :

– Un concierge digne de ce nom, dans un établissement de première catégorie comme celui-ci, se doit d'avoir des yeux dans le dos, paraît-il. J'ai le sentiment que vous savez sur cet enfant quelque chose que vous ne me dites pas. Et, bien sûr, cela m'amène à me poser un tas de questions. Qui cherche-t-il à protéger ? me demandé-je. Quelqu'un du personnel ? Ou bien lui-même ?

Ayant poussé ses spéculations jusqu'au bord de l'abîme, l'inspecteur s'empressa de faire marche arrière en partant d'un éclat de dire.

– Je plaisante, monsieur Paladine. Vous n'êtes pas suspect, bien entendu. Mais vous comprenez la frustration que j'éprouve.

En dépit de son apparente jovialité, Bucket continuait d'observer le concierge de très près pour juger de l'effet produit par ses dernières paroles. S'il y en eut un, les signes extérieurs en furent à peine perceptibles ; le visage de Paladine demeura inchangé. Peut-être laissa-t-il percer un léger étonnement, voire un soupçon de compassion envers l'inspecteur.

– Je me méfie de votre adjoint, reprit Bucket sans se décourager.

– Bates ?

– Oui. De tous les gens que j'ai interrogés ici, il est le seul à m'avoir répondu qu'il ne savait pas qu'un jeune enfant rendait régulièrement visite au comte.

– C'est peut-être vrai. Bates est le dernier arrivé parmi nous. Ça fait moins d'un an qu'il travaille ici. Et c'est un grand hôtel. Un tas de gens vont et viennent en permanence.

D'un geste brusque, Bucket arracha le cigare froid de sa bouche.

– Accordez-moi un peu plus de crédit, monsieur Paladine, je vous en prie. Même si le jeune Bates travaille ici depuis moins d'un an, vous voudriez me faire croire que pas une fois il n'a vu le vieil homme en compagnie de l'enfant ?

Sans attendre la réponse du concierge, l'inspecteur poursuivit sur sa lancée, comme s'il craignait de perdre le fil de sa pensée.

– D'ailleurs, que savez-vous du jeune Bates ?

– Ce que je sais ?

– Eh bien, oui. C'est vous qui l'avez engagé. Il travaille ici depuis plusieurs mois, vous avez eu le temps de vous former une opinion.

Paladine soupira et se renversa dans son siège.

– C'est un jeune homme plutôt sympathique. Poli. Digne de confiance. Peut-être un peu trop impulsif. Mais nous n'avons jamais eu aucun problème avec lui.

– Quand vous l'avez engagé, avez-vous enquêté sur ses antécédents ? Avait-il des certificats de ses précédents employeurs ?

– Il sortait de l'école ; il n'avait encore jamais travaillé.

– Savez-vous qu'il avait un casier ?

Ce terme parut dérouter Paladine.

– Un casier judiciaire, précisa Bucket avec un certain agacement. Oh, rien de très sérieux, je vous rassure. Rien de terrible. Mais il a quand même un casier. En juin 92, il a fait trente jours de prison pour attaque à main armée. Et en 95, il a purgé une peine de deux mois dans un centre de détention surveillée pour cambriolage.

Paladine se sentit pris de vertige.

– Cambriolage ? Je n'arrive pas à y croire !

– Je peux vous montrer un double du casier, si vous voulez voir par vous-même.

Le policier sortit de sa poche intérieure une feuille de papier pliée en quatre et la lança sur le bureau où elle glissa avant de s'arrêter devant le concierge.

– Apparemment, ajouta-t-il, Bates militait activement dans des groupes politiques à l'université. Ses inculpations pour agression et vol avec effraction sont d'ailleurs liées à ses activités politiques. Avec deux camarades, ils se sont introduits dans les bureaux des services du shérif de Bloomington afin d'y dérober des dossiers concernant prétendument les agissements du groupe. L'un d'eux a été pris et a dénoncé les autres. Comme Bates était sur le point de décrocher son diplôme, le juge a opté pour la clémence en ne le condamnant qu'à soixante jours de prison. La condamnation pour agression est liée à une manifestation organisée sur le campus. En fait, il s'agissait ni plus ni moins que d'une bagarre aux poings, mais l'autre type a fini à l'hôpital. Par-dessus le marché, il se trouve que Bates était en possession d'une arme non déclarée au moment des faits. L'honnêteté oblige à reconnaître qu'il ne s'en est pas servi, mais le juge l'a quand même inculpé d'agression à main armée et envoyé au trou pour un mois.

Le masque impassible du concierge masquait la tempête qui faisait rage dans sa tête.

– J'ai eu une petite conversation avec le shérif de l'Indiana il y a quelques jours, reprit Bucket. Il se souvient très bien de Bates. D'après lui, c'était un jeune gars intelligent et vif, doté d'un sale caractère. Un élément incontrôlable. Apparemment, toute la famille est un peu bizarre.

– La famille de Bates ?

– Oui. Ce sont des originaux. Pas vraiment des criminels au sens propre. Des gens respectables, mais complètement en marge ; ils ne se mêlent pas aux autres.

La voix nasillarde de Bucket parvenait au concierge à travers des distances infinies. Il entendait tout ce que disait l'inspecteur, alors même que son esprit en pleine effervescence imaginait déjà les conséquences, toutes désagréables, qui pourraient découler de cette nouvelle révélation. Assis derrière son bureau, face au détective, il avait l'impression que le sol se dérobait sous lui.

– Oh, au fait, ajouta Bucket en se levant pour s'en aller. Au dix-huitième étage il y a un monte-plats.

– Oui, et alors ? demanda Paladine qui se préparait à apprendre de mauvaises nouvelles supplémentaires.

– On y a aussi retrouvé quelques gouttes de sang séché. Étant donné que ce monte-plats sert à transporter chaque jour de la nourriture provenant des cuisines, les gars du labo ont tout d'abord pensé que c'était du jus de viande qui avait coulé d'une assiette. Ils ont quand même prélevé des échantillons, et il s'est avéré que ce n'était pas du sang animal, mais humain. Et vous savez quoi ?

Paladine aurait préféré ne pas le savoir.

– Ce sang appartient au groupe OH+. Exactement comme celui que nous avons relevé sur le tapis dans la chambre de Gobbo. Alors, que pensez-vous de ça ?

– Je ne sais pas quoi en penser, répondit Paladine, la bouche sèche comme du sable.

– J'ai mesuré le plateau à l'intérieur du monte-plats, reprit Bucket, les yeux fixés sur les chiffres qu'il avait jetés dans son carnet : cent vingt centimètres par quatre-vingt-dix. Trop petit pour un adulte. Mais pour un gamin de sept ou huit ans, pesant vingt-cinq ou trente kilos, c'est la taille idéale, dirais-je.

Les yeux du policier pétillaient lorsqu'il releva la tête et ferma son carnet.

Après le départ de l'inspecteur, Paladine resta assis un long moment à son bureau. Depuis qu'il avait fait sa connaissance, cette nuit-là dans les caves de l'hôtel, avec le corps raidi du vieux Gobbo qui se balançait entre eux, le concierge nourrissait à l'égard de Bucket une sorte de méfiance instinctive, le sentiment que l'apparence ne correspondait pas à la réalité. Il se méfiait de son côté débonnaire et rassurant : « C'est une affaire classée », « simple routine », « pas de mystère », « c'est un suicide, j'en ai vu des centaines ».

Même l'aspect négligé de l'inspecteur était calculé ; il s'agissait en réalité d'un déguisement astucieux, destiné à lui donner l'allure d'un simple fonctionnaire peu éveillé qui pointait chaque matin et attendait ensuite que les heures passent en évitant toutes les complications potentielles jusqu'à ce qu'il soit à la retraite.

Paladine s'était méfié de l'inspecteur Bucket dès le début. Au cours de leurs rencontres ultérieures, cette méfiance n'avait fait que croître. Toutefois, jusqu'à aujourd'hui, Paladine avait réussi à maîtriser la sensation angoissante d'un danger imminent. Durant les trois semaines qui avaient suivi la mort de Gobbo, Bucket avait fait preuve d'une étonnante discrétion. Son manque apparent d'initiative, son absence remarquée et prolongée du lieu de l'enquête avaient peut-être fait naître chez le concierge un sentiment de sécurité trompeur. Mais depuis cette dernière entrevue avec le lieutenant Bucket, ce sentiment de sécurité avait volé en éclats. Sans parler de cette nouvelle révélation concernant Bates. Qu'en penser ? se demandait-il. Paladine découvrait soudain que l'inspecteur n'était pas resté inactif ; bien au contraire, il avait tourné pendant plusieurs semaines autour des lieux du crime, tel un rapace affamé, pour repérer sa proie et se préparer à frapper.

A l'accueil de la conciergerie, Patsy Ricci était assailli de coups de téléphone. Par-dessus le marché, une foule de clients faisaient la queue devant le comptoir. Il parut soulagé de voir arriver le « Maestro ». Sans raccrocher le téléphone, Patsy désigna d'un mouvement de tête la longue liste de messages qui réclamaient l'attention immédiate de Paladine.

En tête figurait Mlle Sherman. Patsy avait d'ailleurs souligné son nom au stylo rouge pour indiquer le côté urgent de l'affaire. Le concierge hocha la tête et parcourut du regard les autres messages, aucun ne lui paraissant d'une importance capitale. Toujours perturbé par son entretien avec l'inspecteur, sans que cela soit visible, il reporta son attention sur la file de clients impatients.

Durant l'heure suivante, il loua des places au Madison Square Garden pour le match de hockey sur glace du soir, réserva des tables dans une demi-douzaine de restaurants à la mode et des billets d'avion pour Bruxelles et Tokyo. Il se plongea de tout cœur dans son travail, ravi de pouvoir s'occuper de ces tâches triviales qui lui permettaient d'oublier temporairement les derniers événements et faisaient passer le temps.

Derrière le comptoir régnait désormais une grande activité. Bates avait regagné sa place et, à eux trois, ils travaillèrent sans relâche jusqu'à l'heure du dîner. Levant la tête, Paladine s'étonna de constater que le hall s'était vidé. Il était 20 heures et les clients avaient émigré vers les théâtres, les cinémas, les restaurants et autres lieux de réjouissances.

Patsy avait fini son service, mais Bates était toujours à son poste. Pendu au téléphone, il s'occupait de plusieurs demandes et requêtes simultanément. Paladine avait la nuque raide et douloureuse. Il était épuisé, mais trop énervé pour se reposer. Ce qu'il lui fallait, se disait-il, c'était un endroit calme pour s'isoler quelques instants. Au moment où il sortait de derrière le comptoir, Bates raccrocha le téléphone et le héla.

– Monsieur Paladine ! Mlle Sherman a encore appelé. Elle a dit qu'elle devait absolument vous parler.

– Dites-lui que je me suis absenté pour la soirée. Une affaire urgente.

Les deux hommes se dévisagèrent ; leurs regards étaient remplis de questions et de reproches inavoués. Malgré tout, le concierge s'interdit de poser à Bates la moindre question concernant sa dernière entrevue avec l'inspecteur. Cela pouvait attendre le lendemain matin, se dit-il.

28

– Où en étions-nous ?

– Voyons voir…

Sophie Nierenberg fit glisser ses lunettes sur le bout de son nez et consulta, en regardant par-dessus les verres, les feuilles volantes couvertes de notes manuscrites étalées sur ses genoux.

– Ah ! J'y suis. Vous vous apprêtiez à partir à l'école à Lucerne. Le dernier nom que j'ai noté est celui de Mme Geoffroy.

– Exact. Mme Geoffroy.

Il était un peu plus de 23 heures. Un calme absolu régnait en ce jeudi soir. Bates étant de service à l'accueil, le concierge et le Dr Nierenberg avaient pu discuter plus longtemps que d'habitude, principalement d'une sordide enquête en cours sur la mort d'une riche héritière étranglée avec un bas dans son hôtel particulier de la 5e Avenue.

Ayant épuisé le sujet, le Dr Nierenberg avait réclamé la suite de la « biographie » de Paladine, pour laquelle elle avait déjà amassé plusieurs chapitres de notes.

– Donc, comme je vous le disais…

Paladine se renversa dans son fauteuil en tendant ses jambes devant lui, tel un père résigné et las, accablé de soucis, mais qui s'apprête, malgré tout, à raconter une histoire à son enfant.

– … J'étais sur le quai de la gare, prêt à partir pour la Suisse. Mme Geoffroy pleurait et tenait ma petite main humide et froide. Jusqu'au moment du départ, elle m'a recommandé d'écrire à mon père tous les mardis soir. Si je pouvais lui envoyer une petite lettre à elle aussi, de temps en temps, cela lui ferait plaisir. Je me souviens encore des nuages de vapeur s'échappant du train et du crissement des roues sur les rails de la gare de Lyon. La brave Mme Geoffroy me hissa à bord et me lança ensuite mes bagages. Quelques minutes plus tard, le wagon s'ébranlait et s'éloignait en grinçant en direction de l'est.

« Des années plus tard, lorsque vint pour moi le moment de choisir un métier, il me parut évident que je suivrais la voie de la plupart de mes ancêtres. J'entrerais “dans la conciergerie”, pour reprendre leur expression, comme s'il s'agissait de s'engager dans les ordres ou dans l'armée.

« Mais mon père avait d'autres projets pour moi. Il avait décidé que son fils unique devait choisir une autre profession, plus noble. En ce temps-là, la décision d'un père italien était incontestable et définitive. Impossible de faire appel du jugement et, d'ailleurs, jamais je n'aurais eu l'idée de protester et de me révolter. En dépit d'une longue tradition familiale, le vœu le plus cher de mon père était que son fils ne soit pas condamné à suivre les traces de ses ancêtres. Non pas qu'il ait honte du travail de ces braves gens. Simplement, il estimait que son fils, son unique héritier, devait avoir la possibilité de faire mieux. Il avait travaillé toute sa vie dans ce but ; il voulait qu'un monde nouveau s'ouvre devant moi, un monde qu'il n'avait pas pu connaître. Jamais il ne songea qu'en choisissant ce monde à ma place, il me condamnait à une autre forme d'emprisonnement.

« Mon père ne voulait pas que je mène l'existence de nomade, déracinée, qui était celle des employés de l'hôtellerie, toujours obligés de voyager ici et là comme des gitans, de ville en ville, partout où conduit le métier.

« Mais surtout, il ne voulait pas que je passe ma vie constamment aux ordres d'inconnus qu'il fallait dorloter. Dépendre de la générosité des nantis, me répétait-il, était une activité trop aléatoire, pour ne pas dire dégradante parfois. En toute honnêteté, je dois dire que ce métier s'était montré plutôt généreux avec lui, au point de lui permettre d'envoyer son fils à l'Université pour que celui-ci puisse, à son tour, faire partie des nantis que l'on dorlotait. Oh, je sais bien ce que vous pensez, docteur. Je le lis sur votre visage.

Paladine adressa un sourire à cette présence maternelle assise en face de lui dans le fauteuil roulant, une couverture en lainage étendue sur les genoux pour protéger ses jambes paralysées des rafales de vent de la fin septembre qui secouaient les grandes portes-fenêtres de la terrasse.

– Le vieil homme était un peu naïf, pensez-vous.

– Peu importe ce que je pense, Paladine. Continuez.

– Naïf, peut-être. Mais cela partait d'une bonne intention.

– J'ai connu des dizaines de patients qui étaient les tristes résultats de parents bien intentionnés.

– C'est typique du raisonnement simpliste et systématique des gens de votre profession, docteur.

– Oh oh, fit-elle en rejetant la tête en arrière et en riant, j'ignorais que vous aviez autant fréquenté les gens de ma profession.

– Suffisamment pour savoir garder mes distances si j'espérais conserver ma santé mentale. Bref, aux yeux de mon père, la profession la plus digne de son fils était celle d'ingénieur. Dans son esprit, construire des routes, des ponts, des fortifications était une activité héroïque. Le travail idéal pour un homme de valeur. Comme je crois vous l'avoir déjà dit, un bon fils italien ne s'oppose pas aux désirs de son père.

– Et vous étiez un bon fils italien, Gerio ?

– Trop bon, j'en ai peur.

– Ah, vous me décevez, dit la psychiatre sur un ton moqueur.

– Et donc, à dix-sept ans, poursuivit Paladine, ignorant ces sarcasmes, j'entrai à l'École polytechnique à Paris pour quatre ans d'études, afin de préparer un diplôme d'ingénieur en mécanique. Eh oui, si c'est ce que vous voulez savoir, j'ai accompli le souhait de mon père. J'ai appris un métier pour lequel je n'étais pas fait.

– Ce n'est pas du tout ce que je voulais vous demander.

– Non, mais vous le pensiez. N'est-ce pas ?

– Peu importe ce que je pensais. Continuez, Paladine.

Le concierge soupira et marqua une pause, le temps de reprendre le fil de ses pensées.

– Alors que j'étais en dernière année à Polytechnique, mon père est mort de manière soudaine ; il s'est éteint paisiblement dans sa chambre à l'hôtel Négresco. A la surprise générale. Il était en excellente santé et m'écrivait régulièrement à Paris. Rien dans ses lettres n'indiquait qu'il avait des ennuis de santé.

« Un appel de la direction de l'hôtel m'informa de son décès. Mon père avait demandé à être enterré à Nice, au sommet d'une colline située derrière le Négresco et qui domine la mer. J'étais en pleine préparation d'examens et je n'ai pas assisté aux funérailles. Je devais me le reprocher éternellement, mais cette nuit-là, j'ai bu et joué aux cartes avec des amis.

Paladine s'interrompit pour avaler une gorgée d'eau, non pas parce qu'il avait soif, mais parce qu'il s'étonnait du besoin qu'il éprouvait de se confier à cette femme.

– Prenez votre temps, Paladine, dit le docteur qui sentait une certaine gêne dans cette hésitation.

– Peu de temps après, reprit le concierge, j'ai reçu un colis à l'école. Il était enveloppé de papier kraft et couvert de timbres et de cachets postaux. C'était une vieille boîte à chapeau ornée d'illustrations du début du siècle. Sur celle-ci était représentée une chasse à courre en forêt de Rambouillet. La boîte renfermait un double du testament de mon père et ses affaires personnelles.

« Le testament désignait son fils, Roger Paladine, et sa sœur aînée, Nanette, qui vivait à Mantoue, comme ses héritiers. Il ne s'agissait pas d'une immense fortune, évidemment, mais l'un et l'autre devions recevoir une coquette somme. Suffisante en tout cas pour me maintenir à flot pendant environ un an et m'offrir, pour quelque temps du moins, un degré d'indépendance que je n'avais jamais connu.

« Outre le testament, la boîte à chapeau renfermait trois ou quatre autres objets, dont la bague en grenat de mon père, qui lui avait été offerte par son père, et que je porte toujours. (Paladine montra son doigt au docteur.) Il y avait également une montre-bracelet Rolex et une paire de boutons de manchette en saphir portant des inscriptions en cyrillique.

– Avez-vous appris ce que signifiaient ces inscriptions ? demanda le Dr Nierenberg.

– Oui, répondit simplement Paladine, sans prendre la peine de donner la réponse.

Au lieu de cela, il s'empressa d'enchaîner, comme s'il avait hâte d'en finir.

– Et enfin, dit-il, enveloppé dans son écharpe en soie préférée, je découvris un album rempli de vieilles photos jaunies qui tombaient en morceaux. J'y reconnus des oncles et des cousins, des vieux amis, des voisins. Tous avaient l'apparence surannée, décolorée, des gens morts depuis longtemps. Il y avait des scènes de pique-niques au bord de la mer ; sur l'une des photos, j'étais monté sur un poney et mon père me promenait sur un chemin de Camargue ; une autre montrait toute la famille attablée à la terrasse d'un café du cap Ferrat. Sur un autre cliché, je me revis à l'âge de quatre ans, en costume marin.

« Il y avait plusieurs photos de mon père et moi, à bord d'un canoë, sur le lac d'Annecy, près de mon école ; nous tenions chacun une rame. Sur une autre, on nous voyait tous les deux installés sur un télésiège à Cortina. Mais ma préférée était, de loin, celle où mon père brandissait fièrement un nouveau-né dans les cuisines du Négresco, pendant que tout le personnel levait des coupes de champagne pour porter un toast en l'honneur du père et du nouveau venu sur cette planète.

– Pas de toast pour la mère ? demanda le docteur.

– Elle n'était pas là.

– Pas là ? Seigneur ! Et où était-elle ?

– J'y viens, docteur. Chaque chose en son temps.

– Comment vous entendiez-vous avec votre père ? En toute franchise.

Le triangle étroit entre les yeux du concierge sembla se contracter.

– Tout le monde adorait mon père.

– Je ne vous parle pas des autres.

– Je l'aimais beaucoup.
– Vous dites ça sans grande conviction.
– C'est pourtant la vérité.
– Vous n'avez pas assisté à son enterrement. Pourquoi ? Pas uniquement à cause de vos examens. Compte tenu des circonstances, vous auriez pu obtenir aisément un report.
– Pour être parfaitement franc, je ne sais pas pourquoi je n'y suis pas allé.
– D'après le récit de votre enfance, il semblerait que votre père et vous étiez assez proches.
– En effet, très proches même.
– Alors, pourquoi ?
Paladine commençait à montrer les premiers signes de lassitude. Il jeta un coup d'œil à sa montre.
– Vous paraissez fatiguée, dit-il.
– Je ne suis pas du tout fatiguée, lui répliqua le docteur.
– Il est tard, pourtant. Il est temps que je m'en aille.
– Pourquoi ? Quelqu'un vous attend ?
Cette question prit l'aspect d'une audacieuse indiscrétion. Fâchée contre elle-même, le Dr Nierenberg rassembla les feuilles éparpillées sur ses genoux.
– Très bien. Allez-vous-en. Partez, puisqu'il le faut. De toute façon, vous n'êtes plus bon à rien au bout d'une vingtaine de minutes. Votre esprit s'égare. Je sens bien que vous êtes déjà ailleurs.
– Ah oui ? Et où suis-je ?
– Je frémis rien que d'y penser. Dans un lieu infréquentable, j'imagine. Nous avons commencé depuis des mois et vous continuez à éviter le sujet de votre mère.
– Je vous l'ai dit, je ne l'ai pas connue.
– Raison de plus pour que je connaisse vos sentiments à son égard.
– Ce que j'ai à vous dire vous décevra forcément.
– Soyez gentil de me laisser juge de mes déceptions, répondit-elle d'un ton cinglant. Vous n'avez jamais fait véritablement le deuil de votre père et vous refusez de parler de votre mère. Je parie que leurs fantômes ne vous laissent pas dormir la nuit, n'est-ce pas, Gerio ?
– Je n'ai jamais dit que ma mère était morte.

– Vous avez dit qu'elle était morte en accouchant.

– C'est ce que m'a raconté mon père.

– Et vous ne l'avez pas cru ?

Après un moment de silence, Paladine se leva avec raideur.

– Pourquoi fait-on ça ? demanda-t-il.

– Dites-vous que vous obéissez aux caprices d'une vieille femme, Gerio. Vous occupez ses heures de solitude avec des anecdotes amusantes.

– Je croyais que le but de l'exercice était une biographie, pas une psychanalyse.

– C'est la même chose. Il s'agit de traquer la vérité.

La vieille femme connaissait bien le scepticisme de Paladine vis-à-vis de la profession qu'elle représentait ; ils avaient souvent discuté du sujet. Mais jamais elle n'avait tenté de le convertir, d'en faire un patient. Et elle n'en avait pas l'intention. Elle-même nourrissait une dose suffisante de scepticisme à l'égard de ses prétendus pouvoirs de guérison pour se montrer extrêmement compréhensive face à l'opinion du concierge. Au cours de sa glorieuse carrière, elle avait ressenti avec de plus en plus d'acuité la souffrance de tous ces individus gravement meurtris qui venaient la voir pendant des années et réclamaient son aide en pleurant, plaçant en elle toute leur confiance et dont, pourtant, elle pouvait à peine atténuer les souffrances. Pendant plus de douze ans, elle avait ainsi traité la même personne atteinte d'une grave dépression, et puis un jour, reconnaissant son échec, elle ne supporta plus de recevoir de l'argent de sa main. Elle lui restitua tous les honoraires qu'il avait versés et l'adressa à un confrère.

Bien qu'elle ait cessé d'exercer depuis des années, ses réactions cliniques face à un être humain désorienté demeuraient aussi instinctives qu'à ses débuts. Tel un muscle endommagé qu'on ne sollicite plus guère, son savoir-faire continuait à tressaillir à la moindre stimulation. Elle était comme attirée par la souffrance, incapable de s'en détourner. Et chez Paladine, dans sa volonté solitaire, presque ascétique, de se tenir à l'écart des autres tout en étant obligé d'exaucer chaque jour les caprices les plus égoïstes, les plus invraisemblables, elle voyait un esprit distant, quelque peu arrogant, véritablement perturbé et qui cherchait le repos.

L'infirmière de nuit avait fait son entrée, en papotant d'un ton désinvolte, pour la mettre au lit. Paladine regarda cette femme robuste, à l'air débonnaire, en blouse blanche amidonnée, s'affairer autour de sa patiente impotente, rassembler les notes du docteur et remonter la couverture de laine.

Alors que l'infirmière poussait le fauteuil roulant vers la chambre, le Dr Nierenberg lui fit signe de s'arrêter et appela le concierge par-dessus son épaule.

– Au fait, Gerio.

– Oui ?

– Cet après-midi, sur le coup de 5 heures...

– Eh bien ?

– Un policier est venu me voir. Un inspecteur. Au sujet de ce pauvre vieux Gobbo.

Paladine sentit son cœur s'emballer sous sa chemise.

– Il m'a posé un tas de questions. Est-ce que je connaissais Gobbo ? Quel genre d'homme était-ce ? Avais-je entendu des bruits inhabituels à cet étage le soir où il était mort ? J'ai répondu sans problème. Mais ensuite, pour une raison inconnue, il m'a posé des questions sur mon monte-plats qui est dans le couloir.

Le cœur de Paladine tressaillit de nouveau.

– Pourquoi ?

– Aucune idée. Il m'a demandé des trucs du genre : A quoi servait-il ? Où conduisait-il ? Quelqu'un d'autre l'utilisait-il à l'étage ? Et ainsi de suite.

– Je m'étonne qu'il l'ait découvert.

– Oui, moi aussi. Apparemment, quelqu'un lui en a parlé.

Paladine haussa les sourcils.

– Qui donc ? Il vous l'a dit ?

– Non. Pourquoi toutes ces questions à votre avis ?

– Je n'en sais rien, dit Paladine en retrouvant son air impassible. Rares sont les membres du personnel qui sont ici depuis assez longtemps pour connaître l'existence de ce monte-plats.

– Vous, par exemple.
– Oui. Et peut-être quelques anciens.
– L'inspecteur a dit qu'il allait envoyer des hommes pour l'examiner. Dans quel but, à votre avis ?
– Aucune idée.
– C'est un type charmant, et pourtant il m'a fichu la frousse, avoua le docteur en regardant Paladine par-dessus son épaule. Je n'ai pas compris où il voulait en venir.
– Moi non plus, répondit-il avec une expression empreinte de curiosité.
– D'ailleurs, même si vous le saviez, vous ne me le diriez pas, n'est-ce pas ?
– Je ne pourrais rien vous cacher, docteur, même si je le voulais.
Il lui adressa un large sourire ironique.
– Allez-vous-en, dit-elle. Fichez le camp !
Un bras d'une blancheur laiteuse, décharné, jaillit de la manche de son peignoir et désigna la porte.

– Le monte-plats. Le monte-plats…
Dans l'ascenseur qui le ramenait au rez-de-chaussée, Paladine répéta plusieurs fois ces mots, s'en servant comme d'un fouet pour se flageller. Combien de personnes dans cet hôtel pouvaient connaître l'existence de ce monte-plats ? Pas plus de quatre ou cinq, au maximum, se dit-il. Il y avait Angelo, évidemment, le portier septuagénaire, le plus vieil employé du Parker Regency. Il travaillait ici depuis presque cinquante ans, grâce essentiellement à la bienveillance des Daschiel qui, par pur sentimentalisme, retardaient sa mise à la retraite. Il y avait ensuite Kraus, le chef cuisinier, plus peut-être une ou deux personnes de l'administration là-haut, les copains du vieux Daschiel Senior qui les avait tous engagés, il y a longtemps, à l'époque de gloire du Parker Regency. Le responsable de la maintenance, qui possédait tous les plans de l'hôtel et les schémas des installations récentes, connaissait sans doute, lui aussi, l'existence de ce monte-plats. Mais hormis ces

gens-là ? Daschiel Junior lui-même n'était pas au courant. Il n'était encore qu'un enfant lorsqu'on avait installé le monte-plats et il ne s'en souvenait certainement plus.

Alors, qui avait pu renseigner Bucket ? se demandait le concierge. Certainement pas une de ces personnes. Il n'y avait aucune raison pour que l'une d'elles parle de ce monte-plats à l'inspecteur. Cela n'avait aucun sens.

L'ascenseur s'arrêta au rez-de-chaussée avec un très léger soubresaut et les portes de la cabine s'ouvrirent. Paladine découvrit alors un hall animé ; les gens revenaient du théâtre, le spectacle du Limelight Café venait de se terminer ; quelques clients prenaient le thé ou le café dans les salons, ou bien un dernier verre au bar. Il régnait une ambiance de fête.

Paladine sortit de l'ascenseur, juste en face de l'entrée treillagée du restaurant Passe-partout, et son regard fut attiré par la silhouette de Strybch qui, derrière les grandes vitres, plastronnait entre les tables pour faire de la lèche aux derniers clients.

Soudain, le concierge sut comment l'inspecteur avait appris l'existence du monte-plats.

29

Il était presque minuit. Mort de fatigue, Paladine se sentait endolori et fiévreux. Peut-être couvait-il quelque chose, se dit-il, et il avait hâte de rentrer chez lui pour se mettre au lit. Malgré tout, avant de partir, il fit un saut à son bureau, comme il en avait l'habitude, pour voir s'il avait des messages. Pour l'instant, il n'avait toujours aucune nouvelle en provenance de Dallas et se demandait si c'était bon ou mauvais signe.

Plusieurs messages l'attendaient sur son répondeur ; le premier émanait de Sydney Sherman. Il était bref, à défaut d'être chaleureux : un simple mot de trois syllabes, prononcé de la voix cassante avec laquelle elle exprimait son mécontentement. « Salopard », avait-elle dit avant de raccrocher. Il faudrait penser à s'occuper de Mlle Sherman, pensa-t-il avant d'écouter les autres messages.

La lumière rouge du télécopieur clignotait dans l'obscurité froide de son bureau. Là aussi plusieurs messages l'attendaient. Le premier, expédié de Thaïlande, provenait d'un certain M. Hamabinaputra, concierge chef à l'hôtel Royal Oriental de Bangkok, un collègue et un ami que Paladine se souvenait d'avoir rencontré dans des conventions internationales de La Clé d'or.

« Cher Paladine,

Suite à votre demande du 13/9, je me suis renseigné au sujet de votre M. Arcenaux. Pour l'instant, aucune trace de cet individu par ici. Êtes-vous sûr qu'il voyage sous le nom et avec le numéro de passeport que vous m'avez judi-

cieusement communiqués ? Je continue à me renseigner. Il ne faut jamais désespérer.
Bien à vous.

Pami. »

Un second fax, daté de ce jour, provenait du Grand Hôtel de Paris à Monte-Carlo. Comme dans le premier, l'expéditeur regrettait de n'avoir pu trouver « des renseignements solides concernant M. Arcenaux. » Toutefois, peut-être y avait-il une piste à l'hôtel Denzi du Caire. « Rien de sûr toutefois, mais je vous tiens au courant. »

Plusieurs autres télécopies émanaient de vieux habitués du Parker Regency qui voulaient saluer affectueusement Paladine et le prévenir de leur arrivée imminente et, surtout, solliciter un certain nombre de privilèges que le concierge connaissait bien.

Enfin, le dernier message était celui qu'il attendait. Expédié de Dallas, il était rédigé en termes télégraphiques qui évoquaient une voix haletante :

« *Bonnes nouvelles. Ai assisté conseil d'administration ce matin. Wentworth est un génie. A découvert clause obscure dans la Charte commerciale inter-États du Texas concernant les lois fiscales de l'État de N. Y. Résultat : accord proposé beaucoup plus coûteux que croyaient Oncle Billy et ses potes. Pas encore tirés d'affaires pour autant. Important trouver au plus vite les 200 000 actions manquantes.*
Me sens soulagé, grâce à vous, mon ami. Dites à Annabelle que je vais bien.
Salutations,

Fritz. »

Le concierge arracha la télécopie de la machine, la plia soigneusement et la glissa dans sa poche intérieure. C'était de loin la meilleure nouvelle de la journée, et il décida d'appeler les sœurs Barachevsky à Palm Beach, avec l'intention d'aborder l'épineux sujet des rapports entre leur petite-nièce et son adjoint, mais surtout la question la plus cruciale : comment empêcher le changement de pouvoir au sein du groupe Parker Regency.

Motivé par le message de Daschiel Junior, il voulait appeler les sœurs Barachevsky tout de suite. Mais il se souvint qu'il était presque minuit. Les deux vieilles dames étaient sans doute déjà au lit et n'apprécieraient pas de recevoir un coup de téléphone à cette heure. Cependant, compte tenu de l'urgence de la situation, de l'obligation dans laquelle se trouvait la famille Daschiel de rafler toutes les actions disponibles avant que l'oncle Billy Fiske et la Battersea Corporation mettent le grappin dessus, chaque minute comptait : pour le meilleur ou le pire, il choisit de téléphoner.

Il obtint leur numéro grâce à l'ordinateur, où un dossier spécial renfermait les coordonnées des clients de l'hôtel, passés et présents, qui détenaient d'importantes quantités d'actions du groupe Parker Regency. Une mention indiquait que ces personnes méritaient un traitement de faveur dans l'hypothèse où elles se présenteraient à l'hôtel.

Il était minuit passé lorsque Paladine joignit enfin les sœurs Barachevsky. Non seulement les deux vieilles filles n'étaient pas encore couchées, comme il l'avait craint, mais une fête semblait battre son plein dans leur immense résidence de Worth Avenue. Paladine percevait en fond sonore des notes de piano, des rires, des bruits de verre et de vaisselle.

Il s'adressa à l'aînée des deux sœurs, Lila. Il les avait déjà rencontrées à plusieurs occasions par le passé, et chaque fois qu'elles avaient séjourné à l'hôtel, il avait toujours pris soin d'exaucer leurs désirs.

– Bien sûr que je me souviens de vous, Gerio, dit Lila, après que le concierge se fut présenté et excusé d'appeler à cette heure. Je vous demande de patienter un moment, voulez-vous ? Nous organisons une petite fête pour célébrer les quatre-vingt-dix ans de ma sœur Abby, et je ne vous entends pas à cause du bruit. Ne quittez pas, je vais vous prendre dans une autre pièce.

Quand elle reprit la ligne, le bruit de la fête s'était atténué et Paladine perçut dans sa voix une note d'inquiétude.

– Il ne s'agit pas de notre petite-nièce, au moins ? J'espère que Laney va bien ?

– Elle va très bien, mademoiselle Barachevsky. Je lui ai parlé pas plus tard qu'aujourd'hui. Toutefois, si j'ai pris la liberté de vous appeler à cette heure tardive, c'est que certains bouleversements éventuels risqueraient de lui causer du tort, et j'ai pensé que votre sœur et vous deviez en être averties.

Le hall de l'hôtel était toujours animé quand Paladine décida enfin de rentrer chez lui. Une sorte de joyeuse effervescence flottait dans l'air. Le concierge se fraya un chemin parmi les clients, saluant parfois, d'un petit signe de tête, telle ou telle personne qu'il reconnaissait. Au milieu de tout ce monde, Dixie Dunn, attifée d'une sorte de longue robe à paillettes et parée d'innombrables babioles qui s'entrechoquaient, vendait ses roses dans sa boîte en carton recouverte de velours.

Dès qu'elle aperçut Paladine, le sourire aguicheur avec lequel elle proposait sa marchandise quitta son visage. Elle vit immédiatement l'air réprobateur du concierge.

– Allons, ne me grondez pas, mon chou, lui lança-t-elle, tandis qu'il s'approchait.

– Vous savez bien que vous n'avez pas le droit d'être ici après minuit, Dixie.

– Je sais, je sais, mon chou. Mais il fait rudement froid dehors ce soir. Laissez-moi juste me réchauffer un peu les os et je vous promets de décamper avant même que vous ayez le temps de dire ouf. Les affaires marchent bien.

Le concierge s'efforça de prendre un air sévère, mais ce n'était pas facile d'avoir l'air sévère avec Dixie Dunn. Authentique figure du Broadway de jadis, elle aimait raconter qu'elle avait fait partie des « Belles Fleurs aux longues tiges » du compositeur Billy Rose. En toute franchise, les tiges n'étaient pas très longues, et la fleur en question, si elle avait été belle, s'était fanée depuis longtemps. De fait, cette histoire de Billy Rose était une affabulation. En vérité, Dixie n'avait été qu'une remplaçante au sein de cette célèbre institution du New York des années 30. Quand une des « belles fleurs aux longues tiges » de la troupe tombait malade, Dixie prenait sa place. La majeure partie de sa « carrière » s'était en fait déroulée au Bowery Follies de Sammy, dans le Lower East Side, où elle avait été danseuse de claquettes pendant presque vingt ans. Dixie était alors une vedette, mais Sammy avait dû s'en séparer quand elle avait pris de la bouteille. Dès lors, Dixie avait connu un déclin irrémédiable.

Désormais, la rose à longue tige et au teint de pêche ressemblait davantage à une des vieilles mégères de Toulouse-Lautrec, une danseuse de cancan fatiguée, la Goulue, peinte sous la lumière cruelle d'un cabaret miteux. Toutefois, il restait quelque chose d'angélique sur le visage ridé, ravagé, de cette fillette de quatre-vingts ans ; quelque chose d'indiciblement doux et noble.

Paladine agita son index devant elle, d'un air de réprimande, et les yeux de la vieille femme pétillèrent de malice. Elle sentait bien que ce geste n'avait rien de menaçant.

– Ne vous en faites pas, mon chou, dit-elle de sa voix aiguë. J'ai encore quelques jolies fleurs à vendre et je décampe. Pof ! dit-elle en faisant claquer ses doigts. Merci, vous êtes adorable.

Paladine repartit vers la porte à tambour, mais cette fois ce fut un des barmen du cabaret qui lui courut après, visiblement dans tous ses états.

– Monsieur Paladine ! Puis-je vous importuner un instant ?

Sans cacher son agacement, le concierge se retourna et attendit une explication.

– C'est Mme Daschiel, monsieur.

– Que se passe-t-il ?

Le barman, un individu rondouillard, au teint pâle et portant autour de la taille un petit tablier en cuir noir, paraissait très mal à l'aise.

– Elle n'est plus dans son état normal, monsieur. Peter m'a demandé de venir vous chercher.

Paladine suivit le barman au cabaret de l'hôtel. La plupart des clients étaient repartis, mais quelques noctambules s'attardaient au bar. Tout au bout, il aperçut Annabelle Daschiel. Vêtue d'une fine robe de soie noire, elle était penchée au-dessus de plusieurs verres de cocktails vides. A cet instant, elle essayait, non sans mal, d'approcher une allumette de sa cigarette, tout en bavardant, un peu trop fort, avec un homme assis sur le tabouret voisin.

Arrêté à l'entrée de la salle, Paladine jugea la situation en un clin d'œil et échangea quelques regards entendus avec Peter, le directeur du cabaret, qui semblait mal à l'aise lui aussi.

Le concierge s'approcha d'Annabelle.

– Bonsoir, madame Daschiel.

Deux yeux vitreux se levèrent vers lui.

– On se connaît ? demanda-t-elle avec un gloussement.

Paladine sourit, ignorant l'homme qui était assis à côté d'elle et qu'il n'avait jamais vu.

– Je pense qu'on ferait mieux de remonter, madame Daschiel. Il est tard.

– Est-ce que vous voulez m'envoyer au lit, Gerio ?

Sa tentative pour paraître outragée se brisa, de manière presque comique, sur les récifs d'un accent du Sud bredouillant. Blanche Du Bois avait un verre dans le nez.

– Absolument pas, madame, répondit le concierge, sans se préoccuper des grognements vaguement menaçants qui émanaient de l'inconnu assis à côté d'elle. J'ai reçu des nouvelles de votre mari aujourd'hui, dit-il de façon insistante. Il est à Dallas. Peut-être même y a-t-il un message qui vous attend là-haut.

L'évocation de son mari sembla la dégriser légèrement.

– Bobbie est à Dallas ?

– Oui. Venez. Je vous raccompagne à votre porte.

Au moment où l'inconnu se levait de son tabouret, un souffle chaud et aigre, parfumé au bourbon, caressa la joue du concierge.

– Perry ! dit-il en adressant un signe autoritaire au barman. Ce monsieur s'en va. C'est la maison qui offre.

L'homme voulut protester, mais au même moment il se retrouva coincé entre le directeur du cabaret et le barman à la forte carrure. Ils le saisirent fermement par les épaules et l'entraînèrent vers la sortie, sans brutalité.

Annabelle Daschiel paraissait soudain embarrassée et contrite. On aurait dit qu'elle avait dessoûlé remarquablement vite. La nervosité et la peur étaient perceptibles dans sa voix.

– Gerio. Vous ne direz rien à Bobbie, hein ?

Le concierge prit l'air étonné.

– De quoi parlez-vous, madame Daschiel ?

Juste au moment où Paladine franchissait la grande porte à tambour, Sydney Sherman entra. Marchant au bras d'un homme grand et à l'air distingué, elle croisa le regard du concierge à l'instant où, l'un et l'autre, ils tournaient à l'intérieur des portes vitrées. Dès qu'elle le vit, elle détourna vivement la tête, avec tout le mépris hérité de cette détestable tradition britannique qui datait du temps de l'Empire.

Énervé, tendu comme un ressort, le concierge décida de renoncer à son habituel trajet en taxi pour marcher d'un pas vif à travers le parc, jusqu'à sa maison de la 63e Rue. Un peu d'exercice physique l'aidait généralement à se débarrasser des divers démons qui hantaient une grande partie de sa journée de travail. Celui qui le harcelait particulièrement depuis quelques jours était la révélation du meurtre du vieux Gobbo. Finalement, ce n'était donc pas un suicide. Il n'avait pas encore assimilé toutes les implications de ce meurtre et analysé toutes les conséquences éventuelles pour lui. En outre, que la police ait découvert que le monte-plats avait servi à faire disparaître le corps de l'enfant n'avait rien pour égayer son humeur maussade.

Relevant le col de son imperméable pour se protéger du crachin, il s'enfonça dans le parc. Des halos brumeux de lumière entouraient les lampadaires qui bordaient les allées étroites et sinueuses. Les volutes de brouillard qui montaient des pelouses offraient leur chaleur à la froideur de la nuit d'automne. Tandis qu'il marchait d'un bon pas vers l'est, en inspirant de grandes bouffées d'air, tel un coureur de fond, les pensées qui le pourchassaient durant cette longue promenade nocturne, au milieu des brumes du parc, étaient toutes teintées d'un sentiment de désastre imminent. Le petit univers sur lequel il avait régné avec tant d'aisance et d'autorité pendant si longtemps avait soudain basculé sur son axe, dangereusement, et semblait désormais sur le point d'échapper à tout contrôle, telle une toupie devenue folle. Ce refuge où il croyait trouver abri à tout instant menaçait de s'effondrer.

Il était environ 1 heure du matin quand il tourna la clé dans la serrure de la porte extérieure du pittoresque immeuble en briques de trois étages situé dans la 63e Rue Est, gravit l'escalier jusqu'au vaste et confortable appartement du dernier étage, se déshabilla sans bruit et se glissa avec lassitude dans son lit. La silhouette endormie sous l'édredon remua et poussa un soupir, puis se tourna vers lui, tandis qu'il s'allongeait près d'elle.

– Gerio ?

– Oui. Rendors-toi.

– Gerio.

– Oui, ma chérie. Je suis là. Ce n'est rien. Dors.

Des bras se refermèrent autour de son cou et l'attirèrent dans la chaleur et les odeurs confinées d'une étreinte somnolente.

– Gerio. J'ai tellement peur.

– Non, non, ma chérie. Il n'y a aucune raison d'avoir peur.

Il lui caressa la nuque comme s'il réconfortait un jeune enfant réveillé en pleine nuit par un cauchemar.

– Il ne faut pas avoir peur, dit-il en essuyant une larme sur sa joue. Allez, calme-toi. Tout ira bien. Je te le promets. Tout ira bien.

Cette nuit-là, il rêva de son père, auquel il n'avait pas pensé depuis des années.

QUATRIÈME PARTIE

30

– Ai-je bien compris ? Il vous a traité de menteur ?

– Non, pas exactement. Il a dit qu'il pensait que je mentais.

– Car la première fois qu'il vous a interrogé, vous avez prétendu ignorer que Gobbo avait reçu de la visite le week-end de sa mort ?

– Exact.

– Vous ignoriez qu'il recevait régulièrement de la visite, avez-vous dit également. Et qu'un jeune enfant venait le voir tous les week-ends ?

– Oui, c'est ce que j'ai dit.

– C'est à ce moment-là qu'il vous a traité de menteur ?

– Non, dit Bates d'un ton brusque. Pas la première fois. C'était la deuxième, et il ne m'a pas traité directement de menteur. Il a dit qu'il pensait que je mentais, car vous et une demi-douzaine d'autres personnes d'ici…

– Qui ? Qui d'autre a-t-il interrogé ?

– Il a parlé de M. Illiescu et de M. Pargiter. Quelques employés de la réception aussi. Et vous.

– Et d'après lui, qu'est-ce que j'aurais dit ? demanda Paladine.

– La même chose que les autres, à savoir qu'un jeune enfant venait de temps en temps passer le week-end ici avec M. Gobbo. Et que tout le monde supposait plus ou moins que c'était son petit-fils.

– Vous le saviez vous aussi, monsieur Bates, dit le concierge, incapable de masquer son mécontentement. Pourquoi n'avez-vous pas dit la même chose que les autres, au lieu de mentir effrontément ? Six personnes disent une chose, et vous, vous dites le contraire. Qui va-t-il croire, à votre avis ?

Il était un peu moins de 7 heures du matin. La conciergerie n'était pas encore ouverte, et ils étaient assis dans le bureau de Paladine. Une cafetière fumante était posée entre eux sur la table et ils buvaient le café dans de grosses tasses en grès empruntées aux cuisines. A cette heure matinale, l'air était encore frais dehors, mais à l'intérieur du bureau, la tension des émotions chauffées à blanc faisait grimper la température.

– Pourquoi ne m'avez-vous pas parlé de ça avant ?

– Parlé de quoi ?

– De la première fois où il vous a interrogé. Pourquoi ne m'avez-vous pas dit que vous aviez menti en prétendant n'avoir jamais vu l'enfant ? Bon sang, c'est vous-même qui l'avez conduit là-haut ! L'idée ne vous a pas effleuré que des gens avaient pu vous voir ?

Jetant des regards furtifs de tous les côtés, comme quelqu'un qui cherche des issues de secours, Joe Bates paraissait extrêmement mal à l'aise.

– Je ne vous ai rien dit, car j'étais conscient d'avoir commis une erreur, et je n'ai pas osé vous en parler. Je pensais qu'il n'y aurait pas de suites.

– Ce n'était pas très malin de votre part, monsieur Bates.

– Je n'ai jamais dit que c'était malin. Je n'ai pas réfléchi assez vite. J'étais ébranlé.

– Comme vous l'êtes en ce moment.

– Oui, et vous me troublez encore plus, répliqua Bates. Je ne suis pas doué pour ces manigances, et vous n'arrangez rien avec toutes vos questions. Maintenant, ce flic pense que je lui cache quelque chose.

– C'est la vérité, dit Paladine en croisant les bras et en plongeant dans un silence furieux.

Bates s'agita nerveusement sur son siège.

– Et maintenant, on fait quoi ?

– Que fait-on, monsieur Bates ? Moi, je sais ce que je fais. Je m'en tiens à mon histoire. Et si vous avez un peu de bon sens, vous vous en tiendrez à la vôtre. Cet hôtel est très grand ; chaque jour, nous avons une liste de quatre ou cinq cents personnes qui arrivent ou partent, à toute heure. Assurément, le personnel ne peut pas voir tout ce qui se passe dans le hall à chaque minute. La visite de l'enfant remonte à trois semaines. On ne peut pas vous demander de vous souvenir de tout ce que vous avez fait ce jour-là. Si l'inspecteur vous repose la question, suivez mon conseil. Dites-lui que vous êtes désolé. Il y avait beaucoup d'agitation ce soir-là ; nous accueillions une grande convention de vendeurs de bibles. Nous manquions de personnel. Les employés étaient donc amenés à accomplir des tâches qui ne sont généralement pas de leur ressort. C'est vrai, vous avez conduit l'enfant dans la suite du comte Gobbo ce soir-là, mais c'était la première fois que vous le voyiez, et on vous a expliqué que c'était son petit-fils. Cela n'a duré que deux minutes et cet épisode vous était complètement sorti de la tête. Tout le monde oublie, vous savez.

– Illiescu n'oubliera pas. Patsy n'oubliera pas. C'est lui qui m'a demandé de conduire l'enfant là-haut.

Abattu, Bates secoua lentement la tête.

– Ce n'est pas plausible, ajouta-t-il. L'inspecteur ne gobera pas cette histoire.

Paladine regardait la peur et le doute torturer le jeune homme. Si, par malheur, l'inspecteur sentait lui aussi cette peur et ce doute, cela le stimulerait et il continuerait à chercher d'autres points sensibles, jusqu'à ce que Bates crie aïe ! L'heure n'était pas aux réprimandes, se dit-il. Les reproches ne pouvaient que le rendre plus vulnérable. L'heure était au soutien et au réconfort, à la modération.

– Avez-vous jamais parlé du gamin à quelqu'un du personnel ?

– Non.

– Même pas à Patsy ?

– Une ou deux fois, peut-être. Et une fois avec Potts. C'est lui qui m'en a parlé la première fois.

– Laissez tomber Potts. Il n'est plus dans la course. Quelqu'un d'autre ?

Bates s'efforça de se rappeler.

– Non, dit-il.

– Vous êtes sûr ?
– Je crois.
– Vous croyez ?
– J'en suis sûr. Je n'en ai parlé à personne d'autre.
Le concierge baissa la tête et consulta sa montre. Le bureau allait bientôt ouvrir. Des hordes de clients allaient fondre sur l'accueil, exigeant tous l'attention. Les voyants verts du téléphone ne tarderaient pas à clignoter comme des fous.
– Ce Bucket va revenir, reprit Paladine à la hâte. Ce qu'il faut faire, c'est coordonner nos histoires. Tout mettre au point. Où nous étions ce soir-là. Ce que nous faisions avant et après l'événement. Tout, dans le détail, jusqu'au plus petit truc, doit être explicité. On ne peut pas se permettre un autre dérapage. C'est un malin, ce Bucket. Vous pouvez me croire. Méfiez-vous de sa bonne humeur de péquenaud. C'est de la comédie. Quoi que vous lui disiez, il vérifiera. Tout ce qui cloche, tout ce qui sort de l'ordinaire, sera noté dans son petit carnet.
Loin de rassurer son jeune assistant, les paroles de Paladine produisirent exactement l'effet inverse. Assis avec raideur sur son siège, Bates se pétrissait les mains.
– Pourquoi suis-je ici ? demanda-t-il tout à coup à voix haute, non pas en s'adressant au concierge, mais comme s'il interpellait une autorité plus haute. Comment me suis-je retrouvé dans ce pétrin ?
Pleine de souffrance, sa voix était celle de quelqu'un qui a subi, injustement, de cruelles blessures. On y décelait également une forte note de reproches.
Paladine savait contre qui ils étaient dirigés.
– Vous êtes ici parce que vous m'avez aidé à protéger la réputation d'un pauvre vieux fou qui avait toujours vécu honnêtement, et qui n'avait jamais fait de mal à personne…
Paladine baissa la voix en remarquant l'expression stupéfaite et horrifiée de Bates.
– Sauf, bien sûr, lors de ce malencontreux accident.
– Malencontreux accident ? répéta Bates avec un ricanement ironique. A vous entendre, on dirait qu'il a cassé un vase en porcelaine.

– Écoutez. Je connaissais cet homme depuis toujours, lui rétorqua Paladine, qui n'avait pas l'habitude de devoir justifier ses actes, et surtout pas devant un jeune adjoint effronté qui commençait à abuser sérieusement de sa patience. Gobbo n'était pas un ogre ou un monstre. Croyez-vous que je me serais mouillé à ce point pour protéger…

Paladine prit brusquement conscience de son ton défensif. Il en percevait dans sa voix les accents meurtris, la tentative de justification. Cela n'avait d'ailleurs pas échappé à Bates qui, semble-t-il, n'était pas dupe lui non plus.

En écoutant toutes ces belles paroles intéressées où il était question de charité, d'honnêteté et de défense de la mémoire d'un vieil homme, Bates avait commencé à comprendre que ce n'était pas le comte Gobbo que le concierge voulait protéger ce soir-là, mais lui-même ! Il avait peur d'être impliqué. Non pas dans la mort du vieillard, car il n'y était pour rien, Bates le savait bien, mais plutôt dans la mort de l'enfant. Le jeune homme était désormais certain d'au moins une chose : c'était Paladine qui, le premier, avait mis en contact l'enfant et le vieil homme. Le concierge avait servi d'intermédiaire entre le client et le fournisseur. « Récompense pour services rendus », pour reprendre l'expression hypocrite qu'on affectionnait dans cette profession. Le concierge avait des contacts à l'extérieur qui fournissaient ce genre de « services ». Et un tas d'autres également. Comme le prouvait ce petit carnet enfermé dans le coffre derrière le bureau, le « Carnet mauve », avec ses dizaines de numéros de téléphone et ces anonymes qui pouvaient vous procurer tout ce que vous vouliez, à n'importe quelle heure du jour et de la nuit.

C'était du commerce, purement et simplement. La monnaie d'échange du jour. Et lui, Paladine, le concierge chef, le « Grand Ordonnateur » était grassement payé pour faire prospérer ce commerce.

Toutes ces pensées traversèrent le cerveau de Bates en une fraction de seconde. Mais il ne dit rien et resta assis sans bouger, buvant chaque parole du Maestro comme si son salut en dépendait.

– L'inspecteur vous a-t-il informé, reprit Paladine, qu'ils ne croyaient plus à la thèse du suicide ?

Bates acquiesça.

– Oui, il a fait allusion à de nouveaux indices provenant du laboratoire. Ils pensent maintenant qu'il s'agit d'un meurtre, m'a-t-il dit. Pour eux, le meurtrier, sans doute quelqu'un du personnel, a pendu le vieux dans la cave. (Les joues de Bates étaient marbrées de plaques écarlates.) Et cette tache qu'il a découverte sur le tapis quand j'étais avec lui là-haut…

– Oui, je sais, l'interrompit Paladine. Ils ont déterminé que c'était du sang et qu'il appartenait à quelqu'un d'autre.

– C'est celui de l'enfant.

– Évidemment, mais ils ne savent pas que l'enfant a été tué. Ils savent seulement qu'il se trouvait là-haut le soir du drame. Maintenant, ils essayent de le retrouver.

– Conclusion, si quelqu'un a réellement assassiné Gobbo, il a aussi tué l'enfant. Et ça pourrait être un membre du personnel.

– Je préfère mille fois cette version à l'autre.

– Celle dans laquelle c'est le vieux qui a assassiné l'enfant ?

– Oui. Celle-là, je ne l'aime pas du tout.

– N'empêche, c'est peut-être ce qui s'est passé.

– Peut-être. J'ai déjà vu des choses plus étranges. Mais ce n'est pas notre problème pour l'instant.

Sur ce, Paladine plongea dans un de ses silences lugubres, tandis que la nervosité de Bates continuait de croître.

– Je vous l'avais dit… Je vous avais dit qu'on n'aurait pas dû…

– Je sais ce que vous m'avez dit, monsieur Bates. Et je continue de penser que nous avons agi comme il fallait.

– Dans votre intérêt, répliqua Bates. Pas dans le mien !

Soudain, le concierge fut traversé par l'idée que, pour finir, il n'avait peut-être pas agi dans son intérêt. Mais ses craintes n'étaient pas les mêmes que celles de son jeune adjoint. Paladine était inquiet de s'être peut-être associé avec ce qui ressemblait de plus en plus à une substance hautement volatile. Mais le mal était fait. Pour le meilleur et pour le pire, il était impossible de faire marche arrière. Bates allait se transformer en bombe à retardement, c'était évident, et d'une manière ou d'une autre le concierge devait trouver les moyens de le contrôler.

– Peut-être n'était-ce pas la meilleure chose à faire dans votre intérêt, reprit Paladine, mais vous y avez quand même participé. Personne ne vous a forcé la main. Vous avez agi de votre plein gré.

– De mon plein gré ?

Bates se leva d'un bond. Pourtant, même si leur logique pouvait paraître perverse, ces mots rendaient compte d'une vérité indéniable. Il avait participé ; il avait joué le jeu. Mais s'il était parfaitement exact que personne ne lui avait forcé la main, il s'était senti obligé de participer. Mais obligé à cause de quoi ? A cause de qui ? Du concierge ? De la crainte de perdre son emploi ? Ce renvoi n'aurait pas été la fin du monde, se dit-il. Alors, quoi ? Que s'était-il passé exactement durant ces quelques secondes, trois semaines plus tôt, pour provoquer en lui une erreur de jugement aussi désastreuse ?

– De mon plein gré, répéta-t-il encore une fois, désireux de contrer cette accusation.

Mais au même moment on frappa à la porte et Patsy Ricci glissa la tête à l'intérieur du bureau. Les voyant enfermés tous les deux, il prit un air ahuri.

– Oh, pardon… Je ne savais pas…

– Ce n'est rien, Patsy. M. Bates et moi avions justement terminé. Que se passe-t-il ?

Étonné, Patsy regardait tantôt l'un, tantôt l'autre, rapidement, comme quelqu'un qui a surpris par mégarde la préparation d'un complot.

– Ça se bouscule à l'accueil, Maestro. J'ai peur que la journée s'annonce chargée.

31

Patsy Ricci était occupé à consulter la liste des arrivées sur l'ordinateur lorsque Bates regagna le comptoir. Les yeux fixés sur l'écran, il pianotait sur le clavier, en jetant parfois quelques notes sur un bloc. Sans réagir au retour de Bates, il poursuivit son travail comme s'il était totalement seul.

Finalement, il se leva pour aller déposer sur le bureau du concierge chef un listing de tous les messages, en continuant d'ignorer la présence de Bates.

Celui-ci sentait que quelque chose n'allait pas ; il y avait chez son collègue une froideur et une hostilité à peine voilée totalement inhabituelles.

– Que se passe-t-il ? Un problème ?

Patsy tournait le dos à Bates et ne prit pas la peine de se retourner pour lui répondre.

– Je sais bien ce que tu manigances, dit-il en parlant au mur. Je sais bien ce qui se passe entre vous deux. Je ne suis pas aveugle.

– Qu'est-ce qui se passe entre qui et qui ? demanda Bates, hébété.

– Allons, ne me prends pas pour un idiot, Giuseppe. Je t'ai repéré. Cela fait des semaines que je t'observe. Mais ne crois pas que je vais te laisser faire sans réagir.

– Me laisser faire quoi ? De quoi parles-tu, bon sang ?

A cet instant, une jolie femme, d'un certain âge déjà, se présenta au comptoir pour demander comment on se rendait au World Trade Center. Elle voulait y aller en métro. Plaquant un grand sourire figé sur son visage, Patsy sortit de sous le comptoir un plan du métro new-yorkais et lui indiqua la direction à suivre. Dès qu'elle fut repartie, il se retourna pour affronter son collègue.

– De quoi je parle ? Je vais te le dire. Je parle de toi et lui !

Il tendit rageusement le doigt en direction du bureau du concierge.

– Moi et lui ? répéta Bates de plus en plus déconcerté.

– Écoute-moi bien, mon vieux. Je travaille ici depuis trois ans. Toi, depuis moins d'un an. Le Maestro envisage de prendre sa retraite dans deux ans. Je suis son successeur désigné, et si tu crois un seul instant que tu vas me piquer ma place, tu te fais des idées.

Une lueur de compréhension soudaine illumina le visage de Bates.

– Tu penses que je lorgne la place de Paladine quand il prendra sa retraite ?

– Je ne le pense pas, je le sais.

Bates secoua la tête et éclata de rire.

– Oh, non, Patsy ! Oh, non.

– Je ne suis pas aveugle. J'ai bien vu que vous vous enfermiez tout le temps dans son bureau. Vous êtes toujours en train de parler à voix basse. De comploter. Tu lui lèches les bottes.

Bates n'en croyait pas ses oreilles.

– Hein ? Je lui lèche les bottes ? Crois-moi, Patsy, tu es loin de la vérité.

– Non, je sais ce que je dis, Giuseppe. Je n'ai pas confiance en toi. Pas une minute. Je vois clair dans ton jeu, mon vieux. Tu lorgnes la place du Maestro.

– Si c'est ce qui te tracasse, Patsy, sois tranquille. Tu n'as aucune raison de t'inquiéter. Loin de moi l'idée de faire ce boulot.

Partagé entre la méfiance et le terrible besoin de croire ce qu'on lui disait, Patsy Ricci parut hésiter.

– Ne me mens pas, Giuseppe. Je te préviens.

– Je ne te mens pas, Patsy. Franchement, je n'ai aucune envie de me retrouver concierge chef. Je n'ai pas les tripes nécessaires, ajouta-t-il avec une certaine amertume.

Cette dernière remarque acheva de désarçonner Patsy. Il ne savait comment l'interpréter.

– Dans ce cas, dit-il, pourquoi tu continues ? Pourquoi tu restes ici ?

– Bonne question. Pour être franc, je ne sais pas trop pourquoi. Quand tout cela sera terminé…

– Qu'est-ce qui sera terminé ?

– J'ai réfléchi, dit Bates en évitant prudemment la question de Patsy, et j'ai l'intention de m'en aller.

L'espoir s'alluma dans le regard de Patsy.

– Mais pourquoi ? Explique-moi pourquoi.

– Je ne me vois pas réserver des tables au restaurant et des billets de théâtre toute ma vie.

Là où l'espoir avait jailli quelques instants plus tôt apparut une expression de méfiance. Qu'un individu sain d'esprit puisse ne pas convoiter la place du Maestro, voilà qui dépassait l'entendement de Patsy, et en dépit de toutes les dénégations de Bates il sentit renaître ses vieux soupçons.

– Voir, c'est croire, murmura-t-il d'un ton cinglant. Quand je te verrai partir, j'y croirai. En attendant, si ça ne t'ennuie pas, je préfère t'avoir à l'œil.

La discussion avec Patsy avait ébranlé Bates. Et ce n'était pas parce que Patsy lui reprochait de vouloir lui voler sa place de successeur naturel au poste de concierge chef, car pour lui cette idée était risible. Ce qui le troublait beaucoup plus, c'était la façon dont Patsy, et tous les autres membres du personnel d'ailleurs, semblaient considérer l'enquête sur la mort du comte Gobbo. Pour la plupart d'entre eux, Gobbo s'était suicidé et la question de la présence d'un enfant dans la chambre du comte, sans même parler du sort effroyable qui lui avait été réservé, ne les avait même pas effleurés.

Mais, pour Bates, il y avait plus inquiétant encore : depuis presque quatre semaines qu'avait débuté l'enquête, l'inspecteur Bucket avait pris le temps de l'interroger deux fois, sans jamais se donner la peine de poser des questions à Patsy. Dans l'esprit de Bates, cela ne pouvait signifier qu'une chose : Patsy Ricci n'apparaissait même pas sur la liste des suspects de l'inspecteur, tandis que lui, de toute évidence, y figurait en très bonne place.

Et il se rendait malade à force de se demander ce que l'inspecteur Bucket savait ou ne savait pas.

32

– Vous avez vu ça, je suppose ?

Maurice Pargiter jeta un exemplaire du *New York Post* sur le bureau de Paladine.

Levant les yeux de l'emploi du temps qu'il était en train de préparer, le concierge lut les gros titres qui s'étalaient en rouge à la une du quotidien.

MORT DU CONSUL ITALIEN :
UN MEURTRE, PAS UN SUICIDE, AFFIRME LA POLICE.

– On en parle aussi dans le *Times*. Et Strybch en a entendu parler à la télé ce matin.

Le teint du directeur avait la pâleur cireuse d'un parchemin.

– Dites, vous croyez que M. Fritz a eu le temps de lire ça ? demanda-t-il.

– Ça m'étonnerait. Il n'est pas rentré.

Paladine ouvrit le journal à la page en question. A l'intérieur se trouvait une autre manchette, assez semblable à la première, accompagnée de ce sous-titre :

« Le gouvernement italien offre une récompense de 50 000 dollars pour toute information permettant d'arrêter le meurtrier du consul. »

– Ignoble, commenta Pargiter en frissonnant. Absolument ignoble.

Le directeur fit claquer sa langue et de son doigt tremblant il désigna la page qu'était en train de parcourir le concierge.

– Ils disent que la police suspecte un membre du personnel. Vous vous rendez compte ? Ici, chez nous ! Êtes-vous au courant de quelque chose, monsieur Paladine ?

– Non, pas plus que vous.

– Là-haut, ils sont submergés d'appels de journalistes. Les journaux, la télé… Dieu soit loué, le vieux Daschiel n'est plus dans le coup. Dans le temps, le ciel nous serait tombé sur la tête.

S'ensuivit une litanie de lamentations récitées d'une voix tremblante de peur, Pargiter craignant, en tant que directeur de l'hôtel, d'être accusé de manquement au devoir en ayant permis qu'une telle horreur se produise sous sa responsabilité.

– Nous n'avons pas besoin de ça en ce moment, dit-il. C'est injuste !

Le concierge l'écoutait d'une oreille distraite en continuant de parcourir l'article. C'était une mauvaise nouvelle, évidemment. Si cet homicide prenait de l'importance, l'enquête policière, au lieu de s'essouffler, risquait de repartir de plus belle. Le fait que le comte Gobbo soit un haut fonctionnaire connu dans les cercles diplomatiques de la ville ne pouvait qu'aggraver les choses et aiguiser l'appétit insatiable des médias pour les scandales sordides dans la bonne société. Et voilà que le gouvernement italien s'en mêlait en offrant une récompense de 50 000 dollars. Dieu seul savait où cela pouvait mener.

– Que faut-il faire ? demanda Pargiter en se tordant les mains.

– Il n'y a rien à faire.

– Le dénommé Bucket est-il déjà venu vous interroger ?

– Oui, plusieurs fois.

– Plusieurs fois ? (Pargiter semblait vexé, comme s'il s'agissait d'une offense.) Moi, il ne m'a interrogé qu'une seule fois.

– Je suis sûr qu'il reviendra, Maurice, lui répondit Paladine d'un ton rassurant. C'est un homme très consciencieux.

– Vous a-t-il parlé d'un monte-plats ? Au dix-huitième étage. Il m'a demandé ce que je savais là-dessus.

– Et que lui avez-vous dit ?

Le directeur parut surpris par cette question.

– Je lui ai répondu que je ne savais rien. Que pouvais-je dire d'autre ? Je n'ai jamais entendu parler d'un monte-plats. Et vous ?

– Les Daschiel l'ont fait installer il y a quinze ans. C'était avant votre arrivée. Pour le Dr Nierenberg. Afin de lui monter ses repas quand elle s'est retrouvée clouée dans son fauteuil.

Pargiter réfléchit un instant.

– A votre avis, où veut-il en venir, cet inspecteur ?

– Je n'en ai pas la moindre idée, répondit Paladine en regardant le directeur abattu et ébranlé tourner les talons et se diriger vers la porte d'un pas hésitant.

– Un membre du personnel ? Quelqu'un d'ici ? L'un de nous ? Vous vous rendez compte ?... marmonna-t-il en quittant le bureau.

– Pourquoi ne m'avoir rien dit ?

– Je pensais que ce n'était pas mon rôle.

– Alors, vous préférez en parler à tante Lila et tante Abby pour qu'elles me le répètent ?

– Je pensais que, venant d'elles, cela aurait plus de poids.

En cette fin d'après-midi, c'était le « calme plat » dans le hall. Lane Barachevsky était assise en face du concierge dans la pénombre grandissante de son bureau. Le petit sourire crispé sur ses lèvres avait remplacé la moue qui, au fil du temps, était devenue plus ou moins le trait distinctif de son visage. Un visage plutôt agréable d'ailleurs, bien qu'un peu sévère pour une personne aussi jeune. En vérité, elle s'était imposé cette sévérité, un certain refus de la sentimentalité qui était, d'après son expérience, la meilleure façon d'affronter le monde.

Présentement, son sourire timide, s'il ne disait pas un esprit de franche conciliation, semblait indiquer qu'elle n'était pas entièrement opposée à la résolution du problème qui les préoccupait.

– Je ne comprends pas votre adjoint, ajouta-t-elle.

Paladine sourit.

– Je ne suis pas sûr de le comprendre moi-même.

– Qu'est-ce qu'il a dans le crâne ? Ça m'échappe. Il n'avait qu'à m'expliquer pourquoi il s'était disputé avec ce vieux nazi. Et vous, pourquoi ne m'avoir rien dit ?

– Qu'auriez-vous fait ?

– Pour commencer, je ne serais pas venue ici comme une furie pour réclamer sa tête sur un plateau.

– Vous seriez venue pour faire son éloge ?

– Non, sans doute pas. Je le déteste beaucoup trop. Et il me le rend bien, d'ailleurs. Alors, expliquez-moi pourquoi, je vous prie, cet imbécile se met hors de lui et pourquoi il risque sa place en insultant un client, tout ça pour prendre ma défense à cause de quelques remarques désobligeantes.

– Apparemment, à ses yeux, elles n'étaient pas simplement désobligeantes.

– C'est juste. C'étaient des insultes ignobles. N'empêche, pourquoi a-t-il pris ma défense ?

Paladine haussa les épaules.

– Je l'ignore. Pourquoi ne pas lui poser la question ?

– Je ne veux pas lui faire ce plaisir.

– Ce plaisir ?

– Celui de lui laisser croire que je lui suis reconnaissante. Je suis aussi furieuse après vous, Roger. Vous m'avez placée dans une position très délicate. Mes tantes sont fâchées après moi maintenant.

– Je ne comprends pas pourquoi.

– Oh, c'est une longue histoire, dit-elle en repoussant cette question d'un geste. Simplement, je ne veux rien devoir à personne. Et surtout pas à ce type.

– Mais vous lui êtes reconnaissante, non ?

Le petit sourire crispé de Lane était teinté de perplexité.

– Ce n'est pas de la reconnaissance, c'est de l'étonnement. Combien de personnes auraient réagi comme lui ? Il y avait quelque chose de médiéval dans son geste, comme un chevalier qui défendrait l'honneur d'une dame. Je ne m'attendais pas à cela.

– Que vous ont dit vos tantes, exactement ?

– Ce que vous leur avez raconté, à savoir que ce sale vieux Teuton s'était beaucoup amusé à faire des remarques antisémites à mon sujet, devant Bates, et que celui-ci, furieux, l'avait remis à sa place. (Elle s'autorisa un petit rire.) Je l'ai vu sauter au plafond, en effet, mais ils se parlaient en allemand. Même si j'arrivais à saisir un mot par-ci, par-là, je me demandais quelle était la cause de cette soudaine violence. Au fait, le vieux Stossel s'est-il plaint de la conduite de Bates auprès de la direction ? Car dans ce cas, je me ferais un plaisir de monter immédiatement dans le bureau de Daschiel pour lui donner ma version de l'histoire.

– A ma connaissance, il n'y a pas eu de plainte. Je suis sûr qu'après avoir réfléchi, Herr Stossel a décidé qu'il serait plutôt gênant d'évoquer les raisons de sa dispute avec Bates et a préféré s'occuper des préparatifs du mariage comme s'il ne s'était rien passé.

Un petit sourire narquois retroussant les lèvres du concierge, il ajouta :

– Je constate que vous avez changé d'avis au sujet de Bates.

La jeune femme eut un mouvement de recul, comme pour éviter un coup.

– Absolument pas ! Je me méfie toujours de lui.

– Mais vous n'exigez plus sa tête.

Les bras fermement croisés sur la poitrine, elle reprit sa posture de défi habituelle.

– Non, je m'en remets à mes tantes. Pour le moment du moins. Avec Bates, on ne peut jamais être sûr de rien. Tout peut arriver avec un type comme lui. En ce qui me concerne, le jugement reste en suspens.

Elle se leva pour s'en aller, puis se retourna vers Paladine avant de sortir.

– Soyez gentil de ne plus appeler mes tantes. Si vous avez un problème à régler, parlez-m'en directement.

33

Sydney Sherman était devenue dépendante au Démérol le jour où, à l'âge de 19 ans, elle avait dû subir un avortement « thérapeutique ». L'opération avait été un succès, au sens où le but recherché avait été atteint, mais la période de convalescence avait été plus longue qu'à l'accoutumée et s'était accompagnée de violentes douleurs. Son médecin lui avait alors prescrit du Démérol, non seulement pour soulager la souffrance, mais offrir aussi à sa patiente une sensation de quiétude et de bien-être qu'elle avait trouvée très agréable.

Longtemps après sa sortie de l'hôpital, elle avait continué à se plaindre de douleurs qui, en vérité, avaient entièrement disparu. Son médecin, soit qu'il fût crédule ou trop tolérant, avait accepté de lui fournir une quantité illimitée de médicaments. Conclusion, à 20 ans, Sydney Sherman était devenue totalement dépendante au Démérol, avec cette conséquence inévitable qu'il lui fallait absorber des doses de plus en plus importantes de drogue pour obtenir les mêmes effets.

Cette journée à New York avait été particulièrement éprouvante pour Sydney. Elle avait subi deux revers consécutifs dans deux grands magasins, sous la forme de commandes beaucoup moins importantes qu'elle l'espérait. Par-dessus le marché, elle avait reçu un appel rageur de son supérieur de Chicago qui lui reprochait d'avoir négligé les réclamations d'un gros acheteur de Miami concernant des commandes incomplètes ou livrées trop tard pour satisfaire ses demandes. Conséquence, le magasin avait tout annulé. Son supérieur avait conclu son appel par une remarque sèche et lourde de menaces pour son travail qui, avait-il dit, « laissait de plus en plus à désirer ».

Fort logiquement ébranlée par toutes ces contrariétés, Sydney Sherman avait terriblement besoin, le soir venu, du réconfort des médicaments. Malheureusement, elle ne connaissait aucun médecin à New York susceptible de lui rédiger une ordonnance.

Évidemment, il restait le concierge qui conservait un petit stock de Démérol dans son coffre-fort. Il le gardait principalement pour elle, afin de pouvoir, en cas de besoin, soulager son horrible sensation de manque.

Mais, depuis une semaine, ils ne s'étaient pas adressé la parole. En l'apercevant parfois derrière le comptoir de la conciergerie, ou quand il traversait le hall, elle l'avait senti préoccupé, et bien plus que d'habitude. Certes, la suavité du professionnel, le calme, l'affabilité et la belle assurance étaient toujours là, mais elle le connaissait suffisamment bien pour deviner, juste derrière la façade, une certaine tension. Et si depuis plusieurs jours il ignorait ses coups de téléphone ou les repassait systématiquement à ses adjoints, c'était parce qu'il essayait de mettre de la distance entre eux.

Mais ses déconvenues professionnelles de la journée, ajoutées à la terrible migraine qui lui avait martelé le crâne tout l'après-midi, avaient affaibli la détermination de Sydney Sherman à ignorer le concierge. Au bord de la panique et des larmes, elle décrocha le téléphone. Sachant que le standard de la conciergerie indiquait le numéro de la chambre de tous les clients qui appelaient, et compte tenu de l'attitude de Paladine depuis une semaine, elle ne s'attendait pas à ce qu'il décroche. Mais cette fois, pour une raison inconnue, ce fut lui qui répondit.

– Je n'aime pas être humiliée, Gerio.
– Je m'en doute, mademoiselle Sherman.

Allongée sur son lit, plusieurs coussins sous la tête, Sydney Sherman s'abandonnait aux soins que lui prodiguait le concierge. Il lui appliquait sur le front une serviette imbibée d'eau chaude. Cela faisait vingt minutes qu'elle avait avalé les 150 mg de Démérol qu'il lui avait apportés, et le puissant analgésique avait commencé à produire ses effets ; elle avait retrouvé des couleurs et son attitude hautaine.

– Vous m'avez insultée, Gerio. Humiliée. Je n'apprécie pas ce genre de choses. Je suis une femme rancunière et vindicative. Je n'oublie pas. Je ne pardonne pas. Si vous croyez rendre service à une pauvre femme d'un certain âge en mal de sexe, permettez-moi de vous détromper.

– Je n'ai jamais pensé ça un seul instant, mademoiselle Sherman.

– Cessez de vous montrer condescendant envers moi, Gerio, et pendant que vous y êtes, laissez tomber ce « mademoiselle Sherman » à la con. Tu ne trouves pas ça un peu grotesque au stade où nous en sommes ?

Le concierge déposa sur la table de chevet une tasse de darjeeling fraîchement infusé.

– Vous prenez du sucre, je crois ?

Cette question, prononcée sur un ton d'une courtoisie excessive, l'horripila.

– Tu devrais le savoir depuis le temps, tu ne crois pas ?

– Oui, c'est juste, dit-il en laissant tomber deux morceaux de sucre dans la tasse fumante.

– Ce que tu peux être exaspérant, bon sang ! s'exclama-t-elle avec un ricanement sans joie. Viens. Assieds-toi là un moment.

Elle tapota l'édredon à côté d'elle.

– Je ne peux pas. Je suis en service.

– Tu es toujours en service. Allez, viens. Assieds-toi. Je ne vais pas te sauter dessus. Promis. Je suis bien trop fatiguée.

Il l'observa attentivement, longuement et finalement, avec un soupir résigné, il s'assit à la place qu'elle lui avait faite à côté d'elle.

– Comment se fait-il que tu aies daigné m'accorder ta présence ce soir ? lui demanda-t-elle.

– Vous m'avez appelé.

– Je t'appelle tous les soirs depuis une semaine. Tu n'as même pas eu la décence de me rappeler. Qu'y a-t-il de différent ce soir ?

– En décrochant le téléphone, j'ai senti la souffrance dans votre voix.

Il lui approcha la tasse fumante des lèvres et l'aida à boire un peu de thé.

– Ça va mieux maintenant ?

– J'ai connu des jours meilleurs, répondit-elle en lui prenant la main pour lui caresser les doigts. Si tu savais la journée que j'ai eue !

– Mauvaise ?

– Je ne veux même pas en parler. C'est trop déprimant. (Elle continuait à jouer avec les doigts de Paladine.) Pourquoi me traites-tu de cette façon, Gerio ?

L'agressivité de sa voix s'était transformée en un doux reproche.

– Tu crois que j'attends quelque chose de toi ? La fidélité ? Un engagement ? Le mariage ? (L'absurdité de cette idée lui arracha un éclat de rire.) Dans ce cas, laisse-moi te mettre à l'aise, mon cher. Je n'attends rien du tout de toi, à part peut-être quelques gestes tendres de temps à autre. Mais surtout pas un mariage. Tous mes amis et ma famille, là-bas chez moi, se paieraient une sacrée rigolade s'ils savaient que je me jette sans vergogne dans les bras d'un concierge d'hôtel depuis quelques années. Tu te rends compte ! Un concierge !

Paladine l'écoutait sans rien dire ; il regardait le Démérol s'emparer peu à peu de ses yeux aux paupières tombantes.

– Ils passeraient un bon moment, ajouta-t-elle, en ricanant tout bas. « Pauvre Sydney ! » diraient-ils. Avec ses belles manières et ses airs de grande dame. Un concierge ! Vous vous rendez compte !

Elle ferma les yeux, mais ne lâcha pas la main de Paladine lorsqu'il se leva.

– Où vas-tu ? (Ses yeux effrayés se rouvrirent en papillotant.) Je ne veux pas que tu partes.

– Il est tard. On doit se demander où je suis passé.

– Qui ça ? lui demanda-t-elle, et son ton avait retrouvé toute son autorité. Il y a quelqu'un d'autre, pas vrai ? On m'a dit que tu avais une femme chez toi. C'est la vérité, Gerio ? Je l'espère pour toi. Tu as l'air si seul ! Personne ne l'a jamais vue, paraît-il, et elle ne sort jamais. Je la plains.

Paladine regardait Sydney Sherman sans rien dire, avec dans les yeux une tristesse indicible. Lentement, il remonta l'édredon sous son menton.

– Je viendrai vous voir demain matin, dit-il. Si vous avez besoin de quoi que ce soit, dites-le-moi.

Il éteignit la lumière et sortit.

– Gerio !

La main sur la poignée, il se retourna et attendit.

– Salopard, susurra-t-elle dans le noir en lui envoyant un baiser accompagné d'un gloussement tandis qu'il refermait la porte derrière lui.

– Je voulais vous remercier.

– De quoi ?

– Vous avez fait un truc bien pour moi et je voulais vous remercier, c'est tout.

Ils se faisaient face dans le hall de l'hôtel ; les gens allaient et venaient autour d'eux. Crispée et mal à l'aise, Lane Barachevsky avait du mal à prononcer ces paroles aimables. Jeune femme élevée principalement dans des familles de substitution après qu'elle eut perdu ses parents dans un accident de bateau, elle avait appris que des qualités comme la docilité et la contrition n'étaient pas la meilleure façon de défendre ses intérêts dans la vie.

Ils s'étaient croisés dans le hall. Bates se rendait aux cuisines pour grignoter tandis que Lane regagnait sa boutique de fleurs après avoir dîné. Cette dernière resterait ouverte jusqu'à 21 heures, comme tous les jours.

– Qu'est-ce qui vous a poussé à faire ça ? lui demanda-t-elle.

– Faire quoi ? Rabaisser le caquet de ce vieux boche ?

– Oui. Pourquoi ne pas m'avoir expliqué ce qui se passait ?

– Cela ne vous concernait pas ; c'était une affaire entre lui et moi.

– Pourtant, il parlait de moi, il me semble. Ces insultes me visaient. Et s'il s'était plaint à la direction ? Vous risquiez de perdre votre place. Qu'est-ce qui vous a poussé à faire ça ? A quoi pensiez-vous, bon sang ?

– Pas à vous, si c'est ce que vous voulez savoir, lui répondit Bates, tandis qu'une vague d'humanité affairée et chatoyante les frôlait à toute vitesse, les bousculant légèrement.

– Peu de gens auraient réagi comme vous, dit-elle.

– Peu m'importe ce qu'auraient fait les autres. Je refuse de laisser passer ce genre de choses. Je ne l'ai pas fait pour vous.

– Je me fiche que vous l'ayez fait pour moi ou pas. Ce qui compte, c'est que vous l'ayez fait.

– En tout cas, dit-il, impatient d'en finir, le vieux boche n'a pas annulé sa commande, hein ? Vous avez obtenu ce que vous vouliez ?

Juste avant qu'elle tente de le remercier, l'espace d'un instant, elle avait ressemblé à la jeune femme de vingt ans qu'elle était. Mais durant les quelques secondes qui avaient suffi à Bates pour cracher ces paroles vénéneuses, elle semblait avoir vieilli de plusieurs dizaines d'années. Ses yeux se plissèrent et sa bouche se crispa pour dessiner son éternel sourire sévère et fabriqué.

– Sincèrement, Bates, je me contrefous de cette commande, lui renvoya-t-elle. Et je me contrefous encore plus de vous. J'avoue avoir mal jugé ce « vieux boche » comme vous l'appelez. Mais je ne me suis pas trompée sur votre compte. Vous êtes bien le sale con que je pensais.

Sur quoi, elle tourna les talons et s'éloigna à grands pas.

34

– Les bras m'en sont tombés !
– Quand vous ont-elles appelé ?
– Tard. Je venais de me coucher. Elles étaient à une soirée.
– Elles en donnaient déjà une, chez elles, quand je leur ai parlé. Mais dites-moi plutôt… elles ont promis de vous vendre des actions ?
– C'est ce qu'elles ont dit. 200 000 actions du groupe Parker Regency à 51 dollars. Soit un peu plus de 10 millions. Wentworth s'occupe du financement.
– Vous voilà de nouveau assis aux commandes, monsieur Fritz. C'est vous qui contrôlez les affaires.

Il était un peu plus de 7 heures, le lendemain matin, quand le téléphone avait sonné dans le bureau du concierge. Fritz Daschiel était au bout du fil. De retour de Dallas, il voulait que Paladine monte le voir immédiatement. Il n'avait pas dit pour quelle raison, mais, à en juger par le ton de sa voix, on pouvait deviner que les nouvelles en provenance de Dallas étaient plutôt bonnes.

« Les bras m'en sont tombés ! », tels étaient les mots avec lesquels Daschiel Junior avait accueilli Paladine.

Le jeune homme paraissait fatigué ; il semblait avoir besoin d'une douche et d'une bonne nuit de sommeil. Mais sa joie exubérante suffisait à masquer sa mine de papier mâché. Alors qu'il racontait dans le détail les événements des dernières 48 heures, il était animé d'une énergie et d'une assurance que le concierge ne lui avaient jamais connues.

– Je n'oublierai pas de sitôt, Gerio, déclara-t-il en se levant pour remplir leurs tasses avec la cafetière en acier inoxydable qui fumait sur le bureau. Je ne sais pas ce que vous avez raconté à ces deux vieilles, ni comment vous vous êtes débrouillé.

– C'est sans importance.

– D'après ce qu'elles m'ont dit, j'ai compris qu'il y avait plus ou moins un rapport avec leur nièce adorée. Apparemment, vous avez évoqué la possibilité d'installer de nouvelles franchises.

– La question a été brièvement évoquée, reconnut Paladine. Mais le facteur déterminant, c'est le fait que les deux sœurs connaissent Billy Fiske et ses amis et qu'elles ne les portent pas dans leur cœur. Je suis certain qu'après notre conversation elles sont convaincues que l'actuelle direction offre un meilleur avenir à leur petite-nièce que le groupe Battersea.

Les yeux de chien triste de Daschiel Junior débordaient de gratitude.

– Gerio, je dois également vous remercier pour Bud Wentworth. Cet homme est une perle. Vous auriez dû voir la tête de Chalmsley quand nous avons débarqué en pleine réunion. Il a failli tomber de sa chaise.

A la simple évocation de cette scène, Daschiel se frappa sur la cuisse en poussant un grand cri de joie.

– D'abord, la secrétaire de l'oncle Billy a essayé de nous arrêter dans le couloir. Si vous aviez vu le morceau ! 1,80 mètre. Cheveux gris platine. On aurait dit un ancien sergent instructeur du Vietnam. « Un instant, monsieur Daschiel. Vous ne pouvez pas entrer ! » Et voilà qu'elle jaillit de derrière son bureau pour nous cavaler après dans le couloir !

Daschiel haussa la voix de plusieurs octaves pour imiter de manière comique la secrétaire les poursuivant dans le couloir.

– On l'a repoussée et on est entrés. Ils étaient tous là, assis autour de la table. Douze culs plombés en chemise blanche et costume sombre ; on aurait dit des quilles de bowling.

« Quand ils nous ont vus entrer, l'un d'eux a renversé un broc d'eau. L'oncle Billy a viré au cramoisi. Ses bajoues tremblotaient comme des caroncules de vieux coq. C'est alors que Wentworth… ce type est un génie, je vous le répète… les a remis à leur place en leur lisant un chapitre de leur propre bible, la Charte du ministère du Commerce de l'État du Texas. Plus particulièrement, un jugement rendu par la Cour suprême du Delaware et la cour de la Chancellerie du Texas. Un minuscule point de détail qui régit la formation et la dissolution des sociétés dans tout l'État du Texas. Il y a là-dedans deux petites clauses, Gerio, de quelques dizaines de mots chacune, qui concernent directement l'énorme négligence de Battersea qui a omis de fixer un cours de marché équitable pour le rachat du groupe Parker Regency. Ne me demandez pas comment Wentworth a mis la main là-dessus, mais il l'a fait. Dès lors, l'affaire était quasiment dans le sac.

« … Une minute plus tard, c'était la panique à bord. Tout le monde parlait et hurlait en même temps. Des gens frappaient sur la table. Des documents volaient dans tous les sens. L'oncle Billy avait la mâchoire qui pendait jusqu'au nombril. Il s'est mis à beugler : "Chalmsley ! C'est quoi cette histoire, bordel ?" Chalmsley n'en savait rien. Il n'en avait aucune idée. Apparemment, il n'avait pas préparé sa leçon. Il n'avait jamais entendu parler du jugement de la cour suprême du Delaware. La réunion était terminée dix minutes après avoir commencé. Un vrai capharnaüm. Tous les gars en costard fermaient leurs porte-documents. Comme les rats qui quittent le navire avant le naufrage. Chalmsley, lui, battait rapidement en retraite en répétant à qui voulait l'entendre qu'il s'agissait d'un simple petit oubli et que tout serait arrangé dès le lendemain matin. Un petit oubli !

Daschiel se tapa de nouveau sur le genou en poussant un cri, plus fort que le premier.

– Ils n'ont aucune possibilité de faire appel ? demanda Paladine.

– D'après Wentworth, c'est possible. Chalmsley peut aller devant la cour de la Chancellerie s'il le désire. Mais d'après ce que j'ai compris, pour que ça serve à quelque chose, il faudrait faire voter un nouvel amendement à la

Charte par la législature de l'État, ce qui prendrait des années et coûterait des millions de dollars en frais de procédure. Et oncle Billy serait obligé de graisser d'innombrables pattes au Sénat et à l'Assemblée de l'État. Ce n'est pas son genre, vous vous en doutez. Chaque fois qu'il met la main à la poche, il en sort des mites.

Daschiel fut secoué par des vagues de fou rire et ne s'arrêta qu'en constatant, brusquement, qu'il était le seul à rire. Assis en face de lui, de l'autre côté du bureau, le concierge paraissait extrêmement solennel.

– Qu'est-ce qui ne va pas, Gerio ? Vous faites une tête d'enterrement. Vous devriez vous réjouir de la manière dont les choses se sont passées.

– Je me réjouis, monsieur Fritz. Je suis ravi. Et soulagé. Je suis sûr que le personnel sera soulagé lui aussi.

– Eh bien, essayez de le montrer, nom d'un chien ! Vous ne vous sentez pas bien ?

– Je me sens bien, monsieur. Mais c'est à cause de cette enquête...

– Oh, mon Dieu, oui. L'affaire Gobbo. Avec cette histoire de Dallas, j'avais presque oublié. Où en sommes-nous ? En arrivant ici, j'ai vu un tas de voitures de patrouille devant l'hôtel et des flics partout à l'intérieur. Hier à l'aé roport de Dallas, j'ai acheté le *Times* pour lire dans l'avion. Et qu'est-ce que je vois en première page de la section infos locales ? Les yeux tristes du vieux Gobbo qui me regardent. Quand je suis parti d'ici lundi, on parlait d'un suicide. Maintenant, on parle d'un meurtre. L'autre jour, je me souviens que vous vouliez me dire quelque chose à ce sujet.

– Apparemment, la police a découvert de nouveaux indices.

– De nouveaux indices de quoi ?

Paladine regarda son employeur d'un air gêné.

– J'ignore ce que vous savez de cette affaire, monsieur Fritz.

– Je sais, ou du moins, je croyais savoir que le vieux bonhomme s'était pendu dans les caves.

Le concierge sentait croître son malaise.

– C'est ce que nous pensions tous, dit-il. Mais que savez-vous exactement au sujet de… (Il cherchait l'expression appropriée.)… des détails désagréables ?

– Les détails de la pendaison, vous voulez dire ? Je sais ce que Pargiter m'a raconté. Et vous connaissez Pargiter. Quand il s'agit de m'annoncer de mauvaises nouvelles concernant l'hôtel, il a tendance à faire passer l'Apocalypse pour une partie de campagne.

– Vous a-t-il parlé de certains sévices infligés au corps ?

Daschiel haussa le sourcil.

– Non. Il ne m'a rien dit. Mais je l'ai lu dans le *Times*. Ça fait frémir. Qu'est-ce qu'il fabriquait, ce vieux bonhomme ? Il était mêlé à des trucs bizarres, ou quoi ? Est-ce que par hasard vous seriez au courant, Gerio ?

Daschiel Junior avait insisté très nettement sur cette dernière question.

Le concierge regardait fixement ses mains croisées sur ses genoux. S'il avait entendu la question, il décida de l'ignorer. Il poursuivit sur une autre voie.

– L'enquête est menée par un certain inspecteur Bucket. Il se promène partout pour interroger les membres du personnel, parfois même plusieurs fois. Je suis sûr qu'il voudra vous interroger, vous aussi, et avant qu'il vienne vous voir, je pense qu'il vaudrait mieux que je vous raconte tout.

35

Le vieux Daschiel Senior mourut le mercredi suivant. Il s'éteignit paisiblement aux petites heures du jour. En entrant dans sa chambre pour lui faire sa toilette et lui donner son petit déjeuner, Max, son médecin particulier, le découvrit mort dans son lit. Le tuyau en plastique qui reliait son nez à la bouteille d'oxygène posée à son chevet avait été ôté et déposé soigneusement sur la table de nuit, ce qui conduisit les membres de la famille à conclure que le vieillard, las de lutter, avait décidé de mettre fin au combat.

L'enterrement en grande pompe fut largement couvert par les médias. Le vieux Daschiel était un des principaux propriétaires d'hôtel du pays, et ceci depuis les premières décennies du XXe siècle. Avec les Hilton, les Marriott et autres Statler, la famille Daschiel constituait une des plus importantes dynasties hôtelières de l'Amérique.

Outre la foule importante composée de parents et d'amis, la plupart des grandes chaînes d'hôtel – le Sheraton, le Hyatt Regency, les groupes Helmsley, Pritzker et Lowes – avaient toutes envoyé des représentants aux obsèques.

Daschiel Junior avait, quant à lui, affrété deux cars pour transporter les plus anciens membres du personnel, ceux qui avaient connu personnellement le vieux Daschiel, jusqu'au cimetière situé dans le nord de Westchester, là où se trouvait le caveau de famille.

Étaient aussi présents un certain nombre de clients de l'hôtel, principalement les résidents permanents qui avaient entretenu de longs rapports d'amitié avec le vieux

Daschiel. Parmi eux figurait le Dr Nierenberg, qui n'était pas seulement une amie intime, mais qui avait également soutenu feu Mme Daschiel au cours de graves dépressions nerveuses. Elle partageait une limousine avec le Dr Ngongoro. Sydney Sherman était là elle aussi, non pas qu'elle ait connu personnellement le vieil homme (elle était trop jeune pour avoir entretenu des relations avec lui du temps où il était encore valide), mais parce qu'elle obéissait à un ordre de ses employeurs. La Marshall Fields Company de Chicago avait toujours eu d'excellents rapports avec les Daschiel et leurs cadres choisissaient de préférence des hôtels du groupe Parker Regency au cours de leurs déplacements.

Paladine se rendit au cimetière à bord d'une autre limousine de location, en compagnie de Pargiter, Illiescu et du vieux Kraus. Convié à se joindre à eux, Strybch avait décliné l'invitation, préférant voyager avec les autres employés dans un des cars.

Pour l'occasion, le Dr Ngongoro avait troqué ses tenues ethniques colorées contre un costume sombre à fines rayures. N'ayant pas prévu de prendre la parole, il parut submergé par l'émotion quand on lui demanda de dire quelques mots. Légèrement bafouillant au début, il fit ensuite un panégyrique improvisé et hésitant qui n'en fut que plus touchant dans sa simplicité. Il évoqua l'ami qu'il avait connu pendant quelque vingt années et qui avait eu le courage, la bonté d'âme, d'offrir l'hospitalité à lui-même et aux autres délégués des pays du tiers-monde auprès des Nations unies à une époque où d'autres établissements semblables résistaient encore obstinément à ce courant émergeant.

Il y eut dans la presse de longs articles nécrologiques, parfois même chaleureux, pour chanter les louanges d'un homme issu d'un milieu modeste, mais dont le génie visionnaire avait su forger un empire qui, du temps de sa gloire, était devenu la référence en matière de luxe et de services dans l'industrie hôtelière. Sous la houlette de Daschiel Senior, les établissements Parker Regency avaient acquis dans le monde entier la réputation d'accueillir les artistes, les hommes d'État, les géants de la finance, les têtes couronnées et tout le gratin du show-business.

Les articles évoquaient également le paternalisme bien connu du fondateur du groupe Parker Regency. Considéré comme un visionnaire dans le domaine des relations entre patrons et employés, le vieux Daschiel avait conclu avec le syndicat de l'industrie hôtelière un contrat jugé exemplaire en son temps, contrat qui devait servir de modèle, par la suite, à d'autres accords dans diverses branches.

Plusieurs articles parlaient du Parker Regency comme d'une relique du passé, ayant connu des jours plus fastes. Pour un journaliste, l'établissement avait jadis symbolisé toute une « époque de grandeur », remplacée peu à peu par l'« époque du Disney-chic ».

Un autre journal révélait que le groupe traversait une période de difficultés économiques, et faisait allusion à des luttes internes entre les principaux actionnaires afin d'arracher le contrôle de la société à la famille Daschiel. Maintenant que venait de disparaître la puissante figure patriarcale du groupe, affirmait le journaliste, le conflit risquait de redoubler d'ampleur.

C'était une belle journée de fin octobre ; la nature offrait une éblouissante palette de couleurs automnales, l'air était plein des odeurs de résine de pin et de pommes pourries provenant d'un verger voisin. Les abeilles bourdonnaient dans la tiédeur du soleil.

Durant toute la cérémonie, Paladine se tint juste derrière le jeune Fritz Daschiel, qui demeurait étrangement de marbre, comme indifférent aux longs panégyriques dédiés à la mémoire de son père. Annabelle Daschiel se tenait à sa droite ; elle cachait ses larmes derrière des lunettes noires et reniflait en se tapotant le nez avec son mouchoir roulé en boule. A voir leur façon de se tenir et de se comporter l'un vis-à-vis de l'autre, Paladine devina qu'ils s'étaient querellés.

Debout devant sa mère, le jeune Frankie ne cessait de s'agiter en se plaignant parfois à voix haute, impatient que la cérémonie se termine.

Plusieurs fois, en levant la tête, Paladine croisa le regard lourd de reproches de Sydney Sherman qui se tenait juste en face de lui, de l'autre côté de la tombe encore ouverte.

Pour le trajet du retour, Paladine se retrouva seul à l'arrière de la limousine avec Rado Illiescu. Les autres avec qui ils étaient venus avaient décidé de se réunir dans la résidence des Daschiel à Westchester.

Ce fut un voyage sinistre, les deux hommes préférant rester seuls avec leurs pensées plutôt que de bavarder. C'est seulement lorsqu'ils approchèrent du pont George-Washington que Paladine ouvrit enfin la bouche.

– Dites-moi, Rado, est-ce que cet inspecteur de police est venu vous interroger ?

– Pour l'affaire Gobbo ? Oui, justement, il est venu me voir hier.

Ils replongèrent dans le silence tandis que la grosse Lincoln traversait le pont dans un doux ronronnement, au-dessus de la surface ondulante de l'Hudson River pailletée d'écume.

– Qu'est-ce que vous pensez de tout ça ? demanda Paladine.

– Comment savoir, hein ? D'abord, on nous parle d'un suicide. Et maintenant, il paraît que c'est un meurtre. D'après le journal de ce matin, ils suspectent même quelqu'un du personnel.

– Oui, c'est aussi ce qu'affirme l'inspecteur Bucket. Il vous a parlé de l'enfant ?

– L'enfant ?

– Celui qui venait voir le comte parfois, le week-end.

– Ah oui. Oui, évidemment. Il m'a posé la question. Il m'a demandé si un petit garçon rendait visite au vieil homme. J'ai répondu oui. C'était son petit-fils.

– Il vous a demandé autre chose ?

– Au sujet de l'enfant ? Non. Pourquoi ?

Illiescu était un Roumain petit et large d'épaules, avec des yeux vifs et une épaisse moustache. Il avait fui son pays natal avec sa femme et son enfant pour échapper au régime brutal de Ceaucescu.

A Bucarest, Illiescu exerçait le métier de pharmacien, mais son diplôme n'était pas reconnu à New York, où il était venu s'installer. Ayant peu d'économies, et obligé de faire vivre sa famille, il avait pris le premier travail qui se présentait. Celui de chasseur au Parker Regency, où le vieux Daschiel, qui admirait son courage politique et son esprit d'indépendance, l'avait pris sous son aile.

Tout en travaillant à l'hôtel, il avait suivi des cours du soir dans l'espoir d'approfondir sa formation et de pouvoir exercer de nouveau son vrai métier. Mais il excellait dans la profession de chasseur et s'était rapidement hissé au rang de chef. Dès lors, les gages et les pourboires généreux lui avaient tourné la tête, mettant un terme définitif à ses rêves de redevenir un jour pharmacien et peut-être même d'ouvrir sa propre officine.

– Gobbo était un bonhomme étrange, reprit Illiescu.

– Étrange ? Comment ça ?

– Vous savez bien, monsieur Paladine. Vous le connaissiez mieux que quiconque.

– Certes, mais…

– Alors, vous savez, dit Illiescu avec un clin d'œil entendu. Soyons francs : c'était un vieux cochon. Demandez donc aux garçons de mon équipe.

– A vos garçons ?

– Allons, monsieur Paladine. Je ne vais pas vous faire un dessin. Vous savez très bien de quoi je parle. Quelques-uns de mes chasseurs, particulièrement les Latinos…

– Ernesto ?

– Oui, et José aussi. Plus quelques autres. Il était toujours après eux. Il voulait les toucher.

– Les toucher ?

– Parfaitement ! Il avait les mains baladeuses. Il appelait la réception à toute heure du jour et de la nuit. « Pourriez-vous m'envoyer un chasseur ? J'ai besoin de quelqu'un pour descendre un paquet. »

Illiescu imitait assez bien l'accent rocailleux d'un vieil Italien.

– Et une fois qu'ils étaient dans sa chambre, ajouta-t-il, il essayait de les draguer.

Le Roumain se renversa contre le dossier moelleux de la banquette en ricanant.

– Vous connaissez ces jeunes gens, monsieur Paladine. Ce sont des Latins. Avec le côté macho. Avec eux, pas question de jouer à ça. Ils l'appelaient *el maricon*. Un jour, Ernesto… Vous connaissez Ernesto. C'est un garçon doux, gentil ; il ne ferait pas de mal à une mouche. Eh bien, le vieux Gobbo a essayé de le draguer. Il lui a offert de l'argent. Le gamin est redescendu fou de rage, rouge comme une tomate. « Si jamais il recommence ses saloperies… (Illiescu s'était lancé dans une autre de ses imitations.) Yé le tou ! Yé jure que yé le tou ! »

Illiescu semblait amusé par son récit.

– Je vous le dis, monsieur Paladine. C'était un drôle de type, ce vieux bonhomme. Mes gars le détestaient.

– Avez-vous parlé de ça à Bucket ?

– L'inspecteur de police ? Oui, évidemment. Il m'a demandé si on avait eu des problèmes avec le vieux et je lui ai raconté. Je n'avais pas de raison de me taire, pas vrai ?

– Non, aucune. Mais je parlais de ce qui s'est passé avec Ernesto.

Illiescu semblait ne pas comprendre.

– Ce qui s'est passé avec Ernesto ?

– Oui, ce que vous venez de me dire. Ce qu'il avait juré de faire si le vieil homme recommençait.

Entre la 96e Rue et le Parker Regency, une idée s'était frayé un chemin dans la conscience de Paladine, et elle s'y consumait comme des haillons enflammés.

36

A peine s'ils s'étaient adressé la parole de toute la semaine. Et même s'ils continuaient à travailler côte à côte, quotidiennement, chacun faisait en sorte d'éviter l'autre au maximum. Depuis que Patsy Ricci avait accusé Bates de chercher à lui voler son titre de successeur légitime au poste de concierge, leurs rapports n'avaient cessé de se détériorer. Finie la complicité décontractée qui avait marqué leurs relations durant l'année écoulée ; finies également les plaisanteries et les taquineries ; ils avaient abandonné les rôles chaleureux de grand et petit frères qu'ils avaient tenus si facilement au cours de ces derniers mois. Entre eux, il ne restait plus qu'une politesse froide.

En outre, tout ce que Patsy observait depuis une semaine ne faisait que renforcer ses soupçons. Bates et Paladine semblaient passer de plus en plus de temps en tête à tête, enfermés dans le bureau du concierge, le laissant seul au comptoir pour répondre aux requêtes des clients, à se demander ce qu'ils manigançaient derrière la porte.

Patsy et Bates ne travaillaient pas depuis assez longtemps au Parker Regency pour avoir connu le vieux Daschiel ; c'est pourquoi ils n'avaient pas été conviés à son enterrement. Ils restèrent donc à l'hôtel, en compagnie d'une arrière-garde très clairsemée pour assurer le fonctionnement de l'établissement.

Fort heureusement, c'était le calme plat. Le décès de Daschiel Senior semblait avoir jeté un voile noir sur l'hôtel, et le grand hall était quasiment désert. A l'exception du bourdonnement lointain d'un aspirateur quelque part dans la salle de restaurant, tout baignait dans un silence irréel.

L'inactivité inhabituelle de la conciergerie n'arrangeait pas les choses. Quand ils étaient occupés, Bates et Patsy pouvaient facilement se réfugier dans leur travail, mais ce jour-là, l'absence de clients et de coups de téléphone avait pour fâcheuse conséquence de les rapprocher l'un de l'autre au lieu de les maintenir éloignés.

Bates fit quelques tentatives timides pour engager la conversation. Tout d'abord, il demanda des nouvelles de Camilla, la jeune épouse de Patsy ; est-ce qu'elle se plaisait dans son pays d'adoption ? « Tout va bien », telle fut la réponse en trois mots qu'il obtint en récompense de ses efforts. Avait-elle entrepris les démarches pour obtenir ses papiers ? demanda-t-il ensuite. Cette fois, la réponse fut encore plus brève : « Oui. »

Dès lors, un silence de mort les enveloppa comme un épais brouillard. Quelques minutes plus tard, en faisant défiler sur l'écran de l'ordinateur la liste des arrivées du jour, Bates s'aperçut qu'une limousine devant aller chercher un client à l'aéroport Kennedy dans l'après-midi n'avait pas été commandée. Ce petit oubli qui, autrefois, aurait été réparé sans histoires se transforma en une vilaine dispute, chacun rejetant la faute sur l'autre. Pour finir, Patsy commanda la limousine et Bates ficha le camp en fulminant.

Abandonné derrière son comptoir, avec l'impression d'être trahi, Patsy Ricci sentit renaître ses soupçons et son ressentiment. Chaque fois qu'il pensait à Bates et à ses manœuvres évidentes pour s'attirer les faveurs du Maestro, des vagues de chaleur émanant de tout son corps montaient vers son visage empourpré. Pour se calmer, il entreprit de dresser une longue liste de suggestions concernant le fonctionnement de la conciergerie. Le moment était peut-être bien choisi, se dit-il, pour présenter le plan détaillé de ses idées ; cela lui permettrait de s'insinuer dans les bonnes grâces du Maestro, tout en sapant l'influence de Bates.

– Hé, il n'y a plus personne ? Cet hôtel ressemble à un tombeau.

Arraché brutalement à ses pensées, Patsy leva la tête

pour découvrir le nez enflammé de l'inspecteur Bucket qui rougeoyait comme une balise au milieu de son visage.

– Sa majesté est occupée ? demanda-t-il.

Patsy expliqua que le concierge s'était absenté pour assister à l'enterrement de M. Daschiel Senior.

– Ah bon ? dit l'inspecteur en essayant de prendre un air affligé. Vous m'en voyez désolé. M. Daschiel Junior serait-il dans les parages, par hasard ?

– Je crains qu'il n'assiste à l'enterrement, lui aussi.

– Oui, évidemment. Suis-je bête !

Bucket semblait gêné d'avoir posé une question aussi idiote.

– Quand doivent-ils rentrer ? demanda-t-il.

– Vers 14 heures, je pense.

L'inspecteur consulta sa montre.

– Seriez-vous assez aimable pour dire à M. Paladine, quand il rentrera, que je repasserai le voir vers 15 heures ? J'aimerais discuter de deux ou trois choses avec lui.

Au moment où Bucket s'apprêtait à repartir, Patsy se pencha par-dessus le comptoir et le retint par la manche.

– Inspecteur…

Bucket regarda d'abord la main posée sur son bras, avant de lever les yeux vers le jeune homme. Son regard noir semblait dire : « Qu'est-ce que ça signifie ? »

Intimidé, Patsy s'empressa d'ôter sa main.

– Inspecteur, dit-il en regardant rapidement autour de lui, visiblement mal à l'aise, je me demande quand est-ce que vous viendrez m'interroger.

Bucket parut surpris.

– Ah oui ? Et pourquoi donc ?

– Eh bien, vous avez interrogé presque tout le monde ici.

– Peut-être n'ai-je aucune raison de vous interroger. (L'inspecteur le dévisagea avec insistance.) Si ?

– Ça se pourrait, répondit Patsy, de plus en plus mal à l'aise.

– A quel sujet ?

– Oh, certaines personnes.

– Certaines personnes, murmura l'inspecteur. Qui, par exemple ?

Les deux hommes se regardèrent d'un air méfiant, tels deux lutteurs qui se tournent autour avant le combat.

Patsy prit une profonde inspiration avant de se jeter à l'eau.

– Joe Bates, par exemple. Ce genre de choses, vous voyez. Ça vous intéresse ?

Le cigare éteint roula lentement entre les lèvres humides de l'inspecteur.

– Oui, dit-il. Ça pourrait m'intéresser. Où peut-on discuter tranquillement ?

Peu après 15 heures, Paladine regagna son bureau pour découvrir, une fois de plus, le lieutenant Bucket qui l'attendait. La lampe était allumée sur le bureau et, assis dans le fauteuil réservé aux visiteurs, le policier lisait les pages hippiques du *Daily News* en se massant le pied droit qu'il avait déchaussé.

– Vous devez commencer à en avoir marre de voir ma sale tête dans les parages, monsieur Paladine, lança-t-il avec un grand sourire, tandis qu'il fourrait son journal dans sa poche d'imperméable et reglissait son pied dans sa chaussure.

– Absolument pas, répondit le concierge avec le même sourire, en masquant son agacement.

Il prit place à son bureau.

– Je suis désolé d'apprendre la mort de M. Daschiel, dit Bucket.

– Comme nous tous, lieutenant. Particulièrement ceux d'entre nous qui ont eu le privilège de travailler pour lui pendant des années.

– Quel âge avait-il, si je peux me permettre ?

– Environ quatre-vingt-dix ans, je crois.

– Puissions-nous faire aussi bien, hein, monsieur Paladine ? Il est décédé brutalement ?

– Non, il était malade depuis quelque temps déjà. A vrai dire, son décès est un soulagement.

– Ah, quelle tristesse ! soupira l'inspecteur.

Puis, s'étant acquitté des condoléances obligatoires, il en vint rapidement au fait.

– J'étais dans le quartier, monsieur Paladine, et d'autres questions me sont venues à l'esprit. Comme vous m'avez été très utile jusqu'à maintenant, j'ai pris la liberté de passer vous voir. J'espère que vous ne m'en voulez pas.

Le ton légèrement sarcastique de l'inspecteur n'avait pas échappé au concierge.

– Absolument pas. Je serai ravi de pouvoir vous aider.

Le regard de Bucket le transperça.

– J'ai pensé que ça pourrait vous intéresser, dit-il. Je me suis renseigné partout, auprès des collègues de Gobbo au consulat d'Italie, auprès d'un certain nombre de ses amis, ici à l'hôtel ; et même auprès de sa famille en Italie.

Paladine attendit ; il anticipait ce qui allait suivre.

– Le vieil homme avait effectivement des petits-fils, cinq en tout pour être précis. Mais ils vivent tous en Italie et aucun n'a jamais mis les pieds aux États-Unis. Par ailleurs, la famille m'a assuré qu'aucun neveu, ou même aucun jeune enfant d'amis n'avait pu lui rendre visite de manière régulière.

L'inspecteur marqua une pause pour permettre à cette information de faire son chemin dans l'esprit de Paladine. Après quoi il déclara :

– Reste donc la grande interrogation : qui était donc ce gosse qui venait voir le vieux comte ? Cette question est devenue capitale.

Paladine s'agita nerveusement sur son siège.

– Franchement, inspecteur, si vous l'ignorez, comment pourrais-je le savoir ?

Les deux hommes se dévisagèrent, chacun d'un côté du bureau. Finalement, Bucket enchaîna.

– J'ai eu une petite conversation très intéressante avec votre assistant ce matin.

– M. Bates ?

– Non. L'autre gars. Comment s'appelle-t-il déjà ?

– Vous voulez parler de Patsy ? Patsy Ricci ?

– Lui-même, dit Bucket en cochant une note dans son carnet. Charmant jeune homme. Nous avons discuté d'un certain nombre de choses, mais l'une d'elles m'a particulièrement intéressé.

– Ah ?

Paladine jouait avec un presse-papiers en onyx représentant un singe.

– Vous vous souvenez, lors de l'une de nos précédentes conversations, je vous avais dit que Bates était le seul à m'avoir affirmé qu'il ignorait qu'un enfant rendait régulièrement visite à Gobbo, le week-end.

– Oui, je m'en souviens.

– Eh bien, M. Ricci m'assure que c'est faux. Apparemment, cet enfant venait toujours accompagné d'une dame, et celle-ci revenait un ou deux jours plus tard pour rechercher l'enfant. Connaîtriez-vous l'identité de cette personne, par hasard ?

– Non.

– Mais vous confirmez qu'elle existe ?

– Absolument. Je l'ai vue moi-même, un certain nombre de fois.

– Pourquoi ne m'en avez-vous pas parlé ?

– Vous ne m'avez pas posé la question.

Le nez enflammé de l'inspecteur s'empourpra de plus belle.

– Maintenant, vous me dites que vous avez vu cette femme, mais vous ne savez pas qui c'est ?

– J'ai supposé, comme tout le monde ici, que c'était une nourrice ou une fille au pair. Quelque chose comme ça.

– Franchement, monsieur Paladine, pour un concierge chef, un homme de votre expérience qui plus est, il se passe beaucoup de choses dans cet hôtel que vous ignorez.

L'inspecteur soupira de nouveau et replongea le nez dans son carnet.

– Bref, reprit-il, cette femme accompagnait l'enfant jusqu'à la réception et là, un chasseur le faisait monter dans la chambre du vieil homme. Mais quand aucun chasseur n'était disponible, c'était l'un de vos assistants qui s'en chargeait. C'est bien cela ?

– Exact. De temps en temps, dans les moments de bousculade, mes adjoints donnent un coup de main en accomplissant des tâches qui ne sont pas habituellement de leur ressort.

– M. Ricci m'a dit qu'il avait lui-même conduit l'enfant à la chambre du comte à plusieurs reprises. Et à sa connaissance, M. Bates s'en était chargé lui aussi, au moins une fois. Il se trouve que c'est la dernière fois où on a vu l'enfant. C'est également le week-end où le vieux Gobbo a été assassiné.

L'inspecteur sembla attendre une réaction de la part du concierge. Comme rien ne venait, il poursuivit :

– Vous avez dû avoir un choc l'autre jour, quand je vous ai dit que votre assistant, Bates, avait un casier judiciaire dans l'Indiana.

– Oui, un sacré choc, reconnut Paladine. Comment aurais-je pu m'en douter ?

– Je comprends, dit Bucket, compatissant. Mais n'êtes-vous pas amené, maintenant, à vous poser des questions sur ce jeune homme ?

Le concierge resta muet et impassible, choisissant une fois de plus le silence en guise de réponse. Mais Bucket enfonça le clou.

– De même, ce doit être un choc pour vous d'apprendre que M. Bates m'a menti au sujet de cet enfant. A votre avis, quelles raisons avait-il de me mentir ?

– Aucune idée, inspecteur. Et je refuse de spéculer.

Paladine entendait la tension dans sa voix et se sentait de plus en plus acculé.

– Vous n'en avez aucune idée ?

– Non, aucune.

Le mégot de cigare froid glissa sur la lèvre inférieure de l'inspecteur en laissant derrière lui un mince filet de salive brillant.

– Ce que je peux en conclure, monsieur Paladine, c'est que votre adjoint avait des raisons de me mentir.

– Peut-être avait-il peur, tout simplement ?

– Peur de quoi ? S'il n'a rien fait de mal, pourquoi aurait-il peur ?

– Peur de se retrouver impliqué, je suppose.

– Impliqué ? (Bucket répéta ce mot comme s'il en goûtait toute la saveur.) Impliqué dans quoi ? Vous voulez parler de la mort du comte Gobbo, ou vous faites allusion à autre chose ?

– Je ne fais aucune allusion. Je dis simplement que Bates était peut-être nerveux, tout naturellement, quand vous l'avez interrogé.

– Tout naturellement ? Et pourquoi donc ?

– C'est une façon de parler, lieutenant. Je ne dis pas qu'il avait de véritables et inavouables raisons d'être nerveux, si ce n'est le fait d'être interrogé par la police.

– Je ne vois pas pourquoi, répéta Bucket. Comme je vous l'ai dit, Bates n'est pas un novice en la matière.

– Raison de plus pour être nerveux.

– Et c'est pour cette raison qu'il m'aurait menti ? insista Bucket.

– Possible. Sous l'effet du stress, les gens disent souvent des choses sans le vouloir. Particulièrement les personnes qui possèdent un casier judiciaire et sont interrogées par la police.

Le va-et-vient du cigare s'intensifia entre les lèvres de l'inspecteur.

– Vous venez de me dire que Bates aurait pu me mentir au sujet de cet enfant par peur d'être impliqué. Je vous repose la question : impliqué dans quoi ? Pour l'instant, je ne sais absolument rien sur cet enfant fantôme. Et je n'ai aucune information me permettant de penser qu'il a été victime d'un crime quelconque. Dans l'état actuel des choses, cette histoire d'enfant est parfaitement innocente. Mais il y avait quelque chose de bizarre dans la manière dont vous avez dit « peur d'être impliqué »… Cela me donne le sentiment qu'il existe peut-être un lien entre la mort du vieux Gobbo et cet enfant mystérieux. Et je commence à me poser des questions au sujet de ce jeune garçon.

– Des questions ? Lesquelles ?

– Vous ne comprenez donc pas, monsieur Paladine ? Se pourrait-il qu'il soit arrivé quelque chose à ce jeune garçon qui rendait régulièrement visite au vieux comte, la nuit même où est mort Gobbo ?

Le concierge sentit son cœur faire un bond sous sa chemise.

– Je ne suis pas certain de vous suivre.

Bucket fit la grimace.

– Allons, monsieur Paladine. Vous comprenez d'où me vient ma frustration et pourquoi je vous dis que les gens de cet hôtel ne sont pas francs avec moi. Je crois que vous me suivez très bien. La première fois que nous avons discuté tous les deux, je vous ai demandé si le vieil homme avait de curieux penchants, vous vous souvenez ?

– Vous avez employé le mot bizarre.

– Peu importe. Ce que je veux dire par là, monsieur Paladine, au risque de paraître désagréable, c'est que les jeunes garçons faisaient peut-être partie, justement, de ses penchants bizarres. Cela n'a rien d'inhabituel, n'est-ce pas ? C'est même plus fréquent que nous voulons le croire. Même parmi les gens respectables. Même parmi les diplomates de haut rang. Voilà pourquoi je me préoccupe désormais du sort de ce jeune enfant, peut-être martyrisé par ce vieil homme.

A cet instant, le concierge repensa à la conversation qu'il avait eue avec Illiescu dans la limousine qui les ramenait du cimetière, concernant Gobbo et son penchant pour les jeunes chasseurs de l'hôtel. Paladine connaissait depuis longtemps les goûts de Gobbo en la matière, mais feindre l'ignorance totale devant l'inspecteur eût été une erreur. D'ailleurs, Illiescu n'avait-il pas déjà évoqué le sujet ?

Bucket continuait sur sa lancée, avec précipitation ; il déballait sa toute dernière théorie, qui semblait prendre de l'ampleur à chaque respiration.

– Selon moi, monsieur Paladine, mais ce n'est qu'une hypothèse, le sang que nous avons retrouvé dans la chambre de Gobbo, du groupe OH+, appartient à cet enfant disparu. La chambre du vieil homme devient donc le théâtre d'un crime. Gobbo s'est livré à des actes de violence sur l'enfant et ça s'est mal terminé. Il y avait certainement beaucoup de sang. Le vieux a paniqué, il a essayé de nettoyer. Quand j'ai interrogé les femmes de chambre qui étaient de service ce matin-là, elles m'ont assuré que tout était nickel dans la suite, mais, apparemment, Gobbo a oublié quelques taches, car j'en ai repéré une.

« … Après avoir nettoyé la chambre, effacé toutes les traces, le vieux était obligé de se débarrasser du corps, et vite, avant que les femmes de chambre, ou quelqu'un d'autre, viennent frapper à la porte.

– Mais comment est-ce possible ? demanda Paladine. Un vieillard de soixante-dix ans ? Malade qui plus est, avec un cœur défaillant. Il ne pouvait pas transporter…

– Bravo, monsieur le concierge ! Gobbo ne pouvait pas se débarrasser tout seul du corps. Et tout à coup, une drôle d'idée me vient à l'esprit. Cette dame, cette nourrice ou je ne sais quoi, qui amenait l'enfant à l'hôtel, elle venait généralement le vendredi soir, m'a-t-on dit.

– Exact. Et alors ?

– Alors, parmi toutes les personnes que j'ai interrogées, aucune ne se souvient de l'avoir vue revenir le dimanche pour chercher l'enfant, comme à l'accoutumée. J'en déduis que l'enfant a quitté l'hôtel d'une autre façon. Et c'est là que votre M. Bates intervient. C'est Bates qui a fait monter l'enfant ce soir-là, et c'est Bates qui est revenu le chercher. C'est votre adjoint qui s'est débarrassé du corps de l'enfant, et vous savez comment ?

– Non, répondit le concierge, mais il connaissait déjà la suite.

– Le monte-plats, monsieur le concierge ! Le monte-plats ! Situé au bout du couloir du dix-huitième étage, où d'ailleurs nous avons relevé d'autres traces de sang. Du sang du groupe OH+, qui correspond, comme je vous l'ai déjà dit, au sang retrouvé sur le tapis dans la suite du comte.

Tous ces éléments accablants dégringolaient sur la tête de Paladine comme une avalanche grondante qui menaçait de l'ensevelir.

– Mais pourquoi ? demanda-t-il. Je ne comprends pas pourquoi.

L'inspecteur était passé à la vitesse supérieure ; il avait du mal à rester assis dans son fauteuil.

– Pourquoi ? Je vais vous le dire, monsieur Paladine.

Parce que c'est certainement Bates qui, au départ, s'est arrangé avec une personne extérieure pour amener cet enfant ici. Car c'est bien ce que vous faites, n'est-ce pas, derrière votre joli comptoir en marbre ? Vous vous occupez de ce genre de choses pour vos chers clients qui sont un peu trop raffinés pour s'en charger eux-mêmes.

– Je proteste, lieutenant ! Nous ne pratiquons pas ce genre de choses ici.

– Allons, monsieur Paladine, je ne suis pas né de la dernière pluie. J'ai pas mal vécu moi aussi, vous savez. J'ai assisté à des séminaires et logé dans des hôtels où j'ai vu certains membres de la police new-yorkaise, quelques-uns de mes meilleurs collègues, d'excellents flics au demeurant, s'offrir le genre de services que les gens comme vous dispensent quotidiennement. Alors, ne venez pas me dire que ça n'existe pas. Peut-être que vous, vous ne le faites pas. Dans ce cas, vous êtes une exception. Mais beaucoup d'autres le font, et il se peut que M. Bates compte à leur nombre.

Ayant déballé sa théorie, Bucket se renversa contre le dossier de son fauteuil, légèrement essoufflé, comme quelqu'un qui vient de produire un violent effort.

Paladine s'était levé ; il marchait de long en large dans son bureau.

– Vous ne possédez aucune preuve de tout ce que vous avancez, inspecteur. C'est pure spéculation. Vous n'avez aucun cadavre, et pourtant, vous parlez comme si cet enfant était mort. Assassiné.

– Je vous l'accorde, je n'ai pas de cadavre. Pas encore. Mais ce que je sais, c'est que cet enfant a été vu pour la dernière fois le week-end où il est venu ici, celui où Gobbo a été assassiné, dans votre cave.

– Comment pouvez-vous en être certain ?

– Vous parlez de la date ? Facile. (Bucket feuilleta les pages de son carnet.) D'après M. Ricci, l'enfant s'est présenté le soir où débutait une convention d'éditeurs de bibles. Nous avons vérifié à la réception, c'était le 13 septembre. Le comte Gobbo a quitté ce monde dans la nuit du 15. Le 13 était un vendredi, le 15 un dimanche, le jour où s'est achevée la convention.

– Pardonnez-moi, mais je ne vois toujours pas ce que ça signifie.
– J'y viens, monsieur Paladine, si vous voulez bien m'accorder un instant. (Bucket s'épongea la nuque avec un mouchoir très froissé.) Étant donné qu'il s'est seulement écoulé quarante-huit heures entre l'arrivée de cet enfant, ici à l'hôtel, et sa mort, ainsi que celle de Gobbo…
– Pourquoi dites-vous toujours que l'enfant est mort ? Vous n'en savez rien.
– Très bien, disons alors la disparition de l'enfant. Vous serez d'accord pour employer ce terme, j'imagine, vu que personne ne semble savoir où il est.
Paladine attendit la suite.
– Donc, comme je le disais, étant donné qu'il s'est écoulé très peu de temps entre ces deux événements, je suis prêt à parier gros qu'il existe un lien entre eux.
– Un lien ? Quel lien ?
Bucket tenta de maîtriser son exaspération.
– Un enfant meurt, ou disparaît, alors qu'il se trouve en compagnie d'un vieil homme. Durant le même laps de temps, ce vieil homme est retrouvé mort. Tout d'abord, on pense à un suicide, mais des découvertes ultérieures infirment cette théorie et prouvent qu'il s'agit, au contraire, d'un meurtre. Au cours de ces quarante-huit heures, une autre personne, peut-être un collègue du comte au consulat, peut-être un inconnu avec qui il a sympathisé imprudemment, ou bien un parent rancunier, décide de se venger, pour une raison quelconque. Comment savoir ? A mon avis, il y a sans doute un rapport étroit avec cet enfant, dont on ne connaît toujours pas l'identité, et qui demeure introuvable.
D'un geste brusque, Bucket arracha son cigare de sa bouche et regarda fixement le concierge.
– Alors, qu'en pensez-vous, monsieur Paladine ?
Paladine prit le temps de réfléchir ; d'innombrables possibilités se bousculaient dans sa tête.
– Franchement, dit-il, ça me paraît tiré par les cheveux.
– Tiré par les cheveux ? Compte tenu des taches de sang identiques retrouvées sur le tapis dans la chambre du

vieux et à l'intérieur du monte-plats, je ne vois pas comment vous pouvez dire que c'est tiré par les cheveux.

– Mais vous ne connaissez pas le groupe sanguin de l'enfant. Ce sang pourrait appartenir à n'importe qui. Même à supposer que vous ayez raison et que l'enfant soit effectivement mort, rien ne prouve que Bates soit mêlé à cette affaire.

– Exact, encore une fois, monsieur le concierge. Je ne possède pas de véritables preuves, pour l'instant, mais j'ai de forts indices. Premièrement, le responsable des chasseurs, M. Illiescu, m'a avoué que le comte Gobbo avait un faible pour les beaux et jeunes garçons du personnel. Sous un prétexte quelconque, il appelait régulièrement la réception, la nuit, pour faire monter l'un d'eux dans sa chambre. Ce qui explique certainement pourquoi il a ouvert sa porte à deux heures du matin ; il savait qui frappait. Sans doute avait-il réclamé quelqu'un pour l'aider à tout remettre en ordre. Deuxièmement, j'ai le témoignage de votre assistant, M. Ricci, qui se trouvait à l'accueil ce soir-là et qui jure avoir demandé personnellement à M. Bates d'accompagner l'enfant chez le comte.

Paladine rejeta cet argument d'un petit geste méprisant.

– Le fait qu'il ait accompagné l'enfant ne signifie pas qu'il soit complice de sa mort, ou de sa simple disparition. En vérité, il pourrait très bien s'agir de n'importe qui parmi la demi-douzaine d'autres jeunes gens qui sont montés dans cette chambre cette nuit-là. Pas uniquement Bates.

– C'est juste. Je vous l'accorde, concéda aisément l'inspecteur. Mais une question demeure. Pourquoi Bates m'a-t-il menti en affirmant n'avoir jamais vu cet enfant ? J'ai interrogé un certain nombre d'autres « jeunes gens », aucun ne m'a menti. Ce qui m'amène à la deuxième question. Si cette « femme mystérieuse » qui déposait l'enfant à l'hôtel le vendredi soir n'est pas revenue le dimanche pour le chercher, qui s'en est chargé, et où est l'enfant maintenant ? Essayez donc de répondre à cette énigme.

Le concierge connaissait la réponse, mais il ne pouvait pas, bien évidemment, la fournir à l'inspecteur. Il préféra répondre par une autre question :

– Avez-vous questionné M. Bates ?

– Je voulais d'abord en parler avec vous. Étant donné qu'il est sous vos ordres, cela m'a paru naturel. Cependant, je suis au regret de vous le dire, j'ai suffisamment de présomptions pour placer Bates en garde à vue. Il est devenu mon suspect numéro un, non seulement dans la disparition de l'enfant, mais également en ce qui concerne le meurtre du vieux Gobbo.

Paladine en resta bouche bée.

– Le meurtre de Gobbo ?

Il avait reçu ces paroles comme un coup de pied dans le ventre.

– Selon moi, monsieur Paladine, reprit l'inspecteur, cette histoire se compose de quatre maillons. Le premier de ces maillons est le comte Gobbo, la victime. Le deuxième, c'est Bates, le meurtrier supposé. Le troisième, c'est la femme mystérieuse qui déposait l'enfant à l'hôtel, et enfin, le quatrième maillon, c'est l'enfant lui-même. J'ai déjà deux maillons : Gobbo et Bates. Tôt ou tard, un des deux autres maillons manquants va resurgir et, à ce moment-là, le dernier maillon trouvera sa place.

Après le départ de l'inspecteur Bucket, cet après-midi-là, le concierge resta assis dans son fauteuil, avec deux poches de sueur glacée sous les bras, victime d'une sorte d'engourdissement total, comme celui que procure un puissant analgésique chargé de masquer la douleur d'une maladie grave qui se propage à toute vitesse.

Bucket avait formulé sa nouvelle théorie. Comme les précédentes, elle était inexacte sur de nombreux points, mais suffisamment juste à bien des égards pour rendre la situation très inquiétante. Paladine était bien placé pour le savoir. Ce qu'il ignorait lorsqu'il avait décidé d'effacer toutes les preuves accablantes dans la suite du vieux Gobbo, c'était que le vieil homme avait été assassiné. L'aurait-il su que les événements auraient sans doute pris un tour différent cette nuit-là. En apprenant que la mort de

Gobbo n'était pas un suicide, il avait reçu un sacré choc, mais beaucoup moins violent qu'en apprenant que son jeune adjoint, non seulement possédait un casier judiciaire, mais qu'il était désormais le suspect numéro un dans le meurtre du vieux comte.

Bucket avait deviné juste en établissant un lien entre la mort de Gobbo et la disparition de l'enfant. Le fait que les traces de sang retrouvées sur le tapis et à l'intérieur du monte-plats appartiennent toutes à l'enfant, et la conclusion selon laquelle cet enfant avait connu une fin effroyable dans la suite du vieux Gobbo constituaient un bel effort d'imagination. Mais partir de là pour désigner ensuite Bates comme suspect principal dans la mort du vieil homme ou de l'enfant, ou même des deux, tenait du travail de funambule. Et en regardant Bucket évoluer sur son fil, Paladine en avait eu le souffle coupé.

Bien évidemment, l'inspecteur avait raison. La « femme mystérieuse » qui accompagnait régulièrement l'enfant n'était pas revenue le chercher. Aux yeux de Bucket, Paladine en était convaincu, cela ne faisait qu'aggraver la situation de Bates.

En outre, c'était Paladine lui-même qui avait, par inadvertance, donné l'impulsion permettant à l'inspecteur de franchir ce pas audacieux. « Peur d'être impliqué », voilà ce qu'il avait dit. Ces paroles résonnaient encore dans ses oreilles, tandis qu'il restait assis là, dans la pénombre de son bureau. « Peur d'être impliqué. » Au moment même où elles sortaient de sa bouche, il avait compris qu'elles seraient synonymes d'ennuis. Pendant une fraction de seconde, le temps avait même paru s'immobiliser dans sa tête. Alors qu'il aurait pu tout arrêter. En élidant le premier mot, en le remplaçant par quelque chose de moins compromettant, comme par exemple « peur de perdre son emploi » ou même « peur d'être mêlé à cette affaire ». Car après tout, à cause de son casier judiciaire, Bates savait qu'il serait parmi les premiers suspects concernant le ou les crimes commis dans cet hôtel. Dans sa situation, la peur était une réaction parfaitement naturelle.

Pourtant, sans qu'il puisse se l'expliquer, Paladine avait

lui-même ouvert la brèche dans laquelle Bucket s'était engouffré, tête la première. Il lui avait mis le nez dessus et l'inspecteur s'était précipité comme un lion en cage quand le gardien vient lui apporter des quartiers de viande fraîche à la tombée de la nuit.

A cause de cette bévue, l'enquête, plus pressante de jour en jour, allait désormais se concentrer sur Bates. Celui-ci était le principal suspect. Quelle dose de harcèlement et de pressions pourrait-il supporter avant de satisfaire l'inspecteur Bucket en comblant tous les vides de sa théorie incomplète avec les faits irréfutables que Bates et le concierge ne connaissaient que trop bien ?

Pire encore, l'inimaginable était maintenant parfaitement envisageable. Et si les théories de Bucket sur la culpabilité de Bates étaient exactes ? Et si Bates avait réellement assassiné le vieux Gobbo ? Aurait-il aussi tué l'enfant ?

37

– A cette époque, je dessinais des systèmes de pompage hydraulique pour la Navy, à New London.

– Des systèmes de pompage ? Vous ?

Sophie Nierenberg partit d'un grand éclat de rire en rejetant la tête en arrière.

– Allons, Gerio ! Je ne vous crois pas.

– C'est pourtant la vérité. Ce fut mon premier métier aux États-Unis.

– Et vous aviez le sentiment d'accomplir le rêve de votre père.

– Je ne peux pas dire que j'étais heureux, avoua-t-il avec un petit rire sans joie. Enfin bref, au cours d'un voyage professionnel à New York, j'eus l'occasion de loger plusieurs nuits à l'hôtel Pierre et là, j'eus une sorte de révélation. Je découvris que vivre dans un palace, au cœur d'une grande ville, était beaucoup plus agréable que de passer ses journées sur un chantier naval à construire des systèmes hydrauliques. Tous les souvenirs de mon enfance passée à déambuler librement dans les couloirs du Négresco me revinrent brusquement. Loger à l'hôtel Pierre, c'était pour moi comme revenir à la maison, après un long et triste séjour sur une planète inconnue.

« Juste avant de partir, j'eus une petite discussion avec le directeur de l'hôtel. Je ne me souviens plus de quoi nous parlâmes ce jour-là, mais je peux vous assurer que c'était totalement impromptu. A ce moment-là, je n'avais encore aucun projet en tête. Je lui expliquai combien j'avais apprécié mon séjour dans son établissement, et lui confiai que mon père avait été concierge chef du Négresco pendant presque trente ans. Or, il se trouve que le directeur avait connu mon père ; il avait même travaillé pour lui dans un hôtel deux étoiles d'Avignon.

« Il me demanda si mon métier me plaisait, je lui répondis que je ne savais pas quoi en penser, ou quelque chose dans ce goût-là. Apparemment, il me trouva sympathique et m'invita à revenir le voir lors de mon prochain séjour à New York. Cette petite conversation allait décider de mon destin.

« Trois mois plus tard, j'étais de retour à New York, toujours pour mon travail, et je logeais de nouveau au Pierre. Le directeur et moi eûmes plusieurs fois l'occasion de bavarder, et, le dernier jour de mon séjour, il me proposa le poste de concierge adjoint. Mais cette offre dépendait, bien évidemment, de l'approbation du concierge chef. Il le fit venir sur-le-champ dans son bureau. Le concierge était un Croate nommé Ivo, un personnage mielleux, absolument pas digne de confiance. Il n'était pas encore midi, je m'en souviens, et ce type avait déjà avalé ses trois verres habituels de vodka avant le déjeuner. D'un tempérament irritable quand il était à jeun, il se montra particulièrement docile ce jour-là, pour ne pas dire plus. En le voyant, je compris rapidement pourquoi le personnel se succédait aussi rapidement à la conciergerie. Pas plus tard que la veille, un de ses adjoints avait claqué la porte dans une crise de colère, et l'accord fut vite conclu.

– Ah, le destin, Paladine ! ironisa le Dr Nierenberg.

– Oui, d'une certaine façon. Quoi qu'il en soit, le lendemain, de retour à New London, je fis une énorme surprise à mon supérieur en lui remettant ma démission. Apparemment, ils m'avaient très vite classé dans la catégorie des « éléments prometteurs ». Confrontés soudain à mon départ imminent, ils m'annoncèrent que j'étais sur le point d'obtenir une importante promotion. Je répondis que j'étais flatté de leur confiance, mais que ma décision était prise.

« Le lendemain, je partais pour New York. Sans un regard en arrière.

Pour évoquer les premiers temps de sa vie professionnelle en Amérique, Paladine avait adopté un ton doux-amer, empreint d'une certaine nostalgie, comme si ces souvenirs le transportaient à travers les années jusqu'à une époque à laquelle il n'avait guère repensé depuis lors. Quand il releva les yeux sur le Dr Nierenberg, celle-ci fronçait les sourcils.

– A votre avis, Paladine, où seriez-vous aujourd'hui si vous n'aviez pas pris cette importante décision ? Si vous aviez continué à dessiner des systèmes hydrauliques ?

– Dans un asile d'aliénés, répondit-il sans hésiter et en riant, mais le docteur devina qu'il parlait sérieusement.

Jetant un coup d'œil à sa montre, Paladine se leva d'un bond.

– Cette conversation était très agréable, mais je ferais mieux de redescendre à l'accueil.

Le Dr Nierenberg referma son carnet.

– Voilà plusieurs mois que nous évoquons votre vie, Gerio, et il n'a encore été question d'aucune femme. Êtes-vous décidé à éviter ce sujet, ou bien n'y a-t-il eu aucune femme ?

– Oh, il y en a eu beaucoup, au contraire. Peut-être même trop.

– Mais aucune à laquelle vous soyez suffisamment attaché pour la garder ?

Il prit le temps de réfléchir.

– Deux ou trois d'entre elles sont restées plus longtemps que les autres.

– Mais vous vous êtes lassé d'elles aussi ?

– Nous nous sommes lassés mutuellement.

– Est-il vrai que vous vivez avec une femme actuellement ?

Quelque chose d'indéfinissable passa dans le regard de Paladine, puis s'évanouit presque aussitôt.

– Qui vous a dit ça ?

– Je ne m'en souviens plus. Quelqu'un de l'hôtel. Mais peu importe. C'est la vérité ?

Elle sentait l'agacement du concierge et aurait parié qu'il allait s'en aller.

– Oui. C'est vrai, dit-il.

– Parlez-moi d'elle.

– Il n'y a pas grand-chose à en dire.
– Laissez-moi en juger.
Le Dr Nierenberg se pencha en avant dans son fauteuil roulant, le stylo en équilibre au-dessus de son carnet.
– Que voulez-vous savoir ?
– Pour commencer, dites-moi qui est cette femme.
– Je l'ai rencontrée à l'époque où je travaillais au Pierre.
– Oh, allons ! dit la psychiatre avec un petit geste de dédain. Vous aviez une vingtaine d'années à ce moment-là. C'était il y a presque trente ans.
– Exact.
– Et vous êtes toujours avec la même femme ?
– Oui.
Le Dr Nierenberg laissa échapper un petit hoquet de stupéfaction.
– Êtes-vous mariés ?
– Non.
– Vous vivez avec cette femme depuis une trentaine d'années et vous n'êtes pas mariés, résuma-t-elle d'un ton sceptique. Vous êtes donc amants.
– Non. Notre relation est platonique.
– Elle l'a toujours été ?
– Non, pas au début. Mais ça n'a pas duré longtemps. Aujourd'hui, nous sommes simplement amis, et au fil des ans notre amitié n'a cessé de grandir.
– Hmm, je vois, murmura le docteur en se renversant contre le dossier de son fauteuil roulant. Mais puis-je vous demander…
– Elle vivait à l'hôtel avec un monsieur, expliqua-t-il en la devançant, car il savait quelles questions allaient suivre.
– Ils étaient mariés, ce « monsieur » et cette femme ?
– Elle ne l'était pas. Lui oui, mais il était séparé de son épouse, qui vivait quelque part dans l'Ouest. C'était une sorte d'industriel qui venait à New York une demi-douzaine de fois par an, en moyenne. Il possédait un appartement au Pierre, et c'est là qu'elle vivait avec lui.
– Autrement dit, c'était une femme entretenue.
– Façon de parler.

– Non, ce n'est pas une façon de parler, Gerio, répliqua le docteur d'un ton cinglant. C'est la vérité. C'était une femme entretenue. Cet homme l'entretenait, purement et simplement.

Imperturbable, Paladine attendit qu'elle ait fini sa petite tirade.

– Continuez, continuez, dit-elle en luttant contre son sentiment d'exaspération.

Il l'observa pendant quelques instants, comme s'il se demandait s'il allait poursuivre ou pas son récit. Il n'en avait pas envie, mais quelque chose l'empêchait de s'arrêter maintenant.

– Je vais être bref. En se réveillant un matin, elle a découvert que le type avait fichu le camp. Il lui avait laissé un mot sur l'oreiller pour lui expliquer qu'il s'était réconcilié avec son épouse. Il avait résilié le bail de son appartement au Pierre et mettait fin à leur liaison. Le mot était accompagné de plusieurs centaines de dollars en liquide.

– Quel beau geste ! ironisa le docteur.

– Le loyer de l'appartement était payé jusqu'à la fin du mois. A part les quelques centaines de dollars qu'il lui avait laissés, elle n'avait rien. Elle n'avait pas de travail, aucune formation, ni aucun talent particulier, et bien évidemment elle ne pouvait pas garder l'appartement.

– C'était une jolie femme ?

– Oui, très.

– Dans ce cas, elle n'avait pas besoin de formation ou de talents particuliers.

– Pourtant, cela lui aurait certainement été utile.

– Et donc, ce brave Paladine vole à son secours, hein, Gerio ? J'ai peur de deviner la suite et je n'aime pas ça.

– Vous vouliez connaître l'histoire, je vous la raconte.

Il y avait quelque chose d'agressif dans sa voix, et le Dr Nierenberg jugea préférable de ne pas le provoquer davantage pour le moment.

– Au cours de mes premiers mois au Pierre, nous avions sympathisé, reprit-il. J'étais nouveau, je ne connaissais personne, et elle était souvent seule, en attendant le retour du monsieur. Souvent, quand elle s'ennuyait, elle descendait à la conciergerie, aux heures creuses, et nous bavardions. En fait, nous avions beaucoup de points communs. Nous souffrions tous les deux de la solitude. Nous n'avions pas de véritable famille. Et tout naturellement, très vite, nous nous sommes sentis proches l'un de l'autre.

« Après le départ du monsieur, elle a essayé de trouver un travail, mais au bout de quelques jours, quand les gens s'apercevaient qu'elle manquait d'expérience, ils la renvoyaient. Elle avait suivi des cours de comédie dans le temps, et elle essaya de monter sur scène, mais là encore, elle n'était pas très douée, et les quelques auditions qu'elle parvint à décrocher furent toutes des échecs. A mesure qu'approchait la fin de son bail à l'hôtel, elle était de plus en plus désespérée.

– Résultat, dit le docteur en plissant les yeux d'un air malicieux, elle s'en est remise à votre bonté.

– Façon de parler.

– Ah, revoilà cette horrible expression ! dit-elle en ricanant. Et qu'attendait-elle de vous, si je peux me permettre ?

– Elle avait besoin d'argent rapidement, répondit Paladine, décidé à en finir le plus vite possible avec cette histoire, avant de perdre son courage. Elle m'a demandé si je connaissais un moyen de lui venir en aide. J'ai promis d'essayer. Je lui ai trouvé une place de serveuse à l'hôtel, mais pour cela non plus elle n'était pas douée, et ils l'ont renvoyée au bout de quelques jours. Une semaine avant de libérer l'appartement, elle n'avait plus un sou et l'angoisse la rongeait.

Il marqua une pause, comme s'il se creusait la cervelle pour trouver le moyen le plus délicat de formuler ce qui ne l'était pas.

– Nul doute que la suite de l'histoire va vous révolter, docteur.

– Pfft, dit Sophie Nierenberg. J'ai passé ma vie à écouter des gens déballer leur linge sale. Je suis sûre que votre histoire n'a rien d'extraordinaire.

Le concierge acquiesça, avec un petit sourire amer.

– Comme vous le savez, docteur, les hôtels sont de drôles

d'endroits. Remplis de gens qui voyagent, souvent pour leur métier. Des gens loin de chez eux, qui se sentent comme libérés et recherchent des distractions innocentes.

– Innocentes ?

– Oui, la plupart du temps ; mais pas toujours. Nous autres concierges, nous voyons beaucoup de personnes dans ce cas. Des hommes principalement, mais des femmes aussi, surtout de nos jours. Plus que vous ne pourriez le penser. Tous se sentent désœuvrés et cherchent un peu de compagnie pour une soirée. Ce n'est pas un terrible péché.

– Il existe des agences spécialisées dans ce genre de rencontres, n'est-ce pas ? dit le Dr Nierenberg d'un ton acerbe.

– C'est exact, mais ces services laissent parfois à désirer, et cela peut même se révéler dangereux. Beaucoup de clients préfèrent s'arranger discrètement avec le concierge.

– Et c'est là que vous interveniez avec cette jeune femme, hein, Gerio ? Vous la présentiez à ces messieurs désœuvrés, comme vous dites, ces messieurs qui cherchaient à tuer le temps. En fait, vous êtes devenu son maquereau.

Ayant dit cela, le docteur secoua la tête d'un air désolé.

– Pardonnez-moi, Gerio. Ma remarque était déplacée. Est-ce que vous préleviez un pourcentage ?

– Non, répondit-il, bien décidé à ne pas réagir à l'insulte, pas plus qu'il ne voulait recourir aux excuses faciles pour justifier ses actes.

– Que s'est-il passé ensuite ? s'enquit le docteur.

– Il fallait qu'elle quitte l'hôtel à la fin du mois. Je lui ai trouvé une chambre dans un charmant petit hôtel meublé, dans le quartier des théâtres.

– J'espère qu'elle vous était reconnaissante de tout ce que vous faisiez pour elle, Gerio.

Paladine ne put s'empêcher de remarquer l'ironie cinglante contenue dans cette question.

– Oui, elle m'était extrêmement reconnaissante ; je l'avais aidée à passer un cap très difficile. D'ailleurs, elle n'avait pas l'intention de rester « hôtesse » professionnelle toute sa vie ; juste le temps de retomber sur ses pieds.

Qu'auriez-vous proposé à ma place, docteur ? Des petites discussions hebdomadaires à cent dollars la séance, pendant dix ans, en l'incitant à s'amender ?

Elle ignora cette pique.

– Et vous la croyiez ? demanda-t-elle.

– Je n'avais aucune raison de ne pas la croire. Je connaissais des vraies « professionnelles », j'en côtoyais. Cette femme ne leur ressemblait pas.

Comme elle l'avait dit, Sophie Nierenberg avait passé sa vie à écouter d'effroyables confessions. Et elle avait toujours été une auditrice impartiale, compatissante même. Pourtant, face à Paladine, elle avait adopté, bien malgré elle, un ton agressif, totalement incompatible avec son ancienne profession.

– Je vois, dit-elle, nullement convaincue. Et qu'est-il advenu de cette pauvre jeune femme que vous combliez de toutes vos attentions ?

– Je lui ai souhaité bonne chance, j'ai insisté pour qu'elle m'appelle en cas de besoin, et j'ai décidé de tirer un trait sur cette histoire.

– Et vous y êtes parvenu ?

– A tirer un trait ? Non, de toute évidence. Un mois plus tard, environ, j'ai reçu un coup de téléphone de la police. Ils m'avaient retrouvé à l'hôtel et me demandaient de venir immédiatement au poste. Là, j'appris que, la nuit précédente, elle avait calfeutré toutes les fenêtres de sa chambre et ouvert le gaz de son réchaud. Quand les secours avaient enfoncé la porte, elle était à deux doigts de la mort. Comment avaient-ils réussi à la ranimer à l'hôpital ? Je n'en sais rien. Les médecins parlaient de miracle. C'en était peut-être un. En tout cas, en reprenant connaissance, elle avait demandé à me voir.

– La suite, on la connaît, dit Sophie Nierenberg.

– Façon de…

Il se retint juste à temps.

– Oui, d'une certaine manière, dit-il. Quand ils l'ont laissée sortir de l'hôpital, elle n'avait nulle part où aller. Je lui ai proposé de s'installer chez moi jusqu'à ce qu'elle soit rétablie.

– Et trente ans après, elle n'est toujours pas rétablie.

– C'est risible, je le reconnais. Mais comme je vous le disais au début, nous avons fini par devenir de très bons amis.

– Oui, j'espère, répondit le Dr Nierenberg en riant. Trente ans, ce n'est pas ce que j'appellerais une « brève rencontre ». Mais puisque vous vous entendez si bien, puis-je vous demander pourquoi vous n'avez jamais songé à vous marier ?

– Nous n'en avons jamais éprouvé le besoin. Nous sommes très heureux ainsi.

Le front plissé, la tête penchée sur le côté, le docteur l'observait d'un air dubitatif.

– Êtes-vous certain d'être heureux, Gerio ? Ou est-ce que, par hasard, vous voudriez vous racheter d'avoir entraîné cette femme dans une vie qui avait failli la tuer ?

– Il y avait peut-être un peu de ça, en effet… au début, avoua-t-il.

– J'ai toujours pensé qu'il devrait exister une limite de temps au-delà de laquelle on cesserait de payer le prix de ses erreurs passées.

Après une courte réflexion, Paladine repoussa cet argument d'un geste.

– J'ai cessé de payer, docteur. A vrai dire, c'est moi qui profite le plus de cette situation. Au début, en voyant qu'elle ne faisait aucun effort pour s'en sortir et qu'elle s'installait chez moi, je lui en ai voulu. Mais au bout d'un an environ, je me suis aperçu que j'étais dépendant d'elle, sur plusieurs plans, bien plus que je l'avais imaginé. J'aimais qu'elle soit là quand je partais travailler le matin ; et quand je rentrais le soir, tard, elle m'attendait pour dîner avec moi. Bref, elle remplissait un vide dont j'ignorais l'existence jusqu'alors.

Ces paroles lui étaient venues bien facilement, se dit-il. Pas un soupçon de pitié, de culpabilité ou d'autojustification.

Assise dans son fauteuil roulant, Sophie Nierenberg secouait lentement la tête, véritablement stupéfaite.

– J'ai vu un tas de choses dans ma vie, Gerio. J'ai

entendu un tas d'histoires étranges. Mais vous, vous êtes un original.

Elle marqua un temps d'arrêt, comme si elle hésitait à poser la question suivante. Finalement, elle lui demanda :

– N'avez-vous jamais désiré quelque chose de plus solide ? Une épouse ? Des enfants ? N'auriez-vous pas aimé avoir une vraie famille ?

Le concierge soupira.

– Si, j'aurais beaucoup aimé. Mais un hôtel n'est pas l'endroit idéal pour élever un enfant.

– Ah bon ? ironisa la psychiatre. Vous avez pourtant grandi dans un hôtel.

– Oui, et regardez le résultat, lui renvoya-t-il avec un sourire amer. Je ne suis pas le meilleur exemple pour vanter ce genre d'éducation. Travailler dans un hôtel, c'est comme s'engager dans l'armée. On mène une vie de nomade ; on va d'un établissement à un autre. La plupart des gens avec qui on travaille sont instables et peu dignes de confiance. Ce n'est jamais très bon pour un enfant, ni même pour un couple.

Renversée au fond de son fauteuil roulant, le Dr Nierenberg continuait à l'observer d'un air sceptique.

– Allons, Gerio. Vous travaillez ici, au Parker Regency, depuis presque trente ans ; on ne peut pas appeler ça une vie de nomade.

– C'est exact, répondit-il d'un ton las. Pourtant, même si j'adore cet hôtel, je ne m'y suis jamais senti chez moi. Et si j'avais des enfants, ils grandiraient avec le même sentiment. Avec une sensation d'éphémère.

– Vous considérez votre travail comme éphémère ?

– Tout est éphémère.

Sophie Nierenberg paraissait déconcertée, comme si elle ne savait pas quoi penser de Paladine. Depuis le temps qu'elle le connaissait, elle avait souvent eu l'occasion de louer sa grande franchise, mais dès qu'il s'agissait de parler de lui, il devenait le plus habile des dissimulateurs. En vérité, il parlait rarement de lui, et les rares fois où cela lui arrivait, les récits qu'il faisait sur les événements passés avaient toujours un parfum d'affabulation aussi discret qu'exaspérant. Comme dans l'histoire de la « compagne » qu'il avait depuis trente ans. Sans qu'elle puisse dire s'il s'agissait d'une tactique délibérée de la part du concierge. Un an plus tôt ou presque, incapable de contenir sa curiosité professionnelle, le Dr Nierenberg avait opté pour la ruse et prétexté astucieusement l'envie d'écrire un livre qui raconterait l'enfance de Paladine dans les hôtels, puis son travail de concierge. A son grand étonnement, il avait accepté. Au début, elle avait cru qu'il se prêtait à ce jeu par orgueil ; sans doute était-il fier de penser que sa vie et son expérience étaient suffisamment intéressantes pour que les gens aient envie de les connaître. Mais au fil des mois, alors que l'exercice se poursuivait, le Dr Nierenberg avait constaté que si la vanité n'était pas absente, en effet, quelque chose d'autre, et de bien différent, avait commencé à prendre le dessus. Ce qui, au départ, était peut-être une poussée d'orgueil s'était transformé en exorcisme ; le besoin de se débarrasser de fantômes encombrants. Ce qui avait déclenché cet étrange besoin, Paladine lui-même n'aurait su le dire. Mais quand le Dr Nierenberg lui avait offert cette possibilité, il l'avait saisie.

– Maintenant que vous m'avez parlé de votre... compagne, quand pourrai-je enfin vous entendre parler de votre mère ? demanda-t-elle.

– Je vous le répète, il n'y a rien à en dire.

Il avait prononcé ces mots d'un ton sec, presque violent.

Les yeux plissés, le Dr Nierenberg le regarda tourner les talons et quitter la chambre.

Avant de rentrer chez lui une fois sa journée terminée, Paladine fit un saut à son bureau pour consulter ses messages. Parmi ceux-ci figurait notamment un fax expédié par son collègue Pami, concierge au Royal Oriental de Bangkok.

« Cher Paladine,

Concernant votre demande du 19/9, j'ai une bonne et une mauvaise nouvelles à vous annoncer. Commençons par la mauvaise. La piste du Caire n'a rien donné.

La bonne, maintenant. Je discutais l'autre jour avec notre cher collègue Begbie du Connaught d'un sujet sans aucun rapport, lorsque, par le plus grand des hasards, il me parla d'un client qui avait filé à l'anglaise le matin même, en laissant derrière lui une note salée. Il les a escroqués de 1 200 livres. J'ai aussitôt fait le rapprochement, comme disent les enquêteurs dans les mauvais romans policiers de vos compatriotes, mais dont je raffole. Voyez à quoi j'en suis réduit !

Begbie m'ayant dit que cet individu voyageait avec un passeport canadien, je lui ai demandé, par pure curiosité, comme il s'appelait. La réception du Connaught s'est renseignée auprès de l'ambassade du Canada à Londres, en donnant le numéro du passeport. Il s'est avéré qu'il s'agissait d'un passeport volé à un orfèvre de Toronto nommé Blackmuir. Les autorités canadiennes ont immédiatement prévenu M. Blackmuir. Soulagé, celui-ci a déclaré qu'il connaissait l'individu qui lui avait dérobé son passeport. Quelques semaines plus tôt, il avait engagé la conversation avec un homme dans un bar de Melbourne. Ils avaient commencé à boire, et au bout d'un moment, M. Blackmuir en tenait une sévère, comme on dit vulgairement. Apparemment, il s'est évanoui. Il s'est réveillé dans une ruelle derrière le bar, son portefeuille et son passeport avaient disparu, en même temps que son joyeux compagnon de beuverie. Il se trouve que cet individu qui avait disparu était canadien lui aussi ; il s'agissait d'un Québécois répondant au nom d'Arcenaux. Coïncidence ? Je ne crois pas.

Mais voici le meilleur. Juste avant de filer en douce du Connaught, le dénommé Arcenaux avait reçu à l'hôtel, la veille au soir, un télégramme de Hong Kong indiquant qu'il était attendu là-bas immédiatement. L'excellent Begbie avait eu la bonne idée d'intercepter un double de ce télégramme, fourni par le standard du Connaught. Il provenait de l'hôtel Peninsula à Hong Kong.

J'ai envoyé un fax à notre estimé collègue Lee Wu du Peninsula, où M. Arcenaux, homme de goût, il faut le reconnaître, risque fort de se présenter.

Personnellement, j'avoue être excité par cette histoire, mon cher Paladine. Mon cœur s'emballe à l'idée de traquer cet… escroc international.

Sans doute seriez-vous bien avisé de contacter Begbie et Lee Wu dès aujourd'hui. J'ai hâte de boire quelques bonnes bières belges avec vous quand nous nous retrouverons à Bruxelles pour notre réunion à la fin du mois.

La nuit est toujours plus sombre juste avant l'aube, n'est-ce pas, mon ami ?

Bien à vous,

Pami. »

Paladine consulta sa montre. Il était 23 heures aux États-Unis, heure de la côte est. Il était donc 5 heures du matin à Londres. Trop tôt pour appeler Begbie. A Hong Kong, il était déjà 19 heures passées ; trop tard pour espérer joindre Lee Wu au Peninsula. Il devrait patienter pour les contacter.

Tandis qu'il rangeait son bureau avant de rentrer chez lui, il remarqua posé dans un coin un petit paquet, enveloppé d'un papier cadeau de chez Cartier et accompagné d'une petite enveloppe blanche glissée sous le bolduc. Sur l'enveloppe figurait uniquement son nom, et à l'intérieur, une carte toute blanche était signée S. S.

Paladine soupesa la petite boîte comme s'il essayait d'en deviner le contenu. Finalement, il fit pivoter son fauteuil, s'agenouilla devant le coffre-fort incrusté dans le mur, actionna les molettes pour afficher la combinaison et ouvrit la lourde porte en tournant la poignée. Il déposa la boîte, intacte, sur une des étagères du haut, et referma la porte, brutalement.

38

Le taxi qui ramenait Sydney Sherman à l'hôtel ce soir-là s'arrêta à la hauteur de l'élégante marquise grise qui ornait l'entrée du Parker Regency, juste au moment où Paladine sortait d'une porte à tambour pour se diriger vers un taxi qui l'attendait le long du trottoir. Elle le regarda monter à bord puis, obéissant à une impulsion, au lieu de régler la course et de descendre de voiture, elle demanda au chauffeur de suivre le taxi de Paladine.

Ils commencèrent par traverser Central Park pour rejoindre la 72e Rue. Là, ils bifurquèrent dans la 5e Avenue, avant de tourner à gauche pour continuer vers l'est. La circulation étant anormalement dense à cette heure tardive, les quelques voitures garées en double file ne faisaient qu'engorger un peu plus la rue déjà étroite.

Entre les 2e et 3e Avenues, le taxi de Paladine s'arrêta le long du trottoir. Sydney Sherman regarda le concierge descendre de voiture et tendre de l'argent par la vitre baissée. Elle demanda à son chauffeur de se garer à son tour, devant une bouche d'incendie, et s'enfonça au fond de son siège pour attendre.

Assise dans l'obscurité confinée du taxi qui empestait l'eau de toilette bon marché, elle vit Paladine traverser la rue et entrer dans une épicerie coréenne ouverte toute la nuit. Elle le vit déambuler entre les rayons, choisir des fruits et ouvrir une armoire réfrigérée pour y prendre une bouteille de jus de fruits.

Après être rapidement ressorti de la boutique, il retraversa la rue, marchant tout droit vers le taxi dans lequel se trouvait Sydney Sherman. Celle-ci s'enfonça plus profondément dans l'obscurité de la voiture et le regarda passer devant elle pour se diriger, d'un pas nonchalant, vers un kiosque à journaux brillamment éclairé, au coin de la 2e Avenue, où il acheta un quotidien du matin.

Ignorant où il se rendrait ensuite, elle s'apprêtait à demander au chauffeur de le suivre, où qu'il aille, mais au lieu de remonter ou de descendre la 2e Avenue comme elle s'y attendait, Paladine pénétra dans la 63e Rue. Sydney Sherman le suivit à bord du taxi.

Arrivé à peu près à mi-chemin entre la 2e et la 3e Avenue, le concierge s'arrêta devant une petite maison de brique rouge, leva les yeux vers une des fenêtres sombres du dernier étage, puis sortit un trousseau de clés de sa poche et gravit les quelques marches du perron.

Sydney Sherman attendit qu'il soit entré et demanda au chauffeur de la ramener à l'hôtel.

Le lendemain après-midi, Sydney Sherman retourna à pied jusqu'à la maison de la 63e Rue. Arrivée devant la façade de brique rouge, elle leva les yeux vers les fenêtres du troisième et dernier étage comme l'avait fait Paladine la veille.

A côté de la porte vitrée du hall se trouvait un interphone avec trois boutons, chacun muni d'une petite plaque portant un nom. Au premier étage vivait une personne, ou une famille, nommée MacCallister ; le ou les occupants du deuxième s'appelaient Vanderberg. Le nom de l'habitant du troisième étage était inscrit à l'encre, d'une petite écriture fine : R. Paladine.

Sydney Sherman appuya sur le bouton, s'attendant à ce qu'une voix lui demande qui elle était et ce qu'elle voulait. Elle ignorait quelle serait sa réponse, convaincue, de toute manière, de se voir refuser l'entrée de l'immeuble. Mais aucune voix ne résonna dans l'interphone et, à sa grande surprise, un bourdonnement électrique, venu du dernier étage, commanda l'ouverture de la porte vitrée.

Elle pénétra dans un hall froid et vide à l'exception d'un

porte-parapluies en céramique, puis elle poussa une seconde porte qui s'ouvrit, étonnamment, sur un charmant vestibule meublé d'un faux tapis chinois, d'un petit canapé recouvert de velours noir et d'une table basse en verre sur laquelle trônait un vase de fleurs coupées. Derrière le canapé, tout le mur était occupé par un immense tableau panoramique français du XIXe siècle représentant une scène de forêt avec cerfs, renards et faisans. Au second plan, les ruines d'un château fort normand se dressaient au-dessus de la cime des arbres dans un ciel brumeux.

Comme il n'y avait pas d'ascenseur, elle monta à pied en empruntant l'escalier en colimaçon doté d'une rampe en marbre. Arrivée au dernier étage, elle frappa sans hésiter à l'unique porte. N'entendant aucun bruit à l'intérieur, elle récidiva. Toujours rien. Pendant un instant, elle crut s'être trompée et se dit qu'il n'y avait personne. Peut-être avait-elle appuyé sur le mauvais bouton en bas. Au moment où elle s'apprêtait à frapper une dernière fois, elle perçut un grincement derrière la porte, comme si quelqu'un avait posé le pied sur un parquet. S'ensuivit un bruit de pas, lent et discret, qui s'approchait de la porte.

Lorsque celle-ci s'ouvrit, Sydney Sherman découvrit une femme à l'aspect légèrement négligé, dont la lèvre supérieure s'ornait d'un duvet pâle. Vêtue d'un peignoir en flanelle peu seyant et dont les deux boutons du haut étaient défaits, elle donnait l'impression de sortir du lit bien qu'on fût en début d'après-midi. Elle observa Sydney en plissant les paupières, comme si la lumière du couloir lui brûlait les yeux. Une expression étonnée, légèrement méfiante, imprégnait les ruines de ce visage qui, de toute évidence, avait été d'une beauté éblouissante. Derrière cette femme, par-dessus son épaule, Sydney entr'aperçut un grand appartement sombre, dont les épais rideaux étaient tirés pour faire obstacle à la lumière du jour.

– Je m'appelle Sydney Sherman. Je suis une amie de Gerio. (Sa voix lui semblait désincarnée, tremblante.) Puis-je vous parler ?

Elles passèrent le restant de l'après-midi ensemble, à

bavarder comme deux vieilles amies qui se redécouvrent après plusieurs années de séparation. Quand Sydney quitta la maison de brique rouge de la 63e Rue, la lumière rose du crépuscule d'automne commençait à se répandre sur la ville.

Il y avait encore du monde dans le parc : des amoureux, des promeneurs, des bonnes d'enfants poussant des landaus, des gens qui se laissaient entraîner par leurs chiens plus qu'ils ne les promenaient, des enfants sur des skateboards qui fonçaient dans les allées sinueuses en braillant, ou faisaient rouler des cerceaux sur les bandes goudronnées en rentrant chez eux.

Sydney héla un taxi, puis se ravisa, préférant regagner l'hôtel à pied en traversant Central Park. Tandis qu'elle marchait vers l'ouest dans les étroites allées qui serpentaient au milieu des fourrés, en direction de la boule orangée du soleil couchant, elle apercevait les tours jumelles du Parker Regency qui se dressaient, tels des phares audessus des arbres flétris, presque nus. Elle continua de marcher, en repoussant ses larmes, alors que ses pas la conduisaient malgré elle vers l'hôtel où, elle le savait, sa lettre de licenciement l'attendait sans doute.

39

– Que les choses soient bien claires. Je vous le dis une bonne fois pour toutes, vous n'êtes pas inculpé… pas encore.

– Mais je suis en garde à vue.

– Pour être interrogé. Uniquement. La loi m'autorise à vous garder pour vous interroger.

– Ah, si c'est la loi qui le dit.

– Exactement. Au cas où il y aurait des raisons de penser qu'une personne est impliquée dans une affaire criminelle.

– Quelle affaire criminelle ?

– La mort d'un certain M. Attillo Gobbo, précisément. Et, indirectement la disparition du gamin que vous avez conduit à sa chambre deux jours avant que le comte ne soit assassiné… ce que vous avez oublié de me dire.

Si Bucket avait espéré que l'énoncé froid et formel de ces accusations ébranlerait Joe Bates, il fut amèrement déçu par la réaction obtenue, ou plutôt l'absence de réaction.

Lors de son arrivée au poste, Bates était visiblement secoué. Mûr pour cracher le morceau, pensait l'inspecteur, impatient de débuter l'interrogatoire. Mais à mesure que Bucket et ses collègues se succédaient pour le questionner au cours de l'après-midi, Bates, tout en donnant l'impression d'écouter avec attention, semblait s'enfoncer de plus en plus profondément en lui et trouver refuge dans des havres intérieurs où les policiers avaient le plus grand mal à le suivre.

Au bout d'un moment, levant les yeux vers les inspecteurs rassemblés autour de lui, Bates déclara :

– Vous n'avez pas le droit de me garder ici sans m'inculper officiellement.

– La loi nous autorise à retenir un suspect lorsqu'il y a de bonnes raisons de penser que ce suspect risque de prendre la poudre d'escampette s'il est remis en liberté. Et je vous le répète, ajouta Bucket, proche de l'exaspération, il n'est pas question de vous inculper pour le moment. On vous a lu vos droits. Vous pouvez appeler votre avocat.

– Je n'en ai pas.

– Dans ce cas, vous avez droit à un avocat commis d'office.

– Je préfère encore me faire représenter par un employé de la fourrière, répliqua Bates avec dédain.

– Si vous croyez qu'en refusant de coopérer vous allez sortir d'ici plus vite, Bates, je suis obligé de vous détromper. Le procureur m'a dit que vous resteriez à l'ombre jusqu'à ce que vous acceptiez de parler. C'est à vous de choisir, mon vieux. Alors… vous avez quelque chose à me dire ?

Le regard de Bates dériva à travers la pièce, vers la grande fenêtre sale et constellée de fientes d'oiseaux. L'inspecteur sentit que le jeune homme lui échappait ; son esprit s'envolait par cette fenêtre, au-delà de l'enchevêtrement des toits voisins et du labyrinthe des rues encombrées tout en bas.

– En l'absence de défenseur compétent, déclara brusquement Bates, je n'ai rien à ajouter.

Son ton était aussi calme que déterminé. On aurait dit qu'ayant atteint quelque sanctuaire tout au fond de lui-même, il était parvenu à une décision avec sérénité, mais fermeté.

Bucket était déconcerté par la réponse du jeune homme, et le ton sur lequel il l'avait formulée. Le rouge aux joues et le nez enflammé, l'inspecteur se remit debout sur ses pieds douloureux.

– Libre à vous, Bates. Je suis sûr que vous savez ce que vous faites. Préparez-vous à un long séjour dans nos murs, aux frais de la municipalité. Comisky, ramenez-le dans sa cellule.

Ils étaient venus chercher Bates de bonne heure. Et sans même prendre la peine de se montrer discrets. Plusieurs inspecteurs en civil, accompagnés d'un policier en uniforme, s'étaient emparés de lui derrière le comptoir de la conciergerie, sous le regard hébété de quelques clients qui s'étaient attardés dans le hall de l'hôtel après le petit déjeuner.

Le chef de la police, victime d'une forte pression de la part des services du maire de la ville, eux-mêmes harcelés par le gouvernement italien et le ministère des Affaires étrangères, était prêt à tout pour montrer que, même si le meurtre d'un éminent diplomate italien n'avait donné lieu, pour l'instant, à aucune arrestation, cela ne signifiait pas pour autant que la police était restée les deux pieds dans le même sabot au cours de ces dernières semaines.

Immobiles et silencieux derrière le comptoir, Paladine et Patsy Ricci avaient regardé les policiers emmener Bates. Patsy paraissait ébranlé par ce spectacle. Quant au concierge, son visage de marbre ne permettait pas de savoir ce qui se passait dans son esprit à cet instant.

Un peu plus loin, devant le bureau de la réception, Pargiter se tordait nerveusement les mains, essayant déjà de trouver des boucs émissaires et des excuses au cas où la direction lui reprocherait la mauvaise publicité qui allait s'abattre sur le Parker Regency. Car il se savait vulnérable de ce côté-là. N'était-ce pas lui qui avait transmis le curriculum vitæ de Bates au concierge sans se renseigner au préalable sur les antécédents du postulant ? N'était-ce pas lui qui avait convoqué Bates pour un entretien ? M. Daschiel se poserait certainement les mêmes questions.

Mais, concernant la culpabilité de Bates, dès l'instant où les policiers étaient venus le chercher pour le conduire vers son destin, quel qu'il fût, le directeur n'avait pas été troublé par le moindre doute.

– Que s'est-il passé ?
– Ils sont venus l'arrêter.
– L'arrêter ? Pour quelle raison ?
– Il est soupçonné de meurtre.
– Oh, allons…

Lane Barachevsky avait fait irruption dans le bureau du concierge quelques minutes après que la police avait emmené Bates. Les mains sur les hanches, appuyée dans l'encadrement de la porte, elle secouait la tête en ricanant.

– Et peut-on savoir qui il a assassiné ? demanda-t-elle d'un ton ironique.
– M. Gobbo.
– M. Gobbo ?
– Oui, il paraît.

Assis à son bureau, Paladine replongea le nez dans ses papiers.

– Voyons, Roger, c'est grotesque ! (La jeune femme vint se planter devant lui.) Bates aurait assassiné M. Gobbo ? répéta-t-elle en passant sa main dans ses épais cheveux noirs. Vous ne croyez tout de même pas à cette histoire ?
– Je ne sais pas ce que je crois ou pas.

Hébétée, Lane Barachevsky le regarda fixement. Le concierge n'était pourtant pas homme à avoir des incertitudes, songea-t-elle.

– Mais pourquoi diable aurait-il assassiné le vieux Gobbo, je vous prie ? Il le connaissait à peine. Quelle raison avait-il ?

Paladine ignora la question ; il voulait se consacrer aux factures et aux commandes diverses qui s'étaient accumulées sur son bureau.

– D'ailleurs, reprit la jeune femme, j'ai toujours trouvé que Gobbo était un drôle d'oiseau.

A peine eut-elle prononcé ces paroles qu'elle porta sa main à sa bouche.

– Pardonnez-moi, Roger. Je sais que c'était votre parrain, mais n'empêche, vous voyez ce que je veux dire. Ce vieux bonhomme était bizarre. Tout le monde ici vous le dira.

Ces mots étaient sortis d'une traite, sans qu'elle reprenne son souffle. L'utilisation de l'adjectif « bizarre » et le ton sur lequel elle l'avait prononcé firent tiquer Paladine. Il s'interrogea. Avait-elle employé ce mot dans son sens le plus courant, pour dire que Gobbo était différent, ou s'agissait-il d'un euphémisme, une manière délicate de dire autre chose ? Savait-elle véritablement à quel point le vieux comte était *bizarre* ? Et dans ce cas, combien d'autres personnes parmi le personnel étaient au courant ? La conversation qu'il avait eue avec Illiescu en revenant de l'enterrement de Daschiel Senior laissait supposer qu'un tas de gens connaissaient les goûts *bizarres* du comte.

Apparemment, le vieil homme n'était pas aussi discret dans ses agissements que Paladine l'avait supposé par excès de confiance.

– Quelles preuves ont-ils ? reprit Lane Barachevsky, dont la colère ne cessait de croître.

– Saviez-vous qu'il avait un casier judiciaire ?

– Bates ? Un casier judiciaire ?

Elle voulut rire, mais s'arrêta brusquement.

– Allons, Roger. Ça ne tient pas debout.

Il entreprit de lui raconter tout ce qu'il avait appris sur Bates de la bouche même de l'inspecteur Bucket.

– Et vous étiez au courant ? lui demanda-t-elle quand il eut terminé.

– Pour le casier judiciaire ? Non.

Elle lui jeta un regard méfiant, puis leva les bras au ciel et se mit à arpenter le bureau.

– Et alors ? s'exclama-t-elle. Qu'est-ce que ça prouve, hein ? Pas de quoi en faire tout un plat ! J'ai connu au moins une dizaine de gars comme lui à la fac ; des colleurs d'affiches, des porteurs de banderoles professionnels, toujours prêts à manifester pour défendre la moindre cause débile plutôt que d'aller en cours. Beaucoup d'entre eux ont eu les mêmes ennuis que Bates. Des types comme ça, on en trouve dans toutes les facs. Généralement, ils finissent chanteurs de folk ou travailleurs sociaux.

– Il a menti à la police, lui fit remarquer Paladine, calmement, sans lever les yeux de ses factures.

Lane était montée sur ses grands chevaux, mais cette dernière révélation la coupa dans son élan.

– Il a menti ? A quel sujet, je vous prie ?

Le concierge ôta ses lunettes, ferma les yeux et se massa l'arête du nez entre le pouce et l'index.

– C'est un peu difficile à expliquer et je ne suis même pas sûr d'en avoir le droit.

– Dites-moi tout, Roger.

– Je ne devrais pas en parler, car cela concerne des faits qui n'ont pas été révélés.

La jeune femme s'immobilisa brusquement. Elle avança une chaise devant le bureau et s'assit. Les bras croisés, elle regarda le concierge droit dans les yeux.

– Dites-moi tout, Roger, répéta-t-elle.

De manière concise, précise et ordonnée, le concierge décrivit le cheminement qui avait finalement conduit la police à accuser Joe Bates du meurtre de Gobbo. L'élément nouveau apporté par la présence de l'enfant fut une énorme surprise pour la jeune femme. Cependant, Paladine se garda d'évoquer le triste sort qu'avait connu le jeune garçon. Comme la plupart des autres employés de l'hôtel, elle ignorait tout de la longue et illicite liaison de Gobbo avec le gamin. De même, le concierge évita de mentionner le rôle qu'il avait personnellement joué dans l'organisation de ces rendez-vous mensuels. Bien entendu, il ne fut pas non plus question des agissements de Bates et de lui-même pour faire disparaître le corps de l'enfant.

Quoique dotée d'un tempérament solide, Lane Barachevsky fut sérieusement secouée par ce récit.

– Non… Je ne peux pas y croire…

– Moi non plus, dit le concierge, mais il ne pensait pas à la même chose qu'elle.

– Qu'avez-vous l'intention de faire, Roger ?

– Que voulez-vous que je fasse ? Ils vont l'interroger et après, ils le libéreront ou ils l'inculperont.

Il ne pouvait pas lui expliquer à quel point l'une ou l'autre de ces perspectives lui répugnait.

– Mais comment pourraient-ils l'inculper ? demanda-t-elle avec une fougue renouvelée. Sur quelles preuves ?

Un enfant qui a disparu ? De vieux démêlés avec la justice pour des frasques d'étudiant ? Les jeunes gens font souvent des bêtises, vous savez, ironisa-t-elle. Il a conduit l'enfant dans la chambre de Gobbo ? Et alors ? Comment peuvent-ils en conclure qu'il a tué le vieux avant de s'en prendre au gamin ? Franchement, je ne comprends pas, Roger. Cette histoire ne tient pas debout. Il n'y a aucune preuve sérieuse ! Ça ressemble à un coup monté ! Et vous avez l'intention de rester là sans réagir ?

Elle lui jeta un regard noir et chargé de reproches.

– Je ne peux rien faire, dit-il en reportant son attention sur les papiers étalés devant lui.

– Je vous regarde, Roger, mais je ne vous vois pas. Ce n'est pas vous qui êtes assis devant moi en ce moment ! Habituellement, vous êtes toujours le premier à prendre la défense des autres. Dieu sait que vous l'avez fait à plusieurs reprises pour cet imbécile de Bates. Alors, qu'y a-t-il de différent cette fois ?

Elle avait atteint un stade d'énervement où son être rationnel commençait à disparaître sous une sorte de ferveur hystérique. Elle le percevait dans sa voix et savait que le concierge l'entendait lui aussi. Gênée, elle s'empressa de mettre la pédale douce pour reprendre le masque habituel de sa colère froide et combative.

– Écoutez, Roger. Je me contrefous de ce type. Personnellement, je ne le laisserais même pas utiliser mes toilettes. Mais vous savez aussi bien que moi qu'il s'agit d'une injustice. Il y a quelque chose qui pue dans cette histoire. Pensez à toute cette mise en scène morbide : les yeux maquillés, la petite couronne ridicule, la mutilation… (Elle ne put réprimer une grimace de dégoût.) Ça ne ressemble pas à Bates. Il y a certainement quelque chose de refoulé chez lui, c'est vrai. Il est fou, je vous l'accorde. Enragé peut-être. Mais ce n'est pas un malade !

Après le départ de la jeune femme, Paladine contempla longuement la porte par laquelle elle était ressortie en coup de vent, comme quelqu'un dont les vêtements ont pris feu. Sa voix résonnait encore dans l'air épais et renfermé, réchauffé par l'ardeur de ses derniers mots. Il les entendait encore, stridents et enflammés, qui résonnaient sur les murs nus de son bureau.

Quelques minutes plus tard, Paladine avait repris sa place à côté de Patsy derrière le comptoir de la conciergerie. Une demi-douzaine de personnes y faisaient déjà la queue, sollicitant une audience auprès de ces magiciens chargés de subvenir à tous leurs besoins et de déplacer des montagnes afin de satisfaire leurs moindres caprices.

Une bonne heure s'écoula avant que les choses se calment enfin, suffisamment en tout cas pour leur permettre d'échanger quelques mots. Se retrouvant seul tout à coup avec le concierge, Patsy parut nerveux et mal à l'aise.

– Vous avez vu ? demanda-t-il.

– Bien sûr que j'ai vu. J'étais juste à côté de vous, non ?

– Oui, c'est juste.

Patsy baissa la tête, l'air affligé.

– C'est moi qui leur ai dit, murmura-t-il, les yeux fixés sur un point lointain à l'autre bout du hall. J'ai parlé de Bates à la police.

– Je sais, Patsy.

– Hein ? Vous savez ?

– L'inspecteur me l'a dit.

Patsy déglutit avec peine.

– Oui, évidemment. Normal.

Après un nouveau silence, il ajouta :

– Je suis désolé, Maestro. Si j'avais su... Je n'aurais jamais...

– Vous n'avez aucune raison d'être désolé, Patsy.

– Mais enfin... la prison et tout ça. Je ne pensais pas que...

– Le lieutenant vous a interrogé et vous avez répondu. Vous avez bien fait.

– Ça s'est vraiment passé comme ça, vous savez. Comme je l'ai raconté à l'inspecteur. J'étais à côté de Bates quand Illiescu est venu demander si quelqu'un pouvait conduire l'enfant chez le signore Gobbo. On avait le congrès des marchands de bibles ce jour-là, vous vous souvenez. C'était de la vraie folie et tous les gars d'Illiescu étaient occupés à accueillir les congressistes. Comme il n'avait plus personne sous la main, il a demandé si l'un de nous pouvait conduire l'enfant là-haut. Comme Bates n'avait rien à faire, je lui ai dit de s'en charger. C'est la vérité, Maestro. Ça s'est passé comme ça.

– Je sais.

Le jeune homme ne cherchait pas le pardon. En vérité, il s'attendait plutôt à une réaction de colère de la part de Paladine, voire de souverain mépris devant sa dénonciation.

Mais, curieusement, le Maestro fit preuve d'indulgence, d'une totale compréhension. Malgré tout, Patsy poursuivit, mû par un besoin impérieux de se justifier.

– Il a conduit l'enfant dans la chambre de Gobbo. Je n'ai pas menti, Maestro.

– Je le sais, Patsy.

– C'est vrai ?

– Oui. Il me l'a dit lui-même.

– Ah bon ? (Patsy semblait soulagé.) Vous voyez, je n'ai fait que dire la vérité à l'inspecteur.

– Parfaitement. Vous avez dit la vérité. Ni plus ni moins.

– J'ignorais ce qui s'était réellement passé avec Gobbo.

– Le fait qu'il a sans doute été assassiné, vous voulez dire ?

– Oui. Et maintenant, la police pense que Giuseppe... (Sa voix se brisa.) Si j'avais su ça... Si j'avais su qu'ils allaient l'arrêter, jamais je...

Des larmes apparurent dans les doux yeux bruns du jeune garçon.

– Pauvre Giuseppe... Je n'arrive pas à croire que...

– Ressaisissez-vous, Patsy.

A cet instant, un groupe de nouveaux arrivants, tout juste descendus du car, franchit les portes à tambour de l'hôtel, conduit par un animateur harassé qui levait un long bras maigre au-dessus du troupeau pour le guider. Le groupe fondit droit sur la réception, dans un même élan, tel un nuage de sauterelles.

Au même moment, les lumières vertes se mirent à clignoter furieusement sur la console du standard.

40

– Parlez plus fort, Lee. Je ne vous entends pas.

– … ce soir… la police… qui lui ressemble… pas certain, mais…

– La communication est mauvaise, Lee. Raccrochez. Je vous rappelle tout de suite.

Paladine raccrocha le combiné, puis décrocha de nouveau et recomposa le numéro du Peninsula Hotel de Hong Kong. Il obtint immédiatement son collègue.

– Lee ?

– Je suis là, Maestro. Je vous entends beaucoup mieux.

– La ligne était mauvaise. Allez-y, racontez-moi tout.

Le concierge s'empara d'un stylo et se mit à griffonner sur un bloc, en écoutant le récit de son collègue.

– Votre gars, Arcenaux, à quoi ressemblait-il ?

– Grand. 1,85 mètre environ. Costaud. 110 ou 120 kilos.

– Quel âge ?

– Entre quarante-cinq et cinquante ans.

– Cheveux ?

– Blond-roux. Légèrement dégarni sur les côtés. Un type plutôt séduisant, dans le genre m'as-tu-vu.

– Le signalement correspond au gars que nous avons ici.

Quand il parlait anglais, Lee Wu avait le débit heurté des Orientaux qui ont fait leurs études dans les écoles britanniques.

– Begbie m'a envoyé un télégramme de Londres pour me prévenir que cet homme risquait de débarquer ici, reprit-il. Apparemment, il avait raison. Le passeport est au nom d'un certain Reginald Blackmuir, vivant à Toronto. Mais la photo ressemble plutôt au gars que vous venez de me décrire.

– Il l'a sans doute changée.

– Certainement.

– On est sur la bonne piste, Lee. Lui avez-vous parlé ?

– Non. Nous attendions d'avoir votre avis. Que voulez-vous qu'on fasse ? On peut lui confisquer ses bagages et le retenir ici en l'accusant d'être entré illégalement dans le Commonwealth et de voyager avec un passeport volé. Ou bien on peut le remettre directement à la police.

– Je préfère la première option.

– Nigel était également de cet avis. Évitons le scandale.

– A-t-il un compte en banque à Toronto ?

– La carte Visa qu'il nous a remise a été délivrée par une succursale de la Bank of Canada, à Toronto. Mais elle est au nom de…

– Blackmuir, pas Arcenaux.

– Exact. Il l'a certainement volée en même temps que le passeport.

– Aucun doute. Mais peu importe. Si j'étais vous, j'informerais M. Arcenaux que la direction de l'hôtel sait qu'il voyage avec un passeport volé et qu'on le soupçonne d'avoir quitté le Connaught de Londres et le Parker Regency de New York sans régler sa note. D'ailleurs, je suis prêt à parier qu'une enquête fera apparaître d'autres victimes. Expliquez-lui ensuite que l'affaire peut se régler à l'amiable ou atterrir entre les mains de la police de Hong Kong. S'il opte pour la première option, comme je le pense, qu'il envoie immédiatement un fax à sa banque au Canada pour leur demander de rédiger un virement de dix mille dollars, plus 2 240 dollars correspondant au montant de sa note chez nous. Qu'ils expédient le virement à la Chase Manhattan Bank de la 53e Rue, sur le compte du groupe Parker Regency, n° 1348734526. Veuillez me répéter le numéro, Lee, je vous prie.

Le concierge chef du Peninsula répéta le numéro de compte, de son ton haché.

– Parfait, dit Paladine. Je vous serais extrêmement reconnaissant de garder l'œil sur M. Arcenaux jusqu'à ce que son virement soit parvenu à notre banque, ici à New York.

Je suis sûr que Nigel exigera qu'il règle également ses comptes avec le Connaught.

Paladine consulta sa montre.

– Il est 9 heures 45 ici, heure de la côte est. S'il envoie un fax immédiatement à Toronto, le transfert ne devrait pas prendre plus d'une heure. Je vais prévenir notre banque. Dès que le virement aura été honoré, tout rentrera dans l'ordre. Adressez nos excuses à M. Arcenaux pour le dérangement occasionné et souhaitez-lui bon vent.

– Et au cas où le problème ne serait pas réglé ?

– Abandonnez-le aux bons soins du préfet de police de Hong Kong.

– Avec plaisir, répondit Lee Wu, et un grand éclat de rire traversa en un éclair les 13 000 kilomètres qui les séparaient. Aurons-nous la joie de vous voir à Bruxelles à la fin du mois, Maestro ?

Paladine apporta une touche finale à son petit dessin avant de répondre :

– J'espère toujours venir, Lee. Hélas, il s'est produit ici un événement imprévu, et tant que cette affaire ne sera pas réglée, j'ai peur que tous mes projets soient suspendus.

Il y eut un silence à l'autre bout du fil, tandis que la sensibilité aiguisée de l'Asiatique décryptait les paroles de son homologue de New York, ou plus exactement, les paroles non dites.

– J'espère que tout finira par s'arranger, Maestro. En tout cas, si vous venez à Bruxelles, pensons à nous réserver une soirée pour dîner tous les quatre, Pami, Nigel, vous et moi. Le Peninsula se fera un plaisir de payer la note.

Après avoir raccroché, Paladine se leva de son bureau, laissant le bloc-notes derrière lui. Pendant qu'il téléphonait, il y avait griffonné un dessin ressemblant à une corde à sauter qui formait un nœud coulant.

Peu de temps après sa communication avec Hong Kong, Paladine reçut un appel de Daschiel Junior qui avait le plus grand mal à contenir sa colère.

– C'est quoi cette histoire avec votre jeune ami Bates ?

– La police est venu l'arrêter.

– Je sais ! Je viens de passer une heure avec ce... Bucket. Il m'en a fait voir de toutes les couleurs. Je vous le dis franchement, Gerio, je suis furieux. Vous avez le *Times* près de vous ?

– Oui, sur mon bureau. Mais je n'ai pas encore eu le temps de le parcourir.

– Ouvrez-le à la page 6 des infos locales. Il n'y en a que pour votre cher ami Bates. Une vraie vedette !

Paladine ouvrit le journal et le feuilleta rapidement jusqu'à la page en question. Le gros titre s'étalait sur deux colonnes, en haut. L'article s'accompagnait d'une photo montrant Bates que l'on conduisait au poste de police de Columbus Avenue.

Le concierge adjoint du palace gardé à vue
dans l'enquête sur le meurtre du diplomate italien.

– Ce salopard d'inspecteur m'a questionné pendant une heure ! grommela Daschiel. Il m'a posé tout un tas de questions. Pas uniquement au sujet de Bates, mais aussi sur l'hôtel et le personnel. Vous êtes au courant de cette histoire de monte-plats dont il m'a rebattu les oreilles ?

– Oui, il est au dix-huitième étage. Votre père l'a fait installer pour le Dr Nierenberg quand elle s'est retrouvée paralysée et ne pouvait plus descendre dans la salle à manger.

– J'aimerais bien qu'on me tienne au courant de ce genre de choses ! Quand il m'a interrogé sur ce monte-plats, j'ai eu l'air d'un con en lui avouant que c'était la première fois que j'en entendais parler. Qu'avez-vous l'intention de faire au sujet du jeune Bates, Gerio ?

– Il n'y a rien à faire pour l'instant. Il faut voir si la police va l'inculper ou pas.

– Dans un cas comme dans l'autre, il ne remettra pas les pieds ici. Je ne veux plus le voir. Au fait, comment a-t-il pu être engagé ? Vous ne vous êtes pas renseigné sur ses antécédents ? Vous n'avez pas exigé des références ? Bon sang, ce type a un casier judiciaire ! On ne peut pas engager ce genre de personnage à l'accueil ! Les clients lui confient des papiers importants et des objets de valeur. Il a accès aux clés, aux chambres. Il faut le foutre dehors !

– Si je peux me permettre, monsieur Fritz, n'est-ce pas un peu prématuré ? Pour être honnête, la police semble n'avoir aucune preuve concrète.

– Preuves concrètes ou pas, je m'en fous ! Vous ne comprenez donc pas ? C'est une question d'image. Ce type a sa tête dans tous les journaux. Et son nom est associé au nôtre, bien évidemment. Ça nous fait une horrible publicité. Mon père a toujours défendu la réputation de ses hôtels et j'ai bien l'intention de suivre son exemple.

Paladine dut éloigner le combiné de son oreille durant cette tirade enflammée. Ses tympans bourdonnaient encore lorsque Daschiel raccrocha violemment. Il se leva d'un bond, sortit de son bureau et traversa la conciergerie pour foncer vers la boutique de fleurs située juste en face.

41

– Il vit avec une femme, dans un appartement de l'East Side.

– Ah oui ?

– Tout le monde le sait.

– D'autres personnes m'ont dit la même chose, en effet, mais apparemment personne n'a jamais vu cette femme.

– Il ne la sort jamais. Il se croit trop supérieur pour présenter son épouse à un vulgaire ramassis de petits employés d'hôtel comme nous. Croyez-moi, lieutenant, monsieur le Grand Ordonnateur aime se donner des airs.

– Le Grand quoi ?

– Ordonnateur. C'est comme ça que ses collègues le surnomment dans la profession.

Le visage empourpré par la haine, Vuk Strybch laissa échapper un ricanement de mépris.

– Peut-être que le « Grand Ordonnateur », comme vous dites, veut simplement préserver sa vie privée. Ce n'est pas un crime, que je sache ? dit l'inspecteur Bucket, compréhensif.

Strybch enragea de constater que l'inspecteur ne partageait pas son sentiment d'affront.

– C'est du snobisme, voilà tout ! s'exclama-t-il. Du pur snobisme. Il se considère comme supérieur à nous. Mais pour en revenir à Gobbo…

– Oui, bonne idée. (Le stylo de Bucket faisait du surplace à la verticale de son carnet.) Ce que vous disiez tout à l'heure m'intéresse.

Une lueur malveillante s'alluma dans le regard du maître d'hôtel.

– Au sujet des jeunes garçons ?
– *Des* ? Il y en avait donc plusieurs ?
– Je ne sais pas. Ici, tout le monde parlait d'un seul garçon. Ils disaient que c'était son petit-fils, mais j'en doute.
– Pourquoi ?
– Si vous aviez connu le vieux Gobbo comme moi… Il a vécu dans cet hôtel pendant des années. Et il venait souvent manger dans mon restaurant.
Bucket consulta son carnet.
– Ah oui. Le Passe…
– Le Passe-partout. Exact. C'est le nom d'un personnage dans un célèbre roman français. Ne me demandez pas lequel. Bref, le vieux Gobbo venait manger là deux ou trois fois par semaine. Il y organisait même des fêtes. Il recevait beaucoup. Des collègues du consulat, mais aussi des gens plus bizarres.
– Bizarres ?
– Oui, des individus avec lesquels on ne s'attend pas à voir un homme de son rang.
– C'est-à-dire ?
Strybch semblait heureux de pouvoir apporter une réponse à cette question. La lueur malveillante reparut dans ses yeux.
– Oh, vous voyez bien ce que je veux dire, inspecteur. Pas besoin de vous faire un dessin.
– Des garçons essentiellement ?
– Uniquement. Jamais de femmes. Et pas n'importe quels garçons.
Le maître d'hôtel esquissa un petit geste efféminé avec sa main.
– Vous voyez le genre ?
– Je vois.
– Si vous ne me croyez pas, demandez donc à Illiescu, le responsable des chasseurs. Il vous racontera deux ou trois choses.
– C'est déjà fait, dit Bucket d'un air las. Revenons-en à l'enfant, ou aux enfants. Est-ce que Gobbo venait dîner avec eux dans votre restaurant ?

– Non, jamais. Le Passe-partout était réservé aux grands garçons.

– Donc, vous n'avez jamais vu un de ces enfants ?

– Non, reconnut Strybch. Mais j'ai suffisamment entendu dire qu'il accueillait des petits garçons dans sa chambre et je connaissais ses fréquentations. De quoi me faire ma petite idée.

– Pensez-vous que cet enfant, ou ces enfants, avaient un lien de parenté quelconque avec Gobbo ?

La tête en forme d'obus de Strybch remua lentement de droite à gauche.

– Autrement dit, reprit Bucket, vous pensez que ces enfants étaient amenés ici par quelqu'un de l'extérieur ?

Strybch opina du chef.

– Par qui ?

– Ça, je l'ignore.

– Je vais poser la question différemment. Puisque vous ne pouvez pas me dire qui a amené ces enfants, savez-vous au moins qui aurait pu les faire venir ? M. Gobbo lui-même ?

Une fois de plus, la tête de Strybch remua de droite à gauche.

– Alors qui, nom de Dieu ?

– Pour ça, inspecteur, répondit le maître d'hôtel avec un éclat pervers dans le regard, je pense que vous devriez vous adresser au concierge chef.

42

– Je veux juste savoir pourquoi vous m'avez menti.

– ...

– D'accord, puisque vous ne voulez pas répondre à cette question, dites-moi au moins si vous reconnaissez avoir menti.

– ...

– Nous savons que c'est vous qui avez conduit l'enfant dans la chambre du vieil homme ce soir-là. Nous avons des témoins. Mais dites-moi qui est venu déposer l'enfant à l'hôtel.

– ...

– C'était une femme, hein ?

– ...

Cela faisait presque quatre heures que ça durait. L'inspecteur Bucket bombardait Bates de questions et celui-ci, assis en face de lui, demeurait totalement muet, les yeux fixés sur les petits nuages noirs au-dehors et qui, semblables à des traces de doigts sales, filaient dans le ciel furieux. Bucket avait la désagréable impression de jouer seul au tennis.

Ils s'étaient installés à l'écart, au fond du bureau des inspecteurs du 83e Secteur. Derrière les fenêtres zébrées de longues traînées grasses, le jour déclinait rapidement. Un vent violent s'engouffrait dans l'avenue et secouait les montants des fenêtres, comme un chien affamé et grelottant de froid qui gratte à la porte pour qu'on le laisse entrer.

Les deux hommes étaient assis aux deux extrémités d'une longue table en bois marquée par des années de sévices. Un parfait exemple de mobilier municipal. Outre l'assortiment habituel d'auréoles de café et de brûlures de cigarettes, on trouvait également, gravées dans le bois, les initiales des innombrables vedettes de la rue et autres futurs champions du crime qu'on avait interrogés dans les lieux et ce, pendant des années.

Pour l'instant, le dessus de la table était encombré de gobelets en carton contenant du soda éventé et de petites barquettes vides provenant du traiteur chinois. Dans l'atmosphère flottait une odeur de paperasses officielles enterrées depuis des lustres et qui pourrissaient lentement dans des tiroirs moisis. Un brouillard de fumée de cigarette envahissait les moindres recoins, transformant l'air environnant en nuages menaçants aux volutes violacées.

– Si vous croyez que cette tactique du silence vous fait gagner des points, Bates, vous vous trompez lourdement, mon vieux. Au contraire, ça ne fait que renforcer la détermination du procureur de vous balancer entre les pattes du Grand Jury[1]. Tenez, pas plus tard que ce matin, il nous a demandé de trouver une place disponible dans la liste des affaires en instance. On en sait beaucoup plus sur vous que vous ne l'imaginez, Bates.

L'inspecteur guetta une réaction, mais le jeune homme resta assis, immobile et impassible, contemplant les nuages bas, prisonniers du labyrinthe de toits désordonnés qu'on apercevait juste derrière les fenêtres du poste de police.

Bucket fit une nouvelle tentative.

– J'ai eu une petite discussion avec un gars de l'hôtel aujourd'hui. Ne me demandez pas son nom, je ne vous le dirai pas. Il m'a fait comprendre que le vieux Gobbo avait des goûts très particuliers. Pour les petits garçons, par exemple. Vous le saviez, Bates ? Oui, bien sûr que vous le saviez. Vous le saviez quand vous avez conduit cet enfant là-haut et que vous l'avez laissé entre les mains de cet homme. Vous faisiez partie des garçons de M. Gobbo, vous aussi, Bates ? Il a essayé de vous draguer ?

1. Équivalent américain de la Chambre des mises en accusation.

Les doigts potelés de Bucket tambourinaient violemment sur le dessus de la table. Attendant une réponse qui ne venait pas, il s'empara de la main courante du jour qui traînait sur le bureau et entreprit de la parcourir rapidement. Il était obligé d'appuyer ses lunettes sur son nez pour les empêcher de glisser.

– Je vois que vous avez aussi refusé de répondre à l'avocat commis d'office qu'on vous a envoyé aujourd'hui. C'est vrai, Bates ?

L'inspecteur attendit la réponse du jeune homme, sans le quitter des yeux, puis, avec un soupir, il ôta lentement ses lunettes et les plaça sur la table, aussi délicatement que s'il reposait un œuf de rouge-gorge tombé du nid.

– Permettez-moi de vous dire que vous agissez comme un crétin, Bates. Pourtant, il paraît que vous êtes un type intelligent. Vous avez fait des études et tout et tout. Alors, quoi ? Si vous vous dites : les flics n'ont rien contre moi, ils n'ont aucune preuve, vous avez peut-être raison. Je vous l'accorde. Mais ce qu'on sait, en revanche, c'est que, très jeune déjà, vous avez fait de la prison et que, d'une manière ou d'une autre, vous avez personnellement livré cet enfant au vieux Gobbo. Or, quelqu'un a tué cet homme, puis fait disparaître l'enfant et un tas de choses semblent vous désigner. Ce n'est pas en restant muet comme une tombe que vous allez arranger votre situation, croyez-moi.

La sonnerie incessante des téléphones, les éclats de voix, le cliquetis des machines à écrire juste à côté, les tiroirs de classeurs qu'on ouvre et qu'on referme bruyamment, tout cela semblait se fondre en une sorte de bourdonnement sourd et lointain.

– Vous savez ce que je pense, Bates ? reprit Bucket en pointant son doigt boudiné sur le visage du jeune homme. Je pense que vous n'avez rien à foutre de ce que je pense. Mais je vais vous le dire quand même. Vous êtes mouillé dans cette affaire avec quelqu'un d'autre et vous cherchez à couvrir cette personne. J'ignore ce que vous espérez obtenir en échange, mais j'espère que ça vaut le coup, car vu la manière dont ça se présente, vous allez vous retrouver à l'ombre pour un bon bout de temps.

Une fois de plus, l'inspecteur scruta le visage du jeune homme dans l'espoir de voir enfin se lézarder sa détermination. En vain.

– Je vais vous dire autre chose, Bates, ajouta-t-il en s'efforçant de contrôler sa frustration grandissante. Je suis dans le métier depuis longtemps. Je sais comment ça se passe. Je vais vous expliquer. Tout le monde est sous pression. On ne peut pas buter un haut fonctionnaire étranger dans cette ville sans provoquer des remous. Et dès que Washington commence à ruer dans les brancards, le maire et le chef de la police ont tendance à s'agiter. Tôt ou tard, il va falloir trouver quelque chose. Ça ne sera pas forcément un truc énorme, une révélation qui ébranle le monde ; mais au bout d'un moment, on a tendance à sauter sur n'importe quoi. Et chez nous, on est assez doués pour bâtir du solide avec du « n'importe quoi ». Autrement dit, si on ne trouve rien de mieux, ce « n'importe quoi », ce sera vous. Alors, si vous voulez continuer à jouer les boucs émissaires pour quelqu'un d'autre, je n'y vois pas d'inconvénient. Comme on fait son lit, on se couche, n'est-ce pas ? Par contre, je peux vous assurer, et je parle par expérience, que si vous coopérez, le procureur sera plus enclin à considérer votre cas d'un œil plus indulgent au moment de prononcer la sentence.

Ayant joué son meilleur atout, Bucket regarda fixement le jeune homme assis en face de lui. L'expression de Bates n'avait pas changé d'un iota. Le visage tourné vers la fenêtre, il continuait à errer mentalement sur les toits. A l'abri du vacarme du monde extérieur dans sa bulle, il était à des millions de kilomètres de cette pièce poussiéreuse du poste de police de Columbus Avenue.

Bucket frappa à deux mains sur ses genoux et arracha sa lourde carcasse de la chaise.

– Libre à vous, Bates. Sergent Comisky ! s'écria-t-il. Ramenez gentiment ce monsieur dans sa cellule.

43

– Si vous me donnez votre numéro de fax, docteur, nous pouvons vous expédier les radiographies avant que…

Patsy Ricci parlait doucement au téléphone, de sa voix aux chaudes intonations méditerranéennes et d'un ton concis et efficace.

Voyant approcher le concierge, le jeune homme lui tendit une liste d'une dizaine de messages. La moitié d'entre eux étaient des appels de restaurants, de billetteries, de cavistes, de couturiers, d'antiquaires et même d'un cabinet dentaire, en réponse à des demandes ou des requêtes formulées précédemment par Paladine pour le compte des clients de l'hôtel.

– Les radios de la 1412, annonça Patsy en raccrochant.

– Que se passe-t-il ?

– Il faut qu'elles arrivent à l'hôpital de Mount Sinaï avant midi. Sinon, le neurochirurgien ne pourra pas les lire avant la semaine prochaine. Il part pour un week-end prolongé.

– Vous les avez, ces radios ? demanda le concierge tout en parcourant la liste des messages.

– Oui, Maestro. Elles ont été expédiées hier soir de La Nouvelle-Orléans par Federal Express. Je me proposais de les faxer immédiatement à l'hôpital.

La gêne que Patsy éprouvait en présence du concierge depuis plusieurs jours persistait. Telle une blessure qui n'arrive pas à se refermer totalement. Son malaise provenant du sentiment tenace qu'il éprouvait d'avoir perdu la face devant son idole, il essayait maintenant de se racheter.

– Au fait, Maestro, je ne sais pas si vous êtes au courant, mais Mlle Sherman nous a quittés de bonne heure ce matin. Elle vous a laissé un mot. Je l'ai déposé sur votre bureau.

– Oui, je l'ai vu. Merci, répondit Paladine en reportant son attention sur la liste des arrivées du jour. Rien d'autre ?

Avant que le jeune homme puisse répondre à cette question, le Dr Ngongoro s'était approché discrètement du comptoir de la conciergerie.

– Je crois que j'ai un peu trop bu hier soir, dit-il en faisant rouler vers le ciel ses gros yeux bilieux.

– Vous ne vous sentez pas bien, Excellence ? J'en suis navré.

– C'est ma faute, Gerio. Il y a trop de distractions dans cette ville, et je crains d'être trop vieux pour tout ça. Je monte me coucher.

– Très bonne idée, Excellence. Puis-je vous faire porter quelque chose ? Du thé ? Un jus de fruits ? Du café ? Du bicarbonate de soude, peut-être ?

Le Dr Ngongoro se massa l'estomac en grimaçant.

– Non, ça ira. Je n'aspire qu'à une seule chose : mon lit.

Il tourna les talons et s'éloigna, puis se retourna soudain, comme s'il avait oublié quelque chose.

– Dites, Gerio, qu'est-ce que c'est que cette histoire que j'ai lue ce matin dans le *Times* au sujet de votre jeune assistant ?

– Une triste histoire, en effet, Excellence.

– Toujours cette horrible affaire avec le vieux Gobbo et cet enfant ? Je trouve ça déprimant.

– Vous n'êtes pas le seul, lui répondit Paladine avec un hochement de tête compatissant. Mais c'est la version de la police.

– Ils suspectent notre jeune et charmant ami ?

– J'en ai peur, Excellence.

Le délégué sénégalais secoua la tête d'un air consterné.

– A peine avons-nous enterré ce pauvre Fritz qu'il nous faut assister impuissants à la divulgation des aspects les moins glorieux de la vie privée d'un autre cher vieil ami, tout ça pour assouvir le plaisir pervers des masses. C'est pénible. Extrêmement pénible. (Il fit claquer sa langue.) Soyez gentil de demander au standard de bloquer tous mes appels jusqu'à demain matin, voulez-vous, Gerio ? lança-t-il par-dessus son épaule et, sans cesser de secouer la tête, il se dirigea vers les ascenseurs d'un pas traînant.

Vers 3 heures de l'après-midi, Paladine se retira dans son bureau avec une effroyable migraine. Pourtant, la journée n'avait pas été particulièrement agitée. A vrai dire, les coups de téléphone avaient été aussi peu nombreux que les clients se présentant au comptoir. Mais il avait d'autres préoccupations, bien plus pressantes.

Daschiel Junior l'avait déjà appelé plusieurs fois dans la journée ; il semblait très énervé et s'adressait au concierge sur un ton agressif qu'il n'avait jamais osé employer du temps où son père était encore de ce monde.

Chaque fois qu'il l'appelait, c'était pour se plaindre de diverses choses, toutes plus insignifiantes les unes que les autres. Mais Paladine le connaissait suffisamment bien pour savoir qu'il s'agissait de simples prétextes. De toute évidence, il n'avait toujours pas digéré la publicité indésirable qui s'était abattue sur le Parker Regency au cours des dernières quarante-huit heures, depuis que les médias avaient dévoilé qu'un employé de l'hôtel se trouvait désormais impliqué dans le meurtre d'un client, meurtre commis au sein même de l'établissement, un mois plus tôt.

Le jeune Daschiel débutait dans le métier ; ses principes de management étaient du genre rudimentaire. Quand un événement fâcheux se produisait, il fallait trouver immédiatement un bouc émissaire, pensait-il, pour bien montrer aux sous-fifres qu'on avait de l'autorité. Et puisque le suspect numéro un de ce crime était un des adjoints du concierge chef, Paladine constituait la cible idéale.

Un peu plus tôt dans la journée, Pargiter avait été convoqué dans le bureau de Daschiel Junior. Terrorisé, et désireux de se décharger de toute responsabilité dans le recrutement de Bates, il s'était empressé de rejeter la totalité de la faute sur les épaules du concierge.

– Oh, au fait, Gerio, dit Daschiel Junior avant de raccrocher. J'ai reçu un appel de Palm Beach cet après-midi. De Lila Barachevsky.

– Que voulait-elle ?

– Je ne sais pas ; je n'étais pas là pour recevoir l'appel. Je pensais que vous étiez peut-être au courant.

Paladine perçut une note d'inquiétude dans la voix de Daschiel Junior.

– Au courant de quoi ?

– De ce que les deux sœurs avaient en tête.

– Il s'agit probablement de la vente des actions, vous ne croyez pas ?

– Non. Apparemment, tout se passe bien de ce côté-là. Wentworth s'occupe de tous les détails.

Il y eut un silence au bout du fil. Puis Daschiel demanda, avec la plus grande circonspection :

– Vous ne pensez pas qu'il pourrait s'agir d'autre chose ?... De l'affaire Gobbo, par exemple ?

– Je n'en sais rien, monsieur Fritz. Je n'ai pas évoqué ce sujet avec les sœurs Barachevsky, si c'est ce que vous voulez savoir. Mais je doute que cet appel concerne Gobbo. Je crois qu'elles ne le connaissaient même pas.

Il y eut un nouveau silence, durant lequel le concierge sentit toute l'arrogance et l'agressivité des minutes précédentes s'évaporer comme un pneu qui se dégonfle lentement.

– Peu importe, enchaîna Daschiel Junior en essayant de prendre un ton désinvolte. Je dois les rappeler à 18 heures. Nous serons fixés à ce moment-là.

44

– Je m'étonne de voir un homme tel que vous dans un trou à rats comme celui-ci.

– Je me trouvais dans le quartier par hasard, dit Paladine, et j'ai eu l'idée de passer vous voir.

Un large sourire étira les bajoues de l'inspecteur Bucket.

– *Touché*[1], dit-il avec un clin d'œil, reconnaissant dans ce mot la médiocrité de l'excuse dont il se servait lui-même pour justifier ses visites impromptues à l'hôtel.

Il se leva et, d'un geste théâtral, approcha une chaise de son bureau pour le concierge, puis désigna une vieille cafetière en aluminium cabossée qui ronflait bruyamment sur une table à l'autre bout de la pièce.

– Café ?

Paladine observa le rebord jauni de la tasse de Bucket et déclina poliment son offre.

L'inspecteur haussa les épaules comme quelqu'un qui, ayant essuyé un refus, s'estime libéré des règles de l'hospitalité. Il se laissa retomber lourdement sur sa chaise.

– Eh bien, que me vaut l'honneur ? demanda-t-il.

– Je viens voir comment va mon jeune adjoint, lui répondit Paladine.

– Disons qu'il fait aller. Je suis sûr qu'il préférerait retrouver l'ambiance douillette du Parker Regency. Nos cellules ne sont pas très confortables. Et il n'y a pas de room-service ici, comme vous le savez certainement.

– Je n'ai pas une grande expérience dans ce domaine, inspecteur, mais je vous crois sur parole.

1. En français dans le texte.

Bucket se renversa dans son fauteuil. Il faisait beaucoup de bruit avec son nez, toujours aussi écarlate.

– Maintenant que nous avons échangé les banalités d'usage, monsieur le concierge, je suppose qu'il ne s'agit pas d'une visite de courtoisie.

– J'aimerais le voir, déclara Paladine de but en blanc, fatigué lui aussi de ces joutes verbales.

– Vous aimeriez le voir ? répéta l'inspecteur en jouant l'étonnement. Voilà qui est fort inhabituel. Car même s'il nous arrive de garder ici quelques criminels de temps en temps, nous n'avons pas pensé à établir des heures de visite. Puis-je vous demander pourquoi vous voulez le voir ?

– Tant que M. Bates n'a pas été reconnu coupable des accusations…

– Il n'est accusé de rien.

– Tant qu'il est uniquement suspecté, rectifia le concierge, M. Bates reste membre de notre corporation. Comme vous l'imaginez, ses amis et ses collègues de l'hôtel s'inquiètent à son sujet. Voilà pourquoi j'ai décidé de venir voir s'il ne manquait de rien et si je pouvais faire quelque chose pour lui.

– Rassurez-vous, monsieur Paladine, on ne le maltraite pas. Pas de coups de tuyau en caoutchouc ou de matraque, si c'est ce que vous pensez.

– Loin de moi cette idée.

Les doigts potelés de Bucket se mirent à tambouriner sur le bureau. Son front et ses yeux se plissèrent, comme s'il se livrait à de savants calculs mentaux.

– Comisky ! s'écria-t-il.

Presque aussitôt, un individu à l'imposante chevelure noire et laquée se glissa par la porte ouverte.

– Comisky, dit l'inspecteur en adoptant un ton et un langage volontairement précieux et ironiques. Voudriez-vous, je vous prie, avoir l'extrême obligeance de demander à M. Bates s'il accepte de recevoir des visites aujourd'hui ? Dans ce cas, informez-le que M. Paladine, du Parker Regency, aimerait s'entretenir avec lui quelques instants.

Surpris par ce langage fleuri, le sergent fronça les sourcils et fit la grimace en se tournant vers Paladine.

– Ça veut dire que vous voulez le voir ?

– Exactement, répondit le concierge.

– Ici ou là-bas ? demanda le sergent en désignant une petite porte verte qui conduisait aux quelques cellules de garde à vue situées au fond du bâtiment.

– Étant donné que ce monsieur demeure officiellement le principal suspect dans une affaire d'homicide, reprit Bucket sur le même ton grandiloquent, je crains que l'entretien ne doive se dérouler dans sa cellule.

– Bon, je vais voir, inspecteur.

Le sergent disparut derrière la porte verte, dont la peinture s'écaillait et tombait en petits copeaux sur le sol. Il reparut peu de temps après.

– Je crains, annonça-t-il, que le monsieur en question n'accorde pas d'audience aujourd'hui.

Le sergent Comisky avait adopté le style ampoulé et moqueur de son supérieur.

– Lui avez-vous fait valoir que son visiteur n'était autre que M. Paladine en personne, son supérieur ?

– Je l'ai fait, monsieur. Il s'est montré très clair sur ce point : il ne souhaite voir personne.

L'inspecteur et le concierge échangèrent des regards qui en disaient long.

– Merci, sergent, dit Bucket. Ce sera tout.

« ... Croyez-moi, monsieur Paladine, reprit-il lorsque la porte à la peinture écaillée se fut refermée derrière Comisky, j'en ai rencontré des cas au cours de ma carrière, mais ce Bates, il bat tous les records dans le genre bizarre ; un vrai phénomène. Je l'ai interrogé cinq ou six fois depuis qu'on l'a arrêté. On a essayé la carotte et le bâton, mais rien à faire. Peut-être qu'il préfère le bâton, finalement. Il reste assis sur sa chaise, sans décrocher un mot, le regard perdu dans le vide. Il refuse de parler. Et pas seulement à moi. Deux ou trois collègues ont essayé eux aussi. Pareil. Il reste muet. Il n'a même pas voulu parler à l'avocat commis d'office qu'on lui a envoyé.

Tandis que le concierge écoutait l'inspecteur, son cerveau en ébullition jonglait avec une dizaine de scénarios différents, tous aussi désagréables.

– Si vous voulez mon avis, poursuivit Bucket, je crois que ça lui plaît, finalement. Il prend son pied. Il adore se sentir martyrisé par le grand et méchant système. Au bout d'un moment, j'ai compris que les interrogatoires ne faisaient que renforcer son envie de mourir courageusement sur le bûcher plutôt que de cracher le morceau devant de sales flics corrompus.

L'inspecteur secoua la tête en riant.

– Je me suis fourré le doigt dans l'œil ; je croyais qu'on n'aurait aucun mal à le faire craquer. On n'a toujours pas réussi. Mais il y a une chose dont je suis absolument sûr : Bates est impliqué, d'une manière ou d'une autre, dans la mort du vieux Gobbo et dans la disparition de l'enfant. Je vais même vous dire autre chose, ajouta-t-il en agitant un doigt au-dessus de sa tête comme s'il invoquait des esprits. (Il baissa la voix et plongea son regard dans celui de Paladine.) Bates n'était pas seul dans cette histoire. C'est un type bizarre, je vous l'ai dit, mais pas au point de pendre un vieillard et après de lui maquiller les yeux et de lui trancher le machin avec un rasoir. Ça, c'est l'œuvre de quelqu'un d'autre. D'un artiste. Sacrément givré, si vous voulez mon avis. Bates, c'est du menu fretin. Un vulgaire complice. On a fait appel à lui pour nettoyer le bordel dans la suite du vieux. Car ça devait être un sacré bordel, j'imagine. Je parie qu'il y avait du sang partout, bien plus que ce qu'on a retrouvé sur le tapis. Ces taches, c'était juste un oubli. Selon moi, une personne ou plusieurs sont montées faire le ménage là-haut, pour tout effacer avant que les femmes de chambre débarquent à l'heure habituelle.

« … Et surtout, il y a l'histoire du gamin, enchaîna Bucket que rien ne pouvait arrêter. Plusieurs témoins se souviennent de l'avoir vu arriver à l'hôtel, mais personne ne se souvient de l'avoir vu partir. Comme je crois vous l'avoir dit, ça se passait toujours de la même manière : une femme qu'on ne connaît pas – la mère, la nourrice ou je ne sais qui – déposait l'enfant, le vendredi soir généralement, et revenait le chercher le dimanche après-midi. Or, le dimanche en question, personne n'a vu cette femme ni l'enfant, quitter l'hôtel. J'en conclus que l'enfant est reparti d'une autre façon, à un autre moment. On pense immédiatement à Bates. Mais il n'a pas pu agir tout seul : nettoyer la chambre et se débarrasser du corps de l'enfant. Il y avait forcément quelqu'un avec lui.

« ... Et je vais vous dire encore autre chose, monsieur Paladine. (Emporté par son sujet, l'inspecteur s'emballait. Il se leva derrière son bureau.) J'ai des doutes sur la chronologie.

– La chronologie ?

– La succession des faits, si vous préférez. J'ignore si l'enfant a été assassiné ou simplement conduit ailleurs, mais j'ignore aussi si cela s'est produit avant ou après le meurtre de Gobbo. Si j'avais la réponse à cette question, j'en saurais beaucoup plus. Si ça s'est passé avant, je parierais dix contre un que c'est le vieux Gobbo, compte tenu de ses penchants particuliers, qui a tué l'enfant. Si ça s'est passé après, c'est que quelqu'un d'autre a assassiné Gobbo avant de s'occuper de l'enfant. Vous me suivez ?

L'inspecteur Bucket était parvenu à la même conclusion que Bates et le concierge quelques semaines plus tôt.

– Et comme nous savons que Gobbo ne s'est pas suicidé, mais qu'on l'a assassiné, reprit Bucket, la seconde hypothèse me semble plus plausible que la première. Toutefois, dans l'état actuel des choses, je ne peux même pas affirmer que ces deux événements se sont produits la même nuit, ou bien à vingt-quatre ou quarante-huit heures d'intervalle. Pour connaître la réponse, il aurait fallu que le médecin légiste puisse examiner le cadavre de l'enfant.

Bucket se rassit dans son fauteuil en grattant sa chevelure hirsute.

– Je vais être franc avec vous, monsieur Paladine. Tant que je n'aurai pas retrouvé cet enfant, et, entre nous, je doute de le retrouver un jour, vivant du moins, ou bien cette femme qui l'amenait à l'hôtel, je serai dans une impasse. Vous comprenez mon problème ?

Paladine remua sur son siège.

– Oui, très bien. Et je compatis. Mais qu'est-ce que cela implique, concrètement, pour Bates ?

– Bates ! Bates ! s'exclama Bucket en levant un bras au ciel en signe d'agacement. Je vous l'ai dit. Bates n'est qu'un vulgaire complice. Un bouc émissaire. Un pauvre type. Je pense le connaître suffisamment bien maintenant pour affirmer qu'il a un sale caractère, mais qu'il n'est pas dangereux. Il est capable de se livrer à des voies de fait mineures, mais certainement pas du genre à commettre des actes violents et sanglants comme d'autres cinglés que je connais. A mon avis, il n'a pas assez de tripes. Ce qui l'excite, lui, c'est de jouer les victimes ; c'est son côté martyr. Il est vaniteux comme un saint. Malheureusement pour nous, il détient la solution de cette saloperie de casse-tête. La personne qu'il a aidée à accomplir ces trucs de dingue, la nuit du crime, est celle que nous recherchons. Et ce type, je vous le dis, fait partie du personnel du Parker Regency. C'est quelqu'un que vous connaissez et que vous voyez tous les jours ; et quand nous l'aurons démasqué, car soyez sûr que nous y arriverons, vous serez sacrément surpris.

– Pourquoi moi, inspecteur ?

– Parce que ce sera quelqu'un que vous connaissez très bien. Ou que vous pensiez connaître. Quelqu'un avec qui vous bavardez tous les jours, avec qui vous échangez des ragots et des services, quelqu'un dont vous ne vous êtes jamais méfié. Notre jeune ami Bates sait qui est cette personne, mais il refuse de parler. Pour une raison quelconque, il s'est renfermé en lui-même et jusqu'à présent personne n'a réussi à le faire sortir de sa coquille. Mais croyez-moi, monsieur Paladine, tôt ou tard, il se passera quelque chose. Quelqu'un commettra une erreur. Un événement inattendu se produira et nous mâchera le boulot. Quand il verra se profiler vingt ans de taule à l'horizon, ce petit malin prétentieux de Bates se dira que, finalement, le martyre ce n'est pas aussi chouette que ça, et il se mettra à table. A partir de ce moment-là, on ne pourra plus l'arrêter.

Ayant achevé sa tirade, l'inspecteur se renversa au fond de son fauteuil, visiblement satisfait. Il faisait penser à un homme qui, après avoir porté pendant longtemps un bagage pesant, peut enfin le poser.

Durant tout ce long exposé, délivré d'une voix forte, mais contenue, le concierge était resté muet et pensif, écoutant les hypothèses mi-exactes et mi-erronées de Bucket. Mais avec chaque version nouvelle, il le constatait avec un sentiment de malaise grandissant, l'inspecteur semblait se rapprocher un peu plus de la vérité. Du moins, la vérité telle que Paladine lui-même pouvait l'imaginer, compte tenu de sa propre connaissance limitée des faits.

Finalement, il se leva pour prendre congé. Mais avant cela, il déclara :

– Ce que je vais vous dire, inspecteur, n'est que pure spéculation. Ce sont des rumeurs. Et je veux que vous le preniez comme tel. Je n'ai aucune preuve ni confirmation à vous offrir.

Le cigare éteint qui roulait entre les lèvres de l'inspecteur s'immobilisa tout à coup, au milieu de la bouche. Bucket attendait la suite.

– La prochaine fois que vous viendrez à l'hôtel… dit Paladine.

– Je comptais y passer dans la soirée. J'ai quelques personnes à interroger.

– Dans ce cas, profitez-en pour discuter avec un jeune homme nommé Ernesto.

– Ernesto ?

Bucket prit son stylo et son carnet.

– Cabrera. Ernesto Cabrera. Il aura peut-être des choses intéressantes à vous apprendre.

En sortant du poste de police de Columbus Avenue, Paladine resta un instant immobile sous la pluie glacée qui martelait les trottoirs, tandis que pensées et émotions contradictoires se bousculaient dans son esprit. A cet instant, il ressemblait à un individu égaré qui tente de s'orienter dans une ville inconnue.

Même après s'être mis en marche, il ne savait toujours pas exactement où il allait, mais il avançait d'un pas décidé. Le temps qu'il atteigne le coin de Central Park et de la 70e Rue, une tristesse inconsolable s'était emparée de lui. Alors qu'il franchissait les grandes portes vitrées du hall, il ne remarqua même pas les groupes de gens affairés et insouciants qui grouillaient autour de lui. Il ne voyait que le regard meurtri et interrogateur d'Ernesto Cabrera qui le poursuivait, où qu'il aille.

« Cher Roger,

Carmel t'a sans doute raconté que j'étais allée la voir. Pardonne-moi de t'avoir espionné. Mais il fallait que je satisfasse ma curiosité. C'est maintenant chose faite, je crois. J'aurais préféré apprendre la vérité de ta bouche. Le mystère est parfois doux, parfois cruel. En l'occurrence, je pense qu'il était cruel. Si seulement tu m'avais tout raconté, tu m'aurais évité beaucoup de souffrances. Comme tu le sais, je suis une pauvre femme égoïste, égocentrique et vindicative, mais dans ce cas, je pense que j'aurais compris. J'aurais eu une meilleure image de toi, et une meilleure image de moi aussi, car je me reprochais une situation que je ne pouvais pas modifier.

Je sais maintenant que je n'avais aucun espoir de provoquer en toi les mêmes sentiments que ceux j'éprouve pour toi. Malgré tout, j'aurais aimé pouvoir essayer. J'aurais aimé que nos vies se croisent à une autre époque, dans d'autres circonstances. Je pense que j'aurais pu te rendre heureux, même si je ne pouvais pas te convaincre de m'aimer.

Désolée de ne pas avoir eu l'occasion de te faire mes adieux. Mais pour être franche, je voulais partir rapidement, sans te revoir. Je ne reviendrai pas à l'hôtel. Après vingt-deux ans, Marshall Fields et moi avons décidé de nous séparer, ou plutôt, en toute honnêteté, Marshall Fields a décidé de se séparer de moi. Dure conclusion pour une fille qui croyait être née pour réussir et n'a jamais douté qu'elle sortirait toujours vainqueur. On en apprend tous les jours, hein, Gerio ?

Si un jour tu te trouves à Chicago, et si tu as cinq minutes, je suis dans l'annuaire.

Fidèlement,

Sydney. »

Il était presque 23 heures lorsque Paladine reposa la lettre, ôta ses lunettes et se frotta les yeux en effectuant des mouvements circulaires avec ses paumes.

Tout l'après-midi durant, il n'avait cessé de penser à Ernesto Cabrera. Le regard doux et confiant du jeune homme le suivait à la trace, impitoyablement. Quoi qu'il fasse, où qu'il aille, depuis qu'il avait quitté le poste de police, Ernesto était là, à ses côtés, silencieux, et jamais une plainte. Mais ses yeux doux et confiants débordaient de questions dérangeantes.

Jeune garçon travailleur et appliqué, Ernesto était venu aux États-Unis pour gagner de l'argent qu'il envoyait à sa famille, quasiment indigente, qui vivait dans un bidonville de Lima. Quand il avait commencé à travailler à l'hôtel et entamé le long processus de naturalisation, le concierge s'était porté garant pour lui. Sachant le jeune homme totalement innocent, incapable de commettre des actes violents, Paladine n'avait pas besoin de se demander pour quelle raison il l'avait dénoncé à la police afin de lancer Bucket à ses trousses et éloigner l'inspecteur de la piste beaucoup trop brûlante qui conduisait directement à Bates et qui, cela ne faisait aucun doute, conduirait inévitablement jusqu'à lui.

A comparer les deux garçons, Paladine savait qu'il préférait, de loin, Ernesto à Bates. Ernesto était loyal, digne de confiance, heureux de vivre et de travailler et n'avait qu'un seul objectif : venir en aide à sa famille. Il ne possédait pas l'orgueil maussade de Bates, ni la rancune que celui-ci entretenait et chérissait depuis des années – le sentiment d'infaillibilité morale qui avait incité Bucket à le traiter de « vieux saint prétentieux », les traits de caractère que Lane Barachevsky trouvait insupportables, elle aussi, sans avoir réussi à le formuler de manière aussi imagée. Malgré tout, ni l'inspecteur ni elle ne semblaient croire que Bates, aussi détestable fût-il, eût la carrure d'un tueur sanguinaire. Mais de cela, justement, le concierge n'était plus aussi sûr. Certain autrefois de connaître tout ce qu'il fallait savoir sur les personnes qu'il engageait, il avait reçu un choc en découvrant à quel point il s'était fourvoyé à son sujet. D'après ce qu'il avait récemment appris, par le biais de l'inspecteur, et d'après ses propres observations au cours de ces dernières semaines, il percevait maintenant chez son jeune adjoint un aspect beaucoup plus sombre qu'il ne l'avait supposé jusqu'alors. Quoi qu'il en fût, leurs sorts étaient désormais intimement liés, pour le meilleur ou pour le pire, et l'erreur de jugement qu'il avait commise risquait de lui coûter cher.

Avant de rentrer chez lui ce soir-là, le concierge, assis à son bureau, fit pivoter son fauteuil, s'agenouilla devant le coffre-fort et afficha la combinaison. Là, dans les profondeurs humides de l'étagère du haut, sa main tâtonnante se referma sur la petite boîte enveloppée de papier cadeau de chez Cartier. Le paquet était toujours intact. Le concierge ignorait ce qu'il contenait. C'était une boîte étroite et rectangulaire, de la longueur d'une montre.

Il la soupesa plusieurs fois avant de la glisser dans une enveloppe brune rembourrée, frappée de l'élégant logo du Parker Regency dans le coin supérieur gauche.

L'adresse de Sydney Sherman à Lake Forest apparut en caractères rouges sur l'écran de l'ordinateur, derrière le comptoir de la conciergerie.

De retour dans son bureau, Paladine inscrivit l'adresse sur l'enveloppe, avec instructions pour la poste de l'hôtel de l'envoyer par courrier spécial dès le soir même.

Enfin, avant de s'en aller, il déchira la lettre de Sydney Sherman en mille morceaux qu'il jeta ensuite dans la corbeille posée à ses pieds.

45

Souffrant d'un abcès, Patsy Ricci courut chez le dentiste le lendemain matin, laissant Paladine seul derrière le comptoir de la conciergerie pour répondre au téléphone et accueillir les clients.

Après deux heures de folie, l'affluence retomba et le concierge put enfin s'attaquer à la routine quotidienne, à savoir réserver des places de théâtre et des tables au restaurant, tâches dont s'occupaient habituellement Bates et Patsy quand ils étaient présents.

Il venait juste de commencer lorsque, levant la tête par hasard, il se retrouva nez à nez avec Joe Bates. Celui-ci s'était approché sans bruit du comptoir. A la fois surpris et effrayé par cette soudaine apparition, le concierge sursauta ; c'était comme de marcher dans la forêt et de se trouver tout à coup face à un cerf.

– Ça alors, murmura Paladine comme s'il avait vu un fantôme. Que faites-vous ici ?

– Ils m'ont relâché.

– Je vois. Quand ?

– Il y a une heure environ. Cet inspecteur, Bucket, est venu me voir dans ma cellule ; quelqu'un lui a ouvert la porte et il m'a dit : « Vous pouvez foutre le camp. »

Bates jeta des regards embarrassés autour de lui avant de demander :

– J'ai toujours ma place ?

– Je ne sais pas, lui répondit Paladine en observant son adjoint de la tête aux pieds.

Bates était habillé en civil et portait une barbe de plusieurs jours.

– Montez dans votre chambre, reprit le concierge. Prenez une douche et rasez-vous. Enfilez votre uniforme et redescendez. Vous avez pris votre petit déjeuner ?

– Non.

– Je m'en occupe. Allez-y, dépêchez-vous.

Bates tourna les talons et s'éloigna. Paladine attendit que les portes de l'ascenseur se referment derrière lui, puis il décrocha le téléphone.

– Il est revenu, monsieur Fritz, dit-il à voix basse.

– Ça ne m'étonne pas.

Le concierge fut quelque peu déconcerté par cette réponse brutale.

– Ah, bon ?

– Non. Et ça ne devrait pas vous étonner, vous non plus, ajouta Daschiel. C'est bien vous qui avez tout manigancé, n'est-ce pas, Gerio ?

Cette remarque ne fit qu'accentuer la confusion de Paladine.

– Manigancé ? Qu'est-ce que j'ai manigancé ?

– Ce n'est peut-être pas vous directement, mais je devine que vous avez tiré les ficelles dans les coulisses. Vous avez poussé cette fille à appeler ses tantes, pas vrai ? Ne jouez pas les idiots avec moi, Gerio.

– Je lui ai parlé, c'est exact. Mais je ne l'ai pas « poussée », comme vous dites. Personne ne peut obliger Mlle Barachevsky à faire quoi que ce soit. Ou alors, c'est à ses risques et périls.

– Il a suffi de lui parler, Gerio. Vous n'aviez qu'à lui suggérer habilement, et vous saviez qu'elle se chargerait du reste. J'aimerais bien savoir ce que ce garçon a de si particulier pour que vous vous donniez tant de mal, et Mlle Barachevsky aussi, pour défier ma volonté !

Paladine sentait la colère et la douleur de l'orgueil blessé dans la voix de Daschiel.

– Je ne vous mentirai pas, monsieur Fritz, dit-il, nous avons discuté, en effet. Nous avions tous le sentiment que Bates avait été arrêté sans la moindre preuve et que la police n'avait aucune raison valable pour le maintenir en garde à vue. Apparemment, nous avions raison. Ils ont été obligés de le relâcher.

S'ensuivit un très long silence, le temps que Daschiel trouve un moyen de sauver la face et de réaffirmer son autorité gravement ébranlée.

– Que dois-je faire maintenant, monsieur Fritz ? lui demanda Paladine.

– Que voulez-vous que je vous dise ? C'est vous qui décidez, non ? A moins que ce soit Mlle Barachevsky. Les deux sœurs ont été on ne peut plus claires hier soir, au téléphone. « Pas de Bates, ont-elles dit, pas d'actions. » Il peut donc reprendre son travail.

Sur ce, Daschiel Junior raccrocha si violemment que l'oreille du concierge continua de bourdonner pendant plusieurs minutes.

Bates redescendit quelques instants plus tard et, sans dire un mot, il reprit sa place derrière le comptoir. Il s'était douché et rasé, et il portait son uniforme gris de concierge.

– Allez dans mon bureau, lui dit Paladine. Les cuisines vous ont apporté un plateau de petit déjeuner.

Bates s'exécuta, toujours sans dire un mot.

Le concierge le suivit dans son bureau. Ils n'avaient pas encore eu l'occasion de parler et Paladine avait hâte de savoir dans quelles circonstances son adjoint avait été libéré, et surtout, s'il avait tout raconté à la police afin d'obtenir cette libération. Mais quelque chose, le tact peut-être, une aversion naturelle pour toute forme d'indiscrétion, ou, peut-être, la peur d'entendre la réponse de Bates, l'empêcha de poser la question. A la place, il lui demanda :

– Pourquoi ne m'avez-vous pas dit que vous possédiez un casier judiciaire ?

– Vous ne me l'avez pas demandé.

– Ce n'est généralement pas le genre de choses qu'on demande au cours d'un entretien.

– Si je vous l'avais dit, m'auriez-vous engagé ?

– Non, sans doute pas, avoua Paladine après une courte hésitation. Mais laissez-moi vous poser une autre question…

– J'espère que vous n'allez pas me demander si j'ai tué Gobbo ou cet enfant.

C'était exactement la question qu'il voulait lui poser.

– Permettez-moi de vous rappeler quelque chose, monsieur Paladine, ajouta Bates, incapable de contenir sa colère. Si je suis dans ce pétrin, c'est à cause de vous. Et si vous voulez adopter ce ton moralisateur avec moi, je préfère retourner directement chez les flics pour leur raconter exactement quel a été mon rôle dans tout ça.

Ce n'était pas une menace en l'air, et Paladine le sentit. Bates était parfaitement capable de le faire. Conscient de se trouver sur un terrain instable, le concierge préféra changer de sujet.

Durant toute la matinée, chacun vaqua à ses occupations en conservant une certaine distance mêlée de gêne. Paladine s'en tint à sa décision ; il refusait obstinément de demander à Bates ce qui s'était passé durant sa période de détention, Bates refusant d'aborder le sujet de son côté.

Quand Patsy revint en fin de matinée, la mâchoire enflée et la bouche de travers sous l'effet de la Novocaïne, l'atmosphère pesante qui régnait à l'intérieur de la conciergerie s'alourdit encore.

A midi, Paladine prétexta une course à faire pour s'absenter. Il alla se promener dans Central Park : il avait besoin de réfléchir, de faire le tri dans ses pensées et de trouver un moyen de sortir de ce bourbier dont, il devait l'admettre, il était en grande partie responsable.

C'était une belle journée, ensoleillée et tonifiante. Les joggers, les cyclistes et les jeunes gens en rollers le dépassaient à toute vitesse, tandis qu'il déambulait dans les allées étroites du parc, l'esprit en proie à un tumulte de pensées, toutes aussi sinistres les unes que les autres. L'espace d'un instant, il fut happé par un groupe d'enfants survoltés et marchant en rangs désordonnés, conduits par leurs professeurs qui les emmenaient au zoo. Alors que le vacarme de leurs rires et de leurs cris s'éloignait dans son dos, Paladine fut assailli par un violent sentiment de consternation.

Quelques instants plus tard, il se retrouva, de manière totalement imprévue, au Muséum d'histoire naturelle, dans la pénombre de la Grande Salle caverneuse, face au spectacle d'un troupeau de mastodontes à poils laineux. Errant sans but d'un diorama à l'autre, il s'efforça désespérément de se perdre dans chacun de ces univers fantastiques. Derrière une vitre, des tigres de Sibérie se disputaient la dépouille d'un cerf dans un paysage de montagnes enneigées ; dans la vitrine suivante, des troupes de zèbres, d'antilopes et de gnous paissaient dans l'immensité du Serengeti, sous un ciel rose et bleu-vert.

Toutes ces scènes de prédation, de vie pullulante sur le fleuve Amazone, les komodos, lézards géants en train de dévorer un cochon sauvage dans des marais de Sumatra infestés d'insectes, les chasseurs de têtes pygmées dans une forêt pluviale d'Afrique, loin de le distraire, le plongèrent dans une consternation encore plus grande.

Vers les 14 heures, il ressortit dans la 79e Rue. Ébloui par la lumière éclatante du soleil automnal qui brillait au-dessus de Central Park, il reprit le chemin de l'hôtel.

En se promenant dans le parc, il avait pris conscience d'une sensation désagréable, non formulée, qui commençait à s'emparer de lui. Il n'aurait su la définir précisément, à part peut-être comme un sentiment d'impuissance face à des événements qu'il ne pouvait ni contrôler ni comprendre totalement. C'était comme si tout s'accélérait. Et plus il luttait contre cette sensation d'impuissance, plus celle-ci semblait le submerger et faire de lui un nageur prisonnier d'un redoutable courant.

En outre, il ignorait d'où lui venait ce sentiment. Ce n'était pas simplement dû au fait qu'une grande partie de sa vie, et une chose dans laquelle il avait investi une importante part de lui-même pendant des années, paraissaient lui échapper.

Si c'était une simple peur qu'il éprouvait, celle-ci, curieusement, ne concernait pas l'enquête de police ou le risque de se retrouver impliqué dans cette enquête. De fait, tout cela lui paraissait secondaire. Il y avait autre chose : des éléments de sa vie, des réalités qui lui avaient échappé ou qu'il avait choisi délibérément de ne pas voir dans le tohu-bohu de ses activités quotidiennes. Il y avait des aspects de lui-même dont il ne pouvait discuter avec les autres, ou sur lesquels il n'avait même jamais songé à s'interroger, et qui, maintenant, venaient occuper la première place de ses préoccupations.

Une grande partie de ce malaise était visiblement liée à son travail, vis-à-vis duquel il avait réussi, au fil des ans, à cultiver un confortable détachement. Aucun doute, il adorait son métier. Il le vivait pleinement chaque jour. A l'instar de la plupart de ses ancêtres, il n'aurait rien voulu faire d'autre. Toutefois, il s'y trouvait aussi certains aspects qu'il n'aimait pas, un infime pourcentage, assurément, mais cet infime pourcentage pouvait se révéler perturbant. Heureusement, le bon sens paysan qui coulait dans ses veines lui avait accordé le don de savoir s'accommoder, une capacité à faire abstraction des inconvénients. Il avait peu de goût pour l'introspection, et la volonté, depuis sa prime jeunesse, de regarder droit devant lui et d'aller toujours de l'avant.

Peut-être son désir récent (et qui l'avait surpris) de parler ouvertement de son passé à Sophie Nierenberg avait-il fait ressortir des événements depuis longtemps enterrés. Libérés tout à coup, ils remontaient maintenant à la surface et se déversaient en lui de manière indésirable et totalement inattendue.

Jusqu'alors, il n'avait donné au docteur que des éléments chronologiques et bien superficiels. C'était le sens caché de sa vie passée, le trouble enfoui au plus profond de lui-même, et il était peuplé de formes vagues et de silhouettes effrayantes et à demi oubliées, qui avait été libéré par mégarde des cages de l'inconscient où il était depuis longtemps consigné. Des choses qu'il n'avait aucune envie de voir venaient soudain tournoyer autour de lui, et ces apparitions donnaient naissance à un sentiment de panique grandissant, à une irrésistible envie de fuir.

Dès qu'il franchit les immenses portes à tambour de l'hôtel, sa panique s'intensifia. Le hall du Parker Regency grouillait de monde. Des clients du restaurant, repus, sortaient par grappes de la grande salle. La foule élégante des hommes d'affaires qui fréquentaient le Passe-partout et le sushi-bar s'attardait pour échanger quelques mots avant de se séparer. Dans les haut-parleurs résonnaient les noms des clients demandés au téléphone ou à la réception.

Toute cette agitation, tout ce bruit avaient constitué le fond sonore de sa vie pendant presque trente ans. Il aimait ce brouhaha, il s'en nourrissait. Mais aujourd'hui, tout cela lui paraissait dissonant, horripilant.

En se dirigeant vers la conciergerie, il vit que les clients faisaient la queue sur deux rangées devant le comptoir, réclamant qu'on s'occupe au plus vite de leurs petits problèmes insignifiants.

Patsy et Bates, l'air harassé, répondaient de leur mieux aux questions et aux requêtes. Sur la console du standard, les lumières vertes clignotaient sans interruption. Une dizaine de personnes parlaient en même temps.

C'est à cet instant seulement que l'angoisse qui avait poursuivi le concierge toute la journée durant sembla soudain se dissiper, par bonheur, tandis qu'il plongeait la tête la première dans le vortex de ce chaos insensé et salutaire.

46

– Je parie que vous ne savez pas qui a flanqué la trouille au procureur l'autre jour !

– J'ai peur que non.

– J'en étais sûr.

– C'est la pure vérité, que vous le croyiez ou non.

Il était presque 17 heures, juste après le grand rush de la fin de l'après-midi. Dans les salons de l'hôtel, c'était l'heure du thé et du sherry. Les clients grignotaient des petits gâteaux, des sandwiches au saumon fumé et des blinis avec du caviar. La plupart s'étaient empressés de rentrer prendre une douche et de se préparer pour aller dîner en ville, se rendre au théâtre ou assister à une soirée mondaine. Des extraits de *La Veuve joyeuse*, interprétée par le sextuor de l'hôtel, parvenaient jusqu'au bureau de la conciergerie dans lequel étaient enfermés Paladine et l'inspecteur Bucket.

Assis dans son fauteuil, les mains jointes devant lui, le concierge accordait toute son attention à son interlocuteur.

– Non, je ne le crois pas, lui renvoya Bucket.

Son nez, véritable baromètre de ses émotions, avait pris une couleur écarlate sous l'effet de la colère.

– Quoi qu'il en soit, reprit-il, quelqu'un d'ici… Je dis quelqu'un d'ici car, à ma connaissance, Bates ne possède pas les moyens qu'il faudrait, et sa famille non plus, pour s'offrir les services d'un poids lourd du barreau capable de forcer la main au procureur. Hier, celui-ci était remonté à fond contre Bates. Le maire suivait personnellement l'affaire Gobbo, et le procureur ne nous laissait pas une minute de répit. Il était déjà prêt à traduire Bates en justice et à l'inculper officiellement. Maintenant, on dirait qu'il ne comprend pas ce qui lui a pris. Ce matin, le procureur était redevenu doux comme un agneau. Débordant de clémence et de générosité, il donnait à tout le monde des leçons de morale sur la nécessité d'observer strictement les droits constitutionnels d'un suspect. Et voilà que tout à coup on nous ordonne de relâcher Bates.

« ... Ce que je peux vous dire, monsieur le concierge, c'est qu'entre hier et aujourd'hui, quelqu'un a dû expliquer noir sur blanc au procureur qu'il ne pouvait pas continuer à garder Bates sans preuves solides. Mais il ne peut s'agir d'un petit avocat minable : le procureur l'aurait envoyé sur les roses. Non, il s'agit forcément d'une personne qui a le bras long, et selon moi, ça ne peut provenir que d'ici, de cet hôtel. Mais évidemment, vous ne savez rien, n'est-ce pas, monsieur le concierge ?

Le visage de l'inspecteur était tout congestionné. Il s'était mis dans un tel état que, ses bajoues en tremblotant, il donnait l'impression d'enfler dangereusement dans un costume déjà trop étriqué. Il avait même délaissé son incontournable cigare pour l'occasion, de peur, sans doute, que celui-ci ne fasse barrage à l'avalanche de bile qu'il déversait depuis une vingtaine de minutes.

– Oui, ça peut très bien venir d'ici, inspecteur, reconnut Paladine. Mais je vous le répète, j'ignore totalement qui a pu intervenir en faveur de M. Bates.

Évidemment, il n'avait aucun mal à deviner qui l'avait fait, mais pas question de l'avouer à l'inspecteur.

Pour lui, il était bien plus important de savoir ce que Bates avait pu raconter à Bucket au cours de ses trois jours de détention. Bates et lui n'avaient toujours pas abordé le sujet, chacun préférant éviter l'autre, le premier parce qu'il avait peur de poser la question, le second parce qu'il répugnait à en parler. Assis au fond de son fauteuil, tendu, le concierge s'attendait à ce que l'inspecteur lance tout à coup de nouvelles révélations qui les impliqueraient directement, son adjoint et lui, dans le meurtre du comte Gobbo et la disparition de l'enfant. Mais, ne voyant rien venir, il en conclut que Bates avait réussi à garder le silence et que Bucket n'en savait pas plus sur la mort de Gobbo qu'avant l'arrestation de Bates.

– Vous avez peut-être remporté ce round, grommela l'inspecteur, mais le combat n'est pas terminé. Bates reste mon suspect numéro un et je ne le lâcherai pas. D'ailleurs, comme je le disais l'autre jour, il n'est pas l'unique suspect ; il avait un complice, ici même dans l'hôtel. Obligatoirement. Et je crois deviner qui ça pourrait être.

Le regard de l'inspecteur transperça le concierge.

– J'en suis sûr, inspecteur.

– Oh, au fait, reprit Bucket en se remettant péniblement debout, merci beaucoup pour votre super tuyau sur le chasseur, Cabrera. Je lui ai parlé cet après-midi. Lors de la convention des vendeurs de bibles, il était en vacances dans sa famille, à Lima. Son patron, M. Illiescu, me l'a confirmé. Quand j'ai dit à Cabrera que quelqu'un de l'hôtel – je n'ai pas mentionné votre nom, rassurez-vous –, m'avait laissé entendre qu'il était peut-être impliqué dans la mort de Gobbo, le pauvre gamin a failli fondre en larmes.

La sortie de l'inspecteur Bucket fut aussi tumultueuse que sa visite ; pendant plusieurs minutes après son départ, les murs du bureau de Paladine continuèrent à résonner des accents rageurs de sa voix chargée de reproches.

47

Il était un peu plus de 21 heures et Lane Barachevsky s'apprêtait à fermer boutique. Elle avait déjà accroché la pancarte « Fermé » sur la porte et, dans l'arrière-boutique, elle apportait les touches finales à quelques arrangements floraux qui devaient être livrés le lendemain matin à la première heure.

Lorsque la clochette de la porte retentit, signe que quelqu'un venait d'entrer, elle s'étonna.

– Désolée, c'est fermé ! lança-t-elle par-dessus son épaule en entendant dans son dos le frottement d'une paire de semelles en caoutchouc.

Se retournant, elle découvrit Joe Bates dans l'encadrement voûté qui donnait sur l'arrière-boutique.

Il portait la veste queue-de-pie, le pantalon à fines rayures et la cravate large qui constituaient sa tenue de travail. Son visage était marqué et blême, conséquence sans doute, songea-t-elle, de son incarcération prolongée dans les locaux du poste de police de Columbus Avenue.

– Que venez-vous faire ici ? lui demanda-t-elle. Vous n'avez pas vu la pancarte sur la porte ? C'est fermé.

Il ne répondit pas, mais il y avait quelque chose de particulièrement inquiétant, pensa-t-elle, dans son regard qui courait d'un point à un autre, sans jamais se fixer.

– Je suis venu vous parler, dit-il enfin.

– Vous tombez mal ! J'ai un rendez-vous et je suis déjà en retard. On parlera demain.

Elle n'avait pas de rendez-vous et n'était nullement en retard. D'ailleurs, elle se demandait pourquoi elle avait éprouvé le besoin de mentir. Après avoir attaché un large ruban couleur lavande autour d'un énorme bouquet d'anémones, elle pivota brutalement sur ses talons et constata que Bates était venu se planter juste derrière elle.

– Mais qu'est-ce que… bafouilla-t-elle en manquant de lui rentrer dedans.

– Vous croyez que vous pouvez imposer votre volonté à tout le monde, où que ce soit, hein ? dit-il.

– Mais enfin, de quoi parlez-vous, Bates ?

– Vous savez très bien de quoi je parle. Ces avocats…

– Je n'ai rien à voir dans cette histoire. Ce sont mes tantes.

– Pourquoi vos tantes, qui ne me connaissent ni d'Ève ni d'Adam, paieraient-elles des avocats pour me faire sortir de prison ?

– Parce que je leur ai demandé, imbécile ! Nous sommes quittes maintenant. Soyez gentil de ficher le camp. Je n'ai pas de temps à vous consacrer.

Comme il ne bougeait pas, elle le foudroya du regard.

– Allez, du balais, petit ! Je n'ai pas que ça à faire.

Bates ne bougeait toujours pas. Elle voulut le contourner, mais, d'un petit chassé sur la droite, il lui bloqua le passage. Elle tenta de le déborder sur la gauche, mais il la bloqua de nouveau.

– Allez au diable, Bates !

Elle tenait encore le sécateur avec lequel elle avait taillé les plantes vertes et leva le bras comme si elle s'apprêtait à le poignarder, mais Bates lui agrippa le poignet. La force de deux volontés implacables se livrant une lutte silencieuse se matérialisa sous la forme de deux mains tremblantes, refermées autour d'un sécateur brandi au-dessus de leurs têtes. Bates fut surpris par la force de la jeune femme, mais la sienne finit tout de même par l'emporter.

– Qu'est-ce qui vous prend, bon sang ? s'exclama-t-elle d'une voix haletante, alors que Bates la plaquait contre la table de travail, en lui clouant les mains.

Quand il plaqua sa bouche sur la sienne, violemment, elle se débattit et tenta de lui décocher des coups de pied. S'il s'agissait d'un baiser, il ne contenait pas un iota de tendresse. La bouche de Bates était celle d'un homme affamé qui dévore sa première nourriture depuis plusieurs jours.

– Allez vous faire foutre ! hurla-t-elle.

Elle agitait la tête dans tous les sens pour essayer d'échapper aux lèvres de Bates.

– Lâchez-moi ! Foutez-moi la paix, pauvre con !

Allongés sur la table branlante, ils se débattaient et luttaient furieusement. En désespoir de cause, Lane cracha au visage de Bates. Celui-ci, obsédé par une seule idée, ne se laissa pas décourager. Il semblait poursuivre un but auquel il songeait depuis longtemps, avec une sorte de détermination farouche et inquiétante.

L'espace d'un court instant, la jeune femme parvint à se libérer à force de gesticuler. Mais Bates l'immobilisa de nouveau entre ses bras. La table, qui n'était pas conçue pour supporter ce genre d'activités, vacillait dangereusement sous leur poids et grinçait, tandis que leurs pieds raclaient le sol dallé. Elle menaçait de s'effondrer à tout moment.

Les pots de fleur, les sacs de terre, les déplantoirs et les sécateurs, les arrosoirs et les divers instruments de fleuriste bringuebalaient sur le dessus de la table dans un vacarme inquiétant. Un vase rempli de lis se renversa. L'eau inonda la table et les deux adversaires, enchevêtrés dans leur lutte sans paroles, basculèrent sur le sol et roulèrent sous la table, accompagnés par un torrent d'eau et de pétales de lis.

Le combat se poursuivit à terre, plus farouche encore. Quand les mains de Bates se glissèrent sous la jupe de Lane, celle-ci laissa échapper un petit cri de stupeur, et il la sentit se raidir. C'était comme si une décharge électrique lui avait traversé le corps. Et soudain, de manière inexplicable, elle se relâcha entièrement entre ses bras. Elle avait fermé les yeux, et pendant un instant Bates crut qu'elle s'était évanouie, qu'il lui avait fait mal, ou pire encore.

Il relâcha son étreinte et se redressa. Quand elle ouvrit les yeux et découvrit l'inquiétude sur le visage de Bates penché au-dessus d'elle, la jeune femme éclata de rire. Ce n'était pas un rire joyeux, plutôt l'expression d'une satisfaction triomphante.

Bates ne s'attendait pas du tout à cette réaction, et cela ne fit qu'accroître sa fureur, attiser le feu de la colère qui brûlait en lui et son désir de vengeance trop longtemps différée. Leurs bouches se rejoignirent encore une fois pour échanger des petits baisers rageurs, de plus en plus rapides et intenses.

– Attendez ! s'écria Lane en se redressant tout à coup. Dites-moi d'abord une chose, Bates. Vous n'avez rien à voir avec le meurtre de Gobbo, hein ?

– Qu'est-ce que ça changerait ? lui répondit-il, et son regard sournois, perçant, devint encore plus inquiétant.

Surprise par cette réponse, Lane s'était figée et, pendant un instant, Bates sembla reprendre le dessus. Mais rapidement, elle se ressaisit et secoua la tête, rejetant cette possibilité.

– Vous êtes un type étrange, dit-elle en le regardant dans les yeux, ne sachant comment interpréter sa réponse. Vous feriez mieux de retirer votre costume. (Elle ôta les pétales collés dans les cheveux de Bates.) Il est trempé. Mais allez d'abord verrouiller la porte.

– C'est déjà fait, répondit-il, et ils arrachèrent leurs vêtements, en riant.

– Ah, Gerio, vous êtes encore là, Dieu soit loué ! J'avais peur que vous ne soyez déjà parti.

– Non, je suis toujours là. J'avais des bricoles à terminer.

– Écoutez… c'est encore les Daschiel.

Paladine sentait la gêne contenue dans la voix de Maurice Pargiter.

– Que se passe-t-il ? demanda-t-il, impatient de rentrer chez lui pour se coucher.

– Les clients de la 2034 viennent d'appeler la réception. Apparemment, une violente dispute se déroule au-dessus de leur tête. Des éclats de voix. Des cris. Un enfant qui pleure…

Pargiter s'interrompit. Sans doute essayait-il de rassembler son courage pour continuer.

– Est-ce que… vous pourriez monter jeter un coup d'œil ?

Tel fut le misérable résultat de ses efforts.

En tant que directeur de l'hôtel, ce genre de responsabilités lui incombait, tout naturellement. Mais l'hypersensibilité qui s'emparait de lui face à tout événement désagréable le paralysait entièrement, surtout quand il y avait risque de confrontation avec ses employeurs.

Au cours des jours précédents, Paladine avait vu chuter dramatiquement son crédit auprès de Daschiel Junior. Aussi n'avait-il aucune envie d'intervenir dans une querelle entre le patron et son épouse.

« Pourquoi n'y allez-vous pas vous-même, Maurice ? » fut-il tenté de répondre à Pargiter. Mais l'image d'Annabelle Daschiel, son visage tuméfié et ses yeux effrayés cachés par des lunettes noires, lui apparut tout à coup et il céda.

– Bon, je vais voir ce que je peux faire.

Il raccrocha en plein milieu d'un torrent abject de remerciements qui jaillissait de la bouche du directeur.

Les bruits lui parvinrent avant même que l'ascenseur n'atteigne le dernier étage. Ils s'amplifièrent lorsque les portes s'ouvrirent en coulissant et qu'il sortit sur le palier, juste devant l'appartement. Il entendit une succession de chocs violents, comme des meubles qui s'effondrent. Des hurlements et des gémissements s'ensuivirent. En approchant de la porte, il perçut distinctement le bruit sourd, écœurant, d'un coup de poing et, à l'arrière-plan, les lamentations stridentes d'un enfant terrorisé.

A l'instant même où il sonna, le silence se fit. Comme s'il avait appuyé sur un bouton pour arrêter un moteur. De l'intérieur lui parvenaient encore des bruits de respiration haletante, et il imagina les personnes présentes, figées, regardant fixement la porte, en se demandant quoi faire.

Il sonna de nouveau. N'obtenant toujours pas de réponse, il frappa.

– Monsieur Daschiel ! cria-t-il.

– Allez-vous-en !

– Non, monsieur. Je ne peux pas.

– Fichez-le camp, Gerio ! Ceci ne vous regarde pas.

Paladine frappa de nouveau à la porte, plus fort cette fois.

Finalement, il entendit un bruit de pas pesants. La porte s'ouvrit en grand et devant lui apparut Daschiel Junior, l'air hagard. Son haleine chaude charriait les effluves âcres du bourbon. Plusieurs boutons de sa chemise étaient défaits et ses bretelles lui pendaient autour de la taille. Derrière lui, dans la pénombre caverneuse de l'appartement, le concierge entrevit Annabelle Daschiel, débraillée et ébouriffée, qui allait se réfugier dans un coin en boitant, tel un chien puni.

– Fichez le camp, Gerio !

– Impossible, monsieur.

Paladine écarta Daschiel Junior, qui chancela, pour pénétrer dans l'appartement, véritable capharnaüm de verre brisé et de meubles renversés. Une odeur d'alcool flottait dans l'air, et quelque part à l'étage supérieur un enfant gémissait.

– Allez-vous-en, Paladine ! Cette histoire ne vous regarde pas, bordel !

Daschiel voulut se jeter sur le concierge, qui esquiva sans peine cette attaque, le saisit par le bras et le tira, en douceur, mais avec fermeté, à l'intérieur de l'appartement.

Daschiel tenta de se dégager, mais la main de Paladine était comme un étau autour de son bras. En se débattant furieusement pour se libérer, le jeune homme se retrouva brusquement déséquilibré. Il trébucha et tomba à genoux.

Le premier réflexe de Paladine fut de l'aider à se relever. Mais Daschiel le repoussa en agitant furieusement les bras. Le concierge l'immobilisa encore une fois en lui prenant les poignets.

– Lâchez-moi, nom de Dieu ! Lâchez-moi, Gerio !

– Je ne peux pas.

– Je vous préviens, sale Rital…

Il recommença à s'agiter, battant inutilement des bras pour tenter de se dégager.

– Je ne peux pas vous lâcher, monsieur Fritz. Je suis désolé.

Il y avait une véritable note de tristesse dans la voix du concierge.

– Je ne peux pas vous laisser faire une chose que vous regretterez ensuite. Nous sommes dans un hôtel, il y a des clients. Des gens se sont plaints à la réception.

– Je les emmerde ! cracha Daschiel Junior en se débattant de plus belle.

Mais le concierge restait le plus fort.

– Puis-je vous rappeler que nous sommes dans un hôtel de luxe, monsieur Fritz. Un établissement de premier ordre. Vous devez faire honneur à l'œuvre de votre père. C'est pour cela qu'il vous a confié la direction de cet établissement.

La simple mention du mot « père » sembla calmer les ardeurs alcoolisées de Daschiel Junior. Il cessa de s'agiter et tout son corps se détendit. Il resta affalé sur le sol. Quand le concierge le libéra, ses mains retombèrent lourdement entre ses genoux.

Paladine l'observa un instant, ne sachant s'il pouvait prendre le risque de le laisser seul.

– Je monte une minute voir si je peux faire quelque chose pour Mme Daschiel et l'enfant. Allez donc prendre une douche pendant ce temps-là, monsieur Fritz, et préparez-vous à vous mettre au lit. J'appellerai Mme Ramsay pour lui demander d'envoyer quelqu'un remettre un peu d'ordre ici.

Il monta à l'étage. Là, il découvrit Annabelle. Éclairée par un rayon de lune éclatant et recroquevillée sur le sol à côté de son lit, elle sanglotait sans bruit.

Il alluma la lampe de chevet.

– Non, je vous en prie, dit-elle. Éteignez.

Il obéit aussitôt, mais il avait eu le temps, durant ce bref instant de lumière, de découvrir un spectacle affligeant. Annabelle portait une combinaison de satin blanc. Une des bretelles avait glissé sur son épaule, où s'étalait un vilain hématome. Un filet de sang s'écoulait lentement à l'endroit où la peau s'était ouverte. Sur sa pommette, une large zébrure violacée semblait palpiter comme une sangsue.

– Restez ici un instant, lui dit-il.

– Ne partez pas !

Elle semblait paniquée.

– Non, non. Je vais juste vous chercher un gant mouillé dans la salle de bains.

Quand le concierge revint dans la chambre, elle le laissa allumer la lampe de chevet et nettoyer ses blessures. Daschiel Junior n'y était pas allé de main morte, et elle grimaça plusieurs fois lorsque le gant imbibé d'eau froide appuya sur des endroits particulièrement sensibles.

– Pardon, dit-il. Je ne voulais pas vous faire mal.

Elle demeura assise sans rien dire, les yeux baissés, mortifiée de se retrouver dans cette situation.

Son travail terminé, le concierge se releva.

– Je vais aller voir votre fils, déclara-t-il.

– Non. Je m'en occupe. C'est moi qu'il va réclamer.

Elle prit la main de Paladine et la serra dans la sienne, puis elle y appuya son front brûlant de fièvre.

– Cette fois, je pars, c'est décidé, dit-elle, tandis que son corps était secoué de sanglots silencieux. Je m'en vais pour de bon.

Vous auriez dû le faire il y a dix ans, aurait-il voulu répondre, mais ce n'était pas le rôle d'un concierge de dire ce genre de choses à l'épouse de son employeur.

Quand il redescendit à l'étage inférieur, un quart d'heure plus tard, Daschiel Junior avait disparu et la porte d'entrée était ouverte.

CINQUIÈME PARTIE

48

5 heures 40. Les Grands Marais. Chatham Township dans le New Jersey.

Deux adolescents étaient assis à l'intérieur d'un affût pour la chasse aux canards, aux premières lueurs de l'aube, quand le ciel vire du noir au gris et que le soleil ne s'est pas encore levé.

Sur la gauche, un quartier de lune se montrait au-dessus de l'horizon, à l'ouest. Au-dessus de leurs têtes, l'étoile du matin était aussi brillante qu'un éclat de glace, tandis qu'au loin, à l'est, une fine bande de lumière orange irrégulière venait de percer la toile du ciel, promesse d'une magnifique journée d'automne.

Les deux adolescents dissimulés à l'intérieur de leur affût portaient des vestes de camouflage, par-dessus des gros pulls en laine. Leurs Marlin. 22 étaient posés à côté d'eux. Ils buvaient dans des gobelets en polystyrène le café d'une Thermos et mâchonnaient des *donuts* en sachet qu'ils avaient achetés un peu plus tôt, ce matin-là, dans un relais routier ouvert toute la nuit. Ils parlaient à voix basse, de la buée s'échappant en petits nuages de leurs bouches.

Agés l'un et l'autre de dix-sept ans, ils étaient en terminale au lycée, et se préparaient à aller à l'Université en septembre prochain. L'un s'appelait Grady, l'autre Poole.

– Faut que je me fasse un colvert pour Thanksgiving. Je l'ai promis à mon père, dit Grady.

– Decatur m'a raconté qu'il s'était fait trois carolins ici, jeudi dernier.

– Si Decatur a dit trois, c'est qu'il en a tué un, et encore.

L'oiseau avait sûrement une aile brisée qui l'empêchait de voler. Bon Dieu, on se gèle ici. File-moi encore un peu de café.

Poole lui tendit la Thermos.

– Decatur m'a dit aussi qu'il s'était tapé Molly Sefton l'autre soir.

– Mon cul ! Decatur ment comme il respire.

– Moi, je le crois. Il sort avec elle depuis cet été.

– Dans ses rêves, oui ! Molly Sefton n'a rien à foutre de ce pauvre minable. Putain, tu gobes vraiment tous les bobards de ce connard.

Un vol d'oies du Canada, qui filaient vers l'ouest en criaillant, leur fit lever les yeux vers le ciel. En les regardant passer au-dessus de leurs têtes, ils gardèrent le silence, tout en essayant de trouver une position plus confortable à l'intérieur de l'affût exigu et boueux.

– Hé, c'est quoi ça ?

– Quoi ?

– Écoute ! Là-bas, sur la droite.

L'oreille dressée, ils écoutèrent les gazouillis et les bruits du gibier d'eau qui commençait à apparaître à la surface de l'étang ridée par le vent.

– Ils arrivent ! s'exclama Poole en saisissant son fusil.

– Calme-toi, bon sang ! Attends au moins que le soleil soit levé, qu'on puisse voir sur quoi on tire !

Poole reposa son fusil à côté de celui de son camarade et se rassit sur ses talons dans l'affût. Dès lors, les deux adolescents restèrent silencieux, chacun plongé dans ses pensées et écoutant le chœur grandissant des gazouillis, des roucoulements et des mouvements furtifs des petites créatures qui fourrageaient au milieu des joncs et des roseaux, dans les marais qui s'éveillaient autour d'eux.

– Ah, putain ! murmura Poole en se redressant brutalement.

– Qu'est-ce qui se passe ?

– Faut que j'aille chier.

– Merde, tu déconnes ! Tu ne pouvais pas prendre tes précautions avant de partir de chez toi ?

– J'y suis allé. Mais faut que j'y retourne.

– Ah, nom de Dieu ! soupira Grady. Mon neveu de deux ans est moins chiant que toi.

– T'as du papier ?

– Pourquoi veux-tu que je me trimballe avec du papier-cul ?

– Pas forcément du papier-cul. N'importe quel papier.

– Non, j'ai pas de papier. T'as qu'à aller dans les buissons, tu trouveras bien des feuilles !

Poole se leva en défaisant sa ceinture, puis il sortit de l'affût et s'engagea au milieu des herbes hautes avant de disparaître derrière un écran de joncs.

Grady marmonna quelques mots dans sa barbe et s'enfonça plus profondément à l'intérieur de l'affût en songeant à Molly Sefton et à cet enfoiré de Decatur.

Il y pensait encore quelques minutes plus tard lorsqu'il entendit les pas lourds de quelqu'un qui avançait vers lui dans la boue, au milieu des broussailles. Poole reparut presque aussitôt, en titubant et finissant de boutonner son pantalon.

– Viens voir ! murmura-t-il en se penchant vers l'ouverture de l'affût.

– Qu'est-ce qui se passe ? Et pourquoi tu parles tout bas ?

– Ferme-la et suis-moi.

Impatient, Poole saisit son camarade par le bras pour l'obliger à se lever.

Grady faillit trébucher en sortant de l'affût.

– Hé ! Qu'est-ce que tu…

– Chut ! Ta gueule.

Poole tira Grady par la manche.

– Prends les fusils, murmura-t-il.

Sur quoi, il entraîna, autant qu'il poussa, son ami vers les broussailles d'où il venait d'émerger.

Ils avançaient au petit trot, leurs bottes en caoutchouc faisant des bruits de succion dans la terre boueuse ; les grandes herbes et les roseaux cinglaient leurs vêtements. Un vieux rat musqué, bien gras, interrompu en plein petit déjeuner, décampa devant eux pour courir se réfugier dans l'eau.

Ils continuèrent d'avancer, tant bien que mal, tandis qu'une incroyable collection de chardons et de bardanes s'accrochaient à leurs vestes de camouflage.

– Regarde ! s'exclama Poole en s'arrêtant tout à coup et en désignant le sol à ses pieds.

– Regarde quoi ? demanda Grady, agacé de ne rien voir.

– Mais là, nom de Dieu !

Poole obligea carrément son camarade à baisser la tête pour regarder de plus près une sorte de petit monticule à demi enseveli sous la boue.

Grady s'agenouilla pour examiner la bosse herbeuse. Cristallisée par la gelée matinale, la boue commençait tout juste à ramollir sous l'effet des premiers rayons de soleil. Grady l'étudia attentivement, comme s'il essayait de déchiffrer des hiéroglyphes sur une tablette de pierre antique.

– Putain, c'est quoi ce machin ? demanda-t-il à voix basse.

On sentait dans sa voix une sorte de curiosité mêlée d'effroi, comme quelqu'un qui se tient au centre d'une cathédrale et perçoit la présence d'un mystère accablant.

– On dirait un animal, ou un truc comme ça.

Ils avaient devant les yeux un petit monticule dressé au-dessus d'une sorte de rigole sans doute creusée par des ratons laveurs ou des corbeaux, ou plus certainement des rats d'eau attirés par l'odeur qui se dégageait de la chose en dessous. Ils avaient réussi à excaver une trentaine de centimètres de terre, faisant apparaître, dans un enchevêtrement indistinct de ronciers, quelque chose qui ressemblait étrangement à un éclat d'os auquel s'accrochaient encore des filaments de chair grisâtre.

– C'est pas une bête, dit Poole.

– En tout cas, ça pue sacrément. File-moi mon fusil.

– Qu'est-ce que tu veux faire ? demanda son camarade, qui se croyait encore tenu de parler à voix basse.

– Je vais creuser, déclara Grady.

– T'es dingue ou quoi ?

– Faut bien voir ce que c'est.

Grady plia son mouchoir pour s'en faire un masque, qu'il noua dans sa nuque.

– Tu ne vas pas farfouiller dans ce truc-là, Grady ! Laisse tomber. Foutons le camp d'ici.

Mais le dénommé Grady avait déjà commencé à sonder le monticule, timidement, avec l'extrémité du canon de son fusil, en écartant des mottes de terre.

Poole recula de plusieurs pas, partagé entre l'envie de regarder et le désir de fuir.

En quelques minutes Grady avait réussi à dégager presque les trois quarts de terre gelée au sommet du monticule.

– Hé, viens donc voir ça ! lança-t-il par-dessus son épaule à son ami Poole, dont le premier réflexe fut de reculer de plusieurs pas.

Mais finalement, la curiosité l'emportant sur la peur, il avança, avec prudence toutefois, sur la pointe des pieds, comme s'il marchait sur un terrain truffé de mines.

Debout au bord du fossé, les deux adolescents contemplaient maintenant le monticule à demi dégagé. On distinguait beaucoup mieux cette chose qui ressemblait assurément à un os. A son extrémité pendait, de manière improbable, une petite chaussette en lambeaux. L'os, qui semblait provenir d'une jambe humaine, jaillissait par un trou percé dans un grand sac poubelle, déchiré et lacéré sans doute par des charognards, attirés par la puanteur de la chair en décomposition.

Grady enfonça directement l'extrémité du canon dans le trou du sac poubelle, pour l'agrandir. Un morceau de velours gris, sur lequel étaient cousus des petits boutons en cuivre, sembla se dresser hors de terre. Plusieurs boutons manquaient ; on voyait encore les fils blancs aux endroits où ils avaient été arrachés. Le tissu, lui, était maculé de taches de sang séché.

Grady poursuivit son exploration à l'aide de son fusil. Juste sous le velours, ils distinguaient maintenant une tache blanche, qui s'avéra être un maillot de corps maculé de boue avec, en dessous, la peau dans un état de décomposition avancée.

Le soleil s'était levé. Il réchauffait la nuque des deux adolescents et éclairait, par-dessus leurs épaules, la partie du fossé ainsi mise à jour.

Grady, qui avait retourné son fusil, se servait désormais de la crosse comme d'un balai pour déblayer les restes de terre qui recouvraient encore le monticule.

Ce qu'ils découvrirent alors provenait apparemment du même sac plastique, mais cette fois, c'était le haut et non plus le bas.

– Nom de Dieu ! murmura Poole, la bouche sèche.

Les deux camarades contemplaient maintenant, à travers le voile du plastique presque transparent, les restes d'un visage humain. Les vers avaient effectué leur macabre travail, mais, malgré l'action conjointe des animaux et de la décomposition naturelle, on voyait bien, ne fût-ce qu'à cause de sa taille, qu'il s'agissait d'une tête d'enfant. Les dents serrées par le rictus de la mort, le visage semblait leur sourire derrière le plastique.

Sans se concerter, obéissant à la même impulsion, les deux adolescents s'enfuirent à toutes jambes.

49

LA DÉCOUVERTE DU CADAVRE D'UN ENFANT
DANS LES MARAIS DU NEW JERSEY
SERAIT LIÉE AU MEURTRE D'UN DIPLOMATE ITALIEN

– Je vous l'avais bien dit, monsieur Paladine ! N'est-ce pas ? Tôt ou tard, notre enfant fantôme va reparaître, que je disais. Eh bien, voilà, c'est fait ! Certes, il est mort, hélas, mais même mort, il nous en a déjà appris beaucoup plus sur cette affaire que tous les vivants de cet hôtel.

Il était encore tôt. La conciergerie allant bientôt ouvrir, il était rare de rencontrer l'inspecteur Bucket dans l'hôtel à cette heure matinale. Debout devant le bureau, face à Paladine qui était assis dans son fauteuil, il brandissait son *Daily News* comme s'il s'agissait des Saintes Écritures. De sa voix nasillarde, il lut des passages de l'article qui figurait en première page, accompagné de la photo du visage triste du vieux Gobbo qui semblait les regarder.

« D'après les médecins légistes, le corps est celui d'un jeune garçon de race blanche, âgé de huit à dix ans, couvert de traces de coups et présentant des signes de sévices sexuels.

« Les médecins légistes n'ont pas encore réussi à déterminer l'identité de l'enfant. Des experts de la police scientifique ont comparé les empreintes dentaires de la victime avec les fiches médicales des enfants déclarés disparus dans les États environnants. Toutefois, il est peu probable que les empreintes digitales prélevées dans les locaux du coroner soient très utiles, car il est rare qu'un enfant de cet âge ait eu l'occasion de faire prendre ses empreintes.

« Le corps, enveloppé dans un grand sac poubelle, poursuivit Bucket, les dents serrées autour de l'extrémité détrempée de son cigare, a été découvert vendredi à l'aube par deux adolescents partis chasser le canard dans les Grands Marais qui bordent Chatham Township. Des traces relevées sur le corps et des examens sanguins ont permis aux légistes d'affirmer que l'enfant avait été tué ailleurs, puis conduit dans les marécages pour y être enterré. Compte tenu de l'état de décomposition avancée du corps, il n'a pas été possible de déterminer avec exactitude la date de la mort.

« Dans un autre sac poubelle voisin du corps ont été aussi retrouvés des draps et des serviettes maculés de sang. Une des serviettes portait, sur le bord, des initiales effacées, presque illisibles. Toutefois, des examens au microscope et des agrandissements réalisés par ordinateur ont permis de déchiffrer les initiales PRE. Les inspecteurs du 83e Secteur ont établi que cette serviette provenait du Parker Regency Hotel, situé dans la 67e Rue, au coin de Central Park ouest, où résidait feu le comte Attillo Gobbo, consul adjoint au consulat d'Italie de New York jusqu'à ce qu'il soit assassiné dans cet hôtel en septembre dernier. Les initiales PRE correspondent également au nom sous lequel la société Parker Regency Enterprises est cotée en bourse sur le marché new-yorkais. »

Bucket leva la tête de dessus son journal, les yeux pétillant d'une lueur de triomphe.

– Alors, que dites-vous de ça, monsieur le concierge ?

Paladine se contenta de hocher la tête.

– Quelqu'un s'est montré plutôt négligent, on dirait, reprit Bucket. Vous ne croyez pas ?

– Que voulez-vous que je vous dise, inspecteur ? répondit le concierge avec lassitude. De toute évidence, vous avez la confirmation que l'enfant retrouvé dans les marécages et l'enfant qui venait rendre visite à Gobbo...

– ... sont bien le même, conclut Bucket en faisant rouler ses yeux dans ses orbites. Bingo ! Alors, je vous repose la question. Y a-t-il une chose que vous souhaitez me dire ?

– Je vous ai déjà tout dit. Mais je vous félicite pour cette nouvelle révélation.

– Oh, ne me félicitez pas. Ce n'est pas moi qui ai découvert le corps, ce sont ces deux adolescents du New Jersey. Ce qui m'intéresse maintenant, c'est de savoir comment le corps est allé d'ici à là-bas.

– Je suis sûr que vous finirez par le découvrir, lui renvoya Paladine, stupéfait par l'étrange quiétude qui semblait s'être emparée de lui à l'énoncé de cette nouvelle découverte pourtant inquiétante.

Mais si c'était la quiétude qui l'habitait, celle-ci n'avait rien de naturel. La quiétude suggère une tranquillité d'esprit qu'il était loin d'éprouver. Non, ce qu'il ressentait, et qui pouvait ressembler à de la quiétude, c'était plutôt de l'indifférence teintée de fatigue. Une sorte d'engourdissement intérieur.

– Que comptez-vous faire maintenant ? demanda-t-il.

– J'ai l'intention de réexpédier notre jeune ami Bates au trou, dès qu'il arrivera pour prendre son poste ce matin. Désormais, nous avons de quoi le garder à l'ombre un bon bout de temps, jusqu'à ce qu'il se mette à table.

Paladine fit pivoter son fauteuil pour échapper à la lueur aveuglante de sa lampe de bureau, mais aussi pour pouvoir regarder Bucket en face.

– Bates n'a pas tué Gobbo. Vous l'avez dit vous-même l'autre jour. Vous avez dit qu'il n'avait pas les tripes qu'il faut.

– Je sais ce que j'ai dit, mais ça, c'était l'autre jour. Les choses ont changé depuis.

– Moi, je vous répète que Bates n'a pas tué le vieux Gobbo.

– Vous semblez très sûr de vous, monsieur Paladine. Puis-je vous demander comment vous le savez ?

– Je le sais, voilà tout.

Bucket s'interrogea sur la brièveté de cette réponse.

– J'admire votre conviction, monsieur Paladine, mais permettez-moi de vous rappeler que Bates m'a déjà menti, à plusieurs reprises même. Il m'a menti au sujet de l'enfant qu'il a conduit dans la chambre de Gobbo. Il m'a menti en affirmant ignorer que cet enfant rendait régulièrement visite au comte. Et puis-je vous rappeler également qu'à l'âge de vingt-deux ans votre cher ami Bates pouvait déjà s'enorgueillir de deux condamnations, mineures, certes, mais je fais ce metier depuis assez longtemps pour savoir que les délits mineurs ont une fâcheuse tendance, chez les jeunes gens de sexe masculin, à se transformer en crimes plus graves. Et je suis convaincu désormais que Bates n'a pas seulement livré l'enfant au comte, mais qu'il a aussi nettoyé les lieux une fois que Gobbo en a eu terminé avec le gamin.

– Vous n'avez aucune preuve de ce que vous avancez, inspecteur. Ce ne sont que des spéculations.

– Des spéculations ?

– Oui. Quand vous affirmez que Bates a emporté le corps de ce pauvre enfant dans les marécages du New Jersey.

– Spéculations, mon œil ! Bates a transporté le corps dans le New Jersey, ou bien il s'est arrangé pour le faire transporter par quelqu'un d'autre. Dans un cas comme dans l'autre, il est impliqué jusqu'au cou. Comme je crois vous l'avoir déjà dit, monsieur Paladine, Bates disposait forcément d'un complice. Aucun individu ne pouvait à lui seul assassiner Gobbo et l'enfant, tout nettoyer dans la suite du comte, emporter le corps de l'enfant dans le New Jersey, l'enterrer, puis revenir ici à temps pour reprendre son travail, tout cela entre le moment où le corps de Gobbo a été découvert pendu à une poutre dans la cave et celui où les femmes de chambre se sont présentées le lendemain matin pour faire le ménage. Or, je me permets de vous rappeler que celles-ci ont déclaré que tout était en ordre. Il y avait donc forcément quelqu'un pour aider Bates. Les deux complices se sont partagé équitablement le travail. Et je vous parie tout ce que vous voulez que cette deuxième personne se trouve ici même, dans cet hôtel.

Le concierge resta muet, les mains jointes devant lui, les yeux fixés sur un point immobile et invisible. Il se racla la gorge plusieurs fois avant de s'exprimer enfin :

– Tout cela est peut-être exact, inspecteur, mais je vous le répète encore une fois : M. Bates n'est pas responsable du meurtre de Gobbo, ni du triste sort de ce pauvre enfant.

L'inspecteur Bucket inclina la tête de côté, avec un petit sourire en coin.

– C'est curieux, dit-il, j'ai le sentiment que vous essayez de me dire quelque chose, monsieur Paladine.

– Oui, j'essaye de vous dire que vous cherchez dans la mauvaise direction. Bates n'est pas votre homme. Tout d'abord, souvenez-vous que Bates m'a appelé chez moi ce soir-là. M. Pargiter l'avait réveillé pour lui demander de me téléphoner pour m'apprendre ce qui s'était passé. Il était environ 2 heures et demi du matin. Je me suis habillé et je suis venu immédiatement. Autrement dit, Bates dormait, là-haut dans sa chambre, au moment du meurtre. M. Pargiter vous le confirmera.

« … Bates m'a ensuite retrouvé ici dans ce bureau et nous sommes descendus ensemble à la cave. Quand il a découvert le corps pendu à la poutre, il est devenu vert ; j'ai même craint qu'il ne tourne de l'œil. Je crois tout ce que vous m'avez dit sur Bates, mais je peux vous dire une chose : abstraction faite de ces deux condamnations, pour des délits mineurs, ce jeune homme n'a pas les tripes qu'il faut pour pendre un vieillard de 70 ans à une poutre, sans parler de la mise en scène macabre qui accompagnait le meurtre. Peut-être a-t-il assez de cran pour s'attaquer à un jeune voyou pendant une manifestation sur un campus, mais ce meurtre… ça ne lui ressemble pas. C'est l'œuvre de quelqu'un d'autre. D'ailleurs, vous l'avez dit vous-même. Vous vous en prenez à lui maintenant parce que vous n'avez personne d'autre sous la main. C'est un coupable bien pratique, d'autant que vous subissez une forte pression dans cette affaire fortement médiatisée. Mais je vous le dis, inspecteur, il faut ratisser plus large. Vous vous trompez de cible.

Bucket avait écouté ce plaidoyer avec une solennité inhabituelle chez lui. Une bonne partie de la joie triomphante qu'il affichait quelques instants plus tôt semblait s'être évanouie. Quand il reprit la parole, ce fut avec une certaine prudence.

– Vous parlez comme si vous connaissiez le *vrai* coupable. C'est le cas ?

– Si je le connaissais, inspecteur, je vous dirais son nom, bien évidemment. Je sais seulement que ce n'est pas Bates, et je vous conjure de ne pas l'arrêter une seconde fois.

Bucket se laissa tomber sur le fauteuil qui lui tendait les bras depuis un moment. Monstrueuse incarnation du surmenage et du laisser-aller, il paraissait néanmoins galvanisé par la sinistre découverte effectuée dans les marécages du New Jersey.

– Souvenez-vous, reprit-il en faisant craquer le siège sous sa masse, je vous ai expliqué, il y a quelques jours, que je considérais cette affaire comme une chaîne à quatre maillons.

– Je m'en souviens.

– A l'époque, je n'avais que deux maillons : Gobbo et Bates. Maintenant, j'ai le troisième, notre jeune enfant fantôme, et celui-ci, c'est un gros. Désormais, grâce à quelques draps et serviettes couvertes de sang, on peut établir le lien entre l'enfant et cet hôtel. Il ne manque plus que le quatrième et dernier maillon.

– La femme qui venait déposer l'enfant.

– Gagné ! Et j'ai le sentiment qu'elle ne va pas tarder à refaire surface elle aussi. Quand je l'aurai, car je l'aurai, soyez-en sûr, l'enquête sera vite bouclée.

En disant cela, l'inspecteur avait la tête d'un joueur de poker qui tient dans sa main une quinte flush et sait que son adversaire ne possède, au mieux, qu'une paire.

– Vous pensez que j'ai tué Gobbo, inspecteur ? demanda brusquement Paladine. Vous pensez que c'est moi le complice de Bates ?

– Ou c'est lui qui était le vôtre.

– C'est ce que vous croyez ?

– Je n'ai jamais dit ça, mais je ne rejette pas cette idée.

– Je n'avais aucune raison de tuer Gobbo. Depuis la mort de mon père, le comte était comme une sorte de deuxième père pour moi.

Bucket éclata de rire et repoussa cet argument d'un geste.

– Si on m'avait donné un dollar pour chaque assassin

qui purge une peine de vingt ans à perpétuité dans toutes les prisons de ce pays pour avoir buté son paternel, je serais riche. (L'inspecteur s'esclaffa de nouveau.) C'est vrai, je l'avoue, l'idée que vous ayez pu assassiner Gobbo et le gamin m'a traversé l'esprit. Avec la complicité de Bates. Mais ça ne colle pas. Question de timing.

Bucket entreprit de feuilleter son carnet.

– Voyons voir… Ce soir-là, vous avez quitté votre travail à 22 heures 40. A ce moment-là, Gobbo était encore vivant. Bates vous a appelé chez vous à 2 heures 35 du matin. D'après le légiste, Gobbo était mort depuis environ deux heures, le meurtre s'était produit autour de minuit et demi alors que vous étiez dans les bras de Morphée. Vous n'étiez donc pas ici quand le vieil homme a été tué. Mais Bates, lui, y était. Ici, dans cet hôtel. Bates et son mystérieux complice. Voilà pourquoi vous ne pouvez pas être mon coupable. Mais rien n'empêchait Bates et son complice d'effectuer leur sale besogne aux alentours de minuit. Le complice de Bates pouvait ensuite emporter le corps de l'enfant dans le New Jersey et l'enterrer dans les marécages pendant que Bates effaçait les traces du carnage dans la suite de Gobbo, avant de regagner rapidement son lit pour attendre que quelqu'un découvre le corps du vieil homme pendu dans la cave. Cela dit, il y a quand même un petit détail qui me chagrine à votre sujet, monsieur Paladine. Je ne vous en ai jamais parlé, mais il s'agit de ce monte-plats installé au dix-huitième étage.

– Et alors ?

– Eh bien, comme vous le savez déjà, on y a relevé des traces de sang identiques à celles que nous avons réussi à prélever sur le tapis dans la chambre du comte. Or, il se trouve qu'elles correspondent également au sang dont étaient imprégnés les draps et les serviettes retrouvés dans les marécages.

Paladine acquiesça, en faisant mine d'arranger des documents sur son bureau.

– D'accord, inspecteur. Nous savons déjà que l'enfant retrouvé dans le New Jersey est le même que celui qui venait rendre visite à Gobbo. Personne ne dit le contraire.

– C'est juste. Nous savons aussi que le corps de l'enfant a été descendu grâce au monte-plats du dix-huitième étage. Mais il y a un autre détail concernant ce monte-plats qui m'intéresse. Sur la vingtaine de personnes que j'ai interrogées dans cet hôtel, quatre ou cinq seulement connaissaient son existence. Tout d'abord, il y a, bien sûr, la vieille dame, le Dr Nierenberg, mais je la vois mal commettre un double meurtre aussi épouvantable.

« Après, il y a l'infirmière du Dr Nierenberg. Comment s'appelle-t-elle déjà ? (Il dut consulter ses notes dans son carnet.) Partington. Oui, voilà. Betty Partington. Elle récupère les repas du docteur dans le monte-plats et y remet le plateau quand la vieille dame a terminé. Mais cette infirmière, cette… Mlle Partington ne dort pas à l'hôtel. Elle finit son travail vers 23 heures. Elle habite quelque part dans le West Side et ne se trouvait donc pas dans les parages au petit matin quand on a déposé le corps de l'enfant dans le monte-plats.

« La troisième personne qui connaissait l'existence de ce monte-plats est le chef cuisinier, M. Kraus. C'est lui qui prépare les repas du Dr Nierenberg. Les employés des cuisines qui déposent et récupèrent les plats dans l'appareil sont les jeunes Latinos, qui ne logent pas à l'hôtel, eux non plus, et ne pouvaient donc pas se trouver sur place au moment en question.

« Quatrième personne à connaître l'existence du monte-plats : le chef de la maintenance, un certain Nick Tsacrios. Mais quand je lui ai demandé où se trouvait notre monte-plats, il m'a répondu au douzième ou treizième étage. Et non pas au dix-huitième. Mais il n'en était pas sûr, m'a-t-il dit, car il ne travaillait pas ici à l'époque où on l'avait installé, et d'ailleurs, il était surpris d'apprendre qu'on s'en servait encore.

« Enfin, conclut Bucket, la cinquième et dernière personne qui connaît l'existence de ce monte-plats, monsieur Paladine…

– Vous l'avez en face de vous.

– Exactement, dit Bucket avec un grand sourire.

Le concierge ne parut nullement ébranlé.

– C'est exact. Je suis d'ailleurs certain de vous l'avoir déjà dit, inspecteur. Ce monte-plats a été installé il y a quinze ans. Très peu de gens qui travaillaient ici à l'époque sont encore parmi nous.

– C'est vrai. (Bucket referma son carnet et se leva péniblement.) L'idée m'est venue hier soir, pendant que je trempais dans mon bain, et je me suis promis de vous en parler ce matin.

L'inspecteur souriait comme le chat du Cheshire.

– Je m'en réjouis, inspecteur, dit Paladine en lui rendant son sourire.

Bucket coinça entre ses dents le mégot de cigare mâchonné.

– Je vais donc commencer par embarquer notre cher ami Bates. Ensuite, je me mettrai en quête de cette mystérieuse femme.

Alors que Bucket posait la main sur la poignée de la porte du bureau, le concierge lui lança :

– Si vous avez le sentiment que je ne vous ai pas aidé, j'en suis navré, inspecteur. Mais je peux peut-être vous faire une suggestion.

– Ah ? dit Bucket en se retournant à moitié. Laquelle ?

– Vous continuez à raisonner comme si Gobbo et l'enfant n'étaient pas morts le même soir : l'enfant d'abord, puis Gobbo ensuite, vingt-quatre ou trente-six heures plus tard.

– Je ne crois pas vous avoir dit ça, mais maintenant que vous en parlez, cela me paraît être l'hypothèse la plus logique, en effet. Ça vous pose un problème ?

Le concierge réfléchit.

– Non, répondit-il finalement. Malgré tout, à votre place, je ne considérerais pas cela comme une certitude absolue. Et si les deux meurtres avaient été commis le même jour ? D'abord l'enfant, en fin d'après-midi, disons, et ensuite Gobbo, quelques heures plus tard ?

Longtemps après le départ de Bucket, Paladine continua à se demander pourquoi il lui avait offert ce cadeau, gratis d'une certaine façon. C'était la deuxième fois qu'il faisait une fleur à l'inspecteur. Il avait beau s'interroger, il ne trouvait aucune explication à sa conduite.

– Ils l'ont arrêté de nouveau.
– Oui, je sais. La police était là à l'instant.
– C'est à cause de cet article dans le *News* de ce matin, n'est-ce pas ? Le gosse retrouvé dans les marécages. Ils ont établi un lien avec l'hôtel, c'est ça ? C'est quelqu'un du personnel qui l'a tué.
– Oui, apparemment, répondit Paladine avant de replonger le nez dans ses papiers.
– Bates n'a tué personne. Ni Gobbo ni l'enfant.
Lane Barachevsky s'était plantée au milieu du bureau du concierge, les bras croisés, les jambes écartées dans une attitude provocante, comme si elle mettait quiconque au défi d'affirmer le contraire.
– Je suis d'accord, dit Paladine. Je suis certain que ce n'est pas lui.
– L'avez-vous dit à cet abruti d'inspecteur ?
– Oui. Ça ne lui a fait ni chaud ni froid. Il pense désormais que Bates est sans doute le meurtrier. En tout cas, il semble persuadé que Bates est un élément clé dans cette affaire. « Impliqué jusqu'au cou », a-t-il dit.
– N'importe quoi !
Lane Barachevsky foudroya le concierge du regard, comme si elle lui reprochait amèrement de n'avoir pas su se montrer plus convaincant.
– Ça ne se passera pas comme ça ! rugit-elle. Soit ils l'inculpent, soit ils le relâchent. Il faut choisir !
Paladine voyait les rouages de son cerveau s'emballer ; elle concevait des stratégies à la vitesse de la lumière.
– Cette fois, reprit-il, ils prétendent avoir suffisamment de preuves pour le garder.
– Mon œil ! On va s'occuper de ça.
Il n'en doutait pas un instant.
– Qu'est-ce qui vous fait sourire, Roger ?
– Je souriais ?
– Vous aviez une sorte de rictus satisfait et je n'aime pas ça.

– Vous étiez la pire ennemi de Bates. Aujourd'hui, vous semblez être devenue son défenseur le plus acharné.

– La vie est parfois capricieuse, n'est-ce pas ? répliqua-t-elle d'un ton ironique.

– Assurément.

– Épargnez-moi ça, Paladine, par pitié.

– Quoi donc ?

– Cette expression pleine de suffisance, d'autosatisfaction et d'arrogance.

Elle décroisa les bras, se dirigea vers la porte du bureau, puis revint sur ses pas pour se planter juste devant le concierge.

– D'accord, vous avez raison. Et alors ? J'ai tout de suite senti qu'il y avait en lui quelque chose qui m'intéressait. Je vous l'accorde. Mais il y avait aussi autre chose qui me répugnait. Aujourd'hui encore. Je savais parfaitement ce qui me rebutait chez lui. C'était facile. En revanche, je ne savais pas vraiment ce qui m'attirait. Maintenant, je crois avoir trouvé. Arrêtez ce regard lubrique, Roger.

– J'avais un regard lubrique ?

– Je l'ai senti venir. Ce n'est pas du tout une histoire de sexe. Et ça n'a rien à voir non plus avec le fait qu'il a pris ma défense face à ce vieux nazi de Stossel. Il ne s'agit pas de ça. Ce serait beaucoup trop simple. Si vous voulez tout savoir, ce qui m'attire véritablement chez Bates, c'est son côté légèrement détraqué ; il y a quelque chose de refoulé en lui, de totalement inhibé, peut-être, oui, d'un peu dangereux. Tout cela emballé dans un joli paquet bien propre. (La banalité de sa réflexion lui arracha un petit rire.) Je n'aime pas deviner en permanence ce que pense un homme. En général, j'ai plusieurs longueurs d'avance. Avec Bates, par contre, parfois je m'interroge.

– Mais vous savez qu'il a un casier judiciaire.

– Je me contrefous de ce misérable casier judiciaire à la noix ! s'exclama-t-elle. C'est une plaisanterie. Quelques-uns de mes meilleurs amis ont des casiers judiciaires. Ghandi avait un casier judiciaire. Martin Luther King aussi. La belle affaire ! Il n'y a pas de honte à faire un peu de prison quand c'est pour la bonne cause. Vous le savez aussi bien que moi, Roger : Bates n'est pas un meurtrier, et surtout pas un meurtrier de vieillards ou d'enfants. C'est ridicule. Il ne ferait pas de mal à une mouche. S'il a filé une correction à un connard à la fac, c'est que ce type le méritait certainement. Ah, revoilà cet épouvantable rictus ironique.

Paladine soupira.

– Du moment que vous connaissez les risques encourus…

– Je les connais très bien, merci. Mais je connais aussi certaines choses sur lui qui m'aideront à les contrôler. Bates est devenu ma nouvelle distraction. Même s'il ne le sait pas encore.

50

– Qu'est-ce qui vous arrive, Gerio ? Vous n'avez pas l'air dans votre assiette.

– Non, tout va bien.

– Vraiment ? Vous semblez absent. Préférez-vous qu'on remette cette séance à une autre fois ?

– Non. Au contraire. Je trouve ça relaxant.

– Relaxant ?

Le Dr Nierenberg ne put s'empêcher de rire, mais elle paraissait troublée.

– Vous êtes sûr ? insista-t-elle.

– Oui, absolument sûr.

L'expression inquiète de la psychiatre céda place à une résignation dubitative.

– Très bien, cher ami, dit-elle dans un soupir. C'est vous qui décidez. Mais j'espère que cette fois nous entendrons parler de votre mère.

Le regard de Paladine balaya le vaste duplex avec ses plafonds hauts, ses balcons et ses murs recouverts de livres et de tableaux impressionnistes français, de bonne facture même s'il ne s'agissait pas de toiles de maîtres. Il s'installa confortablement au fond de son fauteuil, ravi de pouvoir soulager ses pieds.

– Vous vous souvenez, dit-il, il y a quelque temps, nous avons parlé de l'album de photos que l'hôtel Négresco m'avait envoyé après la mort de mon père.

– Je m'en souviens, en effet.

– Je crois vous avoir dit que j'y avais découvert une photo passablement jaunie et effacée, une de ces vieilles rotogravures dans un cadre ovale en écaille comme on en voit sur des étagères, dans une vitrine ou sur une table de chevet. C'était le portrait d'une femme, entre vingt-cinq et trente ans, je dirais. Elle avait un visage fin aux traits ciselés, pas vraiment joli, mais frappant.

« Malgré la mauvaise qualité de la photo, impossible de ne pas remarquer le port altier de cette jeune femme. La sensation de maîtrise de soi et d'autorité naturelle apparaissait tout de suite. Ses deux yeux en amande vous regardaient fixement. Ils avaient quelque chose de vaguement oriental.

– Oriental ?

– Oui, parfaitement, et ce qui m'a le plus marqué dans ces yeux, c'est l'espèce d'éclat malicieux qu'ils contenaient. Comme si, pendant qu'on prenait cette photo, elle riait intérieurement de quelque plaisanterie irrésistible.

« Le chapeau-cloche qu'elle portait, profondément enfoncé sur son front, encadrait ses pommettes hautes de Slave et faisait ressortir ses yeux d'Orientale. En bas de la photo, il était écrit, en alphabet cyrillique…

Le Dr Nierenberg leva brusquement le nez de ses notes.

– En cyrillique, dites-vous ? Comme l'inscription au dos des boutons de manchette ?

– Exactement. J'ai demandé à un collègue du Pierre qui connaissait le russe de me traduire ce qui était écrit.

Le docteur ne pouvait masquer son impatience.

– Continuez, Gerio, le pressa-t-elle.

– En bas de la photo, on pouvait lire : « Pour Leonardo. Éternellement, Olga. » J'avais réussi à identifier toutes les personnes présentes sur les autres photos, mais cette femme, je ne l'avais jamais vue. Et sa photo ne comportait aucun autre indice qui aurait pu me permettre de deviner son identité.

« Finalement, je l'ai rangée dans le carton à chapeau, avec les autres souvenirs, et je n'y ai plus pensé.

– Ça remonte à quelle époque, Gerio ?

Paladine leva les yeux au plafond, ses paupières papillotant tandis qu'il se livrait à un petit calcul mental.

– C'était vers 1963 ou 64. A cette époque-là, comme je vous l'ai déjà dit, j'étais un tout petit concierge au Pierre, là-bas, de l'autre côté de Central Park. Quoi qu'il en soit, je n'avais plus jamais repensé à ce carton à chapeau, ni à son contenu, depuis des années, jusqu'au jour où, par hasard, je suis retombé sur la même photo mystérieuse. Cette fois, c'était dans la rubrique nécrologique du *New York Times*. Cette femme qui venait de s'éteindre dans sa chambre de l'hôtel Négresco, à l'âge de 75 ans, était Mlle Olga Constantina Probenskaya, fille d'un cousin au second degré de l'impératrice douairière Maria.

« Mlle Probenskaya, apprenait-on encore, faisait partie des nombreux membres de la famille Romanov obligés de fuir la Russie lors de la révolution de 1917. Agée de 5 ou 6 ans à l'époque, elle avait été évacuée de Yalta, en compagnie de sa tante, l'impératrice douairière, et de dizaines d'autres parents, à bord du navire britannique *HMS Marlborough* envoyé là-bas par le roi George VI d'Angleterre, qui était lié à la maison des Romanov.

« Le *Marlborough* débarqua ses réfugiés en Italie, sains et saufs, dans le port de Gênes pour être précis. De là, la diaspora des Romanov se dispersa dans des dizaines de directions. Mlle Probenskaya ayant perdu sa mère au cours du soulèvement, elle fut immédiatement intégrée dans l'entourage de l'impératrice douairière. En compagnie de plusieurs autres cousins et cousines qui partageaient le même sort, d'une gouvernante et de deux domestiques en livrée, ils longèrent les côtes de la Ligurie à bord de deux Dusenberg de location jusqu'à la frontière française, où ils empruntèrent la Grande Corniche pour atteindre le cap Ferrat. Ensuite, ils se rendirent à Nice, où ils s'installèrent finalement à l'hôtel Négresco.

« L'article nécrologique du *Times* expliquait en détail comment, grâce aux fonds importants déposés par les Romanov dans plusieurs banques à l'étranger, et grâce aux appointements généreux que leur versait chaque année le gouvernement britannique, l'impératrice douairière et son entourage demeurèrent à l'abri du besoin. C'est ainsi que Mlle Probenskaya put passer les soixante-dix autres années de sa vie dans une suite du Négresco, qu'elle quittait régulièrement pour parcourir le monde en rédigeant des carnets et des récits de voyage. Elle était décrite comme une femme farouchement indépendante, une libre-penseuse, très en avance sur son temps, qui voyageait seule généralement, prête à se rendre n'importe où, à endurer toutes sortes d'inconforts afin de rapporter un récit captivant. Elle était connue surtout pour ses essais photographiques sur les Nubiens du Soudan et les Esquimaux de la chaîne de Brooks, près de Point Barrow.

Le concierge avait les mains jointes devant lui, son regard semblait perdu dans les motifs floraux délavés du vieux tapis d'Aubusson étendu à ses pieds, comme s'il s'était laissé emporter au loin par le torrent des années.

– La fin de l'article, reprit-il enfin, indiquait que Mlle Probenskaya ne s'était jamais mariée, mais la rumeur parlait d'un enfant naturel, dont l'identité et le patrimoine restaient inconnus. D'après des amis proches, cet enfant était maintenant un jeune homme qui vivait quelque part dans la région de New York. (Paladine s'interrompit brutalement.) Dois-je continuer ?

– Je suis assise et je vous écoute, non ? lui renvoya le docteur d'un ton sec.

– J'avais l'impression que vous commenciez à vous fatiguer.

– Quand je serai fatiguée, je serai la première à vous le dire, mais merci quand même. En attendant, poursuivez votre histoire, pour l'amour du ciel !

Le concierge consulta sa montre, sembla effectuer un rapide calcul, puis reprit en ces termes :

– En lisant cette nécrologie, j'éprouvai une étrange sensation de malaise, comme ces gens, vous savez, qui pensent pouvoir empêcher un drame en refusant d'en entendre parler. Et finalement, peu à peu mais inexorablement, des tas de souvenirs troublants m'ont submergé, des souvenirs de jouets, de sucreries et de biscuits que je recevais dans des colis anonymes, lourdement affranchis, là-bas dans mon école de Saint-Moritz, au milieu de la neige. Des vêtements chauds tricotés main, genre pulls ou chaussettes, à l'époque de Noël. Je me suis souvenu des visites annuelles dans le bureau d'un notaire de Genève, mon père qui apposait sa signature sur des documents à l'aspect officiel, en échange de grosses sommes d'argent.

« Je n'avais jamais souffert de grandir sans mère. J'étais plus heureux dans mon ignorance, avec les mensonges apaisants que mon père avait concoctés afin d'expliquer l'absence de ma mère.

– Si je vous ai bien suivi, Gerio, cette Mlle Probenskaya vivait au Négresco à l'époque où vous-même vous habitiez là-bas ?

– Oui, par intermittence, répondit Paladine. Mais mon père et elle n'ont jamais voulu me révéler la vérité.

– Doutez-vous qu'il s'agissait de votre mère ? demanda le Dr Nierenberg en fixant sur lui son regard pénétrant. Ce n'est certainement pas un déshonneur.

– Vous voulez parler de cette liaison illégitime ? dit le concierge avec un petit rire. Je n'en avais rien à foutre. En revanche, j'avais plus de mal à admettre le choix de cette femme…

– Pourquoi dites-vous « cette femme », Gerio ? Vous ne pouvez pas dire « le choix de *ma mère* » ? Est-ce donc si difficile ?

Ignorant la question, Paladine poursuivit comme s'il n'avait pas été interrompu :

– … cette femme qui avait décidé de rcjeter complètement son enfant. Comme s'il n'existait pas. Elle ne voulait pas le voir, comme si elle en avait honte. Qu'importe tous les cadeaux anonymes, généreusement offerts, rien ne pouvait racheter l'indifférence d'une mère qui n'aimait pas assez son fils unique pour se faire connaître de lui. Pas même lorsque cet enfant, parvenu à l'âge adulte, aurait peut-être mieux compris, voire accepté les raisons qui l'avaient poussée à ce reniement.

« D'un autre côté, je n'en voulais pas à mon père de m'avoir menti. Je comprenais son choix, et aussi pourquoi le pauvre homme n'avait jamais voulu se marier ensuite.

« Leur liaison dut se poursuivre ainsi pendant des années. A l'intérieur même de l'hôtel. Dans le plus grand secret. Sans aucun espoir de lendemain. La cousine germaine d'une impératrice douairière n'épouse pas un concierge, quel que soit l'amour que se vouent les deux amants. Même si la dame va jusqu'à porter leur enfant.

« Non, je n'en voulais pas à mon père. J'étais simplement triste de penser qu'il avait pu croire que son fils lui tiendrait rigueur de cette liaison illégitime et qu'il tomberait dans son estime. Mais surtout, j'étais triste d'avoir récompensé mon père de tout son amour, de tout son dévouement, en trahissant le plus cher de ses désirs.

– Qui était... ?

Paladine parut surpris par cette question.

– Qu'en devenant ingénieur, je sois un homme respecté dans un monde plus acceptable socialement que celui qu'il avait connu toute sa vie.

– Oh, allons, vous ne pouvez pas croire ça ! Vous avez essayé d'exaucer son souhait. Ça n'a pas marché, voilà tout. Et vous avez eu la sagesse de remédier à cette erreur quand vous en avez pris conscience. D'après ce que vous m'avez raconté sur votre père, j'imagine un homme assez adulte et généreux pour accepter son fils tel qu'il est. Avez-vous toujours cette photo, Gerio ?

– Laissez-moi terminer, je vous prie, lui répondit-il d'un ton cassant, agacé et impatient d'achever cette histoire, dont il se demandait maintenant s'il avait eu raison de la dévoiler. J'ai découpé la photo et l'article nécrologique dans le journal et je les ai rangés dans le carton à chapeau, avec la photo et les autres souvenirs de mon père. Au cours des semaines suivantes, je les ressortis plusieurs fois pour les regarder. Sans pouvoir déterminer ce que j'éprouvais. Pendant quelque temps, j'envisageai même de suivre des membres de la famille de Mlle Probenskaya...

– Pas « la famille de Mlle Probenskaya », le corrigea-t-elle d'un ton de réprimande. « *La famille de ma mère.* » Dites-le, Gerio. Dites : « La famille de ma mère. »

– Je peux difficilement dire ça.

– Et pourquoi, je vous prie ?

– Parce que je ne suis pas sûr d'être son fils ! lâcha-t-il sur un ton de froide exaspération. Peut-être n'était-elle qu'une simple connaissance de mon père, et peut-être suis-je le fruit d'une de ses nombreuses autres conquêtes.

Mon père avait énormément de succès auprès des femmes, paraît-il, et n'oubliez pas qu'il évoluait dans un monde où l'on tolérait une certaine dose de promiscuité.

– Finissez ce que vous vouliez dire, Gerio, enchaîna le docteur pour l'éloigner de ce sujet qu'elle devinait douloureux. Racontez-moi tout. Avez-vous enfin réussi à retrouver un membre de la famille de Mlle Probenskaya ?

– L'idée m'a trotté dans la tête pendant un certain temps, avoua-t-il d'un air sombre. Je me disais que si je retrouvais un membre de la famille j'irais lui rendre visite, pour le saluer et me présenter. Je n'attendais rien de ces gens ; je voulais juste connaître cette autre partie de mon identité, totalement inconnue, et m'en débarrasser une bonne fois pour toutes, si toutefois il s'agissait bien d'une partie de mon identité. J'ai même passé une année entière à suivre une cousine de Mlle Probenskaya qui vivait à Minneapolis en ce temps-là. Mais pour finir, je ne l'ai jamais contactée. Si cette liaison était le secret honteux de mon pauvre père, je n'avais aucune envie de le dévoiler. Je respecterais ses désirs et le vilain petit secret resterait enfoui.

– Un vilain petit secret, Gerio ? (Le docteur secoua la tête.) Pas si vilain que ça, assurément.

– Un beau matin, quelques semaines plus tard, j'ai ressorti la photo et l'article de journal du carton à chapeau, je les ai brûlés au-dessus des toilettes, et j'ai tiré la chasse d'eau pour faire disparaître les cendres.

« Vous êtes la première personne à qui je parle de cette femme, ma supposée mère. Peu importe de savoir qui elle était ; à partir de ce jour, et pour toujours, elle appartenait au passé.

Sophie Nierenberg dévisagea le concierge en tapotant doucement sur son genou avec son crayon.

– Autrement dit, vous l'avez reniée, comme elle-même vous avait renié.

– Vous m'avez demandé de vous parler d'elle. Je l'ai fait.

– Tout ce que vous m'avez raconté est vrai ?

– Autant que je sache. Pourquoi ? Vous n'y croyez pas ?

– Sincèrement ?

Une fois de plus, Paladine parut surpris par la question du docteur.

– Bien sûr, sincèrement.

– Je crois, en effet, que cette Mlle Probenskaya était probablement votre mère. Quant à cette histoire extravagante avec les Romanov… (Elle lui jeta un regard en biais.) Tous les Russes blancs que j'ai rencontrés dans ma vie s'empressaient de vous annoncer qu'ils appartenaient à la famille Romanov, plus ou moins. Franchement, toute cette partie de l'histoire me paraît un peu énorme.

Sa manière insolite de présenter les choses fit sourire le concierge.

– Je partage cette impression.

– Alors, pourquoi avoir pris la peine de me raconter cette histoire ?

– Je vous ai répété ce qui était écrit dans la nécrologie.

– Vous n'auriez pas un double de cet article, par hasard ?

– Je vous l'ai dit, je l'ai brûlé, en même temps que la photo et quelques autres souvenirs.

– Quand est-il paru ?

– En 1987. Je ne me souviens plus du mois exact.

– Quels sont ces autres souvenirs dont vous parliez ?

– Des choses sans importance. Des trucs sentimentaux.

Sur ce, il se leva brusquement, et le docteur comprit que la séance était terminée.

– Bien, si vous n'avez plus de questions…

Il pivota sur ses talons et se dirigea vers la porte.

– Gerio ! s'écria-t-elle comme on rappelle à l'ordre un enfant désobéissant.

Il se retourna en lui lançant un regard noir. Jamais elle n'avait vu une telle colère sur son visage.

– Montrez-moi vos yeux, dit-elle.

Lentement, il fit glisser ses lunettes à verres fumés sur son nez pour qu'elle puisse le dévisager à sa guise. Finalement, elle parut sur le point de dire quelque chose, mais se ravisa et resta muette, se contentant de le chasser d'un geste agacé.

Avant de se coucher ce soir-là, le Dr Nierenberg se promit d'appeler le service nécrologique du *New York Times* dès le lendemain matin pour leur demander de rechercher un article de 1987 concernant une certaine Mlle Olga Constantina Probenskaya.

51

– Dites donc, vous êtes tous dans un sacré pétrin, pas vrai ?

En se retournant, Paladine découvrit le visage ridé et trop maquillé de Dixie Dunn. Elle l'avait saisi par la manche, tandis qu'il essayait de se faufiler au milieu des couche-tard qui traînaient encore dans le hall de l'hôtel.

– J'ai lu ça dans le journal ce matin, ajouta-t-elle. Sale histoire, hein ?

Elle tenait devant elle son carton de fleurs recouvert de velours ; une rose de couleur vive était coincée négligemment derrière son oreille, dans ses cheveux. De chaque pore de sa peau émanait l'odeur douceâtre et écœurante d'un parfum bon marché.

– Ça m'a rendue malade de lire cette histoire avec le pauvre gosse. Faire ça à un enfant, c'est contre nature. Et, franchement, ça me fait de la peine ; pas seulement pour l'hôtel, m'sieur Paladine, mais surtout pour vous. J'aime pas savoir que vous avez des ennuis. Vous avez toujours été brave avec Dixie.

La main fragile et osseuse qui s'accrochait à sa manche de veste était constellée de taches de vieillesse et parcourue, juste sous la peau, de fines veines bleues. Quand la vieille femme leva les yeux vers lui, Paladine perçut l'intensité de son chagrin authentique sous l'épaisse couche de poudre et de fard.

– C'est très gentil, Dixie. J'apprécie.

Il tapota la main décharnée, dont un des doigts, fin comme une griffe, s'ornait d'une sorte de faux diamant jaune de la taille d'un petit glaçon.

Quand il voulut s'éloigner, Dixie le retint par la manche.
– Je peux vous parler, m'sieur Paladine ? dit-elle en baissant la voix. Y'en a pour une minute, ajouta-t-elle en jetant des regards inquiets autour d'elle. J'sais bien que vous êtes très occupé et tout ça, mais c'est important, et y'en aura pas pour longtemps. Promis.
– J'ai envie de rentrer chez moi, Dixie. Ça ne peut pas attendre demain ?
– Si, ça peut. Mais ça serait mieux que je vous en parle maintenant. Sinon, je risque de me dégonfler.
En disant cela, elle laissa échapper un petit rire et porta timidement sa main à sa bouche pour cacher deux rangées de dents pourries.
Épuisé et accablé de soucis, le concierge n'avait qu'un seul désir : s'en aller. Malgré tout, quelque chose dans l'attitude de cette pauvre créature frêle et ratatinée, avec sa rose coquettement glissée dans ses cheveux teints au henné, le fit hésiter. Il avait toujours eu de l'affection pour Dixie ; il admirait son élégance surannée. Et il avait toujours plaidé sa cause, malgré la désapprobation de la direction qui voyait d'un mauvais œil la présence de vendeurs ambulants, quels qu'ils soient, dans le hall de l'hôtel.
– Faut que j'vous raconte quelque chose, insista-t-elle.
Sans doute voulait-elle lui réclamer un service, pensa-t-il. Elle voulait lui emprunter un peu d'argent en attendant de toucher son chèque de l'Aide sociale. Ou bien elle avait des démêlés avec la police qui lui avait encore infligé une amende pour avoir vendu ses roses sans licence.
– S'il vous plaît…
Paladine la toisa du regard et secoua la tête d'un air las.
– Bon, d'accord, dit-il. Mais faisons vite.
Entre ses lèvres de poupée, ses dents jaunies lui décochèrent un grand sourire.
– On pourrait pas aller dans un endroit calme ?
Elle lui montra son oreille, puis le balcon au-dessus du hall où le sextuor de l'hôtel interprétait laborieusement des extraits de *Naughty Marietta*.
Ils empruntèrent un couloir moquetté et entrèrent dans

un des nombreux petits salons qui donnaient dans le hall.

– Vous avez besoin d'argent, Dixie ? lui demanda-t-il en glissant la main sous sa veste pour y prendre son portefeuille.

– Oh, non, non ! dit-elle en arrêtant son geste. Il s'agit pas de ça, Dieu soit loué. Grâce à vous tous, ici à l'hôtel, Dixie a toujours quelques dollars dans sa jarretière.

Elle laissa échapper un petit rire léger, puis baissa la voix.

– En fait, ça concerne ce pauvre gamin qu'ils ont retrouvé dans les marécages, hier.

Paladine fronça les sourcils. Il ne s'attendait pas du tout à cela.

– Et alors ? demanda-t-il.

– Comme je vous l'disais, j'ai lu cette histoire dans le journal ce matin.

– Au fait, Dixie, au fait !

Paladine s'énervait. Il n'avait aucune envie d'aborder ce sujet, et surtout pas à cette heure-ci et avec la vieille vendeuse de fleurs.

– Eh bien, voilà... En fait... je crois que je sais quelque chose.

– Au sujet de l'enfant ?

– Oui. Et du vieux bonhomme aussi.

Paladine était de plus en plus stupéfait, mais curieux également.

– Vous voulez parler du consul adjoint, M. Gobbo ?

– Oui, lui-même. (Son regard s'éclaira.) C'était un vieux monsieur très charmant. Il m'achetait souvent des roses. Et pas juste une, figurez-vous. Toute la boîte, des fois !

– Bon, et alors ?

De nouveau elle le prit par le bras pour l'entraîner un peu plus à l'écart, dans la pénombre.

– Pour vous dire la vérité, j'crois savoir qui c'est qui l'a tué.

Elle avait failli s'étrangler en prononçant ces mots.

Le concierge la regardait fixement, comme s'il n'avait pas très bien compris ce qu'elle venait de dire, tel un voyageur dans un pays étranger qui essaye de communiquer avec un autochtone.

– Vous connaissez le meurtrier ? demanda-t-il enfin après avoir repris son souffle. Qui est-ce ?

– Le Professeur.

– Qui ?

– Le Professeur ! Enfin, on dit que c'est un professeur. Ou plutôt, c'est lui qui le dit. Mais moi, j'trouve pas qu'il a la gueule de l'emploi.

– Mais qu'est-ce que vous me racontez, bon sang ? s'exclama Paladine, au bord de l'exaspération.

– Ce soir-là… le soir où…

– Quel soir ?

– Le soir où tous les marchands de bibles étaient là. Vous savez, pour leur congrès ou je ne sais quoi. Je m'en souviens, vu que j'ai vendu toutes mes fleurs en vingt minutes. Formidable, hein ?

– Oui, formidable, dit-il avec un hochement de tête. Mais quel rapport avec M. Gobbo ?

– Justement. C'est ce soir-là que le vieux bonhomme est mort. Et c'est ce soir-là que j'ai vu le Professeur.

– Où ?

– Ici. Dans le hall. Il était là le soir où le vieil Italien s'est fait buter.

Elle attendit, observant l'effet de ses paroles sur le concierge, puis elle reprit ainsi :

– J'me suis demandé : qu'est-ce qu'un type comme lui fabrique dans le coin, dans un endroit huppé comme ici ? Je me doutais bien qu'il était pas avec les vendeurs de bibles. C'est pas son genre. J'le connais bien, ce gars-là. D'ailleurs, tout le monde connaît le Professeur dans son quartier. Mais c'est pas un ami. Personne veut devenir ami avec lui.

Dixie agita son bras décharné pour donner plus de poids à ses paroles, faisant tinter les perles et les bracelets de pacotille qui ornaient son poignet.

– J'vais vous dire un truc, ajouta-t-elle, le souffle coupé, impatiente d'en finir. Je fourre jamais mon nez dans les affaires des autres. Chacun fait ce qu'il veut pour gagner sa vie, ça me regarde pas. Une bonne journée de travail pour gagner honnêtement sa vie, c'est la devise à Dixie. Dans la vie, on est obligé de se débrouiller comme on peut. Je juge pas les gens. Mais ce type, le Professeur, c'est moche tout ce qu'il fait.

– Que fait-il, Dixie ? Expliquez-moi. Ça concerne des enfants ?

Elle appuya son index sur les lèvres de Paladine, comme s'il venait de prononcer un blasphème. Puis elle hocha lentement son petit visage de poupée pour lui dire oui.

– Qu'essayez-vous donc de me dire, Dixie ?

Il commençait tout juste à deviner où elle voulait en venir.

– Patience, j'y arrive. Attendez que je reprenne mon souffle. Faut pas m'embrouiller surtout. Laissez-moi raconter à ma façon, je vous dirai tout. Parole.

Le concierge attendit en rongeant son frein, pendant que la vieille femme essayait de reprendre le fil de ses pensées. Un petit muscle faisait palpiter la mâchoire de Paladine.

– Bref, reprit-elle, dès que j'ai vu ce type dans le hall, je me suis dit : qu'est-ce qu'il manigance encore ? Et soudain, j'le vois qui monte dans un ascenseur. Le lendemain, j'apprends dans le journal que le comte Machinchose a été assassiné, ici à l'hôtel. Je vous l'avoue franchement, j'ai pas fait le rapprochement. J'me suis dit que c'était une coïncidence, et ensuite, ça m'est complètement sorti de la tête. Jusqu'à ce matin, quand j'ai appris qu'on avait retrouvé ce pauvre gamin dans les marécages. Et la police disait qu'il avait été tué ici, lui aussi, dans cet hôtel. A ce moment-là, ça a fait tilt dans ma tête, et j'ai compris ce qu'il était venu faire ici, ce salopard, le soir où je l'ai vu. Y avait forcément un lien avec le gamin et le vieux Rital. Aussi sûr que deux et deux font quatre. J'vous parie que c'est lui qui a amené le gamin.

– Le Professeur, vous voulez dire ?

– Oui, évidemment. Qui d'autre ?

Paladine savait qui avait déposé l'enfant à l'hôtel ce soir-là, et ce n'était pas le Professeur. Mais cette erreur ne diminuait en rien l'importance des révélations de la vieille Dixie. Cachant avec difficulté son excitation, il était comme un homme qui se noie et voit soudain approcher un bateau.

– Dites-moi, Dixie. Vous souvenez-vous du jour où ça s'est passé ?

– Le jour où j'ai vu le Professeur, vous voulez dire ? Évidemment que j'm'en souviens. Parfaitement, même. C'était le dernier soir du congrès. Je peux pas l'oublier, vu qu'ils m'ont tous acheté des fleurs pour leurs bonnes femmes avant de rentrer chez eux, et comme j'vous le disais, j'ai vidé ma boîte en vingt minutes.

Elle gloussa comme une enfant.

Paladine la saisit par les bras, sentant sous ses doigts les petits os fragiles de la vieille femme.

– Où puis-je trouver ce Professeur, Dixie ? Savez-vous où j'ai une chance de le voir ?

Les yeux écarquillés par la peur, elle jeta des regards inquiets autour d'elle, cherchant à repérer d'éventuels dangers dissimulés dans les recoins de la pièce.

– Oui, évidemment que je le sais.

– Où habite-t-il ?

– Je connais pas l'adresse exacte.

Le concierge sentit retomber ses espoirs.

– Mais je peux vous y conduire, s'empressa-t-elle d'ajouter.

– C'est vrai ?

– C'est tout en bas. Vers l'ouest. Près du fleuve. Y a une pancarte devant l'entrée, qui dit que c'est une école, ou un truc comme ça. Mais vous pouvez croire la vieille Dixie, c'est pas une école.

– De quoi s'agit-il, alors ?

Elle ne parvenait pas à le dire. Ou bien elle ne voulait pas.

– Vous verrez vous-même, dit-elle simplement. Je veux bien vous y emmener, mais je veux pas qu'on me voye là-bas, ajouta-t-elle à voix basse. Si jamais il me voit, je risque ma peau, vous comprenez ?

– Le Professeur, vous voulez dire ?

Elle acquiesça d'un air entendu, en faisant rouler ses yeux sous ses paupières vertes.

Paladine consulta sa montre. Il était bientôt 23 heures 30. Les échos étouffés de la musique de Franz Lehar leur parvenaient du hall, où on servait le thé aux clients qui rentraient du théâtre.

– Je viendrai vous chercher en taxi, dit-il. Demain à midi. Ça vous va ?

Elle hocha la tête, mais il vit une lueur d'appréhension dans ses yeux.

– Vous me conduirez là-bas, ajouta-t-il. Vous me laisserez devant.

– Non, non, pas devant, dit-elle d'une voix tremblante. Au bout de la rue, c'est mieux.

– Très bien. Au bout de la rue. Je descendrai et le taxi vous ramènera chez vous.

Elle parut soulagée.

– Je me sens mieux maintenant que je vous ai tout raconté.

Le concierge prit sa main décharnée et tremblante dans la sienne ; la paume de la vieille femme était lisse et froide, comme du marbre en hiver.

– Je suis content que vous m'en ayez parlé, Dixie, dit-il. Très content.

52

C'était tout à fait à l'ouest, en effet, comme elle l'avait dit, près du fleuve, dans un de ces sinistres no man's lands de la ville, oublié du temps. Au début du siècle déjà, l'endroit était surnommé le « Quartier de la viande ». Situé grosso modo entre la 10e et la 11e Avenue et les 10e et 14e Rues, il avait connu un formidable essor dans les années 40, durant la Seconde Guerre, en fournissant la viande de bœuf, de mouton et les volailles qui servaient à nourrir les troupes.

Le « Marché » avait continué de prospérer jusque dans les années 60, lorsque, les prix de l'immobilier s'étant brusquement envolés, le système d'approvisionnement et de livraison qui était déjà obsolète mais toujours en vigueur n'avait plus permis de tenir les coûts d'exploitation.

Certes, il existait toujours un marché de la viande à cet endroit, mais à une échelle extrêmement réduite. Ombre de ce qu'il avait été, il était aujourd'hui contrôlé par un groupement fantôme de professionnels obstinés qui refusaient d'admettre l'inéluctable et continuaient à travailler comme ils l'avaient toujours fait, comme si on était toujours en 1942.

La zone qui s'étendait autour du vieux « Marché » était devenue un sinistre labyrinthe d'usines et d'entrepôts abandonnés, de bâtiments en ruine envahis par des sans-abri, inoffensifs pour la plupart, même si certains étaient suffisamment dangereux pour inciter les gens prudents à éviter le coin dès la nuit tombée.

Ici et là il y avait parfois une tentative de réhabilitation, lorsqu'un artiste ou un couple de *yuppies* téméraires tombaient amoureux d'une vieille usine de conditionnement ou d'un entrepôt de viande de trois étages, au point d'y investir toutes leurs économies pour transformer ces locaux en loft ou en studio.

A l'intérieur de cette petite enclave, une poignée de bars et de clubs avaient vu le jour, des lieux douteux pour la plupart, fermés par d'épaisses portes blindées durant la journée, et n'ouvrant que tard le soir pour accueillir des individus en quête de plaisirs « insolites ».

Dans la journée, les rues étaient relativement fréquentées, essentiellement par des commerçants ou des ouvriers travaillant dans les rares usines encore en activité. Mais le soir, lorsque cette population avait regagné ses foyers dans le Bronx ou le Queens, quand les *yuppies* fermaient les stores de leurs grands appartements chics, à l'exception d'une clientèle de noctambules qui fréquentait des bars aux noms évocateurs, tels que l'Étalon de fer ou les Bains-Douches, un calme étrange et inquiétant s'abattait sur le quartier.

C'était là que venait de débarquer Paladine, en taxi, guidé par Dixie Dunn qui lui avait désigné, du bout de la rue, un petit bâtiment en brique, avant de repartir aussitôt, impatiente de quitter l'endroit.

Il s'agissait d'un bâtiment délabré, à la façade noircie. Construit aux alentours de 1890, il avait abrité une usine de conditionnement de viande jusqu'au début des années 80. On voyait encore les quais de déchargement où arrivaient les carcasses de bœufs et de moutons, déjà dépecées et vidées, dans des camions provenant des abattoirs du New Jersey, de l'autre côté du fleuve, ou bien dans des wagons réfrigérés venus tout droit de l'ancienne gare de New York Central. Les voies ferrées, envahies par les mauvaises herbes, jonchées de boîtes de bière écrasées et de tessons de bouteilles de soda, étaient toujours là elles aussi et s'enfonçaient au cœur du « Quartier de la viande ». Mais les trains, modernisés, propriétés de la compagnie AMTRAC, ne transportaient plus de viande, se contentant d'assurer le transport des banlieusards entre leurs domiciles et leurs lieux de travail en ville.

La rue où se dressait ce bâtiment était recouverte d'une épaisse couche de suie due à l'accumulation, des années durant, des fumées que recrachaient les anciennes usines de conditionnement, seize heures par jour. La puanteur des plumes de poulet que l'on avait fait brûler des dizaines d'années plus tôt empestait encore l'atmosphère, imprégnant chaque centimètre carré de brique et de mortier encore debout.

Haut de trois étages, la bâtisse semblait crouler sous le poids d'un brouillard jaune permanent. Les fenêtres des étages supérieurs avaient été recouvertes de grandes feuilles d'aluminium décorées de décalcomanies représentant des pots de géraniums, tentative pathétique pour enjoliver un décor irrémédiablement laid.

Mais ce fut surtout l'enseigne, fixée au-dessus de la porte, qui retint l'attention de Paladine. Grande planche de bois découpée en forme de cœur, elle annonçait : « ÉCOLE ÉLÉMENTAIRE DU PAVÉ JAUNE ». En dessous, en caractères plus petits, on apprenait que cet établissement scolaire était un « Projet pilote du ministère de l'Éducation ». De fait, le panneau portait le sceau officiel du gouvernement, accompagné de la signature du ministre de l'Éducation lui-même. Juste en dessous, en lettres capitales, figurait un nom : « Dr John Worley. Dipl. d'État. Min. de l'Éduc. Directeur et propriétaire ». Sur cette même enseigne, on avait peint des personnages tirés du Magicien d'Oz : le Bûcheron en fer blanc, le Lion peureux, l'Épouvantail, Dorothy et Toto.

Des découpages de dessins d'enfants représentant des dindes, des citrouilles et des silhouettes de pèlerins étaient scotchés sur les fenêtres du rez-de-chaussée, sans doute pour célébrer Thanksgiving qui avait lieu dans quelques jours.

Ce bâtiment étroit et délabré, coincé entre une autre usine abandonnée et une construction qui menaçait de s'écrouler à tout instant, constituait un décor improbable pour une école. Malgré tout, lorsque Paladine, après avoir traversé les quais de chargement, gravit, non sans appréhension, les marches du perron pour actionner le gros heurtoir en fer forgé, il entendit de l'autre côté de l'épaisse porte en chêne massif les cris et le tumulte de jeunes enfants en train de s'amuser.

La porte s'entrebâilla immédiatement, comme si la personne qui se tenait derrière l'observait depuis un moment déjà dans la rue et s'apprêtait à ouvrir avant même que Paladine n'actionne le heurtoir.

– Vous désirez ?

Une voix s'échappa de l'intérieur, haut perchée et légèrement tremblante.

L'homme qui observait Paladine en plissant les yeux derrière une paire de vieilles lunettes rondes de grand-mère, dont un des verres était fendu, avait le teint pâle et des cheveux ternes d'une couleur indéterminée. Gros sans être véritablement obèse, il avait quelque chose de mou et de désarticulé qui le faisait ressembler aux invertébrés qui vivent dans les profondeurs de l'océan où ne pénètrent jamais les rayons du soleil.

Aussi informes et avachis que le corps qu'ils recouvraient, ses vêtements consistaient en un pantalon de toile couleur kaki et une veste en tweed élimée, avec des ronds de cuir aux coudes. En dessous, la chemise d'un bleu délavé, mal repassée, était agrémentée d'une cravate étroite, froissée, qui pendait bien plus bas que la ceinture. L'ensemble s'accompagnait d'une paire de baskets d'une blancheur immaculée, qui, de toute évidence, n'avaient jamais été souillées par le contact des trottoirs de la ville.

Si cet homme était celui que l'on surnommait le Professeur, le surnom lui allait comme un gant. D'un tempérament visiblement docile et doux, il avait l'apparence d'un universitaire un peu minable qui enseignerait l'anglais dans un établissement de seconde zone d'une petite ville du Middle West.

Par-dessus ses épaules incroyablement tombantes, Paladine aperçut des enfants qui couraient et jouaient en poussant des cris.

– Bonjour. Pardonnez-moi de vous déranger. Je m'appelle Bob Conte. Je travaille dans le coin et, en passant par ici, j'ai remarqué votre enseigne.

– Oh, dit l'homme, tandis qu'un petit sourire crispé,

méfiant, apparaissait sur ses lèvres. (Il tendit vers Paladine une main potelée et moite.) John Worley. Que puis-je pour vous ?

– Comme je vous le disais, j'habite et je travaille dans ce quartier. Un peu plus haut dans la 16e Rue. Ma femme et moi avons un enfant, un fils de sept ans, et nous ne sommes pas satisfaits de la qualité de l'enseignement qu'il reçoit dans notre école publique.

– Ah, c'est un reproche que j'entends trop souvent, hélas, dit le Professeur avec un hochement de tête compatissant. Et je sais à quel point cela peut tracasser les parents. Malheureusement, notre programme d'enseignement est conçu exclusivement pour les orphelins, les pupilles de la nation. Des enfants qui n'ont pas la chance, comme le vôtre, d'avoir des parents attentionnés.

Paladine prit l'air déçu, tout en essayant de voir ce qui se passait derrière les épaules tombantes de son interlocuteur.

Celui-ci, comme s'il avait perçu la curiosité du visiteur, se déplaça légèrement dans l'encadrement de la porte afin de lui masquer la vue. Dans son dos montait le son d'un électrophone crachotant dans lequel Peter, Paul et Mary chantaient *Puff, the Magic Dragon,* accompagnés par les trépidations et les hurlements joyeux des enfants.

– Ah, quel dommage ! dit Paladine, visiblement déçu. En voyant votre enseigne, je me suis dit : « C'est la Providence qui m'a conduit jusqu'ici. » Cela me paraissait être la solution idéale.

– Oui, c'est dommage, répéta le Dr Worley en singeant la déception de son visiteur.

Sur ce, il voulut refermer la porte.

– Vous voulez bien que je jette quand même un coup d'œil ? demanda Paladine. Sur vos installations. J'aimerais en parler à mon épouse.

Une sorte de nuage noir traversa les yeux plissés du Dr Worley, avant de disparaître presque aussitôt, pour céder la place à un sourire cordial et obligeant.

– Je regrette. Nous ne sommes malheureusement pas équipés pour accueillir les visiteurs.

– Je vous promets de ne pas rester longtemps. Juste une minute. Pour pouvoir faire mon rapport à mon épouse.

Paladine vit se succéder le jugement froid du professionnel et la méfiance animale dans les yeux qui le dévisageaient derrière les petites lunettes légèrement embuées. De toute évidence, le Dr Worley pesait les avantages d'une attitude franche et ouverte et les conséquences d'un comportement trop secret. Finalement, avec une étrange torsion du buste, il céda, à contrecœur, et s'écarta pour laisser entrer le visiteur.

Paladine suivit son hôte réticent dans un vestibule brillamment éclairé. L'endroit sentait la pâte à modeler et les stylos-feutres ; les murs étaient décorés de grandes illustrations en couleur représentant les personnages typiques des *Contes de ma mère l'Oye*.

Le Dr Worley ouvrait le chemin de sa démarche quelque peu simiesque et silencieuse grâce à ses baskets. Paladine lui emboîtait le pas en essayant de déterminer l'origine de l'étrange accent du Professeur. Ce n'était pas un accent étranger, ni même régional. Ça ressemblait davantage à un défaut d'élocution, bien que cet homme s'exprime de manière parfaitement claire, malgré peut-être un certain sifflement que provoque parfois une mauvaise dentition.

Alors qu'ils pénétraient dans un long couloir, le son de l'électrophone crachotant s'amplifia. *Puff, the Magic Dragon* avait été remplacé par *London Bridge*, et dans la grande salle que desservait le couloir Paladine eut le temps d'apercevoir des enfants qui faisaient la ronde en se donnant la main et en chantant.

– C'est notre salle de réunion, lui expliqua le Professeur. Tous les vendredis matin, c'est là que nous nous réunissons. Nous prêtons serment sur le drapeau, nous lisons la Bible, nous récitons des prières et nous discutons de toutes les choses qui nous préoccupent. Nous encourageons les enfants à exprimer leurs opinions, même critiques, sur tous les sujets. Ici, rien n'est tabou.

Ce discours sonnait comme un argument commercial longuement répété et rabâché. Paladine acquiesça d'un air pénétré, comme s'il était véritablement impressionné.

Cette salle ressemblait à toutes les salles de réunion de toutes les écoles du pays. Au fond, sur une estrade, se dressait un lutrin sur lequel était posée une énorme édition in-quarto de la Bible du roi James, à côté d'un drapeau américain. Dans un coin se trouvait un vieux piano droit.

Face à l'estrade, plusieurs rangées de petites chaises étaient soigneusement disposées en demi-cercle. Rien d'anormal ou d'inquiétant, se dit Paladine, exception faite de la grande boucle de rails métalliques encastrés dans le plafond. Vestiges sans doute d'un système utilisé par l'usine de conditionnement pour transporter les carcasses d'animaux jusqu'aux armoires frigorifiques qui étaient encore alignées le long des murs, ils paraissaient pour le moins incongrus dans le contexte d'une école primaire. Paladine ne put réprimer un frisson glacé.

– Je devine qu'il s'agit d'une ancienne usine de conditionnement de viande, fit-il remarquer en levant les yeux au plafond.

– Oui, comme la plupart des bâtiments du coin. Mais elles ont toutes disparu, expliqua le Dr Worley. Ce bâtiment-ci était abandonné depuis des années et infesté de rats ; il tombait en ruine jusqu'à ce que je le découvre, il y a trois ans, et réussisse à persuader le ministère de l'Éducation de l'acheter pour une bouchée de pain et de le transformer en établissement scolaire pour les enfants abandonnés et livrés à eux-mêmes dans les rues. Nous offrons à ces pauvres gosses la possibilité de recevoir une bonne éducation, dans l'espoir qu'un jour ils puissent mener une vie décente.

Un frémissement de fierté passa dans la voix du Professeur.

– C'est moi qui ai personnellement conçu cet établissement, reprit-il. La plupart des enfants que vous voyez ici iront ensuite dans de bonnes écoles primaires privées, grâce à des bourses d'études de l'État. Mon rêve, c'est d'ouvrir d'autres établissements semblables dans tout le pays.

Sur ce, le Professeur repartit d'un pas vif, suivi de près par Paladine. Ils débouchèrent bientôt dans un vaste espace cuisines-réfectoire. Une femme, aussi pâle et flasque que le Professeur, debout devant une énorme cuisinière, remuait le contenu de plusieurs marmites à l'aide de grandes louches. De ses récipients bouillonnants s'échappaient des vapeurs malodorantes qui sentaient vaguement les abats.

– Je vous présente Mme Murdstone, notre cuisinière et intendante, déclara le Professeur. Mme Murdstone veille à ce que nous ayons toujours le ventre plein et du linge propre.

Il ricana, satisfait de sa formule.

Paladine salua cette femme qui semblait surprise et affolée de voir un inconnu. Elle essuya ses grosses mains rougies sur son tablier avant de serrer la main qu'il lui tendait.

Pendant que le Professeur poursuivait son laïus, les yeux de Paladine balayaient le réfectoire, notant chaque détail. Il régnait là un formidable désordre. Les couverts sales du petit déjeuner jonchaient la grande table, autour de laquelle une dizaine de petites chaises étaient éparpillées dans tous les sens. Des boîtes de céréales renversées avaient répandu leur contenu sur la toile cirée. Des verres en plastique à demi remplis de lait tiède voisinaient avec des plats contenant différents fruits qui semblaient pourrir sous les yeux mêmes de Paladine.

Sous la table, le sol en linoléum était parsemé de détritus, des croûtes de pain et des boîtes de soda vides qui roulaient légèrement d'avant en arrière, comme poussées par des courants d'air. Un chat si efflanqué qu'on lui voyait toutes les côtes se faufilait au milieu des ordures en miaulant faiblement, à la recherche de quelques déchets comestibles.

Les murs de cette pièce étaient occupés eux aussi par d'anciennes armoires frigorifiques. Les portes en bois étant toutes ouvertes, Paladine constata que chaque congélateur avait été transformé en alcôve individuelle. Elles étaient dépourvues de fenêtre, la lumière provenant d'une ampoule unique et nue, fixée au plafond. Toutes étaient meublées de manière identique : un lit de camp étroit, une petite commode surmontée d'un miroir, et une petite chaise dans le coin. La plupart étaient en désordre ; les lits étaient défaits, sur le plancher traînaient des animaux en peluche et des jouets brisés.

Comme s'il devinait les critiques de son visiteur, le Professeur s'empressa de plaider sa cause.

– Comme vous pouvez le constater, monsieur Conte, nous manquons cruellement de personnel. Toujours le même problème : les crédits. Et cette pauvre Mme Murdstone n'a que deux mains. Je vous assure cependant que si vous reveniez cet après-midi, vous trouveriez cet endroit impeccable.

La visite guidée les avait finalement conduits dans une grande pièce haute de plafond. Les rayons de soleil qui se déversaient par les fenêtres munies de barreaux et très éloignées du sol inondaient cet espace de lumière et de chaleur. A en juger par les panneaux de basket installés à chaque bout et les lignes diverses peintes sur le parquet vernis, il s'agissait assurément du gymnase. Qui servait également de salle de jeux.

Une dizaine de jeunes enfants jouaient à la balle en courant dans tous les sens et en se bousculant. Le bruit des ballons et des pieds qui martelaient le plancher se répercutait contre les murs et le plafond. Pendant ce temps, Peter, Paul et Mary continuaient de chanter dans le haut-parleur crachotant de l'électrophone. Les enfants ne paraissaient ni malheureux ni livrés à eux-mêmes. Paladine remarqua la présence de grands coffres à jouets un peu partout, tous remplis à craquer de poupées, d'animaux en peluche, de cerceaux, de quilles, de balles et de ballons.

Il suivit le Professeur à travers la salle, essayant d'écouter ce qu'il disait, tout en enregistrant le maximum de détails. Alors qu'ils passaient devant une fillette de neuf ou dix ans, Paladine se figea tout à coup, le souffle coupé. Elle sautait à la corde en chantant une comptine de sa voix fluette. La longue corde avec laquelle elle jouait possédait des poignées en bois d'un beau rouge vif.

Le Professeur avait continué d'avancer en débitant un flot d'informations et de chiffres à l'intention de son visiteur, sans s'apercevoir que celui-ci s'était arrêté net une dizaine de mètres derrière, incapable de détacher son regard de cette fillette qui sautait à la corde en comptant à voix haute. Constatant enfin qu'il parlait dans le vide, le Professeur se retourna et surprit le concierge en train d'observer la fillette. Sans doute remarqua-t-il et déchiffra-t-il l'expression de Paladine, car il rebroussa immédiatement chemin et revint vers lui avec un étrange rictus.

Arrivé à la hauteur du concierge, il s'arrêta et observa lui aussi l'enfant qui sautait à la corde en chantant d'une voix haut perchée, avec sa longue queue-de-cheval soyeuse qui se balançait dans son dos comme un pendule. Voyant qu'ils la regardaient, elle se mit à rire. C'est alors que le Professeur se tourna vers Paladine, et, d'un air curieusement enjoué, lui demanda :

– Vous n'habitez pas réellement dans le quartier, hein ?

– Non, c'est vrai, avoua Paladine.

A cet instant, le concierge reconnut les curieuses inflexions du correspondant anonyme qui l'avait menacé au téléphone peu de temps après le meurtre de Gobbo.

– Et vous ne travaillez pas dans le quartier non plus, reprit le Professeur.

– Non.

– Je suppose que l'enfant non plus n'existe pas.

– C'est exact.

– Je sais qui vous êtes, dit l'homme après un moment de réflexion. J'ai reconnu votre voix.

– Moi aussi je sais qui vous êtes, dit Paladine. Nous nous sommes souvent parlé au téléphone.

Ils s'exprimaient d'un ton courtois, sans hausser le ton, comme deux personnes qui se font la conversation dans un ascenseur en attendant d'atteindre leur étage.

– Je crois savoir ce que vous venez faire ici, dit le Professeur.

– Je crois que vous le savez effectivement, lui répondit Paladine sans se départir de son calme.

Tandis qu'ils parlaient, le Professeur n'avait cessé de reculer, très lentement, vers un des coffres à jouets. Tout en continuant à parler, et sans se retourner, il avait tendu la main pour farfouiller à l'intérieur. Et soudain, la batte de base-ball jaillit.

Ce n'était pas une batte d'enfant, mais une véritable batte, une Louisville Slugger homologuée, avec laquelle le Professeur s'approcha du concierge en la balançant lentement devant lui. Dans son regard perçant brillait une lueur qui ne laissait planer aucun doute sur ses intentions. Paladine suivit des yeux les mouvements de la batte, tandis que la fillette continuait à sauter à la corde et que les autres enfants, ignorant ce qui se passait, couraient dans tous les sens en criant.

La première volée frôla le nez de Paladine. Dans un souffle d'air. Sans quitter la batte des yeux, le concierge recula. Le Professeur l'imita, pas à pas, comme si les deux hommes étaient retenus par une corde. Chaque coup de batte tombait avec une lenteur mesurée, telle une épée de samouraï visant la tête de Paladine. Les yeux démesurément agrandis derrière les verres sales de ses petites lunettes rondes, le Professeur continuait d'avancer. A chaque coup de batte qui le frôlait, Paladine sentait sur son visage un souffle d'air chaud, accompagné d'un bruissement.

Plusieurs enfants remarquèrent enfin qu'il se passait quelque chose d'anormal. Les ballons et les cerceaux s'arrêtèrent les uns après les autres, à mesure qu'ils interrompaient leurs jeux pour assister à la scène, les yeux écarquillés. La fillette à la corde à sauter s'était immobilisée elle aussi pour regarder ces deux hommes, dont l'un pourchassait l'autre avec une batte de base-ball. Un sourire perplexe, mais ravi, ornait son joli visage, comme si elle croyait assister à un jeu nouveau qu'elle ne connaissait pas.

Le Professeur essaya de le frapper sept ou huit fois en tout. Paladine esquiva toutes ses attaques en reculant. A chaque tentative manquée, son agresseur laissait échapper un grognement haletant, comme de l'air qu'on expulse d'un soufflet.

Continuant d'avancer en brandissant sa batte, le Professeur essaya de frapper encore plusieurs fois ; chaque volée se rapprochait un peu plus de sa cible. A tel point que le dernier coup atteignit le bras de Paladine. Celui-ci ressentit une vive douleur, comme si la batte avait touché un os ou un nerf. Il poussa un petit cri. Ce léger contact fit tressaillir le Professeur, comme si lui-même avait ressenti la douleur de son adversaire. Sa batte s'immobilisa, assez longtemps pour permettre à Paladine d'en saisir l'extrémité. Tirant chacun de leur côté, en poussant des grognements de bête, les deux hommes s'affrontèrent au corps à corps pour s'emparer de l'arme qui se dressait et vacillait entre eux.

Tous les enfants s'étaient maintenant arrêtés de jouer; leurs cris s'éteignirent, tandis qu'ils avançaient à petits pas pour encercler les deux hommes qui s'affrontaient. Trop jeunes pour comprendre ce qu'ils voyaient, ils assistaient à la scène avec des regards vides, presque indifférents. L'un d'eux, un garçonnet incroyablement chétif, la morve au nez, les regardait en suçant son pouce.

La batte qui tremblait entre les deux adversaires pencha finalement du côté du Professeur qui avait réussi à l'arracher à Paladine. Ayant récupéré son arme, il s'élança furieusement et, prenant un maximum d'élan, il tenta de l'abattre sur la tête du concierge, de toutes ses forces, mais manqua complètement son coup. La violence de son attaque le déséquilibra. Il trébucha et laissa échapper la batte qui s'envola à travers la pièce et alla heurter un mur, y arrachant un gros morceau de plâtre avant de tomber avec fracas sur le plancher.

Dès lors, le Professeur n'avait plus aucune chance. Vidé de tout son courage et de toute son énergie, il tomba à genoux. Une vague de tremblements semblant monter en lui, soudain, sa masse de chairs molles et informes fut secouée de sanglots. Silencieux et sans larmes. Comme quelqu'un qui cherche à reprendre son souffle en aspirant de grandes bouffées d'air.

Tandis que Paladine contemplait ce spectacle invraisemblable, la porte de l'école claqua violemment : Mme Murdstone venait de prendre la fuite.

– Puis-je t'emprunter ça, s'il te plaît ? demanda-t-il.

Le bras traversé par des éclairs de douleur dus au coup de batte, il approcha de la petite fille en prenant soin de ne pas l'effrayer davantage. Sans un mot de protestation, elle lui tendit sa corde à sauter, pendant que le cercle des enfants se refermait autour d'eux.

Poussant de petits gémissements, ses lunettes rondes légèrement de travers sur son nez, le Professeur, enfin docile comme un agneau, se laissa attacher les mains dans le dos.

– Il y a d'autres cordes à sauter ? lança Paladine par-dessus son épaule aux enfants qui s'agitaient nerveusement autour de lui.

Plusieurs d'entre eux se précipitèrent vers les coffres à jouets éparpillés dans les différents coins de la salle, et chacun rapporta une corde à sauter identique, avec des poignées rouges.

– Docteur Worley, dit le concierge en entraînant l'homme vers une chaise où il l'obligea à s'asseoir, si vous voulez bien prendre place.

En quelques minutes, Paladine ligota les bras et les jambes du Professeur qui n'offrit aucune résistance, allant même jusqu'à se déplacer sur le côté pour faciliter la tâche au concierge. Pour finir, celui-ci noua entre elles deux des cordes, les passa plusieurs fois autour du torse de son prisonnier et attacha solidement la chaise à un radiateur.

Quelques enfants s'étaient mis à rire. Sans trop savoir pourquoi, mais ils riaient quand même. Certains sautillaient autour du triste individu ligoté sur sa chaise. Un spectacle approprié, songea Paladine, surpris par ces rires qui toutefois le remplissaient d'une étrange euphorie. Étonnamment, il se mit à rire lui aussi pour participer à cette plaisanterie secrète qu'il partageait maintenant avec les enfants.

– Où est le téléphone ? demanda-t-il à l'un des enfants qui se tenait près de lui.

Flatté de cet honneur qui lui était fait, le garçonnet prit Paladine par la main pour l'entraîner vers le fond des cuisines.

Dans la hâte qu'elle avait mise à s'enfuir, Mme Murdstone avait abandonné plusieurs marmites sur le feu. Les projections de brouet indéfinissable crépitaient sur les résistances chauffées au rouge. Dans une des casseroles, une épaisse substance noirâtre bouillonnait comme de la lave en dégageant une odeur pestilentielle.

Paladine éteignit toutes les plaques et déplaça les marmites brûlantes. Tandis que l'enfant qui l'avait conduit au téléphone restait fièrement à ses côté, il composa le numéro du Parker Regency pour joindre Patsy Ricci à la conciergerie.

Légèrement essoufflé, il donna à son adjoint des indications brèves, mais précises, concernant l'endroit où il se trouvait et lui demanda d'envoyer deux limousines de l'hôtel pour venir le chercher. Après avoir raccroché, il sortit de son portefeuille la carte de visite de l'inspecteur Bucket, sur laquelle figuraient les numéros du commissariat et de son domicile.

Il commença par le premier et, à son grand soulagement, il obtint immédiatement l'inspecteur.

– J'ai votre homme, déclara-t-il de but en blanc, sans même prendre la peine de dire bonjour et de se présenter.

– Qui est à l'appareil ? demanda une voix étonnée.

– Roger Paladine. Je me trouve actuellement dans un endroit baptisé « l'École du Pavé jaune ». Situé dans… (Le concierge tendit le cou pour tenter d'apercevoir une plaque à l'extérieur, derrière les fenêtres de la cuisine) … la 13e Rue, entre la 10e et la 11e Avenue.

– L'ancien Quartier de la viande ! s'écria Bucket. Qu'est-ce que vous foutez là-bas ?

– Vous ne m'avez pas écouté ? J'ai votre homme, inspecteur. Venez le chercher.

– Quel homme ? De quoi parlez-vous ? Le type qui a buté le vieux Gobbo, vous voulez dire ?

– Lui-même. Je vous conseille de vous dépêcher.

– Vous êtes devenu dingue, ou quoi ?

– Au contraire, je me sens parfaitement sain d'esprit. Je ne me suis jamais senti aussi normal.

– Êtes-vous en danger, Paladine ?

– Non, pas pour l'instant. Mais ça pourrait peut-être changer si je m'attarde trop longtemps.

– OK. Écoutez-moi bien. Ne bougez pas, j'arrive tout de suite. Restez où vous êtes.

– Désolé, c'est impossible. J'ai des choses urgentes à régler. Si vous voulez me voir, je serai à l'hôtel cet après-midi.

– Vous n'allez quand même pas laisser ce type tout seul là-bas ?

– Il ne risque pas de s'enfuir, inspecteur. Croyez-moi.

Il y eut un silence embarrassé au bout du fil, puis la voix râpeuse de Bucket résonna de nouveau dans l'appareil :

– Êtes-vous disposé à faire une déposition, monsicur Paladine ?

– Quand vous voudrez, inspecteur.

De retour dans le gymnase, le concierge découvrit tous les enfants réunis en cercle autour du Professeur affalé sur sa chaise, le menton appuyé sur la poitrine et gémissant faiblement.

– Mesdames et messieurs, déclara Paladine en s'adressant au petit groupe d'enfants d'un ton solennel, tout va rentrer dans l'ordre. Je vous le promets. Bientôt, deux grandes voitures toutes noires vont venir nous chercher pour nous emmener dans un beau et grand hôtel, à côté d'un parc magnifique. Nous ferons un bon déjeuner et des gens s'occuperont de vous. Mais pour l'instant, j'aimerais que chacun de vous aille dans sa chambre pour rassembler toutes les affaires qu'il veut emporter : vêtements, brosse à dents, etc. Prenez un pull ou un manteau si vous en avez un car il va faire froid dehors quand on sortira.

– On peut prendre nos jouets ? demanda un petit gamin à l'air jovial.

– Évidemment ! Prenez tout ce que vous voulez. Laissez ce dont vous n'avez pas besoin. Allez-y, faites vite. Les voitures vont bientôt arriver.

Dans un terrible brouhaha accompagné de cris stridents, chaque enfant se précipita vers son alcôve. Paladine ne pouvait plus bouger son bras sans y déclencher une douleur intolérable.

Lorsque les enfants revinrent quelques instants plus tard, les bras chargé des jouets, poupées et animaux en peluche en mauvais état qui constituaient tout ce qu'ils possédaient sur terre, Paladine les divisa rapidement en deux colonnes de cinq. Plusieurs essayèrent de lui prendre la main ; un autre s'accrocha farouchement à sa jambe comme on s'agrippe à une bouée de sauvetage. Les autres attendaient devant la porte que les voitures arrivent, en bondissant sur place d'impatience. Curieusement, leur joie emplissait Paladine de tristesse. Mais plus triste encore que leur joie, se dit-il, il y avait la facilité, la rapidité avec lesquelles ils lui avaient fait confiance. Paladine savait bien de quelle manière la vie récompensait les personnes trop confiantes.

La porte d'entrée du bâtiment était restée entrouverte après que Mme Murdstone, dans sa fuite précipitée, l'avait claquée derrière elle. N'étant pas bien fermée, elle avait pivoté sur ses gonds. Lorsque Paladine l'ouvrit en grand, un rayon de soleil constellé de particules de poussière frappa le seuil, et le décor sinistre de la rue, avec ses vieux bâtiments délabrés et noirs de crasse, s'offrit à eux.

Suivi par les enfants qui marchaient en rang par deux, le concierge franchit la porte et descendit les marches de pierre. A la tête de cette formation désordonnée, il ressemblait au Joueur de flûte conduisant les enfants de Hamlin hors du village.

L'air était vif, mais le soleil réchauffait l'atmosphère. Quelques enfants avaient fermé les yeux à cause de la lumière trop vive. La plupart étaient ivres d'excitation. Ayant franchi la porte en bondissant, impatients de voir le monde extérieur, ils adressaient de grands gestes, accompagnés de cris, aux passants surpris.

D'autres enfants, en revanche, restaient en arrière, méfiants et hésitants, répugnant à quitter leurs minuscules cellules sans fenêtres qui représentaient la seule maison qu'ils aient jamais connue.

Parmi eux se trouvait le petit enfant chétif que Paladine avait déjà remarqué dans le gymnase. Il était plus petit que les autres, plus jeune aussi visiblement, et pourtant, curieusement, il semblait plus âgé, plus… usé par la vie. Il ne parlait pas. Il ne faisait pas des bonds de joie comme les autres. Il suçait son pouce, sans montrer le moindre signe d'émotion ; il n'éprouvait ni joie ni peur, juste une sorte d'apathie vide qui provoquait la gêne du concierge.

Les autres l'appelaient Poppy. C'était un petit être frêle et décharné, avec la peau couleur café au lait. Sa salopette trop large bâillait à la taille et il en trébuchait sur les revers élimés, ce qui lui conférait la démarche incertaine d'un faon qui vient de naître. Contrairement aux autres, il demeura sur le seuil, accroché à un pilier près de la porte, refusant de s'aventurer dehors.

Pourtant, à l'exception d'une fragilité évidente, cet enfant semblait normal en tous points, sauf un. Quand Paladine se retourna vers lui sur le perron pour l'inciter à rejoindre les autres dans la rue, plusieurs fois, l'enfant ne réagit pas. Ses camarades, qui attendaient sur le trottoir, lui criaient de venir ; ils essayaient de le convaincre de descendre. Voyant que cela ne servait à rien, Paladine remonta les marches pour lui prendre la main. C'est alors qu'il eut l'occasion de regarder l'enfant droit dans les yeux. Ceux-ci n'avaient rien d'humain ; ce n'étaient pas véritablement des yeux, au sens ordinaire. A la place, il y avait deux petites choses grises, semblables à des galets, enfoncées côte à côte dans son visage. C'était froid et inexpressif, sans aucune lumière, sans vie. Ça n'exprimait rien. Et certainement pas ce qu'on s'attend à trouver dans un regard d'enfant : ni peur, ni curiosité, ni émerveillement, ni reproches. Et encore moins de la joie. Rien.

Soudain, sans prévenir, les deux petites pierres grises se levèrent vers lui. Paladine dut détourner la tête, incapable d'affronter ce regard mort.

Presque au même moment, deux longues limousines noires et étincelantes tournèrent au coin de la rue et approchèrent au ralenti. Les enfants qui attendaient sur le trottoir sautèrent sur place en agitant les bras.

Pendant ce temps, là-haut sur le seuil, Paladine essayait toujours de convaincre le jeune Poppy de rejoindre ses camarades dans la rue. Finalement, en désespoir de cause, il dut le prendre dans ses bras pour le transporter jusqu'aux voitures, malgré la douleur insoutenable qui lui donnait envie de hurler.

Il resta assis à côté de l'enfant durant tout le trajet. Ils empruntèrent les voies sur berge du West Side qui longeaient le fleuve. Des petits remorqueurs courageux se faufilaient entre les énormes bateaux, en amont, luttant contre le courant pailleté de soleil qui filait vers l'océan.

Les enfants s'amusaient à appuyer sur les boutons électriques qui commandaient l'ouverture des vitres de la voiture ; ils applaudissaient les bateaux et adressaient des signes aux conducteurs des véhicules qu'ils dépassaient. Tout cela en poussant des cris assourdissants. Tous sauf le dénommé Poppy. Celui-ci restait immobile et muet, indifférent ; il regardait droit devant lui, avec une sorte de réserve presque hautaine, comme s'il ne voyait rien. Ce que ces deux yeux gris, semblables à des pierres, avaient vu au cours de leur brève existence avait suffi à les fermer et à y éteindre la lumière pour toujours.

Durant le trajet qui les conduisait vers le nord de la ville, tandis que Paladine bavardait avec sa petite bande en leur montrant telle ou telle curiosité, il sentait une sensation désagréable le ronger de l'intérieur, au plus profond de lui-même. Si la lumière s'était éteinte dans les yeux de cette pauvre petite créature assise à côté de lui, quelle était sa part de responsabilité ? se demandait-il. Inexistante peut-être dans le cas de cet enfant précisément, mais pour d'autres ? Ceux dont la vie avait été transformée en enfer indescriptible à cause d'une partie de son travail « routinier », une infime partie, il est vrai. Jamais jusqu'alors il ne s'était posé la question. Jamais encore de telles pensées ne lui avaient traversé l'esprit. De toute façon, il connaissait des moyens de les repousser dans les recoins les plus éloignés de sa conscience. Pour lui, ces enfants n'existaient que de manière fort heureusement abstraite, tels des objets sans visage, des marchandises que s'échangent diverses parties intéressées sur un marché libre. Jamais encore il n'avait été contraint de les regarder dans les yeux, comme il était obligé de regarder ce jeune enfant assis à côté de lui, avec son regard mort perdu dans le vague, en prenant conscience des ravages causés par son travail.

Ils atteignirent l'hôtel en vingt minutes et s'engouffrèrent dans le garage en empruntant l'entrée de derrière. Les enfants, conduits par Paladine, déboulèrent dans les immenses et bruyantes cuisines. C'était le coup de feu du déjeuner et, dans la grande salle brillamment éclairée où régnait une vive agitation, flottaient la douce chaleur des fours et des odeurs alléchantes. Les cris des cuistots et des serveurs, le vacarme des ustensiles et des cuisines accompagnaient ce gigantesque désordre quotidien qui donnait le vertige. Malgré tout, quand Paladine eut expliqué la situation au vieux Kraus, le chef cuisinier ordonna qu'on dresse immédiatement la table réservée au personnel. On fit asseoir les enfants et deux garçons de cuisine inactifs furent réquisitionnés pour les servir.

Bientôt, des steaks et des poulets rôtis firent leur apparition sur la grande table, accompagnés de pommes de terre au four noyées sous la crème, et d'innombrables pots de lait chocolaté. Pour couronner le tout, on apporta des plateaux surchargés de biscuits et de gâteaux tout juste sortis du four, garnis de quantités obscènes de crème glacée.

A mesure que la frénésie de l'heure du déjeuner retombait, les serveuses et les garçons de salle, ayant fini temporairement leur service, regagnaient les cuisines par petits groupes. Surpris de découvrir les enfants assis à la table du personnel, ils s'affairèrent autour d'eux et entreprirent de leur faire visiter le labyrinthe des cuisines, où les chefs et leurs seconds, les pâtissiers et les boulangers, préparaient déjà les plats qui composeraient le repas du soir. Les morceaux de choix de tous leurs ingrédients furent généreusement offerts à ces enfants affamés.

En observant cette scène, le concierge fut traversé par le souvenir fugitif d'un petit enfant, une cinquantaine d'années auparavant, libre d'errer à sa guise dans le monde merveilleux des cuisines d'un palace du Sud de la France.

De retour dans son bureau, Paladine parvint à joindre au téléphone le directeur adjoint de l'Agence de protection de l'enfance. En insistant sur la nature particulière et l'urgence de la situation, et l'intérêt qu'elle ne manquerait pas de provoquer dans l'opinion publique et la presse, sans parler du bureau du maire, le concierge réussit à faire comprendre au directeur adjoint qu'un certain nombre d'observateurs « importants » seraient attentifs à la manière dont l'Agence réglerait cette affaire.

Sans un seul murmure de protestation, le directeur adjoint s'arrangea pour que plusieurs voitures transportant des assistantes sociales se rendent immédiatement à l'hôtel pour prendre en charge les enfants. Enfin, il promit à Paladine que ceux-ci recevraient un traitement « prioritaire », et que lorsque viendrait le moment de les placer dans le système éducatif, il se chargerait personnellement de cette mission.

Après avoir raccroché, le concierge n'éprouva pas le soulagement qu'il pouvait raisonnablement espérer. Bien au contraire, un poids presque étouffant s'était abattu sur lui. Loin d'imaginer qu'il avait joué un rôle héroïque dans le sauvetage de ces enfants, il avait plutôt le sentiment, vif et douloureux, d'avoir participé à leur malheur. Il faisait partie des profiteurs qui engraissaient sur le dos de ces pauvres enfants innocents à qui la vie n'avait jamais fait connaître que la trahison.

Tandis qu'il s'entretenait au téléphone avec le directeur adjoint de l'Agence de protection de l'enfance, l'image des petits yeux morts était restée gravée dans son esprit. Indépendamment des belles promesses de l'Agence, comment ne pas frémir en pensant à l'avenir de ce petit Latino ? Que faudrait-il pour rallumer la lumière dans ces yeux morts ? Le concierge n'en avait pas la moindre idée.

Il s'agenouilla devant le coffre-fort encastré derrière son bureau. En grimaçant sous la douleur qui lui déchirait le bras, il afficha la combinaison à quatre chiffres et abaissa la poignée d'un geste brusque pour ouvrir la porte afin de retirer le « Livre mauve » de la cachette humide et sombre où il avait résidé pendant presque trente ans.

Son livre à la main, il alla s'enfermer dans ses toilettes privées au fond de son bureau. Là, à cheval au-dessus de la cuvette des W.-C., il entreprit d'arracher toutes les pages du carnet, une par une, ou par paquets de cinq ou six, qu'il roulait ensuite. A l'aide d'un antique briquet russe provenant de son bureau, il les enflamma et les regarda se racornir et noircir entre ses doigts, jusqu'à ce que la chaleur des flammes l'empêche de les tenir. Il les lâcha alors dans la cuvette où elles grésillèrent un bref instant avant de plonger vers le fond. Ayant fait brûler toutes les feuilles, il tira la chasse d'eau et regarda les débris de papier calciné disparaître dans un tourbillon.

Il ne restait plus du « Livre mauve » que sa couverture cartonnée, marbrée de noir et blanc. Il la déchira en lambeaux qu'il jeta dans la poubelle installée sous le lavabo. Cela étant fait, il éteignit la lumière des toilettes en sortant et referma la porte derrière lui.

53

– Dr Peter Wiley, alias Dr Paul Priest, alias Dr Phillip Hagstrom, alias Dr Wayne Suttern, alias Dr John Worley.

L'inspecteur Bucket débitait cette longue liste avec des accents nasillards émanant de son nez comme toujours vilainement enflammé. Sa voix avait les intonations d'un pasteur psalmodiant des cantiques devant une assemblée de fidèles le dimanche matin.

– Et la liste n'est pas close, ajouta-t-il.

– Quel est son vrai nom ?

– Squeers, figurez-vous. (Bucket plongea le nez dans son carnet.) Malcolm Squeers.

– Drôle de nom, fit remarquer Paladine.

– Pour un drôle de personnage. Il a un casier aussi long que la liste de ses pseudonymes, essentiellement des histoires d'attentat à la pudeur sur mineurs. Dès qu'ils le relâchent, il s'empresse de recommencer. Prisons de Dannemora, Leavenworth, Danbury, Sing Sing. Joli palmarès, n'est-ce pas, monsieur Paladine ? Il n'y a pas de limites à toutes les merveilles que peuvent inventer les gens quand ils s'y mettent. Ce Professeur faisait son marché dans les rues de Harlem, du South Bronx ou de Times Square ; il payait sa marchandise cash, aux parents ou aux tuteurs généralement, des gens qui cherchent désespérément du fric pour acheter de la drogue, des tickets de loto, ou même de la nourriture. Ou Dieu sait quoi. Il leur expliquait qu'il était travailleur social, ou philanthrope, qu'il allait se charger de placer leur enfant dans un bon foyer où il serait élevé comme il convient. A certains, il promettait même de faire en sorte que leur rejeton aille à l'Université plus tard.

Ensuite, il leur demandait de signer un document à l'aspect officiel, une sorte de décharge, et les gens signaient, évidemment.

« Il nous a raconté tout ça dans la voiture de patrouille. Sans la moindre honte. Il a tout déballé. Il n'a pas arrêté de jacter jusqu'à ce qu'on arrive à la 79e Rue, où on l'a coffré. Il était très fier de nous parler de sa "clientèle", ceux qu'il appelle ses "bons placements" : des cheikhs arabes, des industriels allemands, des banquiers japonais, des rock stars américaines. Certains noms vous feraient dresser les cheveux sur la tête. Il possède, paraît-il, des "comptes" dans tous les grands hôtels de New York.

Bucket leva les yeux des bouts de papier qu'il consultait et, avec un soupir de lassitude, il ôta ses lunettes.

– Je vais vous dire une chose, monsieur Paladine. Je ne suis pas un saint, loin de là. J'ai des défauts, comme tout le monde. Mais un type qui s'en prend aux gamins, c'est pour moi ce qu'il y a de plus ignoble. Ces gens-là sont la plus vile espèce sur terre. Impossible de tomber plus bas. Quand on fait mon métier, on perd vite ses illusions sur les gens à force de voir toutes les saloperies dont ils sont capables. Mais les crimes commis par ces ordures sont tellement dégueulasses qu'on a envie de les buter, accidentellement évidemment, avant qu'on les envoie derrière les barreaux. Débarrasser la terre de ces vermines puantes est un acte de bienfaisance. Parfois, monsieur Paladine, je trouve la loi un peu trop tendre à mon goût, un peu trop civilisée. Mais ne le répétez pas. Si vous citez mes paroles, je dirai que vous mentez.

Assis à son bureau, Paladine écoutait la tirade de l'inspecteur. Il grimaça en voulant croiser les bras.

Son rictus de douleur n'échappa pas à Bucket.

– Ça ne va pas ? Un problème ?

– Non. C'est mon bras.

– Qu'est-ce qui vous est arrivé ?

– C'est une longue histoire, répondit le concierge en guise d'explication. Dites-moi, ce Worley, ou Squeers, ou quel que soit son nom, est-ce un véritable éducateur ?

– Il possède une sorte de diplôme, du genre de ceux

qu'on obtient par correspondance, vous voyez. A notre connaissance, il n'a jamais enseigné nulle part. Il est simplement allé voir différents organismes gouvernementaux avec son doctorat bidon pour réclamer des subventions. Afin, soi-disant, d'effectuer « du bon boulot ».

« Et ce salaud a fini par décrocher la timbale quand le ministère de l'Éducation a accepté de lui acheter ce bâtiment dans l'ancien Quartier de la viande et de débourser assez de fric pour le retaper et lui donner plus ou moins l'apparence d'une école pour les gamins défavorisés. Étant donné que l'endroit était présenté comme une fondation caritative, créée et dirigée par notre cher Professeur, le gouvernement lui accordait en plus une exonération d'impôts. La cerise sur le gâteau, pourrait-on dire. Alors, que dites-vous de ça, monsieur Paladine ?

Le rire enroué de Bucket résonna dans le bureau.

– Personne n'a jamais pris la peine de se renseigner sur son passé ? s'étonna le concierge.

– Aviez-vous vérifié celui de Bates ?

– *Touché*[1]. Mais quand même, ce Squeers n'était-il pas tenu de soumettre des budgets au gouvernement et de présenter des rapports sur les progrès de ses prétendus élèves ?

– Évidemment. Mais vous savez comment fonctionne l'Oncle Sam. Comme Dieu, ses voies sont impénétrables. Il était question de faire deux inspections par an, pour procéder à des évaluations. Mais tenez-vous bien. Ils poussaient la courtoisie jusqu'à lui annoncer à l'avance le jour et l'heure de leur visite ! Résultat, quand les inspecteurs débarquaient, la vieille usine était impeccable, brillante comme un sou neuf, et les gamins semblaient sortir tout droit d'un tableau de Norman Rockwell.

Bucket éclata de rire encore une fois, mais c'était un rire sans joie, traversé par des torrents de bile.

– Le Professeur a tout avoué ? demanda Paladine.

– Et comment ! Dès qu'il a commencé, plus moyen de l'arrêter. Comme si on avait percé un furoncle ; il suffisait

1. En français dans le texte.

de presser pour faire sortir le pus. Il a craché tout le morceau. Il nous a expliqué qu'il avait passé son dimanche après-midi à attendre le retour du gamin. Sur les coups de 23 heures, il était furax. Toujours aucune nouvelle du gosse, ni de notre femme mystérieuse ; alors, il est venu ici à l'hôtel. Il était fou de rage. Il a demandé le numéro de la chambre de Gobbo à la réception, et on le lui a donné. Il était presque minuit, a-t-il dit. C'était le dernier soir de la convention des vendeurs de bibles. Une fête était organisée, et le hall grouillait de monde. La vraie panique, j'imagine. Toujours est-il que notre type est monté dans l'ascenseur sans que personne ne l'arrête.

– Et le comte lui a ouvert sa porte ?

– Oui. Squeers a frappé en disant qu'il était du service d'entretien. Des clients s'étaient plaints, a-t-il dit, d'un problème de chauffage à cet étage, et il venait vérifier. Alors, le vieux bonhomme l'a laissé entrer. Dès qu'il l'a vu, nous a dit Squeers, Gobbo a évidemment compris qu'il n'appartenait pas au service d'entretien, mais il était trop tard.

« L'enfant aurait dû être rendu depuis plus de huit heures. Le Professeur voulait savoir où il était. Gobbo a expliqué qu'une femme, celle qui venait déposer l'enfant habituellement, était revenue le chercher dans l'après-midi. Squeers ne l'a pas cru ; il l'a traité de menteur. Il l'a accusé de lui avoir volé ce qui lui appartenait et a menacé de lui faire passer un sale quart d'heure s'il ne récupérait pas son bien. Il finirait bien par savoir où était passé le gamin.

« Il a bousculé le vieux pour entrer dans la chambre. C'est alors qu'il a découvert le gamin couché par terre, sur le tapis, et il est devenu dingue. Le vieux, lui, était terrorisé. Il a proposé un dédommagement sous la forme d'un gros chèque. Squeers était disposé à en discuter, mais pas dans la chambre. Il préférait aller ailleurs, a-t-il dit, dans un endroit tranquille.

« Gobbo ne voulait pas quitter sa chambre, mais sans doute qu'il avait trop peur pour protester. Squeers avait un coupe-chou dans sa poche ; il l'a sorti. C'est cette même arme qu'on a retrouvée sur les lieux du crime, celle dont il s'est servi pour lui trancher le machin. Il a suggéré de monter sur le toit pour discuter tranquillement. Gobbo lui a expliqué que la porte du toit était toujours verrouillée pour des raisons de sécurité. Squeers était de plus en plus fou de rage, paraît-il. Le vieil homme, lui, était paniqué et au bord des larmes. Il ne voulait surtout pas de vacarme dans la chambre. Pas de scandale. Alors, il a proposé de descendre à la cave.

– C'est Gobbo qui a suggéré ça ?

– Oui. Du moins, c'est ce que raconte Squeers. Gobbo était prêt à tout pour le calmer. Il paraît qu'il avait une clé de la cave.

– Oui, ça se peut, confirma le concierge. Le comte avait des problèmes d'insomnie et, en tant que résident permanent de cet hôtel, et depuis longtemps, et aussi en tant qu'ami personnel de M. Daschiel Senior, il possédait peut-être une clé de la cave. Comme ça, s'il avait besoin de boire quelques petits verres pour trouver le sommeil, il pouvait y descendre à n'importe quelle heure du jour et de la nuit et prendre une bouteille.

Pendant que Paladine parlait, Bucket jeta quelques notes supplémentaires dans son carnet. Après quoi, il releva la tête et tapota délicatement sur son carnet avec le bout de son petit crayon.

– Je pense que nous pouvons désormais affirmer, sans risque de nous tromper, que c'est Gobbo qui a tué l'enfant, et non pas l'intrus.

– C'était un accident, inspecteur; je suis sûr qu'il n'avait pas l'intention de le tuer.

Bucket rejeta d'un geste cette remarque qu'il jugeait superflue.

– Que ce soit volontaire ou pas, dans un accès de passion ou ce que vous voulez, toujours est-il que le vieux a étranglé cet enfant avec un collier de perles indiennes enfilées sur une corde de piano. Il le portait encore autour du cou quand on a retrouvé son corps dans le New Jersey. Soit dit en passant, en fouillant le bâtiment de la 13e Rue, nous avons retrouvé plusieurs boîtes contenant exactement les mêmes perles, dans les coffres à jouets.

– Et les cordes à sauter ? demanda Paladine. Vous les avez certainement trouvées aussi ?

– Impossible de passer à côté. Vous l'aviez solidement ligoté, ce salaud. Enfin bref, ce que je veux dire, monsieur Paladine, c'est que le vieux Gobbo était certainement dans tous ses états en constatant qu'il avait étranglé l'enfant. Et il ne savait pas comment se débarrasser du corps. Je parie qu'il est resté assis par terre près du corps, dans la chambre ; il avait envie de foutre le camp, mais il n'osait pas.

– Je suis d'accord avec vous.

Paladine se représenta l'horrible scène : le lit maculé de sang, le petit corps disloqué, jeté dans un coin dans la chambre.

– Il ne pouvait pas se débarrasser du corps tout seul, dit-il. Il n'en avait pas la force. Et il n'avait personne vers qui se tourner dans cet hôtel. La simple idée de provoquer un scandale le terrifiait. Il pensait à sa situation, et aussi à sa famille, évidemment. Il ne savait pas à qui s'adresser.

– Alors, il a fait appel à vous ?

– Non. Il n'a pas fait appel à moi.

– Vous êtes monté dans sa chambre de votre propre chef, après avoir vu ce qui s'était passé dans la cave ?

– Exact.

– Qu'est-ce qui vous a poussé à monter là-haut ?

Paladine dut réfléchir avant de répondre.

– Je ne sais pas. Sans doute qu'après avoir vu Gobbo pendu et les sévices qu'on lui avait infligés, j'ai repensé à l'enfant, et j'ai eu un pressentiment. Je me suis dit que je ferais bien d'aller jeter un coup d'œil dans sa suite.

– Alors, vous y êtes allé. Et vous avez deviné ce qui s'était passé. Vous avez tout nettoyé et tout organisé pour faire disparaître le corps ?

Le concierge acquiesça, d'un air las.

– Autant que je sache, c'est comme ça que ça s'est passé.

Et vous dites que vous avez réussi à faire tout ça tout seul, entre 3 et 6 heures du matin, sans aucune aide ? Sans un coup de main ?

– En effet.

– C'est beaucoup pour un seul homme, en seulement trois heures, vous ne trouvez pas ?

– Je travaille très vite, inspecteur.

– Et avec efficacité, dirais-je. (Le rythme du crayon qui tapotait sur le carnet s'accéléra.) Sauf votre respect, je trouve ça un peu dur à avaler. Personne ne vous a aidé ?

– Non, absolument personne.

– Pas même Bates ?

– Personne, je vous dis.

– Où est allé Bates quand vous êtes remontés de la cave tous les deux ?

– Dans sa chambre, je suppose. Il était extrêmement secoué. Vous lui avez posé la question ?

– Des questions, on lui en a posé un tas. Il n'a jamais répondu.

Les deux hommes restèrent muets un instant, s'observant d'un œil méfiant, de part et d'autre du bureau.

– Donc, reprit Bucket, vous affirmez que personne ne vous a aidé ?

– Je ne pouvais m'adresser à personne d'autre. A qui pouvais-je faire confiance sans courir le risque que, tôt ou tard, dans un moment d'inadvertance, cette personne ne commette une gaffe fatale ?

– Et vous avez accompli tout ce travail en ayant conscience de vous rendre complice d'un meurtre et de détruire les indices, faisant ainsi entrave à l'enquête de la police ?

– J'ignorais, à ce moment-là, qu'il s'agissait d'un meurtre. Comme vous, je croyais qu'il s'agissait d'un suicide.

– Peu importe, vous saviez qu'il s'agissait d'un crime très grave.

– Oui.

– Et vous l'avez quand même fait ?

– Oui.

Bucket secoua la tête d'un air affligé.

– Comme je vous l'ai déjà dit, lieutenant, le signore Gobbo et moi étions très proches. J'étais son filleul et je connaissais toute sa famille. Ils connaissaient mon père. Nous étions souvent invités dans leur maison de Bari. En découvrant ce qui s'était passé, j'étais épouvanté, pas uniquement à cause de Gobbo, aussi à cause de l'enfant. Certes, j'étais conscient de commettre une faute grave. Mais comme vous, je croyais que Gobbo s'était suicidé, par peur du scandale et parce qu'il ne pouvait supporter ce qu'il avait fait à l'enfant. Je me suis senti investi d'une mission. Je ne pouvais quand même pas l'abandonner, n'est-ce pas ?

Bucket continuait à secouer la tête.

– Vous vous souvenez, l'autre jour, je vous ai dit que je ne m'y retrouvais pas dans la chronologie ?

Pendant un instant, le concierge parut déconcerté par cette question.

– Oh, vous voulez parler de la mort de l'enfant par rapport à celle de Gobbo ?

– Exact. Je ne savais pas s'il était mort avant ou après qu'on eut tué le vieil homme. Comme je vous l'ai dit, si j'avais eu la réponse à cette question, j'en aurais su beaucoup plus.

– Oui, je me souviens. Or, vous saviez uniquement qu'un enfant était monté dans la chambre de Gobbo. Vous ne saviez pas que cet enfant y avait été assassiné.

– Tout juste. Je lançais des filets dans toutes les directions, comme on dit. Ça m'arrive souvent, quand je ne sais plus à quel saint me vouer, avoua Bucket avec un petit rire d'autodérision. Mais je peux vous dire que j'étais déjà convaincu d'une chose : si je parvenais à retrouver cet enfant, il serait certainement mort.

Soudain, Bucket se redressa dans son fauteuil avec une vigueur étonnante et pointa le doigt sur le concierge.

– C'est *vous*, monsieur Paladine, qui m'avez mis sur la bonne piste. Avant cela, je pensais, je supposais plutôt, et ne me demandez pas pourquoi, qu'il s'était écoulé un certain laps de temps entre les deux meurtres, entre douze et vingt-quatre heures, disons. Ça me paraissait logique à ce moment-là. C'est vous qui m'avez fait comprendre que tout avait pu se passer le même jour, en l'espace de quelques heures seulement. Pourquoi m'avez-vous suggéré cette idée ?

Paladine semblait se trouver à mille lieues de là, dans un autre temps, éloigné et plus doux. Croyant qu'il n'avait pas entendu sa question, l'inspecteur s'apprêtait à la poser une seconde fois, lorsque le concierge se pencha en avant, un coude sur le bureau.

– Je ne sais pas pourquoi je vous ai suggéré cette idée.

– Mais saviez-vous à quel point c'était compromettant ? Car en fait, en disant cela, vous m'en appreniez beaucoup plus sur cette affaire.

Bucket n'en revenait toujours pas.

– Pourquoi avez-vous fait ça ? demanda-t-il encore une fois.

– Je n'ai pas réfléchi. Je l'ai fait, voilà tout.

L'inspecteur resta immobile et muet dans son fauteuil, à s'interroger sur le mystère insondable de l'âme humaine.

– Qui avez-vous appelé ? demanda-t-il finalement.

– Pardon ?

– Pour vous débarrasser du corps.

– Oh, quelqu'un dans le centre.

– Dans le centre ? Plus précisément ?

– Quelque part dans Mulberry Street, je crois.

– Vous croyez ?

– Oui.

– Son nom ?

– Le nom de la personne que j'ai appelée ? Je ne le connais pas.

Une poussée de colère empourpra l'épais visage de Bucket.

– Ah, le petit jeu continue, hein ? Aviez-vous déjà fait appel à cette mystérieuse personne de Mulberry Street, monsieur le concierge ? demanda-t-il en essayant une autre approche.

– Oui.

– Pour ce genre de choses ?

– Non, répondit Paladine avec un sourire triste. Rien de tel. Uniquement pour régler quelques problèmes embarrassants, mais insignifiants comparés à celui-ci.

– Si vous avez parlé à cette personne à plusieurs reprises, comment se fait-il que vous ne connaissiez pas son nom ?

– J'ignore qui est cette personne. Je ne l'ai jamais rencontrée.

– Vous ne l'avez jamais rencontrée, répéta Bucket. Vous avez simplement parlé au téléphone, et pour ce genre d'individu, je suppose que l'anonymat est un impératif.

– Exactement.

– Vous avez donc un numéro de téléphone, insista Bucket.

Le concierge ne répondit pas.

– Cette personne a fait disparaître la victime d'un meurtre. Comme vous, monsieur Paladine, elle est donc coupable de complicité d'homicide. Je vous serais reconnaissant si vous aviez la bonté de me donner ce numéro de téléphone.

– Je ne l'ai pas.

– Vous ne l'avez pas, dites-vous ?

– Vous avez bien entendu.

– Et puis-je vous demander où vous l'avez trouvé ?

– Je l'avais noté dans un carnet.

– Un carnet d'adresses ?

– Oui. En quelque sorte. Parmi d'autres numéros.

– Des numéros de téléphone de personnes dont vous ignorez également les noms ?

– Exact.

Leur conversation ressemblait au va-et-vient d'une balle de tennis au cours d'un échange âprement disputé.

– Et où se trouve ce carnet ? demanda Bucket.

– Je ne sais pas. Je le conservais dans mon bureau. Mais on a dû me le voler.

– On vous l'a volé ? railla l'inspecteur. Voilà un vol qui tombe à pic, n'est-ce pas ? Et qui vous l'a volé ?

– Je l'ignore, inspecteur. Si je le savais, croyez bien que je vous le dirais.

– Vous n'espérez quand même pas que je vais croire ça ?

– Je ne vous demande pas d'y croire. Je vous explique simplement ce qui est arrivé à ce carnet, à ma connaissance.

Le nez enflammé de Bucket s'empourpra davantage ; on aurait dit qu'il rougeoyait dans la pénombre du bureau.

– Ce monsieur, là-bas, dit-il en balançant son pouce par-dessus son épaule, le responsable du restaurant, juste en face…

– M. Strybch ?

– Oui, c'est ça. Il m'a dit l'autre jour que vous possédiez une sorte de livre, un truc spécial rempli de numéros de téléphone justement, du genre de ceux dont on parlait à l'instant. (Il leva la tête de son carnet, avec un large sourire.) Ça vous dit quelque chose ?

– Oui. Il s'agit de ce fameux carnet qui m'a été volé.

– Comment se fait-il que M. Strybch connaisse son existence ?

– Je ne sais pas. Posez-lui la question. C'est peut-être lui qui me l'a volé.

Bucket avala cette réponse sans sourciller.

– Le procureur qui va instruire l'affaire contre le Professeur…

L'inspecteur marqua un temps d'arrêt.

– Eh bien ? demanda Paladine.

– Je suis sûr qu'il serait enchanté de mettre la main sur ce carnet, et il se ferait un plaisir de témoigner sa gratitude à celui qui pourrait le lui fournir.

Paladine avait parfaitement saisi le message, fort peu subtil au demeurant.

– Je n'en doute pas, dit-il. Mais la triste vérité, c'est que je ne l'ai plus.

Ils étaient arrivés dans une impasse, et l'inspecteur savait qu'il serait vain de poursuivre sur cette voie. Il n'ignorait pas les dangers implicites qui menaçaient le concierge si ce dernier remettait ce « Livre » à la police. Si des arrestations devaient en résulter, comme on pouvait le prévoir, le concierge deviendrait subitement l'homme à abattre.

Par ailleurs, Bucket devinait que le « code de conduite » de Paladine lui interdisait, purement et simplement, de dévoiler le genre d'informations « confidentielles » que contenait le « Livre ». Toute la vie professionnelle de cet homme avait été régie par les principes non écrits, mais néanmoins inviolables, de ce code, dont une des règles cardinales était la protection absolue de la vie privée des clients. Toute violation de ce secret était inconcevable. Et la menace d'un emprisonnement, à ce stade de la vie du concierge, ne pouvait rien changer.

– Oh, au fait, reprit Bucket, j'ai interrogé Squeers au sujet de notre « Dame mystérieuse ». Qui est-elle et ainsi de suite. Il m'a répondu qu'il ne la connaissait pas. Il ne l'a jamais vue. Apparemment, ils avaient mis au point une sorte de méthode de travail, inventée par le Professeur lui-même. Étant donné que personne ne devait connaître l'emplacement de sa prétendue école, chaque fois qu'il lui fallait livrer un enfant dans un hôtel, il appelait un numéro confidentiel, quelque part dans le Nord de la ville. Là, une femme lui répondait, et ils convenaient d'un rendez-vous, à mi-chemin. Généralement devant Macy's à Herald Square. Ils arrivaient chacun dans un taxi différent, ils s'arrêtaient devant l'entrée du magasin, au coin de la 34e et de la 8e. La portière d'un des taxis s'ouvrait et l'enfant en jaillissait. La portière de l'autre taxi s'ouvrait et l'enfant sautait à bord, puis les deux taxis repartaient, chacun dans sa direction. Si bien que les deux personnes impliquées dans cet échange ne se sont jamais vues ! (Bucket émit un de ses rires enroués.) Personne ne peut inventer un truc pareil, pas vrai, monsieur Paladine ?

Le concierge écoutait sans bouger. Rien sur son visage ne permettait de deviner ce qu'il éprouvait à cet instant.

– Pour en revenir à cette femme, dit Bucket.

– Celle qui venait déposer l'enfant ?

– Oui. Qui est-ce ?

– Aucune idée. Elle arrivait le vendredi en fin d'après-midi, et elle revenait le chercher le dimanche, aux alentours de 16 heures. C'est tout ce que je sais d'elle.

– Vous ne connaîtriez pas son nom, par hasard ?

Paladine haussa les épaules.

– Comment le connaîtrais-je ? Dans ce genre d'affaires, comme vous l'avez dit, la discrétion s'impose.

– A tel point que vous ne connaissez même pas le nom d'une personne avec laquelle vous êtes en affaires ?

– A votre avis, inspecteur ? répondit le concierge avec un petit sourire las. Par contre, en me rendant dans cette école ce matin, j'ai rencontré une femme qui travaillait là. Une sorte de cuisinière intendante.

– Ne serait-ce pas, par hasard, celle qui amenait l'enfant ici ?

– Non, c'est peu probable, du moins si j'en crois ce que vous venez de me raconter au sujet de cette « Dame mystérieuse » que le Professeur lui-même n'a jamais rencontrée.

– C'est la version du Professeur. Tout ce qu'il me dit, je le prends avec des pincettes. Vous dites que vous avez vu cette femme à l'école aujourd'hui, et vous avez eu plusieurs fois l'occasion de voir la femme qui venait déposer l'enfant. Vous ne pouvez pas dire s'il s'agit de la même personne ?

– J'ai à peine entrevu cette femme à l'école. Certes, elle ressemble vaguement à celle qui venait ici, à l'hôtel. Mais je ne peux pas affirmer que c'est elle.

– Pourtant, il existe une certaine ressemblance physique ?

– Oui. Mais je vous le répète, je ne suis pas sûr qu'il s'agisse de la même femme.

L'inspecteur Bucket avait de plus en plus de mal à contenir son exaspération.

– Connaissez-vous le nom de cette femme ?

– Celle de l'école ? Je crois qu'elle s'appelait Murdstone. En tout cas, c'est comme ça que l'a présentée le Professeur. « Mme Murdstone ».

– Murdstone…

Bucket répéta plusieurs fois ce nom, comme s'il essayait de faire surgir un souvenir lié à une précédente affaire. Il le nota rapidement dans son carnet.

– Permettez-moi, monsieur Paladine, de vous remercier encore une fois pour votre précieuse coopération.

L'ironie de cette remarque n'échappa pas au concierge.

– Je suis certain que nous aurions fini, tôt ou tard, par

épingler ce Professeur, reprit l'inspecteur, mais grâce à vous nous avons gagné un temps précieux. Le chef de la police est heureux, car le préfet est heureux, et le préfet est heureux car le maire est heureux, et moi, je suis heureux, car je ne suis plus en première ligne.

Bucket laissa échapper un de ses éclats de rire enfantins.

– Pardonnez mon mauvais caractère, monsieur Paladine. C'est un vilain défaut chez un flic. Je vous suis sincèrement reconnaissant pour tout ce que vous avez fait. Malgré tout, je ne peux pas m'empêcher de penser que vous n'avez pas joué franc-jeu avec moi.

– J'ai pourtant essayé d'être aussi honnête que possible, inspecteur. Que me reprochez-vous ?

– Je crois que vous le savez. Nous tournons autour du pot depuis une demi-heure… Vous m'avez fourni beaucoup de renseignements. Vous avez comblé un tas de vides. Malgré tout, vous avez esquivé un certain nombre de choses. Mais nous y reviendrons. Il me semble que je commence à comprendre ce code de conduite « spécial » avec lequel vous fonctionnez, vos adjoints et vous, derrière votre grand comptoir en marbre. Les flics possèdent, eux aussi, leur code de conduite particulier, des règles qui ne sont pas toujours très catholiques. Ne rien voir, ne rien entendre, n'est-ce pas, monsieur le concierge ?

Un large sourire éclairait le visage rougeaud de Bucket.

L'inspecteur se releva, puis se laissa retomber lourdement dans son fauteuil.

– Ah, au fait, j'ai oublié de vous en parler. Votre ami Bates est venu me voir hier.

– Bates ?

Paladine sentit tout son corps se raidir.

– Vous ne devinerez jamais quelles invraisemblances il a inventées cette fois.

– Ah ?

– Figurez-vous que ce gamin a eu le culot de débarquer dans mon bureau pour m'annoncer que, contrairement à ce que vous affirmez, vous n'aviez pas agi seul. Il prétend avoir été votre complice. Depuis le début.

Paladine commençait à manquer d'air.

– Mon complice ?
– C'est ce qu'il dit. Il prétend que vous êtes montés tous les deux dans la chambre de Gobbo ce soir-là, après la cave, pour tout nettoyer et faire disparaître le cadavre du gamin.
– C'est ridicule !
– C'est ce que je lui ai dit.
– Et qu'a-t-il répondu ?
– Il a insisté. Il a même juré sur la tombe de son père. Il jure que vous avez agi ensemble, tous les deux. Et si vous allez en prison, il veut absolument y aller avec vous. Je vous le dis, ce gars est vraiment givré.
– Je suis d'accord avec vous, murmura le concierge sans trop savoir ce qu'il pensait exactement. Qu'avez-vous fait ?
– Je l'ai traité de maboul, et de foutu menteur par-dessus le marché. Ensuite, je l'ai prié de sortir de mon bureau. Mais il a refusé de s'en aller. Il est resté planté là, à me débiter son histoire insensée, en évoquant le respect de ses droits constitutionnels ; si bien que j'ai été obligé de me lever pour le foutre à la porte. Vous croyez connaître les gens, monsieur Paladine ? Eh bien, non.
Le concierge avait le regard vague.
– Vous le croyez ? demanda-t-il.
– Bien sûr que non. Pendant un moment, j'étais quasiment persuadé qu'il était mêlé à cette affaire. Mais j'avais tort. Ce n'est pas la première fois, d'ailleurs. Une enquête policière n'est pas une science exacte, comme vous l'aviez certainement deviné, dit Bucket en adressant un clin d'œil au concierge. Vous vous souvenez de ce que je vous ai dit, il y a quelques jours ? Je vous ai dit que je considérais Bates comme un saint de pacotille. Une victime née qui cherche le martyre. J'avais au moins raison sur un point, n'est-ce pas ?
L'inspecteur affichait un sourire triomphant, comme s'il venait de s'absoudre de toutes ses fautes et de ses erreurs de jugement passées. Mais derrière ce sourire, Paladine perçut, ou crut percevoir, une marque de perspicacité et de connivence, comme si l'inspecteur et lui,

alliés improbables, avaient partagé quelque secret extrêmement jouissif.

Mais cette expression se volatilisa immédiatement, et Paladine se demanda s'il n'avait pas rêvé – tout à coup, il n'était plus sûr de rien. Est-ce qu'il croyait ce que croyait l'inspecteur ? Au sujet de Joe Bates ? Et que s'était-il passé exactement entre tous les trois ?

Bucket se leva, pour de bon cette fois, péniblement, et en grimaçant à cause des douleurs goutteuses de ses orteils.

– Je vais devoir, malheureusement, vous demander de me suivre au poste, monsieur Paladine.

– Je m'en doutais, inspecteur.

– Vous vous doutez également que vous allez être inculpé de complicité, et, en raison de la gravité du crime commis, le meurtre étant un crime très grave, vous risquez d'en prendre pour cinq ou sept ans.

– Je comprends, inspecteur.

Le concierge balaya son bureau d'un rapide coup d'œil, rempli de nostalgie.

– Puis-je prendre mon manteau ?

– Je vous le conseille. Le temps est à la neige. Nous demanderons également aux toubibs de la police de s'occuper de votre bras.

54

Dès le lendemain de l'arrestation de Paladine, les journaux et les chaînes de télévision se jetèrent sur l'affaire. Les photos du concierge apparurent en première page des quotidiens, en compagnie de celles du comte Gobbo, du Professeur et de son « école », et même des enfants, photographiés au moment où ils arrivaient à l'Agence de protection de l'enfance.

Le maire se vanta de cette arrestation, comme s'il avait lui-même conduit l'enquête. Il félicita le préfet de police pour son excellent travail et, compte tenu de l'ampleur exceptionnelle de l'affaire, il promit de veiller personnellement à ce que ces pauvres enfants bénéficient d'un « traitement de faveur » de la part de l'administration.

De fait, des propositions affluèrent de tout le pays, de la part d'organismes d'adoption et de particuliers désireux de prendre en mains l'avenir des « enfants de la 13e Rue », ainsi que les avaient surnommés les médias.

Le concierge ayant déjà fait des aveux complets pour expliquer, en détail, le rôle qu'il avait joué, « seul », dans la triste affaire Gobbo, et ne possédant aucun antécédent judiciaire, le juge accepta de le remettre en liberté sans exiger de caution. Le procès était prévu pour la fin du mois de décembre, aux alentours de Noël, juste avant les vacances. Il s'agirait d'une simple formalité, déclara le procureur, le but principal de l'affaire étant de déterminer la durée de la peine.

De retour à son poste derrière le comptoir de la conciergerie, Paladine eut la mauvaise surprise de constater que plusieurs de ses clients fidèles, des gens à qui il avait rendu un nombre incalculable de services par le passé, évitaient soigneusement de croiser son regard ou oubliaient de répondre quand il les saluait comme chaque matin.

D'autres, en revanche, dont le Dr Ngongoro, mirent un point d'honneur à venir au bureau pour clamer haut et fort leur soutien au concierge.

– Ne vous en faites pas, mon ami, nous sommes derrière vous à cent pour cent ! (Foudroyant du regard les personnes qui se trouvaient à proximité, il avait parlé d'une voix puissante et claire, comme s'il s'adressait à une assemblée de journalistes.) J'ignore si cela aura de l'effet, mais sachez que j'ai demandé au président de mon pays, ainsi qu'à plusieurs sénateurs américains de ma connaissance, d'envoyer des témoignages de moralité en votre faveur au tribunal. J'ai personnellement appelé M. le maire, pour lui dire quel homme de qualité vous étiez, et quel ami précieux vous avez toujours été pour la délégation sénégalaise aux Nations unies. Ce qui s'est passé ici n'est qu'un faux pas dans une carrière depuis toujours exemplaire et irréprochable.

Le Dr Ngongoro, qui avait revêtu ce matin-là toute sa panoplie tribale – *dashiki* et petite toque ornée de perles –, posa son énorme main sur celle du concierge, la tapota d'un geste rassurant, puis s'en alla à grandes enjambées.

Plusieurs fois au cours de la matinée, en levant le nez de son travail, Paladine avait découvert le regard de Vuk Strybch fixé sur lui, à l'entrée du Passe-partout. Ses yeux pétillaient de satisfaction.

Un peu plus tard dans la matinée, il reçut un appel de Daschiel Junior lui demandant de passer dans son bureau dès qu'il aurait un instant de libre. Son ton étonnamment cordial déclencha chez le concierge des vibrations de mauvais augure.

Introduit dans le bureau par une secrétaire visiblement tendue, Paladine découvrit un Daschiel Junior au teint cireux et à l'aspect nauséeux, conséquences sans doute d'une soirée trop arrosée la veille.

Le jeune M. Fritz, nouveau PDG et propriétaire de Parker Regency Enterprises, était assis derrière le « bureau de guerre » de feu son père ; le col de sa chemise Turnbull & Asser était ouvert et il arborait ses fameuses bretelles, emblèmes du pouvoir.

Il cherchait à masquer sa nervosité évidente derrière les airs fanfarons qu'il croyait indispensables à tout chef d'entreprise digne de ce nom.

– Soyons brefs, Gerio. (Daschiel se mit à déplacer des papiers sur son bureau, en prenant un air important.) Pour commencer, permettez-moi de vous dire que je regrette sincèrement d'en arriver là. Mais sachez bien que ma décision n'a pas été prise à la légère. J'ai longuement réfléchi. Pour le bien de cette société, et je sais que vous avez toujours défendu les intérêts du groupe Parker Regency, je pense qu'il serait préférable, à la lumière des événements récents, que vous envisagiez votre retraite anticipée.

Tout en parlant, il griffonnait sa signature au bas d'une pile de documents apparemment sans fin, qu'il avait placés là pour l'occasion. Depuis le soir où Paladine avait fait irruption chez lui pour l'éloigner de force de son épouse terrorisée, le jeune homme n'osait plus affronter le regard du concierge.

– Évidemment, vous aurez droit à une importante prime de départ.

Il débitait les phrases qu'il avait soigneusement préparées et répétées dans la matinée.

– ... et à une retraite très confortable, reprit-il. Vous avez gagné le droit à un repos bien mérité, Gerio, et soyez sûr que vous nous manquerez.

Paladine était émerveillé de la rapidité avec laquelle le nouveau PDG avait adopté le jargon creux du « langage d'entreprise ».

Il resta assis, les mains croisées sur les genoux, sans protester.

– Je vous demande juste une faveur, dit-il après que Daschiel eut achevé son laïus. Pourrais-je rester encore un peu, juste le temps de régler quelques affaires ?

– Combien de temps ? demanda le jeune homme, prudent.

– Jusqu'à la fin du procès.

Le nouveau PDG de PRE fit mine, sans grande conviction, de réfléchir à cette requête. Finalement, il secoua la tête, d'un air désolé.

– Je crains que ce ne soit pas souhaitable, Gerio. Dans l'intérêt de notre société.

Dès que la nouvelle du départ imminent de Paladine se répandit, tous les employés de l'hôtel affluèrent à la conciergerie, pour lui souhaiter bonne chance, ou exprimer leur indignation face à la manière honteuse dont l'avait traité la direction. Des chasseurs, des serveurs, le personnel des cuisines et du service dans les chambres, tous ceux qui n'auraient jamais osé l'approcher avant lui rendirent visite. Mme Ramsay, la responsable de l'entretien, avait les larmes aux yeux lorsqu'elle l'enlaça.

– Tout cela ne serait jamais arrivé si le vieux était toujours de ce monde, dit-elle d'un ton sévère, avant de s'éloigner précipitamment.

Seul Vuk Strybch s'abstint de venir voir Paladine, préférant rester à l'entrée de son restaurant, les mains sur les hanches, pour savourer sa victoire.

Pargiter, quant à lui, se présenta un peu après midi ; il approcha du comptoir en se trémoussant et se tordant nerveusement les mains pour exprimer ses « profonds regrets ». Pendant qu'il se livrait à cette pénible comédie, Paladine songea que le directeur du Parker Regency n'était sans doute pas fâché de la tournure que prenaient les événements. Maintenant qu'il n'était plus éclipsé par l'ombre imposante du concierge, de nouvelles perspectives de carrière s'ouvraient à lui au sein du groupe Parker Regency. A vrai dire, il avait même du mal à dissimuler sa joie.

– Si jamais je peux faire quelque chose pour vous, dites-le-moi, Gerio. (C'était la première fois qu'il se risquait à l'appeler Gerio.) N'importe quoi. N'hésitez pas. Venez m'en parler, mon vieux, lança-t-il même avec une compassion outrée.

– Je n'y manquerai pas, Maurice, lui répondit Paladine, le visage totalement impassible.

Vers 13 heures, Daschiel Junior sortit d'un des ascenseurs situés en face de la conciergerie pour se rendre à un déjeuner d'affaires avec un groupe d'importants investisseurs immobiliers. Alors que le petit personnel de l'hôtel continuait d'affluer autour du comptoir en marbre pour témoigner son affection et son soutien à Paladine, le nouveau et jeune PDG, qui avait retrouvé le contrôle de PRE, passa devant la conciergerie en détournant ostensiblement le regard.

Durant l'heure du déjeuner, l'activité de la conciergerie se réduisit tellement que Paladine et Patsy Ricci se retrouvèrent soudain en plein « calme plat », selon l'expression consacrée. L'instant fut plus gênant pour Patsy que pour le concierge. Privé de son exubérance habituelle, le jeune homme semblait nerveux et, quand il voulut parler, il ne put masquer son embarras.

Se lançant tout d'abord dans une succession de phrases ampoulées afin d'exprimer quel merveilleux professeur, quel formidable exemple Paladine avait été pour lui, il finit par abandonner ses tentatives de rhétorique fleurie pour retrouver son caractère plus spontané. Comme s'il avait soudain conscience des imbécillités qu'il prononçait, il prit un air atterré. Incapable d'ajouter un mot de plus, il se mit à bafouiller.

– Je... je suis désolé, Maestro... Pardon.

Paladine l'empêcha de continuer. Il donna une grande tape dans le dos de son adjoint, en riant.

– Allons, Patsy. Nous avons du travail. Avez-vous vérifié les arrivées et les départs ? Je vois que la chambre 1309 a réclamé une voiture sans chauffeur pour se rendre au River Club. Téléphonez à Enzo. Veillez à ce qu'on leur donne une table près de la fenêtre.

En fin de journée, Paladine commença à rassembler ses affaires personnelles dans son bureau. Il vida le coffre-fort de tous les produits pharmaceutiques qu'il contenait, à l'exception des plus inoffensifs, aspirine, antihistaminiques, pommade anti-inflammatoire, cachets pour la *turista,* sparadrap et compresses. Tous les autres médicaments, il les jeta dans un grand sac en papier qu'il déposerait dans le container à ordures derrière les cuisines en partant.

Dans la penderie de son bureau se trouvaient trois uniformes complets. Ses vestes queue-de-pie gris perle, ses pantalons à rayures, ses chemises blanches impeccablement repassées et légèrement amidonnées, trois paires de chaussures anglaises noires étincelantes et trois cravates larges à rayures, réglementaires. Au revers de chacune des vestes étaient fixées les petites clés en bronze, symbole de son appartenance à la confrérie de La Clé d'or. Paladine les ôta soigneusement et laissa tout le reste dans la penderie avec un mot destiné à Patsy, épinglé sur une des vestes.

Patsy,
Faites ce que vous jugez bon de tout cela.

Roger.

C'était bref, sec et direct, fidèle à son style, à l'exception toutefois de l'utilisation de son prénom, seule et unique marque de familiarité qu'il s'était jamais autorisée avec son adjoint.

Il rangea tous ses papiers et quelques accessoires de bureau dans le petit sac de voyage qu'il avait apporté dans ce but.

La nuit commençait à tomber lorsque Betty Partington, l'infirmière, le fit entrer dans le vaste salon du Dr Nierenberg. Celle-ci était assise dans son fauteuil roulant ; dans son dos, à travers les grandes portes vitrées du balcon, on apercevait la silhouette grisâtre des tours du haut de la 5e Avenue, derrière Central Park.

Elle lisait le journal quand il entra, un article décrivant un carnage commis récemment dans les bas-fonds de la ville. Levant les yeux, elle parut agacée par cette apparition soudaine.

– Je constate, en lisant le journal, dit-elle, que vous êtes devenu une vedette, Paladine.

– Oui, si l'on veut, lui répondit-il avec un petit sourire crispé. Voulez-vous que je vous prépare votre jus d'oranges ?

– Pourquoi pas, répondit-elle d'un ton cassant, puisque c'est sans doute la dernière fois, si j'ai bien compris.

Il disparut derrière les portes battantes de la cuisine et reparut peu de temps après avec un verre de jus d'oranges fraîchement pressé et deux gros comprimés de multivitamines.

Ces pilules ne faisant qu'attiser la colère du Dr Nierenberg, elle les prit d'un geste rageur dans la paume tendue du concierge.

– Vous êtes une vraie mère, Paladine.

Elle fourra les comprimés dans sa bouche, prit le verre qu'il lui tendait et but une gorgée de jus d'oranges.

Après qu'il lui eut essuyé les lèvres avec une serviette, elle recommença à l'agresser de plus belle.

– Je savais que vous feriez quelque chose de stupide. Je savais que vous finiriez de cette façon. C'est logique. Normal, dirais-je. Mais ce qui vous arrive me réconforte. C'est la preuve qu'il existe une justice. Non pas une justice terrestre, c'est une chose qui n'existe pas. Un vulgaire conte de fées. Je parle de justice cosmique. Cette histoire illustre l'ordre divin de l'univers. J'espère simplement que le tribunal aura la main lourde. Vous avez commis un acte ignoble et j'espère qu'ils vous infligeront la peine maximale.

Ces paroles s'étaient déversées tel un flot de bile ; Paladine les reçut sans rien dire et sans sourciller, comme un homme qu'on gifle à tour de bras sans que jamais il ne lève la main pour se défendre.

– Je n'en veux pas au vieux Gobbo, reprit-elle. C'était un vieil imbécile. Un vieil imbécile adorable, mais imbécile quand même. Vous, je vous en veux. Car vous n'êtes pas un imbécile, Paladine. Vous auriez dû comprendre.

J'espère au moins que vous aurez retenu la leçon, avec vos airs supérieurs, votre fausse distinction héritée de l'Ancien Monde, votre conviction d'avoir un destin à part, votre mépris pour le cours général de l'humanité. J'espère que vous savez maintenant que vous n'êtes pas différent, que vous êtes aussi faillible que nous autres pauvres mortels. Vous transpirez et vous puez comme tout le monde. Bienvenue parmi la race humaine.

Soudain, les mains parcourues d'épaisses veines bleues se levèrent en tremblant. Pour une raison qu'il ne comprenait pas, il se pencha en avant et la vieille femme prit son visage entre ses paumes glacées. Elle plaqua la joue de Paladine contre la sienne et il sentit les sanglots silencieux qui secouaient ce vieux corps frêle et décharné.

– Et notre biographie ? demanda-t-il en riant pour tenter d'égayer un peu cet instant douloureux.

Il savait qu'il ne la reverrait pas.

– Tant pis, répondit-elle sèchement. N'y pensez plus. C'est sans importance. Trop banal. Pas la peine d'en faire un livre. Allez-vous-en maintenant, imbécile. Envoyez-moi une carte postale de temps en temps.

Les choses s'étant déroulées de manière précipitée, le temps manqua pour organiser une cérémonie de départ en retraite digne de ce nom. Toutefois, quelques employés prévinrent la réception qu'une petite fête impromptue était prévue en début de soirée. Sentant une nette désapprobation du personnel à l'égard de son comportement dans cette affaire, et désireux de réparer les dégâts infligés à une image déjà passablement ternie, Daschiel Junior proposa de fournir une des salles de banquet, ainsi que le champagne et les canapés pour cette occasion. Tout le monde fut convié, de la direction au commis de cuisine.

Le vieux Kraus chargea immédiatement ses pâtissiers de préparer un énorme gâteau. Illiescu, qui jouait de la cithare, proposa d'assurer l'animation musicale, comme plusieurs de ses jeunes Péruviens qui vinrent avec des guitares et des flûtes de Pan.

On avait préparé des discours, beaucoup avaient apporté des cadeaux, des petites choses simples, dont la valeur ne résidait pas dans le prix.

Tout le monde se retrouva à 19 heures dans une grande salle de banquet baptisée la Salle viennoise. A l'exception de quelques moulures peintes et de quelques cupidons dorés, il n'y avait rien de viennois dans ce décor. Mais qu'importe, chacun semblait impatient de voir le concierge et de lui serrer la main. Hélas, l'invité d'honneur leur fit faux bond. A sa place arriva un message bref exprimant ses regrets de ne pouvoir être présent. Apparemment, plusieurs affaires de dernière minute, et totalement imprévues, exigeaient son attention immédiate.

Ainsi prit fin le règne de vingt-neuf ans du « Grand Ordonnateur », au poste de concierge chef du Parker Regency.

Le lendemain du départ de Paladine, Joe Bates et Lane Barachevsky donnèrent leur congé. Ils chargèrent toutes leurs affaires à bord d'un break de location et partirent vers le nord en empruntant le New England Thruway. Ils ne donnèrent plus de leurs nouvelles pendant plusieurs mois, jusqu'à ce que Patsy Ricci, devenu entre-temps concierge chef, reçoive une carte postale. Ou plutôt, une photo les montrant perchés au sommet d'une énorme congère, une pelle à la main. Vêtus de gros anoraks à capuche fourrée, ils ressemblaient à des explorateurs dans l'Arctique.

A l'arrière-plan se dressait un vieux chalet à bardeaux dans le style colonial américain, surmonté de plusieurs cheminées d'où s'échappaient des nuages de fumée. Sur leur droite, une vieille enseigne de pub, suspendue à un poteau en fer forgé indiquait : « Auberge de l'Arbre de mai. Sugar Hill, New Hampshire. ICI, ON MANGE ET ON BOIT BIEN. Bates & Barachevsky, Prop. ».

Du haut de leur congère, ils semblaient brandir un grand carton pour accueillir une foule de clients invisibles pour l'instant. Au dos de la photo était griffonné ce bref, mais chaleureux message :

« C'est super ! Venez nous voir. »

Patsy les prit au mot et débarqua à la porte par un soir glacial de février, en compagnie de sa jeune épouse. Plusieurs clients venus faire du ski logeaient à l'auberge à ce moment-là, tout ce petit monde dîna devant une cheminée en pierre où brûlait un feu d'enfer, dans une pièce à plafond bas où avaient jadis résonné les rires gras et les grossièretés des soldats fédéraux durant la guerre d'Indépendance.

– Est-ce qu'ils ont l'air de bien s'entendre ? demanda Pargiter à Patsy lorsque celui-ci rentra la semaine suivante.

– Ils se chamaillent comme chien et chat. Jour et nuit. Ils crient, ils hurlent, ils en viennent presque aux mains.

– On dirait que la Barachevsky n'a pas changé.

– Pas d'un iota, répondit Patsy. C'est toujours le même dragon.

– Et Bates ?

Le nouveau concierge chef esquissa un petit rictus déconcerté.

– Toujours pareil, lui aussi.

– C'est-à-dire ?

– Un volcan endormi.

– Bref, le couple parfait, conclut le directeur. Un dragon et un volcan endormi. Qui va l'emporter, à votre avis ?

– Si je devais parier, je miserais sur le dragon. Elle sait comment y faire pour que le volcan ne se réveille pas.

– Vous vous doutiez de quelque chose ?

– Absolument pas, répondit Patsy d'un air malicieux. Mais je crois qu'ils s'adorent.

Les deux hommes échangèrent alors les petits sourires satisfaits et entendus de ceux qui savent qu'ils font partie de la race des sages.

ÉPILOGUE

55

LE CONCIERGE DE L'HÔTEL, ACCUSÉ DE COMPLICITÉ
DANS LE MEURTRE DU DIPLOMATE,
RELÂCHÉ APRÈS CINQ MOIS D'EMPRISONNEMENT

Voilà ce qu'on pouvait lire à la une du *Daily News*. Suivait un long article :

« Roger Paladine, ancien concierge chef du très chic Parker Regency Hotel de Central Park a été libéré aujourd'hui, après avoir purgé seulement cinq mois de sa peine d'emprisonnement de cinq ans pour destruction d'indices capitaux relatifs au meurtre d'un jeune enfant, tué par feu le comte Attillo Gobbo, haut fonctionnaire au consulat d'Italie à New York.

Le comte Gobbo devait être assassiné lui aussi, peu de temps après, par l'homme qui fournissait de jeunes enfants à des dignitaires et autres riches industriels, à des fins sexuelles.

Lors de son procès en décembre dernier, M. Paladine avait plaidé coupable des accusations de dissimulation de preuves et d'entrave au fonctionnement de la justice. A la suite d'un accord passé entre le ministère public et les avocats de la défense, le juge Harold Rothwax condamna M. Paladine à une amende de 5 000 dollars et à cinq ans d'emprisonnement.

En décidant de libérer M. Paladine après seulement cinq mois de prison, le juge Rothwax affirme avoir tenu compte du rôle joué par le concierge dans l'arrestation de M. Malcolm Squeers, directeur de l'« École du Pavé jaune », un établissement prétendûment destiné aux orphelins et aux pupilles de la nation, qui servait en réalité de paravent à une sinistre opération de pédophilie.

Financé par le ministère de l'Éducation qui ignorait tout de ces sordides activités, l'établissement bénéficiait en outre d'une totale exonération d'impôts en tant qu'organisme caritatif à but non lucratif. M. Squeers purge actuellement une double condamnation à perpétuité pour le meurtre du comte Gobbo.

En prenant sa décision, le juge Rothwax a tenu à souligner que M. Paladine n'avait jamais eu de démêlés avec la justice, et qu'il ne représentait aucune menace potentielle pour la société. M. Barney Michaelson, directeur de la prison des Tombs à Manhattan, où était incarcéré M. Paladine, a qualifié celui-ci de prisonnier modèle, passant ses journées à l'infirmerie de la prison pour aider les médecins à s'occuper des détenus malades. Il a ajouté... »

A la suite de son emprisonnement, plus personne n'entendit parler de Roger Paladine. Le concierge représentait un point sensible pour la direction de l'hôtel, un épisode que la famille Daschiel préférait oublier. Résultat, le nom de Paladine ne fut plus jamais mentionné. Et même si certains continuèrent à penser à lui, ceux-là gardèrent leur langue dans leur poche.

Un an plus tard, à l'époque de Noël, la neige avait envahi New York. En face du Parker Regency, d'innombrables guirlandes de lumières bleues ornaient les branches nues et enveloppées de glace des grands ormes et des chênes qui entourent la Tavern on the Green.

A quelques centaines de mètres de l'hôtel, au Café des Artistes, les passants pouvaient voir, à travers les vitres couvertes de givre, des clients heureux lever leur verre pour dire adieu à ce que les économistes et les agents de change avaient appelé « une excellente année ».

Le nouveau concierge chef du Parker Regency avait

emmené sa jeune épouse, Camilla, faire du ski à la station de Gstaad. Ils logeaient dans un charmant petit hôtel de la vieille ville. Ils passaient toute la journée sur les pistes, rentraient à la tombée de la nuit, les joues en feu, les muscles endoloris, et se glissaient avec délice dans le bain à remous dont était dotée leur chambre.

Pendant presque une semaine, ils avaient pris leur repas à l'hôtel, se couchant tôt pour pouvoir se lever dès l'aube le lendemain et arriver les premiers sur les pistes. Mais un soir, peu de temps avant la fin de leur séjour, ils décidèrent de tenter leur chance ailleurs. Plusieurs jeunes couples avec lesquels ils avaient sympathisé dans les files d'attente des remontées mécaniques leur avaient parlé d'un « formidable petit restaurant ». La cuisine y était, paraît-il, « sensationnelle », et les prix moitié moins chers qu'à l'hôtel.

« Ils ne prennent pas de réservations, leur avait-on expliqué. Ce n'est même pas la peine d'essayer. Allez-y comme ça, à l'improviste. Et remettez votre sort entre les mains du maître d'hôtel. L'endroit est généralement bondé. Mais si vous leur plaisez, ils vous trouveront une table. »

C'est ainsi qu'à 19 heures ce soir-là, Patsy et son épouse se firent conduire au restaurant en taxi, « à l'improviste ». L'établissement était situé dans une autre partie de la ville, beaucoup moins chic. Il avait l'aspect d'un chalet de montagne, typique de cette région, une petite enseigne au néon qui clignotait au-dessus de l'entrée indiquant simplement « Moretti ».

Patsy éprouva tout d'abord une certaine appréhension en découvrant cet endroit, mais ses craintes s'envolèrent lorsque, une fois entré dans le restaurant, il renifla la bonne odeur qui flottait dans l'air et se dit qu'après une semaine de pesante gastronomie teutonne il ferait volontiers un bon repas italien.

Des groupes de skieurs, dont ils reconnurent certains pour les avoir croisés sur les pistes, étaient rassemblés autour d'un petit bar, au-dessus duquel trônait une magnifique tête de cerf à six cors qui semblait regarder tristement au-dehors. L'énorme feu qui crépitait dans la cheminée de pierre attira irrésistiblement Patsy et Camilla vers le fond de la salle.

Juste derrière le bar se trouvait le petit guichet où les clients pleins d'espoirs donnaient leur nom pour essayer d'obtenir une table. Un homme vêtu d'une veste en tweed, par-dessus un pull à col roulé, se tenait derrière le guichet. Patsy le vit au moment même où l'homme le voyait. En une fraction de seconde, celui-ci disparut ; il se volatilisa derrière une petite porte encastrée dans un mur de lambris, derrière le guichet. On aurait cru assister à un de ces tours de magie où l'illusionniste tire avec un faux pistolet sur son assistante qui disparaît dans un nuage de fumée. Mais durant ce court instant, Patsy eut le temps d'entrapercevoir les petites clés d'or entrecroisées, fixées sur les revers de la veste en tweed.

– Tu as vu ? demanda-t-il à son épouse.

– Oui, j'ai vu.

– C'était lui, hein ?

– Je crois bien. Mais je n'en suis pas sûre. C'était trop rapide.

– A ton avis, pourquoi a-t-il… ?

Sans achever sa question, il se dirigea vers le guichet. Mais, au même moment, le maître d'hôtel l'appela pour lui indiquer que leur table était prête.

La cuisine était excellente, en effet, typique du nord de l'Italie : du veau, du risotto accompagnés de truffes blanches et d'excellents vins du Piémont.

Ils mangèrent de bon cœur, mais Patsy, visiblement troublé, se montra fort peu loquace au cours du repas. Il s'interrogeait sur ce qu'il avait vu, ce qui s'était passé, et surtout ce qu'il fallait en penser. S'il s'agissait bien du Maestro, pourquoi ne lui avait-il pas dit bonjour ? Car, de toute évidence, il l'avait reconnu lui aussi. Pourquoi s'était-il enfui en voyant un vieil ami ? Si ce n'était pas le Maestro, cet homme lui ressemblait de manière étrange.

Après avoir réglé l'addition et demandé qu'on leur appelle un taxi, Patsy décida de retourner à l'accueil pour en avoir le cœur net. Mais l'homme n'était plus là. A sa place, derrière le guichet, il y avait une femme à la mine austère, terne et corpulente, pour ne pas dire massive. Elle donnait l'impression de s'être habillée en toute hâte, n'importe comment. Sa tenue n'était pas, à proprement parler, négligée, plutôt débraillée, et un lourd parfum musqué, mêlé d'odeur de cigarette, flottait autour d'elle. La touche finale était apportée par une rose d'un rouge éclatant glissée dans l'ouverture de son corsage, négligemment, sans doute pour atténuer l'effet de ce décolleté presque indécent. Patsy la reconnut immédiatement.

– Bonjour ! lança-t-il en s'approchant du guichet, la main tendue et avec un grand sourire.

– Bonsoir, répondit la femme en lui rendant son sourire, surprise toutefois par ce « bonjour » chaleureux qui semblait renfermer un tas de sous-entendus.

– Vous ne me reconnaissez pas ? demanda Patsy, sans se départir de son sourire.

– Non, je suis désolée. Je ne crois pas...

– Moi, je vous reconnais. C'est vous qui veniez déposer l'enfant à l'hôtel.

– Quel hôtel ? demanda la femme, visiblement gênée et perplexe.

– Le Parker Regency. A New York. Allons, vous vous souvenez certainement. Vous veniez déposer l'enfant le vendredi soir.

– Non, je suis désolée. Vous devez me confondre avec quelqu'un d'autre.

Patsy demeura muet, hésitant entre la courtoisie et le soupçon ; son large sourire fondait comme de la cire.

– Ce monsieur qui était à votre place quand je suis arrivé..., dit-il.

– Eh bien ?

– Ce n'était pas M. Paladine, par hasard ? demanda-t-il, surpris de ne pas pouvoir prononcer le prénom de son ancien mentor.

– Non, répondit la femme avec une sorte de tristesse, comme si elle était désolée pour lui. C'était M. Moretti, le propriétaire du restaurant.

– Pourrais-je le saluer ?

– J'ai peur que ce soit impossible. Il est reparti.

Ils étaient dans une impasse. Ne sachant plus quoi dire, ni l'un ni l'autre, ils se dévisagèrent. Patsy s'apprêtait à demander s'il serait possible de rencontrer M. Moretti le lendemain. Son épouse et lui reprenaient l'avion pour New York le surlendemain. Mais le taxi qu'ils avaient commandé les attendait devant la porte, sous la neige, et le chauffeur s'impatientait.

Plus tard ce soir-là, bien au chaud sous le gros édredon de plume, tandis que la neige continuait de tomber derrière les fenêtres, Patsy ne parvenait pas à trouver le sommeil. Il tournait et virait dans le lit.

– Qu'est-ce qui t'arrive ? lui demanda Camilla d'une voix endormie et étouffée par l'oreiller.

– C'était lui. J'en suis sûr.

Elle se retourna vers son mari, en se redressant à moitié, et le regarda dans l'obscurité de la chambre éclairée par la lune.

– Je le crois aussi, dit-elle.

– Et c'était elle.

– Ça, je n'en sais rien. Je ne l'ai jamais vue.

– C'est elle qui amenait l'enfant. Celui qu'ils ont retrouvé dans les marécages. A ton avis, que fait-elle ici, avec lui ?

– De toute évidence, M. Paladine avait des secrets qu'il ne voulait partager avec personne, pas même avec toi, *carissimo*.

Le ton gentiment moqueur de son épouse attisa son exaspération.

– Cette femme ? Avec le Maestro ? C'est ridicule ! Tu l'as bien regardée ? Que ferait-il avec une femme pareille ?

Camilla gloussa et se blottit contre lui.

– Le cœur a ses raisons, Patsy chéri, n'est-ce pas ?

– Ce que je ne comprends pas, c'est pourquoi il ne m'a pas dit bonjour ! On s'est toujours bien entendus, lui et moi. Il m'a choisi pour être son successeur, pas vrai ? Alors, pourquoi me snober de cette façon ?

– Il ne t'a pas snobé, mon chéri. (Il sentait son souffle chaud contre son oreille.) Tu ne comprends donc pas ?

– Quoi ?

– Il a honte.

– Honte ? Honte de quoi ? C'est le Maestro ! De quoi aurait-il honte ? C'est le meilleur.

– Justement. Le meilleur, il l'était. Et quand on a été le meilleur, la déchéance est encore plus douloureuse. La honte fait mal, Patsy chéri. Surtout aux meilleurs. Ce pauvre homme est tombé de haut et maintenant, il essaye de guérir.

Pour l'inspecteur Terrence Bucket, l'affaire du concierge et du meurtre du comte italien n'était pas tout à fait terminée. Il restait l'énigme de la femme mystérieuse qui venait déposer l'enfant à l'hôtel le week-end. La plupart des employés qu'il avait interrogés l'avaient vue ; il savait donc que ce n'était pas un mirage, mais bien la complice de l'ignoble « professeur » Squeers. Aux yeux de Bucket, cette femme représentait le seul maillon manquant de l'affaire, celui qui l'empêcherait de dormir en paix tant qu'il n'aurait pas reconstitué toute la chaîne.

Il avait passé presque une année à traquer la « Dame mystérieuse », suivant d'innombrables pistes qui l'avaient toutes conduit dans des impasses. A plusieurs reprises, des employés de l'hôtel l'avaient appelé à son bureau pour déclarer l'avoir vue, ici ou là. Vérification faite, ces témoignages n'étaient que de fausses alertes.

Un jour, il se retrouva même devant l'entrée de la petite maison de brique de la 63e Rue, avec l'intention d'interroger les personnes qui y vivaient. Dans l'appartement qu'avait occupé le concierge, au dernier étage, logeait maintenant un jeune couple non marié. Des jeunes gens ambitieux, acharnés et arrivistes ; lui travaillait dans la publicité ; elle occupait un poste dans une agence de relations publiques. Ils faisaient beaucoup de sport, buvaient de l'eau minérale et mangeaient des produits biologiques.

Connaissaient-ils le locataire précédent ? leur demanda Bucket.

Non. Ils avaient entendu dire qu'un homme et une femme

vivaient ici avant, mais ils ne les avaient jamais rencontrés, car tous les détails administratifs avaient été réglés par le biais des agences et des notaires.

L'inspecteur descendit alors aux étages inférieurs pour interroger les autres occupants de l'immeuble.

« C'est exact », lui dit une femme au foyer qui habitait au premier étage. Une femme vivait là avec M. Paladine. C'était un couple très discret, très poli. Toutefois, elle n'aurait su dire s'ils étaient mariés. Lui travaillait toute la journée ; il rentrait tard le soir et préparait à manger pour la femme qui sortait rarement de leur appartement, pour ne pas dire jamais. Personne n'avait eu l'occasion de bavarder avec elle.

Bucket avait même retrouvé la trace de Mme Murdstone, la cuisinière intendante du Professeur dans la fameuse « École du Pavé jaune ». Il n'avait d'ailleurs eu aucun mal à la localiser. Il n'y avait que trois Murdstone dans l'annuaire, et il était immédiatement tombé sur elle. Mariée à un pompier à la retraite, atteint d'emphysème au stade terminal, la pauvre femme était persuadée, dans son aveuglement, de travailler dans une vraie école, tout comme elle était convaincue que Squeers était réellement éducateur.

« Un brave homme », c'est ainsi qu'elle le lui décrivit. Elle refusait de croire toutes les horreurs qu'on écrivait sur lui dans les journaux. « Il adorait ces pauvres enfants, comme si c'étaient les siens. »

La seule chose que Mme Murdstone ne comprenait pas, c'était pourquoi les enfants semblaient ne jamais aller en cours. « Pour apprendre à lire et à écrire. »

Apparemment, elle travaillait de 8 heures à 17 heures, après quoi, sa journée terminée, elle rentrait à la maison pour s'occuper de son mari. De fait, c'était toujours dans la soirée, après son départ, qu'on faisait sortir les enfants de leurs petites alcôves pour les conduire là où ils devaient passer la nuit. Quand elle revenait travailler le lendemain matin, les enfants étaient déjà rentrés.

Bucket crut son histoire. Mme Murdstone possédait un esprit suffisamment obtus. Malgré tout, afin de chasser ses derniers doutes, il se rendit à l'hôtel avec une petite photo de Mme Murdstone, pour la montrer aux employés de la réception, à Strybch, à Illiescu et plusieurs autres, et à Patsy Ricci, bien évidemment. Il leur demanda si c'était elle qui venait déposer l'enfant le vendredi en fin de journée. Personne n'avait vu cette femme.

Toutefois, Patsy avait omis de préciser qu'au Noël dernier, il avait non seulement vu, mais parlé à cette personne que l'inspecteur recherchait avec tant d'obstination.

Aujourd'hui, presque un an après les faits, Bucket devait reconnaître que la piste de la « dame mystérieuse » s'était refroidie, pour ne pas dire plus. En outre, son bureau croulait déjà sous de nouvelles énigmes et le pauvre inspecteur, harcelé, avait peut-être fini par se désintéresser de cette affaire.

En vérité, si quelqu'un possédait des renseignements de première main concernant la véritable identité de cette fameuse « Dame mystérieuse », ça ne pouvait être que Sydney Sherman et si, effectivement, elle savait quelque chose, elle n'en parlait pas.

Los Angeles, Californie.

RÉALISATION : PAO ÉDITIONS DU SEUIL
IMPRESSION : BUSSIÈRE CAMEDAN IMPRIMERIES À SAINT-AMAND (CHER)
DÉPÔT LÉGAL : SEPTEMBRE 1999. N° 38085-3 (002007/1)

Collection Points

DERNIERS TITRES PARUS

P550. Le Jeu du roman, *par Louise L. Lambrichs*
P551. Vice-versa, *par Will Self*
P552. Je voudrais vous dire, *par Nicole Notat*
P553. François, *par Christina Forsne*
P554. Mercure rouge, *par Reggie Nadelson*
P555. Même les scélérats..., *par Lawrence Block*
P556. Monnè, Outrages et Défis, *par Ahmadou Kourouma*
P557. Les Grosses Rêveuses, *par Paul Fournel*
P558. Les Athlètes dans leur tête, *par Paul Fournel*
P559. Allez les filles !, *par Christian Baudelot et Roger Establet*
P560. Quand vient le souvenir, *par Saul Friedländer*
P561. La Compagnie des spectres, *par Lydie Salvayre*
P562. La Poussière du monde, *par Jacques Lacarrière*
P563. Le Tailleur de Panama, *par John Le Carré*
P564. Che, *par Pierre Kalfon*
P565. Du fer dans les épinards, et autres idées reçues *par Jean-François Bouvet*
P566. Étonner les Dieux, *par Ben Okri*
P567. L'Obscurité du dehors, *par Cormac McCarthy*
P568. Push, *par Sapphire*
P569. La Vie et demie, *par Sony Labou Tansi*
P570. La Route de San Giovanni, *par Italo Calvino*
P571. Requiem caraïbe, *par Brigitte Aubert*
P572. Mort en terre étrangère, *par Donna Leon*
P573. Complot à Genève, *par Eric Ambler*
P574. L'Année de la mort de Ricardo Reis, *par José Saramago*
P575. Le Cercle des représailles, *par Kateb Yacine*
P576. La Farce des damnés, *par António Lobo Antunes*
P577. Le Testament, *par Rainer Maria Rilke*
P578. Archipel, *par Michel Rio*
P579. Faux Pas, *par Michel Rio*
P580. La Guitare, *par Michel del Castillo*
P581. Phénomène futur, *par Olivier Rolin*
P582. Tête de cheval, *par Marc Trillard*
P583. Je pense à autre chose, *par Jean-Paul Dubois*
P584. Le Livre des amours, *par Henri Gougaud*
P585. L'Histoire des rêves danois, *par Peter Høeg*
P586. La Musique du diable, *par Walter Mosley*
P587. Amour, Poésie, Sagesse, *par Edgar Morin*
P588. L'Enfant de l'absente, *par Thierry Jonquet*
P589. Madrapour, *par Robert Merle*
P590. La Gloire de Dina, *par Michel del Castillo*

P591. Une femme en soi, *par Michel del Castillo*
P592. Mémoires d'un nomade, *par Paul Bowles*
P593. L'Affreux Pastis de la rue des Merles
par Carlo Emilio Gadda
P594. En sortant de l'école, *par Michèle Gazier*
P595. Lorsque l'enfant paraît, t. 1, *par Françoise Dolto*
P596. Lorsque l'enfant paraît, t. 2, *par Françoise Dolto*
P597. Lorsque l'enfant paraît, t. 3, *par Françoise Dolto*
P598. La Déclaration, *par Lydie Salvayre*
P599. La Havane pour un infante défunt
par Guillermo Cabrera Infante
P600. Enfances, *par Françoise Dolto*
P601. Le Golfe des peines, *par Francisco Coloane*
P602. Le Perchoir du perroquet, *par Michel Rio*
P603. Mélancolie Nord, *par Michel Rio*
P604. Paradiso, *par José Lezama Lima*
P605. Le Jeu des décapitations, *par José Lezama Lima*
P606. Bloody Shame, *par Carolina Garcia-Aguilera*
P607. Besoin de mer, *par Hervé Hamon*
P608. Une vie de chien, *par Peter Mayle*
P609. La Tête perdue de Damasceno Monteiro
par Antonio Tabbuchi
P610. Le Dernier des Savage, *par Jay McInerney*
P611. Un enfant de Dieu, *par Cormac McCarthy*
P612. Explication des oiseaux, *par António Lobo Antunes*
P613. Le Siècle des intellectuels, *par Michel Winock*
P614. Le Colleur d'affiches, *par Michel del Castillo*
P615. L'Enfant chargé de songes, *par Anne Hébert*
P616. Une saison chez Lacan, *par Pierre Rey*
P617. Les Quatre Fils du Dr March, *par Brigitte Aubert*
P618. Un Vénitien anonyme, *par Donna Leon*
P619. Histoire du siège de Lisbonne, *par José Saramago*
P620. Le Tyran éternel, *par Patrick Grainville*
P621. Merle, *par Anne-Marie Garat*
P622. Rendez-vous d'amour dans un pays en guerre
par Luis Sepúlveda
P623. Marie d'Égypte, *par Jacques Lacarrière*
P624. Les Mystères du Sacré-Cœur, *par Catherine Guigon*
P625. Armadillo, *par William Boyd*
P626. Pavots brûlants, *par Reggie Nadelson*
P627. Dogfish, *par Susan Geason*
P628. Tous les soleils, *par Bertrand Visage*
P629. Petit Louis, dit XIV. L'enfance du Roi-Soleil
par Claude Duneton
P630. Poisson-chat, *par Jerome Charyn*
P631. Les Seigneurs du crime, *par Jean Ziegler*
P632. Louise, *par Didier Decoin*

P633. Rouge c'est la vie, *par Thierry Jonquet*
P634. Le Mystère de la patience, *par Jostein Gaarder*
P635. Un rire inexplicable, *par Alice Thomas Ellis*
P636. La Clinique, *par Jonathan Kellerman*
P637. Speed Queen, *par Stewart O'Nan*
P638. Égypte, passion française, *par Robert Solé*
P639. Un regrettable accident, *par Jean-Paul Nozière*
P640. Nursery Rhyme, *par Joseph Bialot*
P641. Pologne, *par James A. Michener*
P642. Patty Diphusa, *par Pedro Almodóvar*
P643. Une place pour le père, *par Aldo Naouri*
P644. La Chambre de Barbe-bleue
par Thierry Gandillot
P645. L'Épervier de Belsunce, *par Robert Deleuse*
P646. Le Cadavre dans la Rolls, *par Michael Connelly*
P647. Transfixions, *par Brigitte Aubert*
P648. La Spinoza connection, *par Lawrence Block*
P649. Le Cauchemar, *par Alexandra Marinina*
P650. Les Crimes de la rue Jacob, *ouvrage collectif*
P651. Bloody Secrets, *par Carolina Garcia-Aguilera*
P652. La Femme du dimanche
par Carlo Fruttero et Franco Lucentini
P653. Le Jour de l'enfant tueur, *par Pierre Pelot*
P654. Le Chamane du Bout-du-monde, *par Jean Courtin*
P655. Naissance à l'aube, *par Driss Chraïbi*
P656. Une enquête au pays, *par Driss Chraïbi*
P657. L'Île enchantée, *par Eduardo Mendoza*
P658. Une comédie légère, *par Eduardo Mendoza*
P659. Le Jardin de ciment, *par Ian McEwan*
P660. Nu couché, *par Dan Franck*
P661. Premier Regard, *par Oliver Sacks*
P662. Une autre histoire de la littérature française, tome 1,
par Jean d'Ormesson
P663. Une autre histoire de la littérature française, tome 2,
par Jean d'Ormesson
P664. Les Deux Léopards, *par Jacques-Pierre Amette*
P665. Evaristo Carriego, *par Jorge Luis Borges*
P666. Les Jungles pensives, *par Michel Rio*
P667. Pleine Lune, *par Antonio Muñoz Molina*
P668. La Tyrannie du plaisir, *par Jean-Claude Guillebaud*
P669. Le Concierge, *par Herbert Lieberman*
P670. Bogart et Moi, *par Jean-Paul Nozière*
P671. Une affaire pas très catholique, *par Roger Martin*
P673. Histoires d'une femme sans histoire, *par Michèle Gazier*
P674. Le Cimetière des fous, *par Dan Franck*
P675. Les Calendes grecques, *par Dan Franck*
P676. Mon idée du plaisir, *par Will Self*